LE MAGICIEN,
LA SORCIÈRE ET LA FÉE

La Traque des Anciens Dieux

Tome 2

Le Magicien, la Sorcière et la Fée

H. Lenoir

La Traque des Anciens Dieux :

Tome 1 : Les Deux Princes (octobre 2015)
Un récit : Le Troisième Village Ensorcelé (décembre 2016)
Tome 2 : Le Magicien, la Sorcière et la Fée (décembre 2018)

Suivez l'actualité sur :
https://www.facebook.com/traqueanciensdieux/

La Traque des Anciens Dieux :
Tome 2, Le Magicien, la Sorcière et la Fée

Hélène Lenoir
Orléans, France
h.lenoir.livre@gmail.com

ISBN 978-2-9554545-8-9

1ère édition papier

Prix format papier : 18,99€

À Anne et Lise,
qui vivent leur chemin
avec courage, générosité et sincérité.
Je ne pourrais pas être plus fière
d'être leur sœur.

<u>Document QU-RAD-6850-ROS</u>

Le parchemin ci-contre, actuellement conservé à la bibliothèque royale de Rosanbo, demeure l'un des rares documents ayant survécu à la période communément connue comme « le Bref Retour des Anciens Dieux ». Il est d'autant plus exceptionnel qu'il se rapporte directement aux évènements principaux de cette époque.

En effet, les experts (Alamnia, 4531, et Nëmillis, 4682) s'accordent sur l'hypothèse qu'il s'agit d'un croquis rédigé par Éleuthère du Quesvron lui-même (initiales « EQ » dans l'angle haut-gauche), le prince élementaliste à l'origine, avec Marc de Keilles, de la quête ayant initialement provoqué la libération des Anciens Dieux.

Le document semble retracer le voyage des deux princes à travers l'hémisphère sud du monde, du Quesvron au château légendaire d'Édena. Les trois schémas en bas de page représentent la dissolution de leur compagnie après la libération des dieux. Grâce aux symboles aisément reconnaissables des personnages, on identifie clairement les trois groupes qui se sont lancés à la poursuite du Dieu Rieur (Éleuthère du Quesvron, la fée Aynet et la sorcière Saga), du Dieu Hurleur (les shamans Obsern, Ghaith et Gaspin ainsi que le dragon Bì Cuï) et du Dieu Songeur (Marc de Keilles, le dragon Rustning et le manipulateur de réalité connu comme Lucàn le Dernier).

La raison de ce document demeure un mystère. Peut-être s'agissait-il d'un journal de voyage ou d'un brouillon dans le cadre d'une restitution écrite à venir. Naja-thë (4812) a avancé l'idée que le prince était peut-être simplement en train de se « torcher la tronche » avec ses compagnons lorsqu'il l'a dessiné. Cette hypothèse divise encore les érudits d'aujourd'hui.

EQ
Gaspin touche pas!
Marc
Moi
Saga
Kerdaoubam
Shair
île du Chaos
Marc malade
Pays de Jade
Palais aux Parois d'Or
Wariur Nyoka
Saletés d'animaux magiques!
Edena
Marc : 12
Elie : 7
Gaspin : 25

QUEIRAILLES

N

50 lieues

Château de
Nirailles

NIRAILLES

Cité Libre
de Gozen

Cité d'Edorailles

EDORAILLES

Cité Libre
d'Adezen

Cité d'Arailles

ARAILLES

R

Kelanum

KEILLES

BRENACIA

Burgdunum

TERRITOIRES
BARBARES

Empire et Royaumes du
PLAENNENDEON

STYNBROSIR

Château de
~railles

~AILLES

~AILLES

~LES

Cité Libre
de Gozen

DESHE

VRON

Haustebourg

Cité Libre
d'Adezen

Rosanba

QUESVRON

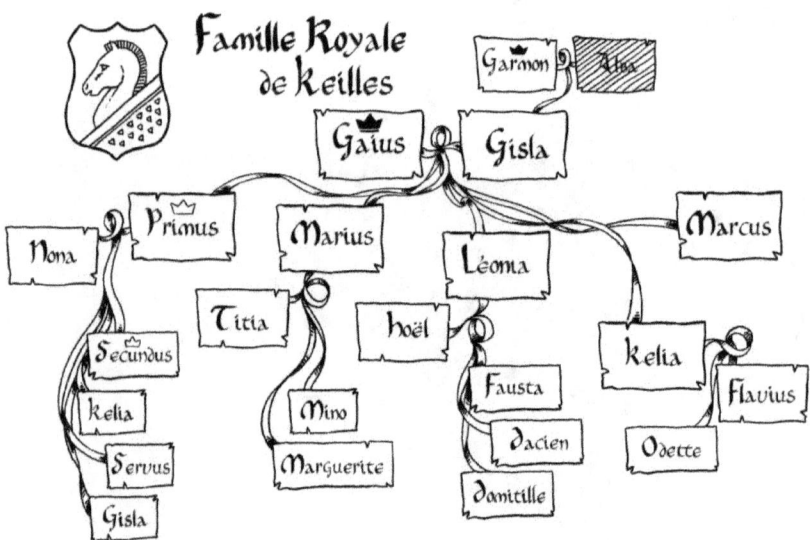

Famille Royale du Quesvron

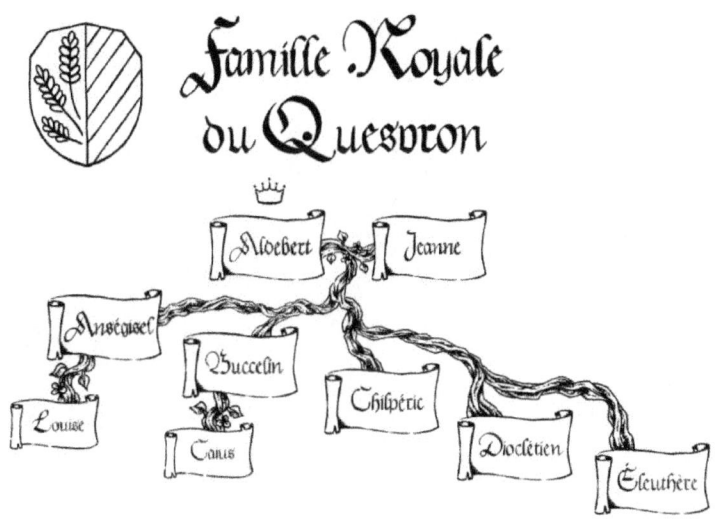

Remerciements

Avant toutes choses, je tiens à remercier Claire qui, encore une fois, m'a accompagnée tout au long de l'écriture de ce deuxième tome. Sans elle, vous n'auriez probablement pas de deuxième tome – vous n'auriez même pas eu le premier. Croisez les doigts pour qu'elle reste là pour les suivants !

Merci à mes parents et à mes sœurs pour leurs rappels constants de : « hé, on veut la suite ». La voilà !

Merci à mes relectrices Élodie, Charlène et Anne (bis), qui ont traqué de leurs petits yeux attentifs mes dernières petites étourderies et GROSSES BOURDES. Vous êtes des déesses, les filles.

Merci enfin à vous, lectrices et lecteurs, pour votre patience, votre fidélité et votre enthousiasme. J'espère que ce deuxième tome vous plaira autant que le premier, que les personnages continueront de vous enchanter et que mon humour discutable vous fera toujours autant glousser et ricaner.

Bonne lecture !

Quelque part...

Sami le Sorcier se pencha sur le manuscrit. C'était un texte intéressant, post-velte. Il avait été rédigé par un sorcier naking, ce qui était peu courant. Même si la sorcellerie était, en théorie, à la portée de tous, son apprentissage était peu répandu en dehors des vieux peuples du Plaennendeon.

Par conséquent, l'homme avait des idées novatrices sur le sujet, en particulier sur les notions de lumière et d'ombre, par exemple les interfaces qui pouvaient se créer par le biais d'une obscurité totale ou d'un éclat de lumière. Ses réflexions s'appuyaient sur un champ d'hypothèses qui rendaient obsolète l'utilisation des reflets, que ce soit à la surface d'un miroir ou d'une flaque d'eau et...

On frappa à la porte.

Sami releva la tête, surpris. Il n'y avait pas de porte. Son atelier était une grande pièce rectangulaire. Chaque mur était recouvert d'étagères qui montaient jusqu'au plafond. Chaque étagère était remplie à craquer de livres, de bibelots, d'herbiers et de bocaux. Un lézard n'aurait pas pu s'y faufiler. Quant au sol et au plafond... Il baissa puis leva les yeux. De la roche, d'un seul bloc. Sans une fissure.

On frappa à nouveau, mais cette fois sans conviction, comme un visiteur qui s'attend à ne pas recevoir de réponse. Intrigué, Sami se leva et parcourut lentement la pièce en cherchant l'origine du son. Il finit par s'approcher du miroir. C'était une glace dans un simple cadre en bois qui traînait, appuyée contre un coffre. Il essuya d'un revers de manche la poussière qui le recouvrait et en approcha son visage. Mais il n'y vit que l'image d'un homme jeune, aux cheveux bruns et aux yeux *noirs rieurs, qui avait l'air fatigué. Rien de plus.*

Avec un soupir, il s'écarta. Il devenait enfin fou. Ou alors, c'était une erreur, un hasard si improbable qu'il ne l'avait jamais envisagé.

Il retourna à sa table de travail et se rassit devant son parchemin. Dans tous les cas, cela ne le concernait pas.

•

Province de Brenacia, sud de l'Empire queiralien
Six mois après les évènements d'Édena

Diocletio Quesvronis Triticum, *praeses* de la province de Brenacia, contemplait sa capitale, Burgdunum, de la fenêtre de son bureau.

Sauf que Brenacia n'était pas une province, mais un trou perdu au sud de l'Empire queiralien. Et que Burgdunum n'était pas une capitale, mais une crotte de mouche boueuse qui s'accrochait tant bien que mal au flan des Monts du Mitan.

Devant lui et sur sa droite, s'étendait la vallée qui, trente lieues plus au nord, débouchait sur la mer et le sud du Royaume de Keilles ; Keilles, avec ses prairies vertes sans fin, ses troupeaux de pur-sangs et son bétail riche et gras. Plus à l'ouest, le royaume d'Arailles fournissait la moitié du continent en poissons et en céréales. La moitié ouest du Plaennendeon, plus exactement : l'Empire queiralien, la plus puissante force du monde connu, qui déléguait à ses sous-fifres la tâche de lui remplir la panse.

Brenacia n'était même pas un royaume. Brenacia était, officiellement, le poste avancé qui permettrait de conquérir les terres barbares du sud. Brenacia était, en réalité, le trou perdu où on enterrait les indésirables et les éléments perturbateurs.

Comme lui, le prince Dioclétien du Quesvron. Ou comme Quintus Gregorius.

En dessous de sa fenêtre, la ville s'étendait comme une coulée de morve. Il s'efforçait de la considérer comme une ville, parce que l'appeler « cité » aurait été risible et la reconnaître comme un village trop déprimant. Ses maisons de planches, bâties sans ordre, se collaient à la montagne comme des patelles à leur rocher. Deux torrents écumeux les encadraient et limitaient leur expansion. On avait dû construire le camp militaire à l'écart, sur une esplanade rocheuse. Faute de terre pour enfoncer les pieux, la palissade avait été remplacée par un muret de pierre. Toutefois, les tentes blanches étaient soigneusement alignées, l'ordre et la propreté régnaient, et l'albatros, enseigne de la cohorte, flottait fièrement au bout des hampes. Quand Dioclétien déprimait trop, il contemplait son camp.

Un petit pont enjambait un des torrents, tout en bas de la ville. Une route en partait, traversait une forêt de pins, puis réapparaissait plus loin, au fond de la vallée, pour s'en repartir vers la droite, vers le nord, vers la civilisation.

Dieux tous puissants, que la civilisation lui manquait !

Son regard glissa vers la gauche. Cinq lieues plus au sud, la vallée s'interrompait. Deux grandes montagnes en gardaient le fond, les Deux Grandes Sœurs, avec, entre elles, le col qui marquait la limite de l'Empire ; un col enneigé dix mois sur douze, derrière lequel, depuis vingt ans, les barbares se tenaient tranquilles. Dioclétien trouvait qu'il formait une frontière bien propre et définitive. L'impératrice et les consuls de Queirailles n'étaient pas de son avis.

Le vent fit claquer les rideaux de la fenêtre, et il se recula en soupirant. On venait de passer l'équinoxe de printemps mais le temps était toujours froid. Au moins, la neige avait reculé. Il détestait patauger dans la boue. Les pavés chauds d'Edorailles, la possibilité de porter des sandales n'étaient plus qu'un rêve lointain.

— En train de pleurnicher un petit coup ? demanda une voix derrière lui.

Il ne se retourna pas. Il ne s'émut même pas.

— Va te faire voir, Gregorius.

3

Un rire rauque lui répondit. Cependant, l'homme n'insista pas.

Dioclétien finit par se détourner. Sa demi-heure d'auto-apitoiement était écoulée. Le travail l'attendait.

Quintus Gregorius était installé dans son fauteuil favori, à l'extrémité de la table qui servait de bureau au jeune gouverneur de Brenacia ; légèrement en retrait, une bonne place pour un chef militaire quand son supérieur accueillait des visiteurs. Malheureusement, Dioclétien avait peu de visiteurs. Malgré tout, la force de l'habitude subsistait : Gregorius était officier depuis vingt ans, il faudrait plus qu'un exil pour le faire changer.

Dioclétien fronça les sourcils.

— Tu avais quel âge quand tu as signé pour la première fois ?

— Dix-sept ans.

— Et maintenant, tu as... ?

Le *tribunus militum* ne parut pas surpris par ses questions et se versa un verre de vin.

— Quarante-six ans.

— Il te reste onze ans à tirer sur ton deuxième service ? Tu t'es fait couillonner.

L'homme haussa les épaules.

— J'étais légat à l'époque. Un avenir radieux s'ouvrait à moi.

Et maintenant, regarde-toi, songea Dioclétien. Ou plutôt, regarde-nous.

L'ancien général était un homme mûr, solide, au visage agréable mais dont les yeux pâles, Dioclétien le savait, pouvaient vous regarder avec l'indifférence d'une mort imminente. Gregorius aurait pu lui faire peur, s'il avait choisi la politique. Mais il avait choisi la guerre, il était un soldat, et Dioclétien l'aimait bien.

Confortablement installé, il sirotait un verre du vin capiteux dont il ne leur restait plus que quelques barriques. Il portait son uniforme d'hiver, avec sa cuirasse, ses braies, ses bottes et sa cape de laine bleue. Son glaive pendait à sa ceinture. Il avait déposé son casque, ses gants et son écharpe réglementaires sur la table. Rasé de près, il arborait des cheveux châtains qui tiraient sur le roux, coupés courts selon les règles en vigueur. Le tableau était complété par une mâchoire robuste et un nez qui avait dû être cassé plusieurs fois.

L'un dans l'autre, il aurait été à sa place dans un conseil de guerre queiralien. Au lieu de quoi, il veillait à ce que ses six cents hommes ne s'entretuent pas d'ennuis.

Si Dioclétien avait tenu bon jusque là, c'était en partie grâce à lui. Et peut-être qu'il avait permis à Gregorius de ne pas lâcher prise, lui non plus.

Le jeune prince fit quelques pas en direction de son bureau, s'arrêtant devant le miroir qui ornait un des murs. Un souvenir d'Edorailles. Comment la glace avait fait pour survivre au voyage, il n'en savait trop rien. Elle lui renvoyait l'image d'un jeune homme pas très grand, aux cheveux blonds comme les blés, qui se tenait bien droit dans sa toge blanche. Dioclétien n'avait pas les yeux bleus, comme ses parents ou ses frères. Ils étaient d'un gris sévère qui lui avait permis, avec sa voix sèche, de se faire une place dans le monde de l'administration queiralienne. Son intelligence et son ambition y étaient aussi pour quelque chose, bien entendu, mais les queiraliens étaient sensibles à l'apparence et, pire, s'en glorifiaient. Une grosse bande d'esthètes gras et poussifs, voilà ce qu'ils étaient. Sans l'impératrice Honoria pour les pousser aux fesses, ils seraient déjà tous morts étouffés dans leur gras, songea Dioclétien sans indulgence.

— Si tu fronces les sourcils, tu vas avoir des rides, se moqua Gregorius qui avait l'air de deviner ses pensées.

Dioclétien lui fit un geste obscène puis alla s'asseoir à son bureau.

Trois rapports l'attendaient. Trois.

Il mit sept minutes à les lire et à les contresigner.

— Je devrais trouver un moyen de faire durer le plaisir, soupira-t-il.

— Lance plus de travaux.

— Avec quel argent ? J'en ai juste assez pour entretenir ta cohorte. Si je fais quoi que ce soit qui rend les locaux mécontents, on n'aura plus à manger d'ici deux jours. À moins que tu aies des artisans parmi tes hommes. Des tailleurs de pierre, des charpentiers... Et puis un ingénieur pendant que tu y es, et un architecte.

— J'ai deux forgerons.

Dioclétien laissa tomber sa tête sur la table et se cacha derrière ses bras.

— Pourquoi moi ? protesta-t-il.

— Parce que comme moi, tu as ennuyé trop de monde à la ville. Et qu'ils se sont gentiment débarrassés de toi. Tu devrais le prendre comme un compliment, à ton âge.

— Tu sais ce qu'ils mériteraient ? Qu'on construise une grande cité. Qu'on s'enrichisse, qu'on s'agrandisse, qu'on devienne prospère au point de les menacer. Qu'ils commencent à s'inquiéter, à se dire qu'ils ont fait une connerie. Mais ce serait trop tard pour eux. Ils essaieraient de reprendre les choses en main, mais trop tard ! Ils essaieraient de nous amadouer, mais trop tard aussi ! On prendrait notre indépendance, on deviendrait le premier royaume libre de l'ouest du Plaennendeon...

— Keilles est un royaume libre.

— Et mon cul, c'est de la pâte d'amande. (Avec son stylet, Dioclétien gratta furieusement dans le bois de la table.) On pourrait construire une flotte, je suis sûr qu'il y a moyen d'aménager des ports le long de la côte. Il faut juste trouver quelques passages de la vallée à la mer. Question cultures, on est un peu bloqués, mais il y a de la place pour l'élevage, et puis, de l'autre côté du col...

— Il y a des barbares.

— ... il y a plein d'autres vallées, peut-être même plus grandes que celle-ci. Et il doit y avoir moyen de rallier les Petits Royaumes par là-bas. Tu devrais savoir, tu viens de là-bas.

— J'avais cinq ans quand j'en suis parti.

— On ne manque pas d'eau, continuait fiévreusement Dioclétien, il y en a partout. Il y a même du gibier dans les forêts feuillues en aval. On peut défendre facilement la vallée. On peut même circuler sur la rivière à partir de dix lieues plus bas. Pourquoi ils ont construit le village ici ? C'est stupide. Personne ne veut y habiter. La moitié des enfants sont menacés de crétinisme. Il fait un temps de...

— Il faut garder un œil sur le col.

Dioclétien arrêta sa litanie pour le regarder d'un œil accusateur. Gregorius finit par reposer son verre.

— D'accord, j'admets que je me moque du col autant que toi. Mais si tu le laisses en plan, si tu... si *nous* ne suivons pas les ordres, ce ne sera pas dans un trou paumé que nous finirons, mais au cachot. Tu crois que les consuls ne sauteraient pas sur l'occasion ?

— Très bien. On n'a qu'à suivre les ordres, décréta Dioclétien. On les suit tellement bien qu'ils ne pourront rien y redire. On construit, on développe, on s'étend.

— On revient au même problème : avec quel argent ?

Retour à la case départ. Dioclétien regarda sa clepsydre. La discussion ne leur avait pris que dix minutes, ce matin-là.

— Une partie de cartes ? proposa Gregorius.

— Non, tu gagnes toujours.

Ce n'était pas que Gregorius était paresseux, il le savait. Depuis six mois qu'ils étaient à Burgdunum, ils avaient passé des journées entières à tourner le problème dans tous les sens. Mais le Sénat savait exactement ce qu'il faisait : en les isolant au bout du monde, il les rendait impuissants.

La matinée s'écoula lentement. Dioclétien envisageait de se mettre à la poésie quand un serviteur apparut. Plus exactement, Protée, l'unique serviteur de la villa à un étage qui leur servait de palais.

— *Domine*, il y a des visiteurs qui veulent te voir.

Il avait l'air aussi surpris qu'eux.

Gregorius se redressa. Dioclétien en lâcha sa tablette.

— Des visiteurs ? Des visiteurs comment ? Des visiteurs officiels ? Un délégué d'Edorailles ? Un investisseur ? Un diplomate de Keilles ?

Le pauvre homme se fit piteux.

— Je crois que ce sont des artistes errants, *domine*.

— Qu'est-ce qu'ils viennent fiche par ici ? demanda Gregorius d'un air incrédule.

Protée haussa les épaules.

— Fais-les entrer, ordonna Dioclétien.

Des bardes hirsutes et odorants valaient toujours mieux que rien.

Il y eut des bruits de pas dans l'escalier, un « *Je n'arrive pas croire qu'on soit venu s'enterrer ici !* » – une preuve de bon sens d'après Dioclétien – puis ses visiteurs apparurent.

À sa grande surprise, deux des artistes étaient des femmes. Un peu sales et vêtues d'habits qui avaient vu de meilleurs jours, mais des femmes tout de même. Des dames, lui souffla une petite voix. On n'inspectait pas la décoration de cette façon si on n'était pas une dame.

Il s'attarda sur elles. Malgré leur aspect débraillé, elles étaient agréables à regarder. La plus jeune devait avoir son âge. Elle était brune, avec de farouches yeux noirs et un nez qui auraient fait se pâmer les poètes d'Edorailles. Ses cheveux courts adoucissaient les traits de son visage.

La deuxième devait avoir une dizaine d'années de plus. Ses traits fins, ses cheveux pâles et ses yeux bleus indiquaient une origine quesvronnaise. Elle était mince comme un roseau, mais une certaine dureté se dégageait d'elle.

Celle d'un diamant taillé avec précision, songea Dioclétien.

Il regarda finalement l'homme. Le jeune homme, corrigea-t-il en lui donnant une vingtaine d'années. Plus grand que lui, dégingandé, il avait de courtes boucles blondes. Un fin duvet couvrait ses joues. Il regardait autour de lui avec curiosité et bonne humeur. Dioclétien commença par le juger inoffensif. Puis il vit l'épée à sa ceinture. Et il vit ses yeux, étrangement familiers, calmes et attentifs.

Les trois visiteurs sortaient de l'ordinaire, il n'y avait pas de doute.

— Vous savez, vos routes – ah ! – *votre* route a de quoi faire honte à l'Empire queiralien, attaqua la Quesvronnaise en secouant délicatement sa botte pleine de boue.

Elle avait parlé dans la vieille langue du Plaennendeon et Dioclétien en retrouva les accents avec nostalgie.

— Malheureusement, la rénovation du réseau routier n'est pas dans nos priorités. (Il désigna les tabourets installés devant sa table.) Je vous en prie, installez-vous. Puis-je vous faire apporter quelque chose à boire ?

Les trois inconnus restèrent plantés devant lui. Le jeune homme et la Quesvronnaise le regardaient d'un drôle d'œil. Finalement, le premier se pencha vers la seconde.

— Je ne crois pas qu'il nous ait reconnus.

— C'est la culture queiralienne. Ça pourrit l'esprit. Je l'ai toujours dit.

— Ça fait longtemps, aussi.

— Ne lui cherche pas d'excuses. Ton frère a toujours été un petit prétentieux qui se croyait trop bien pour le Quesvron.

Dioclétien sentit sa bouche s'entrouvrir. Il scruta attentivement ses invités.

— Dame Aynet ? demanda-t-il finalement. (Sa voix s'étrangla.) Éleuthère ?

Le visage de son frère cadet s'éclaira d'un grand sourire.

— Dio, content de te revoir. Je comptais te rendre visite plus tôt, mais il m'est arrivé quelques incidents en cours de route.

Puis il se jeta à son cou.

Chapitre I
Départ

Éleuthère avait toujours apprécié son frère Dioclétien. Les gens avaient tendance à le trouver froid, calculateur, surtout dans le royaume du Quesvron où la tendance était plutôt à l'insouciance et à l'irresponsabilité, mais Éleuthère avait toujours su que son frère avait un bon fond. De plus, de ses quatre aînés, c'était le seul qui critiquait ouvertement les traditions magiques. Rien que pour cela, Éleuthère l'aurait défendu jusqu'à la mort.

Tout en s'empiffrant de ragoût de porc, il l'observait.

Dio était plus petit que dans son souvenir. Néanmoins, depuis qu'Éleuthère était lui-même sorti de sa tour et que sa croissance avait repris son cours normal, voire un peu accéléré, il avait bien dû grandir d'un pied. Le temps, qui s'était arrêté pendant trois ans, semblait vouloir rattraper son retard le concernant... Par contre, Dio était toujours aussi digne, le dos droit comme un « i », les yeux légèrement désapprobateurs. Éleuthère sourit entre deux bouchées. Le pli de sa bouche lui rappelait un peu Marc, la première fois qu'ils s'étaient rencontrés.

Les coudes appuyés sur la table, le menton élégamment posé sur ses mains croisées, Dioclétien déclara :

— Laisse-moi résumer les deux dernières années : tu t'es fait libérer par un autre prince. Vous avez décidé que la situation ne vous convenait pas et qu'il y avait peut-être moyen de contourner les traditions magiques. Une sorcière en a profité pour passer un marché avec vous. Tu t'es retrouvé embarqué dans une quête pour retrouver les quatre prisons des anciens dieux. Tu as sillonné deux continents, rencontré des pirates, des dragons, des shamans, visité des villes et des lieux légendaires, avant d'atterrir dans le château de quatre anciens magiciens surpuissants qui, d'ailleurs, pourraient être à l'origine des traditions qui régulent nos vies depuis des siècles. Là-bas, votre enchantement a échoué et les quatre dieux se sont échappés. L'un d'entre eux, fatigué par la vie, est resté pour vous aider à trouver une solution. Vous vous êtes ensuite séparés en trois groupes pour partir à la recherche des trois dieux restants. Et te voilà de retour dans le Plaennendeon, sur les traces du... « Rieur ». J'ai bon ?

Éleuthère, la bouche pleine de lentilles, hocha énergiquement la tête. Ils étaient tous installés autour de la table de travail de son frère. À sa gauche, Aynet picorait dans son assiette. À sa droite, Saga sauçait la sienne. Un peu en retrait, Quintus Gregorius, le tribun de son frère, dont le nom évoquait confusément quelque chose à Éleuthère, les observait d'un air captivé – ou hilare, il n'aurait su dire. En face, Dioclétien se tapotait pensivement les lèvres. Sans doute son esprit cavalait-il à la vitesse d'un cheval au galop, en train d'analyser tout ce qu'il venait d'entendre.

Ils avaient mis trois heures à raconter leur histoire. Trois heures pour résumer leur épopée : la sorcière, l'enchantement, la traversée du Plaennendeon, les pirates, l'île, Dayāsahara, le Palais aux

Parois d'Or, le désert, les épreuves, les quatre magiciens et finalement Édena. Saga et Aynet l'avaient laissé narrer le plus gros de l'histoire. Ce n'était pas la première fois que le jeune prince contait leur aventure, mais c'était la première fois qu'il la contait dans son intégralité. La fin était bigrement décevante, avait-il songé en décrivant la fuite des Anciens Dieux.

Dioclétien ne l'avait quasiment pas interrompu. Les capacités de synthèse de son frère étaient impressionnantes. Éleuthère avait hâte d'avoir ses impressions.

— Merci, Protée, dit distraitement son frère tandis que le domestique qui les avait accueillis déposait devant eux une corbeille où se battaient en duel trois pommes et une orange.

L'orange semblait avoir fait le tour du monde. Pour la dixième fois depuis leur arrivée, Éleuthère se demanda comment son très cher frère, si civilisé, avait atterri dans ce trou paumé. Lui aussi avait une histoire à lui raconter.

Aynet se saisit d'une pomme et, à l'aide de son couteau, commença à en ôter artistiquement la peau. Ses épluchures prirent bientôt la forme d'un oiseau en plein vol. Quintus Gregorius eut l'air impressionné.

Dioclétien, ayant intégré toutes ces informations, reprit la parole :

— Bien. Mais, ce que je ne comprends pas, c'est ce que vous avez fait depuis votre départ d'Édena, ces six derniers mois.

Éleuthère s'adossa confortablement dans son siège curule, un sourire aux lèvres.

— Nous avons planifié notre contre-attaque.

Il savoura les mots sur ses lèvres. Après Édena, il leur avait fallu quelques semaines pour retrouver leurs marques, Marc, Gaspin, Saga et lui. Pendant un an, toute leur attention, toute leur énergie, avaient été fixées sur le même objectif : ramener les dieux à Édena pour les renfermer dans leurs statuettes. Les évènements les avaient ballottés en tous sens. Ils avaient dû lutter pour garder la tête hors de l'eau, pour débrouiller le vrai du faux, pour chercher la vérité parmi les cachotteries de Saga l'Ancienne et les différentes histoires qui couraient sur les anciens dieux. Ils avaient aveuglément obéi aux instructions des vieux croûtons. Ils avaient sauté quand on leur avait dit de sauter, plongé quand on leur avait ordonné de plonger.

Et ça, Éleuthère en avait plus que ras-le-bol.

Il n'en voulait pas à Rustning, Lucàn ou Osbern. À leur place, il aurait probablement fait la même chose. Il n'en voulait pas non plus à son amie Saga qui, malgré son lien avec sa mère, n'avait été qu'un pion, elle aussi. Cependant, il refusait de continuer à être manipulé. S'ils devaient continuer, retrouver les dieux et leur régler leur sort une bonne fois pour toutes, alors il aurait son mot à dire dans la façon dont ils allaient s'y prendre.

Marc et Aynet avaient été de son avis. Même Gaspin avait, faiblement, émis l'opinion qu'il aimerait parfois être davantage informé. Bì Cuǐ avait pépié, d'un air innocent, qu'il lui semblait plus productif de travailler tous ensemble. Ghaith avait proposé quelques idées étonnamment intéressantes. Osbern avait poussé un grognement d'assentiment. Et Rustning et Lucàn, en soupirant, avaient admis que, de toute façon, ils n'avaient aucune idée de la marche à suivre désormais.

Tous ensemble, ils avaient écouté la proposition de Zuàn Shí, le Dieu Pleureur à l'apparence de dragon de cristal. Et ils avaient commencé à élaborer un plan.

Éleuthère se délectait à présent de l'annoncer à voix haute.

— Nous allons retrouver les trois dieux restants, bien entendu, et les capturer. C'est la première phase. La deuxième est encore plus importante...

— Vous devez parvenir à les maîtriser définitivement, devina Dioclétien.

— Exactement. C'est Zuàn Shí qui nous a proposé une solution.

— Le Dieu Pleureur ? Vous avez confiance en lui ?

— Oui, intervint Saga. (La sorcière s'essuya la bouche avant de continuer.) Il prétend qu'il ne veut pas juste nous aider à les enfermer, ses frères et lui, mais aussi à... les faire cesser d'exister. J'ai tendance à le croire. Il me paraissait sincère en disant qu'il avait suffisamment et même *trop* vécu. Les détails qu'il nous a fournis sur leurs convictions et leur évolution concordent avec ce que j'ai observé durant mes précédentes existences. Et puis, je peux parfaitement imaginer, ayant l'âge qu'il a, qu'il soit fatigué et souhaite en terminer.

Elle n'avait pas cillé en prononçant ces paroles. Éleuthère la dévisagea. Il avait encore du mal à faire la part entre la Saga qu'il connaissait et les centaines d'autres Saga qui logeaient dans sa tête. Parfois, la jeune femme qui les avait sauvés sur le Mont Kerdaoubann semblait reprendre le dessus ; parfois, elle sombrait dans des silences insondables. Malgré les six mois qui s'étaient écoulés, elle conservait ces sautes d'humeur étranges qui les laissaient tous sur les nerfs.

— Nous avons échoué, tout le monde est d'accord, enchaîna Aynet en tapotant sur la table. Néanmoins, ce n'est pas le moment de baisser les bras. Nous avons trois dieux surpuissants en cavale. Ils sont cruels, impitoyables et décidés à reprendre leurs terres et leurs esclaves par tous les moyens. Ce ne sera pas du gâteau de les capturer, mais il faut aussi que nous trouvions une façon de les neutraliser ensuite.

— Et c'est pourquoi nous allons refiler le bébé à quelqu'un d'autre ! conclut joyeusement Éleuthère.

Dioclétien haussa un sourcil.

— C'est-à-dire ?

— Ces six derniers mois, nous avons cherché – et localisé – leurs Créateurs.

Le jeune gouverneur cligna plusieurs fois des paupières.

— Vous avez cherché – et localisé – quatre magiciens immortels incroyablement puissants, capables de fabriquer des dieux, disparus depuis trois millénaires, répéta-t-il.

Saga et Aynet avaient l'air plutôt contentes d'elles-mêmes.

— Trois, en fait, corrigea Éleuthère avec un sourire éclatant. Xiān Nǚ – c'est la magicienne élémentaire, la créatrice du Dieu Pleureur – est déjà d'accord. Elle aussi pense que le règne des anciens dieux devrait se terminer.

Gregorius intervint, visiblement fasciné par l'histoire :

— Elle serait prête à tuer sa propre créature ? demanda-t-il de sa voix grave.

— Je pense que, pour eux, ce n'est pas vraiment une mort, répondit pensivement Éleuthère. Seulement une fin. Ils ne sont pas nés à proprement parler, juste apparus.

Les cinq humains considérèrent cette idée en silence.

— Et vous pensez que les trois autres accepteront aussi facilement ? reprit froidement Dio. D'une certaine façon, vous allez leur demander d'être vos larbins.

— Comme si on allait leur laisser le choix, renifla belliqueusement Aynet.

— Pour être honnêtes, c'est notre meilleure solution, dit Saga. Après ce qui s'est passé, je ne pense pas que nous pourrions, à nous seuls, les faire disparaître définitivement. Il est peut-être temps que tout le monde prenne ses responsabilités...

— ... même les magiciens éternels surpuissants, conclut Éleuthère d'une voix ferme.

Dioclétien resta pensif une minute, puis haussa les épaules.

— S'il y a quelqu'un de qualifié pour prendre cette décision, je suppose que c'est vous, admit-il. En attendant, comment comptez-vous capturer le Dieu Rieur ? Je vous aiderai du mieux que je peux, bien entendu.

Éleuthère se sentit soudain terriblement intimidé.

— Alors... tu nous crois ? Sur tout ce qu'on raconte ?

— Pourquoi pas ? répondit sincèrement son frère.

— Je connais le petit Marcus, ajouta Gregorius. Tout ce que vous nous avez raconté sur lui sonne juste. S'il s'est embarqué là-dedans, c'est qu'il y croit, lui aussi.

Éleuthère se rappela brusquement quand il avait entendu le nom du militaire. Il claqua des doigts, ravi.

— Vous êtes son parrain ! C'est vous qui lui avez appris à tricher aux cartes !

— Je lui ai aussi appris à se battre, répondit modestement l'homme.

— Et c'est vous, pendant les fêtes de l'équinoxe d'automne, qui avez...

Le tribun toussa bruyamment, sous le regard curieux de son supérieur et de ses invités.

— Peut-être pourrait-on en parler plus tard ?

— Ooooh, j'ai plein de questions, répondit Éleuthère avec un sourire carnassier. (Il reprit son sérieux.) Pour en revenir aux dieux, et plus particulièrement au Rieur, je te remercie, Dio. Nous aurons besoin de toute l'aide possible. De celle du Plaennendeon tout entier, en fait. De toutes ses familles royales, et même de tous ses habitants. (Posant les mains sur la table, il commença à révéler à un membre extérieur du groupe, pour la première fois, le plan qu'ils concoctaient depuis des mois.) Hegarat – le Dieu Rieur – ne va pas rester inactif. À l'heure qu'il est, tu peux parier qu'il est déjà en train de rassembler sa nouvelle armée autour de lui.

— Nous pensons qu'il a rejoint le nord du Plaennendeon, expliqua Saga. Il y a encore de nombreuses sorcières dans la partie nord des Monts du Mitan, au-delà du Deshevron et d'Arailles. Hegarat est le maître de la sorcellerie, et par conséquent de ses usagers. De plus, encore plus au nord, dans les gigantesques montagnes qui bordent l'équateur, il y a des régions oubliées où il trouvera d'autres alliés : des griffons, des manticores et d'autres créatures monstrueuses qui le servaient déjà il y a mille cinq cents ans, et qui seront ravis de le rallier.

À la surprise d'Éleuthère et de ses amies, c'est Gregorius qui conclut :

— Et une fois que son armée sera formée, il la lancera sur le

Plaennendeon, prédit-il d'une voix sinistre. (Le tribun se redressa sur sa chaise.) En toutes autres circonstances, j'aurais pris votre histoire pour un doux délire de cinglés. Mais j'entends des choses étranges depuis quelques mois : des récits de monstres qui attaquent des voyageurs, dans le nord du continent et autour des Monts du Mitan. Il y a des siècles que ce genre d'incidents ne se produisait plus. Si vous avez raison, cela signifie qu'un tyran prépare une invasion.

— Zuàn Shí, le Dieu Pleureur, est d'avis que le Rieur n'engagera pas les hostilités avant le printemps prochain, précisa Aynet. Il a besoin de temps pour reprendre ses marques et reconstituer ses forces.

— C'est aussi votre avis ? demanda Dioclétien.

Saga hocha la tête.

— J'ai tendance à le croire, moi aussi. Le culte du Rieur s'est grandement atténué. Il va commencer par se promener, par évaluer la situation. Rassembler autour de lui des fanatiques, puis grossir petit à petit ses rangs. Quand... quand je servais le Rieur, il y a des siècles, c'est de cette façon qu'il procédait. Il ne déclenchait des grandes batailles que quand il était certain de gagner. Il utilisait davantage la peur que ses pouvoirs. Il sait qu'il n'est pas invincible. Toutefois... nous ne pouvons pas exclure qu'il change de méthode.

Parfois, Éleuthère oubliait que leur Saga était aussi une femme qui avait vécu pendant des siècles ; qui avait, mille cinq cents ans auparavant, servi directement sous les ordres du Rieur, avant de fuir pour trouver un moyen de le vaincre. Il faudrait qu'il lui demande davantage de détails sur cette époque. Elle en parlait peu.

— Bref, une guerre se prépare, résuma Dioclétien. Et nous avons un an pour nous y préparer, peut-être un peu moins. Pourquoi ne pas attaquer directement le Dieu Rieur ? Pourquoi ne pas le neutraliser avant qu'il n'envahisse le Plaennendeon ?

— C'est tout simple, répondit tristement Éleuthère. Il est prudent. Tant qu'il sera en position de faiblesse, il restera caché. Nous y avons réfléchi, crois-moi.

— Je connais son quartier général, ajouta Saga. Il n'y a aucune façon de l'atteindre tant qu'il restera terré là-bas.

Dioclétien étudia ses trois invités d'un œil perçant.

— Vous avez une idée pour l'en faire sortir, déduisit-il.

— Oui. Et si tout se passe bien, les dégâts seront minimes, ses forces seront décimées et toutes les familles souveraines du continent se seront alliées pour repousser l'envahisseur. Ce n'est pas beau, ça ? demanda ironiquement Éleuthère.

Ils ne mentaient pas. Ils avaient bien cherché une solution pour éviter le début d'une guerre, mais aucune n'avait été réaliste.

Son frère n'insista pas. Éleuthère se sentit soulagé et, il devait l'admettre, touché de cette confiance.

— Une dernière question, dit Dioclétien. Pourquoi être venus me voir, moi, avant tous les autres ?

Les trois magiciens échangèrent des regards. Aynet, qui avait toujours eu une dent contre Dioclétien, leva le nez vers le plafond. Réprimant un sourire, Éleuthère expliqua :

— Nous ne voulions pas nous mettre l'Empire à dos en commençant par les vieux royaumes et vice-versa. Tu es l'une des rares personnes à bien connaître les deux côtés du continent et à comprendre leur fonctionnement politique. Nous nous sommes dit que ton avis pourrait nous être utile.

Dioclétien hocha la tête.

— Très bien. Dans ce cas, concentrons-nous sur la façon dont vous allez contacter, et convaincre, vos potentiels alliés. C'est le plus urgent, et ils ne seront pas faciles à convaincre. Avant d'attaquer bille en tête, nous devons faire le point sur les informations stratégiques que vous possédez. Parlez-moi des Anciens Dieux : leur histoire, leurs caractères, leurs motivations, leurs points forts, leurs faiblesses... Surtout le Dieu Rieur, puisque c'est lui notre cible. Mais ne négligez pas les autres.

Éleuthère et Aynet se tournèrent vers Saga.

— Tu as affaire à une spécialiste, dit Éleuthère.

•

Ils décidèrent de laisser Dioclétien prendre des notes sous la dictée de la sorcière. Éleuthère savait que son frère, avant de chercher des idées, avait besoin de connaître tous les tenants et les aboutissants de la situation. Gregorius resta avec eux, intéressé par la façon dont le Rieur dirigeait ses troupes un millénaire et demi plus tôt. Éleuthère et Aynet quittèrent la pièce.

Protée, le serviteur, en profita pour leur montrer leurs chambres, minuscules mais élégamment meublées, à l'arrière de la villa. Dans le couloir qui les desservait se trouvait un petit autel, dédié à l'une des divinités du panthéon queiralien. Éleuthère observa avec curiosité la statuette d'une femme en toge qui portait une gerbe de blé dans les bras. Il n'avait jamais retenu les noms et les particularités des neufs dieux impériaux. Au Quesvron, on avait tendance à prendre la religion pour une perte de temps. On respectait quand même les croyances des étrangers : essayer de débattre sur le sujet n'était guère productif non plus.

Pendant que sa marraine prenait ses quartiers, il décida d'aller se dégourdir les jambes et prendre l'air.

Franchissant le seuil de la demeure, il s'étira et observa la vallée.

Le soleil descendait déjà vers la crête des monts qui lui faisaient face. L'endroit ressemblait beaucoup aux vallons des Petits Royaumes, à l'est, plus verts et plus arrondis que les Monts du Mitan. Des bosquets de conifères se nichaient autour de la rivière, en contrebas. La roche était plus ocre que grise. Le temps y était frais, plutôt sec, malgré l'océan qui se trouvait à quelques dizaines de lieues vers l'ouest, derrière la chaîne des montagnes.

Des cris résonnaient en direction du fort, où les légionnaires s'entraînaient à leurs trucs de légionnaires. Au loin, des bergers redescendaient paresseusement des sommets avec leurs troupeaux de chèvres. La villa de son Dio – son frère, gouverneur ! – trônait au sommet d'un rassemblement de maisons qui constituait son ridicule domaine. Éleuthère avait déjà séjourné, enfant, dans des villages montagnards quand il accompagnait son père ou Anségisel, leur frère aîné, dans le sud du Quesvron. Burgdunum n'était pas un village. Burgdunum était une chiure de mouche.

Planté face au désastre, les mains dans les poches, il se demanda ce qu'avait fait Dioclétien pour mériter son exil. Son frère était un être ambitieux. Avait-il fait de l'ombre à un homme important ?

Un bruit de pas lui fit tourner la tête. Sa marraine apparut derrière lui. Il lui sourit instinctivement.

Il avait été terrifié en quittant le reste du groupe, six mois plus tôt, pour se retrouver en compagnie d'Aynet et Saga. Oh, il les aimait de tout son cœur, aucun doute là-dessus. Mais il les trouvait également redoutables. Autoritaires. Intransigeantes. Protectrices. Bref, elles lui rappelaient sa mère – surtout Aynet – et les soirées arrosées avec Gaspin et Rustning lui avaient, depuis, beaucoup manqué.

Le voyage au sein de leur trio s'était révélé plus aisé qu'il ne l'avait cru. Aynet, curieusement, lui laissait de la marge. Acceptait-elle qu'il eût grandi ? L'idée lui paraissait de plus en plus probable. Saga ne s'était pas immédiatement alliée avec la fée comme il s'y attendait. La sorcière semblait surtout continuer de s'acclimater à sa nouvelle condition. Elle était souvent silencieuse, pour ne pas dire taciturne. Néanmoins, elle avait aussi l'air d'apprécier son avis. Pour résumer, elles se comportaient avec lui comme s'il était leur égal. C'était agréable, et c'était ce qu'il réclamait à cor et à cri depuis des mois, mais c'était aussi perturbant.

— Ton glaçon de frère a l'air presque heureux de nous voir, observa Aynet.

— Peut-être qu'il s'ennuie ?

Aynet haussa élégamment les épaules.

— Peut-être. Les gens évoluent.

Pas seulement nous, déchiffra-t-il dans son regard pensif.

Sa marraine Aynet avait été une femme élégante, gracile, vêtue de soie et de brocart, ses longs cheveux blonds flottant sur ses épaules. À présent, elle portait des vêtements pratiques, poussiéreux, qui avaient traversé des montagnes, un désert et un océan. Ses cheveux étaient nattés sur son épaule. Seul son visage n'avait pas changé : pâle, délicat, il demeurait aussi caractériel qu'un orage d'été. Il en faudrait beaucoup plus que quatre dieux malpolis pour l'abattre, songea-t-il avec attendrissement. Ou pour lui faire perdre son grain de folie sanguinaire.

— Qu'est-ce que tu penses de Gregorius ? demanda-t-il.

— Il est séduisant. Tu as vu ces épaules ? Et ces *mains* ? Tu sais ce qu'on dit sur la taille proportionnelle des...

Éleuthère se boucha les oreilles. Depuis Édena, elle le considérait peut-être un peu *trop* comme son égal. Il y avait des choses qu'il ne voulait pas entendre.

— ... mais je me méfie parce que c'est le parrain de Marc, babillait-elle quand il écouta à nouveau. Ce qui ne joue pas en sa faveur. Mais peut-être qu'il n'a rien demandé, le pauvre homme. Peut-être que Marc embrasse des princes dans des tours de sa propre initiative.

Éleuthère leva les yeux au ciel.

— Je sais que tu aimes bien Marc. Tu apprécies même Gaspin. Et *Rustning*.

— Mesure tes paroles, jeune homme, menaça-t-elle d'une voix froide.

— Il a des grandes mains, lui aussi, remarqua-t-il innocemment.

— Ce serait dommage que tu meures avant d'affronter le Dieu Rieur, menaça-t-elle.

Il se tut. Elle l'impressionnait moins, mais il n'était pas totalement stupide.

En silence, ils observèrent la vallée qui s'étendait à leurs pieds. Ils avaient pris la décision de visiter tout d'abord Dioclétien parce qu'il était un premier lien avec l'Empire et les vieux royaumes, et qu'il était avisé. Cependant, s'ils comptaient alerter toutes les familles royales du Plaennendeon, il leur faudrait bientôt visiter le royaume du Quesvron, songea Éleuthère. Son royaume. Il n'était pas pressé.

Ils s'assirent sur l'herbe et profitèrent simplement d'une fin de journée paisible jusqu'à ce que Saga, émergeant de la villa, vint les tirer de leurs pensées.

— Je leur ai dit tout ce que je savais, annonça-t-elle. Je les ai laissés seuls pour qu'ils puissent parler entre eux.

Elle les rejoignit sur la petite butte qui surplombait la vallée. Ensemble, ils contemplèrent le soleil se coucher sur les montagnes de leur terre natale.

•

— Il va me falloir quelques jours pour digérer toutes ces informations et vous donner mon avis sur la meilleure marche à suivre, déclara Dioclétien quelques heures plus tard. En attendant, je vous propose de faire ici comme chez vous. Le menu est principalement constitué de mouton et de marmotte, mais on s'y fait, ajouta-t-il d'un ton impassible.

Ses invités comprirent, à son expression, qu'il ne reviendrait sur le sujet que quand il y serait prêt. Éleuthère se fit une raison : ils avaient passé six mois à fouiller de vieilles bibliothèques et à interroger des prophètes illuminés pour retrouver le Créateur d'Hegarat, un dénommé Sami le sorcier. Ensuite, ils avaient regagné le Plaennendeon le plus rapidement possible. Des semaines, voire des mois de voyage et de diplomatie les attendaient. Il était disposé à profiter de tous les instants de répit qu'on lui proposerait.

Il entreprit donc, avec ses hôtes, de venir à bout des dernières réserves de vin queiralien dont ils disposaient – vin qui, tout le continent le savait, était le plus capiteux et le plus alcoolisé qu'on ait jamais fait fermenter.

— Toi qui ne voulais pas partir en quête, tu as été servi, lui lança son frère, vautré sur un *triclinium*, quelques heures plus tard.

Sa voix était à peine pâteuse. Éleuthère, qui voyait en quadruple exemplaire, admira l'exploit. Ou alors, son frère était devenu doué pour faire semblant de boire. À côté d'eux, Aynet et Saga enseignaient un jeu de cartes du Wingutu à Gregorius.

— Tu peux le dire, susurra Éleuthère.

— Même si, au final, vous avez échoué.

Aynet, qui avait pris le temps de se laver de la poussière du voyage et même de changer de robe, rétorqua vivement :

— J'avais oublié à quel point ton manque de tact m'irritait !

Ce qui était riche, venant de sa part, jugea Éleuthère.

— Je devrais vous féliciter ? demanda platement Dioclétien.

— Ce sont tes bons principes qui t'ont envoyé dans ce trou ? répliqua-t-elle.

Ils se fixèrent, les yeux plissés, comme deux chiens qui se jaugent avant de marquer leur territoire. Gregorius poussa un hoquet aviné.

— C'était déjà comme ça quand j'étais petit, lui chuchota Éleuthère. Quand il avait douze ans, elle l'a traité de petit paon prétentieux. Pour se venger, il a mis du poil à gratter dans son hennin.

— Son quoi ?

— Son hennin. Une sorte de grand chapeau pointu, à la mode à l'époque. Du coup, elle a collé une carcasse de renard pleine de puces dans son lit.

Le tribun jeta à la fée un regard scandalisé. Saga sourit en trempant ses lèvres dans sa coupe de vin. Aynet haussa les épaules.

— À la guerre comme à la guerre.

— Ensuite, continua Éleuthère, il a badigeonné ses pantoufles avec de la pommade qu'on utilisait pour stimuler nos chiens mâles reproducteurs...

— On va s'arrêter là, coupa Saga tandis que les ennemis jurés se fusillaient du regard et que Gregorius se gondolait de rire. Quelles sont les missions de la garnison de Burgdunum ? demanda-t-elle avec diplomatie pour détourner la conversation.

— C'est surtout de garder un œil sur les tribus barbares du sud, répondit Gregorius. Les sénateurs de Queirailles aimeraient que nous poussions plus loin, pour essayer de grignoter leur territoire...

— Ce qui est stupide, dit platement Dioclétien.

— Il a raison, confirma le tribun. Les montagnes les rendent inaccessibles six mois par an. Géographiquement, ce serait comme essayer de vous piquer les Petits Royaumes. Vous les reprendriez dès le printemps suivant.

— Pourquoi insistent-ils, alors ? demanda Éleuthère avec curiosité, se concentrant sur la conversation. Les sénateurs ?

— Les montagnes regorgent de minerais, développa Gregorius. On en trouve beaucoup plus que dans la chaîne centrale des Monts du Mitan.

— Mais pas dans cette vallée ?

— Un petit peu, au sud. Près du col. Dioclétien a proposé plusieurs fois, officiellement, d'y creuser des mines, mais ils sont trop contents de nous laisser poireauter en nous accusant d'incompétence, répondit l'homme.

— Vous les avez énervés, hein ?

Dio joua avec sa coupe d'un air ennuyé. Gregorius se gratta la joue.

— Oui, admit-il. Disons que les faveurs politiques, ça va et ça vient. Pour le moment, on a un des consuls à dos, un certain Octavius Patronus Mel. Une des solutions pour regagner ses bonnes grâces serait de ramper à ses pieds, bien sûr...

— Plutôt me suicider avec de la ciguë, décréta Dioclétien. (D'un air morose, il fixa le plafond. Puis il se pencha vers Éleuthère, qui était assis à ses pieds. Pour la première fois de la journée, il affichait un air incertain.) Hum... Alors, c'est vrai ? Les traditions magiques sont vraiment le fruit de la lubie de quatre magiciens qui ont existé il y a quatre mille ans ?

Éleuthère fut pris d'un élan d'affection alcoolisée pour son frère. Dioclétien était un grand garçon, rationnel, calculateur, capable de faire face aux imprévus et aux crises, mais il restait un prince. Un prince qui avait subi et subirait toujours, comme Éleuthère lui-même, la pression des convenances magiques. Il lui avait été douloureux d'accepter la vérité. Dioclétien ne pouvait pas y être indifférent.

Pour la première fois depuis son arrivée à Burgdunum, il eut l'impression de vraiment retrouver son grand frère, le plus proche de son âge, qui, derrière son air sérieux et son intelligence aiguisée, était humain tout comme lui.

Ou peut-être était-ce les sirupeux cépages de l'archipel.

— C'est vrai. Mais... hips !... nous pensons que c'est aussi un système de sécurité.

— Comment ça ?

— En prédéterminant le rôle de certains individus, déclara doctement Saga, les Créateurs les ont privés d'une part de leur liberté. Toutefois, ils en ont aussi fait des sortes de points fixes. Des repères inébranlables.

— Les princes sont faits pour vaincre les sorcières, c'est vrai, continua Aynet, et beaucoup de sorcières n'ont rien demandé, mais ils sont aussi faits pour vaincre les vraiment, vraiment mauvaises sorcières. (Elle se tourna vers Saga.) Désolé pour l'exemple. (Puis elle agita la main.) Un berger peut tuer un géant. Une fillette peut se montrer plus futée qu'un gobelin. Si on simplifie, disons que le mal ne peut jamais totalement triompher du bien. Il peut l'étouffer, le contraindre, mais il ne peut pas l'anéantir.

Éleuthère, qui s'enfonçait inexorablement dans ses coussins, rigola.

— Gaspin dirait sans doute que ça sonne terriblement prétentieux, mais en même temps, c'est *vrai*.

Un pâle sourire éclaira le visage de Dioclétien.

— Et donc, je suppose que votre plan est de profiter au maximum de cette *vérité* pour régler leur compte à ces Anciens Dieux ?

— Ça, tu peux compter dessus !

Ils burent jusqu'à une heure avancée, jusqu'à ce qu'Éleuthère se sente partir vers le pays des songes et, pour la première fois depuis longtemps, ses autres amis ne lui manquèrent presque pas.

•

Durant les deux jours qui suivirent, les trois magiciens en apprirent davantage sur Burgdunum et la province de Brenacia. Malgré les installations sommaires, humides, et la nourriture à peine consommable, Éleuthère était heureux de retrouver son frère et de... simplement parler de la vie avec lui.

Gregorius ne maintenait pas ses hommes dans l'inactivité. Tous les matins, il les faisait crapahuter dans la montagne, avant de les faire s'entraîner ou, un jour sur deux, participer à la construction du village. Les soldats n'étaient pas des artisans, mais des maisonnettes commençaient à s'élever autour de la villa.

— C'est n'importe quoi, déclara Dioclétien en les observant, par une belle fin d'après-midi ensoleillée. On serait bien mieux dans la vallée.

Ils étaient tous installés sur la terrasse devant la villa, en train de profiter des rayons du soleil. Gregorius, invariablement vêtu de son uniforme, rétorqua :

— Les ordres, ce sont les ordres. Je t'ai bien fait une suggestion, mais tu n'as pas voulu l'écouter.

Dioclétien haussa les épaules. Puis fronça les sourcils. Puis se tourna vers Aynet qui goûtait délicatement un fromage de chèvre, une assiette en équilibre sur ses genoux. Éleuthère et Saga, quant à eux, testaient une tisane locale que leur avait vendue une habitante du village.

— Dame Aynet ?

Le ton de Dioclétien n'était pas suave – il ne s'y serait jamais abaissé – mais soudain très diplomatique.

— Oui, mon chou ? répondit-elle d'un air méfiant.

— Vous pensez que vous seriez capable de contrôler une petite avalanche ?

Elle retourna à l'épluchage de son crottin.

— Élie s'en sortirait mieux que moi.

Un éclair de surprise passa sur le visage du jeune gouverneur. Éleuthère lui fit un sourire plein de dents. Eh oui. Les choses étaient comme ça, à présent.

— Éleuthère ?

— Oui, Dio ? répondit-il, tout sucre tout miel.

— Tu pourrais me faire une petite avalanche qui raserait le camp et la villa, mais qui épargnerait le village civil ?

— Mais avec plaisir, mon cher frère.

Gregorius, les mains sur les hanches, les contempla tous.

— Je suis content de vous connaître. C'est très pratique, déclara-t-il avant de repartir en trottinant vers ses hommes.

Éleuthère essaya de ne pas voir ses deux compagnes lorgner les fesses du militaire d'un air intéressé. Non, vraiment. Il se tourna vers Dioclétien.

— Tu veux de la neige ou plutôt des rochers ?

•

Le matin du troisième jour, ils évacuèrent le campement, la villa et les bâtiments alentour. Tandis que les soldats empilaient le matériel et les provisions à l'écart de la future zone sinistrée, les villageois locaux se regroupèrent, curieux, sur un à-plat rocheux à l'abri de tout glissement de terrain. Éleuthère vérifia sa logistique avec Aynet.

— Si l'éboulement se déclenche ici, il devrait passer par là, et s'arrêter en contrebas en atteignant la forêt...

Un peu avant midi, il retroussa ses manches et lança un sourire radieux au gouverneur et au tribun qui patientaient devant leurs hommes.

— Vous êtes toujours certains ? Il n'y aura pas moyen de revenir en arrière, les prévint-il. Toute la zone sera recouverte.

— Rase-moi ce trou perdu, grogna Dioclétien.

Gregorius hocha la tête, l'air peu ému.

Éleuthère leva les mains, paumes vers le sol. Il y avait longtemps qu'il n'avait pas fait de magie de cette envergure. Depuis Édena, en fait. Et il y avait longtemps qu'il n'avait pas effectué de magie aussi basique. Son duel dans le désert – qui lui paraissait avoir eu lieu une éternité plus tôt – avait demandé du raffinement, de la vitesse et de la précision. Ici, il s'agissait de déplacer une grosse masse de rochers. En veillant toutefois à ce qu'ils ne s'éparpillent pas dans tous les sens. Même s'il n'y avait rien de compliqué dans le sortilège, il ne s'était jamais attaqué à si gros.

Il sentit la magie frémir au bout de ses doigts et dans le reste de son corps, puis se raccorder à celle contenue dans le sol, dans le roc. Les magiciens élémentaux étaient plus doués pour exiger que pour apprivoiser. Cependant, les leçons de Rustning avaient renforcé sa sensibilité. Peut-être devrait-il demander quelques astuces à Saga, songea-t-il en *poussant*.

Un faible grondement retentit en haut de la montagne, directement au-dessus d'eux.

— Ça vous semble être le bon endroit ? questionna-t-il sans ouvrir les yeux.

— Fais attention sur ta droite, conseilla Aynet. Il y a une ravine dans laquelle pourraient s'engouffrer les rochers.

Il corrigea son point d'appui avant de *tirer* un peu plus fort. Il pouvait sentir la roche répondre à son appel avec une facilité qu'il n'avait jamais ressentie. Il sourit. Le vieux dragon leur en avait fait baver, mais Éleuthère avait indéniablement progressé.

— C'est parti, annonça-t-il.

Une dernière poussée, et... Il entrouvrit les yeux pour voir le premier rocher se détacher, silencieusement, avant de s'écraser vingt mètres plus bas dans un craquement titanesque. Le choc résonna dans ses os. Un deuxième le suivit, puis un troisième. Bientôt, des blocs gros comme des maisons se mirent à rouler dans leur direction, entraînant des rocs plus petits et un torrent de neige derrière eux.

Le spectacle était démentiel. Les villageois s'agitèrent, heureusement maîtrisés par les soldats qui ne semblaient pas, eux non plus, très rassurés. Éleuthère, souriant comme un fou, le cœur tambourinant dans la poitrine, admira l'avalanche furieuse qui se précipitait sur eux. Dioclétien et Gregorius reculèrent machinalement d'un pas.

Le glissement se trouvait à mille pieds du campement, nimbé d'un halo de neige, quand Éleuthère leva à nouveau les mains pour le canaliser. Là, un peu sur la droite... Parfait. Les rochers s'engagèrent dans le lit du torrent, emportant avec eux les bâtiments fraîchement construits, la villa, puis, plus bas, le rectangle de rondins du camp militaire vidé de ses installations et de ses occupants. Ils frôlèrent, à une centaine de pieds près, les maisons du village avant de continuer vers la forêt de pins dans la vallée.

— Ils vont continuer loin ? demanda Dioclétien.

Éleuthère secoua légèrement la tête, se dispensant de répondre, concentré. Une petite remontée de terrain et... voilà. L'avalanche ralentit. Retomba. Se calma comme si rien ne s'était passé. Impeccable. Seuls une traînée de cailloux fraîchement délogés et un nuage de poudreuse, qui commençait à se déposer sur le sol, témoignaient des évènements.

Il vérifia que tout était bien ferme. Il serait ballot d'avoir effectué un travail aussi propre pour que le sol se dérobât le jour suivant. En aval, tout allait bien. En amont, la roche avait retrouvé sa stabilité. Il testa, poussa un peu, mais rien ne bougea.

— Et voilà ! annonça-t-il joyeusement en se tournant vers les deux hommes.

Dioclétien, qui avait par précaution revêtu une lourde cape de laine sur sa toge, essuya posément son visage plein de poussière.

— Merci, Éleuthère. Je n'ai plus qu'à écrire mon rapport sur ce triste incident.

— J'aimerais tellement voir leur tête quand ils vont lire que le camp a été « malheureusement détruit » et qu'on a entrepris de reconstruire plus bas, ajouta Gregorius d'un air béat.

— Il ne faudrait pas mettre nos braves soldats en péril sur un terrain instable, approuva son associé.

S'il n'avait pas aussi bien connu son frère, Éleuthère aurait presque dit que Dioclétien semblait réjoui.

●

À partir de ce moment, les soldats et les villageois guettèrent les trois visiteurs avec un soupçon de frayeur – du moins, jusqu'à ce qu'une vieille femme, dans l'après-midi, vienne demander à Saga si elle pouvait soigner ses engelures. Après cela, le bon sens humain reprit le dessus. Si une fée était capable de faire germer des graines et un magicien de déplacer un gros rocher, peu importait qu'ils fussent des inconnus un tantinet effrayants. Éleuthère, Aynet et Saga passèrent le reste de la journée à rendre de menus services, ce qui n'était pas une mauvaise chose pour se maintenir en forme.

Les soldats étaient plus prudents. Les Queiraliens fricotaient peu avec la magie. C'étaient leurs prêtres qui s'occupaient des histoires d'enchantements et de traditions magiques. Éleuthère se demanda si, théologiquement, leurs dieux existaient et s'ils intervenaient vraiment. Après Édena, il était ouvert à toute possibilité. Pourraient-ils s'allier avec des dieux ? Gregorius, quand il lui posa la question, parut sceptique.

— Les dieux queiraliens ne sont pas connus pour faire alliance avec d'autres royaumes... Mais on ne sait jamais, reconnut-il.

Après l'avalanche, les soldats avaient monté des tentes agréablement chauffées par de grands braseros. Celle de Dioclétien, au centre du camp, était même très confortable avec ses tapis épais et ses meubles de bois sombre. Ils s'étaient établis bien plus bas dans la vallée, à la lisière de forêt de pins. La rivière, en cet endroit, était un torrent tumultueux qui ne devenait praticable que plusieurs lieues en aval. Les légionnaires, aidés par les villageois, avaient entrepris de construire leur nouveau camp, qui deviendrait bientôt un village puis une ville. La proximité des forêts facilitait l'approvisionnement en bois et en gibier.

Tandis que la nuit tombait, Dioclétien, assis à sa table devant une pile de documents censés résumer les grandes lignes de leurs démarches à venir, leur présenta enfin ses conclusions :

— Le principal obstacle à votre démarche, c'est que vous n'avez pas d'allié solide dans l'Empire. À votre place, je commencerais par rendre visite au roi de Keilles. Officiellement, son royaume est indépendant et il n'a pas une grande influence auprès de l'impératrice mais, si vous parvenez à obtenir son soutien officiel, puis ceux du Quesvron et du Deshevron, les Queiraliens seront forcés de tendre l'oreille.

— Tu veux que nous commencions par convaincre les petits poissons avant de nous attaquer à la baleine, résuma Aynet.

— Je ne me risquerais pas à traiter Honoria de baleine, mais c'est à peu près ça. (Il étala entre les assiettes et les verres une carte du Plaennendeon. Gregorius, visiblement habitué à ses manies, soupira en écartant les plats.) Partons du principe que vous commencerez par Keilles. D'après ce que m'a dit dame Saga, vous avez des lettres de recommandation du prince Marcus. Gregorius, qui connaît bien le roi Gaius, pourra vous accompagner.

— Le roi et ses conseillers ne seront pas faciles à convaincre, prévint Gregorius. Quoi qu'ils prétendent, ce sont culturellement des impériaux. Les superstitions de l'est ne sont pas les bienvenues dans leur royaume. La magie y est seulement tolérée.

— Et si Marc leur parlait ? proposa Saga.

Gregorius l'examina d'un air perplexe.

— Je pensais qu'il se promenait sur l'Océan Tenvalique ?

— Oui, mais je peux faire en sorte qu'ils le voient et l'entendent.

Gregorius fit la grimace.

— Ce ne serait pas forcément une bonne chose, dit-il. Ne vous méprenez pas, Marc est un bon petit gars et je l'estime beaucoup, mais… Disons que sa mère et son frère, le prince héritier Primus, sont moins sensibles que moi à ses qualités.

Éleuthère, piqué au vif, demanda d'un ton coupant :

— Comment ça ?

— Ils le prennent pour un rigolo, annonça Dioclétien sans prendre de gants.

— Quoi ?!

Éleuthère décida sur-le-champ que la reine et le prince Primus devaient être des gens remarquablement bêtes. Marc, un *rigolo* ? Gregorius soupira.

— Il n'a jamais eu d'ambition. Il préfère la comptabilité aux joutes. Même s'il est plutôt doué, politiquement, il ne cache pas ce qu'il pense des gens, surtout quand ils sont idiots. Disons que sa mère et son frère fonctionnent différemment. Le roi l'aime bien, mais il n'est pas en mesure de lui donner la préférence…

— C'est quoi cette famille de trouducs ? s'indigna Éleuthère.

— … quant à ses autres frères et sœurs, conclut Gregorius, leur opinion ne compte pas assez pour influencer leur aîné. Donc, oui, le prince Primus est plutôt méprisant envers son frère. C'est auprès du roi Gaius qu'il faudra insister.

— Ce que tu ne pourras pas faire à coups de pieds dans le fondement, Éleuthère, dit Aynet d'une voix insistante.

Fulminant, Éleuthère s'efforça de se calmer. Marc, avec qui il avait traversé deux continents, qui avait tenu tête à un phénix enchanté, des dragons, des démons et des dieux ? Marc, un *rigolo ?* Il allait leur en donner, du rigolo. Il allait leur botter leurs petits derrières prétentieux, oui. Il allait...

— Ils sont devenus très amis, expliqua Saga à leurs deux hôtes.

— C'est bien, commenta Gregorius. Marc n'a jamais eu beaucoup d'amis.

— Est-ce qu'on peut reprendre ? demanda Dioclétien d'un ton tranchant. Élie, quand tu auras terminé de t'offusquer ? Tu auras tout le temps de défendre l'honneur de ton ex-fiancé plus tard, c'est promis.

— Oh, la ferme.

— Comme deuxième étape, continua Dioclétien sans lui prêter attention, je prescris Rosanbo. Même si Éleuthère échoue, dame Aynet n'aura pas de problème à convaincre mes parents. Je n'ai pas de nouvelles depuis un moment, admit-il. Depuis l'annonce officielle de la naissance de Flor, en fait.

— Qui est Flor ? demanda machinalement Éleuthère.

Dioclétien lui jeta un regard étrange.

— Notre petite sœur ?

Éleuthère ouvrit la bouche. La referma. Petite quoi ? Que... Hein ?

— On a une petite sœur ? bredouilla-t-il.

— Depuis environ six mois. Ah, tu devais être loin, comprit Dioclétien. Tu ne l'as pas appris en revenant ?

— Non, crétin !

Une petite sœur ! Comment, pourquoi ? Non, le « comment », il pouvait deviner – beurk. Le « pourquoi » avait peu d'importance. C'est le « alors quoi » qui changeait tout. S'il avait une sœur, alors la malédiction de son père était brisée ; c'est une fille, et non un fils, qui reprendrait la couronne. Le trône était sauvé. Du même coup, Éleuthère n'était plus obligé de se marier pour pondre un héritier. Ce qui voulait dire que l'histoire de la tour n'avait servi à *rien*. Qu'il avait été enfermé pendant trois ans alors que ce n'était pas nécessaire.

Il hésita entre éclater de rire, hurler et enfouir son visage dans ses mains.

— J'ai besoin d'air, balbutia-t-il en se levant.

Les autres restèrent silencieux tandis qu'il sortait.

Il donnait des coups de pieds dans un sapin maigrichon, derrière la villa, quand Dio le rejoignit. Son frère s'assit sur un rocher en attendant qu'il eût terminé.

— Je suis désolé, déclara-t-il quand Éleuthère, soufflant comme un bœuf, le rejoignit enfin. Je n'ai pas pensé à ce que cette histoire de tour signifierait pour toi. Ça m'a paru drôle, sur le moment, et tellement typique des lubies des parents. (Il se pencha pour ramasser un brin d'herbe qu'il tordit entre ses doigts.) Je me suis dit qu'une jolie aventurière viendrait te délivrer, qu'elle serait ton Grand Amour, que la situation s'arrangerait d'elle-même. J'étais trop content d'avoir échappé à ce cirque. Enfin, vu où ça m'a mené...

Il paraissait sincèrement désolé. De leur fratrie, Dioclétien était le moins prompt à s'épandre. Éleuthère, touché, lui tapota le bras.

— T'inquiète. Tu es sans doute le moins digne de reproches. Après tout, les autres n'ont rien fait, et ils étaient là. (Il inspira profondément.) En quittant la tour, je comptais même venir te retrouver. Avant... tout ça.

Les deux frères restèrent un long moment silencieux. Éleuthère, pour sa part, songea aux siècles de traditions magiques qui les avaient menés jusqu'au jour présent. Il était encore malade de savoir qu'il s'agissait d'un canular élaboré par les Créateurs pour faire tourner en bourriques les familles royales de l'époque. Rustning et Lucàn avaient une autre idée : pour eux, il était possible qu'elles servissent à la fois de protection magique et d'assurance que, dans tous les cas, un modeste héros pourrait s'élever contre le danger qui rôdait. Éleuthère espérait qu'ils avaient raison. Et que les traditions ne les lâcheraient pas au dernier moment, les enfoirées. Et que les Anciens Dieux ne les retourneraient pas contre eux. Et que...

— Une petite sœur, hein ? répéta-t-il en soupirant.

— Oui. J'ai reçu le courrier avant l'hiver. Je ne l'ai pas vue, bien entendu, mais d'après la lettre de Mère elle pèse sept livres et boit six biberons par jours. Je n'ai aucune idée si c'est normal pour un bébé. Éleuthère non plus.

— Elle doit se faire horriblement chouchouter, dit-il. Entre Père, Mère, Anségisel et Louise...

— Chilpéric a dû lui fabriquer des jouets articulés.

— Et Buccelin la faire monter sur son cheval...

— Avant de se faire tuer par Mère et Louise, compléta Dioclétien. (Il se redressa en lissant sa toge.) Quand tu la verras, dis-lui bonjour de ma part, tu veux ? On y retourne ? Si tu as terminé ta crise existentielle ?

Éleuthère lui donna un coup de coude. Dioclétien l'ignora impérialement, mais un soupçon de sourire jouait au coin de ses lèvres.

Ils regagnèrent la tente, à l'intérieur de laquelle leurs trois compères les accueillirent sans faire de commentaires. La conversation reprit :

— Concernant Keilles, j'ai eu une autre idée, déclara Dioclétien. Vous gagneriez beaucoup à voyager avec un diplomate accompli. Même si je ne doute pas de vos talents, dame Aynet, ajouta-t-il en s'inclinant vers elle. (Elle plissa les yeux, sans savoir s'il s'agissait de lard ou de cochon. Il continua.) Si tout se passe bien avec le roi Gaius, vous pourriez demander à ce qu'un membre de sa famille vous accompagne.

Aynet, leur spécialiste en politique, ce qui en disait long sur leur situation pitoyable, oublia sa rancune pour se pencher vers lui d'un air intéressé.

— Pour former une sorte de délégation officielle ?

— Exactement. La reine Gisla, comme vous le savez sans doute, est une princesse du Deshevron. Les deux familles s'entendent bien. Le roi Garmon du Deshevron serait sensible à la visite d'un de ses petits-enfants.

— Vous pensez à Primus ? devina Éleuthère.

Gregorius prit la parole :

— Par forcement. (Il saisit un parchemin pour y griffonner un arbre généalogique.) Primus se prend au sérieux. Il n'est pas délicat dans ses propos. Sans compter qu'il fait un compagnon de route insupportable. Manius, le deuxième fils du roi, est raisonnable mais il n'a pas une forte personnalité. En plus, il ne vit pas à Kelorum, mais dans l'ouest du pays. Kelia est une tête de linotte. Non, je pensais à la sœur jumelle de Manius, Léonia. Elle a une trentaine d'années. C'est à peu près la seule qui ose tenir tête à sa mère et à Primus. Son père l'aime bien, son grand-père maternel aussi, et beaucoup d'ambassadeurs respectent ses manières et son opinion. Ce serait le meilleur choix.

— Elle accepterait ?

— Je pense. La décision officielle viendra de Gaius, bien entendu, mais l'avis de Léonia pèsera dans la balance. Il y a une autre possibilité, dit-il pensivement en tapotant sa plume sur le parchemin. Le prince Secundus, le deuxième héritier du trône.

— Lui aussi, il pourrait être de notre côté ?

— Absolument pas. C'est le portrait craché de son père. Cependant, il vient d'avoir seize ans, il y a trois jours. Vous voyez l'opportunité ?

Éleuthère et Aynet échangèrent un regard de compréhension.

— Mûr à point pour une quête, murmura le jeune homme. On pourrait jouer là-dessus. Invoquer le destin et tout le bazar.

— De toute façon, vous venez bien avec nous ? demanda Aynet en se tournant vers Gregorius. Au moins jusqu'à Kelanum ?

Le tribun hocha la tête.

— Même si je m'entends mal avec le prince Primus, Gaius est un vieil ami. Il sera plus enclin à vous écouter – et à vous croire – si je suis avec vous.

— Mais il faudra me le rendre rapidement, intervint Dioclétien. Le sénat va sûrement envoyer quelqu'un pour constater l'avalanche. Gregorius devra être présent. (Il regarda Saga qui étudiait sagement le parchemin.) Vous m'avez dit que vous aviez un moyen rapide pour vous rendre à Kelorum ?

— Oui. Ce sera prêt demain, fut la réponse laconique de la sorcière.

Éleuthère, curieux, se pencha par-dessus son épaule pour déchiffrer les noms écrits en pattes de mouche.

Sa grimace ne passa pas inaperçue auprès de Gregorius.

— Quelque chose vous tracasse ?

— Non. Ça fait seulement beaucoup de princesses, dit-il honnêtement.

Dio émit un bruit dégoûté.

— Ne m'en parle pas, dit-il froidement. Ça fait un an qu'ils m'invitent à séjourner chez eux. Je suis à court d'excuses.

Gregorius, amusé – et peu concerné, lui – se mit à rire.

— La plus âgée, Kelia Minor, n'a que quatorze ans. Ça m'étonnerait que vous risquiez quoi que ce soit. (Les deux princes lui jetèrent un regard peu convaincu.) Si vous ne pouvez pas éviter le coup de foudre, continua-t-il avec amusement, je vous conseille les jumelles, Mino et Marguerite. Ou Fausta. Ce sont les plus futées du lot.

Éleuthère claqua des doigts.

— Hé ! Officiellement, je suis toujours fiancé à Marc ! se rendit-il compte. Je pourrais toujours m'en servir comme dernier recours.

Gregorius le dévisagea d'un air empli de mélancolie.

—J'aurais tellement aimé voir la tête de Marcus dans cette tour.

Ils discutèrent encore un peu, sans faire de plans plus précis. Les semaines à venir seraient trop incertaines pour qu'ils cherchassent à se projeter plus loin. Qui sait, peut-être le Rieur les retrouverait-il avant même qu'ils n'aient atteint Rosanbo ? Ce qui, songea Éleuthère, aurait l'avantage de leur éviter beaucoup de politique. Il n'avait jamais aimé la politique.

— Merci, dit-il à son frère qui remballait ses cartes.

Dioclétien, au lieu de lui répondre par une de ses remarques mi-stoïques, mi-sarcastiques, plongea calmement ses yeux gris dans les siens.

— C'est de mon monde qu'il s'agit, dit-il simplement. Et je te fais confiance.

Éleuthère espéra que le reste du Plaennendeon partagerait son avis.

•

Quatre jours s'étaient écoulés depuis leur arrivée à Burgdunum. Quatre jours qui s'étaient écoulés à toute allure. Son baluchon sous le bras, Éleuthère contempla une dernière fois la tente sommaire qui les avait abrités cette dernière nuit. Puis il sortit pour rejoindre les autres dans la tente principale.

Le ciel était gris ce matin-là. En contrebas, le torrent grondait sourdement. Des soldats s'interpellaient en transportant de longs troncs de pins équarris. La palissade du camp était déjà montée. Ils s'attaquaient aux écuries et aux entrepôts indispensables pour stocker leur matériel. Les constructions de pierre viendraient ensuite, en même temps que le beau temps qui assécherait le sol. À la fin de l'été, peut-être les soldats auraient-ils chacun leur maisonnette. Et ensuite ? Dio n'était pas du genre à laisser traîner les choses. Il y aurait le port à créer en aval, et les mines à ouvrir, et les barbares à visiter... Un bref instant, Éleuthère comprit l'excitation et l'enthousiasme que son frère pouvait ressentir devant de tels projets. Souriant, il se dirigea vers son propre destin, vers sa propre mission.

Saga et Aynet avaient revêtu leurs habits les plus respectables, à savoir deux chemises propres et des pantalons à peine rapiécés. Gregorius, vêtu de son uniforme de campagne, son sac sur l'épaule, patientait avec elles devant le miroir que Protée avait installé au milieu de la tente. Dioclétien fouillait dans une pile de papiers.

— Je pense vous avoir donné tout ce qui pourrait vous aider, marmonna-t-il.

— T'inquiète, ça va aller, le rassura Gregorius avec une

38

familiarité qui étonnait encore Éleuthère, peu habitué au fait que son frère ait des *amis*.

— Quand tu reviendras à cheval de Kelorum, essaie de rapporter...

— J'ai la liste, dit Gregorius en tapotant son sac.

— Mmh.

Dio essayait de se montrer digne, mais ne pouvait dissimuler sa nervosité. Éleuthère se demanda dans quelle mesure les décisions qu'il avait prises ces derniers jours allaient affecter son avenir politique. Rempli d'affection, il le serra rapidement dans ses bras en lui tapotant le dos. Dioclétien fronça le nez mais lui rendit son étreinte.

— Ne frappe personne. N'insulte personne. Réfléchis avant de parler. En fait, laisse dame Aynet négocier, lui dit sérieusement son frère.

— Hé, on a eu les mêmes précepteurs, non ?

— Parfois, j'en doute, murmura Dio.

Saga s'était plantée devant le miroir, sur lequel elle peignait avec ses doigts des arabesques avec de l'eau du torrent et... ce qui ressemblait à du sang. Charmant. Intrigué malgré lui – il était magicien, après tout – Éleuthère se pencha vers le bol.

— Sang de cheval, dit laconiquement son amie.

— Aaaah ! Parce que Kelorum est connu pour ses élevages ! Est-ce que ça aurait fonctionné avec du sang de Marc ? demanda-t-il avec curiosité.

— Tout dépend des sentiments qu'il entretient à l'égard du lieu de destination. En cas de colère refoulée, nous risquerions d'atterrir à Mungu Mii.

Il valait peut-être mieux éviter, alors. Visiblement, les relations entre Marc et sa famille étaient plus compliquées que prévu.

Saga fit signe à Gregorius. L'air résigné, le tribun s'approcha d'elle. Elle se mit à lui barbouiller le visage avec autant de concentration et d'indifférence qu'elle l'avait fait avec la glace. Ce serait le souvenir qu'avait Gregorius de Kelorum qui les conduirait jusqu'au château. En espérant que tout se passât bien.

— Il faudrait trouver un moyen de prendre des images sur le vif, commenta Dioclétien en observant son bras droit se faire peinturlurer. Pour avoir des souvenirs.

— C'est marrant que tu dises ça, c'est une des conversations préférées de Lucàn, Rustning et Osbern, dit Éleuthère. Ils bossent sur un sortilège à ce sujet. (Dio lui jeta un drôle de coup d'œil.) Quoi ? demanda-t-il.

— Parfois, ce que tu me racontes me semble tellement invraisemblable que je me demande si tu n'es pas fou à lier. Et moi aussi, puisque je te crois.

Éleuthère sourit, amusé.

— Qu'est-ce qui te fait penser le contraire, alors ?

— Dame Aynet n'est pas du genre à se faire embarquer dans tes délires.

La fée était en train de faire des commentaires sur le rouge du sang qui jurait horriblement avec les cheveux de Gregorius. Le militaire endurci se laissa faire sans broncher par les deux femmes. Éleuthère tapota une dernière fois le bras de son frère avant de s'approcher de ses compagnons de voyage.

— On est prêts ? demanda-t-il en se frottant les mains.

— Oui, répondit Saga en s'essuyant sans façon les mains sur son pantalon.

— Ça va secouer ? demanda Gregorius d'un ton plus curieux qu'inquiet.

Visiblement, il en fallait beaucoup pour le perturber. Éleuthère se demanda si c'était de lui que Marc tenait son calme inébranlable.

— Oui. Concentrez-vous sur le lieu d'arrivée.

— Oh, c'est facile. C'est le miroir horrible que Gisla a tenu à accrocher dans la salle du trône. Un héritage culturel, selon elle. J'espère qu'il y est encore...

— Bah, sinon, on sera quitte pour atterrir dans un placard,

lança Éleuthère avec bonne humeur.

Dioclétien leur jeta un dernier regard sérieux qui voulait sans doute dire « faites attention à vous ». Ou peut-être « ne provoquez pas d'incident diplomatique ». Difficile à savoir.

Saga murmura plusieurs phrases qu'Éleuthère ne comprit pas, puis posa sa main sur le miroir. La surface de l'objet se mit à onduler lentement comme celle d'un étang. Il était juste assez grand pour qu'ils puissent se glisser entre les montants.

— C'est bon, dit finalement la sorcière. Allons-y. Ne vous lâchez pas.

Se tenant la main, ils plongèrent dans la surface miroitante...

... et commencèrent ainsi leur longue tournée diplomatique pour unifier les peuples du Plaennendeon contre un dieu considéré depuis des siècles comme une histoire à raconter, le soir au coin du feu, pour effrayer les enfants.

Un dieu dont ils allaient botter les fesses.

Chapitre II
La cour de Keilles

La force du sortilège éjecta Saga du second miroir. Elle atterrit sur un tapis, trébucha et se rattrapa tant bien que mal tandis qu'Éleuthère s'étalait sur sa droite et qu'Aynet et Gregorius, sur sa gauche, parvenaient *in extremis* à garder l'équilibre.

— *Je déteste cette façon de voyager*, râla la Cent Troisième Saga dans sa tête.

— *Vous savez, techniquement*, observa la Vingt-Deuxième, *il s'agit de nous faire disparaître, petit bout par petit bout, pour nous reconstruire autre part, mais avec d'autres petits bouts. Philosophiquement parlant, on pourrait même dire que nous ne sommes plus « nous », et donc que...*

— Fermez-la, songea la Cent Neuvième – non, non, Saga, elle était Saga, la vraie, la dernière, celle qui contrôlait la situation.

— *Nous sommes toutes Saga, mon chou*, dit la Quatre-vingt-Dix-

Septième avec pitié.

— « *Tous* », corrigea sèchement le Quatre-vingt-Sixième. (Qui avait préféré, à son époque, garder le nom de Saga plutôt que de le transformer en Sagus ou Sagian.) *Merci de ne pas m'oublier.*

Saga n'entendait pas vraiment les voix, pas au sens où les autres auraient pu l'imaginer : comme elle l'avait déjà expliqué à Éleuthère, elle les sentait, plutôt, comme d'anciennes influences, d'anciennes façons de penser, qui s'attardaient dans son esprit. Certaines avaient complètement disparu ; les plus récentes étaient les plus nombreuses, mais il y avait des exceptions. Elle les repoussa en se concentrant sur ce qui les entourait, elle et ses trois compagnons.

Le miroir de la reine Gisla n'avait pas été décroché. Ils se trouvaient bien dans la salle du trône de Kelorum. Du moins, la présence d'un gros fauteuil doré installé sur une estrade, en face d'eux, semblait l'indiquer. Ainsi que celle d'un homme replet, assis sur le fauteuil et coiffé d'une couronne. Tourné vers eux, il les regardait avec des yeux écarquillés. La vingtaine de dignitaires plantés devant lui, sur le long tapis bleu qui rejoignait l'entrée de la salle et l'estrade, affichaient la même expression ébahie que leur suzerain.

À part cela, la salle était plutôt dénudée, mais de façon élégante, dans un style purement queiralien : quelques tentures ornaient les murs blanchis à la chaux, tandis que des meubles de bois sombre et de forme sévère constituaient le seul mobilier. Saga retint un reniflement moqueur : les Kéliens avaient beau dire, ils étaient aussi impériaux que les consuls eux-mêmes.

— Flllbb, émit le roi Gaius.

Il avait des excuses, honnêtement. Après tout, quatre étrangers poussiéreux venaient de jaillir du miroir familial de sa femme.

— Gardes ! cria quelqu'un avec davantage de présence d'esprit.

Deux soldats, vêtus de bleus, sortirent de leur transe pour se précipiter vers les nouveaux venus. Aynet leva la main : ils s'écrasèrent contre un mur invisible et tombèrent à la renverse. Quintus Gregorius fit vivement un pas en avant, agitant les bras en direction du roi.

— *Il a vraiment de jolies fesses, pour son âge.*

— Vos gueules, soupira intérieurement Saga.

Le roi Gaius, repoussant ses sujets qui tentaient de le retenir, s'approcha d'eux avec précaution, l'air incrédule.

— Gregorius ?

Le tribun s'inclina, le poing sur la poitrine, à la mode queiralienne.

— Je te salue, Gaius Keli, dit-il avec respect. Je crois que vous pouvez dissiper votre sort, ajouta-t-il en direction d'Aynet.

La fée renifla, sceptique, mais s'exécuta. Les gardes pointèrent leurs hallebardes vers eux d'un air hésitant, incapables de déterminer si deux femmes, un officier de l'Empire et un jeune homme au teint verdâtre représentaient une menace sérieuse. Saga posa la main sur la tête d'Éleuthère pour dissiper son mal au cœur. Le trajet l'avait secouée, elle aussi, mais une tache de vomi sur le tapis du roi risquait de faire mauvaise impression.

— Gregorius, répéta le roi en s'arrêtant à quelques pas d'eux. (Un homme prudent, bien.) Qu'est-ce que c'est que ce cirque ?

— Majesté, déclara gravement Gregorius, puis-je vous présenter le prince Éleuthère de Quesvron, votre gendre, dame Aynet, de la cour de Rosanbo, et dame Saga, sorcière millénaire ?

Le roi Gaius, cette fois, cligna à peine des yeux et répondit gracieusement aux courbettes et révérences qu'on lui adressait. Puis il considéra Éleuthère avec curiosité, pour ne pas dire fascination. Le roi de Keilles était un homme de taille moyenne, rebondi, au visage insignifiant, aux cheveux ternes et à l'expression légèrement ahurie. Il ne semblait pas vraiment stupide, mais plus enclin à se laisser porter par les évènements qu'à les provoquer.

— Oh, oui, j'ai entendu... certains échos venant de l'est. (Éleuthère lui fit un sourire crispé, ne sachant que lui répondre.)

Vous vous êtes vraiment enfui pour ne pas épouser mon fils, jeune homme ? demanda Gaius comme pour vérifier un point.

— À ma décharge, il s'est enfui aussi.

— Avec vous. Pour ne pas vous épouser.

— C'est vrai que, raconté comme ça, ça prête à confusion, admit Éleuthère.

Le roi sembla sur le point de l'interroger à nouveau, mais se retint et se redressa d'un air digne.

— Je suppose que votre visite n'est pas fortuite. Nous ferions mieux d'en discuter... (Il regarda par-dessus son épaule ses courtisans dévorés de curiosité.)... plus au calme.

D'un signe de main, il les invita à le suivre. Les évènements ne se déroulaient pas trop mal pour l'instant, pensa Saga. Ils n'avaient pas été tués sur-le-champ et on paraissait vouloir se comporter civilement avec eux. C'était le genre de petites choses qui leur rendait la vie plus facile, vraiment.

•

Bien entendu, rien ne pouvait durer.

Une demi-heure plus tard, on les avait poliment mais fermement priés de s'asseoir au bout d'une table à l'apparence très officielle, sans doute celle du conseil du roi. Gaius s'était installé en face d'eux, rejoint quelques minutes plus tard par ses ministres ainsi que par une femme d'âge mûr, qui s'était posée à sa droite, et par un homme d'environ trente-cinq ans, qui en avait fait de même à sa gauche. Ils se ressemblaient tellement – et ils ressemblaient tellement à Marc – que Saga ne s'interrogea pas deux fois sur leur identité.

La reine Gisla et le prince Primus étaient tous les deux grands, bruns, avec des visages sévères et des yeux noirs. Leur similitude avec le prince coincé préféré de Saga s'arrêtait là : Marc était sérieux, voire emprunté, mais il était aussi courtois et respectueux. Sa mère et son frère étaient des chieurs de première.

— *Ils me rappellent cet empereur queiralien qui pétait plus haut que son cul, il y a quatre siècles.*

— *Ah ! Celui qu'on avait transformé en caniche ?*

— *C'est ça ! C'était le bon temps.*

Saga se retint de se masser les tempes. Le problème, avec ses incarnations précédentes, c'était qu'elles étaient à la fois ses aïeules et elle-même. Autrement dit, qu'elles n'étaient pas là pour lui tenir la main pendant qu'elle reprenait le flambeau, puisqu'elle savait déjà, au fond d'elle, tout ce qu'elle avait déjà besoin de savoir, mais qu'elles n'étaient qu'un pur produit de son imagination qui n'avait trouvé que cette voie pour gérer la situation.

— *Ne t'inquiète pas, ma puce,* lui dit la Quatre-vingt-Dix-Septième, la plus attentionnée du lot, pour une raison inconnue. *Plusieurs d'entre nous ont fonctionné de cette manière. Ça passera. Enfin, sûrement.*

Saga la mit de côté pour se concentrer sur la conversation.

— ...invraisemblable et ridicule ! disait la reine Gisla. Je n'ai jamais entendu un tel ramassis de bêtises ! Un ancien dieu païen, revenu conquérir le Plaennendeon ? Et puis quoi encore ? Je comprends que Marc ait été assez stupide pour se laisser emberlificoter par vos fariboles, mais vous pensez vraiment que nous sommes de la même trempe ? demanda-t-elle d'un ton hautain.

En face d'elle, le sourire d'Éleuthère se fit dégoulinant de suavité. Ce qui n'annonçait rien de bon. C'était le même sourire qu'affichait Rustning quand il allait voler dans les plumes de quelqu'un. Saga le connaissait bien, hélas.

— Je comprends que la situation puisse paraître incongrue... tenta Gregorius.

Le prince Primus ne lui prêta pas attention et préféra s'adresser à Éleuthère d'un ton méprisant :

— De toute façon, le sujet concerne les royaumes de l'est, pas ceux de l'ouest, déclara-t-il d'un ton venimeux. Si Marcus était avec vous, nous vous écouterions peut-être, mais vous êtes, après tout, les membres d'un état lointain dont les intérêts s'opposent souvent à ceux de la province de Keilles. (Ses lèvres se retroussèrent d'une façon que Saga n'aima pas du tout.) Où est mon frère ? L'avez-vous perdu en chemin ? Ou se cache-t-il quelque part, comme un lâche, pour éviter de reconnaître ses torts devant sa famille ?

— Quels... commença Éleuthère d'un air orageux.

Aynet l'interrompit en lui écrasant le pied, aveuglant la famille royale de Keilles d'un sourire rayonnant.

— Bien sûr, bien sûr. Puis-je tout de même vous rappeler que le prince Éleuthère demeure un prince de sang royal, potentiel tuteur de sa sœur Flor, héritière du trône, si leurs parents venaient à s'éteindre prématurément, les dieux nous en préservent ?

La reine et le prince hésitèrent. Coincé entre eux, le roi Gaius sourit d'un air benoît. C'était un peu tiré par les cheveux... mais l'éventualité restait possible. Et la moitié des céréales de Keilles, ainsi que leur fourrage, venait de l'autre côté des montagnes. Gisla se racla la gorge. Son visage, à défaut de se faire accueillant, se fit plus diplomate.

— Bien entendu. Peut-être...

— Peut-être que le voyage a fatigué nos visiteurs ? proposa le roi Gaius. Nous devrions les installer dans les appartements de l'aile sud, qu'en dites-vous, ma chère ?

Son épouse renifla ostensiblement avant de hocher la tête. À la seconde où les fesses du roi quittaient son fauteuil, le prince Primus décampa, sans doute vers des affaires plus importantes. Gaius saisit la main de sa femme avant de sourire à ses invités, l'air embarrassé.

— Je vais faire chercher un serviteur pour vous guider...

— Je connais le chemin, le rassura Gregorius.

Gaius fit une infime grimace complice à son vieil ami avant de quitter la salle, suivi par son entourage. Comme quelques ministres semblaient s'attarder, Aynet les poussa dehors d'un sortilège aérien bien placé. La porte se referma derrière eux avec un claquement.

L'air pensif, Éleuthère posa ses bottes sur la table.

— Ils en tiennent une sacrée couche, non ?

Sa colère était retombée aussi vite qu'elle était montée. Le jeune prince était un garçon raisonnable : à ses yeux, il était inutile de s'énerver contre quelque chose qui n'était plus là. À côté de lui, Gregorius caressa ses joues où pointait un début de barbe rousse.

— Gaius est un type bien, mais Gisla a la folie des grandeurs. C'est elle qui a instauré l'étiquette compliquée du château. Ça fonctionne plutôt bien avec les visiteurs queiraliens, admit-il. Mais c'est parfois pénible.

— Vous avez fait la guerre avec le roi, c'est ça ? demanda Éleuthère avec curiosité.

— Il y a trente ans, lors des guerres boréales, confirma le tribun. Il n'était que le fils cadet, ce n'était pas lui qui devait hériter du trône, à la base...

Tapotant des ongles sur la table, Aynet complotait déjà, se marmonnant à elle-même. De leur équipe, c'était sans doute elle la plus douée pour la politique actuelle, jugeait Saga. La sorcière elle-même, malgré ses innombrables incarnations, n'en avait jamais eu le goût, et rarement l'occasion. Les méthodes du Dieu Rieur, quand elle avait été à son service, avaient été... simples et expéditives.

Et puis, il valait mieux que ce soient Aynet et Éleuthère qui prennent les choses en main. Pour diverses raisons. Dont celle que quelqu'un finirait bien par accuser Saga d'être une espionne du Roi Sage ou quelque chose comme ça.

— Les ministres comptent pour des prunes, dit finalement la fée. Et Gaius suivra celui qui remportera le débat. Il faut se mettre Léonia dans la poche et battre les deux autres à leur propre jeu.

— Je vais me renseigner pour savoir où se trouve Léonia, proposa Gregorius.

— On fait comme ça. Quant à nous...

Elle se tourna vers Éleuthère et Saga pour leur expliquer son plan. Quand elle eut terminé, son ancien protégé la regarda avec horreur.

— Je ne mettrai pas de collants ! prévint-il.

— Ça me rappelle l'adolescence de Marc, dit Gregorius avec nostalgie.

•

Alors qu'ils quittaient la salle du conseil, une femme d'un certain âge, élégamment habillée d'une robe fluide et légère à la mode queiralienne, s'avança vers eux en souriant. Elle avait de courts cheveux bruns bouclés et les mêmes formes rondes que le roi Gaius, en plus voluptueuses. Ses yeux noirs, dont les coins se plissaient de milliers de petites rides, pétillaient de malice.

Elle leur fit une révérence respectueuse mais digne.

— Je vous souhaite la bienvenue. Je suis dame Mélia, la sœur du roi. Son Altesse la reine m'a demandé de m'occuper de votre séjour à Kélanum. Si vous avez besoin de quoi que ce soit, n'hésitez pas à me le demander. (Elle se tourna ensuite vers Gregorius et lui lança un clin d'œil. Le geste avait été si rapide que Saga n'était pas sûre de ne pas l'avoir imaginé.) Ravie de te revoir, Gregorius. Va donc essayer de mettre du plomb dans la cervelle de Gaius, veux-tu ?

— Je ferai de mon mieux, assura Gregorius en riant avant de s'éclipser.

Tout en bavardant avec les trois magiciens, dame Mélia les guida à travers le château vers leurs appartements. Elle s'en tint à des sujets légers mais ses commentaires, ainsi que le sourire amusé qui plissait ses lèvres, dénotaient une certaine intelligence. Saga se demanda s'ils trouveraient en elle une alliée, ou si la femme préférait ne pas se mêler des affaires politiques de Keilles.

— Vous voici arrivés, indiqua Mélia en s'arrêtant à l'entrée d'un couloir. Si vous voulez me voir, demandez à l'un des domestiques, il viendra me chercher.

Puis, sans façon, elle pinça la joue d'Éleuthère avant de

s'éloigner d'un pas léger. Le jeune prince prit la couleur d'une tomate. Aynet, dont la possessivité avait régressé de façon spectaculaire, sembla plus amusée que scandalisée. Peut-être avait-elle finalement accepté qu'Éleuthère ne serait jamais le compagnon de sa vie d'immortelle. Ou peut-être, malgré ses protestations, était-elle plus intéressée par un certain dragon crasseux qu'elle ne voulait l'admettre.

— Allons voir à quoi ça ressemble, ordonna la fée.

Au moins, leurs appartements étaient royaux, songea Saga en observant le salon et le couloir qui donnait sur une enfilade de chambres. Un peu surchargés, mais dignes d'invités de marque. Ses pieds s'enfonçaient jusqu'aux chevilles dans les tapis, toujours bleus. Les murs étaient surchargés de tableaux aux cadres dorés. Les lustres de cristal étincelaient d'une propreté presque affolante. Un quart d'heure plus tard, après avoir rangé ses affaires dans sa chambre, elle remonta le couloir jusqu'à la pièce qu'Aynet s'était adjugée et toqua sur la porte en chêne verni, qui pivota sans un bruit.

Elle trouva la fée en train d'étaler des robes sur son lit à baldaquin : des robes qui, quelques heures plus tôt, étaient encore des vêtements de voyage en lambeaux. Aynet était très douée et très déterminée dans les domaines qui l'intéressaient, comme celui de clouer le bec aux gens ou d'obtenir ce qu'elle voulait.

— Plutôt la bleue ou la bleue ? demanda la fée d'un air songeur.

— La bleue, répondit Saga en montrant la robe en question du doigt, avant de se poser sur le rebord du lit qui s'enfonça moelleusement sous ses fesses. Alors, qu'est-ce que tu penses de tout ça ?

Elle ne les aurait pas qualifiées d'amies, Aynet et elle. Saga n'était pas très douée pour les amitiés. Dans les premiers temps – lors de ses premières incarnations – elle avait tenté de conserver celles qu'elle se faisait au fur et à mesure de ses vies. Alors que les décennies passaient, ses proches avaient semblé s'éteindre de plus en plus rapidement. Elle avait fini par cesser d'aller vers eux pour se contenter des coups de chance que lui offrait parfois l'existence : quelques magiciens ici et là, plusieurs manipulateurs de réalité avant qu'ils ne disparaissent, Rustning, bien entendu, et Lucàn quand il avait, après avoir enfermé les dieux pour la première fois, accepté de la revoir. Celui-là, les remords finiraient par lui bouffer la vie, à moins qu'Osbern ne l'étranglât d'abord d'exaspération.

Le groupe des petits jeunes – Éleuthère, Marc, Aynet, Ghaith, Bì Cuĭ et Gaspin – n'était pour le moment qu'une brève bouffée d'air frais dans son existence, ou plutôt une bourrasque. Froidement, elle se disait que Ghaith et Gaspin, n'étant que des shamans, mourraient rapidement, et qu'Éleuthère et Aynet finiraient par s'éteindre après deux ou trois siècles. Bì Cuĭ, elle, survivrait plus longtemps, ainsi que Marc, s'il le désirait. Néanmoins, malgré ces considérations morbides, elle était heureuse de les avoir rencontrés, parce qu'ils partageaient la même existence qu'elle, le même imbroglio de dieux vengeurs et de traditions absurdes. La même quête pour amener certaines choses à leurs fins.

Donc, non, la fée n'était pas son amie. Pas encore, disons. Malgré tout, Saga l'aimait bien. Leur première rencontre, soixante ans plus tôt, avait été brève et peu propice à la conversation, mais elle espérait se rattraper. Peut-être même faire des trucs de filles. Enfin, des trucs de magiciennes. Il y avait longtemps qu'elle n'avait pas fait des trucs de magiciennes. Elles allaient peut-être même commencer rapidement, conclut-elle en examinant les robes.

— Bien entendu, disait Aynet, je ne peux pas border mon jupon de flammes démoniaques, parce que ça jurerait avec la couleur. Toi, par contre, si tu partais sur du rouge...

— J'avais pensé à une collerette de serpents noirs vivants.

Aynet lui fit un sourire cruel.

— J'espère qu'ils t'assiéront près de Gisla. Non, ça m'étonnerait. Si le plan de table respecte les conventions de l'Empire...

Elle babilla tout en continuant à transformer des accessoires. Après un instant d'hésitation, Saga se débarrassa de ses bottes et s'installa confortablement sur le lit, en la laissant parler. Il y avait longtemps qu'elle ne s'était pas sentie aussi à l'aise. Depuis leur auberge somptueuse de Dayāsahara, en fait. Avant, l'angoisse de quitter le camp de Kerdaoubann l'avait préoccupée. Après, l'angoisse de retrouver sa mère l'avait empêchée de profiter des boutades de leur compagnie chaque mois plus nombreuse. À présent... à présent, elle avait encore de nouvelles choses à propos desquelles s'inquiéter, mais des siècles d'introspection remettaient ses propres vingt-cinq ans en perspective. La vie lui semblait à la fois extrêmement plus complexe et plus sereine. Il allait encore lui falloir du temps pour s'y habituer. Si le Dieu Rieur ne les tuait pas dans l'année qui allait suivre, bien sûr.

Elle observa Aynet modifier la couleur de ses chaussures devant un miroir avant de se souvenir d'une question qu'elle voulait lui poser.

— Les fées n'ont pas de baguette, habituellement ?

— Longue histoire, répliqua sa non-amie avant de changer de sujet avec la grâce d'un éléphant du Wingutu. Alors, qu'est-ce que tu penses de Gregorius ?

— Pour quoi faire ?

Aynet le lui expliqua avec des gestes très explicites, qui firent glousser Saga.

— Je veux dire, maintenant qu'on va devoir se poser quelque temps dans plusieurs châteaux très civilisés, autant profiter des lits, continua la fée. (Son expression se fit plus sobre.) Et puis, tu sais...

— Je sais, dit Saga en posant machinalement la main sur le ventre.

— *Elle n'a pas tort, il serait peut-être temps de t'y mettre.*

— *La ferme la ferme la ferme la ferme.*

À présent que sa mère était morte, elle avait la responsabilité de transmettre ses pouvoirs et ses connaissances à la prochaine Saga. Ce qui signifiait...

Aynet, qui l'observait dans la glace, se détourna pour venir s'asseoir près d'elle.

— Je ne sais pas ce que ça fait, dit-elle tout à trac. D'avoir des enfants. Parce que... (Elle fit une drôle de tête puis secoua ses cheveux blonds.) Non. Juste non. Mais... Tu dois te souvenir de toutes les fois précédentes, non ? demanda-t-elle en posant son menton dans sa main.

— Oui.

Et chaque grossesse, chaque accouchement, chaque enfance avaient été différents. Uniques. Alors que ses années d'adultes se mélangeaient en une existence interminable, ces moments d'innocence avaient appartenu à chaque Saga mère et chaque Saga enfant, et à personne d'autre. Certains avaient été remplis d'affection, d'autres froids et calculés. Certains s'étaient déroulés dans la paix, d'autres dans la précipitation et l'horreur.

Pour le moment, elle semblait plutôt partie pour la deuxième situation.

Elle soupira intérieurement. Ce n'était pas le seul problème. Alors que leur plan pour capturer le Rieur prenait forme, Aynet, Éleuthère et elle-même avaient eu une idée qui *nécessitait* qu'elle tombe enceinte. Or, ses motivations pour devenir mère n'avaient jamais été désintéressées, mais elle n'était pas sûre d'apprécier d'en arriver à ce point.

— C'est seulement... J'aurais aimé pouvoir prendre mon temps, s'entendit-elle révéler. Profiter un peu de la vie. Faire les choses à mon rythme. Enfin, tant pis, conclut-elle en haussant les épaules avec philosophie.

— Même si on gagne, avec toute la merde qu'on va soulever, je doute qu'on profite vraiment du reste de nos vies, répondit Aynet avec élégance.

— Génial, répondit Saga le plus platement possible.

— Mais en attendant, autant s'amuser. Alors, qu'est-ce que tu en dis ? lança sa compagne. Cape de plumes de phénix ou de larmes de farfadets ?

•

La reine Gisla, qui avait les fesses gercées mais qui respectait les usages, n'avait pas pu s'opposer au traditionnel banquet pour honorer leurs visiteurs royaux. Par contre, elle avait fait en sorte de l'organiser le soir même, souhaitant voir ses invités décamper aussi rapidement que possible. Aynet avait plutôt bien pris la nouvelle : plus vite ils auraient mis les choses au clair, avait-elle déclaré, plus vite ils pourraient progresser dans leur tâche. Et quitter ce château de bouseux. Elle avait bien veillé à l'annoncer à portée d'oreille de trois domestiques.

En début d'après-midi, après une collation, Gregorius vint les retrouver pour leur annoncer qu'il avait localisé la princesse Léonia, leur alliée potentielle. La sœur aînée de Marc, qui venait de rentrer d'une visite diplomatique en compagnie de son mari Hoël, avait accepté de rencontrer le petit corps diplomatique dans les jardins.

Les deux magiciennes récupèrent Éleuthère qui, allongé sur son lit, contemplait d'un air méditatif sa nouvelle garde-robe et le reste de sa vie, avant de suivre le tribun dans les couloirs du château. Heureusement, Gisla et Primus n'avaient pas eu l'audace – la maladresse ? l'arrogance ? – de les confiner dans leurs chambres.

— Léonia est la plus maline du lot, expliqua Gregorius en descendant l'escalier principal. Mais elle n'aime pas qu'on essaie de la manipuler. Expliquez-lui simplement la situation.

Il s'était changé pour revêtir une tunique légère et une cape. Les trois magiciens, eux, avaient enfilé des vêtements propres mais passe-partout. Le climat était plutôt doux à Kelanum : bien que la ville se trouvât plus au sud que Rosanbo, la capitale du Quesvron, elle bénéficiait de vents d'ouest tièdes, en provenance directe de l'archipel queiralien. Les températures, en hiver, pouvaient se montrer sévères, mais le printemps était rapide à arriver, et un soleil chaleureux brillait au-dessus de leurs têtes quand ils émergèrent dans les jardins.

Ces derniers, symétriques et rectilignes, étaient aussi sévères que l'intérieur du château. Des jardiniers s'activaient dans les plates-bandes, plantant des bulbes qui fleuriraient d'ici quelques semaines. Saga pouvait déjà imaginer les motifs impeccables que dessineraient les fleurs, sans doute aux couleurs de Keilles, bleu et jaune. Elle trouva l'endroit peu à son goût. Il était impressionnant, certes, avec ses haies de buis taillées au cordeau et ses allées qui s'étendaient à perte de vue, mais elle préférait les jardins touffus et productifs, remplis d'arbres fruitiers, de légumes et de simples, où il faisait bon se perdre. Aynet et Éleuthère partageaient son avis. Et ne se gênaient pas pour le faire remarquer.

— Tu imagines quand il pleut ? Avec cette pente, bonjour le ruissellement, faisait remarquer Élie avec un bon sens terre à terre. Ils doivent passer leur temps à remonter le gravier...

— Des jonquilles, dans un sol argileux ? Humf ! se moquait Aynet.

Gregorius, qui paraissait s'être acclimaté à leur mauvaise foi, les emmena sans faire de commentaires au plus profond du parc, jusqu'à une tonnelle blanche qui surplombait un étang.

Plusieurs personnes se trouvaient là. Saga nota d'abord les serviteurs, qui faisaient discrètement l'aller-retour entre la tonnelle et une table chargée de gâteaux. Puis des piaillements lui firent tourner la tête vers la berge de l'étang, où plusieurs adolescentes, joliment habillées, trempaient leurs pieds dans l'eau froide en riant. Éleuthère les aperçut lui aussi et pressa le pas pour se dissimuler derrière Gregorius. Saga se demanda si les princesses étaient capables de repérer les princes à l'odeur ou à l'instinct. Il faudrait qu'elle se renseigne.

Sous la tonnelle, un petit groupe de femmes se trouvait installé sur des chaises pliantes et des coussins. Elles se turent tandis qu'ils s'approchaient. D'un geste, celle qui se trouvait au centre fit signe à ses compagnes de la laisser seule. Ils se retrouvèrent face à Léonia de

Keilles, la sœur aînée de Marc, et la plus proche de leur ami, à ce que Saga avait compris.

La rencontre la frappa davantage que celle avec Gaius, Gisla ou Primus. Son instinct magique, celui qu'elle avait hérité de sa mère, la laissait encore parfois complètement déconfite. C'était comme si le destin agitait les bras en direction de certaines personnes en criant « celui-là, celui-là ! » Elle fouilla dans sa tête pour se rappeler sa première rencontre avec Marc, Éleuthère et Gaspin, dans le campement solitaire de sa mère. Oui. Eux aussi n'avaient laissé aucune place au doute. On avait beau râler quant au Grand Enchantement, il rendait parfois les choses simples.

Gregorius, un sourire chaleureux aux lèvres, s'inclina devant Léonia.

— Ma dame. Je suis ravi de vous revoir. Puis-je vous présenter...

Léonia les observa en silence tandis qu'il citait leurs noms. Si Primus avait la silhouette et le visage de Marc, Léonia en avait les yeux calmes, la bouche ferme qui trahissait le même humour à froid, et la dignité non dépourvue de générosité. Elle était grande, plutôt large d'épaules et de hanches, avec les mêmes gestes maîtrisés que son frère. Saga, qui lui donnait entre trente et trente-cinq ans, se surprit à l'apprécier déjà. Peut-être que Marc lui manquait plus qu'elle ne le croyait, songea-t-elle.

Gracieusement, sans encore parler, Léonia les invita à s'asseoir devant elle. Elle portait une robe du style des Vieux Royaumes en velours bleu. Quand ils se furent installés sur les pliants et les coussins, elle se pencha vers eux, avec un léger sourire complice en direction de Quintus Gregorius.

— Je m'excuse pour toute la mise en scène, furent les premiers mots qu'elle prononça d'une voix directe et assurée. Il est parfois difficile de s'isoler au château.

D'un geste, elle désigna ses suivantes, ses compagnes et les adolescentes qui s'étaient regroupées près de l'étang. Saga comprit que, non, Léonia n'avait ni le goût ni l'habitude de s'entourer d'une cour, mais que cette compagnie au premier abord frivole lui servait de paravent. Éleuthère, affalé sur un coussin, sourit d'un air béat.

— Je l'aime déjà. On peut l'emmener avec nous ? demanda-t-il à Aynet.

— Tu sais ce qu'on a dit sur les chiens errants et les compagnons de route optionnels, répliqua fermement la fée.

— Vous savez faire des tartes renversées sur des feux de camp ? interrogeait-il déjà la princesse qui avait l'air un tantinet désarçonnée.

Quintus Gregorius, leur arbitre diplomatique improvisé, toussota. Aynet enchaîna :

— Excusez-le. Il aime donner l'impression qu'il ne sait pas se tenir. (Elle marmonna ensuite quelque chose comme « mauvaise influence d'un abruti de dragon », ce qui fit encore hausser les sourcils de Léonia.) Vous savez pourquoi nous sommes ici ? demanda ensuite Aynet sans s'encombrer de détours.

Le visage de la princesse reprit son sérieux.

— J'ai entendu plusieurs histoires. J'aimerais beaucoup avoir votre version. Détaillée, si possible. Ainsi que vos intentions, bien entendu.

Pour la troisième fois en deux semaines, ils se lancèrent donc dans un récit complet des dix-huit mois qui venaient de s'écouler.

Léonia les écouta sans dire un mot, son regard se faisant parfois incrédule, voire résigné, lors de certains passages particulièrement fantasques. En ces occasions, elle ressemblait tellement à Marc que Saga se mordit légèrement les lèvres pour ne pas sourire. Quand ils eurent terminé leur histoire, qui devenait bien rodée, la princesse se tapota pensivement le genou des doigts. Comme le prince Dioclétien, elle n'essaya pas de remettre en question leurs aventures. Peut-être était-ce l'instinct princier ; ou peut-être la présence, à leurs côtés, de Gregorius dont la réputation de guerrier, Saga commençait à s'en rendre compte, avait de quoi faire dresser les cheveux sur la tête. Le tribun n'était pas un marrant, malgré sa bonne humeur.

— Vous comprenez, commença lentement la princesse, que beaucoup de gens refuseront de vous croire sans preuve de ce que vous avancez.

— Dont vous ? demanda tranquillement Saga.

— Peut-être, admit Léonia.

— Les preuves vont arriver rapidement, dit sombrement Aynet. D'ici l'automne, vous en entendrez des échos venus du nord. Et d'ici l'an prochain, elles seront sous vos fenêtres. Mais il sera trop tard, à ce moment.

— Hum. (Pensive, la princesse continua de lisser sa robe.) Votre plan fonctionne selon plusieurs niveaux, si je comprends bien ?

— Le premier, c'est d'empêcher son armée d'envahir le nord au printemps prochain, confirma Aynet. Pour cela, il va falloir rassembler les royaumes du Plaennendeon.

— Vous ne pourriez pas faire cela de façon... magique ? D'après ce que vous m'avez dit, entre Lucàn le Dernier et les nouvelles compétences de Marc, il n'existe pas grand-chose que vous ne pourriez faire.

Le ton de Léonia était impassible, comme si l'idée que deux hommes, dont l'un était son propre frère, puissent détruire le monde à eux seuls ne la perturbait pas. Éleuthère secoua la tête.

— C'est plus compliqué que cela. Beaucoup de magie, ça signifie beaucoup de bazar, et beaucoup de répercussions sur les royaumes environnants. En plus, ce n'est pas notre rôle, ajouta-t-il sincèrement. Depuis toujours, ce sont les héros qui ont sauvé leurs peuples, pas les magiciens. Je ne sais pas comment les traditions magiques le prendraient si les familles royales n'étaient pas sur le coup. Secundus vient d'avoir seize ans, je ne me trompe pas ? Rien que ça, c'est le signe qu'il est temps pour vous de vous remuer le fion.

— Et nous avons notre propre responsabilité, ajouta Aynet. À savoir, celle de régler le compte du Dieu Rieur une bonne fois pour toutes. Donc, chacun ses affaires. Les Royaumes lèveront leurs armées et empêcheront l'invasion, et nous nous occuperons de l'aspect magique du problème.

— Secundus n'est pas le seul élément princier du continent sur le point de débuter sa quête, admit Léonia. Et on entend des histoires étranges en ce moment, un certain remue-ménage du côté des entités sombres et de nombreuses apparitions de héros secondaires.

— Rustning et Lucàn s'y attendaient, dit Éleuthère tandis que Saga hochait la tête.

Léonia, le regard toujours lointain, continua sa réflexion :

— Dans ce cas, en admettant que les gens raisonnables acceptent de commencer leurs préparatifs en vue d'une possible invasion... Il vous reste à convaincre les gens déraisonnables. Qui sont nombreux. À commencer par ma mère et Primus.

— On comptait les avoir à l'esbroufe, annonça Aynet avec honnêteté.

— Cela me semble être une excellente idée, acquiesça Léonia.

•

Quand la reine Gisla de Keilles organisait des festivités, elle ne faisait pas les choses à moitié. Saga devait lui reconnaître cette qualité. Une organisatrice de cette trempe leur faciliterait bien les choses, si elle acceptait de basculer dans leur camp. Saga commençait à comprendre d'où Marc tirait son sens de la logistique sans faille.

Une heure avant le banquet, des serviteurs se dirigeaient en un flot continu vers la salle de réception, les bras chargés de fleurs, de couverts, de meubles d'appoint et de plats divers qui émettaient des fumets alléchants. La noblesse des environs avait rappliqué à toute allure sans discuter : Keilles était un royaume prospère, dont la table du roi était renommée, et où on avait tout intérêt à s'entendre avec le pouvoir instauré. Éleuthère, en plaisantant, avait dit qu'il était prêt à parier que la moitié d'entre eux ne savaient même pas en l'honneur de qui se déroulait la fête.

Eh bien, les choses allaient changer.

Le protocole suivait celui des Vieux Royaumes du Plaennendeon, ce qui signifiait une table en U à l'ancienne, au lieu des grignotages canapesques des Queiraliens. («Manger allongé, pffff!» commenta Aynet.) La famille royale s'assiérait en première, puis les visiteurs viendraient les saluer, groupe par groupe, avant de prendre place à leur tour. En tant qu'invités d'honneur, leur petite délégation serait la dernière à entrer. C'était parfait.

— Les éclairs, ça ne vous semble pas de mauvais goût? demanda songeusement Éleuthère tandis qu'ils patientaient, à l'heure dite, devant les portes de merisier.

De l'autre côté, dans la salle, des éclats de voix joyeux retentissaient déjà. Les deux gardes qui surveillaient l'entrée fixaient les trois magiciens d'un regard à la fois incrédule, émerveillé et angoissé. Saga remit sa traîne en place d'un geste ferme.

— Non, répondit Aynet. Et Léonia, la charmante enfant, nous a dit de ne pas hésiter, conclut-elle d'un ton qui brillait de férocité carnassière.

Éleuthère prit un air faussement résigné.

— Si c'est elle qui l'a dit, alors...

Les deux Quesvronnais gloussèrent. Saga eut un sourire en coin.

Les portes s'entrouvrirent. Le chambellan, sans les regarder, leur fit signe d'avancer.

— Je suis navrée, susurra Aynet, mais je ne pense pas pouvoir me faufiler étant donné la taille de ma crinoline.

L'air agacé, l'homme se tourna vers eux. Resta bouche bée. Et ouvrit précipitamment les portes en grand. Aynet lui colla un parchemin dans les mains au passage. Il commença à le lire.

— Son... hum... son Altesse Royale le prince Éleuthère du Quesvron. Dame Aynet, comtesse de Boischevrin, générale en chef des armées de Rocaimereau, conseillère honoraire de la famille impériale de Queirailles...

— Rocaimereau, c'était il y a deux siècles, non ? demanda Saga.

— C'était le bon temps, soupira la fée.

— Le *massacre* de Rocaimereau ? vérifia Éleuthère.

— Mmmh.

— ... grande prêtresse du Culte du Phénix, termina le chambellan. Et dame Saga. Hum, sorcière.

Le silence s'était fait dans la salle. Peut-être à cause de la robe bleu pâle de la fée, cousue de plumes de phénix, dont l'éclat aurait pu aveugler une armée. Peut-être à cause de la robe rouge sang de Saga, dont la collerette et l'ourlet, ornés de serpents noirs, fixaient les invités en sifflant sourdement. Peut-être à cause d'Éleuthère, royal dans son pourpoint aux couleurs du Quesvron – rouge et argent – et baigné d'une lumière surnaturelle. L'orage qui grondait au-dessus de leurs têtes, ainsi que les éclairs qui déchiraient les ténèbres soudaines du banquet, en rajoutaient une couche. Éleuthère sourit cruellement tandis que les regards convergeaient vers eux. Saga apprécia l'expression terrifiante de son ami. Un coup de tonnerre fit trembler la vaisselle sur les nappes blanches. Satisfaite de leur entrée, Aynet claqua des doigts : l'orage disparut et les bougies se rallumèrent.

Ils s'avancèrent alors, Éleuthère offrant le bras à ses amies, devant le roi Gaius et la reine Gisla. Le premier se retenait de rire et la seconde fulminait. Le reste de l'assemblée bourdonnait d'animation. Comme convenu, Éleuthère salua comme l'exigeait son rang, tandis que Saga et Aynet inclinaient légèrement la tête : leur geste, réservé à des égaux, était pratiquement une insulte envers le couple royal, mais ces derniers ne savaient comment considérer les deux femmes – ce sur quoi ces dernières avaient bien compté.

Le roi Gaius finit par se racler la gorge.

— Prince Éleuthère, dame Aynet, dame Saga. Laissez-moi vous souhaiter la bienvenue parmi nous. C'est un véritable honneur de vous accueillir ce soir.

Sa formule était purement protocolaire mais, après le spectacle qu'ils venaient de donner, prenait un accent tout différent. Gracieusement, ils se laissèrent conduire à leurs places. Saga, en s'asseyant à côté de Primus, se demanda combien de temps Éleuthère parviendrait à garder son air digne. Peut-être jusqu'aux poissons, s'ils avaient de la chance.

Petit à petit, les conversations reprirent autour d'eux, emplies de curiosité. Saga déposa un steak saignant dans son assiette, en partie pour jouer son rôle, et en partie parce que la viande de Keilles était généralement délicieuse. Elle ignora complètement Primus qui éloigna sa chaise, gêné par les serpents qui lui chuchotaient à l'oreille.

Le plan de table alternait hommes et femmes : sur la gauche de Gisla venaient Éleuthère, Léonia, et un adolescent à l'air pincé qui ne pouvait être que Secundus, le fils aîné de Primus ; sur la droite de Gaius se trouvaient Aynet, puis Primus lui-même et Saga. Gregorius, placé parmi les invités de moindre importance, discutait avec Mélia. Une foule de jeunes filles à l'aube de leur vie de femme reluquait Éleuthère avec grand intérêt.

Les trois magiciens n'avaient pas prévu de discuter politique ce soir-là. Ils avaient prévu d'en imposer plein la vue et de faire comprendre qu'ils n'étaient pas des petits joueurs. Étant donné la foule qui s'avançait pour leur présenter leurs hommages, malgré les regards furieux de la reine Gisla, leur plan semblait fonctionner.

Saga releva le nez d'un plat intéressant à base de saumon de rivière – peut-être qu'elle pourrait faire passer la recette à Gaspin... que pouvaient-ils bien manger, là-bas au Wingutu ? – pour apercevoir un petit vieux chancelant planté devant elle, de l'autre côté de la table. L'homme, appuyé sur sa canne, l'étudia un instant avant de lui faire un sourire édenté.

— Je pensais bien que c'était vous, ma dame !

Elle le reconnut – du moins, une partie de son esprit le reconnut – avec un choc.

— Vicente ?

Un torrent de souvenirs lui revint instantanément en mémoire : une histoire insignifiante pour elle, un jeune gardien de poulets en quête d'une potion pour sauver la fille d'un roi, la raclée qu'elle avait mise au jeune héros avant de lui préparer la potion, parce qu'après tout, il s'était décarcassé pour en réunir les ingrédients légendaires, et qu'il l'attendrissait un peu... Le vieillard sourit.

— Le baron Vicentus, désormais, ma dame. (Il lui désigna une adorable petite vieille aux joues rouges comme des pommes assise plus loin.) Heureux en mariage depuis quatre-vingts ans, grâce à vous !

Un serviteur apporta un tabouret et ils bavardèrent un bon quart d'heure. Puis une jeune femme rosissante remplaça le baron. Saga dut patiemment lui expliquer que non, les philtres d'amour n'étaient pas une bonne idée, surtout dans l'idée d'être utilisés sur des princes magiciens et que, de toute façon, Éleuthère était toujours officiellement fiancé au prince Marcus. La nouvelle n'avait pas dû être ébruitée : elle la vit circuler comme une traînée de poudre sur les lèvres des voisins de table de la demoiselle, une fois celle-ci retournée à sa place.

Primus et Aynet, en train de se prendre glacialement le bec, attirèrent son attention. Derrière eux, le roi Gaius essayait de calmer les choses, sans grand succès. De son côté, la reine Gisla avait choisi d'ignorer Éleuthère, qui discutait sans s'en préoccuper avec Léonia. Le prince Secundus plaçait une remarque çà et là dans leur conversation. À voir la tête d'Éleuthère, elles n'étaient pas les bienvenues.

Les choses allaient dégénérer, songea-t-elle. Elles étaient obligées de dégénérer. À vrai dire, il fallait qu'elles dégénèrent. Ils n'avaient rien à gagner à maintenir le *statu quo*. Ce qu'il leur fallait, c'était un bras de fer contre Gisla et Primus. Oh, l'usure pourrait fonctionner, mais ils ne pouvaient pas se permettre le luxe de l'attente. Ils ne se battaient pas seulement contre l'incrédulité des dirigeants du Plaennendeon, mais aussi contre le temps. Les mois, voire les semaines, leur étaient comptés.

Pour cette raison, ils avaient mis au point un petit stratagème qui devrait leur permettre d'accélérer les choses.

Dame Mélia – qui était donc la tante de Marc, songea Saga – vint à leur tour les saluer :

— J'espère que vos chambres vous conviennent. C'est un plaisir de recevoir des hôtes de votre qualité. Vous avez quelque chose entre les dents, Primus ? ajouta-t-elle innocemment. Vous n'arrêtez pas de grimacer. De la salade, peut-être ?

Primus se raidit, lançant un regard noir à sa tante.

— Je vais bien, répliqua-t-il sèchement.

— Mmh. N'oubliez pas de manger des fruits, c'est bon pour votre transit.

La royale tante s'éloigna, avec un sourire taquin en direction d'Éleuthère.

— Elle a l'air sympathique, commenta Aynet.

— Elle est veuve depuis huit ans, répondit sèchement Primus. Elle s'occupe comme elle peut.

Aynet pinça les lèvres, retenant sans doute un « vous, par contre, je ne vous aime pas » catégorique, et ce fut leur seule conversation du repas.

Tandis que les desserts arrivaient, Saga reprit son observation des invités, essayant de deviner de quel côté penchait la faveur générale. Beaucoup venaient présenter leurs respects à Gisla et Primus, mais le roi semblait aussi avoir ses fidèles, ainsi que Léonia. Sans doute moitié-moitié, estima-t-elle. En même temps, ils ne souhaitaient pas se faire des ennemis de l'héritier et de sa mère, mais... Elle soupira. Elle avait toujours détesté ces histoires politiques. De leur ancien lot, c'était Lucàn qui avait été le plus doué pour ce genre de choses. Il avait eu le don – et les fossettes nécessaires – pour faire manger les politiciens dans sa main. Quant à ceux qui refusaient de se laisser attraper par son charme, elle l'avait toujours soupçonné de les convaincre par des moyens plus dépravés. Mmh. Non, ce n'était pas une solution applicable dans cette situation.

Tandis qu'elle se servait du gâteau et des fruits, des éclats de voix retentirent sur sa droite. Ah. Les choses s'emballaient enfin, songea-t-elle en reconnaissant celles de la reine et d'Éleuthère, ainsi qu'une troisième plus jeune et plus criarde qui devait être Secundus. Bien. Ils avaient compté sur la jeunesse du deuxième héritier pour le provoquer un peu. Elle en ressentit un pinçon de remords. Enfin, la fin justifiait les moyens, comme disait Aynet, du moins quand c'était leur fin à eux, et non celle de leurs adversaires.

— ... idiot stupide incapable de se trouver une fiancée ! disait le princelet.

— Marc vaut dix hommes à lui tout seul ! rugit Éleuthère.

Oh. Par contre, le sujet était peut-être mal choisi. Éleuthère, même s'il n'aimait son promis que d'une camaraderie qui le poussait parfois à lui glisser des sauterelles dans les chaussures – « pour le faire rire », prétendait-il, ce qui montrait bien à quel point leur relation était spéciale, étant donné qu'on parlait de *Marc* – était d'une loyauté farouche envers son ami. À juste titre, jugeait Saga. Marc était le meilleur d'entre eux. Au fil des mois, il était devenu la conscience du groupe.

— ... *ça ne m'étonne pas qu'il ait fini avec une lopette de magicien quesvronnais !*

Ah, les préjugés kéliens.

Le silence tomba sur la salle. Pâle comme un linge, la reine Gisla, qui avait tenté de museler son petit-fils tempétueux, fixait maintenant Éleuthère avec horreur.

Parce que ça ne se faisait pas, d'insulter un invité royal. Même s'il se révélait le plus énervant du monde, ce qu'Éleuthère s'était évertué à être toute la soirée. De plus, Secundus avait crié tellement fort qu'il était impossible d'ignorer ses paroles.

Dans l'atmosphère de tombe qui régnait, quelqu'un se racla la gorge. Éleuthère tourna un regard froid, froid, froid comme la glace vers le roi et la reine, un regard digne d'un Lucàn d'humeur meurtrière – honnêtement, le jeune prince avait passé des mois entiers en compagnie de magiciens millénaires, la brave reine de Keilles n'avait aucune chance – et cette fois, il ne leur sourit pas. Derrière lui, Léonia bâillonnait calmement Secundus dont les yeux brillaient à la fois d'embarras et de rébellion adolescente.

Comme personne ne parlait ni ne bougeait, l'air commença à se refroidir autour d'Éleuthère. Sur la table, l'eau et le vin gelèrent. Le souffle de ses voisins se transforma en buée. Les joues du jeune homme prirent une blancheur de neige. Ses lèvres bleuirent. Ses cheveux et ses cils blonds se couvrirent de givre, tout comme la vaisselle de métal devant lui.

Il commença à neiger dans la salle. Saga reprit une part de tarte aux poires, qui était fort bonne.

Éleuthère se redressa pour faire face au reste de la salle, les bras écartés, les yeux voilés d'un blanc laiteux. La neige tourbillonnait furieusement autour de lui. Il ouvrit la bouche et...

Deux tartes aux cerises plus loin, une vieille femme, la prêtresse officielle du culte queiralien au château, bondit sur ses pieds et, les yeux fous, se mit à psalmodier, d'une voix tonnante qui résonnait comme si sept personnes parlaient en même temps :

Alors, quand viendra l'aube de ses seize ans,
Le prince du royaume équestre s'en ira
Prêter main-forte aux magiciens en quête.
Là, il bravera faux dieux et tempêtes,
Pour la sauvegarde de l'Empire du Ponant,
Et pour l'honneur de son grand-père et roi.
Va, prince fougueux, servir le magicien,
Qui, dès aujourd'hui, maître sera tien !

Puis la prêtresse s'écroula, le nez sur la table. Un silence prudent suivit ses paroles. On ne savait jamais, avec les prophéties.

— Non ! Je refuse de suivre ce crétin en quête ! brailla Secundus d'une voix outragée.

Le roi Gaius se montra finalement à la hauteur de la situation en se mettant brusquement debout. Tandis que tous les regards convergeaient vers lui, il franchit les trois pas qui le séparaient d'Éleuthère... et s'inclina profondément.

— Votre Altesse, dit-il d'une voix ferme, je ne puis que vous présenter mes plus plates excuses pour le comportement de mon petit-fils. Tout comme le feront, selon votre convenance, ma femme et mon fils, ajouta-t-il d'un ton sans réplique. (À côté de Saga, Primus serra sa cuillère à s'en faire blanchir les phalanges, mais hocha la tête.) Ce serait un grand honneur pour moi qu'il vous accompagne dans votre quête. Acceptez-vous qu'il se joigne à votre compagnie, sous votre tutelle, afin d'accomplir son destin et de représenter le royaume de Keilles dans les épreuves qui nous attendent tous ?

— Ce serait une joie et un privilège, répondit gravement Éleuthère.

De l'autre côté de Primus, Aynet renifla, vexée que la prêtresse leur ait volé la vedette. Ils avaient répété leur petit numéro avec Éleuthère pendant deux heures.

— Tu parles d'un poème de pacotille, grogna la fée. Franchement, les dieux queiraliens ont autant de talent artistique qu'une bande de canards consanguins.

Peut-être, mais les Sept avaient parlé. Ou alors, le clergé de l'Empire était mieux renseigné que prévu et avait décidé de partir en guerre contre le Dieu Rieur. Ou les traditions magiques se contentaient de faire leur travail. Saga n'avait pas d'avis sur la question : elle n'avait jamais rencontré, à titre personnel, de représentants de ce panthéon en question, mais tout était possible, après tout. Et c'était le résultat qui importait.

Parfois, il fallait accepter les cadeaux que vous faisait l'univers.

Le jeune prince Secundus était désormais entre leurs mains.

Gisla et Primus étaient impuissants. Saga, dans sa soixante-et unième incarnation, aurait probablement éclaté d'un grand rire démoniaque. Mais comme elle n'était plus cette Saga-là, elle se contenta de reprendre posément une gorgée de vin.

•

Il restait des choses à discuter avant de repartir, bien entendu. Il restait un pacte à signer, des lettres à écrire et des émissaires à envoyer, dont une partie pour préparer la route à leur petite délégation. Il restait aussi des troupes à réunir et des vivres à rassembler, mais ce serait le travail du roi et de ses hommes. Saga, Éleuthère et Aynet n'y portaient que peu d'intérêt. Comme ils l'avaient dit à Léonia, ils avaient leur rôle propre à jouer dans l'histoire.

— Ne vous inquiétez pas, dit la sœur de Marc le lendemain matin, en se versant une tasse de thé. Mère et Primus peuvent se montrer... élitistes, mais ils n'iront pas à l'encontre de la volonté des dieux ou des traditions magiques. La nouvelle va également remonter vers Queirailles, ajouta-t-elle d'un air pensif. Les choses vont peut-être aller plus vite que vous ne vous y attendiez.

Le reste de la soirée avait été agité. Des magiciens, un affront royal, une prophétie... On ne s'était pas autant amusés dans l'ennuyeux royaume de Keilles depuis des lustres. Couchées bien après minuit, Léonia, Aynet et Saga s'étaient retrouvées pour prendre un petit-déjeuner tardif dans le salon des visiteurs. Éleuthère n'avait pas encore montré le bout de son nez.

— Vous allez venir avec nous ? demanda Aynet, élégamment vêtue d'un peignoir couleur paon.

— Mon père semble d'accord, répondit Léonia. Ce serait l'occasion de resserrer nos liens avec l'est, sans compter que mon grand-père, à Haustebourg, n'est pas un homme des plus faciles. Il ne se laissera pas impressionner par les apparences, confia-t-elle avec un sourire. Et puis, vous aurez besoin de quelqu'un pour gérer Secundus. J'ai peur que votre proposition de le ligoter à un arbre en partant pour le récupérer au retour ne satisfasse pas mon père ou mon frère.

— Bah, je pourrai toujours le rendre muet, dit Aynet avec philosophie.

La présence du prince Secundus dans leur groupe avait une autre implication : terminés, les déplacements rapides à travers des miroirs. Une quête était une quête. Un héros se devait de parcourir un long chemin laborieux avant d'atteindre son objectif. L'idée ne les chagrinait pas trop : après tout, c'était en suivant les règles du Grand Enchantement qu'ils avaient la meilleure chance de réussir. C'était le côté positif des traditions magiques : certaines coutumes, même absurdes, se devaient d'être suivies, et toute personne cherchant à les court-circuiter s'en mordait les doigts. Un bon magicien était un magicien patient. De ce côté, leur petit groupe se débrouillait plutôt bien.

— Pas d'escorte ? vérifia Saga. Nous préférons voyager en petit comité.

— Oh, non, répondit Léonia. C'est la tradition, après tout, et je ne m'inquiète pas pour notre sécurité.

Comme pour Marc, son expression était très réservée. Elle ne semblait pas mécontente de quitter Keilles, mais pas ravie non plus. Ils avaient officiellement rencontré son mari, Hoël, la veille au soir, ainsi que leurs trois enfants, qui avaient de treize à neuf ans. Saga se demanda s'ils allaient lui manquer. Sans doute que oui.

La porte du salon, qui s'ouvrait doucement en grinçant, interrompit ses pensées. Les trois femmes reposèrent leurs tasses pour se tourner vers l'entrée. Avec des précautions infinies, elles virent alors Éleuthère passer la tête par l'entrebâillement, les apercevoir, soupirer lourdement, puis entrer en abandonnant toute discrétion. Il portait encore ses vêtements de la veille et tenait ses chaussures à la main. Aynet porta ses doigts à ses lèvres avec un

« gasp ! » théâtral.

— Éleuthère du Quesvron ! Aurais-tu *découché ?*

— Non ! protesta le jeune homme. Enfin, on n'a rien fait, surtout parlé...

Il s'interrompit, écarlate. La fée croisa les bras, sans pitié.

— Je n'ai rien contre le fait que tu deviennes enfin un homme, mais j'espère que tu n'as pas créé d'incident diplomatique.

— *Marraine.*

Leur relation avait beaucoup évolué, songea Saga en contemplant le magicien écarlate. Il y avait encore quelques mois, Aynet aurait rasé le château et salé les décombres à l'idée qu'on ait touché à son précieux filleul.

Léonia, un sourcil haussé, regardait la scène avec une résignation – et une pointe d'amusement – qui rappelait beaucoup Marc.

— C'était tante Mélia, n'est-ce pas ? demanda-t-elle calmement.

Éleuthère détourna le regard, embarrassé. Saga se souvint qu'entre son séjour dans sa tour et la quête qui s'en était suivie, le jeune prince n'avait jamais vraiment eu l'occasion de... quel terme choisir ?... « batifoler ».

— Mvoui. Mais *promis*, on s'est juste, hum, embrassés un petit peu.

— Aucun problème. Tante Mélia n'a pas de complexes sur la question.

Saga, songeant qu'elle n'aurait qu'une chance de taquiner son ami, ne put s'empêcher d'ajouter à son tour :

— Je suis vraiment navrée, Élie.

Éleuthère, qui alternait entre la mortification et une expression soupçonneusement béate, cligna des yeux sans comprendre.

— Pourquoi ?

— Si Gaspin ou Rustning étaient ici, ils te féliciteraient sans doute à grand coup de bourrades dans le dos avant de t'offrir une bière, mais j'ai peur que tu doives te contenter de tartines, dit-elle très sérieusement.

Éleuthère rassembla ce qui lui restait de dignité pour passer devant elles et regagner sa chambre, sans un mot.

— Tu es certain que tu veux bouder ? lança Aynet vers la porte fermée. On est le quinzième jour du mois, et il est presque midi !

La porte se rouvrit aussitôt. Éleuthère, toujours pieds nus, les rejoignit prestement autour de la table basse. Souriante, Saga sortit le miroir de ses jupes. Léonia leur jeta un regard interrogatif mais, poliment, retint ses questions.

— C'est la date prévue pour contacter le groupe de Marc, expliqua Saga en prenant pitié d'elle. Tous les quinze jours, nous échangeons des nouvelles avec le deuxième groupe, puis avec le troisième.

— Sauf s'ils affrontent un péril mortel et qu'ils sont occupés, bien entendu, précisa Aynet en inspectant ses ongles impeccables.

— Vous faites partie du groupe, à présent, conclut Saga.

Léonia parut agréablement surprise. Sans attendre, Saga se mordit le doigt pour faire perler une goutte de sang qu'elle fit glisser sur un petit miroir à main, posé sur la table.

— *Dieux. J'ai toujours détesté ça*, grogna la Cent Troisième.

Saga l'ignora, ainsi que le picotement au bout de son doigt, et se concentra pour insuffler une partie de sa magie et de ses souvenirs des trois chers idiots dans le reflet qui ondulait paresseusement à la surface de la glace. Au bout de quelques secondes, le visage mal rasé de Rustning apparut, couvert d'une substance qui ressemblait à du guano. Ce n'était pas une vision très appétissante pour un petit-déjeuner.

— Désolé. Accident de mouette, déclara le vieux dragon avant de leur sourire de toutes ses dents acérées.

Sa voix leur parvenait de façon lointaine. Le guano mis à part, il paraissait en bonne forme. Le vent fouettait ses cheveux emmêlés et, derrière lui, les haubans d'un navire claquaient dans la brise marine.

— Salut, les filles. Alors ? Le gamin fait bien ses devoirs ?

— Allez vous faire voir, maître, répondit Éleuthère d'un air exaspéré.

Rustning, l'apercevant, détailla Léonia.

— Vous êtes la frangine, c'est ça ? Je vous passerai Marc après. Pour le moment, il est en train de vomir tripes et boyaux sur le pont arrière. Alors, comment ça se passe pour vous ?

Aynet et Éleuthère lui firent un rapide compte-rendu, tandis que Saga se concentrait pour maintenir la connexion. C'était un travail délicat, d'autant plus que le bateau était en constant déplacement. Quand ils eurent terminé, Rustning hocha la tête.

— Bon boulot. On continue comme prévu, alors.

— Et de votre côté ? demanda Aynet en se penchant vers le miroir.

Saga se demanda dans quelle mesure le choix vestimentaire du jour de la fée – un peignoir couleur paon qui avait une forte tendance à s'entrouvrir sur son décolleté – était entièrement dû au hasard. Le vieux pervers n'avait pas l'impression de s'en plaindre.

— On cherche encore, admit-il. Quant à Marc, il fait des progrès, mais de façon irrégulière et parfois, disons, cocasse. D'où l'accident de mouette. Lucàn est heureux parce qu'il a découvert des vieux parchemins en miettes. Et le navire n'a jamais été aussi propre, d'après Augier. On risque de faire escale sur la côte du Deshevron d'ici un mois. Vous serez dans le coin ?

Ils convinrent d'un rendez-vous possible, puis l'image sur le miroir bougea tandis que Rustning se déplaçait, sans doute vers l'arrière du navire. Ils entendirent des voix étouffées et le visage de Marc, verdâtre, apparut à son tour. En les voyant, le visage sévère du prince-manipulateur-de-réalité-malgré-lui s'éclaira. Il sourit même – bien que faiblement – en avisant sa sœur.

— Léonia, dit-il avec affection.

— Bon, je vous laisse commencer, je me taperai la discute plus tard, déclara Éleuthère avec beaucoup de tact en se levant de son fauteuil.

Après tout, depuis combien de temps Marc n'avait-il pas vu sa famille ? Presque deux ans, calcula Saga. Elle se concentra sur les goélands qui tournoyaient en arrière-plan tandis que le frère et la sœur échangeaient des nouvelles. Leurs voix étaient retenues, mais un plaisir évident brillait dans leurs yeux noirs.

— … ne laisse pas Éleuthère et Secundus en venir aux mains, conseilla Marc à sa sœur en guise de conclusion. Et dans le doute, fais confiance à Saga. Dans l'*extrême* doute, à Aynet.

— Tu es vraiment devenu un magicien ? demanda Léonia.

Ses lèvres, incurvées, trahissaient à la fois son incrédulité et son amusement. Marc ferma brièvement les yeux – les poids du monde sur ses épaules, ou peut-être le mal de mer, allez savoir.

— Oui. Enfin… c'est compliqué.

— Tu as ressuscité quelqu'un ?

— Je ne suis pas certain qu'il était vraiment mort.

— *Complètement mort !* cria la voix de Lucàn en arrière-plan.

— Hum. Tu devrais voir la tête que fait Primus depuis que tes amis sont là. (À la mention de son frère, Marc se rembrunit. Léonia passa diplomatiquement à un autre sujet.) Je n'arrive pas à croire que tu sois mêlé à tout ça. Si c'est vrai, la guerre…

— Oui, dit laconiquement Marc.

Ils échangèrent encore quelques paroles, puis Marc leva les yeux vers Saga.

— Ça va ? demanda-t-il.

— Je peux encore tenir une dizaine de minutes… répondit-elle.

— Non, toi, ça va ?

Saga lui sourit. Il n'y avait pas entre eux la même amitié qu'entre lui et Éleuthère, mais elle appréciait l'humour froid et la solidité du prince de Keilles. Elle les appréciait déjà *avant* d'avoir hérité de ses connaissances, et Marc ne l'avait pas traitée différemment *après*. C'était rafraîchissant.

— Ça va faire du bien d'avoir quelqu'un de raisonnable dans le groupe, dit-elle d'un ton pince-sans-rire. (Derrière elle, Aynet et

Éleuthère se disputaient pour une histoire de confiture. Marc hocha gravement la tête.) Oh, et je t'informe qu'Éleuthère a passé la nuit avec ta tante Mélia, ajouta-t-elle, heureuse de prendre pour une fois Aynet de vitesse. Même s'il prétend n'avoir rien fait.

Ils n'étaient tous qu'une bande de sales pipelets, reconnut-elle.

— Ce n'est pas entièrement surprenant, commenta Marc d'un ton sobre, mais une lueur machiavélique brillait soudain dans son regard.

— Je te le passe ?

— S'il te plaît.

Dès qu'elle l'appela, Éleuthère accourut comme un chiot. Léonia, avec une certaine fascination, observa les deux princes bavarder à perdre haleine. La princesse confia à Saga en aparté :

— C'est rare de le voir aussi agité. Marc est plutôt solitaire.

— C'est difficile d'être distant quand Éleuthère vous jette son amitié à la figure, expliqua Saga.

— ...et j'ai aussi une petite sœur, déblatérait ce dernier à toute allure, et Dioclétien est toujours aussi coincé, et nous avons rencontré ton parrain, c'est dommage qu'il ne soit pas ici ce matin, je crois qu'il règle des questions militaires avec ton père, et les filles n'arrêtent pas de le reluquer, tu as vraiment, vraiment de la chance d'être avec Lucàn et Rustning – quoique...

Aynet l'arracha bientôt au miroir pour parler avec Rustning, puis Lucàn ; Lucàn parla ensuite à Saga avant d'échanger quelques mots avec Éleuthère, qui demanda, après quoi, à reparler à Rustning pour une histoire d'enchantement.

— Ça va être terminé pour aujourd'hui, annonça Saga en sentant le sortilège lui échapper.

Sur l'image qui se troublait, Rustning lança : « ... et une bouteille de whisky quesvronnais ! » avant de disparaître, du moins jusqu'au mois suivant. Saga, la tête légère, se laissa aller dans le canapé.

— Ils ont l'air en bonne forme, commenta Éleuthère en se

tartinant un toast.

— Un peu pâlots, jugea Aynet. Je...

Des coups polis sur la porte l'interrompirent. Un serviteur apparut, l'air embarrassé, immédiatement repoussé par le roi Gaius qui le suivait.

— Votre Altesse, lança-t-il à Éleuthère avec une expression préoccupée et étrangement triste. Je viens de recevoir ceci, je suis vraiment navré...

Il lui tendit un parchemin. Surpris, le jeune homme commença à le parcourir, pâlissant de seconde en seconde. Il finit par le lâcher sur le tapis.

— Oh, dit-il.

Aynet le ramassa sans faire de façons. Saga se leva pour aller lire par-dessus son épaule. Dans une belle écriture officielle, sous le sceau du royaume du Quesvron, il annonçait :

« La reine mère Jeanne et le prince Anségisel du Quesvron, tuteurs officiels de la reine Flor, ont le malheur de vous annoncer le décès du roi Aldebert qui s'est éteint dans son sommeil, en ce deuxième jour de printemps... »

— Oh, répéta Éleuthère, le visage blanc comme du marbre, les yeux fixés sur la fenêtre derrière laquelle les fleurs du jardin s'entrouvraient sous un timide soleil printanier.

Chapitre III
Rosanbo

Bande de stupides princes kéliens à la noix avec leurs foutus préjugés et leurs conneries de principes moraux, songea dame Aynet, fée, trois cent quarante-deux ans, dans un langage plutôt retenu en ce qui la concernait.

Énervée, elle poussa des talons sa monture, une jolie jument blanche en passe d'acquérir de sérieux problèmes psychologiques, sur le sentier de montagne. Le soleil n'avait pas cessé de briller depuis leur départ, sept jours plus tôt. Des torrents grondaient joyeusement en emportant vers les vallées les premières fontes annuelles. Ils avaient laissé derrière eux les prairies de Keilles, qui commençaient à verdoyer, pour s'attaquer aussi rapidement que possible à la chaîne des Monts du Mitan. Ils n'avaient pas de temps à perdre : leur mission, ainsi que les retombées politiques de la mort du vieil imbécile – paix à son âme – leur imposaient de gagner Rosanbo, la capitale du Quesvron, aussi rapidement que possible. Et comme ces saletés d'enchantements traditionnels les contraignaient à le faire par la route...

— Bien sûr, mon père a tout de suite trouvé le moyen de régler ce problème diplomatique, ce n'était pas comme si l'ambassadeur d'Adezen pouvait lui dire non !

... Aynet se retrouvait à devoir supporter le cancanage insupportable de ce salopiot de bébé-prince à peine sorti de ses langes, tandis qu'Éleuthère déprimait et que Saga et Léonia se la jouaient graves et moralisatrices.

Elle se massa les yeux, s'efforçant de garder son calme.

Bien. Ce n'était la faute de personne, se répéta-t-elle encore une fois. Elle ne gagnerait rien à trucider quelqu'un. Pas dans ce cas précis. Même si les doigts lui démangeaient de s'enfoncer directement dans le cœur de Secundus et de *tordre*. Non-non-non, chantonna-t-elle intérieurement. Les conventions sociales. Souviens-toi des conventions sociales. Tuer, ce n'est pas bien. Sauf durant la guerre, ou si tu as une bonne excuse.

Derrière elle, Secundus continuait d'expulser sa diarrhée verbale, qui tombait droit dans l'oreille d'un sourd, à savoir Éleuthère. Le pauvre chéri. Aynet n'avait jamais porté un amour particulier au vieil Aldebert, mais il s'était toujours bien occupé de ses fils, avec patience et responsabilité – enfin, avant cette stupide histoire de tour, bien entendu. Et voilà qu'Élie allait rentrer et qu'il ne pourrait pas régler ses comptes avec lui. Ce genre de choses avait de l'importance, Aynet l'avait lu quelque part. Personnellement, elle n'avait jamais éprouvé le besoin de boucler ses affaires inachevées – perte de temps *et* de moyens – mais Éleuthère était plutôt fragile, sur ce point.

— ... alors mon père lui a répliqué : « Dans ce cas, rien ne vous empêche de manger vos panais vous-même, messire » et le type s'est retrouvé là comme un idiot avec sa fille, son cadeau et sa carriole, continuait Secundus d'un ton suffisant.

Peut-être pourrait-elle s'autolancer un sort de surdité ? musa Aynet. Oui, mais si quelque chose leur tombait dessus ? Elle avait déjà tenté le coup d'un sortilège de mutisme directement sur le morveux, mais ce dernier s'y était révélé imperméable. Sans doute un truc de prince. Il fallait qu'elle révise ses leçons sur les princes. Après tout, elle en fréquentait beaucoup. Si, un de ces quatre, elle devait en tuer un, ça pourrait être important.

Ou alors, elle pourrait le transformer en quelque chose... Est-ce qu'elle n'avait pas métamorphosé ce petit pompeux de Dioclétien en crapaud, plusieurs années auparavant ? Non, c'était son arrière-grand-père. Et une cigogne l'avait gobé. Oups. Il valait mieux éviter.

Rustning lui manquait, songea-t-elle mélancoliquement. Ses blagues étaient grasses et salaces mais, au moins, il encaissait bien les coups et les insultes. Même Gaspin aurait fait l'affaire. Au moins, ses pleurnicheries avaient un côté mélodieux – sans doute dû à des décennies de pratique de l'escroquerie. Saga pouvait se montrer distrayante, mais elle était trop occupée, pour l'instant, à se recentrer sur elle-même, ou une connerie dans le genre. Léonia... Léonia était une version féminine de Marc, ce qui voulait tout dire. Et Éleuthère n'avait même pas le cœur pour quelques prises de bec.

Pauvre, pauvre Aynet, se lamenta-t-elle. Si belle, si délicate, si esseulée, si...

— ... du coup mon père lui a dit...

D'un seul mouvement, Aynet pivota sur sa selle, lança un sortilège sur Secundus et inspecta avec gravité ses sacoches qui avaient l'air un peu lâches, si, si, vraiment !

— Coooâ ! fit Secundus. Coâ coâ coâ !

— Marraine, prononça Éleuthère d'un ton las tandis que le princelet, la bouche ouverte, roulait des yeux paniqués.

— Ça lui passera dans deux ou trois lieues, répliqua Aynet.

Néanmoins, au bout de dix minutes de « coâ coâ ! », ennuyée, elle inversa le sort. Par bonheur – ou par bon sens ? – Secundus resta par la suite silencieux. Ils continuèrent leur route d'un pas morose.

Morose. Voilà. Leur quête, leur existence, leur chemin n'étaient que morosité depuis qu'Éleuthère avait appris la mort de son père. Pourtant, c'était ça, la vie. Des gens naissaient. Des gens mourraient. Entre les deux, ils faisaient de leur mieux pour vivre, se révélaient une fois sur deux des connards, et puis c'était tout. Il n'y avait pas de quoi en faire tout un plat.

Avec honnêteté, Aynet essaya de s'imaginer la mort d'Éleuthère, qui arriverait bien un jour. Oh, elle serait triste, bien entendu. Mais ce n'était pas le premier protégé qu'elle verrait disparaître. Ils finissaient tous par s'en aller. Il lui manquerait, tout de même. Elle devait reconnaître qu'il s'avérait plus distrayant depuis qu'il avait gagné en assurance. C'était un peu comme voir un louveteau commencer à chasser ses propres proies. Ses parents... sa mère allait le retrouver changé, ça oui, gloussa-t-elle intérieurement.

Ah, Rosanbo ! Un peu pouilleux, comme capitale, mais la nourriture y était la meilleure du continent, notamment grâce aux grandes plaines céréalières qui descendaient des montagnes jusqu'à la mer. Keilles était renommé pour sa viande, le Deshevron pour son vin, mais le Quesvron l'était pour tout le reste. Et puis, il y avait la musique et les conteurs. Et on savait s'amuser, là-bas, pas comme chez ces culs coincés de queiraliens.

— Le soleil se couche, annonça gravement Saga.

Le soleil se couchait, en effet. Ils s'écartèrent de la route pour gagner un recoin herbeux, où glougloutait une source. L'air, à cette hauteur et par ce temps, était frais mais sec. De petites fleurs embaumaient l'air. Une marmotte en chaleur poussa un cri perçant dans le lointain. Aynet se laissa glisser à terre tandis qu'Éleuthère, poussant des soupirs à fendre l'âme, déposait ses sacs sur le sol.

Secundus, qui semblait posséder un brin de tact, ou du moins d'instinct de survie, s'éloigna pour aller faire le plein d'eau et de bois. Bon. La situation n'était peut-être pas désespérée le concernant. Léonia, qui, elle, paraissait capable de rester de longues heures silencieuse, s'installa près de Saga pour faire le point sur leurs provisions et dépecer un lapin qu'Éleuthère avait abattu plus tôt d'un sortilège mou et distrait. Au moins, la princesse ne faisait pas de manières.

Aynet ne raffolait pas des princesses. Elles avaient tendance à accaparer l'attention. Elle préférait les princes, qui étaient généralement jolis à regarder, polis, et amusants à ennuyer. Il y avait des exceptions – une certaine famille kélienne, par exemple – mais dans l'ensemble, il était distrayant de faire tourner un prince en bourrique.

Elle était de mauvaise foi, décida-t-elle avec sérieux. Ce n'était pas parce que Secundus avait un oncle nécrophile – *pratiquement* – et un père insupportable qu'il ne restait pas un brin de potentiel en lui. Elle étudia plus attentivement l'adolescent.

Grand, comme la plupart des membres de sa famille, brun, maigre, il se déplaçait avec une arrogance qui donnait immédiatement l'envie de lui coller des claques. Sur son visage taillé au couteau, l'expression sévère qu'il tentait d'arborer laissait souvent transparaître de l'hésitation – et une profonde naïveté, jugea la fée, sans doute due à son absence d'expérience pratique. Il allait se faire bouffer par le monde. Heureusement, elle était là. Même si Éleuthère était le mentor officiel du petit prince. De toute façon, il n'y avait pas un pet de magie en lui. Leur enseignement porterait sur d'autres sujets.

— Dudus, viens ici, appela-t-elle.

Éleuthère sourit imperceptiblement. Léonia haussa les sourcils mais ne fit pas de commentaire. Brave fille. Secundus se redressa sur ses ergots.

— Mon nom est *Secundus*.

— Dans ce cas, tu peux choisir entre Dudus et Deuzio, dit-elle avec magnanimité.

C'était vrai, le pauvre n'avait pas décidé de son prénom, après tout.

— Tu ferais mieux de la prendre au sérieux, conseilla Éleuthère au petit prince horrifié.

— C'est joli, Deuzio, observa Saga.

— C'est vrai, puisqu'il sera toujours deuxième toute sa vie, acquiesça Éleuthère.

— Vous êtes durs, intervint calmement Léonia en ôtant les viscères du lapin.

Éleuthère se gratta les cheveux avec embarras.

— C'est vrai. Désolé, vieux, lança-t-il au gamin écarlate. Mais en même temps, ce n'est pas faux. J'espère que tu es prêt à y faire face pour le restant de tes jours.

Deuzio lui jeta un regard furieux, parut sur le point de l'abreuver d'injures, puis tourna sèchement les talons et s'éloigna entre les rochers. La honte ou l'appel de la nature, songea distraitement Aynet.

— C'est un sujet épineux, pour lui, leur apprit Léonia.

— Ça lui apprendra à traiter Marc de débile, ronchonna Éleuthère en sortant des fruits et des légumes de son sac.

— Il ne fait qu'imiter Primus.

— Eh bien, ça lui apprendra à imiter un idiot qui a appelé son fils Secundus, corrigea Éleuthère. Sérieusement, c'est quoi le problème de votre frangin ?

— Ma mère, principalement, répondit Léonia avec sincérité.

Aynet leur prêta distraitement l'oreille en se demandant si la tige des pâquerettes, dans l'herbe, était assez longue pour en faire des couronnes. C'était d'une importance capitale. Les pâquerettes n'étaient déjà pas les fleurs idéales pour faire des couronnes, alors… !

— Nous n'avons pas eu l'occasion d'en reparler, disait Léonia, mais je suis sincèrement désolée pour votre père.

— Merci… Je ne m'y attendais pas, c'est surtout ça, avoua Éleuthère qui, comme d'habitude, ne voyait aucun problème à ouvrir son cœur à des étrangers.

C'était ce qui faisait son charme et sa force, rêvassa Aynet en tressant ses pâquerettes. Éleuthère – une conséquence de son enfermement, très certainement – préférait faire en sorte que personne ne puisse avoir le moindre doute sur ce qu'il pensait exactement, à chaque instant. Une technique qui aurait pu sembler simpliste, voire problématique, mais qui lui facilitait la vie du feu des dieux, au final. Et puis, ça mettait leurs ennemis en confiance. Ce qui était une très mauvaise idée pour eux.

— L'enterrement doit déjà avoir eu lieu, commenta Saga qui faisait chauffer l'eau dans une petite marmite.

— Je pense. Ça m'étonnerait qu'ils l'aient laissé à l'air libre durant plusieurs semaines, même s'il fait encore frais. Et puis, mon retour n'était pas prévu. (Il resta silencieux quelques secondes.) Ça me fait bizarre de penser que je vais rencontrer ma sœur.

Une petite princesse tardive à Rosanbo... Une petite reine, même. Aynet se demanda si on allait fabriquer une couronne sur mesure au bébé. Au moins, avec ses cinq frères pour veiller sur elle, Flor serait la mieux entourée des souveraines du Plaennendeon pour les décennies à venir. Il y avait les talents de magicien d'Éleuthère, bien entendu, et l'esprit rusé de Dioclétien ; mais il y avait aussi la perfection princière d'Anségisel, le génie guerrier de Buccelin et l'ingéniosité technique de Chilpéric. Sans compter les époux et Âmes Sœurs respectives des deux aînés, la gracieuse Louise et le petit Lobertus au sale caractère. Aynet se demanda si Chilpéric s'était casé depuis son départ. Sans doute que non, le connaissant. Même sans cela, Flor serait bien entourée.

Le couteau d'Éleuthère, qui épluchait quelques carottes, dérapa. Il s'entailla la paume et poussa un juron, les yeux emplis de larmes. Peut-être était-il plus rusé qu'il n'y paraissait, songea Aynet avec une vague d'attendrissement.

— Ça me fait chier de l'avoir manqué de quelques mois, reconnut le jeune homme d'une voix rauque. Alors que ça fait presque cinq ans...

Il ne termina pas sa phrase et se concentra sur sa carotte

récalcitrante. Les trois femmes restèrent silencieuses. Ce n'était pas un silence confortable. Plutôt mal à l'aise et chargé d'interrogations personnelles.

Le hurlement de Deuzio fut donc le bienvenu. Ils redressèrent vivement la tête. L'adolescent dévalait une butte en agitant les bras.

Avec un *griffon* sur ses talons.

Aynet écarquilla les yeux. Il y avait des années, voire des siècles, qu'elle n'avait pas rencontré de griffon. La créature était magnifique, avec ses muscles saillants, sa fourrure noire et ses plumes écarlates. Elle était aussi magnifiquement meurtrière. Les griffons étaient des monstres réputés pour leur soif de sang. Quelques idiots avaient bien essayé d'en apprivoiser, voire d'en élever depuis la naissance. Ils avaient tous, sans exception, fini dans l'estomac de leurs protégés. Non, même s'il y avait longtemps qu'ils avaient disparu du continent, la règle restait bien connue : en cas de rencontre avec un griffon, autant faire ses prières. Ou espérer qu'un héros passe dans le coin.

Les griffes de la créature labouraient le sol tandis qu'elle progressait à grands bonds puissants derrière Deuzio qui, heureusement, avait un peu d'avance. Agréablement surprise, Aynet constata qu'il courait à toutes jambes non pas pour leur refiler le bébé, mais pour aller décrocher son épée de sa selle. Avec un cri de défi, le petit prince se retourna pour faire face à la bête qui mesurait trois fois sa taille. Il avait presque fière allure.

— Trop mignon, roucoula la fée.

Oui. Les princes étaient sa faiblesse.

Éleuthère, le regard embrasé, se redressa en jetant sa carotte au loin. Remontant ses manches, il se précipita vers le griffon en criant :

— Je m'en occupe !

— C'est bien. Ça va être thérapeutique, pour lui, dit sagement Saga.

Léonia, qui n'avait pas l'habitude de leurs petites aventures, semblait incertaine. Aynet lui tapota le bras. Puis elle se redressa et s'étira. Elle avait envie de se dérouiller, elle aussi.

Éleuthère avait déjà lancé un éclair pour détourner l'attention de la bête. Profitant de l'occasion, Deuzio bondit pour lui asséner un coup d'épée. Il le toucha à la patte arrière. Malgré ses bras maigrelets, il se débrouillait plutôt bien, jugea Aynet en lançant une boule de feu qui vint aveugler le griffon. La créature poussa un hurlement de rage. Ses petits yeux noirs brillaient de fureur. Que venait-il faire dans le coin ? songea Aynet. Plus important, comment était-il arrivé là ?

Comprenant que ses proies n'avaient pas peur de lui, le griffon chargea droit vers Deuzio, le plus proche de lui. Sa patte s'abattit avec la vitesse de l'éclair. Ses griffes déchirèrent la chemise de l'adolescent, qui s'était écarté de justesse. Éleuthère lança un nouvel éclair. Qui sembla, étrangement, rebondir sur le dos de la bête.

Un sort de protection ? Aynet fronça les sourcils.

Deuzio avait trébuché mais, les lèvres pincées, refusait d'appeler à l'aide. Aynet invoqua un sort de vent et réussit, cette fois, à repousser la créature, qui boula plus loin.

— Il a l'air protégé, prévint-elle, le souffle court.

Il y avait plusieurs mois qu'elle n'avait pas dû invoquer ses pouvoirs aussi rapidement. Éleuthère haletait aussi. Maîtriser la foudre n'était pas une partie de plaisir.

Deuzio ramassa son épée et, avec arrogance, lança :

— Je m'en charge.

Aynet hésita entre éclater de rire et lui coller une torgnole. Ou simplement le laisser mourir. Non, non, il fallait qu'elle pense aux conséquences diplomatiques. Rhââââ, elle détestait les gosses ! Et les crétins. Et les gosses crétins.

— Pas la peine, dit Éleuthère. J'ai une idée.

Le visage concentré, il leva les mains, soulevant en même temps un énorme rocher. Ce dernier lévita jusqu'au griffon, qui secouait la tête pour reprendre ses esprits.

Éleuthère lâcha le rocher.

Sprotch, fit-il approximativement en tombant sur la bête.

— Et voilà, dit le magicien en se frottant les mains d'un air satisfait.

Deuzio abaissa sa lame, le visage orageux.

— J'aurais pu le faire !

— C'était plus rapide comme ça.

— C'est *ma* quête !

— C'est notre quête à tous, d'accord ? Et il n'y a aucune gloire à perdre un œil ou un bras contre un pauvre griffon, crois-moi !

Mmmmh. Les yeux de la fée passèrent rapidement d'un prince à l'autre. Visiblement, Éleuthère n'avait pas encore compris le rôle d'un mentor. Mais, bah. C'était la première fois pour lui. Elle se promit d'avoir une petite discussion avec lui s'il le fallait.

Au moins, il paraissait sorti de sa mélancolie.

— À table ? proposa Saga.

•

Ils mirent trois semaines à relier les deux capitales, Kelanum et Rosanbo. Étant tous les cinq à cheval, ils doublèrent dans les montagnes plusieurs caravanes constituées de chariots à bœuf. Un peu avant l'épine dorsale de la chaîne, Éleuthère et Saga leur montrèrent le sentier qui s'éloignait vers l'ancien camp de la sorcière, là où ils s'étaient rencontrés pour la première fois. Leurs visages étaient nostalgiques. Beurk, songea Aynet.

Néanmoins, malgré son indifférence, c'est avec un soupçon de quelque chose qu'elle aperçut enfin, pour la première fois depuis deux ans, les plaines du Quesvron qui s'étendaient devant eux. Un cordon de forêt bordait les contreforts rocheux ; au-delà se déroulaient des champs verdoyants où les pousses d'orge et de blé pointaient leur nez. La campagne était parsemée de bosquets et de hameaux paisibles. Elle eut, rapidement, une vision du royaume ravagé par la guerre, des champs en feu, du ciel envahi de fumée et de charognards. Non, décida-t-elle. Elle n'allait pas laisser un connard de dieu ravager son pays. C'était autant une question de principe que de... d'empathie ? Il faudrait qu'elle demande encore une fois à Éleuthère de lui décrire la sensation.

À la sortie de la route du col, le village par lequel passaient toutes les caravanes était en deuil. Des bouts de chiffons noirs, ou des rubans pour les habitants les plus riches, étaient accrochés aux poignées des portes et aux rebords des fenêtres. Oh, la vie suivait son cours : on transportait, ramassait, échangeait, réparait, vendait, mangeait, discutait. Mais les petites taches noires, ici et là, rappelaient la situation politique du pays : le roi était mort, ses nombreux fils étaient dans l'incapacité de régner, et la reine n'avait même pas un an.

Personne ne reconnut, dans le grand jeune homme blond un peu maigre, le prince Éleuthère du Quesvron. Après tout, personne ne l'avait vu depuis ses seize ans, songea Aynet.

Au matin de leur dernier jour de voyage, ils parcoururent les dernières lieues qui les séparaient de Rosanbo en silence. Quand la capitale apparut, posée sur la rive opposée de la Dourmeur, le plus grand fleuve du royaume, Éleuthère soupira imperceptiblement. Aynet ne lui prêta pas attention, concentrée sur les nuages moutonneux qui, ce jour-là, ressemblaient à une colonie de lapins blancs. Il fallait qu'elle révise ses sortilèges de maniement des nuages, s'admonesta-t-elle. Dieux, elle était vraiment en retard dans ses exercices ! La mauvaise influence de Rustning et des autres bras cassés, sans nul doute.

Les portes du poste de garde, à l'entrée du pont, étaient grandes ouvertes, comme le voulait la coutume en journée. Une dizaine de soldats, un brassard noir sur le bras, les regardèrent passer sans grand intérêt. Malgré l'heure matinale, trois d'entre eux étaient indubitablement éméchés. Aynet vit le regard d'Éleuthère se poser sur eux. Cependant, il ne fit pas de commentaire.

— Je me demande quand on va nous reconnaître ! lança

joyeusement Aynet tandis qu'ils franchissaient le pont, long de mille pieds, au-dessus de l'eau grondante.

— Peut-être quand on forcera les portes du château, répondit Élie avec un humour sombre.

Deuzio grommela quelque chose à propos d'étiquette et de rang. Malgré tout, ses yeux ne quittaient pas les pavés et les rambardes du pont. L'ouvrage était toujours impressionnant, la première fois qu'on le voyait. Saga ne dit rien, perdue dans sa tête. Léonia, qui étudiait la ville devant eux d'un air curieux, répondit de façon apaisante :

— Nous sommes en quête. C'est normal qu'ils ne s'attendent pas à notre arrivée.

Le voyage allait être ennuyeux à *mourir*, jugea Aynet. Peut-être qu'ils pourraient embarquer Lobertus avec eux. Ou Chilpéric. N'importe qui. Son propre rôle n'était pas d'égayer ses compagnons. Son rôle était de n'en faire qu'à sa tête.

Elle s'occupa en décryptant les émotions qui se succédaient sur le visage d'Élie : de l'angoisse, un certain plaisir, de la colère, de la nostalgie… Elle abandonna au bout de deux minutes tandis qu'il recommençait son cycle. Un cri et un gamin qui les pointaient du doigt en les reconnaissant – *enfin* – furent les bienvenus.

Quand ils arrivèrent devant le château, les gardes achevaient de leur former une haie d'honneur précipitée. Aynet lança un éclair discret sur les fesses d'un retardataire avant de sourire.

Ils étaient de retour.

•

Buccelin fut le premier à les accueillir dans la cour, probablement parce qu'il se trouvait dans les écuries à l'annonce de leur arrivée, en train de s'occuper du monstre qui lui servait de cheval. Sans façon, et sans se préoccuper des usages, il fit trois pas vers Éleuthère et l'entoura de ses bras gros comme des troncs d'arbre. En fait, il le serra tellement fort que son petit frère décolla du sol en protestant. Les yeux d'Élie brillaient suspicieusement.

— Arrête, lança Aynet en sautant gracieusement à terre, ou il va encore pleurer. Il lui faut toujours des heures pour se remettre.

Le second prince du Quesvron, grand comme une montagne, poussa un rire tonitruant sans lâcher son frère infortuné. (Était-ce une côte qui venait de craquer ?)

— Dame Aynet ! J'aurais dû me douter que vous étiez mêlée à tout ça !

Il n'eut pas le temps d'élaborer sur le « tout ça » en question : déjà, la reine Jeanne dévalait les marches de l'escalier d'honneur, suivie par son fils aîné, Anségisel, prince parfait s'il en fallait.

— Éleuthère !

À quelques pas de son fils, la reine reprit son calme. Aynet se demanda ce qui allait voler : des réprimandes, des excuses ou des claques. Non. Ces dernières étaient peu probables, même si la situation était tendue. Finalement, avec maladresse, la reine enlaça Éleuthère, qui se raidit. Ouch. Enfin, c'était peut-être mérité.

— Mère, dit-il d'un ton neutre en se tournant vers ses compagnons. Puis-je vous présenter Son Altesse Royale Léonia, princesse de Keilles, Son Altesse Royale Secundus, second prince héritier, et dame Saga ? Vous connaissez déjà dame Aynet, ajouta-t-il d'un ton mordant.

Aynet fit un sourire angélique à la reine. Ah, oui, leurs prises de bec quant à l'éducation du cinquième prince du Quesvron lui avaient manqué. Jeanne resta impassible, un peu pâle. Elle avait maigri, nota Aynet.

Une explosion, à l'autre bout de la cour, interrompit leurs petites retrouvailles.

— *Caius !* s'écria Buccelin en détalant à toutes jambes vers une dépendance, dont les tuiles du toit finissaient de s'écraser sur les pavés.

La bouche d'Éleuthère se tordit étrangement. Puis il se mit à rire. Peut-être pas à pleins poumons, mais à rire tout de même.

— Certaines choses n'ont pas changé, hein ?

Son frère aîné Anségisel lui tapota le bras. La reine sourit faiblement.

•

— C'est quoi, l'histoire ? chuchota Deuzio, assis à côté d'Aynet sur un canapé en velours, une tasse de thé à la main.

On les avait poliment installés devant une collation, avec Léonia et Saga, tandis que, dans une pièce voisine, Éleuthère devait être en train de rouspéter, poussé par sa famille à s'expliquer, embrouillé dans tous ses sentiments. Aynet l'aurait bien aidé, le pauvre chou, mais les scènes émotionnelles la barbaient complètement.

— Quelle histoire ? demanda-t-elle poliment en se resservant un biscuit.

— Avec le prince Éleuthère, grinça Deuzio comme s'il lui en coûtait de poser la question. Et le reste de sa famille. Je veux dire, ils n'ont pas l'air ravis de se revoir.

— Tu l'aurais peut-être su si tu t'étais intéressé aux nouvelles du Quesvron, déclara Léonia avec un soupçon de sévérité inattendu.

— Père dit...

— Tu as seize ans, désormais, Secundus. Et assez de cervelle pour réfléchir par toi-même. J'aime Primus de tout mon cœur, mais il n'a pas toujours raison.

Deuzio lui jeta un regard où se disputaient la rébellion et l'embarras. Saga intervint :

— Le roi Aldebert était maudit. Aucun de ses fils ne pouvait hériter de son trône. Peu avant le dix-septième anniversaire d'Éleuthère, ses parents l'ont enfermé dans une tour afin qu'il y attire un époux ou une épouse. Il y est resté trois ans.

— Ils l'ont enfermé comme une *fille* ?!

Les trois femmes, fée, sorcière et princesse, le dévisagèrent en silence. *Con comme un balai*, songea Aynet. Elle espéra que le morveux serait rattrapable. L'influence de l'éducation sur un esprit vierge était absolument fascinante, musa-t-elle.

— D'après ce que j'ai compris, enchaîna Léonia d'un ton frisquet, le prince est ensuite parti avec ton oncle Marc sans revoir sa famille. À tout cela se superpose la mort du roi Aldebert et la naissance de la princesse Flor, à présent reine. J'espère que tu seras assez mature pour comprendre la délicatesse de la situation, Secundus.

Le petit prince eut la sagesse de ne rien répliquer.

La porte du petit salon s'ouvrit brusquement, laissant entrer les derniers échos d'une conversation houleuse (« *... et je vous emmerde tous !* »), suivis par un Éleuthère agité, qui referma le lourd battant de chêne derrière lui.

— Bande d'abrutis, marmonna-t-il avant de se laisser tomber à côté de Saga et de s'enfourner trois gâteaux dans la bouche.

— Tu t'es expliqué avec ta mère ? demanda gentiment Aynet.

— Ça irait mieux si elle s'excusait, pesta-t-il. Comme ça je pourrais m'excuser pour ce que je lui ai dit, Anségisel pourrait s'excuser parce qu'il est stupide, *tout le monde* pourrait s'excuser et les choses iraient beaucoup mieux. Pourquoi les gens ne s'excusent jamais ? se désola-t-il en crachant des miettes. Je veux dire, autant garder son amour-propre pour les choses importantes, non ? C'est comme l'honneur. Les gens sont cons, conclut-il en gâchant légèrement la beauté et la profondeur de sa tirade.

Avec un sourire aux lèvres, Saga l'attrapa par le cou pour l'attirer vers elle. Il se laissa faire sans cesser de mâchonner, mais sans protester.

— Sinon, l'enterrement a eu lieu depuis longtemps, continua-t-il. Et Flor va bien, même si « *non, elle fait sa sieste, tu ne peux pas la voir tout de suite, Éleuthère* », singea-t-il. Louise et Anségisel vont bien. Buccelin et Caius vont bien. Chilpéric est en déplacement dans le nord. Je me suis fait engueuler parce que Dioclétien ne m'a pas donné de lettre pour ma mère. Et bien entendu, vous allez être reçus avec les honneurs qui vous sont dus, ajouta-t-il en direction de Léonia et Deuzio. C'est simplement que... (Il fronça les sourcils.) Je ne devrais peut-être pas le dire, pour des questions diplomatiques et tout ça, mais mon frère et ma mère ne sont pas vraiment faits pour régner, en fait.

— Tu n'as pas tort, admit Aynet. Gigi est un très bon prince, mais il n'a jamais eu le charisme ou la fermeté de ton père.

— Oui, hein ? Je pense qu'il est nerveux d'être corégent. Surtout qu'ici aussi, il se passe des choses étranges. Magiquement parlant, s'entend. C'est comme pour le griffon qu'on a rencontré en cours de route. Les gens parlent de déplacements de loups et d'autres créatures vers le sud, ainsi que d'une recrudescence de héros. Personne ne sait ce qui se passe – enfin, ils ne le savaient pas, jusqu'à il y a une heure.

— Vous leur avez tout raconté ? demanda Léonia.

— Dans les grandes lignes. C'est Buccelin qui aura besoin des détails, c'est lui le génie militaire. Ils n'ont pas voulu me croire. Du moins, les dix premières minutes, jusqu'à ce que je leur montre la lettre du roi Gaius. Je suppose qu'à leurs yeux, je serai toujours le petit dernier, dit-il avec philosophie.

— Vous pourriez leur montrer qui vous êtes vraiment ! intervint Deuzio avec indignation. Après tout, vous êtes capable de...

— Tu fais un sérieux complexe d'infériorité, mon pote, dit gravement Éleuthère. Mais il y a des côtés tentants à ta proposition, admit-il. Je...

Trois coups l'interrompirent. La porte s'entrouvrit, laissant apparaître une charmante tête brune à fossettes. Aynet, en la reconnaissant, tenta de se dissimuler derrière un coussin. Éleuthère, lui, affichait un sourire sincèrement ravi.

— Louise ! (Il bondit sur ses pieds pour s'avancer vers sa belle-sœur.) Tout le monde, je vous présente Louise, la femme d'Anségisel.

Comment vas-tu – oh !

Aynet risqua un coup d'œil par-dessus une frange dorée. C'était bien Louise qui se tenait là, souriante et horriblement sympathique, avec dans les bras un paquet de châles bleus qui devaient emmailloter, très certainement, Sa Majesté la reine Flor du Quesvron.

La reine poussa un petit « gllblouu ». Un poing minuscule s'agita en direction du nez d'Éleuthère. Et Aynet vit son filleul se mettre à fondre.

Une fois, il y avait longtemps, Aynet avait vu deux Âmes Sœurs se rencontrer pour la première fois. Rien à voir avec le stupide enchantement qui avait enchaîné Marc et Éleuthère pendant des mois, non. De *vraies* Âmes Sœurs. L'expression qu'elle avait vue sur leurs visages, et qui rappelait celle d'un poivrot béatement enivré au moment où il se faisait frapper par la foudre – souvenir personnel – se lisait à présent sur les traits d'Éleuthère.

Le jeune homme, fasciné, tendit son index vers les petits doigts grassouillets. Son visage s'illumina du plus grand sourire qu'Aynet lui eût jamais vu quand ils se refermèrent sur le sien. Louise, amusée, lui tendit le paquet.

— Heureuse de te revoir, Éleuthère. Je te présente ta petite sœur.

— C'est pratique, commenta Saga tandis qu'il saisissait le précieux fardeau avec mille précautions. On sait désormais que si le Dieu Rieur s'attaque à la reine du Quesvron, Éleuthère en fera de la chair à pâté.

Et Aynet comprit ce jour-là qu'Éleuthère lui avait définitivement échappé. Bah. Il lui restait toujours Deuzio à dresser.

•

Le problème, songea Aynet avec sagesse, c'était qu'elle était entourée de gens déraisonnables qui ne pensaient pas aux conséquences de leurs actes. Par exemple, si Éleuthère avait accepté de lâcher sa sœur, peut-être que la reine Jeanne n'aurait pas perdu son calme. Peut-être que les gardes n'auraient pas rappliqué. Peut-être que beaucoup de monde ne se serait pas mis à hurler et qu'Éleuthère n'aurait pas, instinctivement, déclenché une tempête, avant de se calmer sur les conseils de Saga et Buccelin réunis, sans doute les seules personnes présentes qu'il se sentait l'envie d'écouter en ce moment. (Aynet s'était contenté d'éviter les éclairs en buvant son thé. Comme si Flor risquait quoi que ce soit !)

Le petit incident n'avait pas arrangé les relations entre le fils et la mère, mais la reine Jeanne – par lassitude ? culpabilité ? résignation ? – avait accepté de laisser son unique héritière entre les bras d'Éleuthère. Qui avait décampé on ne savait où avec sa nouvelle raison de vivre. Profitant d'un instant d'indécision après leur départ, Aynet s'était redressée, avait épousseté sa robe, puis lancé un regard insistant à Léonia, qui avait hoché la tête. Elles avaient des plans à discuter, ainsi que des traités politiques à négocier. Sans leur laisser le choix, elles avaient donc entraîné Jeanne, Anségisel et Buccelin avec elles. Saga, elle, s'était éclipsée. Elle avait une mission précise, qui concernait la façon dont ils allaient tirer le Dieu Rieur de sa cachette.

Aynet connaissait la famille royale du Quesvron depuis des décennies. Ses membres n'étaient pas paresseux, non... Plutôt des têtes de cochon récalcitrantes dont il fallait parfois forcer la main. Cependant, une fois attelés à la tâche, elle devait admettre qu'ils se révélaient efficaces. Après trois heures d'échange, ils avaient déjà tracé les grandes lignes de leur stratégie, en accord avec celle du roi Gaius de Keilles. L'après-midi tirait sur sa fin quand elle quitta la salle de réunion en compagnie de Buccelin.

Elle appréciait le grand prince, sans doute parce qu'il parlait peu. Anségisel était parfait au point d'en être ennuyeux, Chilpéric épuisant, Dioclétien un petit salopiot, mais Buccelin était... reposant. Il n'attendait rien de vous. Il faisait son travail, et c'était tout. Ses deux seules passions – ou ses points faibles, c'était au choix – étaient son bourricot, Boute-en-Train, et son mari, Caius Lobertus. Même sur ces sujets, il demeurait généralement laconique.

— Le roi Gaius n'a pas fait d'histoires, n'est-ce pas ? demanda-t-il d'un ton pensif. Il se passe trop de choses étranges pour mettre votre récit en doute.

Et puis, il était futé.

— Ça nous facilite le travail, admit Aynet en prenant le chemin de la cour. C'est intéressant, ça conforte l'hypothèse que les traditions magiques sont bien une forme de sécurité contre les calamités magiques, telles que les dieux, et... (Elle avisa son expression bovine et soupira, agacée.) J'oublie que tout le monde n'est pas Éleuthère.

— Il a l'air d'aller bien. (Embarrassé, il agita sa grosse paluche.) Je ne savais pas comment il serait quand il reviendrait. Enfin, je m'attendais à ce qu'il soit...

— En colère ?

— Oui. Surtout en colère. Mais aussi perdu. Ne sachant plus quelle est sa place. (Il fit un grand sourire à Aynet. C'était un ours, comme Osbern : mais, alors que le shaman était bourru, Buccelin était surtout contemplatif.) Je suis contente que vous l'ayez accompagné, dame Aynet.

L'estomac étrangement tordu, elle se retint de lui donner un coup sur l'épaule – enfin, sur le coude, vu leurs tailles respectives.

— Tais-toi, ou je te change en saucisson.

L'air effrayé, il obéit.

Ils émergèrent à l'air libre. Le soleil disparaissait déjà derrière les remparts. Ignorant les gardes qui s'entraînaient en leur jetant des regards curieux, ils traversèrent la cour pour gagner la remise où Lobertus réalisait ses expériences.

Aynet n'avait jamais vraiment su comment Buccelin avait hérité d'un mari queiralien, chimiste et botaniste de surcroît. Une histoire de temple hanté, d'espionnage et de villageois cannibales, avait-elle cru comprendre. Le résultat, c'était que Buccelin était un jour rentré avec un petit homme noiraud en croupe, qui jurait comme un charretier et faisait pleurer les guérisseurs et les alchimistes de la ville, parfois de peur, parfois de joie. Il était rapidement devenu l'ami de Chilpéric, avec qui il faisait exploser beaucoup de choses.

Buccelin se racla la gorge quand ils pénétrèrent dans le laboratoire. L'endroit n'était guère plus qu'une grange où s'entassaient des monceaux de ferraille étranges et des piles d'ingrédients. Aynet ralentit prudemment le pas. Au fond de la remise, deux silhouettes emmaillotées dans d'épaisses combinaisons en plumes d'oie se plaçaient à distance prudente d'un pot en terre. La plus petite alluma une mèche. Aynet entendit un sifflement, puis un « *BOUM* » quand le pot explosa. Un fragment d'argile frôla sa joue droite en sifflant. Buccelin attendit que Saga et Lobertus aient terminé de se féliciter, puis signala leur présence. La sorcière et l'alchimiste ôtèrent leurs casques rembourrés en souriant.

— C'est fantastique ! s'exclama Lobertus, ses dents blanches illuminant son visage mat plus intense que beau. Avec ce dosage, ça marche environ trois fois mieux ! Merci pour la recette ! lança-t-il à Saga.

Son époux le dévisageait avec un sourire amoureux complètement idiot. Lobertus leva la tête vers lui pour qu'il puisse déposer un baiser sur ses lèvres. Aynet leva les yeux au ciel. Dans le genre sirupeux, on ne faisait pas mieux.

Saga, satisfaite, examinait un petit tas de poudre noire sur une table.

— La qualité du soufre joue aussi.

— Ça ne m'étonne pas que la formule soit tenue secrète, dit Lobertus. (Buccelin, avec affection, lui époussetait ses épaules pleines de suie.) Par contre, je vais avoir du mal à en produire en quantité sans que la nouvelle s'ébruite, prévint-il.

— Une dizaine de tonnelets suffiront, intervint Aynet.

Lobertus fronça les sourcils, dubitatif. Il était maigre et brun, de taille modeste, comme la plupart des purs queiraliens, et parfaitement à l'aise sous sa croûte de suie, de sciure et de graisse d'engrenage. Bien qu'il préférât ses expériences aux galas diplomatiques, Aynet savait qu'il était capable de se tenir en société. Et même très bien. Il y avait une histoire là-dessous, soupçonnait-elle.

— Je pensais que le plan, c'était d'affronter de plein fouet une armée de créatures maléfiques et tout le toutim ? demanda-t-il en haussant les sourcils en direction de Saga.

— Oui mais ça, c'est pour notre usage personnel, répliqua Aynet.

— Oh, très bien, gardez vos petits secrets pour vous, lança Lobertus sans véritable agressivité. Je vais vous fabriquer votre poudre explosive. J'ai tout ce qu'il faut.

— Essaie de ne pas t'arracher un bras, dit Buccelin.

— Et toi, essaie de ne pas te faire trucider en partant à la guerre, répliqua Lobertus. Tiens, tu peux écraser ça, ajouta-t-il en lui collant un mortier et un pilon entre les mains. Dame Saga, si vous voulez bien ajuster les proportions...

Aynet, les laissant s'amuser tous les trois, s'éloigna vers les jardins situés à l'extérieur des remparts. Beaucoup plus modestes que ceux de Keilles, ils avaient surtout pour but de produire des fruits, des légumes et des plantes médicinales. Elle dépassa les jardinières et les plates-bandes où de jeunes pousses pointaient leur nez, franchit une arche en pierre et se retrouva dans le cimetière privatif de la famille royale.

Sans grande surprise, elle y trouva Éleuthère, assis par terre devant la tombe de son père, en train de faire la tête. Dans ses bras, Flor poussait les gazouillis charmants que poussent tous les bébés de son âge. (Enfin, peut-être. Aynet ne s'y connaissait pas beaucoup.)

— Tu as vidé ton sac ? demanda-t-elle sans ambages en s'approchant de lui.

— Oui. Non. Je ne sais pas, avoua-t-il. (Il leva le visage vers elle. Elle résista à l'envie de lui caresser les cheveux. Gentil toutou.)

Comment se sont passées les négociations ?

— Plutôt bien. On dira ce qu'on veut, admit-elle en s'asseyant sur un banc de pierre, mais l'instinct magique des familles royales facilite les choses dans ces cas-là.

— C'est injuste, non ? demanda-t-il en observant les joues dodues de Flor. Il suffit de naître dans la mauvaise famille pour obéir à des lois complètement différentes.

C'était vrai. À la fois pour le péquenot qui ne dormirait jamais dans des draps en soie, et pour l'héritier royal, garçon ou fille, qui avait une chance sur trois de mourir – héroïquement – ou de se faire maudire avant ses vingt ans. Aynet ne fit pas de commentaire. Il y avait longtemps qu'elle s'était faite à la situation.

Éleuthère continua :

— Ce serait plus simple si ma mère me traitait comme un adulte.

— Et c'est tout à fait le genre de remarque qui l'y pousserait, se moqua-t-elle.

Il lui jeta un regard sérieux qui avait quelque chose de très « marc-ien ».

— Franchement, grommela-t-il, qu'est-ce qui leur est passé par la tête ? Elle a presque cinquante ans. Avoir un bébé, à leur âge…

— Tu sais, quand un roi et une reine s'aiment très fort…

Éleuthère colla une de ses mains sur son oreille en chantant « *Lalalala !* ». Flor se mit à rire et à crier pour l'accompagner, tout en essayant d'attraper sa manche.

— Je compte sur toi pour te réconcilier avec elle avant de partir, dit fermement Aynet.

— Oui, ma dame. Est-ce qu'on peut emmener Flor ? tenta-t-il.

— Non.

— Comme mascotte ?

— Non.

— J'aurais bien aimé la montrer aux autres. Est-ce que c'est bizarre, enchaîna-t-il de but en blanc, que ce soient eux qui me manquent, alors que je suis censé être enfin rentré chez moi ?

— Bien sûr que non, répondit-elle sans hésiter. Ils ont été les seuls compagnons de toute ta vie d'adulte. Et tu as partagé avec eux des choses plus importantes qu'avec tes frères et tes parents, ajouta-t-elle simplement.

— On ne choisit pas sa famille, mais on choisit ses amis, c'est ça ?

— N'importe quoi. Dans notre milieu, on ne choisit pas ses amis non plus, et ils deviennent aussi chiants que les premiers, renifla-t-elle.

Sa réponse fit sourire Éleuthère. Puis il la dévisagea d'un air songeur.

— Je voulais te demander, pour notre prochaine étape...

Aynet se remit vivement sur pied.

— Bien ! Très bonne conversation. N'oublie pas de travailler tes exercices de magie.

— Tu vas devoir nous raconter, tu sais ! cria Éleuthère derrière elle tandis qu'elle s'éloignait vers le château.

Elle lui répondit par une bourrasque magique sans méchanceté, qui se contenta de faire voleter les cheveux des deux têtes blondes. Flor gloussa.

•

Ils restèrent quatre jours à Rosanbo : le temps suffisant pour rédiger les prémices d'un accord avec le royaume de Keilles, commencer à envoyer des courriers à travers le continent, et écrire, pour Anségisel, des lettres d'introduction qui s'ajouteraient à celles du roi Gaius et que le petit groupe présenterait lors de ses étapes à venir. Quatre jours, c'était bien, jugea Aynet. D'après leurs prédictions, le Rieur attaquerait au printemps prochain, à la tête d'une armée fraîchement constituée. Il n'y avait pas que les sorcières à rôder dans les montagnes du nord et à regretter les plaines fertiles du Plaennendeon : d'autres créatures, au fil des siècles, avaient été repoussées dans des régions hostiles pour faire de la place aux peuples veltes, nakings, puis queiraliens. Le royaume du Deshevron repoussait, toutes les trois ou quatre décennies, des incursions d'ogres. Cent ans plus tôt, il n'était pas rare de voir des bleisteux, de gigantesques loups, s'aventurer dans les terres de Nirailles et descendre la chaîne des Monts du Mitan jusqu'à Gozen, voire Adezen. Le massif montagneux qui abritait les Petits Royaumes et de nombreuses tribus barbares, au sud du continent, était sauvage mais habité ; la titanesque barrière qui séparait le Plaennendeon de l'hémisphère nord, et dont les monts atteignaient plusieurs dizaines de lieues de hauteur, était une autre affaire.

Il était impossible de savoir ce que le Rieur y fricotait. Néanmoins, tôt ou tard, il s'élancerait telle une vague de destruction sur les plaines. Elles lui avaient un jour appartenu : d'après Saga, leur référente ès divinités, rien ne l'empêcherait de vouloir les reprendre. Et surtout pas un millénaire à ressasser sa vengeance.

Stupides dieux et stupides Créateurs.

Ils n'avaient pas de temps à perdre. Une guerre ne s'organisait pas en quelques semaines. De son temps, Aynet s'était rarement préoccupée de la logistique des batailles auxquelles elle avait participé – ou qu'elle avait déclenchées – mais tout le monde ne disposait pas de pouvoirs magiques, elle était prête à le reconnaître. Et puis, il y avait longtemps que les différents royaumes ne s'étaient pas prêté main-forte. Sans doute depuis l'invasion des Grands Serpents, cinq siècles plus tôt. Elle avait hâte de voir ce que les choses allaient donner.

Léonia géra sa part des négociations d'une main de maître. Aynet se contenta de jouer le rôle de l'experte en magie. Saga passa la majeure partie de son temps avec Lobertus, les bibliothécaires et les savants du château. Éleuthère lui tint compagnie, ou s'occupa de Flor, ou traîna avec Buccelin, Louise et quelques anciennes connaissances. Deuzio... Deuzio tourna en rond, boudeur, jusqu'à ce que Léonia et

Aynet lui permissent d'assister – en silence – aux discussions, à la suite de quoi il s'ennuya comme un rat mort tandis qu'Anségisel et Léonia cherchaient le meilleur moyen de faire traverser des provisions aux Monts du Mitan.

— On ne pourrait pas plutôt parler de stratégie militaire ? geignit-il après un échange d'une heure sur les conditions de stockage du fourrage des chevaux.

— Ce n'est pas l'important pour l'instant, répondit distraitement Anségisel. Et puis, moins il y aura de personnes au courant de nos plans, moins il y aura de risques de fuites. (Il redressa la tête, soudain conscient de la personne à qui il s'adressait.) Si c'est l'aspect martial de la situation qui vous intéresse, votre Altesse, vous devriez plutôt discuter avec mon frère Buccelin, dit-il gentiment.

Deuzio se tortilla sur sa chaise.

— Je l'ai fait hier. Il m'a proposé de m'entraîner à l'épée, avoua-t-il. Avec une main attachée dans le dos. En évitant son cheval qui me fonçait dessus. Et le prince... enfin, *maître* Éleuthère qui me lançait des éclairs en plus. Sur le postérieur.

Anségisel et Léonia conservèrent une expression suspicieusement impassible tandis qu'Aynet ricanait sans se gêner.

— Nous avons été élevés de façon plutôt énergique, convint Anségisel.

Aynet savait que Deuzio possédait un frère et deux sœurs, ainsi que bon nombre de cousins. Elle savait aussi – Léonia le lui avait confié – que le prince Primus élevait sévèrement son aîné, au point que ce dernier avait dû oublier qu'il était enfant à peu près dix ans plus tôt. Secundus semblait parfois complètement perdu parmi eux. Ça, au moins, Aynet ne pouvait pas le lui reprocher.

Elle le coinça dans un couloir, le midi du troisième jour. Aynet détestait voir des potentiels gâchés.

— Qu'est-ce que tu aimes faire ? Dans la vie ? lança-t-elle, les bras croisés.

— Pardon ? demanda-t-il d'un ton qu'il essaya de rendre

hautain.

Il échoua, bien entendu. Parce que ses nouveaux compagnons étaient insensibles à l'orgueil. L'arrogance leur *rebondissait* dessus. Aynet en était très fière.

— Quand tu n'étudies pas ou que tu ne répètes pas ce que ton père te dit, développa-t-elle d'un ton sec, qu'est-ce qui t'intéresse ?

Il cligna des yeux. Pauvre chou. Ce devait être la première fois qu'on lui posait la question.

— Lire des pièces de théâtre, dit-il finalement d'une voix blanche. Et étudier la musique. Père ne me laisse plus en jouer depuis que je suis grand.

Il resta ensuite légèrement éberlué, comme s'il ne comprenait pas pourquoi il lui racontait tout ça. Elle lui tapota la joue.

— Viens. C'est Louise que tu dois rencontrer.

Aynet n'avait rien contre la femme d'Anségisel, qui venait d'une famille de meuniers et s'était remarquablement acclimatée à son statut de princesse. Cependant, Louise était une grande partisane de l'introspection, de l'échange et de la confidence à cœur ouvert. Parmi la famille royale, Jeanne, Anségisel et Éleuthère en étaient par conséquent fous, tandis que Buccelin et Dioclétien la fuyaient à toutes jambes. Aynet était plutôt d'accord avec les deux derniers. Partager son moi intime avec les autres, pffff, quelle idée !

Elle abandonna le petit prince de Keilles aux soins ravis et attentifs de la princesse – une bonne chose de faite – et partit manger un morceau avant de retourner décider de l'avenir du Plaennendeon avec ses pairs.

•

Aynet ne sut jamais ce que se dirent, en conclusion, Éleuthère et la reine Jeanne. Toutefois, au matin du cinquième jour, alors qu'ils fixaient leurs sacoches sur les croupes de leurs chevaux, Éleuthère rendit enfin la petite Flor à leur mère. À l'écart du groupe, ils échangèrent quelques mots, avant que la reine n'embrasse son fils sur la joue. Éleuthère la laissa faire sans grande effusion de joie.

— Il s'est battu comme un lion quand ils ont donné l'ordre de l'enfermer, observa Anségisel qui s'était approché d'Aynet.

— C'est ce que j'ai entendu dire, répondit-elle sans quitter le trio des yeux.

Aldebert et Jeanne, intelligemment, avaient attendu l'absence de la marraine-fée avant d'enfermer le prince dans sa tour. Il y aurait sans doute eu du meurtre, sinon.

— En fait, ils ont dû finir par le droguer pendant le dîner. Ils n'étaient pas certains de ce qu'il était capable de faire, quels étaient ses pouvoirs. Nos parents ne nous avaient pas mis au courant de leur décision. Aucun d'entre nous.

Son ton était plat, sans jugement.

— Mais aucun d'entre vous n'est allé le chercher, commenta-t-elle.

— Non. C'est ainsi qu'on fait depuis toujours, n'est-ce pas ? demanda-t-il avec un soupçon de lassitude.

Marié depuis quinze ans à Louise, il n'avait toujours pas d'enfant. Personne ne savait dans quelle mesure la malédiction du roi Aldebert avait joué sur ce point.

Ils en restèrent là de leur conversation tandis que Buccelin s'approchait d'eux, un sourire aux lèvres.

— Toujours pas envie de prendre Boute-en-Train pour la route, ma dame ?

— Le jour où je monterai sur ton canasson, ce sera pour piétiner un dragon à mort, promit-elle. (Rustning lui traversa l'esprit.) Ça reste donc une possibilité.

Ils saluèrent tour à tour le reste de la famille royale et des personnalités qui s'étaient rassemblées pour leur dire au revoir. Éleuthère discutait avec quelques serviteurs, qui lui bourraient les poches de friandises. À part les princes et les deux reines, personne ne s'approcha d'Aynet, à sa grande satisfaction. Elle avait eu sa dose de bavardages inutiles pour la semaine. Voire le mois. La route lui manquait.

Elle était beaucoup moins impatiente d'arriver à leur prochaine destination. Pour le moment, elle choisissait de la repousser loin, loin au fond de son esprit, comme elle le faisait depuis cent cinquante ans.

Ils montèrent en selle. La jument blanche d'Aynet poussa un long soupir presque humain. Elle lui tapota l'encolure.

— En route ! lança Éleuthère après un dernier signe d'adieu à ses frères.

Ils traversèrent les rues de la ville et franchirent le pont, en sens inverse, sous les souhaits de bonne chance des passants et des gardes, puis obliquèrent vers le nord. Le soleil brillait joyeusement, les arbres se couvraient de bourgeons, les oiseaux se susurraient des invitations sexuelles vulgaires – et vous pouviez croire Aynet sur parole là-dessus, elle parlait l'aviaire depuis ses vingt ans – et la route se déroulait devant eux, pavée de blanc, serpentant parmi les champs fertiles paresseusement vallonnés. Aynet inspira à pleins poumons. L'air sentait bon l'aventure.

— Mon père dit qu'il faudrait que vous adoptiez plus largement le système de rotation triennale, si vous ne voulez pas épuiser vos terres.

— La ferme, Deuzio, lancèrent en chœur les trois magiciens.

Chapitre IV
Parmi les fées

Durant les jours qui suivirent leur départ de Rosanbo, Éleuthère fit de son mieux pour s'extirper de sa tristesse et de sa mélancolie. Ce n'était pas seulement la mort de son père – même si cette dernière, inattendue et injuste, était arrivée alors qu'il était sur le point de le revoir et de régler ses comptes avec lui. Sa petite rancune lui semblait soudain pathétique et insignifiante mais, en même temps, continuait de le travailler. En soupirant intérieurement, il se demanda si Dioclétien avait appris la nouvelle et comment il la vivait.

Néanmoins, c'était aussi le reste. La route. Leur mission. Le Rieur qui les attendait au bout du chemin. Ses amis éparpillés. Quand il avait fait route avec Marc et les autres, encadré par Rustning, Lucàn et Osbern, les choses lui avaient semblé plus aisées. Peut-être était-ce parce qu'ils avaient su, à l'époque, où ils étaient censés se rendre et comment les choses devaient se terminer. À présent, ils avaient des plans, certes, mais beaucoup moins de certitudes. Ce qui provoquait, au sein de leur petit groupe, des silences méditatifs très inconfortables.

Rustning et Gaspin avaient probablement raison de faire tout le temps les andouilles, songea-t-il un soir où ils campaient à la belle étoile, sur une butte qui surplombait la plaine, à l'écart de la route qui reliait les capitales du Quesvron et du Deshevron. Saga, qui était devenue encore plus réservée depuis son « héritage magique », touillait la marmite. Léonia, facile à vivre mais renfermée, consultait une carte. Deuzio faisait consciencieusement ses exercices de harpe, comme le lui avait ordonné Louise : elle avait bien joué sur ce point, il était malvenu pour un prince de refuser une faveur à une princesse. Quant à Aynet, elle contemplait les étoiles qui brillaient au-dessus des champs d'un air impassible. La saison commerciale avait commencé : des marchands sillonnaient les plaines en tous sens, encombrant les auberges et installant leurs campements à tout-va. Le paysage assombri était ponctué de feux de camp scintillants.

Éleuthère savait quelle était leur prochaine étape. Ils savaient tous. S'ils n'en avaient pas encore parlé entre eux, c'était en grande partie à cause de l'expression de sa marraine chaque fois qu'on évoquait le sujet.

Après tout, personne ne connaissait la raison pour laquelle Aynet, à une date inconnue, avait été bannie du Bois des Fées.

— C'est prêt, annonça Saga en versant le ragoût dans des bols.

Ils s'installèrent en rond et commencèrent à manger en silence. Le lendemain, vers la fin de matinée, ils atteindraient la rive du Lac Soumelain, le plus grand du continent, qu'ils longeraient ensuite jusqu'à la lisière de la Forêt de Quantadie. Ensuite, ce serait à Aynet de les guider jusqu'au village secret de ses consœurs. Enfin, anciennes consœurs. Il dévisagea discrètement sa marraine.

Les fées étaient des êtres mystérieux. Éleuthère, comme la moitié de la population du Plaennendeon, était persuadé que c'était un air qu'elles se donnaient, mais il n'en demeurait pas moins que, question magie, elles n'étaient pas à négliger. De temps en temps, l'une d'entre elles intervenait dans le cadre d'une quête ou d'une prophétie, avant de disparaître tout aussi énigmatiquement qu'elle était apparue. Quelques enfants, royaux ou paysans, en avaient pour marraines, ce qui annonçait généralement une destinée compliquée. Éleuthère ne s'était jamais fait d'illusion à ce sujet, mais en même temps, il n'était pas certain que son « adoption » par Aynet eût été des plus réglementaires, féériquement parlant.

Il avait compris, en surprenant une conversation entre ses parents, qu'Aynet était en défaveur auprès de ses pairesses. Il n'avait pas été compliqué de faire cracher le morceau au vieux Loëc, qui aimait rouspéter contre elle : la fée détenait, dans le milieu snob de la magie, une réputation de catastrophe ambulante sociopathe, et il était de notoriété que les fées l'avaient répudiée des décennies auparavant, ne voulant plus être liées à ses histoires.

Éleuthère, qui avait sept ans à l'époque, avait été convenablement impressionné.

Un élan d'affection l'envahit en observant sa marraine : malgré ses méthodes discutables et les récits à glacer le sang qu'on contait sur elle, il était – à peu près – certain qu'elle ne le laisserait jamais tomber. Et rien que pour cela, il serait toujours de son côté également. Enfin. Tant qu'elle ne commencerait pas à trucider des êtres innocents.

— Marraine, prononça-t-il dans le silence ponctué par les craquements du feu, si tu nous parlais du Bois des Fées ? Comment il s'organise, ce à quoi nous devons nous attendre ? Tu penses qu'elles vont coopérer ?

Aynet se crispa imperceptiblement, puis se détendit en voyant qu'il ne cherchait pas à l'interroger sur elle. Avalant sa bouchée, elle se tapota les lèvres de son mouchoir avant de répondre :

— En général, sa population tourne autour de cent vingt fées, dit-elle du rare ton sérieux qu'elle utilisait lors de ses leçons. Environ un tiers sont des apprenties. Elles sont gouvernées par un Concile de fées-mères, qui prennent la plupart des décisions, même si chaque fée possède sa spécialité et n'hésite pas à les conseiller dans leur domaine de compétences.

— Pardonnez-moi, je m'y connais peu, intervint Léonia avec intérêt. Elles sont bien humaines, comme vous et moi ? Rien ne les distingue en particulier ?

Éleuthère, la bénissant pour sa participation, resta silencieux pendant qu'Aynet expliquait :

— Oui. Si on met de côté l'aspect mystique de leur petit ordre, ce ne sont que des femmes plus ou moins douées pour la magie élémentale.

— De la même façon que les sorcières le sont pour la sorcellerie, compléta Saga.

— Exactement. Leur fonctionnement est très comparable, en fait. Les aînées transmettent leurs connaissances aux plus jeunes et décident des interactions de l'ordre avec le monde extérieur. La différence, c'est qu'elles sont parvenues à développer une réputation plus bénéfique que les sorcières : elles aident les pauvres orphelins, sont détentrices de la sagesse, conseillent les rois, etc. Alors que, si on compare de façon objective, leurs rôles sont identiques : fées et sorcières sont là pour intervenir à des points-clefs de l'histoire pour permettre aux héros de sauver la situation.

— Les sorcières s'en prennent simplement plus souvent plein la figure, compléta Saga d'un ton sec.

D'une petite voix, comme s'il avait peur de la mettre en colère, ou s'il n'était pas sûr de ce qu'il avançait, Deuzio fit observer :

— Mais vous êtes censées être *mauvaises*.

— Si par « mauvaises », tu entends « capables d'avoir notre propre opinion qui ne suit pas forcément celle des autorités en place », c'est vrai, convint la jeune femme en arrachant un petit gloussement à Aynet.

— Elle a raison. Les fées sont de vraies bénies-oui-oui. Ça fait partie de leur image. Du coup, quand l'une d'entre elles se rebelle, elle finit toujours par... (Elle se tut et changea de sujet.) Ce n'est pas le Concile qu'il va falloir persuader de nous aider. C'est l'ensemble du Bois. Cependant, même si elles sont coincées, les fées ne sont pas stupides. Elles sentent que quelque chose arrive. C'est sur la forme qu'elles vont chipoter. Il leur faut parfois des mois pour se mettre d'accord sur l'emploi d'un simple charme. Il va falloir marcher sur des œufs pour ne froisser personne, conclut-elle.

— Ça va nous poser problème que tu sois avec nous ? demanda Éleuthère.

— Oui, répondit-elle. Mais en même temps, je les connais. Je sais comment elles fonctionnent. Elles vous feraient tourner en bourrique si je n'étais pas là.

— Qui reste-t-il dans le Concile ? demanda Saga en remuant les braises. Il y a deux siècles, je connaissais Betton, Ermesinde et Rodheid.

— Betton et Rodheid sont mortes. Ermesinde est encore là. C'est la plus vieille du lot, à présent, confirma Aynet. J'en connais d'autres, mais pas toutes.

— Est-ce qu'on risque de rencontrer une opposition ? demanda Éleuthère. Comme avec Pabu, au Mont Kerdaoubann ?

Saga fit la grimace. Comme Léonia et Deuzio affichaient des mines curieuses, ils leur expliquèrent rapidement la situation, ainsi que celle rencontrée au Palais aux Parois d'Or avec Yín Sè, le jeune dragon argenté. Léonia hocha sagement la tête.

— Je vois. Des contestataires.

— Des extrémistes, oui, grommela Éleuthère.

— Ce ne sera pas le cas au Bois des Fées, répondit Aynet. D'abord, parce qu'aucune d'entre elles ne se rangera du côté des Anciens Dieux. Elles ont des défauts, reconnut-elle, mais aussi, comment l'expliquer... ? (Elle agita ses doigts fins.) Une grande sensibilité, une *affinité* avec les traditions magiques. Elles peuvent renifler le Mal à dix lieues. Et quand je dis le Mal, je ne parle pas de dragons ou de trolls, conclut-elle d'un ton sombre.

— Par conséquent, résuma Léonia, elles seront d'accord sur le principe de nous aider, mais les détails risquent de poser problème.

— Voilà, dit Aynet.

Au moins, songea Éleuthère en raclant le fond de son ragoût, ce comité d'accueil-ci n'essaierait peut-être pas de les tuer. Reposant son bol, il se vautra un peu plus confortablement sur son baluchon et ses sacoches.

— Alors, Léonia... Racontez-nous des histoires sur l'enfance de Marc.

La digne princesse lécha sa cuillère en réfléchissant.

— Eh bien, il y a eu la fois où l'ambassadeur d'Edorailles a subi malgré lui une conférence de trois heures sur les maladies saisonnières de l'orge bleue...

Confortablement installés, ils échangèrent des histoires de famille jusqu'à ce que le feu s'éteigne doucement.

•

Le Lac Soumelain possédait des eaux bleues laiteuses et s'étendait à perte de vue. De l'endroit où ils se trouvaient, sur la rive sud, il était impossible d'en apercevoir l'autre côté. Sur leur droite s'étendaient les dernières cultures du Quesvron. Le fleuve qui reliait le lac et l'océan constituait une frontière naturelle avec son voisin du nord, le Deshevron. Sur la gauche se trouvaient la Forêt de Quantadie et, à l'horizon, les sommets des Monts du Mitan.

Ils abandonnèrent la route principale, qui s'éloignait vers l'est, et longèrent le lac dans la direction opposée jusqu'à un village où ils passèrent la nuit. À l'auberge, comme ils ne transportaient aucune marchandise, on leur jeta quelques regards curieux ; néanmoins, comme Éleuthère l'avait tant vanté à Marc, les Quesvronnais avaient pour habitude de s'occuper de leurs oignons, et personne ne leur posa de questions.

C'était étrange. Éleuthère avait beau être rentré au pays, il n'en avait pas l'impression. C'était comme si, après le périple qu'il avait effectué, son royaume lui semblait trop petit, presque insignifiant. Irait-il jusqu'à dire, après tout ce qu'il avait vu, qu'il se préoccupait désormais de l'ensemble de leur monde et plus seulement du petit bout qui l'avait vu grandir ? Le concept était prétentieux, mais pas entièrement faux. Était-ce ce qu'avaient ressenti leurs prédécesseurs en traversant, pour la première fois, deux continents afin d'aller créer les statuettes et enfermer les dieux ?

Perdu dans ses pensées, il prêta peu attention à leur entrée dans la forêt. Leur chemin suivait une ancienne piste enherbée, peu empruntée, étant donné qu'elle filait droit vers les montagnes infranchissables à cet endroit. Éleuthère songea à Flor. C'était encore un autre problème, quelque chose qui l'avait surpris. Avant d'arriver à Rosanbo, il avait ressenti de la rancœur à son égard. C'était illogique, il le savait : même si Flor était née plus tôt, il aurait peut-être échappé à la tour, mais il n'aurait pas rencontré Marc ni les autres. Or, bien que cette histoire de dieux fût complètement folle, il s'y sentait à sa place. En train de faire ce qu'il était censé faire. Donc, oui, sa rancune était irrationnelle... et elle s'était surtout évaporée dès qu'il avait posé les yeux sur l'adorable bout de chou.

Était-ce cela, l'instinct fraternel ? musa-t-il. Ses frères aînés n'avaient jamais été particulièrement protecteurs à son égard. Peut-être avait-il besoin d'un objet pour focaliser ses instincts protecteurs, ou quelque chose comme ça. Pour être honnête, sa rencontre avec sa sœur n'avait que renforcé sa résolution. Il se sentait prêt à démonter du dieu vengeur. Au moins, Aynet et Saga trouvaient la situation amusante.

Et puis, il y avait dame Mélia. Éleuthère sentit ses joues s'échauffer. Avant la tour, il avait été trop jeune pour s'intéresser à la gent féminine et, depuis, il n'avait pas eu le *temps*. (Ou l'intimité.) Ils n'avaient pas fait grand-chose après qu'elle l'a invité dans sa chambre. Surtout bavardé, échangé des baisers et laissé leurs mains courir un peu partout. C'était peut-être puéril, mais cela avait été bien suffisant pour Éleuthère, qui n'avait pas envie d'aller trop vite. Il n'était pas dupe, il savait qu'elle le trouvait charmant mais qu'elle n'avait nullement l'intention de se remarier. Enfin, même si leur histoire n'allait pas plus loin, il était heureux de l'avoir rencontrée. Le souvenir de ses fossettes et de son rire rauque lui donnait chaud au cœur – et un peu au bas-ventre, il devait l'avouer.

Il secoua la tête pour se concentrer sur leur chemin.

Aynet les entraînait de plus en plus profondément dans la forêt, dont les arbres qui gagnaient progressivement en taille et en âge. Ils finirent par quitter le sentier pour s'engager dans le sous-bois, en contournant occasionnellement des amas de rochers aux formes étranges. Çà et là, des animaux détalaient dans les fourrés. Éleuthère se rendit compte que les oiseaux s'étaient tus. Bien que la forêt ne semblait pas de mauvais augure, on aurait dit qu'elle voulait prévenir ses visiteurs qu'ils n'étaient pas forcément les bienvenus.

— Voyons, ce devrait être par ici, murmura Aynet.

Elle les fit descendre de cheval, puis passer entre deux arbres que rien ne distinguait des autres – et, de l'autre côté, tout changea.

Si on avait demandé à Éleuthère d'imaginer le Bois des Fées, il n'aurait pas été loin de la réalité. Une herbe vert tendre recouvrait le sol, parsemée de fleurs pastel. Des fontaines glougloutaient harmonieusement dans tous les coins. Des habitations de pierre bleutée s'imbriquaient avec esthétisme entre des chênes séculaires, leurs seuils et leurs fenêtres décorés de jardinières colorées, tandis que des rouges-gorges et des mésanges filaient dans l'air en gazouillant joyeusement. Il y avait même des lapins, qui mâchouillaient tranquillement le gazon.

— Tu parles d'un cliché, marmonna Deuzio à voix basse et Éleuthère apprécia un peu plus le terrible neveu de Marc.

Il y avait aussi des fées, bien entendu. Jeunes, vieilles, immanquablement minces, éthérées et blondes, vêtues de rose, de bleu ou de vert, une baguette à la main, elles vaquaient à leurs occupations qui semblaient en grande partie consister à cultiver des fleurs et à jouer de la harpe. Non. Éleuthère était mauvaise langue. Certaines faisaient également pousser des légumes et cuisinaient des gâteaux. Manifestement, il fallait bien qu'elles mangent, elles aussi.

L'une d'entre elles les aperçut. Elle poussa un cri – mélodieux – et pointa un doigt – gracieux – dans leur direction pour prévenir ses compagnes. Des baguettes furent dégainées. Les fées semblèrent immédiatement moins détendues.

Éleuthère s'aperçut qu'Aynet s'était discrètement glissée à l'arrière du groupe.

L'une des magiciennes s'avança vers eux d'un air prudent.

— Qui êtes-vous ? Que venez-vous faire ici ?

Éleuthère et Léonia se détachèrent du groupe, ainsi qu'ils en avaient convenu.

— Je suis la princesse Léonia de Keilles et voici le prince Éleuthère du Quesvron. Nous demandons audience auprès du Concile.

La fée fut prise de court. Indécise, elle étudia leur petite troupe.

— Comment avez-vous trouvé cette entrée ?

Les choses se gâtaient un peu.

— Est-ce important ? demanda Éleuthère.

Derrière lui, il entendit Saga se racler la gorge. Ce n'était pas un son alarmé. Plutôt... amusé. Oh, dieux. Il comprit en observant les fées qui s'assemblaient autour d'eux. Et qui le regardaient, lui, en gloussant et en le pointant du doigt.

Aynet l'avait prévenu. Les fées avaient un truc pour les princes. Comme les dragons pour les princesses. C'était instinctif. Maîtrisant sa chair de poule, il se concentra sur leur interlocutrice qui les dévisageait, Deuzio et lui, tour à tour. Bien. Qu'elle se concentre donc sur les deux princes jeunes et valeureux, et qu'elle ignore la sorcière et la fée renégate qui les accompagnaient...

Un hurlement de rage retentit – qui parvenait, de façon étrange, à rester musical, lui aussi, mais le doute n'était pas possible, l'intention était meurtrière – et dans un craquement de branches, une masse gigantesque s'abattit sur eux. Loupé, pensa Éleuthère en se jetant sur Léonia pour la plaquer par terre.

Il se retourna en s'appuyant sur un coude. Un cheval blanc... non, était-ce une licorne ? Avec des ailes ? *Tellement* cliché. Une licorne ailée attaquait donc sa marraine. Qui s'était transformée en phénix. Il soupira intérieurement. Au temps pour leur approche diplomatique. Voyons, que ferait Rustning dans ce cas ? Nan, Rustning n'était pas un bon exemple. Lucàn ?

— *Ça suffit, toutes les deux !*

Une bourrasque emporta les deux créatures, les faisant bouler jusqu'à la lisière de la forêt et atterrir dans un buisson, dans un nuage de plumes incandescentes et de crins argentés. Le phénix, en sifflant, et la licorne, en hennissant, se redressèrent pour reprendre leur combat. D'un geste de la main, Éleuthère tordit les branches des arbres pour les emprisonner. Les deux fées tentèrent de se dégager et parurent surprises quand elles n'y parvinrent pas. Non mais oh.

— Je ne pensais pas que tes pouvoirs étaient aussi développés, Éleuthère du Quesvron.

Il pivota. Une autre fée était apparue. Une très vieille fée, dont le visage serein était couvert de mille petites rides et dont les cheveux avaient la couleur de la neige au soleil. Les bras croisés, elle observait les deux prisonnières.

— J'ai beaucoup progressé, ces derniers temps.

— Oui. J'ai entendu des échos à ton sujet. Ainsi que sur tes compagnons.

Elle sortit sa baguette de sa manche et, d'un geste, annula le sort d'Éleuthère avec autant de facilité qu'elle aurait cueilli une fleur. Les deux fées tombèrent sur le sol en se transformant. Aynet, furieuse, bondit immédiatement sur ses pieds. Son adversaire, une fée d'un âge incertain qui aurait pu être sa jumelle, sans ses yeux verts et ses cheveux frisés, l'imita. Elles recommencèrent aussitôt à se coller des mandales, cette fois à main nue. La vieille fée soupira lourdement tandis que Saga poussait un claquement de langue désapprobateur.

— Elles ne savent jamais quand s'arrêter, murmura la fée.

Cette fois, une corde argentée quitta l'extrémité de sa baguette pour venir ficeler les deux combattantes. L'inconnue se laissa faire tandis qu'Aynet lui hurlait des insultes. Son ennemie se contenta de lui sourire d'un air arrogant. Éleuthère commença à discerner l'histoire : les deux femmes ne se supportaient pas, mais Aynet se contrôlait moins bien. Avait-ce été la cause de son exclusion ?

— Léceline. Aynebelle. Assez, dit sèchement la vieille fée.

Éleuthère éclata de rire.

Le regard que lui jeta Aynet était *meurtrier*.

— Aynebelle ? hoqueta-t-il. Ton vrai nom, c'est Aynebelle ? Oh, mes dieux ! Oh, il faut que je la raconte à Gaspin ! Et Rustning !

— Éleuthère, le prévint-elle d'une voix douce. (Douce comme du miel mélangé au plus puissant des venins, le genre qui transformait votre sang en gélatine en moins de trois battements de cils.) Éleuthère, si tu répètes à qui que ce soit ce que tu viens d'apprendre, malgré tout l'amour que je te porte, tu ne retrouveras jamais tes testicules et tes dents. C'est valable pour le reste d'entre vous, ajouta-t-elle en direction de leurs compagnons.

— Je ne suis pas folle, répondit Saga.

— Je vais vous détacher, reprit la fée. Contrôlez-vous. Sinon, tu seras bannie, Léceline. Quant à toi, Aynebelle, je n'écouterai pas tes compagnons.

Aynet lui jeta un regard noir, mais resta calme une fois libérée. Ignorant son adversaire, elle s'avança vers Éleuthère, qui riait toujours. Il en avait mal au ventre. Il tenta de se reprendre en s'essuyant les yeux. La vue de sa marraine le fit repartir de plus belle. C'était nerveux, convint-il. C'était la goutte qui faisait déborder le vase des émotions qu'il avait accumulées ces dernières semaines. Elle lui donna une bourrade sur l'épaule, assez forte pour lui laisser un bleu.

— Petit con, dit-elle.

— Je t'aime aussi, répliqua-t-il en souriant. Aynebelle, pouffa-t-il.

Puis il s'étrangla parce qu'elle l'avait empoigné par la gorge et serrait. Même sans magie, elle avait plus de poigne qu'il ne s'y attendait.

•

Une fois qu'il eût échappé à la mort, la vieille fée – la dénommée Ermesinde, dont Saga et Aynet avaient discuté les jours précédents – les emmena au cœur du village de pierre et de bois, jusqu'à un bâtiment circulaire dont le dôme surplombait les environs. Éleuthère l'étudia avec curiosité. Son architecture n'avait rien à voir avec les habitations traditionnelles quesvronnaises, ni avec les temples d'inspiration velte dans lesquels vivaient les sorcières qu'il avait rencontrées. La plupart des constructions étaient en pierre pâle, épurées, ornées ici et là de motifs d'origine végétale. Il se demanda quelle était l'origine des fées. Des histoires couraient sur des peuples magiques qui auraient précédé les hommes en ces terres, mais les femmes qu'il croisait semblaient aussi humaines que lui.

Le bâtiment contenait un petit amphithéâtre, dont les gradins se remplissaient rapidement d'occupantes. Au centre se trouvait une table entourée d'une douzaine de chaises. Ermesinde fit signe aux visiteurs de s'asseoir, avant de rejoindre ses quatre consœurs qui patientaient déjà. Léceline l'imita et se plaça sur sa gauche. Aynet lui montra les dents en grondant. Ce devait être le Concile dont elle leur avait parlé. Éleuthère déposa son sac et prit un siège, sous le regard curieux d'une bonne centaine de fées.

— Nous savons ce qui vous amène ici, attaqua Ermesinde d'emblée. (Digne et ridée, elle leva la main pour leur faire signe de la laisser parler.) Nous avons vu les signes. Nous avons entendu la nouvelle que celui qu'on appelait autrefois le Roi Sage, le Dieu Rieur, le Bienveillant, est revenu dans le nord. Nous comprenons ce que cela signifie, et nous allons tout faire pour régler la situation. Néanmoins, nous ne sommes pas persuadées qu'il est nécessaire que le reste du Plaennendeon s'en mêle. Vous venez nous proposer une alliance, mais le Bois est à même de raisonner le Rieur et de le contrôler si besoin.

Éleuthère fut trop abasourdi pour répondre. À côté de lui, Aynet poussa un reniflement moqueur mais ce fut Saga, incrédule, qui se redressa.

— Écoute-moi bien, vieille cruche... (La sorcière se prit la tête dans les mains, marmonna, puis reprit d'un ton plus calme.) Avec tout le respect que je vous dois, cela me semble très improbable.

— Dame Saga, n'est-ce pas ? Vous avez servi le Roi Sage il y a bien longtemps, répondit Ermesinde en déclenchant quelques murmures dans l'assemblée. Par conséquent, vous savez qu'il n'est pas tout-puissant.

— C'est exact, mais je sais également de quoi il est *capable*.

Éleuthère observa son amie. Depuis que sa mère lui avait transmis ses pouvoirs et ses connaissances, il était rare de la voir se mettre en avant. À l'évocation du Dieu Rieur, cependant, ses yeux bruns brillaient d'une lueur farouche.

— Vous n'allez pas vous battre contre lui, continua-t-elle. Vous allez vous battre contre lui et son armée. Je le connais, en effet. Il n'a pas besoin de manger, de dormir ou de se reposer. Dans quelques mois, il aura fini de réunir autour de lui tous ceux qui patientent depuis des siècles dans les montagnes du nord ; tous ceux qui guettent, depuis son départ, le moment où ils pourront à nouveau déferler sur le sud. (Ses lèvres se retroussèrent.) Vous pensez connaître le Mal, être à même de lutter contre lui ? Vous vivez depuis des siècles dans un monde civilisé, qui n'est perturbé que par de petites guerres civiles et de rares invasions de créatures affaiblies. Je connais aussi mes sœurs ; elles sont humaines, et comme toutes humaines, remplies de faiblesses. La moitié regrette la gloire et la puissance des temps passés. Certaines chercheront à s'opposer à lui, mais elles mourront rapidement. Elles le sont peut-être déjà. Le reste le suivra sans hésiter. Vous êtes cent, deux cents ? Elles sont deux mille.

« Ensuite, il y aura les trolls. J'ai vu un magicien tenter de foudroyer un troll adulte, un jour. Il a fini en bouillie sous sa massue. Il y aura les gobelins, plus nombreux que vous ne pouvez les imaginer. Et il y aura les bleisteux, qu'il a créés lui-même des millénaires auparavant. Les bêtes que vous apercevez dans les Monts du Mitan ne sont que des bâtards de leurs ancêtres et de nos loups communs. Ils n'ont rien de comparable. Les véritables bleisteux font la taille d'un taureau et sont aussi vifs que des écureuils. Ils tueront trois d'entre vous le temps d'un clignement d'yeux. Je le sais, parce que j'en ai chevauché et que j'ai ressenti le craquement des os sous leurs dents.

« Alors, oui, répéta-t-elle fermement, il me semble très improbable que vous puissiez « contrôler » le Rieur. Vous êtes puissantes, je ne le nie pas. Vous êtes sans doute, avec les prêtres de Queirailles, l'ordre magique organisé le plus important du continent. Mais seules, vous ne serez rien face à lui. Ce ne sera pas grâce à la force brute que nous causerons sa perte, ou par la raison. Il se moque des deux. Ce sera par la ruse. Ce sera par la manipulation de son ego, par l'utilisation de son arrogance. Et pour cela, nous avons besoin de tout le monde.

Un silence nerveux, attentif, suivit ses paroles. Les fées échangèrent quelques regards entre elles. Finalement, Léceline, la rivale d'Aynet, le visage sérieux, prit la parole :

— Vous avez un plan, devina-t-elle.

— Oui, l'assura Saga. Nous en avons même trois. Le premier concerne la façon dont nous allons repousser ses forces. Le deuxième, la manière dont nous allons le faire sortir de son trou. Le troisième, ce que nous allons faire de lui ensuite. Pour les deux premiers, nous aurons besoin d'aide. Le troisième ne regarde que nous.

« Les trois plans dépendent les uns des autres. Ils prennent en compte ses forces, ses réactions et la façon dont il aura évolué durant son emprisonnement. C'est le facteur le plus aléatoire, admit-elle. Malgré tout, nous aurons davantage de chances de réussir ainsi qu'en chargeant droit sur lui, les doigts croisés.

— Même si ça nous arrive de croiser les doigts aussi, ajouta Éleuthère parce que, parfois, sa langue n'en faisait qu'à sa tête, et qu'il fallait bien quelqu'un pour remplacer Rustning.

Léonia lui donna un coup de coude. Il se tut.

— Et comment envisagez-vous notre participation dans ces... plans ? demanda une fée à la droite d'Ermesinde.

Saga se tourna vers Aynet qui, sans un mot, sortit une carte de son sac et l'étala sur la table. La marraine d'Éleuthère expliqua ensuite d'une voix neutre, en pointant le parchemin du doigt :

— Nous prévoyons la rencontre des deux armées dans la plaine d'Edorailles, entre Gozen et Adezen. Nous avons besoin que vous protégiez le côté est, de ce côté-ci des montagnes, en empêchant le reste des forces du Rieur de progresser vers le sud.

Ermesinde, Léceline et leurs consœurs observèrent la carte.

— Vous ne voulez pas de nous sur le champ de bataille, constata Ermesinde.

— Non, dit Aynet. Nous vous voulons ici, afin de pouvoir utiliser tous les régiments disponibles des royaumes et de l'Empire. Vous connaissez le terrain, et ce n'est pas qu'une formule toute faite. Vous êtes capables d'*utiliser* le terrain pour repousser une petite armée, non magique, si elle s'avise de vouloir atteindre Haustebourg. Surtout, vous êtes capables de le faire seules, sans avoir besoin de soldats supplémentaires, ce qui nous permet d'amener tous les régiments disponibles de l'autre côté des Monts du Mitan.

— Mmh, dit pensivement Léceline. Je suppose que tu as une bonne raison de penser que le Roi Sage attaquera par l'ouest ? demanda-t-elle avec intérêt.

— Il le fera parce que nous allons l'y inviter, déclara Saga avec assurance. Il n'est pas stupide, il sait même se montrer prudent, mais il n'hésite jamais quand il est certain de gagner. Or, nous allons lui offrir une bataille gagnée d'avance, qui lui permettra de détruire d'un seul coup toutes les armées de Plaennendeon pour ensuite en cueillir les beaux fruits mûrs et récompenser rapidement ses fidèles, parfois délicats à contrôler. Nous allons lui montrer que nous savons jouer aux malins, nous aussi.

La sorcière brune, avec un sourire de prédatrice, entreprit alors d'expliquer les détails de leur stratagème aux jolies fées blondes. Quand celles-ci se mirent à rire, Éleuthère eut presque pitié d'Hegarat.

•

Un peu plus tard, il se retrouva sous un chêne, assis parmi les fleurs printanières, en compagnie de Deuzio. Les trois femmes de leur vie étaient en train de mettre au point les détails de leur stratégie avec le Concile. Éleuthère était parfaitement satisfait de les laisser faire. Deuzio, lui, était partagé entre la vexation et l'embarras – ce qui lui donnait l'air d'un goéland constipé. En effet, en découvrant qu'il s'entraînait à la harpe, les fées ravies lui avaient collé une pile de partitions dans les bras. Éleuthère n'était pas un spécialiste, mais il semblait se débrouiller plutôt bien.

— Tu as manqué un accord, là.

— Absolument pas. Vous n'y connaissez rien, répondit sèchement l'adolescent. C'est juste pour me faire chier, hein ?

— Ou alors, j'essaie de développer ta confiance en toi ? lui répondit Éleuthère d'un ton énigmatique.

C'était vraiment trop facile de l'asticoter. Un brin d'herbe entre les lèvres, les mains croisées sous la nuque, Éleuthère se laissa aller contre le tronc de l'arbre. Posant sa harpe sur ses genoux, Deuzio fronça les sourcils. Quand il oubliait d'être hautain et fat, il ressemblait, de visage, étonnamment à Marc.

— La fée. Dame Ermesinde. Elle a appelé le dieu que vous voulez piéger le Roi Sage. Pourquoi ? (Avant qu'Éleuthère ne répondît, il ajouta, hésitant :) C'est vraiment un dieu ?

— C'est une très bonne question théologique, rêvassa Éleuthère. Il a été créé par une entité surnaturelle, possède des pouvoirs supérieurs au commun des mortels, et on lui a longtemps voué un culte, alors on pourrait dire que oui. D'un autre côté, il n'est ni omnipotent ni omniscient, et nous allons lui régler son compte, donc...

— Vous êtes plutôt sûr de vous.

— Ça ne sert à rien de partir défaitiste, répondit Éleuthère. Et pour répondre à ton autre question, c'était un des nombreux noms qu'il se donnait dans le temps, d'après ce que m'a raconté Saga.

— Elle vivait vraiment déjà à son époque ?

— D'une certaine façon, dit Éleuthère en songeant tristement à l'autre Saga, celle qu'il avait rencontrée en premier.

Deuzio observa pensivement le dôme du siège du Concile au-dessus des arbres.

— Mon père... (Il s'interrompit, recommença sa phrase.) L'érudition magique n'est pas vraiment encouragée, à Kelanum. On nous enseigne notre devoir, mais le restant est l'affaire des prêtres. Je ne comprends pas votre intérêt dans tout cela. Celui de tout votre groupe, mais surtout le vôtre, personnellement.

Éleuthère se redressa pour regarder son protégé. Ils n'avaient pas commencé leur relation dans les meilleurs termes. Il était peut-être temps de rectifier le tir.

— C'est normal. Déjà, il y a des différences culturelles. Les Vieux Royaumes sont attachés à leurs racines veltes, alors que l'Empire – je sais, je sais, Keilles est indépendant, mais vous subissez tout de même son influence – n'aime pas toutes ces histoires magiques, même s'il doit se plier à leurs règles. Dans les plaines de l'est, être magicien est un statut reconnu. Dans l'ouest, à moins d'être un prêtre, on est mal vu, voire rejeté. La rareté des bons magiciens, par rapport aux charlatans qui prétendent l'être, n'a rien arrangé. (Il rassembla ses pensées.) Ensuite, c'est une question de choix personnels. Quand Aynet a révélé mes prédispositions pour la magie élémentale, j'aurais pu choisir de ne rester qu'un prince. Il n'y aurait rien eu de honteux. Le cas n'est pas rare dans ma famille. Mais j'ai voulu en savoir plus. Et finalement... Je suppose que c'est une question de hasard. Avec cette histoire de tour, j'aurais très bien pu me retrouver marié et ne plus penser à la magie. Mais voilà, conclut-il.

Deuzio digéra un moment ses paroles.

— D'accord. Mais je comprends encore moins comment mon oncle Marc s'est retrouvé embarqué là-dedans.

— Tu ne le tiens pas en haute estime, hein ? demanda Éleuthère d'un ton mordant. (L'adolescent rosit et pinça les lèvres.) Moi, c'est *ça* que je ne comprends pas. Ce que ton père et ta grand-mère lui reprochent, exactement.

Pas mal. Il avait réussi à aborder le sujet sans utiliser d'insultes comme « abrutis de mes deux » et « cervelles de têtards ». Marc serait fier de lui. Rustning, lui, serait sans doute déçu.

— Je ne... C'est... Il n'a jamais rien *fait*, protesta Deuzio. Il n'a jamais effectué sa quête, vaincu des monstres, sauvé des gens. Il se contente de suivre les ordres que mon grand-père lui donne, de négocier avec les marchands et de superviser des travaux. Ce n'est pas...

— Digne d'un prince ? se moqua Éleuthère.

Il en resta là. Il n'ajouta pas que le prince Primus pétait largement plus haut que son auguste postérieur et souffrait sans doute d'un complexe vis-à-vis de son frère. Deuzio n'était pas stupide. Un peu d'éloignement allait lui aérer la cervelle.

— Tu sais qu'il a des pouvoirs, lui aussi ?

— Mon... On m'a dit qu'il ne savait pas les utiliser.

— C'est vrai. C'est hilarant, convint Éleuthère. Il nous a quand même sauvé la vie. À tous. À Saga, à Aynet, mais aussi à Lucàn le Dernier, à deux dragons et à quelques shamans qui pourraient raser Kelanum en une heure. Peut-être qu'il a eu de la chance. Personnellement, je ne pense pas. (Deuzio aurait besoin de temps pour digérer l'information. Il décida d'enchaîner sur un autre sujet et, en même temps, de prendre son rôle de mentor plus au sérieux.) À ton tour. Raconte-moi tes premières impressions sur ta quête. Comment tu la vis ?

Deuzio cligna des yeux, comme s'il n'avait pas l'habitude qu'on lui demande comment il allait. (Ce qui était très triste.) Puis il s'empourpra.

— Vous passez votre temps à vous ficher de moi ! Vous ne me laissez rien faire ! Vous me tenez à l'écart ! Vous me traitez comme un gamin et je ne sais pas ce qui se passe la moitié du temps !

— Ben, tu pourrais demander, déjà. (Deuzio en resta la bouche ouverte.) Je suis prêt à répondre à toutes tes questions, lui assura Éleuthère. Mais *arrête* de me parler de ton père. Une quête, c'est aussi un processus de développement personnel. Une remise en question de ses croyances et de ses principes. Si tu n'es pas prêt à t'ouvrir l'esprit, ça ne fonctionnera pas.

Deuzio fit la moue. C'était assez attendrissant. Comme si c'était pour lui la chose la plus difficile du monde, il marmonna :

— C'est juste... J'ai l'impression que vous savez tout et que je ne sais rien. Alors que c'est censé être mon aventure. C'est... humiliant.

Éleuthère fut saisi d'un élan de compassion.

— C'est exactement ce que j'ai ressenti pendant des mois quand Rustning, Lucàn et Saga refusaient de me raconter ce qui se passait, lui assura-t-il. Et ton oncle aussi. C'est normal. Personne ne possède la science infuse. Mais tu vas voir : tu vas continuer de nous suivre, rencontrer des gens, affronter des ennemis et puis, un jour, tu vas te rendre compte que tu comprends mieux la situation qu'un de tes interlocuteurs. Et c'est là que tu pourras lui venir en aide.

C'était vrai, se rendit-il compte au moment où il prononçait ces paroles. C'était désormais lui qui était en mesure de venir en aide à des milliers de personnes. Il en resta tout étourdi. Deuzio, songeur, médita ses paroles, puis le poussa du coude.

— Il y a une gamine qui nous espionne.

Éleuthère se redressa pour regarder dans la direction que lui indiquait l'adolescent. Il y avait bien une fillette, de dix ou douze ans, en train de les observer, cachée derrière un buisson. Elle était petite, un peu dodue, vêtue d'une robe rose rapiécée et couverte de poussière. Ses cheveux blonds frisés partaient dans tous les sens, une traînée de taches de rousseur barrait son nez et une lueur calculatrice brillait dans ses yeux, écartant la possibilité qu'elle ne les épiât que par curiosité.

— Qu'est-ce qu'elle nous veut, à votre avis ? demanda Deuzio.

— Le mieux, c'est sans doute de le lui demander directement.

D'un signe de la main, il fit signe à la fillette d'approcher. Elle bondit sans hésiter de son fourré, avec une expression décidée sur le visage.

— Bonjour, dit amicalement Éleuthère.

La gamine avait la même couleur de cheveux que Flor, ce qui l'attendrissait un peu. Sa sœur n'avait pas fini de le mener par le bout du nez.

— Je veux que vous m'emmeniez avec vous, déclara l'enfant.

Au moins, c'était clair et direct.

— Et puis quoi encore ? se moqua hautainement Deuzio.

— Ce n'est pas à toi que je parle, trouduc, rétorqua la morveuse.

Éleuthère retint un sourire.

— Je peux savoir pourquoi ? demanda-t-il.

— Elles m'obligent à porter des *robes*, protesta-t-elle d'une voix indignée. Des robes *roses*. Et c'est toujours : « Ne monte pas aux arbres, une fée ne fait pas ça » et « Ne parle pas aux rats, les fées parlent aux oiseaux ». C'est insupportable ! Je veux partir ! (La petite fée tapa du pied par terre, faisant voltiger ses boucles blondes. Un éclair d'énergie jaillit de son chausson de satin et s'envola vers les branches d'un arbre, où il grilla quelques feuilles. Elle baissa la tête.) Je m'appelle Guillemette, grommela-t-elle.

— Enchanté. Moi c'est Éleuthère, et lui Deuzio.

— C'est nul, comme nom.

— Je sais. Mais je suis désolé, ma puce. J'aimerais bien, mais nous ne pouvons pas t'emmener avec nous.

— Je n'ai pas peur ! dit-elle en le foudroyant du regard.

Éleuthère réfléchit à ce que lui répondraient Saga, Lucàn, Osbern ou Rustning à sa place. Ou même Aynet.

— Je n'en doute pas. Mais nous n'avons pas le temps de nous occuper de toi, dit-il franchement. Nous allons faire des choses très dangereuses et tu risques de nous gêner. Tu veux que le Dieu Rieur gagne juste parce que tu voulais venir avec nous ?

La fillette se mâchonna les lèvres et baissa la tête.

— Non. Je n'avais pas pensé à ça.

— Attends quelques années, d'accord ? Ça va peut-être s'arranger.

— Ça m'étonnerait, c'est débile ici !

— Je suis sûr que tu exagè –

Guillemette lui balança un coup de pied dans la cuisse puis s'enfuit à toutes jambes. Éleuthère bascula sur l'herbe en jurant. Deuzio haussa un sourcil.

— Dommage, vous aviez plutôt bien commencé. Enfin, je suppose que tout le monde n'est pas un mentor-né.

Éleuthère lui répondit par un grognement douloureux.

•

Un peu plus tard, il profita d'une pause dans les négociations pour raconter sa rencontre à Saga et Aynet. Les fées avaient mis une chaumière à la disposition de leurs invités. Léonia et Deuzio jouaient aux échecs, installés à une table. Quand il eut fini, Aynet se tapota la lèvre.

— Élie, je suis ravie que ton instinct maternel...

— Paternel, corrigea-t-il.

— ... que ton instinct *maternel* ne t'ait pas poussé à adopter un enfant esseulé de plus sur la route. Je veux dire, on a déjà Deuzio, Bì Cuï et Gaspin, après tout. Si encore elle avait pu nous servir d'appât ou de monnaie d'échange, d'accord, mais ce n'est pas le cas. (Elle haussa les épaules.) De toute façon, le Concile ne l'aurait pas autorisé. C'est comme ça. On dépose les petites filles qui ont du potentiel magique dans les bois, les fées les récupèrent pour les former, elles deviennent fées à leur tour et prennent ensuite la place de leurs aînées. C'est le cycle stupide de la féérie. De la féitude ? marmonna-t-elle en fronçant ses fins sourcils.

— *Tu* n'es pas restée, fit observer Éleuthère.

— *Je* ne suis pas un exemple à suivre, rétorqua-t-elle.

C'était vrai. En imaginant la petite Guillemette prendre sa marraine comme exemple, Éleuthère en frémissait d'angoisse. Il regarda la fée pensivement.

— Et si tu nous disais enfin pourquoi tu as quitté le Bois ?

Il pouvait presque voir les rouages tourner dans la tête blonde de l'intéressée. Aynet croisa les bras, sur la défensive.

— À quoi ça m'avancerait ?

— À une meilleure compréhension de tes anciennes collègues au cas où, pour une raison ou une autre, tu ne serais plus là et elles déconneraient ?

Aynet céda.

— Je n'étais pas très adepte des principes du Bois, ni très docile, reconnut-elle. Il y a un nombre incalculable d'étapes à valider avant d'obtenir le titre de fée, et je n'avais pas envie d'attendre. Après une altercation spectaculaire avec le Concile, je suis partie. Enfin, j'ai été officiellement bannie. Bonnet blanc, blanc bonnet.

— Les fées ne sont pas libres d'aller et venir comme elles veulent ?

— Pas vraiment. Tout tourne autour de leurs missions, de leurs responsabilités. (Pensivement, elle passa le doigt le long d'une rainure poussiéreuse.) Ça semble joli, raconté comme ça. Néanmoins, dans la réalité, les fillettes qui sont abandonnées ici n'ont pas le choix. Elles n'imaginent même pas pouvoir être autre chose, les pauvres.

— À une exception près, visiblement.

— Oui. C'est effarant que cette gamine, Guillemette, soit parvenue à réfléchir jusque là. Généralement, les récalcitrantes sont rapidement évincées. Tout est fait pour ne pas donner d'idées aux apprenties.

— Comment ça ?

— Oh, les choses habituelles. On leur bourre le crâne sur le devoir et leur destinée. On choisit soigneusement à quels grimoires elles ont accès. On les accompagne pendant leurs premières missions dans le monde. Elles finissent par comprendre comment les choses fonctionnent, bien entendu. Mais, à ce moment, elles font déjà partie du jeu. Et puis, ce n'est pas comme si elles étaient maltraitées, et leur éducation magique est passionnante. (Elle haussa les épaules.) Ce n'est pas une mauvaise vie, quand on pense aux alternatives. Au moins, on ne vous marie pas à quatorze ans en vous ordonnant de pondre des mômes.

Derrière elle, Deuzio resta figé le bras en l'air, un pion dans la main. Il faisait une drôle de tête. Ah, la découverte du monde réel, songea Éleuthère avec nostalgie.

— Vous avez le droit de vous marier ? Ou... d'autre chose ?

— Tu plaisantes ? s'exclama Aynet. Pourquoi crois-tu que je suis partie ?

Éleuthère sourit.

— Je m'attendais à quelque chose de plus explosif, avoua-t-il.

— Eh bien, il est possible que j'aie écrit une ode à la matriarche de l'époque, lui expliquant avec force détails ce que je pensais d'elle et de ses principes d'éducation. Ce n'était pas très réussi, dit tristement la fée. C'est difficile de trouver beaucoup de mots qui riment avec « pouffiasse ».

•

Les conciliabules reprirent dans la soirée, puis continuèrent les deux jours suivants. Pendant ce temps, Éleuthère s'occupa principalement en furetant de droite et de gauche. Le Bois se trouvait au cœur d'un bosquet de chêne cerné par une sorte de barrière magique qui empêchait les visiteurs et la faune locale d'y pénétrer. Du moins, la faune malvenue. Les oiseaux et les lapins pullulaient dans tous les coins, mais de sangliers ou de furets, nulle trace. Les fées, qui allaient et venaient d'un air préoccupé malgré leurs robes vaporeuses, cessèrent bientôt de lui jeter des regards curieux. Il savoura sa solitude et profita de la bibliothèque des lieux, à laquelle on le laissa accéder après quelques hésitations.

Il retomba deux fois sur Guillemette.

La première fois, il venait de terminer son petit-déjeuner à base de fruits – son transit intestinal n'avait jamais aussi bien fonctionné – et se dirigeait vers le bâtiment qui abritait la bibliothèque, quand il tomba sur une volée de petites fées, qui lui arrivaient à peine à mi-poitrine, en train de rire et de chahuter tandis qu'une fée adulte réclamait le silence. Attendri par le spectacle, il s'arrêta pour les observer, et finit par apercevoir la cause de leur agitation : perchée dans un arbre, habillée de ce qui ressemblait fort à un pantalon taillé dans un rideau, Guillemette ignorait résolument sa préceptrice tout en réduisant sa baguette magique en copeaux. Elle avait bien raison, songea Éleuthère. Il avait essayé deux ou trois fois d'utiliser une baguette, voire un bâton, et ce n'était que de l'esbrouffe. Sans compter qu'on ne savait jamais où les poser quand on s'asseyait à table.

Il reprit son chemin après que la fée, d'un charme bien placé, eut fait tomber Guillemette de sa branche.

La seconde fois, il croisa de nouveau le même groupe en train de s'entraîner dans une clairière en bordure du Bois. Les apprenties-fées s'exerçaient, à l'aide d'un sortilège aérien, à soulever délicatement des feuilles posées sur un tronc abattu. Quand leur responsable interpella Guillemette qui se tenait à l'écart – Éleuthère était à peu près certain qu'elle s'amusait avec un petit golem en boue –, la fillette s'approcha, leva les mains et enleva d'une tornade l'ensemble des feuilles et le tronc avec elles. Le bouleau de taille respectable alla s'écraser sur ses confrères en lisière de la clairière. La responsable se massa les tempes. Guillemette retourna à sa flaque. Éleuthère rejoignit Deuzio qui, entouré de volontaires enjouées, continuait de s'entraîner sur sa harpe de voyage.

Ce soir-là, ce fut une Aynet fulminante qui regagna la chaumière. Saga et Léonia la suivaient plus calmement, mais l'air préoccupé.

— Ça y est, elles commencent à poser problème ? demanda Éleuthère.

En guise de réponse, Aynet balança une boule sur feu sur un délicat vase vert pâle, rempli de fleurs de pommier, qui s'envola par une fenêtre en fracassant un carreau. Éleuthère frémit. Ce n'était jamais bon quand Aynet lâchait prise.

— Elles veulent qu'une représentante officielle du Bois accompagne notre délégation, dit sobrement Saga.

— Elles veulent qu'une fouineuse traîne dans nos pattes, oui ! gronda Aynet.

— Léceline ? devina Éleuthère.

— Pas forcément, dit Saga. Une représentante, c'est tout.

— Leurs mots exacts étaient « une fée entérinée », ajouta Léonia.

— Sous-entendu que je n'en suis pas une, bouillonna leur fée à eux.

Éleuthère resta silencieux. Connaissant sa marraine, il avait toujours pensé que le titre ne représentait rien à ses yeux. Il avait l'air de s'être fourvoyé.

— C'est quoi, les étapes pour devenir fée ? demanda-t-il.

— Pourquoi ? Tu comptes les franchir en quelques jours ? aboya Aynet.

— Non, mais tu pourrais peut-être, comment dire, valider ta formation ?

Le visage d'Aynet se détendit. Elle regarda la fenêtre d'un air vide. Puis murmura silencieusement pendant trente bonnes secondes. Puis sourit. Les fées et leur fichu Bois n'avaient qu'à bien se tenir, songea Élie.

— C'est faisable. (Elle se mit à rire.) Et tu sais quoi ? Tu vas m'y aider.

•

Éleuthère aimait apprendre des choses. Il était utile d'apprendre des choses. Ce jour-là, il avait appris que, pour devenir une fée de premier rang, d'après le règlement du Concile du Bois des Fées, article VII, alinéa iii, il fallait :

1. Avoir passé une certaine épreuve.

2. Avoir formé une élève ayant passé l'épreuve (fée de deuxième rang).

3. Avoir accompli dix missions nécessitant l'intervention officielle d'une fée (quête, prophétie, médiation avec des forces surnaturelles).

4. Être blonde aux cheveux longs.

5. « Veiller tout au long de sa vie à propager l'enseignement, la sagesse et la philosophie du Bois des Fées ».

— Ça veut dire quoi, la cinquième condition ? demanda Éleuthère.

Léonia la relut avec attention avant de reposer le parchemin.

— C'est peu explicite, dit-elle d'une voix professionnelle. Tant mieux. On lui fera dire ce que l'on souhaite.

— La première et la quatrième sont déjà remplies, dit Saga en les biffant d'un trait de plume. Ce qui nous laisse l'élève et les missions.

— Éleuthère passera l'épreuve, déclara Aynet qui marchait en rond avec agitation. Quant aux missions, je vais leur en trouver trente sur lesquelles elles ne pourront rien redire. Même si ce n'étaient pas des quêtes officielles, les fées sont libres de se mêler de ce qui ne les regarde pas si elles tombent dessus par hasard...

Éleuthère réfléchit à sa première affirmation. L'idée d'une épreuve inconnue ne l'effrayait pas trop, mais...

— Ça voudra dire que je serai une fée ? vérifia-t-il.

Même de deuxième rang, l'idée était intéressante. Rustning allait s'en péter la panse de rire, mais Éleuthère était parfaitement prêt à assumer son nouveau statut. Après tout, qui disait fée disait situation spéciale auprès des animaux magiques, et même le vieux ronchon rêvait de tripoter un jour une licorne. Hum. De façon purement érudite, bien entendu.

— Seulement honoraire. C'est déjà arrivé par le passé.

— Chouette, jugea-t-il sous le regard effaré de Deuzio. Euh... Est-ce que ça veut dire que *je* dois avoir les cheveux longs ?

— Pas pour une fée de deuxième rang.

Il se détendit, soulagé.

— Bon. Et les épreuves, ça consiste en quoi ?

•

Il le découvrit le lendemain. Rien, dans le règlement, n'indiquait qu'une fée devait être de sexe féminin. Certains membres du Concile avaient tiré la tête quand Aynet avait présenté sa requête, mais Ermesinde avait jugé que rien ne s'y opposait. Éleuthère allait donc passer l'examen de fée officielle afin que sa marraine puisse accéder au statut de fée de premier rang et éviter qu'une de ses anciennes consœurs ne les accompagne.

Peut-être qu'on écrirait un jour une ode comique sur leurs exploits.

Les habitantes du Bois s'étaient réunies dans une clairière paisible. Un ruisseau la traversait en glougloutant guillerettement. Éleuthère, en bras de chemise, se tenait au milieu d'entre elles. Il y eut quelques discours puis, avec gravité, Ermesinde lui énonça les règles de l'épreuve :

— Jeune homme. Aujourd'hui, après un long apprentissage, tu vas devoir prouver que tes compétences égalent ou dépassent celles de tes consœurs. La puissance brute ne nous intéresse pas. Le rôle de fée requiert de la finesse, de l'intelligence et de la vivacité d'esprit. Pour commencer, tu vas devoir prouver ta maîtrise des forces élémentales, en t'opposant à Léceline.

La rivale d'Aynet s'avança, un sourire torve aux lèvres. Visiblement, elle comptait lui en mettre plein la vue. Fermant les yeux, elle agita les doigts en direction du ruisseau. L'eau s'éleva pour former bientôt une magnifique licorne, haute comme deux hommes, qui se mit à galoper autour de la clairière. Les spectatrices poussèrent des cris d'admiration. Éleuthère dut admettre que c'était du bel ouvrage. On pouvait distinguer chaque crin, d'une telle finesse qu'ils ressemblaient à des fils d'araignée. La licorne se cabra, cabriola plusieurs fois, puis explosa en une gerbe de gouttelettes qui retombèrent sur le public comme une pluie d'étincelles de cristal.

Léceline lui fit un signe de menton. *À ton tour, microbe.*

Si elle avait pu voir le sourire intérieur d'Éleuthère, elle aurait sûrement perdu son expression arrogante.

Bénissant l'entraînement impitoyable de Rustning, le jeune homme leva les mains. Inutile d'en faire un spectacle, comme à Kelorum. Il avait affaire à des professionnelles. Un torrent de flammes jaillit de ses paumes, déjà impressionnant par sa puissance. Il n'en resta pas là. Plissant les yeux, il le modela, le plia, le cajola jusqu'à ce qu'il se transforme en un magnifique phénix. Ce dernier prit son envol, sa queue effleurant la foule. On ne distinguait pas seulement ses plumes, mais carrément les barbes et les barbules de ces dernières. Ce qui, avec le feu, demandait bien plus de concentration qu'avec de l'eau.

Il termina son numéro en faisant exploser sa création en un millier de feux d'artifice, tous colorés d'une teinte différente.

Dans le silence qui suivit, on entendit une fée pousser un rire nerveux. Léceline regagna sa place dans le rang, les lèvres pincées.

— La deuxième épreuve, reprit Ermesinde sans faire de commentaire, concernera la métamorphose.

Éleuthère retint une grimace. Ce n'était pas son point fort. Il regarda, éberlué, une des membres du Concile se transformer suavement en saule pleureur millénaire. D'où venaient toutes ces feuilles ? Comment faisait-elle pour ne pas perdre le compte ? Et la *sève*, nom des dieux, tout ce réseau de xylème et de phloème... Il était jaloux. Aynet lui prit le bras pour lui chuchoter à l'oreille :

— Contente-toi de ton merle. Fais-moi confiance.

Il lui obéit et prit sa forme habituelle de merle, la seule qu'il maîtrisait parfaitement. (Il s'entraînait bien secrètement sur celle d'un *shair* depuis quelques semaines, mais le résultat était loin d'être probant.) Les fées applaudirent poliment, le visage impassible. Mince. Venait-il de griller leurs chances ?

— La troisième épreuve, continua Ermesinde, a pour objectif de déterminer si l'apprenti possède la sensibilité magique suffisante pour assumer son rôle de guide dans les épreuves qui l'attendent.

Éleuthère bomba le torse. Il était un prince. Question sensibilité magique, il allait leur en faire voir ! Il observa avec curiosité deux fées qui s'approchaient avec une petite table pliante. Une vingtaine d'objets étaient posés dessus. Ermesinde l'invita à s'approcher, puis s'écarta sans lui donner plus d'instructions.

Qu'était-il censé faire ? Les objets étaient-ils magiques ? Il y avait un caillou, un médaillon, une casserole, une gourde, une plume... Il plissa les yeux, revenant sur la casserole. Elle lui paraissait... différente. Il n'aurait pas su dire pourquoi. Décidant de faire confiance à son instinct, il la saisit. Un picotement lui parcourut les doigts. Il ressentit la même impression que des mois auparavant, dans cette petite boutique de la Côte de Jade, où il avait trouvé de menus cadeaux pour ses amis : une boussole pour Gaspin, un oiseau mécanique pour Aynet, une perle pour Saga et un anneau pour Marc. Il y avait aussi eu une dent de dragon, qui leur avait servi plus tard. Sur le moment, il les avait choisis simplement parce qu'ils lui plaisaient. Du moins, c'était ce qu'il avait cru. Son instinct, ou sa « sensibilité magique », comme disait Ermesinde, avaient-ils guidé sa main ?

Il observa les colifichets restants : une boucle d'oreille esseulée, une baguette, un morceau de ficelle, un coquillage... Il ramassa ce dernier. Non. Les autres ne lui parlaient pas. Sans un mot, il tendit son butin à la vieille fée. Un mince sourire se dessina sur les lèvres de cette dernière, qui présenta la casserole et le coquillage à ses collègues. Ces dernières se mirent à murmurer entre elles.

— Beaucoup de candidates trouvent le Cœur de l'Océan Tenvalique, mais peu d'entre elles sont sensibles à la Casserole de Mandru le Géant.

Pour la première fois, Éleuthère se rendit compte qu'il n'y avait que des fées adultes autour de lui. Le contenu de l'épreuve devait être tenu secret.

Il haussa les sourcils en direction d'Aynet. Les cinq membres du Concile murmuraient entre elles. Finalement, Ermesinde se tourna vers lui en souriant.

— Éleuthère du Quesvron. Malgré tes talents modestes en métamorphose, tu nous as prouvé que tu étais digne des plus grandes d'entre nous. C'est avec joie que nous t'accueillons dans notre ordre. Tu peux désormais revendiquer le titre de fée. Sache que tu seras toujours le bienvenu parmi nous.

— Chouette, dit Éleuthère.

Le reste des fées applaudit. L'une d'entre elles poussa même un sifflement enthousiasme, malgré les regards scandalisés de ses consœurs.

— Et moi ? demanda fraîchement Aynet.

— Comme le veut notre code, tu seras inscrite dans les registres comme fée de premier rang. Et nous ne vous imposerons pas de compagne supplémentaire, conclut Ermesinde. Venez, à présent. Nous allons fêter la réussite de cette épreuve.

•

Éleuthère ne fut que modérément surpris en constatant que, pour les fées, une fête se résumait à boire du vin de groseille, encore moins alcoolisé que du cidre, tout en écoutant de la musique cristalline.

— C'est aussi pour ça que je suis partie, murmura Aynet en sortant une flasque de son décolleté.

Deuzio, rougissant, fut invité à jouer un morceau de harpe. Éleuthère, son sixième verre à la main, une couronne de fleur dans les cheveux, décida que la vie n'était pas si mauvaise que cela.

— C'est tout bon, alors ? demanda-t-il. Tout est réglé ? On peut y aller ?

— Oui, et c'est pas trop tôt, répliqua Aynet.

Léonia lui confirma que tout était en ordre avec le Concile.

— Ce fut une visite... intéressante, décréta la princesse. C'est dommage tout ce pouvoir inexploité, alors qu'il y a tant de sécheresses dans le nord de l'Empire...

Une lueur brillait dans ses yeux. Éleuthère poussa un rot discret.

— Je crois qu'elle est passée en mode politicienne.

— Son côté obscur se révèle enfin, dit Saga d'un ton pince-sans-rire.

— Hé !

Un peu pompette, Éleuthère baissa les yeux sur Guillemette, qui se tenait campée devant lui. Elle était trop mignonne, songea-t-il avec attendrissement.

— Dis-moi le contenu des épreuves, le vieux croûton !

— Même pas en rêve, rétorqua-t-il.

Elle tapa du pied par terre, furibonde.

— Dis-les-moi, que je puisse les passer et me casser d'ici !

— J'peux pas. J'ai prêté serment. Mais viens, je vais te présenter quelqu'un.

Il la laissa entre les bonnes mains d'Aynet – aux dieux vat – avant de rejoindre Saga qui avait déniché des sortes de canapés aux rillettes de glands et d'herbes aromatiques.

— Ce truc est dégoûtant. (Elle acquiesça.) Dis, tu penses qu'on arrivera sur la côte à temps pour croiser les autres ? demanda-t-il timidement.

À Kelanum, Rustning leur avait fait part de leur emploi du temps pour les semaines à venir. Éleuthère et son groupe avaient avancé plus vite qu'ils le prévoyaient. Éleuthère avait évité d'y mettre trop d'espoir mais, avec un peu de chance, peut-être le dragon et les deux manipulateurs de réalité seraient-ils encore dans le coin quand ils atteindraient le littoral du Deshevron… ?

La sorcière lui sourit.

— Si on fait bonne route, on devrait pouvoir passer plusieurs jours avec eux.

Éleuthère, avec un sourire idiot, se versa un septième verre. Non, la vie n'était vraiment pas si mauvaise que ça.

— « Aynebelle », gloussa-t-il.

Chapitre V
Cœurs et Âmes

Saga quitta le Bois des Fées sans grands regrets. Les fées l'avaient toujours mise mal à l'aise, quelle que fût son incarnation. Par certains côtés, leur organisation rappelait celle des clans de sorcières, mais leurs lois étaient bien trop étranges, notamment cette histoire de cheveux blonds. Les fées étaient bien dérangées.

— *Sans compter hautaines et moralisatrices.*

— *Il y a des exceptions. Vous vous rappelez de celle de l'histoire avec les lamantins et le calice enchanté ?*

— *C'est vrai. Mais soyons honnêtes, à l'époque, ce n'était pas vraiment son caractère qui nous intéressait. Plutôt ses...*

Plusieurs voix hurlèrent dans la tête de Saga, qui repoussa fermement les souvenirs qui remontaient à la surface de son esprit. Elle soupira intérieurement. Ses ancêtres intervenaient de moins en moins – ou peut-être se faisait-elle à leur présence – mais elle avait l'impression que, ces dernières semaines, leur libido subissait un regain d'enthousiasme. Était-ce une façon détournée de lui rappeler qu'il allait vite lui falloir, à son tour, engendrer une héritière ?

Écartant de la main la branche basse d'un chêne, elle fit avancer son cheval qui lorgnait sur une touffe d'herbe. Devant elle, Éleuthère racontait des histoires à Léonia et Deuzio. L'expression du petit prince de Keilles était comique, à mi-chemin entre l'horreur et la fascination. Il devait leur parler de Rustning, s'amusa-t-elle. Aynet avait disparu, après leur avoir confié sa jument soulagée. Peut-être était-elle en train de se dégourdir les ailes, ou de méditer sur son séjour dans le Bois des Fées...

— *Ça suffit. Arrête d'éviter la question*, lui intima sèchement la Cent Troisième.

La Cent Troisième était pénible, mais elle avait raison. Saga devait tomber enceinte. L'idée l'agaçait au plus haut point – comme elle aurait agacé n'importe quelle femme – mais de nombreuses choses en dépendaient. Sa rébellion n'était pas nouvelle : de nombreuses Saga avant elle – la plupart, en fait – avaient protesté à l'idée de se faire engrosser comme des vaches. Cependant, depuis qu'elle avait hérité des souvenirs de ses mères, elle ne pouvait nier tous les arguments qui jouaient en la faveur du principe. Il y avait la question de la transmission de ses pouvoirs, bien entendu, mais aussi tellement d'autres choses...

Sa grossesse ne l'inquiétait pas trop. Ni même sa maternité, d'ailleurs. Elle était entourée d'êtres puissants qui tenaient farouchement à elle. Ils ne laisseraient rien arriver au bébé. Non, c'était la conception qui la chagrinait.

Saga, même avant de devenir *Saga*, n'avait jamais été prude. La continuité de leur clan avait été un sujet trop important, au camp Kerdaoubann, pour ne pas être soigneusement expliqué aux jeunes sorcières. Leurs aînées le présentaient généralement comme un acte biologique qui pouvait se révéler agréable, mais qui restait indépendant de l'amour ou de n'importe quel autre sentiment.

Plusieurs Saga avaient conçu des enfants avec des inconnus. D'autres avec des connaissances. Quelques-unes, très rares, avec des amants. Le choix du père, en soi, revêtait peu d'importance, du moment qu'il était bien portant et que sa lignée n'avait rien d'exceptionnel. Deux des Saga avaient eu des pères manipulateurs de réalité : le résultat avait été... explosif. Une autre avait engendré une petite fille avec un « bouchon », comme les appelait Rusting, un de ces individus imperméables à la magie. L'enfant n'avait pas survécu. Une aventure avec un sylve leur avait donné, sur trois générations, la capacité de parler avec les arbres, ce qui s'était révélé ennuyeux à mourir, mais Saga ne se sentait nulle envie de réitérer l'expérience. L'écorce lui laissait encore un souvenir douloureux. Il y en avait eu d'autres, des dizaines et des dizaines, et elle se demanda soudain ce qu'ils étaient devenus.

Pour la première fois, elle chercha sciemment dans sa mémoire collective un souvenir personnel, un souvenir sur elle-même : l'identité de son propre père. L'image d'un fermier du nord du Deshevron lui apparut : un homme d'une vingtaine d'années, sans rien d'extraordinaire, sans destin et sans méchanceté. Sa mère l'avait séduit lors d'une escapade hors du camp. Elle était ensuite remontée enceinte dans la montagne, et personne n'avait fait de commentaire. C'était ce qui était censé se passer.

Cette première grossesse avait été suivie d'une seconde, non programmée, des années plus tard. Mais ce n'était pas la question du jour.

Saga étudia tout ce que sa mère savait de son père. En l'occurrence, peu de choses. Il n'avait pas été marié, ce qui était un soulagement. Il lui avait offert des fleurs, des coucous des bois, ce qui était surprenant. Sa mère avait ressenti une forme d'affection attendrie pour lui, rien de plus. Elle l'avait rencontré, l'avait séduit, puis elle était repartie deux jours plus tard. Physiquement, il avait été grand, le teint pâle, les cheveux châtains, les yeux sombres. Rien de très marquant. Elle se demanda s'il était encore vivant. Si elle avait envie de le rencontrer. Après tout, ils s'acheminaient même dans la bonne direction. Rien ne l'empêchait de faire une étape. Elle décida que non. Elle n'avait rien en commun avec cet homme, à part le sang. Elle doutait qu'il connût même son existence, ou qu'il appréciât de voir une sorcière débarquer dans sa vie. Au final, elle n'en ressentait pas le besoin : les pères n'existant pas dans la culture sorcière, le sien ne lui avait jamais manqué.

Devant elle, Éleuthère concluait son histoire :

— … et là, Rustning lui répond : « Tu es comme l'entame d'un saucisson. Il faut passer par toi pour profiter du reste, mais tu fais chier tout le monde. »

— Votre maître a l'air d'être un personnage haut en couleur, dit Léonia en souriant.

— On peut dire ça comme ça.

— Si j'ai bien compris, c'est ce seigneur, ainsi que Marc et Lucàn le Dernier, que nous allons rencontrer sur la côte ?

— Oui. Il y aura aussi Chilpéric, mon frère, qui traîne dans les parages. Ma mère lui a envoyé un courrier pour qu'il nous rejoigne afin de se mettre au courant.

— Au courant de quoi ? demanda Deuzio.

— D'à peu près tout, je suppose. C'est un très bon ingénieur. Il s'intéresse, entre autres, aux engins et aux techniques de siège. Il sera utile pour la préparation de la bataille.

C'était étrange de songer qu'ils s'acheminaient vers une guerre dont la date était fixée d'avance. Saga en avait connues de nombreuses dans ses vies, mais de cette ampleur ? Pas depuis la première chute du Rieur, chute qu'elle avait par ailleurs orchestrée.

Elle revint à ses préoccupations. Pour que leur plan se déroule comme prévu, il fallait qu'elle tombe enceinte. Rapidement. Trop de choses en dépendaient et, d'une certaine façon, elle ne se leurrait pas sur ses motivations. Elle espéra avec pragmatisme que la ville de Fouerat lui offrirait l'occasion voulue.

Ce serait profondément gênant de devoir demander à

Éleuthère.

•

Fouerat – pourquoi le nom lui rappelait-il quelque chose ? – était une petite ville portuaire à l'extrême nord du royaume du Quesvron. Elle ressemblait assez à Tresséaul, l'endroit d'où ils s'étaient embarqués pour l'archipel de Stynbrosir, un an plus tôt. Déjà un an... Elle avait l'impression que seules quelques semaines s'étaient écoulées depuis cette période. Et en même temps, une éternité.

Il y faisait un peu plus froid qu'à Tresséaul, mais le paysage restait le même : une côte de rochers brun-rose, aux formes biscornues, sur lesquels se fracassait une mer couleur d'ardoise. De petites plages de sable blond la ponctuaient çà et là. Derrière eux, le soleil descendait vers les champs qui couvraient les collines alentour, où le blé et l'orge commençaient à mûrir. De l'autre côté de l'estuaire du fleuve qui séparait les deux royaumes, à quelques lieues au nord, s'étendait le Deshevron. Là-bas, les cultures d'oliviers et de vignes, ainsi que les pâtures de moutons et de chèvres, prenaient rapidement le pas sur les céréales. Le climat y était bien plus chaud et certaines zones, à l'extrémité nord du pays, étaient pratiquement désertiques.

Éleuthère pointa du doigt le port où gîtaient mollement une dizaine de bateaux.

— Vous pensez qu'un des navires est celui d'Augier ?

Deux ou trois d'entre eux ressemblaient à des vaisseaux nakings, mais Saga n'en aurait pas mis sa main à couper. Néanmoins, l'autre groupe était censé arriver vers la même date que le leur. Peut-être étaient-ils déjà là.

Un sourire lui monta aux lèvres en songeant à leurs amis. Ils lui avaient manqué, chacun à leur manière : Marc, parce qu'il avait été le roc, le point fixe de leur troupe depuis le début du voyage ; Rustning, à la fois pour tous les souvenirs qu'elle partageait avec lui et pour ceux, plus récents, qu'ils avaient créés entre le Palais aux Parois d'Or et Édena ; et Lucàn, parce qu'elle avait à peine eu le temps de renouer avec lui avant de libérer les anciens dieux.

Elle ressentit un pinçon en songeant aux absents : Osbern, Gaspin, Ghaith et Bì Cuï. Gaspin, surtout, lui manquait. À sa façon, il était comme Rustning : le ronchon de service qui ne prenait rien au sérieux mais prenait tout à cœur. Elle espéra qu'ils allaient bien. Ils n'avaient pas été présents à leurs deux derniers rendez-vous, ce qui les inquiétait un peu. Il y avait des chances pour qu'ils aient voyagé dans un autre monde, à la recherche d'un moyen de piéger Marchosias, le Dieu Hurleur. Cela n'empêchait pas leurs amis de se faire du mouron.

Elle ne se moqua pas quand Éleuthère, insensiblement, fit accélérer sa monture en pénétrant dans la ville.

Alors qu'elle descendait de cheval devant l'auberge où ils s'étaient donné rendez-vous, un rugissement joyeux retentit :

— Héééééééééé ! cria Rustning en jaillissant dehors, les bras écartés.

Il était encore plus pouilleux que d'habitude, songea Saga tandis que le dragon échangeait une étreinte d'ours avec Éleuthère. Ses vêtements étaient toujours élimés et mal assortis et sa barbe ressemblait à un nid. Seuls ses cheveux avaient l'air étrangement bien coupés, ce qui lui donnait l'air curieux d'un clochard aux goûts de luxe.

— Saga ! Choupette !

Elle le laissa la serrer dans ses bras. Par contre, il puait toujours autant la vinasse.

— Dame Aynet !

Le dragon recula en rigolant devant la fée qui le foudroyait du regard. Puis il se tourna vers Léonia et Deuzio, une lueur calculatrice dans ses yeux gris perçants.

— Et voilà la petite famille de Marc, je présume ? (Il leur fit une courbette.) Rustning, dragon, amateur de ripaille et magicien millénaire, pour vous servir.

— Dragon et magicien, c'est un peu redondant, observa Lucàn en apparaissant derrière lui.

— Et mon poing dans ton fion, ce sera redondant ?

Deuzio pâli – devant le langage ou la menace, allez savoir. Rustning fit un sourire plein de dents au princelet. Lucàn l'écarta avec grâce et indifférence pour saluer Léonia. Il portait une de ces tuniques majestueuses comme il les aimait, bleue, qui lui tombait jusqu'aux pieds, bien qu'elle fût un peu poussiéreuse et qu'on aperçut ses bottes de voyage en dessous. C'était sans doute le plus petit et le plus frêle de leurs amis, après Bì Cuǐ ; cependant, avec sa stature droite, son visage mince et pâle, ses cheveux rouges et ses yeux noirs attentifs, il parvenait comme d'habitude à retenir l'attention et à mettre ses interlocuteurs légèrement mal à l'aise.

— Ma dame, c'est un plaisir de vous rencontrer, dit-il amicalement. Marc ne devrait pas tarder, il était – ah, le voilà.

C'était amusant de voir le visage d'Éleuthère s'illuminer comme un feu d'artifice. Ah, les liens d'amitié provoqués par les quêtes, songea Saga. Le concept était parfois écœurant, mais la réalité attendrissante, admit-elle.

Aynet se mit à rire tandis qu'Élie se précipitait vers son ami, puis s'arrêtait, hésitant, à quelques pas de lui, comme un jeune chien qui ne sait pas s'il sera le bienvenu. Marc leva les yeux au ciel avant de lui donner une étreinte brève et bourrue. Il avait maigri, nota Saga. Déjà très grand, il semblait plus décharné que quand ils s'étaient séparés. Ses cheveux bruns bouclés effleuraient maintenant ses épaules et ses yeux noirs, incisifs, rappelaient désormais ceux de Lucàn, en plus intenses.

— J'ai trois millions... commença Éleuthère.

— Il faut que je te... dit en même temps Marc.

— Oui mais d'abord il faut...

— Avant ça tu dois...

Rustning siffla dans ses doigts.

— Hé, les tourtereaux. (Éleuthère lui fit un geste vulgaire.) Vous discuterez à l'intérieur. Marc, tu n'as pas quelqu'un d'autre à saluer ?

Un éclair d'embarras passa sur le visage de Marc. Se tournant vers sa sœur, il lui sourit avec une expression de plaisir sincère. Ils se prirent longuement dans les bras. En s'écartant, Léonia repoussa une mèche du front de Marc, en un geste typique de grande sœur.

— Comment vas-tu ?

— Bien, la rassura-t-il. Et toi ? Hoël et les enfants ?

Tandis que leurs compagnons déchargeaient leurs affaires et confiaient les chevaux aux palefreniers de l'auberge, ils échangèrent quelques mots. Puis Marc s'avança vers son neveu, d'un air nettement plus raide.

— Secundus, dit-il d'un ton neutre.

— Oncle Marcus, répondit Deuzio à l'identique.

Leurs effusions s'arrêtèrent là. Léonia les poussa tous les deux légèrement dans le dos et, le visage de marbre, ils suivirent tout le monde à l'intérieur.

●

Le groupe d'amis parla à bâtons rompus durant toute la soirée, assis à une table près du feu, en piochant dans les plats de légumes de saison que leur apportait l'aubergiste. Durant la première moitié du dîner, Rustning leur déblatéra leurs aventures maritimes, agrémentées de remarques salaces, Lucàn le corrigea, et Marc partagea son temps entre Léonia et Éleuthère tandis qu'Aynet, Deuzio et Saga mangeaient plus sagement. Plus tard, après s'être mutuellement mis au courant des dernières nouvelles familiales, politiques et diplomatiques qu'ils avaient à échanger, ils passèrent tranquillement aux ragots en même temps qu'à une délicieuse tarte aux pêches.

— Augier vous a dépotés là ? demanda Éleuthère la bouche

pleine.

— Il est resté à bord du *Goéland Gris*, dans le port, répondit Marc. Je pense qu'il voulait profiter du calme. Rustning et Lucàn lui en font voir de toutes les couleurs.

Les deux concernés poussèrent des cris offusqués. Léonia cligna plusieurs fois des yeux, comme incrédule devant le fait que son frère pût plaisanter. Tandis que les autres se chamaillaient, elle se pencha vers Aynet et Saga.

— C'est... surprenant de voir mon frère aussi détendu, dit-elle à voix basse.

— Je crois qu'Éleuthère et les autres ne lui ont pas laissé le choix, répondit Saga.

La princesse de Keilles eut un sourire à la fois étonné et pensif. En face d'elle, Deuzio observait son oncle avec attention. Son expression était indéchiffrable, mais Saga espéra qu'il était en train de revoir ses préjugés à la hausse. Vaste programme.

— Et Chilpéric ? intervint Aynet. Des nouvelles ?

— On ne l'a pas encore vu, répondit Rustning. Même si, pour être honnête, aucun de nous ne sait à quoi il ressemble. Enfin, un prince, ça se repère...

— Il s'est sans doute fait distraire par un moulin ou un forgeron astucieux, dit Éleuthère. Dès qu'il voit un truc à bricoler, il ne peut pas s'en empêcher. Il arrivera sûrement demain ou après-demain.

Il se pencha ensuite à l'oreille de Marc pour lui murmurer quelque chose à l'oreille. Ce dernier soupira d'un air accablé, mais finit par hocher la tête. Éleuthère se redressa d'un air victorieux avant de se racler la gorge.

— Bon, heu, on va vous laisser. On a un truc à faire, Marc et moi.

Le reste du groupe les regarda en clignant des yeux. Rustning reposa son gobelet de vin.

— Je ne vais pas vous accuser d'aller fricoter dans un coin...

— Trop facile, confirma Lucàn.

— … mais vous êtes franchement suspicieux, tous les deux.

— C'est personnel, d'accord ? déclara Éleuthère.

— Personnel dans quel genre ? Parce que ça fait un an qu'on se balade tous ensemble, donc ça serait difficile que vous vous soyez fait des amis dans le coin sans qu'on le sache.

Il fallait connaître Lucàn et Rustning depuis longtemps – des siècles, comme Saga – pour noter l'infime tension qui s'était emparée d'eux. Même s'ils semblaient détendus, ils resteraient probablement sur le qui-vive jusqu'à ce que le dernier des dieux soit vaporisé.

Et Saga les comprenait.

Éleuthère, qui n'était pas stupide, leva les mains d'un geste apaisant.

— On est dans la ville natale de Gaspin, d'accord ? (Oh, c'était pour ça que le nom de Fouerat lui semblait familier ! pensa Saga.) On voudrait essayer de retrouver sa mère. On s'est dit qu'elle aimerait avoir des nouvelles de son fils.

Sa réponse, complètement inattendue, provoqua un silence surpris. Déconfit – et probablement attendri au fond de son petit cœur faussement bougon –, Rustning agita la main.

— Oh, bon, allez-y.

Saga se retrouva debout en même temps que les deux princes.

— Je vous accompagne, annonça-t-elle.

Gaspin lui manquait. Et, d'une certaine façon, leur quatuor initial aussi – celui d'avant qu'Aynet ne les rejoigne sur le bateau qui menait au Pays de Jade. Peut-être qu'en visitant tous les trois la maison de leur ami, elle retrouverait un peu ses sensations de l'époque. Marc et Éleuthère acceptèrent avec bonne humeur. Ils quittèrent l'auberge et s'enfoncèrent dans la nuit fraîche qui tombait, en direction de l'arrière-pays.

— D'après mes souvenirs, elle cultivait des navets, comme la plupart des gens dans le coin, expliqua Marc tandis que Saga resserrait le col de son manteau. Je me suis renseigné et on m'a parlé d'une veuve, mère de deux fils, qui les a perdus tous les deux quand ils sont partis courir l'aventure, à quelques années d'intervalle.

— Gaspin avait un frère parti en quête, se souvint Saga.

— Exactement. Je me suis dit que c'était une bonne piste.

Ils marchèrent en silence durant quelques minutes, pensifs.

— J'ai du mal à l'imaginer en fils de paysans spécialisés dans les navets, avoua Éleuthère au bout d'un moment.

— Que comptez-vous faire, si c'est bien elle ? demanda Saga.

— Je ne sais pas. Je suppose que ça dépendra de sa réaction.

Il leur fallut un quart d'heure pour quitter la ville, suivre un sentier qui remontait un ruisseau, et arriver à une fermette, ou plutôt une chaumière, qui se dressait à l'orée d'un bosquet environné de champs de légumes. C'était donc là que débutait la légende, songea Saga avec un brin d'amusement. Le bâtiment semblait bien tenu. De la lumière brillait derrière les petits carreaux colorés. L'endroit était coquet, pauvre et fier, l'exact opposé de ce qu'incarnait leur escroc favori.

Sans hésiter, ils frappèrent à la porte.

Un chien aboya. Ils entendirent un ordre, un raclement de chaise, puis la porte s'ouvrit sur une femme d'une soixantaine d'années, courbée mais l'œil vif, qui leur jeta un regard méfiant. Ses cheveux blancs bouclés étaient réunis en chignon. Son visage affichait une honnêteté qui, au contraire de son fils, devait être réelle. Ou alors, elle était encore meilleure comédienne que lui.

— Oui ?

— Bonjour, madame, se présenta Marc qu'ils avaient désigné comme émissaire. (Les petits vieux avaient tendance à beaucoup l'apprécier, allez savoir pourquoi.) Je suis navré de vous déranger à une heure si tardive, mais je recherche la famille d'un dénommé Gaspin ?

Puis il se tut, parce que derrière la vieille femme venait d'apparaître leur ami.

Ou plutôt le *sosie* de leur ami, corrigea Saga en refermant la

146

bouche. Un sosie un peu plus âgé, un peu moins séduisant, mais qui dégageait la même impression d'effronterie et de catastrophe imminente que lui. Le frère de Gaspin les regarda avec curiosité.

— Qu'est-ce qu'il a encore inventé ? demanda-t-il avec bonne humeur. Nous ne l'avons pas vu depuis des années, vous savez. Et si c'est de l'argent que vous voulez, vous êtes tombé au mauvais endroit.

— Vous êtes son frère parti en quête ! s'exclama Éleuthère. Vous êtes revenu ?

L'homme, cette fois, fronça les sourcils.

— Comment vous savez ça ?

Saga repoussa les deux princes et tendit la main à la mère et au fils.

— Bonsoir. Je m'appelle Saga. Nous sommes des amis de Gaspin. À vrai dire, il nous a sans doute sauvé la vie plusieurs fois, et nous ne serions pas là sans lui.

●

Ils restèrent trois heures à raconter à leurs hôtes l'année écoulée, en omettant quelques détails. (Par exemple, que des dieux antiques en furie allaient revenir pour anéantir le monde tel qu'il existait. Inutile d'aborder le sujet.) Garance et Vianney, une fois convaincus par leurs documents officiels et une petite démonstration de magie, ouvrirent de grands yeux tout au long de leur récit. Ils restèrent aussi bouche bée en apprenant que Gaspin était devenu – ou en bonne voie de devenir – un shaman. Son frère se mit à rire en écoutant les premières leçons que lui avait inculquées Osbern.

— Lui qui n'a jamais aimé l'apprentissage !

— Il n'en faisait qu'à sa tête, confirma Garance. Il n'apprenait que ce qui lui faisait envie et de façon complètement farfelue. L'idiot, conclut-elle avec beaucoup de réalisme et une tendresse toute maternelle.

En contrepartie, Saga, Éleuthère et Marc apprirent que Vianney était rentré six mois plus tôt, après avoir passé plusieurs années prisonnier d'un troll.

— Ah bon ? s'étonna Éleuthère. Je ne savais pas que les trolls faisaient des prisonniers.

Vianney toussota tandis que sa mère marmonnait quelque chose comme « courir le guilledou dans l'archipel de Queirailles, oui ». Les trois amis abandonnèrent prudemment le sujet et promirent de transmettre la nouvelle à Gaspin la prochaine fois qu'ils lui parleraient.

— Est-ce qu'il rentrera, après ? demanda Garance sur le pas de la porte, alors que ses invités s'apprêtaient à repartir.

Elle semblait soudain vieille et frêle, à la fois accablée d'inquiétude et heureuse de savoir son second fils en vie. Saga hésita avant de lui répondre :

— Rien ne l'en empêche. Et, comme nous vous l'avons dit, l'avis de recherche qui pèse sur sa tête a été levé aux royaumes de Keilles et du Quesvron. Je suis sûr qu'il sera heureux de rentrer vous voir. Ou embarrassé, après toutes ses aventures.

La femme hocha la tête. Elle avait le visage impassible des parents et des époux qui savent que la volonté ne fait pas tout, que parfois les évènements décident à votre place. Toutes les deux avaient conscience que Gaspin n'était pas certain de rentrer vivant.

Après un dernier au revoir, les trois amis se renfoncèrent dans la nuit.

— C'était à la fois très joyeux et très déprimant, résuma Éleuthère au bout de quelques minutes de silence, en tapant du pied dans un navet abandonné.

Ils retournèrent à l'auberge en bavardant, à voix basse, de tout et de rien. Saga souhaita bonne nuit aux deux princes dans l'escalier, avant de grimper à l'étage qu'elle partageait avec Aynet et Léonia. La reine mère Jeanne du Quesvron n'avait pas lésiné sur les moyens pour ce qui était de leur offrir un voyage confortable.

Elle allait pénétrer dans sa chambre quand la porte voisine s'entrouvrit. Rustning en sortit l'air de rien, puis sursauta en la voyant. Saga mit deux secondes à comprendre la situation. Un lent sourire gagna ses lèvres.

— Ohlàlà. Que dirait Éleuthère s'il savait que tu dévergondes Aynet ?

Rustning, échevelé, un suçon bien visible sur le cou, leva dignement le nez.

— Rien, parce que ce ne sont pas ses affaires !

Une vague de nostalgie envahit Saga. Elle ne s'était jamais, depuis qu'elle avait hérité des souvenirs de sa mère, retrouvée en tête-à-tête avec son vieil ami. Ni avec Lucàn ou Osbern, d'ailleurs, mais Rustning avait un statut particulier : il avait été le premier qu'elle eût rencontré des trois magiciens, le premier à l'avoir suivie, et le premier à avoir jugé que son plan fou, qui consistait à enfermer quatre dieux tout-puissants, pouvait fonctionner.

— Tu veux boire quelque chose ? proposa-t-elle l'invitant à entrer.

— Depuis quand tu caches de l'alcool dans ta chambre ?

Elle se tapota la poitrine.

— Je suis une sorcière, tu te rappelles ?

Il grogna et se laissa tomber dans un fauteuil défraîchi. Refermant la porte, elle saisit la cruche qui traînait sur une commode, à côté de deux gobelets, se concentra sur l'eau qu'elle contenait, sur les réserves de bière de l'aubergiste dans la cave et sur l'humidité des murs de torchis. Puis, lentement, opéra un transfert. Rustning observa le résultat d'un œil critique.

— Ça sent la pomme.

— Il y a un tonneau de pommes séchées dans la cave. Je connais tes goûts.

Le dragon accepta sa réponse d'un haussement d'épaules. Il avala d'un trait son premier gobelet, fit claquer sa langue et posa ses bottes sur le lit. Saga les repoussa de son édredon propre et s'assit à leur place.

— Aynet, alors ?

Elle avait déjà vu Rustning courir le jupon à de nombreuses reprises – ça oui – mais rarement avec des personnes qu'ils connaissaient de près. Étant donné la vie qu'ils vivaient, leurs « amis » restaient rarement dans les parages : soit, sains d'esprit, ils préféraient prendre rapidement le large ; soit, malchanceux, ils connaissaient une fin rapide ; soit, fous et chanceux, ils finissaient tout de même par mourir de vieillesse, bien trop rapidement au goût des magiciens millénaires qu'étaient Rustning, Lucàn et elle. Aynet était démente, il n'y avait aucun doute là-dessus ; elle semblait chanceuse et vivrait, peut-être, encore deux siècles ou trois. Néanmoins, même si Saga aimait beaucoup la fée, elle ne pensait pas qu'elle fût la personne idéale pour le vieux dragon.

Rustning avait suivi son cheminement de pensées. Il répondit, mi-amusé, mi-mordant (et mi-sincère, ce qui faisait beaucoup de moitiés, mais Rustning n'avait jamais été simple, malgré les apparences) :

— Peut-être que je deviens vieux.

— Peut-être que tu assumes enfin ton cœur de guimauve, rétorqua-t-elle.

Il rit en reprenant une lampée, les yeux brillants.

— Peut-être qu'Aynet a eu des arguments *très* convaincants pour me mettre dans son lit, répliqua-t-il.

— *Bien ripostééééé !* se moqua la Cent Troisième.

— *Demande-lui des détails !* ordonna la Cinquante-Cinquième.

Saga secoua la tête comme un chien sortant de l'eau. Rustning, devinant ce qui se passait, rit à gorge déployée.

— Elles te font chier ?

— Non, pas trop, dit-elle en se massant les tempes. C'est... tu sais... cette période-*là*. Où elles n'arrêtent pas d'être assez *explicites*.

Il tira la langue en faisant « beurk ». Il comprenait la nécessité rationnelle que Saga ait des enfants, mais le processus ne l'avait jamais enchanté.

— Va falloir t'y mettre, alors. Oh, oh, tu sais ce qui serait marrant ? Ce serait que tu demandes à Éleuthère !

— Non, dit-elle fermement.

— Rabat-joie, marmonna-t-il.

— Je voulais d'ailleurs te demander – et je n'essaie que partiellement de détourner la conversation... (Rustning grogna.) Comment ça se passe, avec Marc ? Pour de vrai ?

Son visage s'assombrit.

— Bizarrement, avoua-t-il. C'est difficile à dire, parce qu'il est aussi expressif qu'un œuf dur. Éleuthère nous a vite manqué, tu peux me croire. C'est le seul à parvenir à lui tirer trois mots. Enfin bon, Lucàn est parvenu à lui enseigner quelques trucs – du moins, il me les explique et je les transmets à mon tour, parce qu'il est absolument nul comme maître – mais j'ai comme la sensation que Marc... (Il rapprocha ses mains, comme s'il étranglait quelqu'un.)... se replie de plus en plus sur lui-même. C'est peut-être la pression. C'est peut-être sa façon de se concentrer. C'est peut-être aussi un début de dépression qui mènera, s'il ne se remet pas, à la fin du monde. Tu te rappelles de Da-Xia, de l'Empire de l'Étoile du Nord ? Il y a sept ou huit siècles ?

Saga se souvenait. La manipulatrice de réalité avait marqué les mémoires. De façon assez violente et littéralement explosive.

— C'était moche, avoua-t-elle en frissonnant.

— Je crois qu'elle avait eu une histoire avec Lucàn, dit pensivement Rustning. (Il agita la main.) Peu importe. Ce que je veux dire, c'est que je suis incapable de savoir si Marc déprime parce que son petit fiancé lui manque, ou parce qu'il sombre dans la démence.

— Ça ne pourrait pas être le mal de mer ?

— C'est aussi une piste plausible, reconnut-il.

Ils digérèrent l'idée en silence pendant quelques minutes.

— Tu disais que Lucàn lui avait appris des choses. Ça veut dire que ça y est ? Il est vraiment devenu un manipulateur de réalité ?

— C'est très variable. Un jour, il va lui falloir des heures pour transformer un hareng en maquereau ; le lendemain, il va créer, à partir de rien, une pièce montée queiralienne de deux mètres de hauteur avec danseuses exotiques intégrées. (Saga se mit à rire.) Du coup, il passe la journée suivante à se torturer sur des questions d'éthique et de morale – ai-je le droit de créer la vie, les danseuses sont-elles des êtres conscients à part entière, ce genre de choses – et on n'avance vraiment pas.

— Et alors ?

— Et alors quoi ?

— Qu'est-ce que vous avez fait des danseuses ?

— On les a débarquées dans le port suivant. Marc les a inscrites dans une école de pâtisserie en payant tous leurs frais, dit le dragon d'un ton lugubre. Qu'est-ce que tu croyais ?

Saga mit deux minutes à se calmer, se cramponnant le ventre. Elle essuya finalement ses larmes de joie.

— Pauvre Augier !

Rustning renifla en se versant un autre verre de bière à la pomme.

— Ce pauvre Augier s'est trouvé une copine et se la coule douce avec sa poule. Quand il ne passe pas le temps à se prendre le bec avec elle. Ha ! « Se prendre le bec avec sa poule » ! C'est une histoire compliquée avec une demi-naine, même si elle prétend que les nains n'existent pas. Elle est plutôt chouette. Tu l'aimerais bien, mais elle a débarqué il y a quelques semaines. C'est dommage, elle faisait des rillettes de poisson délicieuses... (Il bâilla à s'en décrocher la mâchoire.) Écoute, je t'aime et tout, mais je viens de passer trois heures à satisfaire une fée au plumard... Oh, et la famille de Boucle-d'Or ?

— Vivante et en bonne santé. Son frère disparu est de retour. Ils ont été heureux d'avoir de ses nouvelles.

— On va pouvoir se coucher la conscience tranquille, alors. (Il s'extirpa de son fauteuil et, de façon inhabituelle, se pencha vers elle pour lui ébouriffer les cheveux.) Dors bien. Et dépêche-toi de te trouver une Aynet, toi aussi. Ou plutôt un homme. Sinon, pour faire un bébé, ça risque d'être compliqué. Enfin, si j'ai bien compris l'anatomie humaine.

Elle le regarda sortir en redoutant qu'il ne finisse, une fois de plus, le cœur brisé. Rustning, une fois attaché à quelqu'un, était l'être le plus loyal qu'elle eût jamais connu.

Elle se déshabilla et se glissa entre les draps propres et parfumés. Elle ne serait pas comme lui. Elle serait raisonnable, se promit-elle. Elle allait se trouver un homme charmant, passer un bon moment et retourner ensuite à son sauvetage de monde sans s'embarrasser de sentiments. Peut-être, une fois les Dieux détruits, pourrait-elle enfin...

Elle s'endormit et rêva d'une vie où elle n'aurait plus de responsabilités.

•

Le destin n'était qu'un empaffé. À moins que ce ne fussent les traditions magiques. Le Grand Enchantement. Bref, quelqu'un se payait sérieusement la tête de Saga. Peut-être même le panthéon queiralien ? Qui savait ?

La journée avait bien commencé. Ils avaient rendu visite à Augier, sur le port. Le pirate avait été heureux de les revoir, ou peut-être soulagé à l'idée de ne plus être seul pour gérer Rustning et Lucàn, au moins pour une semaine. Il avait accepté, comme ils l'avaient prévu, de les transporter jusqu'à Haustebourg, la capitale du royaume du Deshevron. Augier et son équipage n'étaient pas compliqués : du moment qu'on les payait grassement, tout leur était bon. Certains des marins avaient même reconnu Saga avec enthousiasme. Visiblement, elle leur avait laissé un bon souvenir. (Elle, ou sa capacité à transformer des vivres insipides en mets de choix et l'eau de mer en vin.)

Il faudrait trois jours aux pirates pour faire ce que les pirates faisaient habituellement au mouillage : renflouer leurs cales, retaper leurs voiles, ôter les bigorneaux de la coque, Saga n'en savait trop rien. Les deux groupes avaient accueilli avec joie l'annonce de cette étape obligée, chacun pour des raisons diverses. (Marc, par exemple, pour se remettre de son mal de mer, Rustning pour se torcher la tronche.) Après une matinée à goûter aux spécialités locales à base de navet, ils avaient même fait une sieste éhontée dans le jardin à l'arrière de l'auberge. Deuzio avait semblé chagriné.

— C'est quoi, le problème du mini-prince ? avait grommelé Rustning tandis que l'adolescent soupirait lourdement pour la cinquième fois.

— Je pense que le voyage, jusqu'ici, ne correspond pas à l'idée qu'il se faisait d'une quête, avait diplomatiquement répondu Léonia qui jouait aux cartes avec Marc.

— Ce n'est pas lui la vedette, vous voulez dire ? Bah. Ça lui passera.

Bref, ils avaient passé une journée reposante à badiner d'un ton paresseux. Saga avait pleinement savouré cette opportunité.

C'était à présent la fin d'après-midi. Ils se trouvaient toujours dans le jardin, que le soleil tiède baignait d'une chaleur languide. Chilpéric, le frère d'Éleuthère, le prince du Quesvron bricoleur, était arrivé cinq minutes auparavant.

Quatre minutes plus tôt, ils avaient vu passer un palefrenier qui menait un cheval surchargé d'outils étranges, de matériaux divers et de sacoches qui débordait de parchemins. La pauvre bête s'était précipitée dans l'écurie avec un soulagement évident.

Trois minutes plus tôt, un grand escogriffe avait fait irruption dans le jardinet et Éleuthère s'était élancé vers lui. Saga n'avait aperçu qu'une touffe de cheveux châtains en bataille et un nez maculé de suie. Elle n'avait pas été surprise que Chilpéric s'entendît aussi bien avec son beau-frère Lobertus : les deux hommes ne vivaient clairement que pour la science. Enfin, il fallait de tout en ce monde.

Deux minutes plus tôt, Éleuthère avait entraîné son frère pour le présenter au reste du groupe, babillant à toute allure.

Une minute plus tôt, Saga s'était retrouvée devant Chilpéric.

Leurs regards s'étaient croisés.

Et elle était restée figée sur place.

Durant les soixante secondes qui avaient suivi, ils s'étaient contentés de se dévisager comme des lapins frappés par la foudre, tandis que les voix s'égosillaient dans la tête de Saga et que Rustning, qui avait compris ce qui se passait, hurlait de rire en se tenant le ventre.

Chilpéric du Quesvron était un homme d'une trentaine d'années, grand, maigre, le nez trop long et les yeux bruns pétillants. Il avait le teint clair de Dioclétien, l'air faussement naïf d'Éleuthère et une ridicule traînée de taches de rousseur sur le nez. Ses vêtements regorgeaient de poches, cousues à tout va, et de taches de produits variés. Il sentait les herbes fraîches et l'huile d'engin de siège, il avait de grandes mains solides, il souriait d'un air benêt et il était l'Âme Sœur de Saga, la personne de sa vie, la moitié qui lui était destinée, pour toujours et à jamais jusqu'à la fin des temps.

Saga allait casser quelque chose. Peut-être après l'avoir embrassé.

— Est-ce que tu as entendu des cloches ? beugla Rustning. Sérieusement, est-ce que des cloches ont sonné ?

Elle allait d'abord tuer Rustning, décida-t-elle. (Et peut-être qu'un léger tintement argentin avait retenti quand elle avait posé les yeux sur Chilpéric, non pas qu'elle ne l'avouerait jamais.) Elle ouvrit la bouche puis la referma, les bras ballants, ne sachant que dire.

— Hum, dit son Aimé, l'air sonné.

— *Bordel de merde !* crièrent la Vingt-Deuxième, la Quatre-vingt-Dix-Septième, six ou sept autres anciennes et même le Quatre-vingt-Sixième dans sa tête.

— *Qu'est-ce que c'est que ce foutoir ?!*

— *Ça n'arrive pas ! Ce genre de choses n'arrive pas !*

— *Vous pensez que, techniquement, il constitue l'Âme Sœur de notre incarnation présente, ou bien celle de notre conscience collective ?*

— *Ta gueule !*

— *Ta gueule toi-même !*

— *Tu vas voir ce qu'elle te dit ma...*

Saga leva la tête vers le ciel et hurla un bon coup. Le tonnerre retentit dans le ciel pourtant bleu. Dans les arbres voisins, des oiseaux s'envolèrent en pépiant. Les voix se turent.

Le visage d'Éleuthère s'éclaira.

— OH. MES. DIEUX ! piailla-t-il.

— Hum, répéta Chilpéric.

Aynet tendit gentiment un gros oreiller de velours vert à Saga.

— Tape dans le coussin.

Saga tapa dans le coussin. En fait, elle le réduisit en charpie jusqu'à ce que le jardinet soit recouvert de duvet d'oie.

•

La question des Âmes Sœurs était sans doute l'une des plus controversées chez les individus qui se trouvaient mêlés, de près ou de loin, à des histoires magiques.

Le Grand Amour, chez les personnes concernées, ne prêtait ni à sourire ni à rêver. On le trouvait – ou pas – et c'était tout. Oh, personne ne niait que les relations qui en découlaient fussent heureuses et durables ! Mais il n'y avait aucune façon d'influencer le destin sur ce point, de revendiquer son libre-arbitre ou d'essayer de se trouver un partenaire « pratique ». Et c'était là que le bât blessait : chez une partie des personnes prédisposées, on estimait qu'il n'y avait rien de sincère dans cette idée, et que l'absence de choix n'en faisait qu'une contrainte de plus à subir dans sa vie.

(Pour être honnêtes, la plupart des malheureux ayant été

touchés se moquaient complètement du débat, nageant dans la béatitude la plus complète. Mais cela n'empêchait pas les philosophes de l'époque de débattre avec acharnement de la question : un bonheur imposé est-il un véritable bonheur ? Défendez votre opinion selon un plan thèse/antithèse/synthèse et n'oubliez pas de justifier vos arguments.)

Saga ne s'était jamais sentie réellement concernée. Elle s'était crue, à tort, écartée du sujet. Il y avait très longtemps qu'elle ne s'était pas pris une telle claque dans le nez, songea-t-elle. Comme quoi, même après quinze siècles... Elle avait longtemps supposé, depuis sa dixième ou sa douzième incarnation, que sa situation était trop complexe pour qu'elle *eût* une Âme Sœur. Certaines personnes, des rois, des magiciens ou des sorcières puissantes, ne trouvaient jamais la leur, sans qu'on eût d'explication. Saga s'était toujours dit qu'il s'agissait d'une question d'équilibre, qu'un individu nécessitait son égal pour que l'opération fonctionne. Or, pour être franche, combien avait-elle d'égaux ? Combien en avait-elle seulement croisé, par le passé ? Ce n'était pas une question d'orgueil, juste de réalisme. Du moins, c'était ce qu'elle avait toujours pensé.

Rustning, qui faisait semblant de vomir à chaque fois qu'on évoquait le sujet, préféra retourner dans l'auberge plutôt que de se risquer à une observation dangereuse. Elle apprécia son tact. Sous son hilarité, elle savait qu'il était à la fois horrifié et inquiet pour elle. C'était le genre d'évènements qui ne se produisait pas pour rien, qui avait des *conséquences*. Non, les histoires de Grand Amour ne prêtaient pas à sourire.

En fait, tout le monde s'éclipsa promptement, même Deuzio qui ne pipa pas mot. Elle se retrouva en tête-à-tête avec son... avec Chilpéric.

Le pire, songea-t-elle avec accablement, était qu'elle l'adorait déjà. L'enchantement était comme une drogue. Il n'y avait pas d'étape intermédiaire. Un instant, ses deux victimes ne se connaissaient pas ; le suivant, ils s'aimaient d'un amour profond et généreux qui endurerait les décennies. C'était perturbant. Malgré les papillons qui lui voltigeaient délicieusement dans le ventre, Saga avait la sensation d'avoir été manipulée. Mais c'était trop tard, elle était amoureuse.

Elle se sentit rougir tandis que Chilpéric la dévisageait. Instinctivement, elle devina que l'idée ne l'avait jamais ravi, lui non plus, mais qu'il ressentait la même chose et qu'il ne pouvait nier, comme elle, que c'était... agréable.

Il avait des paillettes dorées dans les yeux, nota-t-elle avant de se gifler mentalement.

Secouant la tête, il avoua avec un brin de dérision :

— Dire que je pensais avoir passé la période dangereuse... Ça doit être encore plus étrange pour vous.

Il avait une voix grave, proche de celle de son frère Buccelin. Saga hocha la tête en ayant l'impression, pour la première fois depuis plus de mille ans, d'être une adolescente amourachée. Il lui tendit la main.

— Chilpéric du Quesvron, se présenta-t-il tardivement avec un sourire en coin. Je crois que vous connaissez mon frère ?

Malgré sa prétention d'assurance, sa voix tremblait. Saga saisit doucement sa main, serrant ses doigts dans les siens, caressant sa peau du pouce. Elle voulait se coller contre lui. Elle, qui avait vécu la majeure partie de quinze siècles en ermite, entourée de sorcières ou en compagnie de magiciens asociaux et laconiques, ne désirait à présent qu'une chose : en apprendre le plus possible sur cette personne et passer le restant de ses jours à ses côtés.

Ce qui soulevait tellement, tellement de problèmes potentiels qu'elle préférait ne pas y penser pour l'instant.

— Vous pourriez dire quelque chose ? demanda Chilpéric. Ça commence à me rendre nerveux.

En guise de réponse, elle posa sa main sur sa nuque pour l'attirer vers elle. Il était vraiment très grand, songea-t-elle avant de l'embrasser.

Leur baiser eut un goût de perfection, ce qui était à la fois exaspérant et rassurant. Il allait falloir qu'elle s'habitue à cette sensation, devina-t-elle.

Chilpéric se redressa avec un petit « blllb » inarticulé et une expression brumeuse dans le regard. Il pencha la tête sur le côté.

— C'est la première fois que j'entends parler d'un prince qui se met avec une sorcière.

— Les temps sont difficiles, dit-elle d'une voix rauque. Je pense qu'il y a un rapport avec le Grand Enchantement.

— Possible. Je ne suis pas très calé question magie, lui avoua-t-il.

Ils étaient toujours enlacés. Saga s'efforça de se convaincre qu'ils devraient se séparer s'ils voulaient un jour retourner à l'intérieur de l'auberge. Oooh, étaient-ce des muscles qu'elle sentait sous ce cuir rembourré ? Elle essuya, avec sa manche, une tâche de suie sur la joue de Chilpéric, couverte de taches de rousseur.

— Ne t'inquiète pas. Je m'occuperai des tâches magiques. Tu feras la cuisine, répondit-elle d'un ton pince-sans-rire.

Il aboya un bref éclat de rire, pris par surprise. Puis, après avoir quêté son accord du regard, il lui passa un bras autour des épaules et l'entraîna vers l'auberge.

Il allait lui falloir quelques heures pour digérer ce retournement de situation, songea Saga. Une partie d'elle-même était curieuse et impatiente de découvrir son promis. Une autre se demandait déjà comment l'intégrer dans leur plan.

Une troisième, sortant d'un exil de quinze siècles, se contentait de savourer l'instant. Une agréable chaleur picotait les doigts de Saga et lui faisait rosir les joues. Son cœur tambourinait dans sa poitrine. Elle effleura – complètement par hasard – un postérieur bien ferme et Chilpéric posa sa joue sur ses cheveux.

•

Le reste du groupe, qui les attendait dans la salle principale, les observa approcher avec des regards inquisiteurs. Éleuthère et Aynet avaient l'air fascinés, Rustning renfrogné, Lucàn amusé et Deuzio curieux contre son gré. Léonia affichait l'air serein de celle qui savait exactement ce que pouvait ressentir Saga. La princesse avait sûrement rencontré son époux de cette façon.

— Alors, c'est bizarre ? demanda Éleuthère, le menton dans les mains.

— Très bizarre, répondirent de concert Saga et Chilpéric.

Rustning poussa un cri de dégoût avant d'enfouir son visage dans ses bras.

— On peut parler d'autre chose ? supplia-t-il d'une voix étouffée. Et vous pouvez... (Il agita la main sans relever la tête.)... vous décoller, vous savez ?

Lucàn, à côté de lui, rit en lui donnant une bourrade. Saga se laissa tomber sur une chaise sans lâcher la main de son compagnon.

— Je veux bien qu'on parle d'autre chose, approuva-t-elle.

Ils auraient toujours le temps de faire connaissance plus tard. Chilpéric ne protesta pas et s'assit près d'elle, l'air satisfait.

— Qu'est-ce que maman t'a dit dans la lettre ? lui demanda Éleuthère.

— Oh, le minimum. Que tu t'es retrouvé embarqué dans une quête de grande envergure, que tu dois sauver le monde avec un tas d'alliés inhabituels, et que le continent entier prend les armes pour se préparer à l'invasion d'un dieu vengeur. Voilà.

— C'est plutôt bien résumé, observa Lucàn.

Chilpéric haussa les épaules d'un air fataliste.

— C'est un peu plus spectaculaire que d'habitude, mais ça reste dans la tradition familiale. J'ai fait ma quête personnelle, vous savez. (Sans lâcher la main de Saga, il sortit un parchemin crasseux et couvert d'annotations d'une de ses multiples poches.) Voyons... Elle voulait que je vous retrouve ici pour discuter de vos besoins personnels pendant la future « Grande Bataille des Deux Plaines »...

Éleuthère fronça les sourcils.

— Il n'y a pas déjà eu une Grande Bataille des Deux Plaines ?

— Une petite, il y a quatre cent cinquante ans, confirma Marc.

— Bah, on changera le nom sur place, dit Chilpéric. Ensuite, je suis censé traverser les Monts du Mitan et me joindre aux préparatifs au sud d'Adezen. (Il replia le parchemin.) C'était avant que je ne vous croise et que je ne rencontre Saga, bien entendu. (C'était la première fois qu'il prononçait son nom. Saga ressentit une drôle de sensation dans le ventre. Dieux, elle était *vraiment* entichée. Il leva la main avant qu'ils ne puissent parler.) Je ne dis pas que ça change tout. Mais j'aimerais bien écouter votre version de l'histoire.

Il glissa un coup d'œil à Saga, comme incertain d'avoir pris la bonne décision. Elle le rassura d'un sourire, appréciant son calme. Il avait l'air d'aimer connaître tous aspects d'un problème avant d'y réfléchir, ce qui la rassurait. Il resserra ses doigts sur les siens et se cala confortablement dans sa chaise pour écouter leur récit.

Pour ce qui n'était ni la première, ni la dernière fois, les magiciens déballèrent leur expédition et ses conséquences, parlant et piochant dans les plats du dîner à tour de rôle. Chilpéric les écouta avec moins d'incrédulité et d'amusement que de nombreuses personnes, posant des questions précises de temps à autre et étudiant avec intérêt les aventuriers qui l'entouraient. À la fin, il se tapota le menton.

— Donc, si je résume, vous laissez aux royaumes du Plaennendeon le soin de défaire les armées du Rieur et vous vous occupez personnellement du dieu lui-même, c'est bien ça ? Et pendant ce temps, une autre équipe... (Il désigna Rustning, Lucàn et Marc.)... s'occupe du dieu Songeur, et encore une autre du Hurleur. Parce que le quatrième, le Pleureur, est déjà dans votre poche, pour des raisons qui me laissent perplexe mais qui vous semblent valables.

— Je pense qu'il en a simplement assez de la vie, dit Aynet.

— Et puis, si c'était un piège, il aurait déjà eu l'occasion de nous tuer, ajouta Éleuthère. À moins qu'il attende autre chose de nous, mais je ne vois pas quoi.

Lucàn se racla la gorge.

— J'y ai songé, à vrai dire. Il existe une possibilité.

— Xiān Nǚ pourrait, à travers lui, nous manipuler pour retrouver les autres Créateurs, grommela Rustning.

Léonia, Deuzio et Chilpéric, qui n'avaient pas été présents lors de la discussion avec Zuàn Shí sur la façon définitive de vaincre les quatre dieux, regardèrent sans comprendre.

— Histoires de magiciens, dit sobrement Marc en prenant la parole pour la première fois de la soirée. Moins vous en saurez, plus prudent ce sera.

Léonia et Chilpéric acceptèrent ses paroles sans broncher, mais Deuzio se rembrunit. Chilpéric tapota des doigts sur la table.

— Vous avez raison. Ne mélangeons pas les quêtes. (Il bâilla et s'étira.) Est-ce que ça vous dérange si je vais prendre mon premier bain depuis un mois, et qu'on parle de ce que vous attendez de moi demain matin ?

— Ça ne dérangera pas Saga, en tous cas, répondit Lucàn d'un air narquois.

Saga lui donna un coup de pied sous la table. Rustning renfouit sa tête entre ses bras. Les autres restèrent prudemment impassibles, parce qu'ils étaient raisonnables. Ils terminèrent leur repas en bavardant, pendant que le garçon d'auberge montait des seaux d'eau fumante à l'étage, puis se souhaitèrent bonne nuit avant de gagner leurs chambres respectives.

Ou les chambres d'autres personnes.

Saga se retrouva assise en tailleur sur le lit de Chilpéric, à le regarder se déshabiller avant de se glisser dans la baignoire en cuivre. Elle avait déjà vécu beaucoup de situations dérangeantes, folles, maladroites voire, bien que rarement, ridicules, mais celle-ci remportait le pompon des trois derniers siècles.

Chilpéric avait des taches de rousseur sur les épaules et des fossettes sur les fesses, nota-t-elle. Pudiquement, il lui tourna le dos pour finir d'ôter ses vêtements. Comparé à ses bras bronzés et couverts par la saleté de la route, le reste de son corps était blanc comme le marbre. Une fois qu'il se fût enfoncé dans l'eau chaude jusqu'au cou, Saga approcha un tabouret pour s'asseoir près de lui. Ils s'observèrent quelques instants avant de se mettre à rire. Plus exactement, Chilpéric éclata d'un rire timide et Saga eut un léger sourire.

— On se tutoie ? demanda Chilpéric.

— Bien sûr.

— Est-ce que ton ami – Rustning – va me regarder avec des yeux de poisson mort à chaque fois que je le croiserai ? C'est terrifiant.

— Il est protecteur. Et en même temps, très respectueux de l'indépendance des individus. Du coup, il est ronchon parce que ses principes intellectuels l'empêchent de te casser la figure. Il faut juste que la situation se tasse un peu.

Elle ramassa le savon par terre et lui jeta un regard interrogateur. Il hocha la tête puis poussa un grognement quand elle commença à lui laver les épaules.

— Oh, dieux tous puissants...

La vapeur qui montait de la baignoire faisait rougir Saga. Elle chercha un sujet de conversation. S'il y avait un moment pour faire connaissance, c'était maintenant.

— Qu'est-ce que tu faisais, ces dernières semaines ?

— En théorie, je devais aider un seigneur local à améliorer son système d'irrigation, répondit-il distraitement. En pratique, je me suis lié d'amitié avec un ingénieur queiralien et... (Ses oreilles rosirent.) On a construit un petit aqueduc.

— Un « petit » aqueduc ?

— Un tout petit aqueduc. Vraiment tout petit.

Il était adorable. Elle fut soudain prise de l'envie de l'embrasser et, pourquoi pas, de compter ses taches de rousseur avec sa langue. Chilpéric semblait lire dans ses pensées : l'attirant vers lui, il faillit la faire basculer dans la baignoire. Ils finirent tous les deux sur le plancher mouillé. Ce n'était pas comme ça qu'il allait se laver, songea Saga en s'agrippant à cent quatre-vingt livres de prince quesvronnais mouillé.

Il était en train de – très habilement – dénouer les lacets de sa chemise quand on frappa sur le plancher en dessous d'eux.

— *Utilisez un lit !* leur parvint la voix étouffée de Rustning. *L'eau goutte à travers le plancher, bon sang ! Et restez discret, pour l'amour de ma santé mentale. Eurgh !*

Chilpéric, vautré sur Saga, plongea les yeux dans les siens.

— Les sortilèges de silence, ça relève de quel type de magie ?

— Je sais aussi faire des sortilèges d'amplification.

Il lui baisa les lèvres, le nez, le menton. Elle frotta la joue contre sa mâchoire, légèrement râpeuse. Elle avait le souffle court et son corps éprouvait des choses qu'il n'avait pas ressenties depuis très longtemps.

— Tu es *formidable*, dit Chilpéric d'un air ravi.

C'était vrai. Et c'était une très bonne chose qu'il s'en rendît compte dès maintenant, estima Saga en le poussant vers le lit.

•

Deux heures plus tard, allongés nus parmi les draps défaits, ils bavardaient à voix basse de tout et de rien. Ils avaient tellement de choses à échanger, à apprendre, et si peu de temps pour le faire. Leur conversation avait naturellement porté sur les Âmes Sœurs.

— Entre Anségisel et Louise, ça s'est toujours parfaitement déroulé, racontait Chilpéric. Pour Buccelin et Caius, c'est une autre histoire. Le pauvre Caius n'était pas né dans le bon milieu. Il n'était même pas né dans la bonne *culture*. Il n'a rien compris quand ça lui est tombé dessus. Buccelin, bien sûr, lui a proposé de prendre son temps.

Chilpéric avait posé sa tête sur la poitrine de Saga qui lui caressait les cheveux, complètement détendue. Sans surprise, ils s'étaient révélés *très* compatibles dans le domaine qu'ils venaient d'explorer. Elle lui tirailla l'oreille de façon joueuse alors qu'il laissait ses mains se promener sur elle.

— Au départ, ils n'arrêtaient pas de se prendre le bec. Enfin, Caius râlait sur Buccelin qui encaissait tout sans broncher, le pauvre. Jusqu'au jour où la goutte a fait déborder le vase. Ils ont réglé leurs désaccords derrière une porte close. Assez bruyamment. (Il inclina la tête en caressant un des seins de Saga.) Pauvre Caius. Il a essayé de résister le plus longtemps possible, par principe, mais il était déjà fichu. S'il savait que les traditions magiques sont le fruit d'une blague millénaire...

— Ça te met en colère ?

— Pas forcément. La question ne m'a jamais autant intéressé que vous autres, magiciens. Ça ne perturbe pas ma sensibilité philosophique, la taquina-t-il.

Saga savoura le sentiment d'être liée à un être intelligent mais plutôt indifférent sur les questions magiques. Elle ne s'était pas attendue à cela. C'était reposant. Chilpéric, l'air sérieux, se redressa sur un coude pour la regarder dans les yeux. Elle essaya de ne pas se laisser distraire par les poils de son torse qui lui chatouillaient le ventre. Elle avait envie d'y faire courir ses doigts. Malgré une exploration intensive du corps de son aimé, une heure auparavant, elle se sentait prête à recommencer de sitôt.

— Le plan que vous nous avez exposé tout à l'heure... Si vous n'avez pas donné tous les détails, ce n'était pas seulement à cause de moi ou de dame Léonia, n'est-ce pas ? Vous ne vouliez pas dire à vos amis – Rustning, Lucàn, Marc – la façon dont vous comptez vous y prendre pour piéger le Rieur. Et je suppose que vous ne savez rien sur leurs plans concernant le Songeur. Vous voulez limiter les risques de fuite. Est-ce que tu peux m'en dire plus, maintenant ? (Son ton se fit suppliant.) Au moins pour que je sache à quoi m'attendre ?

Peut-être un brin *trop* intelligent. Elle n'hésita pas longtemps. Chilpéric allait être, de toute manière, concerné par toute la suite.

— Je ne peux pas tout te raconter, le prévint-elle.

— Je sais.

— Pendant que ses armées combattront dans la plaine d'Adezen, nous allons trouver un moyen de l'isoler, loin de ses troupes, dans un endroit où nous pourrons le maîtriser. Pour ça, nous avons inventé un stratagème qui repose sur ce que j'ai appris sur lui en étant à son service, quand il régnait sur le Plaennendeon. Et...

Elle se mordit les lèvres. Il lui caressa la joue.

— Et comme tu es la femme la plus extraordinaire du monde, tu vas jouer un rôle essentiel mais dangereux dans toute cette histoire, en déduisit-il.

— Oui, mais ce n'est pas tout. (Elle ne voulait pas lui mentir. Elle inspira profondément.) Je sais que c'est beaucoup te demander, mais j'ai besoin d'être enceinte, dit-elle fermement.

Chilpéric cligna plusieurs fois des yeux.

Saga n'avait aucune idée de la façon dont il allait réagir. Il avait tous les droits de s'indigner, de se mettre en colère, de se sentir blessé ou de refuser. Elle n'envisageait plus d'avoir un enfant avec un inconnu, mais avec son Âme Sœur, ce qui changeait tout.

Cette journée était définitivement la plus surprenante de sa vie.

— D'accord. (Ce fut au tour de Saga de le fixer d'un air incrédule. Il s'ébouriffa les cheveux.) Je ne vais pas prétendre que l'idée d'envoyer *deux* personnes chères à mon cœur combattre un dieu assoiffé de sang m'enchante, admit-il. Mais quelque chose me dit que, de toute façon, tu n'en feras qu'à ta tête. Personne ne connaît mieux le Rieur que toi, je me trompe ? (Elle secoua la tête.) Alors je te fais confiance, dit-il simplement. Et je veux t'aider du mieux que je peux.

En cet instant, Saga fut presque tentée de lui proposer de tout abandonner pour s'enfuir avec elle. Comment pouvait-elle imposer cette épreuve à cet être merveilleux ? Heureusement, avant qu'elle n'ait pu ouvrir la bouche, il reposa sa tête sur sa poitrine et lui mordilla un mamelon.

— Et quand tu reviendras, on fabriquera des aqueducs ensemble, conclut-il. (Il se redressa à quatre pattes au-dessus d'elle.) Et maintenant, au travail ! J'avoue qu'en me levant ce matin, je ne m'attendais pas à faire un bébé à mon Âme Sœur le soir même. La journée aura été bien rempl –

Saga se redressa sur un coude pour l'embrasser sur la bouche. Il sentait encore la graisse mécanique, mais aussi le savon et la sueur. Il lui manquait déjà. Les doigts enfouis dans ses cheveux châtains, elle le laissa faire quand il la repoussa sur l'oreiller pour s'installer entre ses cuisses. Il enfouit son visage dans son cou, mordant le lobe de son oreille, lui arrachant un soupir étouffé. Elle fit instinctivement glisser ses jambes contre les siennes. Il repoussa tendrement des mèches brunes de son visage.

— Meilleure journée du monde, murmura-t-il avant de l'embrasser de nouveau.

•

Il était encore tôt quand elle se réveilla. Une lumière verdâtre brillait derrière les rideaux, annonçant l'aube prochaine. Les coqs n'avaient même pas commencé à chanter.

Chilpéric dormait comme une masse à côté d'elle. Elle hésita à le réveiller, ou à se rendormir près de lui, puis souleva son bras pour se dégager de son étreinte. Ils s'étaient endormis tard et, contrairement à eux, Chilpéric avait été sur la route une bonne partie de la veille. Elle aurait tout le temps pour d'autres choses un peu plus tard.

Sans s'habiller, se contentant d'enfiler sa chemise, ses bottes et de draper une couverture autour de ses épaules, elle sortit de la chambre et se dirigea vers l'escalier pour gagner la cuisine de l'auberge. Elle mourrait de faim.

Elle ne fut qu'à moitié surprise, en dévorant une tartine de confiture devant la cheminée, de voir apparaître Lucàn devant elle, comme par magie. Ou plutôt par magie. Il afficha un air coupable en l'apercevant. Elle tapota le banc près d'elle.

— Tu ne les as toujours pas retrouvés ?

Il s'assit en se servant un verre de jus de pomme.

— Non, répondit-il. Je ne sais pas où ils sont.

— Tu ne peux pas visiter tous les univers au hasard, le consola-t-elle.

Il lui jeta un regard boudeur, comme pour lui dire qu'il en était parfaitement capable s'il en avait envie, merci bien.

Il y avait plusieurs mois qu'ils n'avaient plus de nouvelles du troisième groupe. Saga s'inquiétait pour eux, bien entendu : Gaspin et Ghaith étaient encore inexpérimentés, et Bì Cuǐ restait une enfant dans beaucoup de domaines. Cependant, elle savait que ce n'était rien à côté de l'angoisse qui devait ronger Lucàn. Il ne s'était toujours pas pardonné d'avoir emprisonné Osbern, sous forme d'esprit, dans l'oasis de Sadaf Zarqa pendant des siècles. Il ne se le pardonnerait sans doute jamais, d'ailleurs. Leurs retrouvailles avaient été brèves, leur nouvelle séparation quasi instantanée, et personne ne savait vraiment ce qu'ils avaient eu le temps de se dire après plus de dix siècles de bouderie. (Bouderie justifiée ou non, les avis au sein de leur groupe étaient partagés sur la question. Heureusement, tout était terminé.) Bref, même si Lucàn le cachait bien, Osbern devait lui manquer horriblement. D'où ses petites escapades pour tenter de localiser le groupe manquant.

Ils mastiquèrent leur petit-déjeuner en silence.

— Tu penses qu'Osbern est ton Âme Soeur ? demanda finalement Saga.

Lucàn haussa une épaule.

— Je ne suis pas sûr. Après tout, quand je l'ai rencontré, j'étais complètement catatonique. D'après ce que vous m'avez raconté, je pense qu'il avait plutôt envie de me tordre le cou à l'époque. Après vous avoir étripés.

Saga hocha la tête. Leur première épopée avait commencé de

façon agitée. Après les avoir recrutés, parfois de force, Saga avait voyagé pendant des semaines avec un Rustning ivre, un Osbern ligoté et un Lucàn comateux. Ils avaient déjà traversé le Plaennendeon et l'Océan Tenvalique avant que ce dernier ne daignât se réveiller. Ah, le bon vieux temps.

— J'espère qu'ils vont bien, dit Lucàn.

Il n'y avait rien à ajouter. Il leur était inutile de s'interroger sur le devenir de leurs amis, sur l'endroit où ils trouvaient et sur ce qu'ils étaient en train de faire. La réalité devait être encore plus folle que tout ce qu'ils pourraient imaginer. Après tout, ils avaient trois shamans parmi eux ; trois personnes capables d'ouvrir des portes vers d'autres mondes.

C'était le point faible de leur stratégie : ils avaient décidé que chaque groupe resterait discret sur ses projets, ce qui limitait le risque de fuites, comme l'avait deviné Chilpéric, mais aussi leurs sujets de conversations. À part pour évoquer de vieux souvenirs ou discuter de magie théorique, il ne leur restait plus grand-chose à se dire.

Lucàn poussa un petit rot distingué.

— Tu veux aller réveiller Rustning en lui jetant un seau d'eau glacée à la tête ?

Heureusement, entre amis, il n'était pas toujours nécessaire de parler.

●

Ils quittèrent Fouerat au matin du troisième jour. La séparation avec Chilpéric fut encore plus douloureuse que Saga ne l'avait imaginée. Peut-être parce qu'ils savaient, au fond d'eux, que leurs chances de se revoir n'étaient pas des plus brillantes.

Elle eut une pensée qu'elle n'avait pas eue depuis bien longtemps ; depuis, en fait, l'époque où elle avait compris que sa vie ne serait jamais comme celle des autres. Elle pensa : c'est injuste.

Néanmoins, au sein de leur groupe, elle avait toujours tiré fierté d'être parmi ceux qui se voilaient le moins la face, qui refusaient de nier les faits. Elle savait qu'elle n'avait pas le choix. Ce n'était pas une question de devoir, comme pour Marc et Secundus, ou de responsabilité, comme pour Rustning et Lucàn, mais plutôt une conscience aiguë de ce qui arriverait si elle ne le faisait pas. Dans son cas, l'égoïsme les mènerait droit à la catastrophe. Elle avait beau suivre une voie qu'elle s'était tracée elle-même, il y avait bien longtemps, c'était la première fois qu'elle en ressentait le formidable poids. Peut-être parce qu'il lui arrivait, enfin, quelque chose de terriblement normal et humain.

Sur le quai, au pied de la passerelle qui menait au *Goéland Gris*, Chilpéric lui donna un dernier baiser, puis encore deux ou dix, avant de plisser le front avec cet air distrait qu'elle commençait à lui connaître.

— Un vieux reste d'instinct princier me fait croire qu'il serait de bon ton que je t'offre un cadeau ou un machin dans le genre, dit-il. Tu sais, pour que tu le contemples dans les moments de détresse et que mon amour t'inspire du courage, quelque chose comme ça. (Elle haussa les sourcils. Il sourit joyeusement.) Mais mon bon sens me dit que ça t'encombrerait plus qu'autre chose.

— Je veux bien une de tes taches de rousseur, dit-elle après réflexion.

Chilpéric s'esclaffa. Puis s'immobilisa, la bouche ouverte, incrédule.

— C'est une blague. Tu ne pourrais pas... Si ?

En guise de réponse, elle appuya l'index sur sa deuxième tache préférée, à la base du nez du grand prince – la première n'était pas dans un endroit décemment accessible – et se concentra. Quand elle eut terminé, elle put voir, aux yeux écarquillés de Chilpéric, que c'était désormais elle qui la portait au même endroit.

— Je suis tellement amoureux de toi, balbutia-t-il.

Ce qui faisait plutôt du bien à l'ego, songea Saga en posant ses

170

lèvres sur les siennes une dernière fois. Pour de bon, ce coup-ci. Elle ramassa ensuite son sac et s'écarta pour laisser Éleuthère faire ses adieux à son frère.

— Je suis tellement amoureux d'elle, chuchota Chilpéric à son cadet.

Elle s'obligea à ne pas se retourner en montant la passerelle. Sur le pont du navire, Augier criait des ordres à son équipage. Le grand capitaine roux était encore plus maigre, plus décharné et plus sardonique que dans son souvenir. Le navire ondulait sous ses pieds. Saga avait l'impression qu'on lui arrachait le ventre, qu'on l'obligeait à abandonner ses entrailles derrière elle.

Ses derniers compagnons montèrent à bord. Elle s'accouda au bastingage tandis que le navire s'écartait de la jetée, puis profitait d'une brise de terre pour s'éloigner vigoureusement vers le large.

Chilpéric resta planté sur le quai jusqu'à ce que sa petite silhouette disparût au loin.

Chapitre VI
La décision d'un roi

Encore un château, songea Aynet en observant la forteresse d'Haustebourg qui de dressait au-dessus de l'estuaire du Martreux, le fleuve le plus important du royaume du Deshevron et du nord-est du Plaennendeon.

Malgré le côté répétitif de leur quête, Aynet devait admettre qu'elle aimait les châteaux. Ces derniers sous-entendaient souvent, pour peu qu'on se situât du bon côté de l'échelle sociale, des bains chauds, des lits douillets, de la nourriture fraîche et même parfois de la musique. La cour du roi Garmon, entourée de vignobles réputés – même s'ils ne valaient pas ceux de Queirailles – n'était pas l'endroit le plus désagréable pour leur prochaine étape.

— Bonne chance, les clampins ! cria Rustning depuis le pont du *Goéland Gris* qui reprenait le large, sans attendre, après les avoir débarqués.

À côté de lui, Lucàn et Marc agitaient la main. Aynet aurait pu se sentir abandonnée, à la fois par ses amis et par son amant, mais on ne devenait pas une magicienne redoutée sur deux continents en se souciant de ces petites choses. Elle leva les yeux vers la falaise au sommet de laquelle se trouvait perchée la forteresse. D'un blanc immaculé, comme la roche qui la soutenait, couronnée d'ardoises, elle surplombait avec dignité et élégance la ville qui s'étalait sur la rive sud du fleuve. L'estuaire formait une baie de taille appréciable où les navires pouvaient se mettre à l'abri. Sans surprise, Haustebourg constituait le plus grand port de commerce de la région.

Elle jeta un dernier coup d'œil au bateau pirate qui s'éloignait, entendit les dernières insultes que Rustning criait à un navire de plaisance qui croisait leur route – « Hé, les thons et les morues, ça va dans l'eau, pas dessus ! » – et se détourna en soupirant. Ce grand crétin allait lui manquer.

— Voilà le comité d'accueil, dit Éleuthère en désignant un groupe sur le quai.

Vingt hommes d'armes suivaient d'un pas cadencé une femme richement vêtue, trapue, avec le visage aussi aimable que celui d'un bouledogue. En arrivant devant eux, elle se fendit d'une révérence impeccable tandis que les soldats se mettaient au garde-à-vous. Enfin, quelqu'un qui faisait les choses bien !

— Vos Altesses, mes dames, les salua-t-elle brièvement. Sa Majesté le roi Garmon est ravi de vous accueillir dans sa ville et sa demeure. Il vous invite à monter dès que possible au château, où vous serez accueillis avec les hommages que votre rang exige.

— Je n'ai plus l'habitude de ce genre de choses, chuchota Éleuthère à Léonia tandis qu'ils lui emboîtaient le pas.

La princesse de Keilles, amusée, répondit :

— Mon grand-père a toujours insisté sur l'importance d'être un hôte irréprochable. D'après lui, il est plus facile d'embobiner un ennemi s'il a le ventre plein.

— Il a l'air d'être un homme charmant, observa Élie.

Saga, qui marchait à côté d'Aynet, lui demanda :

— Tu l'as déjà rencontré ?

— Non, répondit la fée. Jamais eu l'occasion. Et toi ?

La sorcière secoua la tête. Elles se tournèrent ensemble vers Deuzio qui les suivait, quelques pas en retrait. Le princelet, qui les écoutait en silence, eut l'air surpris d'être inclus dans leur conversation. Suffisamment surpris pour oublier son attitude ronchonne et leur fournir ses propres observations :

— Je ne l'ai pas vu depuis des années. (Il fronça les sourcils en regardant dans le lointain, ce qui le faisait furieusement ressembler à Marc.) Dans mes souvenirs, il était grand et dur, très dur. Du genre à... (Il hésita.) À ignorer complètement les gens qui lui semblaient trop stupides, inutiles ou insignifiants pour mériter son attention. (Dont, sans doute, les petits princes trop jeunes pour être intéressants, devina Aynet.) D'après ce que je sais, il apprécie beaucoup tante Léonia.

— Il nous apprécie tous, corrigea la concernée qui marchait devant eux.

Deuzio fit une tête indiquant qu'il en doutait beaucoup.

Ils suivirent la diplomate revêche jusqu'à la sortie du port, où les attendaient des chaises à porteurs. Même s'il était facile de circuler dans les parties basses de la ville, l'accès au château, au contraire, était trop raide pour être emprunté en calèche, en chariot ou à cheval. Quelques ânes au pied sûr se chargeaient de l'approvisionner ; autrement, il était difficile d'y monter rapidement et impossible sans se faire remarquer, surtout pour une armée. Perchée sur un pic rocheux, la forteresse donnait, vers le sud, directement dans la mer. Au nord, un aqueduc l'approvisionnait en eau potable. Il avait été construit deux siècles auparavant, comme cadeau de conciliation de l'Empire queiralien. Aynet, qui n'était pas venue à Haustebourg depuis longtemps, écarta les rideaux de sa chaise pour en admirer une fois de plus les arches élancées.

Son bon sens lui souffla qu'il serait facile de le détruire en amont. La citadelle du roi Garmon n'était pas aussi parfaite qu'elle y paraissait.

Éleuthère, devant elle, se mit à rire tandis que les pauvres serviteurs qui les portaient attaquaient la grimpette.

— Je suis sûr que Marc aurait mal au cœur ! rigola-t-il.

Le deuxième groupe avait décidé de ne pas les accompagner à la cour du roi Garmon. D'abord, pour ne pas intervenir dans le petit conglomérat diplomatique que Léonia et Éleuthère, représentant les royaumes de Keilles et du Quesvron, étaient en train de monter. Ensuite, parce que ce n'était pas leur quête et qu'ils avaient d'autres chats à fouetter. Il avait été agréable de se revoir quelques jours et d'échanger des nouvelles, mais ce n'était pas sans raison qu'ils avaient décidé de se séparer, six mois plus tôt, à Édena. Les anciens dieux, dans leur projet de récupérer ce qu'ils estimaient leur revenir de droit, ne les attendraient pas.

Les chaises à porteurs franchirent un pont-levis qui n'enjambait pas des douves, mais un précipice au fond duquel on entendait rugir les vagues. Elles les déposèrent ensuite dans la cour du château, pavée de granit et cernée de remparts blancs. Les Deshevronnais avaient beau être prétentieux et puritains, ils possédaient une certaine élégance, songea Aynet en admirant les frises florales sculptées sur les corniches des fenêtres.

Une armée de serviteurs les attendait au pied de l'escalier principal, mais pas le maître des lieux. En même temps, les visiteurs étaient encore couverts de poussières et salés des embruns du voyage. Il ne leur ferait pas de mal de se rafraîchir un peu, concéda Aynet.

La femme mal-aimable les invita à profiter de l'ensemble des appartements de l'aile sud, les confia aux bons soins des domestiques, puis s'éclipsa. Ils s'engagèrent dans des couloirs paisibles aux sols couverts d'épais tapis verts, la couleur officielle du royaume. Finalement, on les amena à un étage où s'ouvraient plusieurs chambres. Ils y prirent leurs quartiers avec une efficacité due à une longue habitude.

•

Propres et restaurés, ils commencèrent à explorer le reste de l'aile sud. C'était un grand bâtiment rectangulaire, de trois étages de haut, dont la façade donnait directement sur l'océan. De sa chambre, dirigée vers le nord, Aynet avait vue sur les collines de l'arrière-pays recouvertes de vignes verdoyantes. Les grappes étaient loin d'être mûres : d'ici quelques mois, dorées ou pourpres, gonflées de jus, elles seraient ramassées pour créer les vins de la région, légers et sucrés, dont raffolaient les autres royaumes. Pour l'instant, des paysans circulaient entre leurs rangs pour tailler les pieds et arracher les mauvaises herbes.

Au rez-de-chaussée, ils découvrirent un salon confortable, une salle à manger et, surtout, une bibliothèque. Éleuthère se jeta sur les livres tel un loup affamé, Saga et Léonia l'imitèrent plus tranquillement, Deuzio dénicha des partitions de musique et Aynet s'installa dans un fauteuil confortable avec un verre de jus de poire, des biscuits et un recueil de légendes locales. Peut-être y trouverait-elle quelqu'un qu'elle connaissait, se dit-elle en ouvrant la première page.

Ils profitaient sagement de cette petite période de calme quand le roi Garmon fit son apparition, annoncé par un chambellan cérémonieux. Aynet se demande s'il passait sa vie à courir après le roi dans les couloirs, puis à le dépasser pour pouvoir l'annoncer dans chaque pièce où il entrait. Encore et encore, jusqu'à ce qu'il meurt de vieillesse.

— Sa Majesté le roi Garmon III, souverain du royaume du Deshevron, grand général des armées royales, ambassadeur du Septemdiat...

Le roi Garmon patienta à l'entrée de la pièce pendant que le chambellan énumérait tous ses titres. C'était, comme Deuzio l'avait décrit, un homme grand, au visage dur. Malgré son âge, plus de soixante-dix ans, il se tenait aussi droit et rigide qu'une épée en acier. Des cheveux gris, coupés courts, encadraient son visage taillé à la serpe. Sa bouche sévère était pincée ; ses yeux pâles ne laissaient rien transparaître ; ses vêtements, d'une teinte vert-de-gris, étaient coupés strictement. Aynet ressentit, en l'étudiant, une première impression plutôt désagréable. Non pas à cause du caractère difficile qu'il semblait posséder – ce genre de choses ne l'impressionnait plus depuis longtemps – mais... d'autre chose, qu'elle n'aurait pu l'expliquer.

Ce qui l'ennuyait. Elle aimait cerner les gens au premier coup d'œil.

L'atmosphère se détendit quand, une fois officiellement introduit, sa bouche s'assouplit et qu'il s'avança pour embrasser Léonia sur la joue.

— Comment vas-tu, fille de ma fille ? prononça-t-il d'une voix rocailleuse. (Sans lui laisser le temps de répondre, il se tourna ensuite vers Deuzio, qu'il étudia d'un œil froid.) Secundus, je présume. Tu as bien grandi.

Aynet eut l'impression que, venant de sa part, il était inutile d'attendre un meilleur compliment. Léonia resta impassible, visiblement habituée. Deuzio se contenta de s'incliner.

Garmon pivota vers ses trois autres visiteurs, prenant son temps pour les examiner. Aynet n'aimait pas qu'on l'observe comme une génisse au marché. Elle en profita, elle aussi, pour le scruter avec attention, à la recherche d'infimes traces de magie. Quand elle en avait le temps et l'occasion, c'était un petit exercice, assez compliqué, auquel elle aimait bien se prêter. Même sans les rendre visibles, comme Lucàn le faisait aisément, elle était capable de discerner les traces de sortilèges variés.

Comme tous les membres de familles royales, il était entouré de lambeaux d'enchantements divers. Elle distingua des traces d'un ancien Grand Amour, depuis longtemps disparu, ainsi que des filaments de magie élémentale : probablement des sorts de protection mis en place par le magicien du château. (Qui était-ce, tiens ? Elle n'en avait aucune idée.) Toutefois, là aussi, quelque chose la gênait. Elle ne parvenait pas à mettre le doigt dessus. La façon dont les sorts fluctuaient autour de lui avait quelque chose d'incongru. Elle jeta un coup d'œil à Saga et Éleuthère, mais ils n'avaient pas l'air perturbés.

Garmon finit par rompre le silence :

— Votre Altesse Éleuthère. Dame Aynet. Dame Saga, dit-il en inclinant la tête si légèrement qu'il fallait guetter le mouvement pour le voir. Je vous souhaite la bienvenue à Haustebourg. J'ai reçu les courriers de Gaius et de la reine Jeanne. Je dois dire qu'ils m'ont pour le moins surpris. Les... prétentions qu'ils énoncent me semblent pour le moins inconcevables.

Éleuthère, sur qui Rustning avait *définitivement* une mauvaise influence, se cura l'oreille en faisant semblant d'être bête :

— Ça, il fallait l'avoir vu pour le croire, c'est vrai ! Ha ha ha !

Sa plaisanterie rebondit sur le roi Garmon comme une balle de jongleur lancée sur l'armure d'un paladin impérial. Léonia se mordit discrètement les lèvres en détournant le regard. Éleuthère sourit d'un air stupide. Le brave petit.

Ignorant totalement sa remarque, Garmon tendit le bras pour les inviter à s'asseoir autour de la cheminée. Lui-même resta debout, les mains dans le dos.

— Est-ce vrai ? demanda-t-il à Léonia.

— Je ne l'ai pas vu moi-même, répondit-elle brièvement. Mais je le crois.

— Hum. (Il passa la main dans sa courte barbe grise.) Je ne le pensais pas, au départ, mais de nombreux signes indiquent qu'il se passe en effet quelque chose. Pas forcément ce que ces lettres affirment, néanmoins.

Aynet sentit la moutarde lui monter au nez. Derrière elle, Saga lui effleura le bras. Son amie avait raison. Face à ce genre de personnes, inutile de chercher à se défendre. Ils n'entendaient que ce qu'ils voulaient entendre et retournaient calmement la situation en leur faveur s'il s'avérait qu'ils avaient tort. Il ne s'agissait plus, ici, de convaincre des gens qui étaient déjà fondamentalement dans leur camp, comme les familles d'Éleuthère et de Marc, ou même ces vieilles peaux du Bois des Fées. Il s'agissait de passer une alliance avec quelqu'un qui ne recherchait que son propre intérêt.

C'était un bon entraînement avant l'Empire de Queirailles, se réjouit-elle.

Elle se renfonça dans son fauteuil. Éleuthère inspecta ses ongles. Saga resta immobile, les mains sur les genoux. Même Deuzio ne prit pas la parole. Malgré ses caprices de gamin princier, il commençait à comprendre comment les choses fonctionnaient. Bien. Léonia lissa sa robe.

Garmon plissa légèrement les yeux, mais ne dit rien. Dieux ! s'énerva Aynet. Ils allaient y passer des heures ! Elle se demandait si un nouveau coup d'éclat pourrait débloquer la situation, peut-être faire comprendre à cette vieille chèvre qu'ils n'étaient pas des petits rigolos et que, s'il les emmerdait, ils allaient lui faire sortir les tripes par...

— Vous n'allez pas défendre vos affirmations ? demanda Garmon.

— Non. Parce qu'il n'y a rien à défendre, répondit Éleuthère d'un ton plat avant que les autres ne puissent ouvrir la bouche. (Son expression était aussi glaciale qu'elle avait été gentillette deux minutes auparavant.) C'est la vérité. Soit vous l'acceptez, et on peut commencer à parler boutique, soit vous la refusez, et nous avons d'autres alliés à rencontrer.

Une lueur brilla dans les yeux pâles du roi.

— Vraiment ? Vous pensez que les gouverneurs de Nirailles, d'Edorailles et d'Arailles vont vous suivre ? Ainsi que les consuls et l'impératrice ?

— Oui, affirma Éleuthère.

Il s'approcha du roi jusqu'à ce que leurs visages s'effleurent. Il avait grandi, ces derniers mois, mais ses yeux n'arrivaient qu'au niveau du nez de Garmon. Cependant, bien qu'il dût lever la tête pour le regarder en face, il n'avait pas l'air ridicule face au vieux roi rigide et expérimenté. Il avait l'air vibrant et intense.

— Parce que quand le Dieu Rieur descendra du nord pour envahir les royaumes, quand ses armées surgiront des montagnes, quand des centaines de bleisteux s'en prendront non seulement au bétail, mais aussi aux éleveurs, quand des milliers de trolls aplatiront *littéralement* des villages, quand des gobelins viendront piller et violer au cœur des cités, quand des sorcières oubliées depuis des siècles viendront prendre leur revanche, il sera trop tard pour réagir.

Garmon ne se démonta pas. Il regarda Saga.

— Et pourtant, vous êtes prêt à faire alliance avec certaines de ces... créatures.

— Ne jouez pas les idiots, riposta Éleuthère. Si cela vous pose problème de collaborer avec des gens qui veulent vous aider, c'est que vous n'êtes pas digne de votre couronne.

La bouche du roi s'entrouvrit. Aynet se demanda combien de fois, tout au long de sa vie, on lui avait cloué le bec. Il sourit, bien que froidement.

— Je commence à comprendre comment vous êtes parvenus, aussi rapidement, à convaincre deux rois et un concile millénaire. (Il se caressa pensivement le menton.) Vous n'êtes pas stupides. Vous avez commencé par conclure des traités avec les cours les plus modestes avant de vous attaquer aux plus influentes. (Aynet et Éleuthère haussèrent les sourcils. Le Quesvron, modeste ? Garmon enchaîna.) Je reconnais votre détermination. Et je dois avouer que je n'ai pas été honnête avec vous : des sources personnelles confirment en effet vos dires, du moins en partie.

Des sources ? D'après les connaissances d'Aynet, le Deshevron ne possédait pas de réseau d'espionnage très étendu, contrairement à celui de l'Empire queiralien. Il y avait toujours la possibilité qu'un magistrat eût surpris des activités suspectes dans les montagnes, au nord du pays, mais... Non, décidément, le roi Garmon faisait bien des mystères.

Ce dernier s'inclina légèrement devant eux, estimant que la conversation était terminée pour l'instant.

— Si vous me le permettez, dit-il d'un ton qui ne souffrait pas de réplique, mes conseillers et moi-même allons réfléchir à cette première entrevue. Je vous invite, bien entendu, à partager ma table ce soir. Nous dînons à huit heures.

Sans attendre leur réponse, il quitta la bibliothèque. Le chambellan, qui était resté planté à l'entrée de la salle durant tout l'entretien, le suivit précipitamment en refermant les portes derrière eux.

Éleuthère se tourna vers Léonia et le petit Deuzio.

— Votre aïeul est...

Il chercha ses mots, ne les trouva pas et grimaça en agitant vaguement la main.

— Exactement, approuva Léonia. (Elle ajouta, après réflexion :) Mais c'est un monarque avisé. Il prendra la meilleure décision pour son peuple. Il lui faudra seulement un peu de temps pour ne pas avoir l'air de céder trop vite, c'est tout, les rassura-t-elle en souriant.

Aynet, habituellement, aurait repoussé la sensation indéfinie qui la turlupinait en se disant, avec philosophie, qu'il n'y avait rien à y faire pour le moment. Elle se surprit donc elle-même en se levant de son fauteuil, déclarant d'une voix neutre :

— Huit heures, c'est dans longtemps. Je vais faire un tour aux cuisines pour voir s'il est possible d'avoir une autre collation.

Elle sortit avant que Léonia ne pût faire une remarque sur les serviteurs qui guettaient leur moindre désir. Elle remontait le couloir en direction du bâtiment principal de la forteresse quand un bruit de course retentit derrière elle. Une voix l'appela :

— Dame Aynet ! Attendez, je vais venir avec vous. Je me demandais moi-même s'il était possible de visiter le château...

Elle se retourna. Deuzio était planté là, tout en membres dégingandés, une expression hésitante sur le visage. En soupirant, elle lui fit signe de la suivre.

•

Aynet n'avait pas menti. Elle se rendait bien aux cuisines. Dans le domaine de l'espionnage, elle avait découvert que c'était souvent dans le quartier des domestiques qu'on apprenait des ragots le plus facilement et le plus rapidement. Oh, il ne s'agissait pas forcément de faire parler des hommes et des femmes qui pouvaient être, sincèrement, discrets et fidèles à leurs maîtres ; il s'agissait surtout d'observer et d'écouter.

Au détour d'un couloir, elle arrêta Deuzio d'un geste et, à l'aide de quelques sortilèges, modifia leurs vêtements et leurs coiffures pour les rendre simples et passe-partout. Le petit prince observa sa tunique brune d'un air légèrement scandalisé.

— Qu'est-ce que vous...

— Tu voulais de la quête, non ? Eh bien, la voilà. Nous allons à la pêche aux informations.

Il la suivit d'un air mécontent.

— Si vous voulez savoir quelque chose, il suffit de demander à mon arrière-grand-père ce soir, au dîner.

— Tu es si naïf, lâcha-t-elle sans se retourner.

— Naïf ? Au moins, je ne suis pas cinglé au point de penser que le *roi du Deshevron* nous cache quelque chose, rétorqua-t-il.

Aynet fit volte-face et, avant qu'il ne pût réagir, le plaqua contre le mur d'une main à la gorge. Il essaya de se dégager. Bien qu'il la dépassât d'une demi-tête, il ne parvint même pas à lui faire desserrer les doigts. Une lueur craintive passa dans ses yeux noirs.

— Deuzio, murmura la fée d'une voix mielleuse. Mon petit Deuzio. Quel âge me donnes-tu ?

Elle le vit réfléchir soigneusement à ses paroles avant de

répondre, de façon complètement hypocrite mais prudente :

— Vingt-huit ans ?

Elle lui tapota la joue.

— On fera quelque chose de toi. Mais non, ajouta-t-elle. J'en ai trois cent soixante. Des rois, des reines, des princes et des princesses, des magiciens, des sorcières, des héroïnes et des bergers courageux, j'en ai connu des centaines. Ils sont tous morts depuis. Moi, non. Et ça, j'y suis parvenue en étant paranoïaque, fourbe, dénuée de tout scrupule et un brin chanceuse. Et j'ai l'intention que ça continue. (Elle le relâcha.) Suis-moi, maintenant.

Elle s'enfonça dans les entrailles du château, en suivant l'odeur de feu de bois et de rôtisserie qui flottait dans les couloirs. Bientôt, à proximité de la cour principale, elle atteignit plusieurs salles où régnait une activité importante. Dans un garde-manger, alignés sur des tables, se trouvaient des plats prêts à être emportés. Elle s'empara d'un plateau qui contenait des assiettes de biscuit et des rafraîchissements, fit signe à Deuzio de l'imiter, et pénétra dans la cuisine principale.

Des cuistots, des marmitons, des garçons et des filles de cuisine s'y agitaient dans tous les sens. Trois gigantesques cheminées s'alignaient contre le mur du fond. Un cochon et un bœuf tournaient sur les broches des deux premières, tandis que des marmites mijotaient dans la troisième. Partout, ce n'était qu'une débauche de viandes, de poissons, de légumes, de fromages et de fruits. Plusieurs serviteurs surgirent d'une cave, les bras chargés de bouteilles de vin et de cidre. D'autres épluchaient, tranchaient, dépiautaient, mixaient, pétrissaient, touillaient et assaisonnaient à tout va. L'air était chaud, poisseux et enfumé. Des odeurs de viande, de vinaigre et de sueur s'y mêlaient. Les cuisiniers s'échangeaient des cris et des instructions tout en repoussant du pied des chiens qui, près des tables, quémandaient les restes de nourriture.

Aynet haussa les sourcils. Elle s'était attendue à ce que Garmon les accueille diplomatiquement, mais pas en grandes pompes. Or c'était un festin qui se préparait sous ses yeux ; un repas digne d'une centaine de convives, voire plus.

— Qu'est-ce que vous fichez là, vous ?

Une femme plus large que grande se tenait devant eux, les poings sur les hanches, une expression suspecte sur son visage rougi. Aynet leva le plateau et répondit, d'une voix traînante de paysanne, en s'amusant comme une folle :

— Ça leur plaît pas, là-haut, 'dirait. (Elle désigna Deuzio du menton.) M'ont envoyée en chercher d'autres, avec le ch'tiot.

La cuisinière grimaça.

— Vous faites partie du lot qu'on a embauché ce matin, hein ? Bah, au moins vous présentez bien et vous ne puez pas trop. (Elle interpella deux aides qui emportaient deux plateaux frais vers le garde-manger.) Prenez ceux-là. C'est pour l'aile sud ou l'aile ouest ?

Aynet se gratta la tête.

— Nan, les princes et les dames, là, 'sont plutôt chouettes. C'est pour les autres.

— L'aile ouest, confirma la femme. Sont bien compliqués, ceux-là. (Aynet hocha la tête d'un air entendu. Amadouée, la femme continua :) Surtout le plus grand. Il me donne des frissons, pour tout dire. *Qu'est-ce que vous foutez, bande de couillons ?!*

Après cette dernière question, adressée à deux garçons de cuisine qui disposaient des morceaux de viande dans des assiettes, elle se détourna en oubliant Aynet et Deuzio. La fée entraîna son compagnon hors des cuisines. Une fois au calme dans un couloir, elle le regarda d'un air interrogateur.

— Alors, je suis toujours cinglée ?

— Le roi a d'autres invités, admit-il. Ça ne veut rien dire.

— Reconnais qu'il aurait pu nous en parler, dit-elle en s'éloignant.

— C'est vrai. (Il la regarda déposer son plateau sur une commode, prendre un chou à la crème, puis s'éloigner en y mordant tranquillement.) Vous n'allez pas leur amener ?

— Non. S'ils me connaissent, nous perdrions l'avantage de savoir qu'ils sont là sans qu'eux ne sachent que nous savons.

— En même temps, ce serait intéressant de savoir qui ils sont, eux, répondit Deuzio qui se prenait au jeu.

— Ce n'est pas faux, reconnut Aynet en se tapotant le menton. (Elle l'observa des pieds à la tête.) Le problème, ce sont nos auras magiques. N'importe quel magicien, même débutant, risque de les repérer.

— J'ai une aura ? demanda Deuzio, surpris.

— Toutes les personnes liées de près ou de loin à la magie ont une aura. (Il fit une drôle de tête. Elle se moqua de lui.) On ne t'a pas appris ça durant tes précieux cours princiers ?

— Non, répondit-il sèchement.

— Mmmh. Si je te transforme en oiseau, tu penses que tu pourrais voler jusqu'à une de leurs fenêtres pour les espionner ? Non, mauvaise idée, marmonna-t-elle avant qu'il ne puisse répondre. Il faut plusieurs semaines pour maîtriser le vol, tu risquerais de t'écraser par terre. Ça ferait des ennuis diplomatiques. Léonia m'en voudrait. Bon, je suppose qu'on peut toujours se balader dans les couloirs pour en apprendre un peu plus...

Malheureusement, ils découvrirent vite que les mystérieux invités s'étaient retranchés dans l'aile ouest du château et que personne ne savait rien sur eux. Ils étaient visiblement arrivés trois jours plus tôt, de nuit. Certaines pensaient qu'ils étaient une vingtaine, d'autres une cinquantaine. C'était toujours les deux mêmes personnes qu'on rencontrait quand on frappait à leur porte : une femme brune à l'air sévère et un vieillard édenté. Plusieurs fois, cependant, des domestiques avaient aperçu un « grand homme » derrière une fenêtre, sans doute celui dont avait parlé la cuisinière.

Aynet et Deuzio rapportèrent leurs découvertes au reste du groupe.

— Ça pourrait être une délégation queiralienne, dit pensivement Léonia. Il y a longtemps qu'ils cherchent à intégrer le

Deshevron à l'Empire. Peut-être que Garmon est en train de négocier un accord. Ce serait compréhensible qu'il ne veuille pas qu'Éleuthère le découvre. La politique ne s'arrête jamais, dieux ou non.

— C'est quand même gros, non ? protesta Éleuthère. Je veux dire, il y a des choses plus importantes à discuter, surtout en ce moment !

— Les petites choses sont importantes aussi, répondit la princesse d'un ton sérieux qui la faisait ressembler à Marc. Le dirigeant d'un royaume ne peut pas se contenter de pallier au plus pressé, il doit anticiper les petites crises tout comme les grandes. Ce n'est pas forcément une mauvaise nouvelle. Je doute qu'il nous cache leur présence très longtemps. Il va sans doute nous présenter ce soir. Ce sera l'occasion de lancer des lignes dans les eaux de l'Empire, peut-être même d'obtenir des documents de recommandation.

Éleuthère n'eut pas l'air convaincu. Saga ne fit pas de commentaire. La sorcière était distraite depuis qu'elle avait rencontré – beurk – son Âme Sœur. Franchement, si les sorcières millénaires commençaient à s'enticher de princes, c'était bien le signe que la fin du monde approchait, songea Aynet. Deuzio, sans surprise, fut satisfait de l'explication. Aynet ne dit rien, mais ses tripes continuaient de la prévenir que quelque chose n'allait pas.

Bah, que pouvait-il bien leur arriver de grave, comparé aux dieux assoiffés de sang qui cherchaient à les tuer ? Ils n'étaient pas des rigolos, ils étaient sur leurs gardes et le roi Garmon n'allait probablement pas les laisser se faire assassiner dans sa demeure. Ils auraient leurs réponses le soir même.

Elle sonna un domestique pour obtenir plus de choux à la crème.

•

Peu avant huit heures, ils se dirigèrent vers la salle de réception, guidés par un valet. Léonia et Deuzio portaient des vêtements bleus, la couleur de l'Empire queiralien, mais coupés à la mode de l'est, comme souvent dans le royaume de Keilles. Éleuthère, pour une fois, avait revêtu des vêtements princiers rouge sombre, comme le voulait son statut de prince du Quesvron. Saga portait une robe vert foncé plutôt simple, et Aynet elle-même avait opté pour la couleur lavande. Ils n'étaient pas censés, ce soir-là, impressionner qui que ce fût, mais ils avaient décidé de faire honneur à leur rang.

La salle était immense, tout en dorures et en marbre pâle. De grandes fenêtres en ogive donnaient sur l'océan que le crépuscule illuminait d'un rouge sanglant. Une table modeste se trouvait sous un immense lustre en argent. Elle n'était dressée que pour sept convives. Aynet examina les assiettes en porcelaine et les couverts en or en se demandant ce qui se tramait. Le roi Garmon allait-il leur jouer une nouvelle comédie ?

Ce dernier était déjà présent, debout près d'une des fenêtres, un verre de vin à la main, en train de discuter avec un secrétaire qui lui présentait un document. En les apercevant, le souverain renvoya l'homme d'un geste, avant de les inviter à le rejoindre. De la fenêtre, la vue sur l'estuaire et sur Haustebourg était à couper le souffle. Garmon les contemplait avec fierté et une certaine tristesse, nota Aynet. De façon surprenante, il s'adressa ensuite à Deuzio :

— Mon garçon, tu as le rare privilège et la lourde responsabilité de devoir un jour, toi aussi, régner sur une contrée. J'espère que tu t'en montreras digne.

— Je l'espère aussi, Votre Majesté, répondit l'adolescent.

Aynet fouilla dans la multitude d'informations qu'elle avait accumulées depuis qu'ils avaient quitté ce trou perdu de Burgdunum. Le roi Garmon avait un héritier, un petit-fils en bas âge dont le père était mort à peine un an plus tôt. L'autorité du trône était par conséquent pour le moins précaire. Souffrait-il de la mort de son fils unique ? Craignait-il pour l'équilibre de son royaume ? Il lui sembla soudain très fatigué et très vieux, malgré sa droiture inflexible.

— Je vous en prie, passons à table, dit-il en les invitant d'un geste. Notre dernier invité ne devrait pas tarder à nous rejoindre. Je vous prie de l'excuser.

Avec une bonne humeur presque déconcertante, il s'installa à l'une des extrémités de la table tandis que les domestiques guidaient ses invités vers leurs places respectives : Léonia puis Deuzio sur sa droite, Aynet, Éleuthère et Saga sur sa gauche. La sorcière ne se vexa pas de voir la place d'honneur échouer à Aynet ; une fois de plus, elle était perdue dans ses pensées, picorant dans les plats qu'on déposait devant eux. Ils entamèrent le repas dans une atmosphère curieusement détendue. Aynet avait la sensation de n'être qu'à moitié réveillée, de se mouvoir dans un monde à demi réel et à demi rêvé.

Ils virent défiler des paons farcis décorés de leurs plumes, des cygnes et des compagnies entières de cailles confites qui, blotties l'une contre l'autre, semblaient encore vivantes. Puis ce furent des cuissots entiers de gibier, de cerf, de biche, de chevreuil et de sanglier, entourés de montagnes de fèves et de légumes encore fumants. Les plats s'empilèrent au milieu de la table. Les poissons les rejoignirent bientôt : du saumon de rivière, de la truite, du brochet, des poissons délicats qui ne sentaient pas la mer. Ce fut le détail qui aurait dû mettre la puce à l'oreille d'Aynet, mais elle était trop enivrée par le délicieux vin en provenance des vignes personnelles du roi. Les fées aussi avaient leurs défauts, conclurait-elle plus tard. Le roi enchaînait anecdote sur anecdote, et la digne Léonia riait en écoutant son grand-père. Éleuthère et Deuzio étaient suspendus à ses lèvres, complètement conquis. Même Saga, détendue, ajoutait parfois quelques détails historiques amusants à ses histoires.

Oh, oui. Aynet aurait dû le voir venir.

Repue, elle se demandait s'il lui restait de la place pour le dessert – on lui avait parlé de compotes et de biscuits au miel – quand les portes de la salle s'ouvrirent.

— Ah, notre dernier invité, dit sobrement Garmon.

Et le Dieu Rieur fit son entrée.

Le Roi Sage, Hegarat, « cet enculé barbu de mes deux », pour citer Rustning, s'avança dans la salle d'une démarche tranquille, suivi de ses sorcières de confiance dont les yeux sombres étincelaient de pouvoir à peine contenu. Aynet eut l'impression de plonger dans l'eau glacée d'un lac, puis de refaire surface, désemparée et pétrifiée.

Il avait pris l'apparence d'un homme brun, beau et noble, qui dépassait Garmon d'au moins deux têtes. Ses cheveux et sa barbe étaient taillés de façon courte et précise. Ses yeux bruns pétillaient de sagesse et de bonté. Sa bouche sensuelle s'incurvait avec un plaisir sincère. Il était vêtu d'apparats austères mais magnifiques, dans les tons rouges et roses, aux broderies si complexes qu'elles étaient forcément magiques. Sa démarche était mesurée et souple, comme celle d'un prédateur qui sait qu'il n'existe aucun ennemi au monde capable de lui tenir tête. Il n'avait rien d'humain. Il n'avait rien de parfait non plus. Il était simplement *plus* : plus grand, plus puissant, plus intelligent, parfaitement conscient de ses faiblesses et excellemment maître de ses pouvoirs extraordinaires. La quantité de magie brute qu'il dégageait était telle que son type – élémentale, shamanique, sorcière – n'avait plus aucune importance.

Pour la première fois depuis deux siècles et demi, Aynet fut terrifiée.

L'air ne rentrait plus dans ses poumons. La nourriture pesait comme du plomb dans son ventre. Ses doigts se crispèrent sur la table, des échardes se glissant sous ses ongles. Même son cœur semblait s'être arrêté.

Le Dieu Rieur s'arrêta en face du roi Garmon, à l'autre bout de la table, ôta ses gants en cuir de chevreau, et brisa le silence d'une voix aimable, qui résonna dans leur os comme les cloches d'une cathédrale :

— Bien le bonsoir, mes chers amis. C'est un plaisir de vous revoir ici.

Il fallait qu'ils fassent quelque chose, murmura une minuscule voix dans la tête d'Aynet. Il *fallait* qu'il se passe quelque chose.

Ce fut Éleuthère qui brisa le songe qui les retenait prisonniers.

Au lieu de bondir de sa chaise, il se jeta par terre, boulant sous l'abri de la table tandis que les sorcières entraient en action. Des branches émergèrent des fauteuils de bois centenaires, ligotant leurs occupants sur place. Saga, vive comme l'éclair, empoigna un couteau sur la table et trancha celle qui entourait son poignet gauche. Deuzio fut le suivant à réagir, mais trop tard : ses liens végétaux le retenaient fermement sur son siège. Aynet cligna des yeux.

Puis elle hurla, laissant sa propre magie prendre le dessus.

Son fauteuil et la table devant elle s'embrasèrent, formant une sphère parfaite de flamme autour de sa silhouette. Quand elles s'éteignirent, il ne restait que quelques cendres du bois incinéré. Elle épousseta sa robe en se redressant.

Le Dieu Rieur eut un sourire charmant.

Éleuthère avait resurgi de l'autre côté de la table et, s'emparant de l'épée de Deuzio, libérait le prince et la princesse de Keilles. Léonia recula prudemment vers les fenêtres, en face de leurs attaquants, consciente qu'elle n'était qu'un poids dans cette bataille. Deuzio tendit la main vers Éleuthère, qui lui rendit son arme sans dire mot.

Ce fut le moment que choisit la mémoire d'Aynet pour lui rappeler un détail que Saga leur avait appris, des semaines plus tôt : le Dieu Rieur détestait la mer. Il haïssait le poisson d'eau salée. Ce n'était pas une faiblesse, mais plutôt un trait de caractère anecdotique. Simultanément, Aynet maudit sa mémoire défectueuse, se demanda s'il était possible de tuer un pseudo-dieu en l'étouffant avec des sardines, et lança une tornade en direction de la dizaine de sorcières.

Prise par surprise, la moitié d'entre elles fut projetée en arrière et percuta violemment un mur. Les cinq autres ne bougèrent pas. Sa tornade agita les cheveux du Rieur avec la douceur d'une brise printanière. Il lui sourit de façon bienveillante. Et Aynet vit que, s'étant avancé d'un pas, il avait plaqué les poignets de Saga sur la table où il les maintenait d'une poigne inébranlable.

Leur amie, pâle comme un linge, le fixait de ses yeux noirs écarquillés.

— Allons, allons, dit-il d'une voix séduisante. Inutile d'en venir à de telles extrémités. Et dire que je venais vous proposer un marché, comme je l'ai fait pour ce cher Garmon.

Aynet, lentement, recula pour rejoindre Éleuthère et Deuzio, contournant le roi du Deshevron qui n'avait pas bougé de son fauteuil, bien qu'il fût resté libre de ses mouvements. Derrière le Rieur, qui les avait arrêtées d'un geste, les sorcières piaffaient d'impatience, avides d'en découdre. Sur sa gauche, Aynet crut reconnaître l'une d'entre elles, aux yeux noirs comme le jais, aux lèvres écarlates et aux cheveux bouclés d'un roux profond. La furie du mont Kerdaoubann, celle qui voulait déjà, à l'époque, libérer le Rieur de sa statuette... Pabu ? Quelque chose dans le genre. Ce n'était pas la plus jeune du lot. Quelques-unes semblaient à peine sorties de l'enfance. Aucune n'avait plus de trente ans. Aynet jeta un regard méprisant au Dieu Rieur, qui lui fit un clin d'œil malicieux. Elle réprima la nausée qui lui montait aux lèvres.

Léonia, machinalement, avait fait un pas en avant.

— Un marché ? Grand-père ? demanda-t-elle d'un air incrédule.

— C'était la meilleure solution, répondit le roi Garmon d'une voix calme. Les arguments de Sa Majesté Hegarat m'ont convaincu.

— Convaincu ? cracha la princesse avec une fureur qu'ils ne lui avaient encore jamais vue. Regardez-vous dans un miroir et osez le répéter !

Garmon pâlit, mais ne cilla pas.

— Je ne veux pas voir mon royaume sombrer dans les flammes, gronda-t-il. Un dieu, l'Empire queiralien... Qu'importe qui le dirige, tant que ses habitants sont sains et saufs.

— Et c'est moi le naïf ?! explosa inopinément Deuzio.

À côté de lui, Éleuthère poussa un rire bref. Le Dieu Rieur lui-même gloussa, ce qui était terrifiant. Leur ennemi, de la main qui ne retenait pas Saga, se frotta le menton.

— Ça m'avait manqué, tout ça. Les rois et leurs histoires d'honneur, les princes qui pensent qu'ils peuvent influencer le destin... Vous êtes vraiment distrayants. (Il reprit son sérieux.) Mais assez plaisanté. Je vous en prie, rasseyez-vous. Je désire sincèrement vous proposer une solution pacifique. Inutile de mettre le continent à feu et à sang.

Son ton était si convaincant, si raisonnable ! Sans ses doigts qui serraient si fort les poignets de Saga que ses jointures en blanchissaient, sans la grimace et l'air désespéré de cette dernière, Aynet aurait peut-être hésité. Éleuthère la prit de vitesse en faisant un geste vulgaire au dieu et en répliquant :

— Et si vous alliez vous faire mettre par un poney ?

Rustning aurait été fier de son élève. Aynet l'était.

Pour la première fois, le Rieur fronça les sourcils. Puis il prit une expression navrée.

— Très bien. Dans ce cas...

Sans coup de semonce, Aynet sentit le sol s'affaisser sous ses pieds. Il se referma autour de ses mollets comme du sable mouvant.

— Mon œil, oui ! cria-t-elle en claquant des doigts.

La pierre se durcit pour se fissurer ensuite. Éleuthère, Deuzio, Léonia et Aynet s'extirpèrent de leurs trous respectifs. La fée analysa la situation.

Le Rieur ne pouvait pas lâcher Saga. Aynet ignorait comment et pourquoi, mais il la maîtrisait tant qu'il la tenait. Ce qui voulait dire qu'il était limité dans ses attaques. Ses servantes, elles, étaient libres de leurs mouvements...

Elle se baissa pour éviter la première attaque de la sorcière la plus proche, qui tenta de lui planter dans le ventre une épée formée par... son propre radius qu'elle faisait jaillir de son bras. Beurk. Aynet avait toujours trouvé la sorcellerie dégoûtante. Personne ne l'en ferait changer d'avis. Elle attrapa l'os pour le briser sèchement, puis donna un coup de boule à son adversaire, dont le nez poussa un craquement ravissant. Elle l'envoya ensuite valser sur une de ses consœurs qui s'approchait. Se redressant, elle tapota ses cheveux. Sa belle coiffure civilisée n'allait pas tenir le coup, constata-t-elle avec dépit.

— Élie ! cria-t-elle à son filleul qui faisait valser deux sorcières au gré des bourrasques qu'il contrôlait, mais dont une troisième approchait dans le dos.

Deuzio s'interposa en brandissant son épée, mais Éleuthère avait déjà pivoté, saisi une assiette qui avait roulé depuis la table jusqu'à lui, et lancé son disque improvisé vers la menace. Propulsée par un souffle magique, l'assiette s'enfonça dans le visage de la sorcière avec un « crontch » répugnant et y resta fichée. Deuzio verdit.

De son côté, Léonia révélait de petits talents cachés. Peut-être Quintus Gregorius lui avait-il donné des leçons par le passé ? La jeune sorcière, encore une adolescente, qui l'avait attaquée avec une armée de cafards et d'araignées se trouvait à présent prisonnière du bras de la princesse, bloquée par une clé digne d'un gladiateur queiralien. Léonia l'utilisait comme bouclier contre une autre attaquante. Éleuthère, les rejoignant en trois bonds, assomma cette dernière d'un coup sur la nuque.

Les quatre compagnons, ayant momentanément repoussé leurs assaillantes, se regroupèrent près des hautes fenêtres. Le Rieur désigna Saga de sa main libre.

— Navré. Si je pouvais, j'applaudirais.

Il n'avait pas l'air inquiet. Les sorcières, amochées mais le regard farouche, se regroupèrent autour de lui. La rouquine, Pabu, était la seule à ne pas avoir fait un geste. Un sourire malsain sur ses lèvres rouges, elle était restée aux côtés de son maître. Était-elle son bras droit ? se demanda Aynet. Son animal de compagnie ? Léonia maintenait toujours la jeune sorcière sous son bras. Aynet doutait qu'ils pussent s'en servir comme otage. Elle devait avoir, aux yeux du pseudo-dieu, aussi peu d'importance que les insectes qu'elle contrôlait.

Le Rieur le lui confirma en faisant claquer sa langue :

— Oh, vous envisagez un échange d'otages ? Le problème, voyez-vous, c'est que la mienne m'est très importante, alors que la vôtre pas du tout.

De sa main libre, il empoigna les cheveux de Saga et lui tordit la tête, lui arrachant un cri. Aynet et Éleuthère échangèrent un regard. Deuzio fit un pas en avant, épée brandie, prêt à se battre pour libérer leur amie. Éleuthère l'attrapa par le col pour le ramener vers lui, le faisant déraper sur le sol de marbre.

— Qu'est-ce que vous faites ?! Lâchez-moi ! Il faut l'aider !

— C'est trop tard pour ça, répondit sèchement Éleuthère. Du moins, pour le moment.

— Pour le moment ? s'amusa le Rieur en broyant les os de Saga entre ses doigts. Vous pensez vraiment survivre à cette rencontre ?

Leur amie cria à nouveau. Il y avait quelque chose de déchirant à la voir, elle, *Saga*, impuissante, pâle et inerte, à la merci de l'ancien maître auquel elle s'était autrefois opposée.

Rustning, Lucàn et Osbern les tueraient en apprenant la vérité, songea Aynet en reculant vers les fenêtres.

Deuzio, toujours entraîné par Éleuthère, comprit ce qui se passait.

— Non ! protesta-t-il. On ne peut pas... Non !

Un éclair jaillit des doigts d'Aynet, fracassant le vitrail le plus proche. Le vent marin s'engouffra en hurlant dans la salle. Dehors, il faisait un noir de poix. On n'entendait que les vagues qui s'écrasaient sur les récifs, quatre cent pieds plus bas.

C'était tout de même haut, songea Aynet en sentant son estomac se nouer. Avec un vent pareil, inutile d'essayer de se transformer en phénix. Sans compter qu'elle ne pourrait pas transporter Deuzio et Léonia en même temps.

— J'espère qu'on est vraiment du côté de la lumière et tout ça, commenta Éleuthère d'un ton résigné en observant le vide.

— Le mieux, c'est de ne pas réfléchir, dit sagement Aynet.

— Ça me rappelle ma propre quête, dit rêveusement Léonia.

— *Vous êtes... vous êtes des lâches ! Et des malades !* hurla Deuzio.

La petite sorcière prisonnière de Léonia ouvrit de grands yeux apeurés en saisissant ce qu'ils s'apprêtaient à faire. Elle essaya de se dégager, en vain.

Ils sautèrent.

●

Aynet était déjà tombée de très haut. Et puis, elle savait voler. Elle parvint donc à compartimenter la partie primale de son esprit, celle qui lui hurlait qu'elle allait mourir, et à se concentrer pour atténuer leur chute.

Ils tombèrent d'abord comme des pierres dans la nuit noire, puis comme des oiseaux glissant sur des courants d'air tiède, puis comme des feuilles à la fin de l'automne, tourbillonnant paresseusement vers la surface huileuse de la mer agitée par la houle. Le choc de leur atterrissage dans l'eau glacée fut rude. Malgré tous ses efforts, la manche de Léonia, qu'elle avait agrippée durant leur dégringolade, lui glissa des doigts. Aynet se débattit en suffoquant, tentant de localiser la surface.

Quand elle sortit la tête de l'eau, ce fut pour recevoir une vague de plein fouet dans le visage. Elle recracha une gorgée d'eau salée. Ce n'était pas la tempête ; néanmoins, le vent soufflait violemment, agitant suffisamment la mer pour les secouer en tous sens. Des nuages dissimulaient les lunes et les étoiles. Loin, très loin au-dessus de sa tête, elle aperçut quelques lueurs qui devaient correspondre au château. Autour d'elle, les ténèbres régnaient. À peine distinguait-elle la pâleur phosphorescente de l'écume.

Elle se retint de lancer un sort lumineux. Ils tentaient de s'échapper, pas de se faire repérer. Le Rieur n'aimait pas la mer, c'était vrai, mais il n'était pas totalement incompétent non plus. Elle réfléchit à toute allure. Objectif un, localiser et rejoindre les autres ; objectif deux, se tirer de là.

Rien n'empêchait de mener les deux de front, décida-t-elle. Plongeant la tête sous l'eau, elle ouvrit la bouche et cria, un long cri aigu qui disparut dans les profondeurs des abysses. Puis elle refit surface et tendit l'oreille. Des clapots et des cris résonnaient sur sa droite. Elle nagea jusqu'à trouver Deuzio, qui tournait sur lui-même en cherchant à percer les ténèbres du regard. Les divinités soient louées, il savait nager. La petite sorcière qu'ils avaient embarquée avec eux s'accrochait à son cou, terrifiée. Heureusement, elle se contrôlait suffisamment pour ne pas se débattre.

— Secundus, dit Aynet d'un ton ferme.

— Dame Aynet ! (Il ne perdit pas de temps à l'abreuver d'injures. Peut-être plus tard.) Avez-vous vu ma tante et maître Éleuthère ?

Elle refoula l'inquiétude qui la gagnait. Éleuthère était un grand garçon, il avait dû s'en tirer. Mais ils étaient tombés de si haut... Elle frissonna en luttant contre le froid qui l'engourdissait.

— Élie... coassa-t-elle. (Elle se racla la gorge.) *Élie !*

— *Par ici !*

Soulagés, ils pataugèrent tous les trois en direction du cri. Ils retrouvèrent leurs compagnons à une centaine de pieds de là, agrippés à un bout de bois.

— J'ai chopé un volet au passage, lança Éleuthère en claquant des dents.

Aynet s'autorisa quelques secondes de répit en se suspendant à la planche. De jolies scènes de vendanges y étaient gravées, constata-t-elle en la palpant des doigts. Montant et descendant au rythme des vagues, ils reprirent leur souffle. Dans l'obscurité, elle ne distinguait que les pâles ovales des visages de ses camarades et la masse des cheveux clairs d'Éleuthère.

— Qu'est-ce qu'on fait ? demanda ce dernier. Il f-faut qu'on s'éloigne d'ici. Et qu'on ne m-meurt pas de froid.

Dommage qu'elle n'eût jamais appris à se transformer en poisson, songea Aynet avec chagrin. Ou en baleine. Non, trop lent. En orque ? L'idée lui plaisait. Elle repoussa ses cheveux trempés de son visage.

— On va venir nous chercher. (Elle ferma les yeux, épuisée. Le dîner lui semblait terriblement loin, alors qu'il ne s'était écoulé que quelques minutes depuis l'entrée du Rieur dans la salle de réception.) Il faut attendre un peu.

— Comment ça, nous chercher ? gronda Deuzio furieux. J'en ai marre, de vos conneries et de vos magouilles. Vous avez abandonné Saga ! Votre amie ! Vous avez fui alors qu'il était là, que vous auriez pu le tuer tout de...

Une voix fluette, avec un fort accent du nord, lui coupa la parole, méprisante.

— Vous n'auriez pas pu le tuer, lança la petite sorcière. Le Seigneur Sage vous aurait écrasé comme les vermisseaux que vous êtes !

— Enchanté. Je suis Éleuthère, dit Élie en lui tendant la main.

Un mouvement d'eau, plus important que les autres, coupa court à leur conversation. Léonia murmura un juron et attrapa l'épaule d'Aynet, déstabilisée. La fée sourit tandis qu'un champignon de bulles montait des profondeurs pour venir leur chatouiller les cuisses.

— Oh, je n'aime pas ça, commenta Éleuthère parmi le bruit du vent et des clapots.

Quelque chose entra en contact avec les pieds d'Aynet, puis commença à la soulever. Elle plia les genoux pour s'accroupir sur l'énorme masse qui s'élevait lentement de l'eau. La jeune sorcière cria. Deuzio et Éleuthère la saisirent chacun par un coude.

Le rorqual-colosse émergea finalement de l'océan. Du moins, une infime partie de son dos, sur laquelle ils se retrouvèrent perchés. Il souffla un joyeux jet d'eau par son évent, ébouriffant les cheveux de Deuzio au passage, avant de pépier une question. Aynet lui tapota la peau en évitant les crustacés qui s'y trouvaient collés.

— Gentil bébé, répondit-elle. Droit vers l'est.

Le cétacé se mit obligeamment en route. Les quatre autres, la bouche ouverte, la fixaient d'un air ahuri.

— Quoi ? demanda-t-elle avec mauvaise humeur. Je n'ai pas le droit d'avoir des amis en dehors du groupe ?

— Là, j'aurais presque envie de te redemander de m'épouser, dit Éleuthère.

Les lumières du château disparaissaient déjà dans les ténèbres. Assis à côté de la fée, Deuzio hocha frénétiquement la tête, une lueur admiratrice dans les yeux. Aynet, fermant les yeux, rassembla ses dernières forces pour englober le groupe d'une tiède chaleur. Elle espérait que le bateau d'Augier ne s'était pas trop éloigné.

Puis elle s'allongea sur la peau souple de l'animal et fixa les nuages noirs en silence.

Chapitre VII
L'attaque

Éleuthère avait deux vides dans le cœur. Le premier pour Saga, qu'ils avaient abandonnée entre les mains du Dieu Rieur. Le second pour Rustning qui, en l'apprenant, était entré dans une telle fureur qu'Éleuthère avait sincèrement cru qu'il allait les frapper.

Une semaine plus tôt, le rorqual-colosse – l'un des derniers de son espèce, avait expliqué Aynet ; un animal gentil, mais voué à s'éteindre à cause d'un instinct de procréation déclinant – les avait emmenés vers le large après les avoir récupérés dans l'eau glacée. Grelottant de froid, ils avaient vogué en silence dans la nuit noire, cherchant à s'éloigner d'Haustebourg. Au bout d'une heure, alors qu'Aynet et Éleuthère tentaient de soigner Léonia qui s'était brisé les deux jambes dans la chute, ils avaient rencontré le *Goéland Gris*.

Pur coup de chance ou, du moins, pure coïncidence traditionnelle : en milieu de journée, une pièce importante du gouvernail s'était rompue, les obligeant à virer de bord pour revenir à Haustebourg afin de la changer. Les pirates avaient extirpé les cinq naufragés de l'eau, ouvrant de grands yeux à la vue du rorqual. Rustning et Lucàn les avaient accueillis en se moquant d'eux, avant de constater que la sorcière présente n'était pas *leur* sorcière. Une conversation agitée et venimeuse s'en était suivie.

— Comment avez-vous pu ?! avait hurlé Rustning, livide. Comment avez-vous pu la laisser avec lui, sans même essayer de la récupérer ?

Aynet et Éleuthère, trempés, frigorifiés et épuisés, n'avaient rien répondu. Lucàn, la bouche serrée, les yeux semblables à deux puits d'ombres dans son visage pâle, était resté planté là tandis que Rustning s'en arrachait les cheveux. L'équipage s'était prudemment éclipsé et même Augier, qui aimait se mêler de ce qui ne le regardait pas, avait disparu.

— Bande d'incapables ! avait sifflé le dragon. Elle a tout sacrifié pour vous et vous n'êtes pas fichus de lever le petit doigt à la première embuscade !

— Le Rieur était présent, avait lentement dit Éleuthère.

— Et alors ?! Vous pensiez quoi ?! Qu'il allait se tourner les pouces et vous dire « oui, merci » quand vous viendriez le chercher ? (L'haleine du dragon s'était faite incandescente, ses yeux avaient tourné au rouge. Deuzio s'était instinctivement raidi, la main sur la poignée de son épée.) Nous n'aurions jamais dû vous faire confiance. Je pensais qu'avec elle, vous seriez capables de gérer la situation. J'avais tort, avait-il grondé d'une voix qui, des millénaires auparavant, sur des champs de bataille, avait poussé des généraux à s'uriner dessus.

Éleuthère avait serré les dents et encaissé, rouge de mortification.

— Ça suffit, avait finalement déclaré une voix. C'est assez.

Ce n'était pas Lucàn qui avait parlé. C'était Marc. Il n'avait pas l'air heureux non plus, mais son expression était neutre. Il s'était penché vers sa sœur, assise sur un rouleau de cordage, et vers la jeune sorcière immobile dans un coin, appuyée contre le bastingage, enserrant ses genoux de ses bras.

— Ce n'est pas le moment de nous crier mutuellement dessus. Léonia, comment te sens-tu ? Tu veux que Lucàn essaie de guérir tes jambes ?

Les fractures n'étaient pas ouvertes, mais ses deux mollets étaient rouges, boursouflés, et tordus de façon à donner la grimace. Éleuthère avait senti une nouvelle vague de culpabilité l'envahir. Blafarde, frissonnante, Léonia avait hésité.

— Je ne suis pas certain d'être dans l'état d'esprit nécessaire pour faire les choses proprement, avait prévenu Lucàn d'une voix plate. (Il s'était ensuite radouci.) Je crois qu'Augier a un bon chirurgien à bord. Je vais aller le chercher.

— Non, j'y vais, avait décrété Rustning.

Lucàn l'avait regardé s'enfoncer dans les entrailles du navire.

— Il se calmera, avait-il dit aux autres. Laissez-lui un peu de temps.

Ce fut la dernière fois qu'il parla du sujet. Et ce fut la dernière fois qu'ils virent Rustning de la nuit. Le dragon n'était même pas venu les saluer quand, à l'aube, le *Goéland Gris* s'était amarré dans un port de pêcheurs, à quelques lieues au nord de la capitale, pour les faire débarquer.

Léonia avait choisi de ne pas venir avec eux. Alitée, elle avait décidé de redescendre vers le sud afin de prévenir en personne leurs alliés de la situation.

— Le Quesvron est encore sûr. Je me ferai escorter par des soldats une fois que j'aurais rejoint la terre ferme. Secundus restera avec vous pour représenter Keilles.

Le neveu de Marc avait hoché la tête avec gravité.

Une dernière question se posait : celle de leur prisonnière, qui s'était enfermée dans un silence hautain et provocateur. C'était une adolescente de quinze ou seize ans, maigrichonne, avec la mâchoire décidée et les yeux farouches. Elle avait le teint mat et l'ossature sèche d'une Queiralienne, ainsi que les cheveux bruns, épais et frisés. Ses vêtements sombres, sobrement coupés mais couverts de broderies, comme ceux du Dieu Rieur, pendaient sur son corps maladroit. Éleuthère s'était demandé si le Rieur l'avait choisie, entre toutes, pour ses talents ou pour son âge. Il avait ensuite regardé Lucàn, qui avait agité les mains.

— Ah, non. C'est votre quête, votre problème. Prenez-la avec vous, relâchez-la dans la nature, je m'en moque. C'est votre responsabilité.

— Léonia pourrait l'emmener à Rosanbo, avait insisté Éleuthère.

— Je ne pense pas être capable de contrôler une sorcière maîtresse de ses pouvoirs, avait doucement observé Léonia.

Éleuthère avait expiré profondément. Ils avaient raison.

Alors qu'ils s'approchaient du port, il contemplait d'un air morose le sillon d'écume que le navire laissait derrière lui quand Marc l'avait rejoint. Son ami avait passé la majeure partie de la nuit dans la cabine du capitaine, avec sa sœur.

— Augier est déjà en train de flirter avec elle, avait maugréé Marc, lui arrachant un faible sourire.

— Augier flirte avec tout le monde.

— C'est vrai. (Marc s'était accoudé près de lui, fixant le ciel qui verdissait sur l'horizon.) On a eu quelques moments merdiques ces derniers temps, nous aussi.

— Au point d'abandonner l'un d'entre vous ?

— Non, avait concédé Marc. Ne t'inquiète pas, ils s'en remettront, dit-il en parlant de ses deux compagnons. Et Saga est capable de se défendre seule. Il valait mieux que ce soit elle qu'un autre d'entre vous.

— Ça, je ne te le fais pas dire, avait répondu Éleuthère d'un ton étranglé. (Il s'était tu tandis que le rorqual-colosse, qui les avait suivis, émergeait soudain de l'eau. Son immense masse s'éleva dans les airs avant de retomber lourdement, éclaboussant le navire.) Deuzio... Pardon, Secundus va être intenable, sans Léonia pour calmer les choses de temps en temps.

— Je pense que vous vous en sortirez, avait dit Marc sans paraître s'inquiéter.

Ses simples paroles avaient beaucoup remonté le moral d'Éleuthère.

— Et de ton côté, ça va ?

Le visage de Marc s'était crispé avant de se détendre aussitôt.

— Je me dis qu'un jour, ce sera terminé, avait-il répondu de façon cryptique.

Ils avaient ensuite contemplé les flots sombres en silence.

Le pire n'avait pas été les paroles accusatrices de Rustning, ou le fait qu'Éleuthère eût perdu la confiance de son maître ; le pire avait été la souffrance déchirante qu'il avait lue dans ses yeux en apprenant le sort de sa plus vieille amie.

•

Six jours plus tard, ils se trouvaient à cinquante lieues à l'ouest d'Haustebourg, en route pour le col qui reliait, à travers les Monts du Mitan, le Deshevron et la province de Nirailles. Plus exactement, ils avaient prévu d'emprunter le passage, plus long mais moins connu, que Lucàn leur avait fait découvrir quand ils s'étaient enfuis du Mont Kerdaoubann. Si le Rieur s'était emparé du nord, ils avaient intérêt à se faire discrets, songea Éleuthère.

Leur route devait les amener au pied du massif montagneux titanesque où le dieu assemblait ses armées. Ils ignoraient à quel point, à la suite de son accord avec le roi Garmon, Hegarat avait colonisé la région. Mais c'était cela ou redescendre de trois cents lieues pour emprunter le col du sud : avec Deuzio dans leur équipe, ainsi que leur otage, ils avaient repoussé l'idée de se transformer pour filer à tire-d'aile ou d'utiliser un raccourci magique pour court-circuiter leur quête.

Deuzio avait explosé en apprenant qu'ils ne se lanceraient pas au secours de Saga. Éleuthère avait dû hausser la voix pour lui faire comprendre que, d'une part, ils ignoraient complètement où elle se trouvait et que, de l'autre, ils avaient une mission à continuer d'accomplir, que cela leur plût ou non. Deuzio s'était tu. Pour le moment, il les suivait sans dire mot. Le voyage aurait presque été reposant, sans la jeune sorcière qui passait la plupart de son temps à ricaner ou à les contempler avec mépris.

Ce soir-là, tandis qu'ils faisaient étape à l'écart du sentier, au milieu d'une région de plaines ponctuées de formations rocheuses où des chèvres broutaient l'herbe sèche, Éleuthère vérifia pour la centième fois les menottes de fer qui retenaient les poignets de leur captive ainsi que l'amulette qu'ils lui avaient passée autour du cou.

— J'espère qu'on fait bien tout comme il faut, lança-t-il à Aynet, la seule à lui adresser encore la parole.

Sa marraine lui fit un faible sourire. Elle avait perdu de son mordant depuis Haustebourg. Éleuthère savait qu'ils avaient fait le bon choix, mais cela ne les empêchait pas de se faire un sang d'encre à propos de Saga.

— Vu toutes les fois où elle a tenté de s'échapper, et où elle a échoué, je pense que nos sortilèges sont bien ancrés. Ou alors, c'est une très bonne actrice.

La sorcière leur montra les dents d'un air furieux en tirant sur ses chaînes. À l'aide de faux papiers et de bons sortilèges de discrétion, ils s'étaient fait passer sans trop de problèmes pour des chasseurs de prime, tels que Merssus et Deporius, les deux hommes qui avaient autrefois retenu Gaspin prisonnier. Deuzio, avec son expression renfrognée et son épée aiguisée, les avait plutôt bien aidés sur ce point. Ils espéraient que ce ne serait pas la première couverture qui viendrait à l'esprit du Dieu Rieur lorsqu'il les rechercherait.

La jeune sorcière jouait elle aussi très bien son rôle, faisant tout son possible pour les retarder et les faire tourner en bourrique. Éleuthère, tout en entassant du petit bois, puis du gros, au milieu d'un cercle de pierres, proposa :

— On pourrait la transformer en limace et la transporter dans un bocal. Ce serait plus pratique.

— L'objectif, c'est qu'elle finisse par nous cracher quelque chose d'utile, répondit Aynet qui épluchait des carottes avant de les jeter dans leur petite marmite en cuivre.

Éleuthère dévisagea l'adolescente.

— Elle n'a pas l'air très décidée à parler. Hé, toi ! Tu ne veux toujours pas nous dire ton nom ? (Leur otage détourna le nez d'un air hautain.) Oh, très bien. Où est passé Deuzio ?

— Il est parti poser des collets pour demain matin.

Éleuthère regarda leur prisonnière qui boudait, les affaires de Deuzio qui traînaient dans la poussière, leurs quatre canassons faméliques, sa marraine qui, les traits tirés, pelait des légumes, et lança d'un ton plat :

— C'est de plus en plus la fête, ce voyage, non ?

Aynet pouffa. Il sourit. Au moins, le soleil avait chaudement brillé ces quatre derniers jours. Éleuthère avait l'impression qu'il lui faudrait des mois pour se réchauffer de leur rencontre inattendue avec le Dieu Rieur.

Il discutait de façon plus détendue avec sa marraine quand Deuzio réapparut. Le jeune prince leur jeta un regard sombre avant de se laisser tomber un peu plus loin dans l'herbe. Assis en tailleur, il sortit sa pierre à aiguiser et commença à nettoyer ses armes. Il ressemblait tellement à son oncle qu'Éleuthère sentit sa gorge se serrer. Le jeune homme se força à penser à autre chose : un seul sujet d'inquiétude lui suffisait amplement.

— On fonce droit sur Queirailles, alors ? demanda-t-il à Aynet.

— En tout cas, on laisse tomber Nirailles. Si le Rieur s'est emparé de la province, on n'y fera pas long feu. On pourrait transiter par Gozen, puis suivre la route qui mène jusqu'à la côte. Je me demande si les armées de Keilles et du Quesvron se sont mises en route...

— Ça m'étonnerait.

— Non, admit-elle. De toute façon, on n'a pas le temps de faire un détour pour aller vérifier. Il faut qu'on rejoigne Queirailles au plus vite.

Éleuthère s'étira en bâillant. Les cigales, omniprésentes dans le royaume du Deshevron, commençaient à se taire tandis que la nuit tombait. Il se passa la main dans les cheveux, puis sur les joues. Il avait besoin d'une bonne coupe et d'un rasage. Peut-être pourrait-il se laisser pousser la barbe, comme Rustning...

— Non, dit Aynet en devinant ses pensées.

Allongé par terre, appuyé sur un coude, il observa la marmite qui se mettait à bouillir.

— Tu penses qu'elle va bien ? demanda-t-il finalement.

Au lieu de répondre, Aynet touilla pensivement leur ragoût.

— C'est étrange qu'on s'inquiète pour elle et pas pour les autres, tu ne trouves pas ?

— C'est plus réel, je suppose. Nous l'avons vue se faire capturer. Et nous avons vu le Rieur. Enfoiré, ajouta-t-il entre ses dents.

Leur prisonnière, assise sur un tronc d'arbre mort, tapa du pied.

— Ne prononcez pas le nom de notre seigneur en vain !

Éleuthère se cura le nez.

— Je prononce ce que je veux. Hegarat est un navet.

— Ne l'énerve pas, Élie, dit Aynet tandis que leur otage s'étranglait de rage.

— D'un autre côté, on sait comment la faire parler.

— Mmh. (La fée lécha sa cuillère en bois.) Le Roi Sage est une petite brute misogyne qui fait faire son sale travail par les autres, tenta-t-elle.

— *Sa Majesté vous éviscérera !* cria la sorcière.

Éleuthère se mit à rire.

— Attends, j'en ai une bonne. Hegarat est un coprolithe.

— Un excrément fossilisé ? s'amusa Aynet. Pas mal.

— *Il vous pendra par les entrailles aux murs de son palais !*

— Au moins, on sait qu'il a un palais. (L'adolescente se tut, la mâchoire serrée. Éleuthère continua.) Plus sérieusement, je suis curieux. Je sais que, traditionnellement, les sorcières étaient ses élèves et tout ça, mais qu'est-ce qu'il a bien pu vous promettre pour que vous rejoigniez aussi rapidement ses rangs ? Il n'était pas au mieux de sa forme quand il nous a échappé. Vous auriez probablement pu lui faire sa fête, en vous y mettant toutes ensemble. Pourquoi l'avoir suivi ? Je ne comprends pas.

Elle lui jeta un regard dur.

— Oh, vraiment ? Ça ne me surprend pas, de la part d'un prince libre d'aller où il veut sans se faire jeter des pierres parce qu'il maîtrise la magie.

— On ne brûle plus les sorcières, tu sais.

— Non, répondit-elle d'un ton plat. Tant qu'elles restent dans leurs montagnes, loin des regards, et qu'elles se contentent de mourir gentiment sous les coups d'épée de jeunes hommes valeureux qui veulent voler les biens qu'elles ont mis une vie entière à acquérir.

Éleuthère l'observa avec attention. Derrière eux, le bruit de la pierre à aiguiser de Deuzio s'était arrêté.

— Vous n'êtes pas les seules à souffrir des traditions magiques.

— C'est ça. Vous aussi, vous vivez dans des villages perchés si haut dans les montagnes que, six mois par an, l'eau gèle dans la cruche le temps qu'on aille chercher un verre pour la boire ? (Elle se pencha vers eux, le visage intense.) Cela fait des siècles que les sorcières n'ont plus le droit, implicitement, de mettre les pieds dans les royaumes du Plaennendeon. À une époque, on vantait nos connaissances. On nous laissait soigner les enfants, les vieillards, les malades. On nous demandait conseil pour régler des conflits. Ce n'était même pas une question de respect : on nous laissait *faire partie* de la population. Et maintenant ? (Elle leur lança un sourire dégoulinant de mépris.) Vous savez combien de sorcières sont obligées de vivre dans les montagnes ? Contraintes de ne descendre qu'en cachette, afin d'acheter des vivres essentiels et de rentrer enceintes ?

— Quelques centaines ? demanda Éleuthère, mal à l'aise.

— Nous sommes des milliers, répondit la jeune fille d'un air victorieux. La matriarche de mon clan et mon propre bébé sont morts de faim, cet hiver, à cause d'une fonte des neiges tardive. Le Roi Sage est le seul à se préoccuper de notre sort. Les royaumes et l'Empire aimeraient nous voir disparaître ? Eh bien, ils vont avoir une sacrée surprise ! cracha-t-elle.

— Aux dépens de la vie de milliers d'innocents ? intervint Deuzio qui s'était rapproché. Aux dépens de femmes et d'enfants qui vont se faire tuer et violer par ses armées ? Peut-être que votre vengeance est justifiée, dit-il d'une voix tremblante. Mais j'ai vu de mes propres yeux les dégâts que peut faire un troll furieux. Et ne va pas me dire que les gobelins et les bleisteux ne sont que de pauvres créatures incomprises.

— On prend les alliés que l'on trouve. (Elle détourna brièvement les yeux avant de les planter de nouveau dans ceux du jeune prince, l'expression résolue.) Avec Sa Majesté à notre tête, nous allons récupérer la vie qui nous revient de droit. Nous allons reconquérir notre place dans le sud, que ses habitants le veuillent ou non.

— Ça promet une longue ère de paix, prononça Éleuthère d'un ton sarcastique.

— Vous ne pourrez jamais comprendre, dit-elle d'un ton hautain.

— Peut-être pas, admit-il. (Il versa une louche de ragoût dans un bol et le lui tendit, avant d'en faire de même avec Deuzio. Les deux adolescents acceptèrent leur ration avec la même expression renfrognée.) Mais, même si tu ne me crois pas, je suis d'accord avec toi sur plusieurs points. Le Grand Enchantement est une belle saloperie...

— Oyez, oyez, approuva Aynet.

— ... et de nombreux groupes de personnes se porteraient bien mieux s'il disparaissait.

La jeune sorcière plissa les yeux.

— Je ne connais pas ce « grand enchantement ». Qu'est-ce que c'est ?

Éleuthère se servit à son tour avant de se laisser tomber en face d'elle, de l'autre côté de la marmite. Il souffla sur sa cuillère avant d'expliquer :

— L'ensemble des traditions magiques. Ce qui fait, en tant que sorcière, que les princes voudront toujours te faire la peau. Que les princesses continuent d'être enfermées dans des tours. Que des tailleurs affrontent des ogres, que des bergères se piquent les doigts, et tout ce ramassis de bêtises. Ce n'est pas un phénomène naturel, expliqua-t-il. Ce sont des enchantements incroyablement puissants qui ont été mis en place, il y a environ quatre mille ans, par des magiciens qu'on appelait les Créateurs. Ce sont eux qui ont fabriqué, de toutes pièces, les anciens dieux. Dont ton Roi Sage. Ils voulaient des serviteurs qui maîtrisaient la magie. Les choses ont ensuite mal tourné.

La sorcière ricana, le nez dans son bol.

— Purs mensonges.

— C'est ça. Parce que ça m'amuse d'inventer des histoires pour les raconter à une gamine qui n'a aucune importance à mes yeux. (Il laissa tomber la conversation d'un air indifférent.) Aynet, puisqu'elle ne veut pas nous dire comment elle s'appelle, tu ne veux pas lui trouver un surnom ?

La fée se tapota les lèvres de sa cuillère en bois.

— Nigaude ? proposa-t-elle. Niquedouille ? Jobarde ?

— Hé ! protesta la cible de ses moqueries.

— Vous ne pourriez pas laisser tomber, avec vos surnoms

vaseux ? gronda Deuzio.

— Ça forge le caractère, répliqua la fée. (Elle claqua des doigts.) Je sais ! Serin. En plus, c'est joli.

— Ça me va, déclara Éleuthère tandis qu'en arrière-plan la renommée Serin les abreuvait d'injures.

Pour son jeune âge, elle avait un vocabulaire bien développé. Éleuthère se demanda si l'histoire à propos de son enfant mort de froid était vraie. Sans doute que oui, songea-t-il tristement.

Deuzio les observa, indécis, comme s'il hésitait entre le soulagement de ne plus être le dindon de la farce ou l'indignation de les voir s'amuser aux dépens d'une autre personne. L'indignation l'emporta. Sous le poids de la fatigue, de la tension et des évènements des derniers jours, il craqua :

— Vous êtes vraiment des enfoirés, dit-il d'une voix blanche. Vous savez quoi ? À un moment, après Rosanbo, j'étais presque sur le point de vous respecter. De penser que vous étiez de grands magiciens, des héros. De croire que vous saviez ce que vous faisiez, et que mon père avait tort de ne pas vous faire confiance. (Il inspira profondément.) Mais c'est faux. Vous êtes juste pleins de vent. Vous vous promenez en rigolant, en manipulant les gens comme des marionnettes, mais vous ne savez *rien*. Rien sur rien. Vous ne savez même pas ce que vous faites. On dirait une bande de poivrots qui avance au hasard en espérant ne pas se casser la figure tous les trois pas. Vous n'êtes même pas pathétiques. Vous êtes détestables. Vous n'avez aucun respect pour personne.

« J'en ai ma claque, de vous suivre comme un roquet indésirable ! C'est aussi *ma* quête. Je ne suis peut-être qu'un gamin, à vos yeux, et je ne sais peut-être pas grand-chose non plus, mais à chaque fois que vous rusez, trompez et que vous vous en sortez par une pirouette, je me sens inutile et surtout *sale*. (Son regard se fit désespéré.) Vous avez abandonné votre amie aux mains du Rieur. La créature que vous êtes censés combattre, *vous*, personnellement. C'est la goutte qui fait déborder le vase, désolé. (Il posa son bol sur le sol, se redressa et se dirigea vers son baluchon.) Je m'en vais. Bonne chance pour votre quête. Je continuerai de mon côté. Après tout, je suis un prince, non ? Selon vos grandes théories, je m'en sortirai très bien tout seul.

Les dents serrées, il ramassa ses sacoches puis se dirigea vers son cheval. Dans son coin, Serin se mit à rire. Aynet et Éleuthère échangèrent un regard.

— On y a été fort, non ? admit Éleuthère qui se sentait penaud.

— Peut-être un peu. (Sa marraine se leva en soupirant.) Rattrapons-le, sinon ça va encore nous tomber dessus. Deu... Secundus ! appela-t-elle.

Elle n'alla pas plus loin : une terrible clameur s'éleva dans les airs, figeant le petit groupe sur place. Elle provenait directement de l'autre côté de la butte rocheuse au pied de laquelle ils avaient dressé leur camp. Quelques instants plus tard, une troupe armée apparut et, sans sommations, se jeta sur eux.

Dans la lumière rouge du crépuscule, Éleuthère distingua des êtres tordus, de la taille d'enfants, qui chevauchaient par quatre ou par cinq d'énormes loups de la taille de chevaux de trait. Il n'avait jamais vu de gobelins ou de bleisteux de sa vie : son grand-père, un homme de goût, s'était débarrassé des créatures empaillées qui trônaient dans la salle des trophées de Rosanbo bien avant sa naissance. Cependant, les livres que lui avaient lu son père et Aynet durant son enfance en avaient été remplis. Il n'eut aucun mal à les identifier.

Les gobelins, qui possédaient des museaux de chiens, se déplaçaient aussi bien sur deux que sur quatre pattes. Leurs corps étaient trapus, musculeux, recouverts d'un épais pelage roux strié de brun. Ils possédaient des pouces opposables, comme les humains, mais leurs doigts courtauds, à peine assez longs pour tenir des armes, se terminaient par de longues griffes acérées. C'étaient, ainsi que les trolls, des créatures semi-intelligentes. Ils portaient généralement les fourrures des animaux qu'ils tuaient et communiquaient par des cris et des aboiements. Depuis des siècles, les philosophes et les humanistes du Plaennendeon débattaient sur leur sort : fallait-il essayer de communiquer avec eux, les intégrer à la société des hommes ? Beaucoup de ces penseurs les plus enthousiastes, partis comme ambassadeurs volontaires dans le nord, en étaient revenus avec quelques membres en moins. Ou pas du tout.

Les bleisteux, eux, étaient des créatures de légende. Il y avait des siècles que le dernier avait été tué par un courageux porcher de seize ans, dans le nord du Deshevron. Beaucoup les pensaient disparus. En avisant leur encolure aussi large que sa taille, leurs pattes aussi larges que des assiettes et leurs queues touffues de plus de cinq pieds de long, Éleuthère sentit un frisson lui remonter l'échine. Leur fourrure noire, brillante, se mouvait sur leurs muscles telle une mer d'huile sous le vent. Ils ne dégageaient ni lourdeur ni fureur : seulement une efficacité et une souplesse meurtrières. Leurs yeux intelligents étaient fixés sur leurs proies.

Éleuthère se jeta sur le côté, hors de leur trajectoire, en renversant Serin au passage. La sorcière jeta un cri mi-effrayé, mi-offusqué tandis qu'ils roulaient dans l'herbe sèche. Il la poussa derrière un rocher et se redressa pour observer la situation.

Il y avait six bleisteux. Le plus gros, une bête immense avec une tache blanche sur le poitrail, portait une sorcière sur son dos. Les cinq autres s'ébrouèrent comme des chiens sortant de l'eau. Les gobelins bondirent par terre. Une patrouille ? se demanda Éleuthère. Ou une division envoyée à leur poursuite ? Les suivaient-ils depuis la côte ? Comment les avaient-ils approchés aussi discrètement ?

Les questions pouvaient attendre, décida-t-il en évitant le premier coup de massue du gobelin le plus proche. Il se remémora ce qu'il savait sur ces derniers : agiles, mais peu doués de leurs mains, tiennent mal leurs armes, nuls à l'arc ou à la fronde. Pas d'attaques à distance, conclut-il. Il recula, les éloignant de Serin, et se percha sur un rocher pour les dominer.

La sorcière et les bleisteux avaient choisi de s'attaquer à Aynet.

Éleuthère était trop occupé pour s'en vexer. Du coin de l'œil, tout en envoyant des boules de feu bien senties aux gobelins, il surveilla la scène. Aynet se transforma en phénix, pour échapper aux lianes que la sorcière faisait jaillir du sol, avant d'éborgner un bleisteux d'un coup de serre. La créature poussa un glapissement, tourna en rond sur elle-même puis se ramassa en grondant et en montrant les dents. Aynet, d'un coup d'aile, enflamma l'herbe sur plus de cinquante pieds, séparant ses agresseurs en deux groupes.

Deuzio, de son côté, se battait contre sa propre douzaine de gobelins, les repoussant à coups d'épée, tranchant têtes et membres sans faiblir. Par chance, comme à son habitude, il n'avait pas quitté sa cotte de mailles. Éleuthère, qui avait toujours trouvé cette pratique stupide, révisa son opinion. Les haches et les couteaux mal aiguisés dérapèrent plusieurs fois sur les mailles d'acier serrées. Tant qu'il ne se prendrait pas de coup d'estoc, Deuzio ne risquait rien. Son entraînement de prince allait enfin porter ses fruits.

Rassuré sur ses compagnons, Éleuthère revint à son combat. L'un des gobelins parvint à lui saisir la cheville. Avec un glapissement, il bascula en arrière, manquant de s'assommer sur le rocher. Les monstres lui sautèrent dessus. Il saisit à la gorge le plus proche, qui essayait de lui déchirer le visage de ses dents pointues. Son haleine puait la charogne. Réprimant un haut-le-cœur, il se concentra pour les repousser de quelques pas d'une bourrasque bien sentie. Les gobelins atterrirent souplement et revinrent aussitôt à la charge. Il fallait qu'il trouve une solution. Encore un coup comme celui-ci, un instant de chance de leur côté, et il se ferait arracher le nez ou la jugulaire.

C'était le problème de la magie élémentale : exécutée à l'arraché, elle produisait davantage d'esbroufe que de dégâts. Ses flammes se consumaient instantanément, ne faisant que roussir le poil de ses adversaires. Ses bourrasques les repoussaient sans les blesser. Il aurait fallu qu'il se concentrât sur l'un d'entre eux pour réellement le blesser. Ce qui était plutôt difficile dans le cas présent.

— Changement de tactique, grogna-t-il en s'écartant d'un bond.

Il fit demi-tour et partit en courant. Les gobelins, qui avaient l'intelligence d'un enfant de six ans, se lancèrent derrière lui en hurlant, malgré les injonctions de la sorcière qui tentait de coordonner l'ensemble de ses troupes.

En quelques secondes, Éleuthère gagna le sommet de la butte. Posant la main sur la roche affleurante, il utilisa un sort qu'il avait négligé depuis longtemps – depuis, en fait, leur évasion dans la cité autonome de Gozen, en compagnie de Marc et de Gaspin. Une année s'était écoulée depuis cette époque. Une année qu'il avait passée à parcourir le monde, à éviter des dangers, et à supporter les leçons de magie d'un dragon irascible. Le rocher fondit sous ses doigts comme de la neige plongée dans une marmite bouillante. Avec un sourire cruel, il ramassa une pleine poignée de lave et la jeta sur le gobelin qui venait d'apparaître devant lui.

La créature hurla tandis que la roche en fusion grignotait sa cage thoracique. Derrière lui, ses confrères hésitèrent une fraction de seconde, ce qui suffit pour que deux d'entre eux subissent le même sort. Plongeant les bras jusqu'aux coudes dans la pierre bouillonnante, les manches de sa tunique se dissolvant sous la chaleur infernale, Éleuthère entreprit de les asperger sans délicatesse. Un souvenir de lui et de ses frères, en train de s'éclabousser dans la rivière par une chaude journée d'été, lui traversa la mémoire. Avec un grognement, il fit léviter au-dessus du sol une énorme masse de lave incandescente, et la fit exploser.

Les projections vinrent se coller sur les gobelins restants, rongeant leur chair et leur os, faisant fondre leur peau. Ils se roulèrent par terre en poussant des bruits horribles, inhumains, laissant échapper des nuages de graisse en fusion. Quelques gouttes franchirent les propres défenses d'Éleuthère, lui brûlant les cuisses, le bras et la joue gauche. Ravalant un hoquet de souffrance, les yeux brouillés par les larmes, il les repoussa de son corps, se répétant « *froid froid froid* » encore et encore dans son esprit jusqu'à ce que les brûlures cessent et que les plaies à vif s'engourdissent.

Il regarda autour de lui. Ses douze gobelins ne bougeaient plus. Il repartit au pas de course en bas de la butte, là où il avait laissé ses compagnons.

Deuzio, le visage concentré, l'épée haute, continuait de se défendre contre ses adversaires. Trois d'entre eux gisaient sur le sol, immobiles, la fourrure tachée de noir. Du côté d'Aynet, le bleisteux blessé, dont elle avait crevé le second œil, s'écartait du champ de bataille en zigzaguant et en hurlant vers le ciel. Visiblement, peu importait un odorat surdéveloppé quand un phénix venait de vous planter ses serres dans les yeux. Les cinq autres encerclaient Aynet, lui tournant autour avec précaution, attendant une ouverture, tandis que la sorcière montait au combat, transformée en serpent géant.

Impressionnant mais peu logique, jugea Éleuthère. À sa place, il n'aurait pas gaspillé ses bleisteux à ne rien faire mais les aurait plutôt lancés sur Deuzio, le maillon faible de l'équipe. Mais peut-être présentaient-ils des défauts particuliers face à des princes ? Ou alors, la cible de l'attaque était-elle Aynet ? Il observa Deuzio – toujours en vie, toujours maîtrisant la situation. Puis Aynet – quelques plumes en moins, mais évitant le serpent avec agilité. Finalement, il fonça vers Deuzio, saisit le premier gobelin venu par les oreilles, et lui rompit la nuque d'un geste brutal.

— Je... n'ai pas... besoin... de votre aide ! brailla Deuzio entre deux coups d'épée.

— Non, mais j'aurai besoin de la tienne pour ces enfoirés de bleisteux ! rugit Éleuthère en se plaçant près de lui.

Deuzio afficha une expression qui pouvait se résumer à « Oh. » avant de hocher la tête puis de trancher celle d'un des monstres. À eux deux, ils mirent approximativement une minute à se débarrasser des huit gobelins restants. Éleuthère n'avait jamais apprécié l'escrime, mais il découvrit rapidement qu'en repoussant les gobelins vers l'épée de Deuzio, celui-ci n'avait plus qu'à les embrocher. *« Quand on trouve une technique qui marche, on l'utilise tant qu'elle marche* », lui avait répété trois millions de fois son frère Buccelin durant ses cours de stratégie martiale. Il s'appliqua à mettre en œuvre la leçon. Deuzio et lui finirent par trouver un bon petit rythme.

Finalement, le princelet extirpa sa lame de la poitrine de leur dernier adversaire. Le crissement du métal sur les os arracha une grimace à Éleuthère. Il n'y avait pas à tergiverser, la magie était plus propre et plus élégante, songea-t-il en ôtant un morceau de viscère de sa manche.

Deuzio ferma les yeux, inspira à fond et arracha son épée du cadavre. Des giclées de sang noir maculaient ses joues, ses bras et sa poitrine. Il ne semblait pas blessé.

— Bien. Les bleisteux, à présent.

— Je te les laisse, annonça Éleuthère.

— *Pardon ?*

— Tu as raison. On n'a pas été très sympas avec toi. (Il indiqua les cinq immenses loups d'un geste.) C'est ta quête, aussi. Alors, je te laisse ton instant de gloire.

— *Vous pensez que c'est le moment ?*

Éleuthère garda un visage sérieux.

— Ce n'est pas ce que tu voulais ? Je te laisse choisir, pour une fois. C'est toi qui prends les décisions. Si tu veux le faire seul, je n'interviendrai pas. Si tu veux m'utiliser, je suivrai tes ordres. Promis, juré. (Il hésita.) Sur mon honneur de prince.

Deuzio plissa les yeux, puis hocha la tête. Il examina les bleisteux qui s'étaient détournés d'Aynet et s'approchaient lentement d'eux.

— Ils sont couillons ou quoi ? Qu'est-ce qu'ils attendent ? grommela-t-il.

— Oui, je me suis aussi dit la même chose.

L'un des loups géants s'arrêta pour avaler, sans prendre la peine de le mâcher, l'un des gobelins morts qui gisaient par terre. Puis il se figea, couina en rabattant les oreilles en arrière, baissa le museau et contracta le ventre jusqu'à régurgiter une massue. Les autres bleisteux s'excitèrent autour de lui comme pour se moquer de sa bêtise. Le plus gros, celui au poitrail blanc, eut l'air vaguement embarrassé.

— Peut-être que c'est ça, leur faiblesse, dit Éleuthère d'un ton neutre. Peut-être qu'ils sont cons comme des balais.

Deuzio marmonna quelque chose qui ressemblait à « au temps pour l'héroïsme » puis prit les choses en main :

— Ils sont sûrement restés à l'écart de dame Aynet parce qu'ils ont peur du feu. (Sur son ordre, Éleuthère lança une langue de flammes dans la direction de la créature la plus proche. Cette dernière l'évita d'un bond élégant avant de continuer à s'avancer.) Ou pas, conclut Deuzio.

— Tu as une idée ? Parce qu'ils ne sont plus loin, là.

Les cinq loups s'étaient déployés en éventail et les encerclaient tranquillement. Éleuthère commençait à soupçonner qu'ils n'étaient pas stupides, mais simplement certains de l'issue du combat – malgré leurs pertes – et donc enclins à prendre leur temps.

— Une odeur nauséabonde, dit finalement Deuzio. Est-ce que vous pouvez produire une odeur nauséabonde, très concentrée ?

Éleuthère comprit immédiatement où il voulait en venir : si les bleisteux possédaient les mêmes caractéristiques que les loups, ils devaient avoir un odorat extrêmement développé. Malheureusement, les odeurs fonctionnaient souvent selon des procédés organiques, ce qui était une spécialité sorcière, et non élémentale. Néanmoins...

Il agita la main vers leurs bagages qui traînaient un peu plus loin, dans l'herbe à demi-calcinée. Un léger nuage de poussière orange s'en envola et tourbillonna jusqu'à sa paume ouverte. Deuzio y jeta un coup d'œil et sourit.

— Pas mal.

Les bleisteux fondirent sur eux.

Le plus compliqué, songea Éleuthère en évitant le premier claquement de dents, allait être de bien viser. Une canine acérée lui frôla épaule. Il continua de pivoter sur lui-même pour éviter le coup de griffes qui visait sa hanche opposée, puis plongea sous le ventre de la bête la plus proche, plongeant ses mains dans la fourrure épaisse. L'animal gesticula en aboyant furieusement pour le déloger. Éleuthère ignora les cailloux qui lui écorchaient les fesses et, poignée par poignée, remonta vers le poitrail du loup qui n'avait pas la présence d'esprit de lui balancer un coup de patte arrière. Il avait prévu d'essayer de s'accrocher à son cou mais, comme le bleisteux baissait la tête pour le mordre, il en profita pour lui coller sa main recouverte de piment ijadien extra-fort sur le museau, lui enfonçant ses doigts dans les narines pour faire bonne mesure.

Le bleisteux se statufia, le poil hérissé, les muscles frémissants.

Puis il hurla de douleur. Glapissant, gémissant, secouant la tête dans tous les sens, il tituba à l'écart du groupe, poussant des éternuements ridicules, bavant et râlant. Éleuthère, six mois plus tôt, après le duel « magique » de Sadif Zarqa, avait pris l'habitude de garder un couteau dans sa botte : les sortilèges, c'était bien beau, mais une arme pouvait se révéler utile, elle aussi. Le dégainant, ce fut presque avec regret qu'il l'enfonça entre deux côtes de l'animal, droit au cœur.

Le loup géant s'effondra. Éleuthère ne perdit pas de temps à vérifier son état ou à s'apitoyer sur son sort. La peur au ventre, il fonça vers l'enchevêtrement de crocs, de babines, de griffes et de queues qui encerclait Deuzio.

Par un miracle très certainement magique – pour une fois, Éleuthère en remercia le Grand Enchantement –, son compagnon était encore en vie. Un bleisteux qui lui tournait le dos, occupé à tenter de saisir le bras de Deuzio entre ses mâchoires, lui offrit une opportunité absolument ridicule mais terriblement efficace. En empoignant la queue touffue, Éleuthère se jura qu'il ne reparlerait jamais de cet instant. *Jamais.* Il disparaîtrait dans les limbes des détails insignifiants de leur Histoire. Avec un haut-le-cœur, il enfonça son index couvert de piment dans un endroit auquel il n'avait jamais ne serait-ce que *songé* quelques heures plus tôt. Qu'est-ce qu'il ne fallait pas faire pour la bonne cause, pensa-t-il en fermant les yeux.

Dommage, se dit-il tandis que le pauvre animal détalait à travers les herbes sèches. Gaspin en aurait sans doute composé une chanson basée sur l'expression « le feu aux fesses ». Il s'essuya machinalement sur son pantalon avant de se jeter par terre pour éviter une autre attaque. Deuzio était parvenu à enfoncer son épée dans la gorge d'un des loups survivants. Toutefois, ce dernier lui avait arraché son arme en s'effondrant par terre. Les deux bleisteux restants, déchaînés, les attaquaient désormais sans répit, la bave aux lèvres, roulant des yeux déments.

Celui au poitrail blanc enfonça ses crocs dans le bras d'Éleuthère. Après tout, il avait eu de la chance jusque là, observa la partie de son esprit qui ne hurlait pas de douleur. Il eut l'impression qu'on lui arrachait l'épaule tandis que le monstre le secouait dans tous les sens. Peut-être était-ce le cas. Puis tout devint noir.

•

Souvent, les héros se réveillent longtemps après leur accident, couchés dans des draps propres qui sentent bon la lessive, veillés par de charmantes et modestes paysannes heureusement douées de talents médicaux. Éleuthère n'eut pas cette chance. Quand il entrouvrit les yeux, abêti, ne se rappelant même plus son nom, ce fut pour étouffer sous une masse sombre et puante qui lui écrasait la figure. *Poils*, lui suggéra son esprit, sans qu'il sût pourquoi. Quelque chose grognait et criait. Son bras était en feu. Une odeur fauve, sauvage, l'empêchait de respirer. Il se débattit en hoquetant. La chose sur lui était vivante et l'écrasait en se tortillant. Puis elle disparut. On l'attrapa par l'épaule – la mauvaise. Il brailla, au supplice.

— ... *pas le temps !* dit une voix. ... *reste la sorcière...*

Sorcière. Aynet, pensa Éleuthère tandis que sa tête tournait, que le monde dansait, que le sol basculait sous lui et il allait tomber, tomber et ne jamais s'arrêter. Les deux mains sur le sol, il essaya de se redresser. Il était... Il devait... Sa marraine. Aynet était en danger. Il n'avait pas le temps d'agoniser. Aynet. Les loups. Les gobelins. La sorcière transformée en serpent.

Il se releva péniblement, aidé par Deuzio, et crut tourner de l'œil à nouveau. Murmurant une litanie de jurons, il localisa la douleur de son bras et la *repoussa*, profondément, dans un endroit d'où il pourrait la tirer plus tard, quand ce cirque serait terminé, pour s'occuper d'elle. Il n'y parvint qu'en partie, mais ce fut suffisant. Inspirant profondément, il chassa les dernières taches noires qui dansaient devant ses yeux puis, grimaçant, s'écarta de Deuzio.

Au-dessus des cadavres qui jonchaient le champ de bataille, Aynet tournoyait au-dessus de son adversaire. Les plumes du phénix étaient ébouriffées et, par endroit, complètement manquantes. La sorcière projeta dans sa direction un jet de venin, qui grilla le bout de sa queue enflammée.

— Vous êtes prêt ? demanda Deuzio. Je vous laisse la distraire, je vais l'attaquer par...

— Pas besoin, croassa Éleuthère.

D'ici quelques heures, il paierait chèrement ce qu'il était en train de faire, songea-t-il en rassemblant la magie qui traînait dans les parages. La contemplant dans son esprit, sentant celui-ci craquer aux coutures, il se demanda ce qu'il allait en faire. Une grosse, grosse, *grosse* boule de feu ? Il ignorait quelles étaient les défenses de la sorcière. Et puis, il n'était pas certain de parvenir à encaisser le contrecoup. Il chancela sur ses jambes, puis son regard tomba sur Deuzio qui, durant ses quelques minutes d'inconscience, avait récupéré son épée.

— Approche, ordonna-t-il avant de poser la main sur la lame.

Là. Ça devrait faire l'affaire.

Il cligna des yeux, aveuglé par l'éclat de l'arme étincelante, tandis que Deuzio examinait celle-ci d'un air comique.

— Vous m'avez fabriqué une épée *magique* ?

— C'est du bricolage, hein. Mais ça devrait suffire pour le

combat. (Il réévalua la quantité de magie brute qu'il venait d'y enfermer.) Peut-être un peu plus longtemps, rectifia-t-il. Bon, j'ai pas fait dans la finesse. Je veux dire, elle ne va pas te parler ou se mettre à chanter. Tu la plantes, les choses explosent, on passe à la suite.

Deuzio le regarda d'un air bizarre. Derrière lui, le serpent se projeta dans les airs, tel un ressort géant. Aynet lui balança un coup de serre en criant.

Deuzio secoua la tête comme pour s'ébrouer.

— Il y a un mode d'emploi ? demanda-t-il d'un ton neutre.

— Non, pas vraiment. C'est juste une épée qui fait mal...

L'adolescent s'était déjà élancé.

Se laissant tomber sur un rocher, Éleuthère admira le spectacle. Oui, il avait fait le bon choix, décida-t-il tandis que le serpent se faisait tailler en rondelles. Il lutta contre la vague de nausée qui le parcourrait. Deuzio avait mérité son combat héroïque. Il sourit en repensant à Marc lors de l'épreuve de Sadaf Zarqa. Lui aussi avait été frustré que leurs problèmes soient souvent réglés de façon magique...

Il se pencha sur le côté pour éviter un jet de venin accidentel... et faillit tomber, emporté par son propre poids et par la fatigue. Peut-être qu'un jour sa vie finirait de cette façon, musa-t-il en faisant tourner un brin d'herbe entre ses doigts. Il se dirait : « Ouch, je m'en suis pris des belles aujourd'hui, vivement que ce soit terminé ! » et quelques instants plus tard, ce serait en effet terminé, mais pas dans le bon sens...

Il se ressaisit : il avait des choses à faire, des gens à revoir, un monde à sauver et une petite sœur à défendre pour le restant de ses jours. Il se morfondrait plus tard. Serrant les dents, il inspecta mentalement son biceps lacéré à la recherche de poison ou d'une malédiction persistante. Rien. Par contre, son épaule était déboîtée. Il allait devoir attendre que les deux autres en aient terminé. La tête dans le vague, il regarda son sang qui tombait goutte à goutte dans l'herbe et se faisait absorber par la terre sèche.

Il sursauta tandis que Deuzio, planté devant lui, prononçait son nom pour la troisième fois. Un peu plus loin, Aynet époussetait sa chemise et remettait ses cheveux en place. Le cadavre en bouillie du serpent gisait derrière eux. Il était aussi large qu'une charrette et aussi long que la rue principale d'un village.

— ... vous allez bien ? répéta Deuzio.

Le jeune héros lui-même était indemne, hormis une balafre plutôt séduisante sur la joue gauche. Foutues conventions magiques. Éleuthère lui tendit son bras.

— Épaule démise, dit-il laconiquement.

Sans faire de commentaire, Deuzio lui plia le bras, le positionna, et le remit en place d'un coup sec. Les larmes aux yeux, Éleuthère se détendit et s'affaissa avec la grâce d'un chameau ivre. Silencieusement, il posa la tête sur l'herbe.

Il était fatigué.

— Tu ne vas pas nous claquer entre les doigts ? demanda Aynet en approchant.

— Non, la rassura-t-il. Juste... deux minutes, d'accord ?

— Ce sera pour plus tard, mon cœur. Pendant qu'on se battait, notre petite Serin s'est carapatée. Au moins, elle ne perd pas le nord.

— Vous avez vraiment besoin de moi ? demanda-t-il d'un ton geignard.

— Je ne suis pas vraiment en état, dit-elle d'un ton neutre.

Il redressa la tête. Sa marraine boitait bas, la jambe ensanglantée. Son bras gauche pendait sur le côté, inerte. Pris de remords, il se rassit.

— J'y vais, dit-il.

— Je viens avec vous, annonça Deuzio.

— Suis-moi avec les chevaux. Marraine, rassemble nos affaires.

Il se transforma en moineau. Ce n'était pas très raisonnable, pensa-t-il en s'élevant dans les airs, semant des gouttelettes de sang derrière lui. Mais il n'avait qu'une seule envie, se reposer, et il ne pourrait le faire qu'une fois Serin récupérée, leurs plaies pansées, et dix lieues parcourues afin de les éloigner du site de l'embuscade. La nuit allait être longue, se dit-il tandis que le soleil disparaissait derrière l'horizon.

Serin était maline mais Éleuthère était fatigué, en colère et tenace. Il finit par la trouver cachée, à une demi-lieue du campement, dans un terrier de blaireau. Oh, elle était bien dissimulée ; elle avait même ramené des pierres devant l'entrée pour la boucher complètement. Néanmoins, Éleuthère avait la magie à fleur de peau, au point qu'elle lui faisait crépiter les poils des bras. Il aperçut instantanément son aura magique.

Il se transforma en atterrissant et écarta, d'un geste de sa main valide, les rochers qui le gênaient. La jeune sorcière, pelotonnée dans le trou, lui jeta un regard noir.

— On rentre à la maison, annonça-t-il d'un ton las.

•

Éleuthère laissa son cheval le ramener en bringuebalant vers le campement. Deuzio lui avait tendu les rênes de sa monture sans un mot avant de jeter Serin sur la selle du troisième canasson. Ils étaient retournés au petit trot vers Aynet, qui avait éteint leur feu de camp ainsi que les débuts d'incendie provoqués par leurs exploits. Elle enfournait à présent leurs affaires dans leurs sacoches. Éleuthère se laissa glisser de sa selle en serrant les dents. Les plaies ne saignaient plus, mais il faudrait rapidement les désinfecter et probablement les recoudre. Il fouilla dans sa besace à la recherche d'une veste propre et qui, surtout, aurait encore des manches. Tant pis pour les taches.

Il l'enfilait en luttant contre le tournis quand Aynet l'interpella :

— Il reste un bleisteux en vie.

Ils s'approchèrent de l'animal qui, les jarrets tranchés, immobile, les guettait en montrant les dents. Deuzio dégaina son épée ; Éleuthère l'arrêta d'un geste.

— Non. D'abord, parce que nous valons mieux que ça. Ensuite, parce que je veux qu'il retourne voir son maître pour lui transmettre un message. (Il s'agenouilla devant le loup gigantesque. Accroupi, il se trouvait nez à truffe avec l'animal allongé. Il résista à l'envie de caresser la fourrure épaisse et soyeuse devant lui.) Tu me comprends, n'est-ce pas ? (Le bleisteux cligna des yeux.) Tu lui diras que, pour l'instant, nous avons des choses à faire. Mais que quand son tour viendra, il pourra marchander. S'il est raisonnable, nous épargnerons ses armées. Si c'est vraiment vos intérêts qu'il défend, il s'en souviendra, n'est-ce pas ? (Il se redressa.) Allons-y. Une patrouille finira bien par le trouver.

— Vous le laissez en vie ? demanda Serin, incrédule, perchée et ligotée sur sa jument.

Éleuthère ne répondit pas. Il se dirigeait vers son cheval, espérant enfin pouvoir fermer les yeux et se laisser bercer par le pas de sa monture, quand Deuzio, la bouche pincée, prit la parole :

— Un instant. (Éleuthère et Aynet s'immobilisèrent. L'adolescent continua.) Merci de m'avoir fait confiance et de m'avoir laissé ma chance. Mais cela ne change rien à ce que j'ai dit tout à l'heure. Vous savez vous battre noblement, c'est vrai, mais cela ne fait que souligner la lâcheté dont vous avez fait preuve face au Dieu Rieur. Je ne peux passer outre le fait que vous avez abandonné...

— C'était le plan, d'accord ?! rugit Éleuthère. C'était le foutu plan ! Qu'est-ce que tu crois, que je ne serais pas mort pour elle, comme pour Marc ou Aynet ou Gaspin ou n'importe lequel d'entre nous ?! Même pour toi, petit con ! Mais c'était son foutu plan. Elle s'est fait capturer exprès, pour pouvoir l'espionner, pour s'approcher de lui et découvrir ce qu'il mijote. Tu crois qu'elle ne sait pas ce qu'elle risque ? Elle le sait parfaitement. Elle l'a servi, il y a des siècles. Elle a été son bras droit. Personne ne le connaît mieux qu'elle. Elle espère qu'il ne voudra pas la tuer, qu'il essaiera de récupérer ses pouvoirs, mais elle n'est même pas certaine qu'il le fera. C'est bon ? Tu as compris ? C'était le plan depuis le départ.

— Je ne savais pas, balbutia Deuzio.

Éleuthère se passa une main sur le visage.

— C'est arrivé plus tôt que prévu, c'est tout. Nous pensions qu'il agirait dans les montagnes, ou dans la province de Nirailles. Mais voilà. C'est fait. Elle est entre ses mains, comme prévu. Et chaque minute qui passe, je me demande si elle est en vie, si *l'enfant de mon frère* est en vie, ou si un putain de dieu sociopathe les torture ou les a déjà tués. Alors, désolé si ta petite quête initiatique passe au deuxième plan, Secundus Kelii ! Désolé si nous ne sommes pas à la hauteur des glorieux magiciens que tu t'imaginais ! En attendant, tu peux rentrer à Kelorum si ça te chante, proclamer que tu as tué trois bleisteux, ce qui n'est pas donné à tout le monde, et arrêter de nous casser les burnes !

« Quant à toi ! aboya-t-il en se tournant vers Serin. Non, on n'achève pas les ennemis vulnérables ! Tu sais pourquoi ? Parce que nous sommes du côté des *gentils* ! C'est chiant, vraiment pas pratique, mais notre but, dans tout ça, c'est que le plus de gens possible restent en vie, même si ces gens sont des monstres qui essaient de nous tuer ! Alors, *oui*, le monde n'est pas parfait ! Mais à la fin de ma vie, je veux pouvoir me regarder dans un miroir et décider que je n'ai pas trop déconné, voire que j'ai aidé à le rendre meilleur. Et ça, ça ne sera pas possible si je tue des gens sans raison, parce que j'ai une *conscience*...

— Pas moi, intervint joyeusement Aynet. Je m'en moque.

— ... ce qui n'est certainement pas le cas de ton Roi Sage. Regarde ! Regarde autour de toi ! (D'un sort, il obligea leur prisonnière à tourner la tête vers le carnage, à observer les corps carbonisés des gobelins et les cinq silhouettes immobiles des bleisteux. Une puanteur infâme commençait à émaner du cadavre du serpent, se mêlant aux relents de chair brûlée. Sur un rayon de six cents pieds, les lieux étaient ravagés : l'herbe était brûlée, la terre labourée et la roche fondue de façon grotesque. Le crépuscule teintait la scène d'une lueur grisâtre qui rendait l'ensemble encore plus désolé.) Tu vois tout ça ? Eh bien maintenant, imagine ça à l'échelle d'un continent. Ah, tu veux te réintégrer dans la société du Plaennendeon ? *Il n'y aura plus de Plaennendeon quand ton Roi Sage en aura terminé !*

Il ferma les yeux. Personne ne pipa mot. Il aurait dû conclure par un discours brillant, ou peut-être les menacer de les écorcher vifs s'ils ouvraient encore la bouche, mais il en était incapable. Il se sentait trop vide. Une bouffée de pestilence lui monta au nez. Un peu plus loin, l'estomac d'un gobelin, gonflé par les gaz et la chaleur, explosa sourdement. Il sentit la bile lui monter aux lèvres.

— Excusez-moi, il faut que je vomisse, annonça-t-il.

Dix minutes plus tard, tandis qu'ils s'éloignaient vers l'est, Éleuthère et Aynet en tête, Deuzio et Serin silencieux derrière eux, la fée l'informa :

— Tu sais, c'est toi qui as tué les deux derniers bleisteux. Tu étais dans une sorte de transe. Tu les as foudroyés de deux éclairs bien propres.

— Personne ne pourrait maîtriser des éclairs dans une telle situation, grommela-t-il. (Il avait encore le goût du vomi dans la bouche.) Même Rustning n'y arriverait pas.

— Je sais ce que j'ai vu, répondit tranquillement Aynet.

Il se massa les yeux.

— Génial. Voilà que je perds la boule. Oh, attends. C'est pour ça que Deuzio fait encore la gueule, hein ? Je lui ai volé la vedette.

— Tu ne l'as pas regardé durant ton petit discours. Je pense que tu as un admirateur. Et tu as sacrément secoué la sorcerette.

— N'importe quoi.

Éleuthère se retourna sur sa selle. Les lunes croissantes projetaient une lumière pâle sur leurs compagnons. Leurs yeux brillaient comme des pierres sombres dans leurs visages blafards. Tous les deux le fixaient, Serin d'un air hésitant, Deuzio avec une expression mi-têtue, mi-embarrassée. En voyant qu'il les dévisageait, ils détournèrent le regard. Il n'en était pas certain, mais on aurait dit qu'ils rougissaient.

— Ben voilà autre chose, marmonna-t-il.

Le rire argentin d'Aynet résonna dans la nuit.

Peut-être que l'incident avait servi à quelque chose, finalement.

Il serra les dents et commença, avec précaution, à relâcher la douleur enfouie au fond de lui. Les jours à venir s'annonçaient sympathiques.

Chapitre VIII
Retrouvailles

Saga n'était pas la seule à savoir voyager par des miroirs. Après avoir lancé ses troupes à la poursuite d'Éleuthère, Aynet, Deuzio et Léonia, qui avaient sauté par la fenêtre, le Dieu Rieur avait échangé quelques mots avec le roi Garmon, sans lâcher les poignets de la sorcière. Puis il l'avait entraînée vers le fond de la salle de réception, où trois grandes glaces étaient suspendues au mur.

Ce n'était pas un sortilège à la portée de tous. À l'exception de Saga, il existait peu d'humains capables de le réaliser. Oh, Lucàn pouvait se déplacer comme bon lui semblait, et les shamans les plus puissants avaient la possibilité de créer des raccourcis en passant par d'autres dimensions ; cependant, le transfert via les miroirs, ou plutôt via les reflets, exigeait une précision et une notion de l'équilibre que seuls possédaient les plus grands sorciers et sorcières. Les élémentalistes étaient doués pour plier la magie à leur volonté ; les shamans pour passer des marchés avec elle ; les manipulateurs de réalité pour l'ignorer ; et les sorciers pour la placer sur des points d'appui qui leur permettaient, avec un minimum de puissance, de la faire basculer pour obtenir des effets spectaculaires. En plus d'un millénaire, Saga était devenue la meilleure d'entre tous à ce petit jeu.

À l'exception du Roi Sage qui, lui, n'était pas humain.

Si l'on omettait leurs deux rencontres dans les caves d'Édena, la première et la seconde fois que Saga avait tenté de l'emprisonner, ils ne s'étaient ni revus ni parlé depuis presque quatorze siècles. Depuis, en fait, le jour où Saga avait quitté sa cour pour ne jamais y revenir, déterminée à se trouver des alliés pour tenter de les détruire, lui et les trois autres dieux. Elle ne s'était pas débattue tandis qu'il la traînait jusqu'au miroir central. Même si elle l'avait voulu, elle en aurait été incapable. Le point flatteur dans toute cette histoire était qu'il avait eu besoin de toute sa concentration pour la maîtriser. Autrement, les compagnons de Saga n'en auraient peut-être pas réchappé.

Devant le miroir, il s'était arrêté et, pour la première fois de la soirée, l'avait regardée. Une boule dans le ventre, elle avait lu de nombreuses expressions sur son visage : du plaisir, de l'irritation, du calcul, du contentement et une certaine avidité qui, bien qu'elle ne l'eût pas surprise, lui avait arraché un frisson. Il était toujours aussi beau : le visage carré, les yeux francs et rieurs, une touche d'ironie et d'autodérision dans le pli de ses lèvres... Il avait été si facile de le suivre aveuglément, longtemps auparavant !

Il ne serait pas difficile de le faire à nouveau, songea-t-elle.

Machinalement, il lui avait effleuré la joue.

— Ma Saga. J'aime beaucoup tes cheveux, coupés de cette façon. (Il avait ensuite cligné des yeux, comme s'il s'éveillait d'un rêve.) Malheureusement, je n'ai pas de temps à t'accorder pour l'instant. Il faudra que tu patientes.

S'avançant d'un pas, il avait appuyé sa main sur le miroir, qui s'était mis à onduler. Pas besoin de sang pour Hegarat, le Dieu Rieur, ni d'arabesques compliquées. Son reflet s'était ouvert sous ses doigts – et sans prévenir, il y avait poussé Saga.

Elle avait eu la sensation passagère de plonger dans un liquide, dans de l'eau qui ne serait pas mouillée, avant de resurgir aussitôt de l'autre côté du passage. Déséquilibrée, à la fois par la bourrade et par sa liberté soudaine, elle était tombée à genoux sur un sol dur et froid. Regardant autour, sans surprise, elle avait constaté qu'elle se trouvait dans une cellule cubique, taillée dans la roche, qui ne comportait qu'une porte d'un côté et une meurtrière de l'autre. Derrière elle, le miroir s'était craquelé avant de tomber en morceaux, puis en poussière. Des runes veltes, familières, décoraient les murs. C'étaient les mêmes que celles gravées dans les cachots du Mont Kerdaoubann ; celles qui servaient à bloquer la magie, à la retenir hors des murs, la rendant hors d'accès à leurs prisonniers.

C'était, pour empêcher un magicien d'utiliser ses pouvoirs, une façon bien plus intelligente que de l'ensorceler ou de l'affaiblir avec une amulette. Aucun accès à la magie : aucune possibilité de l'utiliser. En quelques secondes, les runes avaient aspiré les derniers lambeaux de magie contenus dans le corps de Saga. Elle était complètement impuissante. Un manipulateur de réalité n'en aurait pas souffert – les manipulateurs de réalité ne fonctionnaient pas *normalement* – mais Saga, elle, ne pouvait rien y faire, sorcière surpuissante ou non.

Elle s'était laissée glisser contre un mur et avait attendu.

•

Leur plan était simple.

Elle connaissait bien Hegarat. Elle l'avait connu d'abord comme maître, puis comme ennemi durant des décennies. S'ils voulaient l'atteindre, s'ils voulaient que quelqu'un s'approchât de lui sans se faire tuer, elle était la seule candidate possible. Le Dieu Rieur avait une faiblesse la concernant. À dire vrai, il avait une Faiblesse, qu'ils comptaient bien exploiter.

Six mois plus tôt, tandis qu'ils discutaient de leurs options avec le Dieu Pleureur, Zuàn Shí, dans la salle à manger d'Édena, ils en étaient tous arrivés à la même conclusion : inutile d'essayer de reproduire l'enchantement qui avait enfermé les dieux dans les statuettes. L'astuce n'avait pas fonctionné la deuxième fois, elle ne fonctionnerait pas une troisième. Il fallait envisager une nouvelle solution. Définitive, de préférence.

Les plus jeunes de leur groupe se méfiaient du Pleureur. Ils ne comprenaient pas qu'il acceptât de mourir si facilement. Saga n'avait pas ce problème : âgée de quinze siècles, elle pouvait très bien imaginer ce qui se passait dans la tête du dieu, vieux de quatre millénaires. La fatigue. La lassitude. Les regrets. C'était cela, la Faiblesse du dieu-dragon : la résignation, l'acceptation que sa fin était proche. Une certaine fatalité. Ce point faible leur facilitait la vie. Ils comptaient sur ceux des autres dieux pour leur mâcher le travail.

Comme Lucàn, Rustning, Osbern et elle-même l'avaient expliqué à la jeune génération, leurs ennemis avaient des défauts. C'était en les utilisant qu'ils les avaient piégés la première fois. Les quatre dieux auraient dû apprendre de leurs erreurs, mais c'était là le problème de leur nature, le petit truc que les Créateurs avaient loupé en les modelant à partir de magie brute : ni parfaits, ni humains, ils étaient prompts à l'erreur, comme ces derniers, mais incapables de changer. Une fois que leurs personnalités s'étaient enracinées, rien n'avait pu les modifier ; ce qui s'était révélé un fléau, provoquant la chute des Créateurs et le chaos dans le monde, mais que leur petite bande de magiciens pouilleux avait transformé en aubaine. Ils savaient exactement où se trouvaient les failles dans leurs cuirasses d'orgueil et de pouvoir.

Pour le Dieu Rieur, il s'agissait de la solitude. Saga avait mis le doigt dessus des siècles auparavant et Zuàn Shí le leur avait confirmé.

Quand, spectatrice de ses atrocités, Saga avait commencé à réfléchir à la façon de les détruire, elle avait eu des années pour étudier les dieux. Elle avait commencé à les voir non plus comme des entités toutes-puissantes, dignes de crainte et de respect, mais comme de grands enfants qui subissaient encore le contrecoup d'avoir combattu et vaincu leurs parents. Des créatures qui, non seulement, n'étaient pas omnipotentes, mais demeuraient manipulables.

Si on était extrêmement doué et extrêmement prudent.

Le Dieu Rieur n'avait pas été le plus simple à piéger parce qu'*aucun* d'entre eux ne l'avait été. Saga avait fini par comprendre qu'elle faisait elle-même partie du plan qui causerait sa perte. Comme appât. Elle était son petit projet personnel, son animal de compagnie, le fidèle bras droit qui demeurait à ses côtés, génération après génération. Il n'avait jamais trouvé d'autre magicien capable de transmettre ses pouvoirs et ses connaissances comme elle le faisait. Elle n'était pas devenue sa confidente à proprement parler, mais plutôt son garde du corps. Elle connaissait des secrets qu'il n'avait partagés avec personne d'autre, et avait souvent accompli du sale travail en son nom. Personne n'avait été aussi proche de lui qu'elle. Et, pendant longtemps, personne n'avait été aussi proche d'elle que lui.

Elle espérait que, quoi qu'il ressentît à son égard – haine, vengeance, agacement –, il la garderait assez longtemps en vie pour qu'elle puisse se glisser dans sa tête, gagner du temps et accomplir les préparatifs dont elle était chargée pour le capturer de nouveau, cette fois définitivement. (Et ensuite, l'expédier à son Créateur, mais ils n'en étaient pas encore à ce stade.)

Voilà, c'était leur plan. Du moins, la partie qui la concernait.

Elle avait un petit atout caché, tout de même. Elle espéra qu'il fonctionnerait.

Le jour se leva après sa première nuit dans la cellule. Un deuxième cycle lui succéda, puis un troisième. Chaque matin, une trappe s'ouvrait dans le bas de la porte pour laisser apparaître un bol d'eau et un quignon de pain. Saga les avala sans rechigner. Son repas suivant pourrait être un festin tout comme du plomb fondu. Le Roi

Sage avait toujours été imaginatif concernant la torture.

Vers le midi du troisième jour, la porte fut enfin déverrouillée. Pabu entra. Saga s'y était attendue. Elle n'avait pas ressenti de surprise en la voyant aux côtés du Rieur, seulement une grande résignation. Si elle était là, alors la vieille Bleizez, qui avait dirigé le village durant leur jeunesse, était sûrement morte. Les autres sorcières lui avaient été inconnues : sans doute des envoyées d'autres villages, d'autres clans.

Pabu était plus belle et plus enflammée que jamais. Ses longues boucles rousses dansaient autour de son visage telles des algues marines. Ses yeux noirs brillaient d'un feu intérieur terrifiant. Ses petites dents blanches étincelaient entre ses lèvres écarlates.

— Sœurette, prononça-t-elle avec une sombre satisfaction. Ou devrais-je dire mère ? Cette histoire a toujours été compliquée.

— *Et voilà la pétasse,* grinça la Cent Troisième.

Les autres voix, dans la tête de Saga, firent durement taire la première. Saga soupira. De deux ans son aînée, elle ne s'était jamais bien entendue avec sa sœur. En réalité, alors qu'elles étaient adolescentes, la mort dans l'âme, elle avait accepté que seulement deux choses empêchaient cette dernière de l'assassiner : la surveillance aiguë dont elles étaient les cibles, surtout de la part de Bleizez, et le fait que jamais, si Pabu tuait Saga, leur mère ne transmettrait ses pouvoirs à sa fille cadette. C'était ce que Pabu avait toujours désiré, depuis le jour où elles avaient appris leur véritable parenté. Le fait que Saga ressentît à présent les remords de sa mère n'arrangeait rien à la situation.

Elle n'en avait pas parlé aux autres après leur fuite du Mont Kerdaoubann. C'était... une affaire privée qui, si tout s'était bien passé, n'aurait pas eu de raison d'être évoquée. Finalement, elle l'avait avoué à Éleuthère et Aynet quelques semaines plus tôt, quand il était devenu probable que leurs routes allaient de nouveau se croiser.

— Pabu, dit-elle d'une voix lasse.

Elle ne résista pas quand sa sœur lui passa une amulette autour du cou et des bracelets gravés autour des poignets.

— Sa Majesté va décider de ton sort, dit la sorcière avec une joie sombre. Mille quatre cents ans de trahison, ce n'est pas rien. Tu sais, il m'a laissé entendre que durant tous ces siècles où tu l'avais enfermé, il a longtemps réfléchi sur ta punition. (Elle ricana.) Beaucoup d'entre nous sont impatientes d'admirer la fameuse Saga en action.

Saga tenta de la raisonner :

— Il ne fait que t'utiliser, comme toutes les autres.

— Je sais. Je m'en moque. (Pabu embrassa sa sœur sur la joue. Elle sentait bon la pomme et l'ambition, comme à son habitude.) C'est toujours mieux que de moisir en haut d'une montagne perdue, entourée de vieilles peaux qui ont peur de leurs ombres. Bleizez n'a pas eu le temps de te dire au revoir, ajouta-t-elle d'un ton satisfait. Ni cette dinde de Loar, ni beaucoup d'autres, d'ailleurs.

— Est-ce qu'il en reste en vie ? demanda Saga.

Pabu haussa les épaules. Elle n'était pas foncièrement mauvaise et ne prenait pas de plaisir particulier à tuer, Saga le savait, mais elle n'hésiterait jamais s'il s'agissait de son propre intérêt.

— Une partie. Les plus jeunes. Celles qui en ont assez, qui veulent que les choses changent. (Elle s'assit en tailleur devant sa sœur.) Bah, je te dois bien un petit monologue vengeur, même si c'est cliché. Tous les clans, absolument tous, ont dû faire leur choix. En ce moment, dans les montagnes du nord, il n'existe plus un seul village de sorcières neutre, aussi bien planqué qu'il soit. En fait, il n'existe plus un seul village qui ne soit pas au service de Sa Majesté. Idem pour les colonies de gobelins, les trolls solitaires et les meutes de bleisteux. Sa Majesté n'y a pas été de main morte. Il y a eu de sérieuses baisses de population, tu peux me croire.

« Kerdaoubann a été le premier village dans lequel il s'est rendu. C'est l'un des plus grands et, après tout, celui dans lequel la fameuse sorcière Saga a passé ses trois dernières incarnations, se moqua-t-elle. Bleizez a essayé de lui tenir tête, tu t'en doutes. Elle n'a pas fait long feu. Moi, j'étais ravie, bien sûr. Et il n'a pas été mécontent en apprenant qui j'étais. Oh, je ne me fais pas d'illusions. À ses yeux, je ne suis qu'une pâle copie de toi. Mais même une copie vaut mieux que rien. Et puis, qui sait, quand l'original disparaît, une copie peut se révéler inestimable, non ? ajouta-t-elle avec des yeux brillants.

— Il ne t'aimera jamais pour...

Pabu la coupa d'un bref éclat de rire.

— « Aimer » ? Tes amis héros t'ont vraiment pourri la tête. C'est mon chef. Mon général. L'homme sur qui je compte pour nous sortir de là. Tu penses vraiment que j'ai des *sentiments* à son égard ? S'il te plaît, ne m'insulte pas. (Saga dut reconnaître, à contrecœur, qu'elle l'avait mésestimée.) Bien entendu, reconnut Pabu, s'il veut une reine ou une maîtresse, je ne cracherai pas dessus. Tu es passée par là. À ce qu'il paraît, l'expérience est spectaculaire. Mais... non. Mon objectif, c'est la survie. Or, l'existence que je menais au mont Kerdaoubann, que nous menions toutes, ce n'était pas une vie. Juste une lente attente de la mort.

— Peut-être, mais ça ne justifie pas la destruction d'un continent entier.

— Ça se discute. Si tu veux faire de la rhétorique, est-ce que leur bonheur aveugle, à eux, justifie notre sort ?

— Non, dit doucement Saga. Mais il y a d'autres moyens.

— Eh bien, il fallait les avoir trouvés avant, sœurette ! lança Pabu en se remettant sur ses pieds. Et maintenant, viens. Une petite entrevue t'attend. Ensuite, si tu es chanceuse, tu auras même droit à un procès avant qu'on attaque les festivités.

•

Tout en la suivant dans des couloirs aveugles, Saga repoussa le problème de Pabu de son esprit. Elle ne la raisonnerait pas, que ce soit en tant que sœur ou que mère. Pour la première fois depuis longtemps, elle maudit cette dernière d'avoir été absente durant leur enfance. Adolescente, elle s'y était résignée, bon gré mal gré. De son côté, Pabu avait accumulé et chéri des années de rancœur, qu'elle trouvait à présent l'occasion d'extérioriser.

Plutôt que de se battre pour une cause perdue, elle analysa les paroles de sa sœur. Les choses ne se présentaient pas bien. Elle avait espéré qu'elle aurait une chance, bien que petite, de s'en tirer avec une tape sur les doigts – métaphoriquement parlant – suivie d'une tentative de la persuader de rejoindre les rangs du Roi Sage. Peut-être que les siècles l'avaient amollie, en effet.

Tandis qu'elles montaient des escaliers et parcourraient des galeries de plus en plus grandioses, ses soupçons se confirmèrent. Elles se trouvaient bien à Lok-Rouanez, la forteresse cachée du Roi Sage. Depuis sa trahison, Saga n'y avait remis les pieds qu'une seule fois, sept ou huit siècles plus tôt, afin de voir ce que devenait l'ancienne cour du Dieu Rieur. Le trajet lui avait pris, en partant du nord de Nirailles – qui à l'époque ne portait pas encore ce nom –, six mois aller et six mois retour. Le palais était perché sur les montagnes de l'équateur, loin vers le nord, à des kilomètres d'altitude. Les Monts du Mitan n'étaient que de pâles collines à côté des gigantesques pics qui s'élançaient à l'assaut du ciel. L'endroit n'était accessible que par la magie : aucune route n'y menait, aucun col n'en permettait l'accès, aucun tunnel de gobelin ne s'aventurait aussi loin. Six cents ans après la chute de son propriétaire, la magie qui le protégeait s'était estompée. Saga avait pu y parvenir par les airs. Même de cette façon, elle avait dû désamorcer de nombreux sortilèges avant de pouvoir se promener librement dans ses salles, complètement désertes.

Désormais, il fourmillait d'activité. Une fois qu'elles eurent quitté les souterrains, elles croisèrent des centaines de sorcières qui parcouraient les superbes salles en tous sens, se penchaient aux rambardes surplombant le vide, frissonnaient de froid en contemplant les montagnes blanches et le ciel d'un bleu éclatant, riaient en transportant du matériel d'un endroit à un autre. Saga devaient admettre qu'elles semblaient, sinon joyeuses, du moins motivées. Avaient-elles conscience de ce qui les attendait vraiment ? Les deux possibilités étaient tout aussi attristantes.

Le Roi Sage avait des goûts de luxe. La remise en état du palais les reflétait. Des tapis de soie de l'Empire de l'Étoile isolaient le sol carrelé. Des tapisseries aux mille couleurs ornaient les murs. Malgré le climat et l'isolement des lieux, des plantes et des fleurs éclaboussaient les salles de couleurs, se mêlant à des meubles en bois exotiques et des objets précieux de bon goût. Même les sorcières, aux vêtements traditionnellement sobres, lui semblaient plus éclatantes. Comme dans les camps, la coupe de leurs robes restait simple, mais leur tissu était souple et brillant, et les broderies qui les ornaient étaient recherchées, personnalisées. De la même façon, leurs manteaux aux cols de fourrure s'ornaient de colifichets qui, loin des perles de bois et en os qui constituaient leur seule coquetterie d'autrefois, étaient faits de cuivre, d'argent, d'ivoire, de pierres semi-précieuses. C'était cela que leur offrait le Rieur, comprit Saga : une nouvelle identité, l'autorisation de sortir de la réclusion dans laquelle on les avait enfermées depuis que leur Roi Sage avait disparu.

— Ça change, non ? demanda Pabu en apercevant son regard.

Peut-être. Néanmoins, ce qui ne changeait pas, c'était les créatures qui se mêlaient à elles. Plus exactement, la façon dont elles étaient traitées.

Des gobelins étaient présents. Courbés, leur poil hérissé pour se protéger du froid, ils obéissaient aux ordres qu'on leur donnait, réparaient, nettoyaient, transportaient. Saga jeta un coup d'œil par-dessus une rambarde, en direction des nombreuses terrasses qui s'étalaient sur le flanc de la montagne, en contrebas. Des trolls y charriaient des poutres et de lourds mécanismes en acier. D'autres gobelins, de leurs doigts malhabiles, faisaient fondre du métal dans des forges, se brûlant cruellement les mains. Des bleisteux, harnachés, transportaient des blocs de roche effondrés et des pierres de taille neuves, en s'agitant nerveusement sous les cris des femmes qui les guidaient.

Un grand calme, un immense soulagement envahirent Saga. Elle faillit en pousser un sanglot. Au fond d'elle, elle avait redouté – ainsi que ses ancêtres – d'avoir *tort* ; et cette angoisse sourde, qu'elle étouffait au fond d'elle depuis des mois, trouvait enfin dans ce spectacle une porte de sortie. Si les gobelins s'étaient déplacés librement dans le palais, si les trolls et les bleisteux avaient été traités en égaux, elle aurait dû admettre, la mort dans l'âme, que le Dieu Rieur, malgré ses intentions douteuses, faisait quelque chose de *bien*. Elle aurait été, pour le dire simplement, perdue.

Mais c'était encore et toujours la même chose. Rien n'avait changé, et surtout pas les méthodes du Roi Sage. Convaincre des alliés puissants pour parvenir à ses fins, écraser les êtres les plus faibles : c'était l'ancien Plaennendeon qui recommençait, celui de l'esclavage et de la terreur. De façon absurde, elle se retint d'éclater de rire. C'était simple, c'était *simpliste*, mais c'était aussi terriblement rassurant.

— Pourquoi tu rigoles ? demanda Pabu d'un air soupçonneux.

— Parce que vous avez déjà perdu, répondit Saga avec tendresse.

— J'ai toujours pensé que tu étais folle, répliqua sa sœur d'un ton mordant.

La saisissant par le bras, Pabu l'entraîna derrière elle avec brutalité. Saga se laissa faire, rassérénée et étrangement joyeuse.

Elles quittèrent les bâtiments externes du palais, avec leurs galeries et leurs terrasses qui bordaient le vide, pour s'enfoncer dans les profondeurs de Lok-Rouanez. Saga reconnut le chemin. Elle l'avait parcouru des centaines, des milliers de fois. Elle pénétra dans la salle du trône d'Hegarat avec un sourire aux lèvres. Corrélativement, l'expression de Pabu s'était renfrognée devant la bonne humeur de sa sœur.

Le Rieur n'était pas assis sur son trône, mais penché au-dessus d'une immense table en chêne, au centre de la salle, longue d'au moins cent pieds. Elle était taillée d'un seul bloc. Saga se souvenait encore de l'arbre dont elle provenait : et pour cause, elle l'avait fait pousser elle-même, nourri par le sang d'un souverain qui avait osé s'opposer au Roi Sage. Elle se rendit compte avec remords qu'elle ne se souvenait plus de son nom. Les veinures du bois étaient teintées de rouge sombre. Sa surface était jonchée de cartes, de plumes, d'encriers et de rouleaux de parchemin. Le Dieu Rieur était un tyran, mais aussi un général pragmatique et redoutable.

Plusieurs sorcières d'âges variés l'entouraient, ainsi que deux hommes en armures. Le premier portait une cape verte et le blason du Deshevron sur sa poitrine ; le second, une cape d'un bleu profond, presque indigo, et un hippocampe stylisé sur fond de corail. Les couleurs de l'Empire Queiralien. Un crocodile, sous l'hippocampe, indiquait qu'il provenait de la province de Nirailles, la plus nordique de l'Empire et la plus proche de Lok-Rouanez. Saga espéra fortement que Nirailles avait accepté un accord sans en référer à l'impératrice Honoria. Sinon, Éleuthère et Aynet se dirigeaient au-devant de sérieux ennuis.

— Ah, Saga, prononça le Rieur en l'apercevant. Et Pabu. Merci, dit-il à cette dernière en lui faisant signe de rester.

Elle resta où elle se trouvait, aux côtés de Saga, les pieds fermement plantés sur le sol, comme une gardienne de prison. Dans ses yeux noirs ne brillait aucune adoration, mais la satisfaction sereine de servir l'homme – ou plutôt le dieu – qui allait lui procurer gloire et pouvoir. Saga se demanda ce qu'elle en ferait, si elle pouvait parvenir à ses fins. Curieusement, elle n'arrivait pas à se l'imaginer. Possiblement parce que Pabu était une éternelle insatisfaite, toujours avide d'avoir *plus*.

Le Roi Sage – non, Hegarat, se corrigea Saga. Il fallait qu'elle l'appelle par son nom. Il ne lui était pas supérieur. Pas égal non plus, mais... différent.

Hegarat roula posément la carte qu'il parcourrait en

échangeant quelques mots avec les deux généraux. Bien qu'il les dominât de deux têtes, il semblait être à leur niveau, accessible. Ah ! Jusqu'au jour où il aurait obtenu ce qu'il souhaitait, oui. Et ce jour-là, pour peu qu'ils lui déplaisent, il les dominerait de trois têtes, les leurs ayant roulé par terre.

Il fallait qu'elle garde la blague en mémoire pour Rustning, songea-t-elle. C'était exactement le genre de chose qui le ferait hurler de rire.

— Pourquoi sourit-elle ? demanda le pseudo-dieu d'un air intrigué.

— Je crois qu'elle a finalement perdu l'esprit, Votre Majesté, répondit Pabu.

Les lèvres du Rieur s'incurvèrent.

— Je sens qu'on ne va pas s'ennuyer, avec vous deux réunies. (Il frappa amicalement dans ses mains.) Mesdames, messieurs, nous en resterons là pour aujourd'hui. Mais ne vous éloignez pas trop, il pourrait y avoir des festivités, ce soir, conclut-il simplement.

Les sorcières lancèrent des sourires mauvais à Saga. La jeune femme prit soin de faire passer, dans son regard méprisant, l'équivalent de : « C'est ça, les filles, réjouissez-vous. C'est moi sa favorite et vous allez rapidement vous en rendre compte. » Même si elle n'était sûre de rien.

— *Pouffiasses !* lança la Cent Troisième dans son esprit.

— *Il est quand même fichtrement séduisant,* soupira la Septième, l'une de ses plus anciennes incarnations, en admirant les épaules carrées du Rieur.

La Douzième, celle qui avait pris la décision de se rebeller, lui donna l'équivalent d'une claque mentale. Saga secoua la tête pour s'ébrouer comme un chien. Beaucoup, beaucoup de souvenirs et beaucoup, beaucoup de sensations remontaient à la surface de sa mémoire comme la myriade de bulles que lâcherait un menaçant monstre marin.

— *Calme-toi,* dit doucement la Cent Huitième, sa propre mère, qu'elle n'entendait que rarement. *Tu le connais. Tu sais tout ce dont il est capable. Il ne pourra jamais rien faire de plus. Ton âme restera la tienne.*

Saga espérait que c'était vrai.

D'un signe du doigt, le Rieur lui indiqua de s'asseoir. Après une seconde de réflexion, il en fit de même avec Pabu. Elles s'installèrent toutes les deux sur des fauteuils pliants en bois, à la mode queiralienne, qui entouraient la table.

Au lieu de prendre la parole, Hegarat la dévisagea attentivement.

Elle le laissa faire. C'était ce qu'elle voulait. Qu'il l'observe et qu'il voit. Non, se rappela-t-elle. C'était ce qu'elle voulait, mais pas ce qu'elle devait laisser transparaître. Elle se força à se raidir, à serrer les dents. Son cœur s'emballa. Son front se couvrit d'une légère couche de sueur. Ce n'était pas difficile. Il suffisait de lire le calcul dans les yeux du Roi Sage, de penser aux innombrables – et innommables – massacres qu'elle avait commis sous sa gouverne. À nouveau, une nuée de souvenirs lui revint à l'esprit. Elle retint un haut-le-cœur.

Le visage du Rieur s'éclaira.

— Saga, Saga, prononça-t-il enfin, l'air diverti. Vraiment, Saga ? (Il se tourna vers Pabu, comme pour partager un secret avec elle.) Elle est enceinte. Depuis peu de temps, à ce que je vois. Quinze jours ? (Il s'installa en face d'elle, de l'autre côté de la table, appuyant son menton dans la paume de sa main.) Félicitations, ma belle. Oh, mais la vraie question est de savoir *pourquoi*. Je sais que tu ne fais rien par erreur. Alors pourquoi, Saga ? Envisages-tu de continuer ta lignée, malgré la pagaille dans laquelle tu patauges ? Ou y a-t-il une autre raison ? Ce n'était pas pour me faire un petit cadeau, tout de même ?

Le sang de Saga se glaça sans que, cette fois, elle n'y fût pour rien. Elle serra les poings, se retenant de poser les mains sur son ventre. Elle n'eut pas à simuler la terreur qui se lisait sur son visage. Hegarat plissa les yeux avant de prononcer les paroles qu'elle redoutait entre toutes :

— Je ne suis pas stupide au point de t'épargner simplement parce que tu t'es fait engrosser. Si tu espérais provoquer ma pitié de cette façon, j'avoue que je suis déçu. Mais je suis également intrigué, ajouta-t-il plus joyeusement. Qui peut bien être le père de cette future petite Saga, mmh ? Le premier clochard venu ? proposa-t-il en saisissant un miroir à main qui traînait sur la table. Un de tes pathétiques compagnons, qui aurait eu pitié de toi ?

Sans prévenir, vif comme un serpent, il se pencha vers elle pour lui empoigner la nuque et lui cogner le visage contre la table. Elle poussa un cri en sentant son nez se briser. Élégamment, du bout du doigt, le Rieur récupéra le sang qui en coulait pour y tracer une rune sur la glace.

— Tu pues encore son odeur, marmonna-t-il tandis que le reflet se brouillait, puis laissait apparaître l'image de Chilpéric.

Elle sentit une bouffée de tendresse l'envahir en apercevant l'expression méditative de son Âme Sœur et les traces de graisse sur ses joues. Penché au-dessus d'un parchemin, il se passait une main crasseuse dans les cheveux, les laissant dressés sur son crâne de façon ridicule. Elle s'efforça de dissimuler son affection, mais trop tard. Les sourcils de Pabu s'envolaient vers le plafond. Même le Rieur la contemplait d'un air incrédule.

— Qu'est-ce que... ?

Cette fois, il posa la main sur son front et murmura des paroles en vieux velte. Elle se crispa mais n'essaya pas de se dégager. À quoi bon ?

Le Roi Sage éclata de rire.

— Elle s'est trouvé une Âme Sœur ! Ha ! C'est la meilleure du millénaire !

Il rit et rit encore, de tout son cœur, lui remémorant d'où il tirait son surnom. Le Rieur avait une voix magnifique, mais ce n'était rien à côté de son rire. Puissant, joyeux, communicatif, il était capable d'ensorceler les esprits les plus faibles et de sérieusement charmer les plus forts. Quand le Roi Sage riait, ses ennemis frissonnaient et ses alliés – non, ses serviteurs – sentaient leur cœur gonfler de dévotion. Il y avait quelque chose de magique dans ce rire. Sans doute parce qu'il n'était jamais feint et toujours empli d'une inébranlable certitude, celle que rien ne pouvait lui faire obstacle.

— *Oui, eh bien, il n'a pas ri quand nous l'avons enfermé dans sa statuette*, observa la Douzième d'un ton satisfait.

Saga resta de marbre tandis qu'Hegarat s'essuyait les yeux.

— Dis-moi, qui est l'heureux élu ?

Là non plus, elle n'hésita pas. De toute façon, il le découvrirait tôt ou tard.

— Chilpéric du Quesvron.

— Un des fils du roi ? Un frère du petit prince magicien ? (Il considéra pensivement sa réponse, l'air sérieux.) Une sorcière et un prince... C'est bien la première fois. Hum.

— C'est peut-être un signe, intervint Pabu tandis qu'il tapotait des doigts sur la table.

— Très certainement. Et pas n'importe quelle sorcière, en plus. Fascinant. (Intrigué, il réfléchit à voix haute sans sembler gêné par la présence de Pabu. Il lui faisait davantage confiance qu'elle ne l'avait imaginé, comprit Saga.) Est-ce parce qu'elle se bat à leurs côtés ? Ou est-ce à cause des évènements actuels ? Le Grand Enchantement n'a pas été programmé au hasard. Je me demande ce que nos géniteurs avaient en tête...

— Peut-être votre extermination ? s'entendit proposer Saga.

Sans ciller, le Rieur la gifla d'un revers de main. Pabu leva les yeux au ciel.

— Ça ne te ressemble pas, Saga, observa-t-il tandis qu'elle essuyait, avec sa manche, ses lèvres couvertes de sang. Toute cette bravoure. (Il fit la grimace.) Tu étais plus subtile dans le temps.

— Peut-être que j'en ai assez d'être subtile.

— Je vois ça, répondit-il sèchement. Au moins, tu nous facilites la tâche à tous les deux. Tu ne feras pas semblant de me supplier de te pardonner, je ne ferai pas semblant de considérer la question. Reste à décider de ton sort. (Les yeux brillants, il se pencha vers elle de toute sa haute stature.) L'enfant change la donne, bien entendu. Je ne vais pas détruire une créature si prometteuse. Ah, j'avais prévu de récupérer tes pouvoirs immédiatement, pour les donner à ta sœur, mais ce serait dommage...

— Vous me les avez promis, dit Pabu d'une voix neutre.

— Nous allons procéder différemment, décréta le Rieur sans même la regarder. De toute façon, il existait le risque que je lui arrache non seulement sa puissance, mais aussi ses souvenirs. Tu n'aurais plus été Pabu, mais une nouvelle Saga. Ce serait dommage, non ?

— J'aurais pu...

— Non, trancha-t-il. Je n'y vois aucun intérêt. Nous allons la garder avec nous. Je testerai sur elle les sortilèges que j'ai mis au point durant mon exil. D'ici à ce qu'elle accouche, nous avons huit mois pour parvenir à séparer ses pouvoirs de son âme, et découvrir comment la contraindre à nous les transmettre. (Il sourit, d'un sourire froid comme la glace qui n'avait rien de sincère, contrairement à son rire.) Quand nous avons mis au point ce sortilège de transfert, il y a des siècles, je l'avais laissée contrôler son application. Ce fut une erreur.

— Je récupérerai ses pouvoirs ? insista Pabu.

— Non, répéta-t-il. Nous les transférerons dans l'enfant, que j'utiliserai par la suite. Quant à toi, je t'apprendrai comment débuter ta propre lignée. Il n'y aura plus seulement une Saga, il y aura aussi une Pabu. Ça sonne plutôt bien, non ?

Saga jeta un coup d'œil à sa sœur, dont le visage affichait une expression de doute. Avec un rictus qui aurait rendu Rustning, Lucàn et Osbern fiers, elle lui lança :

— Je t'avais dit de ne pas lui faire confiance.

— Oh, Pabu ne me fait aucunement confiance, dit le Rieur. Par conséquent, elle n'aura pas la stupidité de se sentir trahie, ou quelque chose dans le genre, si je modifie mes plans. Elle sait que, tant qu'elle accepte de me suivre, elle finira par y trouver son compte. N'est-ce pas, ma chère ? (Pabu hocha la tête, faisant voleter ses boucles rousses. Le Roi Sage frappa dans ses mains.) Bien ! La question est réglée. Dommage. Certaines de vos congénères espéraient un lynchage en propre et due forme, mais on ne peut pas contenter tout le monde, n'est-ce pas ?

Saga ne répondit pas, essuyant le sang qui continuait de couler de son nez. Sa lèvre était gonflée et douloureuse, sa joue meurtrie, mais ce n'était rien à côté de la douleur *mentale* qu'elle ressentait en présence d'Hegarat. Elle avait oublié à quel point, malgré son charme et son intelligence, il pouvait se montrer cruel et froid. Il était difficile de concilier les deux. Il était beaucoup plus facile d'oublier une de ses facettes aux dépens de l'autre.

Le pseudo-dieu se redressa de toute sa hauteur, indiquant à Pabu de remettre sa sœur sur ses pieds. Saga se laissa faire, fatiguée. Son exaltation était retombée. Le poids des épreuves qui l'attendaient l'accabla soudain. Instinctivement, elle se laissa aller contre Pabu, contre sa tiédeur, contre son propre sang et sa propre chair. Cette dernière la repoussa, une expression méprisante dans le regard. Saga se redressa.

— Une dernière chose, avant de te ramener dans ta cellule, déclara le Rieur.

Contournant la table, il posa sa main sur son front.

Et Saga sentit tous ses pouvoirs la quitter.

Non, ce n'était pas exactement ça, corrigea-t-elle en combattant la panique qui l'envahissait. Ils étaient présents, mais elle ne pouvait plus y accéder. C'était comme s'il lui avait tranché les tendons du mollet pour l'empêcher de marcher. Il lui avait non seulement ôté le sol – à savoir, la magie que les bracelets retenaient loin d'elle – mais également la capacité de se mouvoir. C'était nouveau. Elle n'avait jamais rien ressenti de ce genre. Elle lui jeta un regard effrayé. Il sourit d'un air ravi, comme un enfant.

— Pas mal, hein ? (Il lui caressa la joue.) Tu sais, dans ma prison, celle où tu m'as enfermé, ô Saga, j'ai eu *beaucoup* de temps à tuer. Après quelques décennies de prise de bec, mes compagnons et moi-même avons décidé de nous occuper. Skugga, avec ses talents de manipulateur de réalité, peut effectuer ce petit tour sans problème, bien entendu. Alors, nous nous sommes amusés, pendant quinze ou vingt ans, à rechercher son équivalent via la sorcellerie. Je n'allais pas te rendre complètement impuissante, bien entendu : comme je disais, je veux conserver tes quatorze siècles de pouvoirs accumulés. Mais de là à te garder près de moi avec toutes tes capacités... !

— Est-ce que... (Saga déglutit, la bouche sèche.) Est-ce que c'est définitif ?

— Aucune idée ! répondit le Roi Sage avant de se mettre à rire, diverti.

Les genoux en coton, glacée, malade, Saga se retint au rebord de la table. Elle n'avait pas prévu cette situation. Elle ne l'avait jamais *envisagée*. Sans ses pouvoirs, elle n'était... Elle n'était que quoi ? Machinalement, elle guetta la réaction des voix dans son esprit. Silence. Rien. Avaient-elles vraiment existé, de façon magique, et venaient-elles de disparaître en même temps que ses capacités ? Ou était-ce le choc émotionnel ? Dans tous les cas, elle était seule. Vraiment seule. Pour la première fois depuis une éternité.

Avant qu'elle ne puisse réfléchir davantage, Pabu, d'une bourrade, l'avait poussée vers les portes de la salle du trône.

— Profite bien de ton séjour, lança le Rieur en se penchant vers ses cartes. Qui sait, peut-être que certains de tes compagnons t'y rejoindront d'ici trois ou quatre mois. Ceux que j'aurais envie de garder pour plus tard, du moins.

— Trois ou quatre mois ? répéta-t-elle d'une voix blanche.

Dans trois ou quatre mois, ce serait la fin de l'été, à peine de début de l'automne.

— Oh, oui. Tu ne pensais pas que j'allais attendre le printemps suivant pour attaquer, n'est-ce pas ? L'intérêt, avec les alliés qui n'ont plus rien à perdre, c'est qu'ils sont prêts en un rien de temps, dit le dieu vengeur sur le ton de la conversation. Au contraire des armées du Plaennendeon, qui exigent des mois pour s'organiser, sans parler de se déplacer. (Il fit la grimace.) Tes petits amis vont avoir une sale surprise quand je me mettrai en marche. Ils auront rassemblé quoi, un quart, un tiers de leurs forces ? Je vais peut-être attendre qu'ils en soient à la moitié, dit-il pensivement. Ça m'évitera de devoir courir partout pour terminer le travail.

Il n'ajouta rien tandis que Pabu, le sourire aux lèvres, entraînait Saga dont le sang était devenu plus glacé que des neiges éternelles.

Chapitre IX
Tricheries et théologies

Les paupières d'Aynet étaient lourdes, très lourdes. Elle se rattrapa de justesse avant de tomber de sa jument et, mentalement, se donna quelques claques pour se réveiller. Les jérémiades monocordes de Deuzio ne l'aidaient pas.

— Rien ne prouve que Nirailles soit aux mains du Dieu Sage, répétait-il pour la onzième fois en cinq jours. Son gouverneur est un homme raisonnable, mon père l'a toujours dit... et grand-père et tante Léonia sont d'accord avec lui, ajouta-t-il en avisant les sourcils haussés d'Éleuthère.

Ils avaient franchi les Monts du Mitan sans encombre, en grande partie grâce aux sorts de discrétion dont Aynet et Éleuthère les avaient entourés nuit et jour. La concentration que ce petit tour leur avait demandée avait rendu les trois dernières semaines éprouvantes. Aynet s'endormait sur sa selle. C'était l'unique raison pour laquelle elle n'avait pas encore transformé Deuzio en crapaud. Elle serait restée traditionnelle ; il aurait sûrement apprécié.

Ils se trouvaient désormais au nord de la gigantesque plaine de l'ouest du Plaennendeon. Le paysage était légèrement collinaire, orné d'une végétation sèche et de petits bois d'arbrisseaux. On était à la fin du printemps ; le temps était lourd et humide. L'orage grondait au loin. Collante de sueur, Aynet attendait avec impatience qu'ils atteignent la côte. Le littoral queiralien était paradisiaque, avec son sable blond, sa végétation luxuriante et ses maisons blanchies à la chaux. Il y avait des années qu'elle n'avait pas traîné dans ce coin. Éleuthère n'y avait jamais mis les pieds. Elle se demanda si c'était aussi le cas pour Deuzio.

Après leur escarmouche – ou leur combat sanglant, tout dépendait du point de vue et de l'expérience des participants – le petit prince n'était pas revenu sur la question de son départ. Il s'était même montré beaucoup plus conciliant qu'auparavant. Néanmoins, les vieilles habitudes ont la vie dure. Deuzio, rassuré par le fait qu'il avait joué un rôle dans leur aventure, qu'il était vraiment un prince, un *héros*, ne cessait de la ramener sur tous les sujets. Il ne faisait plus de commentaires désagréables sur ses compagnons, ce qui était déjà un progrès, mais ne pouvait s'empêcher de donner son avis sur tout.

Éleuthère, trop épuisé pour réagir, se contentait de lui prêter la sourde oreille. La fée glissa un regard en douce à son filleul. Le pauvre chéri avait beau paraître assuré, savoir ce qu'il faisait, c'était lui qui, à peine deux ans plus tôt, se trouvait à la place de Deuzio. Beaucoup de gens n'en avaient pas conscience. Elle-même l'oubliait, parfois.

Si elle ne se trompait pas, c'était aussi la première fois, trois semaines plus tôt, qu'il tuait autant de gens de ses propres mains.

C'était le genre de choses qui laissait des traces.

Deuzio n'en semblait pas perturbé. Malgré son bon fond, il avait été élevé par un homme sans cœur – non, pire : par un abruti persuadé de sa propre importance. Par conséquent, Deuzio avait donc eu, depuis l'enfance, les yeux et les oreilles bouchés par de pleines truelles de merde, comme par exemple celle que les gobelins et les bleisteux n'étaient pas des gens. Il commençait à peine à réfléchir par lui-même. Aynet espérait qu'il allait le faire dans la bonne direction. Et laisser son ego au placard.

— D'ailleurs, nous n'avons croisé aucune trace des forces du Dieu Rieur, ce qui prouve bien qu'il se cantonne au Deshevron, et le gouverneur de Nirailles…

Serin, leur petite prisonnière, intervint d'un ton mordant :

— Ouvre les yeux, trouduc. Ça fait deux jours qu'on nous suit à distance. Ça pue le bleisteux dès que le vent tourne. Tu as de la crotte à la place du cerveau ou quoi ? Qu'est-ce que tu imagines ? Que Sa Majesté est stupide ? C'est un *dieu*, princelet. Et toi, tu es quoi ? Le descendant d'un type qui, deux siècles plus tôt, a récolté une province vaguement indépendante parce qu'il avait engrossé la fille d'un consul !

Éleuthère, qui chevauchait en tête avec Aynet, se mordit les lèvres pour ne pas pouffer de rire, malgré sa lassitude. La fée l'imita. Ils avaient décidé tous les deux qu'ils aimaient bien Serin. La jeune sorcière, même à contrecœur, semblait éprouver du respect pour leurs capacités magiques. De plus, elle prenait un malin plaisir à rabaisser Deuzio, surtout quand il se laissait embarquer dans ses monologues moralisateurs et bien-pensants. En contrepartie, leurs disputes déliaient la langue de la prisonnière et la distrayaient de toute tentative d'évasion. La situation s'équilibrait sans qu'ils aient à intervenir.

— Oh, la ferme, grogna Deuzio d'un ton peu royal. Au moins, je n'ai pas passé ma vie à peigner des chèvres…

— Non, des poneys, rétorqua Serin du tac au tac.

— … et explique-moi, si on nous suit, pourquoi on ne nous attaque pas ? demanda-t-il d'un air triomphant.

— Parce que tu ne comprends rien à la magie, cervelle de limace. Le sortilège pour lequel dame Aynet et maître Éleuthère se décarcassent, pendant que tu bécotes ton épée ou je ne sais quoi, nous permet de ne pas nous faire repérer et de détourner l'attention. Ça ne veut pas dire que nous ne laissons pas de traces et qu'on ne peut pas nous traquer.

Deuzio ouvrit la bouche, la referma, et marmonna dans son absence de barbe :

— Ça ne signifie pas que le gouverneur de Nirailles...

— On n'a pas le temps, d'accord ? trancha Aynet, excédée. C'est fini, la diplomatie traditionnelle, les banquets et les réceptions. Si le Rieur a déjà agi, c'est que les choses se précipitent. Alors, *en effet*, Secundus de Keilles, tu as peut-être raison. Il est possible que le gouverneur de Nirailles soit un homme bien et qu'il attende notre visite. Et ensuite ? Tu veux perdre plusieurs semaines pour respecter le protocole ? Tu veux faire le tour des provinces impériales pendant que des gobelins et de trolls commencent à saccager le Deshevron ? Tu veux frimer en armure pendant que les fées les retiennent aux frontières du Quesvron ? Parce que là, ce ne serait pas une question de respecter le déroulement de ta quête. Simplement de satisfaire ton orgueil. Mais je t'en prie, ne te gêne pas. Je suis sûre que ton père sera fier de toi, conclut-elle d'un ton cinglant.

Un silence suivit ses paroles. Les oiseaux s'étaient tus. Même les branches des arbres s'étaient arrêtées de murmurer.

— Oui, bon, d'accord, dit finalement Deuzio.

Ils marchèrent plusieurs minutes sans prononcer un mot. Au loin, un éclair déchira les nuages noirs qui pesaient sur l'horizon. Le plus jeune prince reprit la parole d'un ton neutre, diplomatique, telle une prudente branche d'olivier :

— Vous dites que les choses s'accélèrent. Vous pensez qu'il va attaquer plus tôt que prévu ? Vous disiez qu'il lui faudrait l'hiver pour rassembler ses forces...

Serin ne put retenir un reniflement narquois. Elle reprit aussitôt un visage de marbre, consciente d'avoir confirmé leurs soupçons. Éleuthère lui jeta un coup d'œil avant de regarder Aynet.

Depuis Haustebourg, la question n'avait cessé de les tourmenter. Si le Rieur était prêt, il avait tout intérêt à lancer les hostilités. C'était ainsi qu'Aynet aurait agi à sa place.

— C'est mauvais, observa Éleuthère d'une voix fatiguée. Je ne suis pas militaire, mais je sais quand même que nos armées ne seront jamais prêtes en trois mois. Elles n'auront même pas le temps d'arriver jusqu'au champ de bataille.

— Celle de Keilles, peut-être, dit Deuzio d'un ton sérieux. Adezen n'est pas loin. Et votre frère Buccelin, avec ses chevaliers, peut traverser le col rapidement.

— Pour ça, il faudrait qu'il soit au courant.

— Vous ne pouvez pas le prévenir à distance ? demanda Deuzio d'un ton hésitant.

— C'était Saga la spécialiste.

— Avant de traverser le col, intervint Aynet, j'ai envoyé un courrier au Bois des Fées. Elles transmettront le message. Il faut aussi que le roi Aldebert... (Elle se souvint de la situation et se corrigea.) ...que la reine Flor surveille le nord de son royaume. Tu es en train d'imaginer ta petite sœur dans une minuscule armure sur un cheval, n'est-ce pas ? demanda-t-elle à Éleuthère qui rigolait.

— Oui, avoua-t-il.

— Un courrier ? demanda Deuzio.

— Il faut bien que ça serve un peu, de pouvoir parler aux oiseaux.

Ils progressèrent dans un silence méditatif entre les bosquets de bouleaux. Le lendemain, ils rejoindraient la plaine à proprement parler et les premiers villages de l'Empire. Les traqueurs du Dieu Rieur cesseraient peut-être leur poursuite. Ils pourraient lever leur sort de discrétion, pensa Aynet avec soulagement.

Derrière elle, Deuzio poussa un gros soupir et demanda :

— Direction Gozen, puis droit vers la côte, alors ?

— Exactement.

Ils continuèrent leur route tandis que l'orage éclatait, trempant leurs capes et leurs montures en moins de quelques minutes.

•

Deux jours plus tard, Aynet conclut que la traversée de la plaine de l'Empire allait leur prendre trop de temps. Ils se trouvaient encore à trente lieues au nord de la cité libre de Gozen et, pour être honnête, Éleuthère et elle étaient à bout de forces. Par deux fois, ils avaient dû se cacher dans des buissons tandis que des bandes de gobelins et de bleisteux furetaient autour d'eux. Seuls l'expérience d'Aynet et l'énergie brute d'Élie leur avaient permis de détourner l'attention de leurs poursuivants. Il s'en était fallu de peu.

Ils s'étaient arrêtés, pour la nuit, en bordure de la forêt qui descendait depuis les contreforts des Monts du Mitan, sur leur gauche. Derrière un bosquet de charmes, ils avaient trouvé une grotte, à peine assez grande pour abriter les chevaux, qui leur permettrait de ne pas rester à découvert. En face des montagnes, le soleil effleurait la plaine interminable qui menait, plusieurs centaines de lieues vers l'ouest, jusqu'à la mer. La lumière rouge semblait embraser les hautes herbes agitées par le vent. L'endroit aurait été idéal pour élever du bétail – s'il y avait eu des points d'eau pour les abreuver.

On racontait beaucoup de choses sur la plaine de l'ouest du Plaennendeon : qu'elle avait été le théâtre, en des temps immémoriaux qui précédaient les Anciens Dieux eux-mêmes, d'un affrontement qui y avait détruit toute vie ; que les rivières avaient détourné leur lit pour éviter ses terres empoisonnées ; qu'il avait fallu des siècles pour que l'herbe recommence à y pousser ; qu'on recommençait à y revoir parfois un lapin, parfois un arbre, mais qu'il faudrait encore longtemps avant qu'elle soit de nouveau occupée.

Ses habitants se cantonnaient à sa périphérie : à l'est, au pied des Monts du Mitan, comme dans les deux cités libres de Gozen et d'Adezen ; à l'ouest, sur la côte ; au nord et au sud, dans les zones plus vallonnées de Nirailles et de Keilles. La population d'Edorailles et d'Arailles, les deux plus grosses provinces de l'Empire, vivait en majeure partie sur une bande de terre de cinquante lieues de large le long de l'océan.

C'était là-bas qu'Aynet, Éleuthère, Deuzio et Serin devaient se rendre.

Les deux uniques routes qui traversaient la plaine partaient des deux cités libres, en suivant les modestes rivières qui s'élançaient vaillamment à l'assaut du gigantesque désert herbeux. La traversée prenait au moins six semaines. Six semaines qu'ils n'avaient pas. Ils avaient déjà perdu trop de temps dans les montagnes.

— Il faut qu'on prenne un raccourci, annonça Aynet tandis qu'ils dînaient assis autour du minuscule feu de camp qu'ils avaient allumé au fond d'un trou.

Leur troupe avait piètre allure. Deuzio avait fini par comprendre la gravité de la situation. Éleuthère avait les traits tirés et de gros cernes noirs. Tout comme Aynet, il ne se permettait que quelques heures de sommeil par nuit, de crainte que leurs poursuivants ne les retrouvent. Même Serin, qui continuait à les insulter avec entrain, jetait de fréquents coups d'œil par-dessus son épaule. Aynet la soupçonnait de commencer à se demander ce qui se passerait pour elle si ses consœurs les rattrapaient. C'était une bonne question.

Au-dessus de leurs têtes, quelques nuages se paraient d'une dernière lueur violette tandis que les étoiles apparaissaient une à une. Les lunes étaient cachées, ce soir-là.

Éleuthère fit la grimace.

— Les raccourcis, ça n'apporte jamais rien de bon.

— Quel raccourci ? demanda Serin d'un ton méprisant. À partir d'ici, c'est tout droit jusqu'à ce que vous ayez les pieds dans l'eau. C'est trop compliqué pour vous ?

— Un raccourci de quête, répondit Deuzio d'un ton sec. Elle veut dire qu'il va falloir trouver un moyen d'aller plus rapidement, sans respecter le déroulement traditionnel d'une aventure. Et maître Éleuthère a raison. Ça n'apporte jamais rien de bon.

— Genre, quoi ? se moqua la jeune sorcière. Vous allez vous prendre une pluie d'écureuils sur le museau ? En plein milieu de la plaine ?

— Je pensais que tu étais une spécialiste de la magie ? ironisa Deuzio.

Malgré l'obscurité, ils virent tous l'adolescente se mettre à rougir.

— Ça ne veut pas dire que je suis une spécialiste de vos quêtes à la noix !

— Tu es familière, de façon générale, avec le Grand Enchantement ? demanda Aynet.

— Les traditions magiques ? Je comprends le principe. Pour une raison stupide, les princes sont gentils, les sorcières sont méchantes. Ça vous va comme ça ? cracha Serin.

La fée chassa ses paroles d'un geste.

— Oui, oui, on a compris, tu nous es moralement supérieure, blablabla. Mais les traditions ne font pas qu'avantager les héros. Ils leur imposent aussi des contraintes, des règles à respecter, sous peine de châtiments. Tu as l'air de connaître l'histoire de la famille royale de Keilles. Tu te souviens de l'épidémie de peste, il y a quatre cent cinquante ans ? (Serin hocha lentement la tête.) La reine deshevronnaise de l'époque avait refusé de suivre les conseils du Collège Bleu, une organisation de magiciens de l'époque, qui lui préconisaient de s'enfermer dans une tour.

— Vachement original, commenta Éleuthère.

— Pourquoi ? ne put s'empêcher de demander Serin.

— Je ne sais plus trop. Sans doute pour se trouver un mari. Toujours est-il qu'elle a tapé du pied, refusé, et que son peuple s'est retrouvé ravagé par la peste six mois plus tard. La moitié en est morte.

— C'était un hasard, affirma Serin.

— Mmh-mmh ? Et le raz-de-marée sur la côte queiralienne, il y a deux siècles ? Le prince Titus, l'un des fils de l'empereur, avait préféré faire un mariage de raison, très avantageux pour son peuple, plutôt que d'épouser une tisseuse de lin. Oh, et l'invasion de salamandres sur les pâturages de Keilles, il y a une dizaine d'années ?

— Tante Kelia qui voulait épouser un comptable, dit Deuzio d'un ton plat. Les incendies ont duré des mois. Il y a eu des centaines de morts.

— Sans compter qu'il y a réellement eu une pluie d'écureuils sur le Deshevron à une époque, intervint Éleuthère.

— À cause de la princesse Nominoë, qui avait refusé d'aider une grenouille en détresse, confirma Deuzio.

— Je crois que son chien l'avait mangée, non ?

— Oui, et d'après la légende, c'était un soldat ensorcelé qui devait se révéler être son Âme Sœur, dit Deuzio.

Les deux princes échangèrent un regard résigné et entendu. Serin les dévisagea tour à tour, d'un air hésitant.

— Je pensais que ce n'était que des histoires.

— Non, dit Aynet d'un ton ferme. Ce que beaucoup de gens ignorent, ou préfèrent ne pas savoir, c'est que leurs « héros », c'est-à-dire les individus qui possèdent une destinée, ne sont pas libres de leurs mouvements. Ils sont soumis à des lois.

— Notamment sur les quêtes, conclurent en chœur Éleuthère et Deuzio.

Aynet hocha la tête.

— Les familles royales ont le bon sens d'enseigner les grands principes de ces lois à leurs descendants. Malheureusement, les héros d'origine plus modeste – ainsi que les héroïnes, bien sûr – ne reçoivent pas cette même éducation. La plupart du temps, les choses se déroulent sans problème, mais parfois l'un d'entre eux possède un caractère bien trempé et les conséquences en sont... spectaculaires.

— Comme pour le *prefectus* Titus Venapius, récita Éleuthère.

— Ou Margot la gardeuse de chèvres, ajouta Deuzio.

— Ou Jorgen Jorgensen.

— Ou le Bossu Noir.

— *Et cætera, et cætera*, les coupa Aynet. Je ne dis pas que toutes les catastrophes, naturelles ou non, ont découlé de leurs actions, mais beaucoup y sont liées. Beaucoup, également, n'ont pas d'origine logique, seulement une origine magique. Une pluie d'écureuils, ou même de salamandres, ça ne s'explique pas par des phénomènes météorologiques, dit-elle avec bon sens.

Serin paraissait toujours incertaine, comme si elle avait voulu qu'ils lui racontent des mensonges mais sentait, au fond d'elle, qu'ils disaient la vérité.

— Les cyclones d'il y a douze ans ? demanda-t-elle.

— Oh, je m'en souviens de ceux-là ! dit joyeusement Éleuthère, malgré sa fatigue. La fille aînée de l'impératrice devait aller pourfendre un troll, mais les consuls ont voulu l'en empêcher parce que « ça ne se faisait pas ». Les crétins.

— Les prêtres du Nonemdiat, l'église de Queirailles, ont dû intervenir, confirma Deuzio. Heureusement, ça n'a duré que quelques jours.

— Hé, tant qu'on fait un peu de théologie, observa Éleuthère d'un air intéressé, on pourrait réviser le panthéon queiralien ? Ça m'a toujours fait bâiller, pour être honnête.

— Plus tard, dit Aynet. (Elle se pencha en avant, tisonna le feu qui faiblissait, puis revint à la jeune sorcière.) En résumé, même si les choses semblent être de notre côté, nous ne pouvons pas faire comme bon nous chante. Il y a des procédures à suivre. Par exemple, un héros en quête se doit de cheminer seul...

— Sauf s'il est accompagné par d'autres héros, précisa Éleuthère. Sinon, ça fait longtemps que notre quête se serait cassé la figure.

— Il doit aussi passer par une succession d'étapes obligatoires, morales et géographiques, expliqua la fée. Les deux se superposent souvent. Aussi, en sautant des étapes géographiques...

— On saute des étapes morales nécessaires à l'accomplissement de la quête ? devina Serin, captivée.

— Exactement. Dans notre cas précis, nous avons décidé de modifier notre chemin en évitant Nirailles, ce qui représente, disons, un choix de destinée et ne devrait pas nous porter préjudice. Après tout, c'est la conséquence directe du déroulement des évènements.

— Par contre, ma chère marraine propose à présent de prendre un raccourci, c'est-à-dire de sauter une partie du chemin géographique de notre périple, ajouta Éleuthère.

— Et donc une partie du cheminement moral, dit sèchement Deuzio.

— Si c'est si dangereux, pourquoi vous le proposez ? demanda Serin.

— Parce que le Rieur se moque des règles et qu'il attaquera dès qu'il sera prêt. Mais aussi parce que nous perdons un temps précieux et que la situation devient vraiment trop serrée. Je ne sais pas si nous pourrons maintenir le sort de dissimulation encore longtemps, avoua Aynet.

— Mais ça ne risque pas de déclencher une catastrophe ?

— Oh, si, confirma Aynet. Mais pour le Rieur, ça n'a pas d'importance. Il est un agent du chaos. Les bouleversements lui sont favorables. Si une catastrophe n'arrive pas, il se fera un plaisir de la provoquer plus tard. Non, c'est pour nous que les choses sont délicates. Il s'agit, ici, de considérer calmement la situation et de voir si nous pouvons prendre ce risque.

— En fonction de quoi ? demanda Serin, suspendue à ses lèvres.

— En fonction de Deuzio, principalement.

Trois têtes se tournèrent vers le prince de Keilles qui soupira.

— Dans notre affaire, continua d'expliquer Aynet, tu es une prisonnière, Serin. Ta progression morale a donc peu d'importance. Je suis, disons... (Éleuthère, entre deux bâillements, marmonna deux mots qui ressemblaient à « vieux mentor ». Elle lui donna un coup de coude vindicatif.) ... une conseillère. Ce n'est pas mon histoire. Éleuthère est bien un héros, mais il est le héros de quelque chose de plus grand, qui a commencé l'année dernière et qui va sans doute continuer un moment. Pour l'instant, nous sommes entièrement dans la quête de Secundus de Keilles, qui doit rallier les forces du Plaennendeon à sa cause.

— Ce qui n'empêche pas mes « conseillers » de n'en faire qu'à leur tête, dit l'adolescent d'un ton amer.

Aynet lui tapota distraitement la tête.

— C'est pour ton bien, mon petit.

Il se dégagea en protestant mais ne la contredit pas. Bien. Peut-être était-il en train de se résigner sur son sort... pardon, d'entrevoir le bien-fondé de leur enseignement.

— C'est donc à Deuzio de faire le choix, résuma Éleuthère.

Ce dernier soupira en se frottant les yeux, les coudes posés sur les genoux. À la lueur du feu crépitant, il avait l'air très jeune et très fatigué, songea Aynet avec un soupçon d'attendrissement.

Un jour, sa faiblesse pour les princes la perdrait.

Sauf pour cette saleté de Marc, bien entendu.

— Qu'est-ce que vous proposez ? demanda Deuzio en relevant la tête.

Aynet lui expliqua son idée. Il ouvrit de grands yeux.

— Hors de question ! vitupéra-t-il à voix basse tandis qu'Éleuthère riait doucement.

Serin, elle, pouffa d'amusement.

— Hors de question parce que tu sens que ça mettrait ta quête en péril, ou hors de question parce que tu as les chocottes ? se moqua-t-elle.

Quand elle riait vraiment, ses joues brunes s'ornaient de deux fossettes. Sans les années de deuil et de privation qui se lisaient sur son corps maigre et dans ses yeux farouches, elle aurait pu être jolie. Distraitement, Aynet se demanda comment elle pourrait rattraper ces cheveux frisés qui étaient dans un état absolument *déplorable*.

Avec de l'huile parfumée, peut-être ? Ou des œufs ? À voir.

— Hors de question tout court ! fulmina Deuzio.

— Ça nous ferait gagner beaucoup de temps, dit sagement Éleuthère. Et puis, ce n'est pas comme si on allait faire beaucoup de rencontres en plein milieu de la plaine. Je pense qu'on ne risque pas de manquer une étape importante.

— Qu'est-ce que vous en savez, hein ? riposta Deuzio.

Éleuthère leva la main et se mit à compter sur ses doigts :

— Voyons voir, on est déjà passés par la Première Escarmouche Ennemie. L'Épreuve d'Humilité. (Deuzio rougit.) La Rencontre avec l'Adversaire. Les Vieux Mentors... bon, ceux-là tu les as depuis le début. La Remise en Question Morale, grâce à Serin. Il te manque la Rencontre Romantique, mais ça n'arrive pas toujours ; et puis Saga a eu la sienne, ce qui jetterait une sacrée ombre sur la tienne. Qu'est-ce qui nous manque ?

— L'Instant de Gloire ? proposa Aynet.

— J'imagine plutôt ça sur le champ de bataille, ou face à l'impératrice.

Deuzio hocha la tête, concédant l'argument.

— L'Objet Enchanté ! s'exclama-t-il d'un ton triomphant. Remis lors d'une rencontre sur le chemin, par un puissant magicien... (Ses yeux tombèrent sur son épée qui, depuis le sortilège d'Éleuthère, brillait d'une légère lueur argentée.) Oh.

— On n'a pas eu d'Épisode de Trahison, observa rêveusement Aynet.

Elle aimait les Épisodes de Trahison. Elle aimait l'*après* des Épisodes de Trahison. Souvent, régler le problème du traître lui permettait de se calmer les nerfs.

— Le roi Garmon, lui rappela Éleuthère.

Ah, oui.

— On a eu les Festivités, continua d'énumérer Éleuthère, on a eu le Doute, l'Alliance, la Fuite. On n'a pas eu l'Affrontement Final et la Mort d'un Ami.

— Ça vient généralement plus tard, dit Aynet.

Elle aimait moins les Morts d'un Ami.

— Il manque aussi l'Animal Magique et l'Instant de Complicité, dit Deuzio.

Éleuthère eut l'air gêné comme si, en tant que mentor, il était personnellement responsable du second. À nouveau, Aynet tendit la main pour tapoter la tête du petit prince.

— On va te trouver un petit camarade avant la fin, va. N'essaie pas d'imiter Éleuthère. Tout le monde ne peut pas devenir ami avec un abruti de prince qui le réveille en l'embrassant sans la moindre trace de consentement explicite…

— *Marraine*, dit Éleuthère d'un ton insistant.

— Oui, oui.

— Bon. Je reconnais qu'il ne manque pas grand-chose, admit Deuzio à contrecœur.

— Alors, c'est oui ? demanda Aynet joyeusement.

— Vous êtes complètement folle, dit Deuzio.

Aynet ne le réprimanda pas. Il avait un tantinet raison. Et puis, il fallait qu'il apprenne à s'affirmer. Elle espéra qu'il rentrerait un jour dans le lard de son auguste père.

— Chut ! souffla soudain Éleuthère.

Ils se turent, leur timide ébauche de bonne humeur retombant brutalement. En deux temps trois mouvements, Deuzio avait recouvert le feu de terre et Éleuthère mené les chevaux au fond de la grotte. Aynet, après avoir bâillonné Serin, écarta prudemment les branches qu'ils avaient entassées devant l'entrée. Quelqu'un s'avançait dans le sous-bois. Des branches craquaient sous les pieds de créatures inconnues, dont la respiration était étouffée par le bruit de la pluie. Elle retint son souffle tandis que, entre deux troncs, la silhouette massive d'un bleisteux se faufilait avec la souplesse d'un serpent venimeux.

Aynet, malgré elle, sentit son cœur accélérer sous l'effet de la peur mêlée à l'excitation. Elle s'était toujours dit qu'elle mourrait dans un coup d'éclat, poussée dans ses derniers retranchements. La situation s'y prêtait.

Inspirant l'air humide de la nuit, elle ferma les yeux pour vérifier leur sortilège. Il tenait bon, tel un épais voile posé sur la grotte, composé d'un millier de fils magiques qui les dissimulaient au regard des créatures. Un second bleisteux suivit le premier. Sur son dos se découpaient les silhouettes d'une dizaine de gobelins, qui scrutaient l'obscurité. Une sorcière les suivait de près, se détachant à peine de l'obscurité.

Ils s'éloignèrent. Accroupie, le front perlé de sueur, Aynet imagina un monde dans lequel ce ne serait plus seulement eux mais *tout le monde*, du plus puissant des rois au plus humble des bergers, qui se cacherait dans le noir, les poings serrés, priant pour échapper aux cauchemars qui rôdaient dans les ténèbres.

Elle ne laisserait jamais Hegarat se faire un tel plaisir.

•

Le lendemain, dès l'aube, ils se préparèrent à emprunter leur raccourci. Tandis qu'Éleuthère détachait les chevaux et, d'une claque sur la croupe, les envoyait galoper en direction de la silhouette de la cité de Gozen, qu'on apercevait au loin, Aynet triait ses affaires. Elle laissa de côté leur matériel de voyage – provisions, vaisselle, couvertures – pour ne garder que l'essentiel : les dix grimoires *indispensables* qu'elle trimballait partout avec elle, son pantalon et ses trois chemises de rechange, sa robe pour les petites occasions, sa robe pour les grandes occasions, son hennin, son sac à bijoux, son ancienne baguette magique cassée en deux, l'oiseau mécanique que lui avait offert Éleuthère sur la Côte de Jade, quelques babioles magiques qu'elle avait accumulées au cours de ses aventures et, pour finir, la boîte de pâte d'amande qu'elle avait dénichée à Rosanbo et qu'elle cachait jalousement.

Deuzio, dont la besace débordait de choses tranchantes et

acérées, regarda son tas d'affaires, étalées sur l'herbe, avec fascination.

— Qu'est-ce que c'est ? demanda-t-il en poussant un objet du bout du pied.

— Un voile magique. Si tu le mets sur ta tête, tu peux entendre et voir des créatures d'une autre dimension, comme des fantômes.

— Et ça ?

— Mes sous-vêtements.

Deuzio bondit en arrière avant de s'écarter d'un air faussement détaché. Un peu plus loin, assise par terre, les bras autour des genoux, Serin observait la scène avec une expression sombre. Ses bagages étaient légers : une chemise prêtée par Aynet, ainsi qu'un manteau et des bottes qu'ils avaient troqués dans un hameau en bord de route.

— Tout le monde est prêt ? demanda Éleuthère en revenant vers eux.

— Je pense que oui, dit Aynet. Il ne reste plus qu'à se mettre d'accord sur...

— *Vous ne me transformerez pas en crapaud !* siffla Deuzio.

Aynet prit un air offusqué :

— Mais c'est un classique ! Un sortilège tout à fait sûr. Aucune chance que ça rate, ou alors une toute petite... Oh, bon. D'accord. Et puis, tu serais sans doute mort de froid.

— Bonne remarque, dit Éleuthère. Il faut prévoir quelque chose qui les maintienne au chaud.

— Vous allez vraiment m'emmener aussi ? intervint Serin.

Ils se tournèrent tous les trois vers elle. Elle les regardait d'un air indéchiffrable. Impossible de dire si elle était effrayée, rassurée, paniquée ou excitée.

— Ben, on ne va pas te laisser là, répondit Éleuthère.

— Pourquoi pas ?

C'était une bonne question, convint Aynet.

Ils l'avaient emmenée avec eux... Pourquoi, d'ailleurs ? Ah, oui.

Pour essayer de la faire parler. Elle n'avait pas été très bavarde. (Une bonne séance de torture aurait sûrement arrangé les choses, mais Aynet connaissait ses compagnons : ils auraient dit non. Elle s'était dispensée de le proposer.) Rien ne les obligeait à se la coltiner. Ils pouvaient très bien la libérer. Ils ne lui avaient révélé aucun secret, n'est-ce pas ? Aucun que le Rieur ne connût pas déjà. Leurs poursuivants la trouveraient d'ici quelques jours. Et ensuite...

Ensuite, très certainement, ils la mettraient à mort.

Pour les sorcières, elle était quantité négligeable. Elle avait cheminé avec eux. Elles la soupçonneraient d'avoir révélé *leurs* secrets, voire d'avoir changé de camps. Peu importait que ce fût vrai ou non. Elles se débarrasseraient d'elle parce que c'était la chose la plus simple à faire. Et, dans les yeux noirs de Serin, Aynet pouvait voir qu'elle en était consciente, même si elle refusait de l'admettre ou même de l'évoquer.

La jeune sorcière leur jeta un regard rempli de défi. Comme pour leur dire qu'elle ne serait jamais de leur côté, qu'elle ne les supplierait pas non plus... mais que, peut-être, elle était prête à les laisser l'emmener. Uniquement dans le but de les espionner afin de servir le Roi Sage, bien entendu.

— Ouais, dit Éleuthère sans être dupe. Disons que c'est mon passe-temps de faire découvrir le monde à mes otages, d'accord ? Alors, on part sur quoi ? Des lapins ?

— Des loirs, décida Aynet. Ça résiste bien au froid.

— Vous l'avez déjà fait ? demanda Deuzio avec une trace d'inquiétude.

— Bien sûr.

Absolument pas. Mais elle avait toujours voulu essayer.

Tandis qu'elle retroussait ses manches, Éleuthère se débarrassa de sa cape puis déboutonna son pourpoint. Ensuite, sans cérémonies, il retira ses bottes, ses chausses, et sautilla en chemise sur le sol inégal. Deuzio le fixa bouche bée ; Aynet, scandalisée.

— Éleuthère du Quesvron ! Qu'est-ce que c'est que ce

comportement ?!

— Les transformations habillées, c'est épuisant ! protesta-t-il. On va voler pendant des heures ! Ça me donne mal à la tête de calibrer mes plumes en tenant compte de mes vêtements, d'accord ? Et puis, ce n'est pas toi qui vas attirer nos ennemis sur une fausse piste !

Deuzio protesta faiblement :

— Mais vous ne pouvez pas prévoir d'atterrir dans la *domus* du gouverneur d'Edorailles complètement à...

— Ce n'est pas le problème ! aboya Aynet. Je ne t'ai pas éduqué pour être paresseux, Élie ! On se transforme *proprement* ou on ne se transforme pas !

Avec un soupir accablé, son filleul entreprit de se rhabiller. Non, mais !

Elle revint à ses moutons, ou plutôt aux deux passagers qu'elle allait transporter, sous forme de phénix, sur un trajet de plusieurs centaines de lieues. Serin observait Éleuthère d'un air intéressé. Aynet la scruta d'un air suspicieux, mais la curiosité de la petite sorcière n'avait rien de grivois.

— Les transformations, c'est plutôt la spécialité des sorcières, observa-t-elle.

— Ça ne veut pas dire que ça leur est réservé, répliqua Aynet.

— Non, ce n'est pas ce que je voulais dire. C'est seulement... (Serin hésita.) On ne nous encourageait pas à tester les autres formes de magie, au camp. Plutôt le contraire.

Plusieurs réponses traversèrent l'esprit d'Aynet. « *Dommage pour vous.* » « *Je connais ça. Ça s'appelle de l'étroitesse d'esprit.* » « *C'était pareil au Bois des Fées.* » Comme elle voulait en apprendre plus, elle se contenta d'un :

— Pourquoi ?

— Nous n'avons pas besoin des autres magies, répondit automatiquement la jeune fille, comme si on le lui avait répété des milliers de fois.

— Pourquoi ? insista Aynet.

— Parce qu'elles sont inférieures.

— Hu-hu.

Aynet ne dit rien. Elle n'en avait pas besoin. Serin avait sur le visage l'expression des gens qui commençaient à douter. C'était un spectacle magnifique. Aynet avait toujours été une solide partisane du doute et de la remise en question. Sauf en ce qui la concernait, bien entendu. Après quelques siècles, elle avait mieux que ça à faire.

— Vous êtes prêts ?

Deuzio et Serin se placèrent côte à côte. S'ils avaient été moins polis ou moins distraits, ils auraient sans doute ronchonné. Ils se contentèrent de rester silencieux tandis qu'Aynet lançait son sort. Bientôt, deux loirs la regardèrent d'entre les herbes hautes.

— Essaie de prendre les bons, se moqua Éleuthère.

— Essaie de ne pas foirer tes rémiges comme la dernière fois, rétorqua-t-elle.

Il leva les yeux au ciel puis, sans un mot, se transforma en merle. Ce n'était pas la meilleure apparence pour voyager sur de longues distances, mais il n'avait pas le temps d'étudier une nouvelle forme. Sans attendre, il fila vers le nord, où leurs poursuivants les talonnaient toujours, malgré leur entrée dans la plaine. Éleuthère avait été faire un tour de reconnaissance pour les repérer la veille. Cette fois, il essaierait de les attirer vers le sud, en direction de Gozen, tandis qu'Aynet s'élancerait vers l'ouest, droit vers la côte.

Elle ramassa délicatement les deux loirs pour les glisser dans la poche d'un des sacs. Puis elle se métamorphosa à son tour, retrouvant avec plaisir sa forme fétiche. Elle fit quelques cabrioles dans les airs pour se dégourdir les plumes, cracha deux ou trois langues de feu – en veillant à ne pas enflammer l'herbe sèche – et finit par saisir, entre ses serres aiguisées, les sacs entassés sur le sol avant de s'élever dans les airs.

Elle monta droit vers les nuages moutonneux qui ponctuaient le ciel bleu. Elle aurait préféré une couverture plus épaisse, et plus basse, mais elle ferait avec ce qu'on lui donnait. Bientôt, la chaleur printanière qui régnait sur le sol disparut pour faire place à des rafales de vent froid. Sous ses pattes, le paysage s'agrandit, s'étala, jusqu'à ce que la plaine devienne une immense mer vert pâle. Derrière elle se dressaient les Monts du Mitan, avec leur roche grise couronnée de neige blanche. À leur pied, Gozen ressemblait à une petite verrue couverte d'ardoise. Un cheveu scintillant s'en échappait, se dirigeant vers l'ouest : la rivière qui rejoignait l'océan.

Elle monta encore, jusqu'à ce que la cité devienne indiscernable. Vers le nord, sur l'horizon, presque invisibles, elle devina les montagnes monstrueuses qui séparaient leur hémisphère de celui de l'Empire de l'Étoile. Peut-être, un jour, s'y rendrait-elle, musa-t-elle. Maintenant qu'elle avait vu Édena, c'était bien le seul endroit qui lui restait à visiter.

Vers le sud, au-delà de la mer verte, elle distingua une bande plus sombre. Sans doute les forêts d'Arailles et de Keilles. Et devant... devant, dissimulé derrière la courbure de leur monde, se trouvait son objectif : le littoral d'Edorailles.

Elle fit plusieurs tonneaux, pour la joie de terroriser ses deux passagers. Puis, battant de ses ailes puissantes, elle fila vers l'océan.

●

Voler était une sensation merveilleuse.

Mais lassante, après huit heures consécutives.

Aynet baissa les yeux sur le paysage monotone. Jusqu'ici, elle n'avait croisé qu'un faucon isolé qui avait paniqué en apercevant l'immense phénix. Elle n'avait même pas eu le temps d'échanger deux mots avec lui. Les bonnes manières se perdaient.

Éleuthère les avait rejoints trois heures après leur décollage. Elle n'avait pas pu lui demander comment s'était passée sa diversion : malgré tous les efforts d'Aynet, il n'avait jamais pu apprendre un seul mot d'oiseau. Peut-être était-ce un truc de fée.

Malgré tout, le merle, en les retrouvant, avait effectué une pirouette joyeuse. Il avait dû réussir sa mission. Au bout de deux heures, comme il fatiguait, elle l'avait laissé se percher sur son dos. Elle transportait à présent ses trois compagnons à elle seule.

Le soleil, en face d'elle, commençait à s'abaisser sur l'horizon. À mesure qu'ils s'étaient approchés de l'océan, le ciel s'était dégagé. Il ne restait plus aucun nuage pour les cacher. Ils volaient trop haut pour qu'on puisse les apercevoir mais, quand ils entameraient leur descente, quelques paysans allaient se poser de drôles de questions.

Par pur ennui, sans changer de trajectoire, Aynet effectua deux ou trois vrilles. Elle sentit les pattes d'Éleuthère tirer sur ses plumes tandis que deux piaillements effrayés retentissaient dans la besace. Il faisait beau, l'air frais glissait agréablement sous ses ailes enflammées, mais huit heures, c'était trop long. Enfin. Le littoral était désormais bien visible devant eux. Elle percevait les infimes taches blanches des villages qui le ponctuaient. D'ici une heure, ils seraient arrivés, estima-t-elle.

Elle avait plutôt bien calculé. Cinquante minutes plus tard, elle amorçait sa descente vers Edorailles, la capitale de la province du même nom. C'était une ville de taille conséquente qui s'étalait sur la côte et remontait le long de l'estuaire de la rivière en provenance de Gozen, formant un triangle dont deux extrémités entouraient une baie. Combien pouvait-il y avoir d'habitants ? Vingt, trente mille ? Ce n'était rien à côté de l'archipel de Queirailles. Cependant, c'était déjà impressionnant.

De petites maisons blanchies bordaient son port. En hauteur, sur les collines, des villas typiques de la culture queiralienne abritaient les riches familles patriciennes de la cité. C'étaient également les quartiers des temples, des parcs et des institutions politiques de la province. Aynet, qui avait déjà visité l'endroit, repéra la *domus* du gouverneur et piqua droit dessus.

On les avait aperçus. Tandis qu'elle descendait, que les arbres et les buissons redevenaient distincts, que les pavés des rues se dessinaient, les petites silhouettes des Edoraliens se mirent à agiter les bras vers le ciel. Elle s'amusa en les apercevant : elle avait oublié qu'ils portaient ces ridicules tuniques qui donnaient l'impression qu'ils étaient enroulés dans des draps. Même les robes des femmes manquaient de forme. Enfin, sous ces climats chauds, il devait être agréable de pouvoir respirer dans ses vêtements.

L'air se réchauffa alors qu'ils approchaient du sol. La villa du gouverneur se situait à l'extrémité d'une place dallée de marbre, entourée de jardins. Sans étage, elle s'organisait de façon rectangulaire autour d'un *atrium* à ciel ouvert. Là, par contre, Aynet savait reconnaître du génie quand elle en voyait. Rien de tel que de siroter un petit vin niralien, allongée sur une banquette, tandis que l'eau scintillait dans un bassin intérieur, couverte de pétales de roses.

Elle atterrit sans façon devant la porte principale, embrasant deux buissons au passage, fauchant de la queue une élégante statue de marbre. Des gardes accouraient en criant. Si Aynet et ses compagnons avaient été des ennemis, ils seraient arrivés bien trop tard pour les intercepter. Elle espéra qu'ils renforceraient leur sécurité après cela.

Tandis qu'elle s'ébrouait pour remettre ses plumes en places, Éleuthère sauta à terre et s'y retransforma immédiatement. Les gardes, interloqués, pointèrent leurs lances vers l'inconnu blond qui venait d'apparaître par magie. Deuzio avait raison, songea Aynet. La situation aurait été embarrassante si Éleuthère avait été tout nu.

Avec un petit « pouf » et un gracieux nuage rose, purement gratuits, elle reprit son apparence humaine. Des serviteurs jaillissaient de la villa, l'air curieux, et se pressaient derrière le rang de soldats en tuniques bleues et en armures de cuir qui les entouraient en hurlant. Elle chercha leur officier des yeux. Quintus Gregorius, à Brenacia, lui avait fait bonne impression, mais cela ne voulait pas dire que tous ses collègues lui ressemblaient. Un mordillement, sur sa cheville, attira son attention. Elle baissa le regard vers les deux loirs, dont l'un tentait d'escalader sa robe. Ah, oui.

Pouf. Deuzio et Serin apparurent à leur tour. Deuzio portait la robe brodée de la sorcière et Serin la cotte de mailles du prince.

Pouf. Chaque chose reprit sa place.

Deuzio plissa le nez comme pour faire frétiller des moustaches disparues, puis ouvrit de grands yeux et s'empressa de reprendre son air consti… sérieux habituel.

— *Qui estis ?* aboya un garde.

Aynet força son cerveau à passer en mode queiralien. À sa grande surprise, Deuzio s'avança sans hésiter pour répondre d'un ton assuré :

— *Ad dominum vostrum nos ducite !*

Les gardes échangèrent des regards hésitants. Aynet retint un reniflement hautain. C'était ça, le problème, dans une culture qui choisissait d'ignorer la magie : quand elle arrivait, personne n'était préparé à y faire face.

— *Nunc !* aboya Deuzio.

Il tendit le poing vers eux. Les légionnaires redressèrent leurs lances, puis se détendirent en apercevant le sceau de Keilles à son annulaire. Leur décurion – Aynet l'avait localisé grâce au plumeau qu'il portait sur son casque – envoya un de ses hommes vers la villa d'un geste sec. Éleuthère défroissa sa tunique.

— Je ne serais pas contre un petit en-cas, déclara-t-il. C'est quoi, la spécialité de la région ?

•

Comme d'habitude, tandis qu'on déterminait la façon de les accueillir, on les avait installés dans un coin avec de quoi manger. En l'occurrence, ils avaient été menés jusqu'à une terrasse qui surplombait la baie. Aynet, languissamment allongée sur un *triclinium*, dégustait des dattes confites. Ce n'était pas encore la saison du raisin, dommage. Sous ses yeux s'étalait l'Océan Parentien, dont le bleu magnifique commençait à s'assombrir tandis que le crépuscule approchait. Les murs chaulés et les toits de tuiles d'Edorailles étaient parsemés d'oliviers et de citronniers d'ornement. La vue était idyllique.

Ils l'avaient fait. Ils avaient atteint l'Empire. Le Dieu Rieur n'oserait pas les attaquer ici – pas pour l'instant, en tout cas. Elle sentit ses épaules se dénouer.

Éleuthère, vautré à côté d'elle, l'imitait sans présenter de signe d'inquiétude. Serin étudiait avec intérêt les plats raffinés posés devant eux. Deuzio, assis sur un tabouret, le dos droit, semblait préoccupé.

— Ils devraient nous attendre. Mon grand-père a envoyé des messagers vers toutes les provinces de l'Empire. Ou alors, c'est qu'ils ont décidé de ne pas nous suivre...

— C'est vrai que, finalement, on a eu peu de nouvelles de ce côté-ci des montagnes depuis notre départ de Kelorum, observa Éleuthère en examinant un biscuit au miel.

— Vous pensez qu'ils pourraient nous refuser leur aide ? demanda Deuzio d'un air alarmé. Ou encore pire, basculer du côté du Roi Sage ?

Il paraissait beaucoup plus préoccupé par la situation que quand ils s'étaient promenés du côté du Quesvron et du Deshevron. Petit con, pensa Aynet.

Éleuthère, magnanime, rassura le princelet :

— Si c'était le cas, ils ne nous auraient pas donné à manger. Tiens, pendant qu'on n'a rien à faire, tu peux me rafraîchir la mémoire sur le panthéon queiralien ? Je ne plaisantais pas ce matin. Ça m'est un peu sorti de la tête.

Peu convaincu par sa tentative de diversion, Deuzio s'exécuta tout de même.

— C'est très simple. Il s'organise autour de neuf dieux principaux, appelés le Nonemdiat, répartis en trois trinités. Chaque trinité correspond à un élément : la mer, la terre et l'air. Chacune comporte un dieu, une déesse et une entité asexuée.

— Jusqu'ici, c'est clair et bien ordonné, approuva Éleuthère.

— Superstitions, marmonna Serin.

Malgré tout, elle prêtait attentivement l'oreille.

— Je vous passe leur genèse, continua Deuzio. Vous devez seulement retenir qu'ils possèdent tous la même puissance et la même influence, ce qui rend la politique religieuse de l'Empire... agitée. Bien entendu, il arrive qu'un temple soit davantage en faveur ou à la mode durant certaines périodes, mais les prêtres font en sorte que l'équilibre se rétablisse rapidement. Les dieux peuvent être jaloux de leur pouvoir.

— Mais ils existent vraiment ou pas, finalement ? demanda Éleuthère.

Aynet poussa un grognement moqueur. Deuzio lui jeta un regard noir.

— C'est un sujet controversé, admit-il. Néanmoins, on admet généralement qu'ils s'incarnent, à chaque génération, dans un humain ou une humaine. L'impératrice Honoria, par exemple, est l'incarnation actuelle d'Avi, déesse de l'été et des moissons.

Éleuthère se pencha vers lui. Dans ses yeux brillait la lueur fanatique de tout passionné de magie théorique. Aynet la connaissait bien. C'était une maladie dont on ne guérissait jamais et qui touchait les plus grands magiciens.

— Oh, oui ! Je me suis toujours interrogé là-dessus. Ça marche comment ? Il y a un rituel ? Une cérémonie ? Elle doit faire preuve de ses pouvoirs ?

— Non, répondit Deuzio. Quand un candidat prétend au titre, c'est le clergé du dieu concerné qui valide ses dires.

— Oh, dit Éleuthère d'un ton déçu en se laissant retomber sur les coussins de soie bleue. Laisse-moi deviner. Par le plus grand des hasards, ces dieux réincarnés viennent tous de la noblesse, n'est-ce pas ?

— Pas toujours, le détrompa Deuzio. Deerat, le représentant

des petits criminels et des voyageurs, vient traditionnellement de la plèbe.

— Quelle surprise.

— Non, vous ne comprenez pas. Il n'est pas méprisé, bien au contraire. Son incarnation possède une grande influence au sein du Sénat, ce qui lui permet de défendre l'opinion du peuple. Vidente, le dieu qui incarne l'essence physique, apparaît de temps en temps parmi les esclaves. Même Gratia, Domin et Squa, les trois dieux de la mer, sans doute les plus puissants, s'il fallait décider, sont parfois d'origines très variées.

— C'est comme ça que le clergé équilibre les forces de l'Empire, intervint Aynet en reposant son verre de vin. De cette façon, même un patricien arrogant n'est pas à l'abri de se prendre une claque par un prétendu « dieu » mécontent.

Deuzio ouvrit la bouche comme pour protester, hésita, puis répondit prudemment :

— La sagesse des dieux est en effet exceptionnelle.

Le pauvre petit, songea Aynet. Il n'était pas stupide, mais on ne plaisantait pas avec les dieux sur les territoires de l'Empire. Contrairement à l'est du Plaennendeon. Tiens, c'était intéressant. D'où provenait le farouche athéisme du Quesvron ? Un souvenir du règne du Rieur ? Il faudrait qu'elle se penche sur la question. Rustning ou Lucàn sauraient peut-être.

Éleuthère poursuivit son enquête :

— Comment s'imbrique la magie dans tout ça ?

Deuzio eut presque l'air paniqué.

— Elle ne s'imbrique pas ! Les règles divines ne concernent que les incarnations et le clergé. Les présages permettent de comprendre les chemins à suivre et...

— Ooooh, je viens de comprendre, s'exclama joyeusement Éleuthère.

— Ingénieux, non ? demanda Aynet en examinant l'étoffe du voile qui recouvrait son divan et qui ferait une très belle cape.

Serin en était arrivée à la même conclusion. Elle reposa la cuisse de caille qu'elle rongeait et s'essuya la bouche avec un sourire goguenard.

— Vos dieux, ce sont simplement des héros, lança-t-elle à Deuzio. Mais comme vous ne pouvez pas admettre qu'ils possèdent un destin magique, vous les faites passer pour des réincarnations à la noix. Leurs « pouvoirs » ne sont que des manifestations magiques.

— Peut-être que ce sont vos héros qui sont des réincarnations de dieux, riposta-t-il sans se démonter. Mais vu que vous êtes tous plus païens les uns que les autres, vous ne vous en rendez même pas compte.

Aynet se mit à rire de bon cœur, imité par Éleuthère.

— Bien répliqué, approuva ce dernier.

— Il n'a peut-être pas tort, dit Aynet. Tu te souviens de ton grand-oncle Titouan ?

— Ça fait réfléchir sur l'existence d'un dieu de la vinasse et du mauvais goût, admit Éleuthère. Quelles sont les incarnations des dieux actuels ? demanda-t-il à Deuzio.

Le jeune prince de Keilles ravala sa mauvaise humeur.[1]

— Il n'y en a que trois en ce moment. Du moins, à ce que je sais. Avi, la déesse terrienne des moissons et de la fécondité, est donc l'impératrice Honoria. Domin, le dieu maritime de la guerre et des tempêtes, s'est incarné dans le *dux bellorum* Titus Nemus. Il est d'origine modeste, mais c'est lui qui dirige les armées. Et puis... (Il déglutit imperceptiblement.) Il y a Philème, bien entendu. Le Baiser.

— C'est prometteur, commenta Éleuthère en haussant un sourcil.

— Oh, non. Philème est l'entité aérienne de l'hiver et de la mort. (Deuzio inclina pensivement la tête.) J'admets que quand – *très rarement* – on parle de phénomènes surnaturels, c'est à lui qu'on se réfère. Il est d'office nommé à la tête du clergé du Nonemdiat. C'est leur représentant direct auprès de l'impératrice.

— Le magicien en chef du coin, quoi, résuma Éleuthère. Il

ressemble à quoi ?

Deuzio pâlit.

— D'après ce qu'on dit, il est très vieux. Et très silencieux. On raconte que ses yeux de jais lisent dans les âmes et que sa voix peut glacer le sang d'un hérétique.

— Je sens qu'on va bien s'entendre ! s'exclama Éleuthère.

— Vous êtes idiot, commenta Serin.

Aynet allait répliquer à la sorcière qu'énoncer des évidences était une qualité complètement inutile quand on toussota derrière eux. Ils tournèrent tous les quatre la tête vers un homme grand, mince et brun qui se tenait à l'entrée de la terrasse, vêtue d'une splendide toge bleue ornée d'une broche argentée en forme d'espadon, le symbole d'Edorailles. Aynet lui donna une quarantaine d'années avant d'y ajouter un coup d'œil appréciateur, admirant ses pommettes bien dessinées, ses tempes grisonnantes et ses yeux verts intelligents. Quoi ? On faisait des rencontres là où on le pouvait, quand on le pouvait.

Elle se tourna vers Saga pour partager un regard complice, avant de se souvenir que son amie n'était plus là. Avec un goût de cendre sur les lèvres, elle revint à l'homme, qui inclinait élégamment la tête.

— Mes dames, vos Altesses, je suis Sertor Agnus Gemellus, gouverneur de la province d'Edorailles. Prince Secundus, c'est un plaisir de vous revoir, ajouta-t-il d'un ton moins formel en souriant à Deuzio.

— Gouverneur. (Deuzio lui retourna son salut avant d'enchaîner sans prendre de gants.) Vous connaissez la raison de notre arrivée chez vous ?

— Le retour d'un dieu velte en colère, si j'ai bien compris ? Les messagers du roi Gaius et de la reine-mère Jeanne nous sont bien parvenus. À dire vrai, l'impératrice nous a chargés, mes confrères gouverneurs et moi-même, de vous emmener auprès d'elle dès que nous mettrions la main sur vous. (La lueur d'humour qui brillait dans ses yeux atténuait le côté cavalier de ses paroles. Aynet guetta les plis de sa toge à la recherche de formes fermes et intéressantes, sans succès. Il s'adressa au reste de ses visiteurs.) Vous devez être le prince Éleuthère, dame Aynet et dame Saga.

Serin ouvrit de grands yeux, comme ébahie qu'on puisse la confondre avec la sorcière des légendes. Éleuthère corrigea la situation :

— Malheureusement, dame Saga est partie s'occuper de quelque affaire autre part. Laissez-moi vous présenter notre prisonnière, dont nous ignorons toujours le nom, mais que nous appelons Serin.

Haussant les sourcils, Agnus détailla la jeune fille, ses joues barbouillées de miel, ses vêtements confortables et son absence de liens. Ils avaient trouvé le moyen de l'empêcher magiquement d'ôter l'amulette qui restreignait ses pouvoirs. Seuls son air renfrogné et le regard noir qu'elle jeta à Éleuthère indiquaient qu'elle se trouvait là contre son gré.

— Vous êtes la bienvenue dans ma demeure, répondit poliment Agnus. Bien. (Sa voix prit un ton professionnel, efficace.) Avez-vous des affaires à régler en ville ? Sinon, nous pouvons embarquer dans l'heure.

•

Une demi-heure plus tard, ils se trouvaient à bord du navire queiralien qui, visiblement, les attendait depuis que l'impératrice en avait donné l'ordre deux mois plus tôt. Dans la cabine qu'elle partageait avec Serin, Aynet trouva sa besace, deux lits confortables recouverts de draps frais, une élégante coiffeuse et surtout une collection tout à fait appréciable de robes quesvronnaises et de toges queiraliennes. L'Empire remonta d'un cran dans son estime. On ne pouvait pas nier son organisation logistique.

Serin, l'air épouvanté, scrutait l'océan à travers le hublot. Elle était légèrement verdâtre, une teinte qu'Aynet avait déjà observée – avec plaisir – sur le visage de Marc.

— C'est la première fois que tu mets les pieds sur un navire ?

La jeune fille hocha la tête. Les sorcières ne raffolaient pas de la mer, se souvint Aynet. Trop mouvante, trop capricieuse pour la patience que demandait un ensorcellement. Elle observa les yeux noirs écarquillés de Serin, ses traits crispés et ses cheveux frisés qui, avec l'air marin, se dressaient presque à la verticale au-dessus de son crâne. Ses doigts la démangeaient de se poser sur un fer à coiffer.

— Vous pouvez arrêter de me tripoter les cheveux ? demanda Serin d'un air choqué tandis qu'inconsciemment, Aynet triturait ses boucles.

— Je voudrais faire des expériences. J'ai une théorie comme quoi le type de magie pratiqué influence la texture des cheveux, mentit Aynet avec aplomb. L'inverse serait peut-être possible.

Serin la regarda comme si elle hésitait entre lui poser des questions, intéressée, et l'accuser de se payer sa tête. L'apparition d'Éleuthère sur le seuil de la cabine lui épargna ce choix. Il jeta un coup d'œil à la scène et soupira.

— Je ne te laisse plus toucher aux miens, alors tu te venges, c'est ça ? Le soleil se couche, il paraît que c'est plutôt joli, annonça-t-il en indiquant l'escalier du pouce.

Elles le suivirent sur le pont. En effet, vers l'ouest, le soleil avait atteint l'horizon. D'un rouge incandescent, il effleura la mer d'un bleu presque noir avant d'y sombrer lentement. De l'autre côté, vers la poupe du navire, Edorailles n'était plus qu'une mince bande de terre sombre couronnée d'une fine couche de maisons blanches. Un peu comme un glaçage sur un gâteau, songea Aynet.

Il y avait longtemps qu'elle ne s'était pas rendue dans l'archipel de Queirailles. En fait, pas depuis l'incident malheureux des hippocampes ventriloques. Tiens, c'était là qu'elle avait rencontré Saga la première fois ! Laquelle avait-ce été ? Sans doute la grand-mère de leur Saga actuelle. Elle espéra qu'on l'avait oubliée dans la capitale. Cinquante ans, ça passait rapidement.

Accoudée au bastingage, elle laissa la brise faire voleter ses cheveux – elle aurait tout le temps de les recoiffer plus tard – et les embruns déposer un goût de sel sur ses lèvres. La journée avait été productive. Il y avait des fois, comme celle-ci, où les choses se passaient encore mieux que prévu. Il fallait bien compenser les merdouilles.

— Ça me rappelle notre départ vers la Côte de Jade, dit rêveusement Éleuthère appuyé à côté d'elle.

Même Deuzio et Serin, silencieux, paraissaient sensibles à la magie du moment. Aynet se laissait rarement aller à éprouver des *sentiments* mais, en cet instant, une certaine satisfaction du travail bien accompli l'emplissait. Elle inspira et expira profondément.

Chapitre X
Au cœur de l'Empire

C'était donc cela, Queirailles.

Éleuthère devait reconnaître qu'il était, tout de même, un peu impressionné.

Poussé par un bon vent, leur navire avait filé sur les flots bleus. Ils avaient mis trois jours à rejoindre l'archipel depuis lequel, plusieurs siècles auparavant, l'Empire avait lancé la conquête qui lui avait permis de coloniser la moitié du Plaennendeon. Les Queiraliens avaient toujours été des marins redoutables, presque autant que les Nakings. Longtemps cantonnés à l'Océan Parentien, ils avaient été en grande partie épargnés par les guerres du continent, notamment celles dues au règne du Rieur. Les populations veltes et nakings, faibles et désemparées, n'avaient que peu résisté face à la vague qui les avait balayées. La moitié orientale des Anciens Royaumes, à savoir le Quesvron et le Deshevron actuels, avaient mieux résisté, protégés par la muraille naturelle des Monts du Mitan. Cinq cents ans plus tard, un équilibre plutôt stable s'était installé. L'est et l'ouest ne tomberaient jamais d'accord sur certaines choses – l'esclavage, pour n'en citer qu'une – mais ils étaient prêts à partager leurs ressources, leurs avancées technologiques et, plus secrètement, à s'entraider concernant les corvées magiques que le Grand Enchantement leur imposait.

Éleuthère espérait qu'ils allaient s'entendre concernant la guerre à venir.

Vers la fin de la matinée du quatrième jour, les premières îles de l'archipel apparurent. Éleuthère comprit enfin les louanges qu'on chantait à son sujet. L'endroit était paradisiaque. C'était à présent l'été, ce qui signifiait, à cette latitude, qu'un soleil chaud resplendissait au-dessus de leurs têtes. Les îlots étaient constitués, pour la plupart, de hautes falaises de craie blanche couronnée de verdure. Des plages de sable blond en bordaient le pied et, parfois, formaient de longues langues dorées qui reliaient les îles entre elles. La densité de ces dernières s'accentua. Au bout d'une heure, ils étaient plongés au cœur d'un gigantesque labyrinthe de roches escarpées, de lagunes et de criques dans lequel Éleuthère, seul, n'aurait jamais retrouvé son chemin. Des fleurs inconnues dégringolaient des parois, formant des cascades multicolores de parfois plusieurs centaines de pieds, jusqu'aux vagues qu'elles effleuraient. Des poissons de toutes formes scintillaient dans l'eau limpide. Elle était d'une telle clarté qu'ils en apercevaient le fond, bien que Sertor Agnus les assurât qu'il se trouvait à plus de cinquante pieds de profondeur.

Éleuthère, qui aurait défendu son royaume jusqu'à son dernier souffle, devait admettre qu'il n'avait jamais rien vu d'aussi beau. Sauf peut-être Dayāsahara.

— Oh, vous avez eu la chance de vous y rendre ? demanda Agnus sur le ton de la conversation. J'ai entendu dire que c'était une cité merveilleuse.

Même Deuzio semblait jaloux. Serin, penchée au-dessus du bastingage, guettait les vagues. Peut-être était-elle en train d'essayer de charmer une tortue.

Éleuthère, laissant Aynet décrire la capitale du Pays de Jade, continua ses observations. Outre sa beauté esthétique, le dédale de falaises offrait un avantage tactique indéniable pour ses habitants. Pas étonnant que les Nakings, dans l'ancien temps, aient abandonné leurs tentatives d'envahir l'Océan Parentien et se soient contentés du Tenvalique. Même sur les îles les plus larges, au sommet desquelles on distinguait des villages, les accès étaient réduits à des ports bien protégés. Le premier qu'ils dépassèrent était entouré d'une muraille massive presque aussi haute que la falaise contre laquelle elle s'appuyait. Un vigile, perché à l'entrée de l'anse, les salua en agitant un drapeau. Un des marins du navire lui répondit de même.

Outre ces forteresses naturelles imprenables, le réseau d'îlots offrait une multitude de possibilités d'embuscades. Il devait être facile, depuis le haut des précipices, de jeter des rochers ou des arbres enflammés sur les navires qui passaient en dessous. Éleuthère frémit en imaginant les équipages, coincés dans les étroits bras de mer, incapables de s'écarter pour échapper à la mort.

Oui, les Queiraliens étaient bien abrités.

Suffisamment pour faire face au Rieur ?

Cependant, il n'en était pas de même pour leurs provinces terrestres, ce qui les pousserait à se joindre aux armées du continent. Du moins, Éleuthère l'espérait.

En début d'après-midi, ils émergèrent dans une baie plus large que les précédentes, suffisamment grande pour qu'une flotte puisse y rester à l'ancre – ce qui était le cas. Les fameux cinq cents vaisseaux de l'Empire s'y agitaient mollement sous la brise. À mesure qu'ils les dépassaient un par un, chacun les saluait de la même manière, en agitant un drapeau selon un code précis. Leurs voiles étaient toutes teintées du fameux bleu queiralien. D'après ce qu'Éleuthère avait appris, la poudre qui servait à donner cette couleur était tirée de l'encre d'une espèce de seiche locale. Agnus leur désigna, à l'avant d'une quinquérème, une figure de proue qui représentait un homme barbu tenant la seiche en question dans ses mains.

— C'est Domin, notre dieu des batailles, expliqua le gouverneur.

Éleuthère ne fit pas de plaisanterie sur le fait de se battre à coup de calamar dans la figure. À Rosanbo, on n'était pas croyant, mais on faisait des efforts pour ne pas être malpoli.

Serin n'avait pas été élevée à Rosanbo. Ni où que ce soit dans le Quesvron, d'ailleurs.

— Vous pouvez m'expliquer la symbolique guerrière d'un *poulpe* ?

Sa voix avait trouvé l'équilibre parfait entre l'ironie et la sincérité d'une grande diplomate. Agnus, amusé, lui répondit le plus sérieusement du monde :

— Est-ce que le *kraken* naking vous évoque quelque chose ?

Le beau gouverneur avait de la répartie. Éleuthère intercepta le regard spéculateur qu'Aynet posait sur lui. Il donna un coup de coude à la fée.

— Marraine. Et maître Rustning, alors ?

— Maître Rustning n'est pas là, répondit-elle distraitement. « Gemellus », ça veut bien dire « jumeau », non ? Mmmh.

Franchement. Il préférait encore quand elle le traitait comme un enfant.

Il revint à son étude des navires. Il n'existait pas de passage connu entre les océans Parentien et Tenvalique. Au sud, les mystérieux fjords nakings se prolongeaient par la banquise. Au nord, les deux bras de mer qui traversaient les immenses montagnes de l'équateur étaient parcourus par des tempêtes féroces. Éleuthère en fut brusquement soulagé : face à une telle flotte, les côtes du Quesvron auraient été ravagées en quelques semaines. Il fut soudain saisi par l'importance du *statu quo* actuel. La passion de Marc pour la diplomatie l'avait toujours laissé sceptique mais son périple, pays après pays, lui laissait entrevoir l'importance des relations tissées entre leurs dirigeants.

Il se sentit un peu honteux et humble. Bah, une petite leçon d'humilité ne faisait pas de mal, de temps à autre.

Vers le milieu de la baie, il distingua leur destination. Queirailles, la capitale de l'Empire du même nom, le berceau d'un peuple qui, de centaines d'habitants, était devenus des millions, se dressait sur les flancs d'une île conique – un ancien volcan depuis longtemps éteint – dont les flancs noirs contrastaient avec les îles blanches qui l'entouraient. La vue était étonnante : la surface entière de l'île était recouverte de demeures crayeuses et de parcs d'un beau vert émeraude, ne laissant apparaître sa roche volcanique que par endroits. On aurait dit une magnifique créature luxueuse et raffinée, couverte de cicatrices qui rappelaient son passé martial et sans pitié. Éleuthère se demanda si ses constructeurs en avaient fait exprès.

Plus ils s'approchaient, plus l'île se dressait au-dessus de leurs têtes, les écrasant de toute sa splendeur. L'effet était impressionnant. Vers le sommet, on y apercevait des villas, des temples, des palais. Le pied était occupé de maisons plus modestes, mais toutes propres et en très bon état. Les rues étaient intégralement pavées. Marc en aurait été vert de jalousie. Des digues s'élançaient comme des tentacules dans la mer, abritant des dizaines, peut-être même des centaines de vaisseaux de pêche et de plaisance.

Tandis qu'ils accostaient le long d'un quai ornementé, Éleuthère fut légèrement satisfait – et soulagé – de constater que l'air sentait le poisson. La perfection le mettait toujours mal à l'aise.

Comme à Haustebourg, une escorte et des chaises à porteurs les attendaient sur la jetée. Éleuthère chassa le mauvais souvenir et suivit Agnus dans l'une d'entre elles. Deuzio rejoignit Aynet dans une autre. Serin allait l'imiter quand deux gardes apparurent à ses côtés et voulurent l'entraîner avec eux.

— Hé ! protesta Éleuthère.

Même Deuzio parut mécontent. Agnus s'excusa, mais resta

immuable :

— La sécurité de l'impératrice passe avant toute autre considération. Ne vous inquiétez pas. J'ai donné des ordres pour qu'elle soit placée sous surveillance dans les quartiers qui vous sont réservés. Vous la retrouverez là-bas.

Éleuthère dut admettre qu'à sa place, beaucoup n'auraient pas été aussi conciliants. Il hocha la tête. Après tout, leur sorcière s'était bien fait capturer pour espionner leur ennemi. L'inverse était toujours possible, même s'il doutait que ce fût le cas. Serin lui paraissait trop honnête, trop impulsive et, d'une certaine façon, trop émerveillée par tout ce qu'elle voyait, même si elle le cachait bien, pour jouer la comédie.

Ils la laissèrent essayer d'arracher les yeux des deux gardes pour se mettre en route vers le haut de la cité.

Un quart d'heure plus tard, Queirailles était toujours aussi magnifique. Néanmoins, Éleuthère commençait à se lasser du blanc. Murs en marbre, colonnes d'albâtre, statues de quartz : les matières variaient mais le thème chromatique restait le même. À l'opposé, les habitants arboraient des vêtements souvent colorés : des toges rouges, bleues, vertes, ocres ; des châles diaphanes dans les tons pastel ; des tuniques de laine courtes dessinées de motifs. Il y avait quelques étrangers, aux cheveux blonds ou châtains, mais la plupart des passants étaient des locaux. Des légionnaires, ici et là, surveillaient la foule de la cité titanesque. Ils ne paraissaient pas inquiets, seulement attentifs. Petit à petit, Éleuthère discerna deux groupes distinctifs portant la même couleur bleue que les soldats : des hommes et des femmes vêtus de tuniques très simples, un bracelet en cuir autour du biceps, et d'autres portant des robes et des toges somptueuses, souvent dans des chaises à porteurs comme les leurs.

L'identité des premiers ne faisait aucun doute. Il contempla les esclaves avec malaise. Agnus remarqua son regard. Au lieu de tourner autour du sujet, le gouverneur l'aborda franchement. Peut-être était-il habitué au franc-parler de l'est. Éleuthère lui en fut reconnaissant.

— Vous savez, votre Altesse, ils ne sont pas maltraités. La loi est là pour les protéger.

— Ils restent des esclaves, répondit Éleuthère d'un ton mesuré.

— Certes. Et un contrat d'esclavage leur permet parfois de sortir de situations catastrophiques, comme des dettes ou un mariage forcé. L'impératrice elle-même possède dix suivantes personnelles, qui sont toutes d'anciennes femmes battues. Personne n'oserait les approcher. Un des maris a essayé, un jour.

— Et ?

— Et il a été arrêté calmement, jugé équitablement, et envoyé en servitude pour deux ans dans les mines de l'ouest de l'archipel, répondit Agnus d'un air malicieux. C'est la sentence traditionnelle pour les conjoints qui frappent leurs moitiés ou les parents qui maltraitent leurs enfants. Tout le monde peut faire appel à la loi, continua-t-il plus fermement. Patriciens, plébéiens, esclaves. Le mois dernier, à Edorailles, on a flagellé deux femmes en place publique : une servante qui avait volé les bijoux de sa maîtresse et une noble qui abusait d'un de ses esclaves. Croyez-moi, elles criaient et demandaient grâce de la même façon.

Éleuthère frémit. L'homme lui rappelait quelque chose. Il avait déjà entrevu cette même froideur, cette même implacabilité, derrière le masque d'un humour sincère et intelligent.

— Vous ne connaîtriez pas un certain Quintus Gregorius, par hasard ?

— Le parrain du prince Marcus ? Si, bien sûr. Nous avons fait nos classes militaires ensemble, répondit Agnus avec bonne humeur. (Les Queiraliens étaient un tantinet terrifiants, décida Éleuthère.) Le pauvre. Enfin, sa disgrâce n'a été une surprise pour personne.

Éleuthère était curieux.

— Vous voulez parler de sa présence dans ce trou paumé, Brenacia ?

— Oui. Votre frère Dioclétien ne s'y trouve pas pour rien, lui non plus. (Agnus l'étudia de ses yeux vert pâle.) Il vous en a parlé ?

— Non. Il est resté... réservé sur le sujet, dit prudemment Éleuthère.

— Ah. J'apprécie beaucoup votre frère. C'est un jeune homme très prometteur. (Bien sûr que Dio connaissait le gouverneur d'Edorailles, songea Élie.) Un peu trop emporté, malheureusement. Un trait qu'il partage avec Gregorius. (Dio ? Emporté ? Dioclétien ?) Comme vous le savez, le conseil impérial est constitué de trois consuls. Pour des raisons différentes, Gregorius et votre frère se sont retrouvés en bisbille avec l'un d'entre eux, Patronus. Leur désaccord aurait probablement sombré dans l'oubli s'ils n'avaient pas décidé d'allier leurs forces pour le tourner en ridicule. Le prince Dioclétien peut être très inventif.

— Je sais, bredouilla Éleuthère en se remémorant la guerre qu'avait menée son frère avec Aynet pendant des années.

— Nous avons ce que nous appelons des « bulletins » dans l'Empire. Une sorte de rapport des évènements courants que tout le monde peut acheter et lire. Le principal est officiel, mais d'autres sont publiés par des groupes privés. Disons que Patronus n'a mis qu'une journée à se débarrasser du miel qui lui sortait par tous les orifices, mais qu'il peine toujours à faire oublier le nouveau surnom qui lui colle à la peau, dit Agnus délicatement.

— Le Mielleux ? devina Éleuthère, à la fois horrifié et fasciné.

— Octavius Patronus Mel, confirma Agnus d'un air rêveur. C'est là tout le génie de votre frère. Le surnom convient très bien à son caractère, ce qui renforce son succès. Il risque de ne guère vous apprécier, ne serait-ce qu'à cause de votre affiliation.

— Merci pour l'avertissement.

— Je vous en prie. Oh, vous regardiez également ces personnes vêtues de bleu ? Il s'agit de nos sénateurs et sénatrices. La tradition veut qu'ils portent, eux aussi, la couleur des serviteurs de la nation. Il y a différentes façons de sacrifier sa vie, vous ne croyez pas ?

Éleuthère reluqua le gouverneur de haut en bas, sa toge bleue, le symbole de l'espadon sur sa poitrine, les cicatrices de guerre sur ses avant-bras et à la base de son cou.

— Ça reste quand même des esclaves, murmura-t-il en retournant au spectacle de la rue.

•

Finalement, ils atteignirent le palais impérial, situé au sommet de la ville. Au-dessus ne restait que le cratère depuis longtemps éteint, recouvert de végétation. Les Queiraliens n'avaient pas été jusqu'à construire la demeure de leur dirigeant *sur* la cime du volcan. À la place, ils en avaient fait un parc orné de statues au centre duquel se trouvait, ainsi qu'Agnus le lui expliqua, un théâtre réservé aux grandes occasions.

Admirer des tragédies queiraliennes sur des gradins taillés dans de l'ancienne roche en fusion. Éleuthère ne savait s'il était horrifié ou admiratif. Surtout horrifié. Les pièces queiraliennes étaient incroyablement assommantes. Toutefois, il aurait bien aimé visiter l'endroit. Pour savoir si le théâtre avait été taillé à la main ou par magie.

Le palais se présentait selon le schéma classique des *domus*, mais en trois fois plus grand, avec des étages et des ailes supplémentaires. Là encore, tout était blanc, avec d'élégants meubles sombres et des mosaïques colorées. Deux galeries couraient le long de l'*atrium*, qui faisait bien cent pieds de côté. Une fontaine glougloutait en son centre. Un esclave s'inclina devant eux.

— Honoria Augusta va vous recevoir immédiatement.

Deuzio s'approcha d'Éleuthère pour lui souffler :

— « Augusta » est le titre réservé à...

— Je sais, je sais, chuchota Élie. J'ai peut-être des lacunes, mais j'ai eu les mêmes leçons d'étiquette que toi.

— J'oublie parfois que vous êtes un prince, dit Deuzio d'un ton plat.

— Tu deviens très bon pour insulter les gens sans en avoir l'air.

Ils pénétrèrent dans ce qui était, indéniablement, une salle du trône. Une très grande salle du trône. Un fauteuil doré trônait à son extrémité. De chaque côté, des gradins de pierre se faisaient face. Un pupitre était dressé en son centre. L'endroit ressemblait à un lieu de débat, songea Éleuthère en observant les tentures bleues qui pendaient du plafond.

L'impératrice Honoria Augusta, *prima inter pares*, assise sur le trône, les regarda s'avancer avec une curiosité non dissimulée.

Éleuthère la détailla. Elle était ronde. Non pas pleine de formes, mais sphérique. Au lieu de porter une robe de soie ou une toge brodée comme les patriciens qu'il avait aperçus jusque là, elle était vêtue d'une tunique simple ornée, sur la poitrine, d'une seiche brodée en fils d'argent. À la place de bijoux, elle portait deux bracelets en cuir sur les avant-bras, à la manière des soldats, eux aussi incrustés d'argent. Ses épais cheveux bruns, aux reflets acajou, étaient remontés sur son crâne à la mode de l'Empire et entrelacés de fils d'or. Elle avait un visage rond remarquablement beau, avec un nez busqué, des lèvres ironiques et des yeux bruns étincelants.

Se penchant vers eux, elle leva une main potelée pour leur faire signe de grimper sur l'estrade où se trouvait le trône. Cinq fauteuils pliants avaient été installés devant elle. Sur sa gauche s'alignaient deux hommes et une femme, au visage strict. Le plus petit des hommes semblait carrément mécontent. Sans doute ce cher Patronus, songea Éleuthère.

Tandis qu'Agnus s'inclinait devant elle, le poing sur la poitrine, Honoria les évalua du regard. Elle avait l'air... incroyablement divertie.

— Bonjour, Sertor Agnus Gemellus. Et bienvenue à Queirailles, prince Éleuthère du Quesvron, prince Secundus de Keilles, dame Aynet. J'ai appris que votre compagne, dame Saga, ne sera malheureusement pas des nôtres. Vous m'expliquerez pourquoi en même temps que le reste.

Ce n'était pas une prière polie, mais bien un ordre. Éleuthère haussa les sourcils. Aynet haussa les sourcils. L'impératrice haussa les sourcils. Ils haussèrent les sourcils pendant quinze bonnes secondes jusqu'à ce que la situation devienne ridicule, que les trois consuls commencent à marmonner et que Deuzio se voile les yeux de la main, désespéré. Éleuthère ne savait pas, sur le plan politique, si Honoria allait être leur alliée mais une chose était certaine : ils n'allaient pas s'ennuyer en sa compagnie.

Agnus finit par se racler la gorge, détournant suffisamment l'attention pour que tout le monde puisse prendre l'air de rien. Recouvrant ses manières, Éleuthère s'inclina, imité par Deuzio et même par Aynet, qui fit une révérence impeccable. Les trois consuls affichèrent une expression satisfaite.

— Asseyez-vous, ordonna Honoria.

Ils s'exécutèrent. On ne prenait pas la parole devant une impératrice, Éleuthère savait au moins ça. Du moins, tant qu'elle ne les gonflerait pas.

Elle fit un signe de la main aux deux légionnaires, qui étaient restés à l'entrée de la salle. Ceux-ci firent immédiatement entrer Serin, menottée, furieuse, et l'amenèrent jusqu'au cinquième fauteuil, où ils la firent asseoir. Agnus accueillit ce changement imprévu d'un léger plissement de front, mais ne fit pas de commentaire. Honoria reprit la parole :

— Avant d'entamer votre récit détaillé des évènements en cours, j'ai une petite formalité à régler concernant votre cas, déclara la dirigeante du plus grand empire du Plaennendeon. Vous vous qualifiez, selon la coutume des royaumes continentaux, de « héros » et de « magiciens ». Nous n'avons pas d'équivalent dans l'archipel. (Ses yeux pétillèrent tandis qu'elle les détaillait un à un.) Oui, je pense que cela fera l'affaire... Notre oracle impérial, continua-t-elle d'un ton grandiloquent, a été visité par les dieux ! Il lui a été révélé que, sous la forme de quatre visiteurs de l'est, afin de combattre une ombre qui se préparait à s'abattre sur l'Empire, les réincarnations de Fèbre, déesse de l'intelligence et des sciences, de Selve, dieu de la forêt et de la chasse, de Gratia, déesse des arts et de la diplomatie, et de Squa, entité de la cruauté et de la justice, nous rendraient visite pour nous unifier avec nos alliés des Anciens Royaumes !

Elle termina sa phrase debout, les bras levés, sa voix résonnant de façon surnaturelle dans la salle du trône déserte. Les trois consuls s'agitèrent, mal à l'aise. Éleuthère aurait trouvé la situation ridicule – il n'y avait qu'eux dans la salle, qui cherchait-elle à convaincre ? – sans les vibrations dans la voix d'Honoria, la lueur dorée qui illuminait soudain son regard et l'impression de puissance qui se dégageait de sa courte silhouette. Les frissons qui le traversèrent lui rappelèrent ceux qu'il avait ressentis, il y avait bien longtemps, dans une grotte, quand Lucàn leur avait fait entrapercevoir ses propres pouvoirs.

— ... magie dans les parages, entendit-il Aynet marmonner.

L'impératrice se rassit. Tout redevint normal. Éleuthère se tourna vers Deuzio qui paraissait secoué. Leur jeune compagnon y croyait-il vraiment ? Ou se rendait-il compte, après leur discussion dans le palais d'Agnus, que cette histoire d'incarnations n'était qu'un gigantesque attrape-nigaud ?

Détendu, il revint à l'impératrice.

— Génial. On peut savoir qui est qui ?

•

Plus tard, allongé sur un divan dans le salon luxueux qui leur avait été attribué, Éleuthère comptait ses titres sur ses doigts. Il était franchement amusé.

— Je suis prince. Magicien. Ami des dragons. Adversaires de dieux. Fée honoraire. Et maintenant, un dieu moi-même ?

— Même pour moi, c'est une première, reconnut Aynet en grignotant des amandes.

Assis sur un pouf de velours bleu, les épaules affaissées, Deuzio fixait le vide, abasourdi. Derrière lui, portant toujours son amulette, Serin tournait en rond comme une lionne furieuse qu'on forcerait à faire des tours. Ses deux légionnaires, qui les avaient suivis dans leurs appartements, la surveillaient d'un air méfiant.

La sorcière frappa du pied par terre.

— C'est un... un blasphème ! postillonna-t-elle. Je ne suis pas une déesse ! Comment *osent-ils* le prétendre ?! Je ne suis pas l'égale de Sa Majesté ! dit-elle en parlant du Rieur.

— Techniquement, Hegarat n'est pas vraiment un dieu, observa Éleuthère.

Serin ne pouvait pas lui jeter de sort, mais rien ne l'empêchait de lui balancer une gracieuse amphore décorative à la tête. Ce qu'elle fit. Éleuthère l'évita vivement avant d'indiquer aux soldats, d'un geste, de ne pas intervenir. Aynet se redressa, l'air sévère.

— Tu comprends que ce n'est qu'une arnaque, j'espère ? Tu es la remplaçante de Saga. Ils s'attendaient à ce qu'elle arrive avec nous. Je suppose qu'ils ont préparé quelques petits tours pour faire gober leur fable au peuple, histoire que tout le monde soit ravi de partir en guerre. Afin de ne pas perturber leurs plans, ils se sont dit que tu ferais l'affaire. C'est tout.

— Mais je ne veux pas ! protesta Serin d'un air désespéré.

— Bienvenue dans la vie d'un héros, murmura Éleuthère.

Deuzio cligna des yeux, toujours en pleine crise de foi. Aynet lui tapota le bras d'un air consolateur. Elle ne dit rien. Inutile d'en rajouter.

— Du coup, demain, ils nous présentent au peuple, c'est bien ça ? demanda Éleuthère.

— Oui. À midi, dans le théâtre au sommet de la ville, confirma Aynet. Je ne sais pas s'il faut préparer quelque chose. Ils auront sûrement leurs propres petits sortilèges pour faire gober la pilule aux gens. Je pense que si on est propres, bien habillés et souriants, ça suffira.

— Ça change, commenta Éleuthère.

S'étirant sur les coussins, il se demanda ce qu'il préférait : essayer de convaincre des rois qui renâclaient ou profiter d'une situation gagnée d'avance. Il constata qu'il n'aimait pas être inactif. Il avait la sensation de ne rien contrôler.

— Alors, tu penses être quel dieu ? demanda-t-il à sa marraine tandis que Serin ruminait des insultes dans son dos et que Deuzio continuait à fixer le mur.

— Très certainement Fèbre, déesse de l'intelligence et de la recherche intellectuelle, répondit-elle comme si c'était une évidence.

Ça, elle ne serait certainement pas Gratia, déesse de la diplomatie, des arts et de l'amabilité, songea Éleuthère. Il se demanda lequel d'entre eux était censé être Squa. D'après ce qu'Agnus lui avait expliqué, c'était sans doute le dieu – pardon, l'entité neutre – le moins sympathique du lot. Patron des meurtriers et des pirates, il incarnait la cruauté froide mais aussi la justice aveugle et impartiale. On le surnommait le Tueur. Tout un programme. Quant à Selve, qui incarnait la nature... Le rôle était probablement destiné à Serin. Ça collait avec son statut de sorcière.

Seraient-ils supposés se comporter selon les caractères de leurs dieux respectifs ? Éleuthère n'en savait rien. Le lendemain s'annonçait plein de découvertes. Toutefois, les négociations seraient plus réduites que prévu.

Deuzio, brusquement, sortit de sa transe.

— Non, déclara-t-il d'un ton ferme. Les choses s'expliqueront, j'en suis certain.

Sans un mot de plus, il se leva pour partir s'enfermer dans sa chambre. Éleuthère échangea un regard avec Aynet. Bah, peut-être que leur compagnon trouverait, durant la cérémonie, une explication qui satisferait sa double éducation, orientale et occidentale, religieuse et magique ?

— Je vais me pieuter, annonça Éleuthère en l'imitant.

•

Il rêvait.

D'une femme.

Éleuthère rêvait parfois de dames. Par exemple, ces dernières semaines, il rêvait beaucoup et avec plaisir de la tante de Marc, dame Mélia. Il faisait également, dans un genre différent, des cauchemars sur sa mère ou sur Aynet, durant lesquels elles tentaient de lui dicter sa vie. Ou il jouait avec Flor. Ou il affrontait Pabu et Khalida, la cardinale de l'Ordre du Loup. Ou il fuyait une horde de princesses. Ou il flirtait avec des femmes sans visages, des guerrières, des bergères et autres laitières.

Cette femme-là se contentait de le fixer sans rien dire, avec un sourire mystérieux.

Elle était vêtue à la mode queiralienne, d'une longue robe blanche vaporeuse. Ses boucles brunes étaient élégamment remontées sur sa nuque. Ses yeux d'un gris très pâle, presque blanc, le transperçaient, mais sans méchanceté. Elle portait un grimoire dans la main gauche, une lunette d'astronomie dans la droite et une corneille sur l'épaule. L'un dans l'autre, elle avait l'air très... curieuse. Réfléchie. Savante.

La corneille, elle, avait l'air constipée.

Bonjour, Éleuthère du Quesvron. Ou plutôt, bonsoir.

Sa voix avait la douceur de la soie et la profondeur d'un lac de montagne. Éleuthère, toujours poli, s'inclina devant elle et se rendit alors compte qu'elle mesurait trois fois sa taille. Étonné, il lui demanda :

— Qui êtes-vous ?

Elle se contenta de continuer à sourire, ce qui devenait agaçant. Puis elle se pencha vers lui pour lui effleurer la joue. Il eut l'impression d'être marqué avec un fer brûlant – non, avec un fer glacial, tellement froid qu'une pointe de glace se fraya un chemin jusqu'à son cœur, le cristallisant puis le faisant éclater en mille morceaux.

Il se réveilla en hurlant, couvert de sueur.

•

Bizarrement, quelque chose le retint de parler de son rêve au petit-déjeuner. Peut-être parce que ce n'était qu'un rêve. Peut-être parce que, habituellement, Marc, Gaspin, Bì Cuï et Ghaith étaient ses seuls amis assez patients pour partager ce genre de bêtises. Saga l'aurait peut-être écouté. Aynet n'allait même pas faire l'effort, sans parler de Deuzio.

Quant à Serin, elle marmonnait toujours, ouvrant de grands yeux hantés, visiblement terrifiée à l'idée d'être comparée, en public, à son Roi Sage. Oubliant ses tracas, il s'approcha d'elle pour lui effleurer le bras. Ennemie ou pas, il n'avait rien contre elle.

Elle sursauta. Il lui sourit, un peu plus gentiment qu'à son habitude.

— Viens. Il fait moins étouffant sur la terrasse.

Ils abandonnèrent Aynet et Deuzio, en train de se disputer mollement sur des questions théologiques, dans la salle à manger. Les deux légionnaires omniprésents les suivirent à distance respectueuse. Il faisait, en effet, plus frais sur le balcon mis à leur disposition. Une petite brise soufflait sur la ville. Au loin, dans la baie, les navires de la flotte s'exerçaient à la manœuvre.

Éleuthère fit asseoir la jeune fille sur un banc face à la mer, lui colla une pâtisserie queiralienne entre les mains, puis ordonna :

— Déballe.

Serin déballa.

Elle déballa beaucoup de choses auxquelles il s'attendait. Sa foi dans le Rieur, sa loyauté envers lui, puis ses doutes, son admission que la façon d'agir du dieu, souvent, ne laissait que peu de place au pardon et à la générosité. C'était une façon de voir les choses, pensa Éleuthère. En six mois, elle avait visité plus de villages, rencontré plus de sorcières que durant tout le reste de son existence. Puis, en quelques semaines, elle avait traversé des royaumes, des provinces, un *océan* qu'elle n'avait jamais vus que sur des cartes. Elle avait contemplé des cités. Parlé à des paysans. Fait face une impératrice. Elle avait découvert l'autre camp. Ses ennemis supposés. Elle les avait écoutés parler et, parmi toutes leurs bêtises, Éleuthère était à peu près certain qu'elle avait discerné leur inquiétude, leur effroi de ce qui arriverait si le Roi Sage l'emportait, et leur résolution à l'en empêcher.

Elle avait aussi vu que, quand ils en avaient l'opportunité, ils choisissaient d'épargner leurs adversaires.

— Ça t'a tellement choqué que ça ? demanda Éleuthère.

— Vous ne comprenez pas ! (La pâtisserie réduite en miettes, elle serra ses doigts sur sa robe bleue de cérémonie.) Ce n'est pas logique. Ça va à l'encontre de toute notion réaliste. Quand il fait trop froid, dans les montagnes, quand les provisions sont trop restreintes... (Ses yeux se remplirent de larmes.) Il faut choisir. Les plus forts doivent survivre.

Ses paroles revinrent en mémoire à Éleuthère : « *Notre matriarche et mon propre bébé sont morts de faim à cause d'une fonte des neiges tardive.* »

— Oh, mon cœur.

Malgré lui, il la prit dans ses bras. Elle se laissa faire quelques secondes, puis le repoussa, sans brusquerie. Elle s'essuya les yeux, renifla et continua :

— Est-ce qu'il a tort ? Je ne comprends pas... personne n'en parle, mais personne ne comprend pourquoi dame Saga l'a trahi, il y a tout ce temps. Qu'avait-elle à y gagner ? Pabu prétend qu'elle s'est laissée embobiner par les dragons. Qu'ils lui ont promis une récompense. Mais c'est faux, n'est-ce pas ? Sinon, elle ne serait pas revenue vivre parmi les sorcières. Ou elle l'aurait regretté ? Dans ce cas, elle ne serait pas repartie avec vous. Non ?

Elle leva des yeux noirs suppliants vers lui. Éleuthère secoua la tête.

— Elle est partie avec nous pour la même raison qu'elle était partie il y a quatorze siècles, confirma-t-il. Pour l'arrêter. Serin...

— Malzenn, le corrigea-t-elle. Mon nom, c'est Malzenn.

— Malzenn. Je ne dis pas que la façon dont les sorcières sont traitées est juste. Bien au contraire. Mais il vous ment sur ce point. Ce n'est pas la faute du reste du monde, la faute des habitants du Plaennendeon.

— C'est celle du Grand Enchantement.

— Oui. Même lui ne peut pas le modifier. Personne ne le peut, à part les êtres qui l'ont créé.

— Mais ça ne risque pas d'arriver, hein ? dit-elle d'un ton amer. Les sorcières vont continuer à être persécutées, les dragons à aimer l'or et les princesses à finir dans des tours. Comment pouvez-vous supporter ça ?!

— Pour être honnête, j'ignorais toute l'histoire il y a encore un an, avoua Éleuthère. Je pensais que c'était une règle naturelle. Quelque chose qu'on ne discutait pas.

Ils restèrent une ou deux minutes silencieux, réfléchissant à cet empaffé de destin.

— Ce sont deux histoires bien différentes, résuma Éleuthère. Le Roi Sage et le Grand Enchantement. Malzenn... Il n'y a que toi qui puisses décider ce que tu vas faire. Tu peux rester fidèle à tes sœurs, à tes compagnes, ce qui est tout à fait compréhensible...

— Aux survivantes, du moins, dit la jeune fille d'un ton mordant. (À nouveau, ses yeux rougis se mirent à briller.) Il en a tué plus de la moitié. Elles n'ont même pas été enterrées ou brûlées, simplement jetées dans des ravins.

Cette fois, Éleuthère ne la toucha pas, la laissant digérer la situation par elle-même. Au bout d'un moment, elle soupira.

— J'aimerais bien pouvoir parler avec dame Saga.

Et moi donc, songea Éleuthère.

— Ton bébé... Comment est-ce arrivé ? demanda-t-il d'un ton

prudent.

L'idée lui paraissait horrible. Insoutenable. Il avait du mal à l'imaginer.

Elle haussa les épaules.

— C'est comme ça, là-haut. On ne nomme pas nos filles avant qu'elles aient deux ans. Pour ne pas s'attacher. Les garçons sont emmenés vers Nirailles ou le Deshevron.

— Tu devais être terriblement jeune.

— Pas vraiment. Dix-neuf ans.

Il la dévisagea, les yeux ronds, oubliant l'ambiance morose de leur conversation.

— Quoi ? Tu as quel âge ?!

Elle rougit, l'air furieux, retrouvant sa colère habituelle et rassurante.

— J'ai vingt-trois ans, d'accord ? Et j'apprécierais que vous arrêtiez, avec dame Aynet, de me traiter comme une gamine !

— Tu es plus vieille que moi !

— C'est comme ça ! Dans mon village, on a l'air jeune !

Il la dévisagea, l'air horrifié.

— Ne le dis *surtout* pas à Aynet. Elle te disséquerait pour découvrir pourquoi. (Serin – Malzenn – éclata de rire.) Non, sérieusement !

Un toussotement leur fit tourner la tête. Deuzio se tenait sur le seuil de la porte qui menait à l'intérieur du palais. Depuis combien de temps était-il là ?

— Les festivités commencent dans une heure, annonça-t-il d'une voix neutre. Une escorte nous attend pour nous emmener au théâtre.

Éleuthère se mit debout avec un enthousiasme bruyant.

— Bien, bien ! Je suis curieux de voir ce que ça va donner. (Il offrit son bras à la sorcière.) Tu peux toujours venir et te forger une opinion ensuite ? proposa-t-il. (Elle hocha la tête. Ils s'approchèrent de Deuzio qui les étudiait en silence, indéchiffrable.) Prince

Secundus, je vous présente dame Malzenn, déclara théâtralement Éleuthère.

Deuzio fit une petite courbette. Malzenn renifla, puis exécuta une révérence ironique. Aynet apparut derrière le jeune prince, vêtue d'une magnifique robe brodée d'argent, ses cheveux dorés ornés de fleurs d'une blancheur éclatante.

— On y va ou quoi ?

Tu parles d'une belle brochette de dieux réincarnés, songea Éleuthère. Mes fesses, oui.

•

Le théâtre était rempli à craquer. Sans la verdure qui en bordait le pourtour, ainsi que la roche noire du sol, Éleuthère se serait presque cru dans l'arène de Sadaf Zarqa, où ils avaient affronté d'autres magiciens afin de remporter la quatrième statuette. Il espéra que, cette fois, d'immenses monstres n'allaient pas surgir du néant.

Ils émergèrent par une arche qui donnait directement sur la scène. L'impératrice Honoria les attendait au centre. Aucune escorte ne l'accompagnait, seulement deux hommes. Le premier, en armure, ressemblait à un général. Le second était vêtu d'une longue tunique noire qui lui donnait un air sinistre. En avisant ses traits émaciés et ses yeux tels deux puits d'ombre, Éleuthère se dit qu'il devait être en présence de Philème, le dieu de la mort et des esprits, ainsi que de Domin, seigneur des mers, de la guerre et des tempêtes.

La foule se mit à hurler de joie en les voyant. D'après les renseignements d'Agnus, il y avait trois siècles qu'il n'y avait pas eu plus de quatre dieux incarnés en même temps dans l'Empire. Quant à sept d'un coup, de mémoire d'homme, ce n'était jamais arrivé. Honoria employait les grands moyens, songea Éleuthère.

Personne n'avait rien fait pour ôter l'amulette de Malzenn, ce qui indiquait que, question magie, on n'attendait pas grand-chose d'eux. Deuzio avait tout de même apporté son épée enchantée. On ne savait jamais, avait-il dit. Éleuthère et Aynet avaient approuvé.

Légèrement anxieux, Élie suivit ses compagnons vers le centre de la scène. Ils finirent par s'arrêter, alignés, devant l'impératrice, le général et le prêtre. Honoria leur fit un clin d'œil. Elle avait revêtu, pour l'occasion, une robe plus luxueuse que sa précédente tunique de laine. Elle se tenait fière et droite, dégageant une autorité incontestable. Les deux hommes qui l'encadraient, tous les deux très grands, ne faisaient que renforcer la puissance qui émanait d'elle.

Le public – des centaines de nobles, d'ouvriers, d'artisans, de marchands et d'esclaves – se tut. Éleuthère se demandait ce qu'ils étaient censés faire, quand tout démarra.

Devant ses yeux, les trois Queiraliens se mirent à enfler. Grandir. Prendre des proportions titanesques. En quelques instants, ce ne furent plus eux qui se tenaient au milieu du théâtre, mais trois entités surnaturelles. Trois dieux. Un dieu, une déesse et une chose, pour être exact.

Avi, la Mère, la déesse des moissons, de l'été, du commerce et de la famille, avait l'apparence d'une femme d'un certain âge aux formes généreuses, qui souriait de façon bienveillante à ses sujets. Ses symboles étaient une gerbe de blé et une bourse d'or. Un agneau bien dodu reposait à ses pieds.

Domin, le Puissant, seigneur du printemps, de la guerre, des tempêtes et de la force, était sans surprise un homme en armure, la barbe mêlée d'algues, une lance à la main et une seiche gravée sur son bouclier d'airain. Ses yeux bleus étaient durs et fatigués.

Philème, le Baiser, la Mort, l'Hiver, le symbole des choses spirituelles, n'était qu'une longue silhouette enveloppée de noir, deux lueurs blanches glacées luisant sous son capuchon. Un papillon, de façon incongrue, était perché sur son épaule. Il rappelait Skugga, le Dieu Songeur, à Éleuthère. L'un avait-il copié sur l'autre ?

Puis il réalisa que, malgré leurs cinquante pieds de haut, il se trouvait à hauteur d'yeux avec eux. Il baissa le regard sur son corps. Il n'était plus lui. Il était la femme qu'il avait vue dans son rêve, durant la nuit dernière. Il comprit qu'il était devenu Fèbre, la Fièvre, déesse de la curiosité intellectuelle, de la connaissance et des sciences.

Sur sa gauche, Malzenn et Deuzio avaient eux aussi disparu pour laisser place à Selve, le Chasseur, dieu de l'automne, de la nature et du feu, ainsi qu'à Gratia, l'Aimable, déesse de la danse, du chant, de la générosité, du pardon et de la diplomatie. Le premier tenait un arc et était accompagné par une biche ; la seconde portait une lyre et un rouleau de parchemin, tandis qu'une colombe à l'air sévère surveillait la scène depuis le sommet de son crâne. Les Queiraliens et leur symbolisme. Le côté diplomatique collait plutôt bien à Deuzio, ainsi que la lyre, qui rappelait sa harpe. C'était un bon choix.

Ce qui laissait...

À sa droite, à la place d'Aynet, se tenait Squa. Le Tueur. L'être sans sympathie, sans sentiments. La sauvagerie, la barbarie, mais aussi, de façon paradoxale – ou complémentaire – la justice implacable. Le teint gris, les yeux morts, il avait des cheveux incolores et une silhouette de prédateur affamé. Les lambeaux d'une toge grisâtre lui tenaient lieu de vêtements, ondulant dans les remous d'une mer invisible. D'innombrables ceintures de cuir retenaient une collection d'armes rouillées. Il ressemblait à un pirate noyé, prêt à emporter les âmes maudites avec lui au fond de l'océan. Un sourire cruel ourlait ses lèvres exsangues.

D'accord, songea Éleuthère en évitant de trop réfléchir à ce que cela signifiait.

Il revint à leur public qui, de nouveau, hurlait de joie, sans paraître effrayé par l'apparition de ces sept êtres terrifiants. Ils paraissaient si petits ! Éleuthère avait la sensation de pouvoir contrôler son corps, d'être toujours lui-même, mais en même temps... non. C'était une impression étrange. Il chercha si ce n'était pas qu'une illusion d'optique, si Fèbre existait vraiment, si elle était dans sa tête. Il la trouva juste là, main dans la main avec sa propre conscience.

Qu'est-ce que c'est que ce bordel ? voulut demander Éleuthère.

Elle se contenta de l'équivalent mental d'un de ses exaspérants sourires mystérieux.

Non ! Hé, ho ! protesta-t-il.

Sans qu'il puisse se contrôler, sa bouche s'ouvrit. Il parla. Ils parlèrent tous en même temps, d'une voix tonnante qu'aucun bruit n'aurait pu recouvrir :

— Il revient, Celui qui Rit, l'Imposteur,
L'être aux pouvoirs inspirés de la terre,
Celui qui prétend être le meneur
De ces âmes qui depuis longtemps errent.
Mensonge est sa parole, haine est son règne,
Destruction sa méthode, peur son épée ;
Malgré cette liberté qu'il enseigne
Ne lui survivra aucun grain de blé.
L'heure est là d'aller rejoindre nos frères
Qui, déjà, se rassemblent sur la plaine
Pour l'affronter, terminer ce calvaire
Et mettre un terme à cette longue peine.

La fin du message n'était pas très réussie et manquait de subtilité. Elle fit tiquer Éleuthère : les dieux queiraliens – ou leur clergé, ou l'impératrice – voulaient-ils dire qu'il fallait trouver un moyen d'extirper les sorcières, voire les autres créatures au service du Rieur, de leur rôle de vilains, ou les exterminer une bonne fois pour toutes ? Il allait falloir mettre certaines choses au clair.

Pendant ce temps, la foule applaudissait et se mettait à scander ce qui ressemblait à un cri de guerre. Au moins, ils ne discuteraient pas sur ce point pendant des mois.

Il reprit sa taille et son apparence habituelle aussi soudainement qu'il les avait perdues. L'instant précédent, le théâtre s'étalait à ses pieds comme un château de sable ; le suivant, Éleuthère regardait Honoria dans les yeux, tandis qu'elle époussetait sa robe en souriant.

Tour de magie ? Intervention divine ? Un mélange des deux ? Peut-être les neuf temples tiraient-ils les ficelles. Peut-être le Nonemdiat était-il l'incarnation de magie des Queiraliens, réprimée depuis des générations. Peut-être étaient-ils des créatures d'un autre monde, profitant de ce confortable petit empire qui ne demandait qu'à croire en eux. Qui savait ? Philème, le grand prêtre ? Honoria, l'araignée au centre de sa toile politique ?

Des centaines de questions se déroulaient dans l'esprit d'Éleuthère. Un jour. Un jour, il aurait le temps d'explorer le sujet. Pour l'instant...

— Personne ne s'infiltre dans ma tête sans mon autorisation ! sifflait Aynet, livide de rage. *Personne.*

Pour l'instant, ils avaient une fée d'humeur homicide sur les bras. Ce ne serait pas une bonne idée qu'elle assassine Honoria devant tout ce monde.

Il réfléchit rapidement. Jusqu'ici, dans ces situations, il avait toujours eu recours à la même solution : la fuite. Mais il ne pouvait pas abandonner l'assemblée derrière lui...

Il sourit aimablement à Honoria, Titus Nemus et Philème.

— Nous revenons tout de suite. Rien de grave. Ne vous inquiétez pas.

Puis il pinça discrètement, mais cruellement, Aynet dans un endroit qu'on ne mentionnait pas en bonne société.

Elle poussa un rugissement outragé.

Il bondit dans les airs, se métamorphosa en merle et fila droit devant lui.

Le cri d'un phénix en fureur retentit dans son dos. Ainsi que les cris ravis de la foule qui se croyait encore au spectacle.

Fichus Queiraliens.

•

Il mit une heure à la calmer, ne récoltant qu'une brûlure

superficielle.

— Je vais éviscérer ce petit prêtre à la noix, gronda-t-elle après s'être retransformée, de retour sur la terrasse de leurs appartements.

Sa voix n'était plus meurtrière, seulement irritée. Éleuthère s'abstint de tout commentaire. Peut-être, d'ici cinq à dix ans, pourrait-il se moquer du fait qu'un dieu des criminels l'ait choisie comme incarnation.

— Il est temps de discuter logistique avec l'impératrice, dit-il pour la distraire. C'est bien beau, tout ça, mais on a un plan à exécuter.

Soulevant sa robe blanche, toujours immaculée, à pleines mains, Aynet se dirigea vers la porte d'un pas décidé.

— Oui, ben, on ne va pas lui laisser le choix.

Honoria les avait devancés. Un esclave les attendait dans le salon. Il leur annonça que l'impératrice les recevrait devant son conseil de guerre dès qu'ils seraient disponibles. Ils le suivirent à travers les couloirs du palais jusqu'à proximité de la salle du trône, dans une pièce plus modeste que cette dernière. Ses murs étaient couverts d'étagères remplies de rouleaux et de livres. Au centre, sur une longue table en merisier, des cartes de l'Empire et du Plaennendeon étaient semées de petites figurines représentant les différentes armées des royaumes. Du moins, cela y ressemblait. Éleuthère n'eut pas le temps de s'y intéresser. Honoria, entourée de son état-major, leur fit signe d'approcher. Deuzio était déjà là, ainsi que Malzenn qui, les bras croisés, observait la séance en silence. Titus Nemus, le général en lequel s'était réincarné Domin, était présent, sur la droite d'Honoria. Sertor Agnus était sur sa gauche. Autour d'eux, d'autres militaires, tous en uniformes, dévisageaient sans se cacher les deux nouveaux arrivants. Leurs expressions variaient de curieuses à respectueuses, en passant par avides et amusées. Seul Octavius Patronus, le « Mielleux », qui avait eu maille à partir avec Dioclétien, affichait un air mécontent au fond de la salle.

— Approchez, ordonna Honoria sans s'encombrer de manières.

Nous appareillerons dès demain, dit-elle en désignant la flotte miniature sur la carte devant elle. Il faudra bien quatre mois aux troupes pour gagner Adezen...

— Non, dit Éleuthère.

Un silence de mort tomba autour d'eux. Il ne se démonta pas.

— Nous n'aurons pas le temps. Une bonne partie des armées du Quesvron, de Keilles et d'Edorailles attendent déjà sur place. Le Dieu Rieur s'est mis en marche, j'en suis persuadé. Il sera là-bas d'un jour à l'autre. Vous pensez qu'il ne sautera pas sur l'occasion de massacrer d'un coup le quart des forces du Plaennendeon ? Nous devons nous rendre sur place immédiatement.

— Je ne vois pas ce que notre présence y changerait, répliqua calmement Honoria.

Aynet prit la parole, ôtant distraitement les fleurs cérémoniales de ses cheveux.

— Nous n'engageons pas une guerre traditionnelle, mais une guerre magique. Certes, l'objectif de la manœuvre est de détruire les armées du Roi Sage. Cependant, pour une fois, le résultat de la bataille ne sera pas une question de statistiques. Il y a des variantes à prendre en compte que vos généraux n'ont jamais rencontré de leur vie. La plupart, du moins, corrigea-t-elle alors que le grave Titus Nemus ouvrait la bouche.

— Nous n'avons pas choisi le terrain au hasard, reprit Éleuthère.

— Vous ? demanda Honoria d'un ton incrédule, qui frôlait le mépris.

— Oh, je sais. Le roi Gaius, ou peut-être son fils Primus, vous ont écrit qu'ils l'avaient sélectionné à cause de ses atouts géographiques, n'est-ce pas ? Une plaine à perte de vue, peu d'habitations civiles à proximité, une ville fortifiée pour se retrancher au cas où... Oui, oui. Nous voulions que l'information circule, que le Rieur le prenne comme une invitation, mais une invitation en provenance de gens qui n'y connaissent rien à la magie. (Les officiers froncèrent les sourcils à l'évocation du mot tabou ; comme l'impératrice n'intervenait pas, ils restèrent cois.) Une vague de sorcières, de gobelins, de trolls, de bleisteux et d'autres créatures va jaillir de la montagne, un peu au nord de la ville, expliqua Éleuthère en leur montrant l'endroit sur la carte. Je ne doute pas, s'il s'agissait d'ennemis ordinaires, que vous sauriez comment les combattre au mieux. Dans ce cas, il s'agira de femmes capables de provoquer des tremblements de terre, de plier les végétaux à leur volonté et d'engloutir des centaines d'hommes dans des mares de boue. Elles peuvent se transformer en toutes sortes d'animaux. À ce sujet, dès que nous aurons franchi l'océan, nous serons sûrement espionnés. Si vous ne me croyez pas, demandez à Malzenn. Pardon, au divin Selve.

La vingtaine d'hommes et de femmes se tourna d'un bloc vers la jeune sorcière qui, intimidée, hocha la tête.

— Les trolls ne craignent pas les flèches, enchaîna Aynet. Les bleisteux peuvent renverser trois chevaux de guerre d'un coup de poitrail. Les gobelins sont de sales petites créatures qui peuvent ronger un os en deux minutes. Bref. Même si vos hommes sont prêts, motivés et bien entraînés, ce sera la pagaille en moins d'une demi-heure. Et le Rieur adore le chaos. Il enverra ses meilleurs agents aux points stratégiques pour couper toutes les têtes pensantes.

Honoria porta machinalement la main à son menton.

— Que proposez-vous ?

— Oh, nous avons un plan, la rassura Éleuthère.

— Malheureusement, nous ne pouvons pas tout vous dire. Toujours cette histoire d'espions, ajouta Aynet d'un ton qui était tout sauf désolé.

— Vous voulez que nous vous suivions, *aveuglément*, combattre un prétendu dieu sans poser de questions ? s'indigna Nemus.

— Nous vous révélerons le plan quelques heures avant la bataille, l'assura Éleuthère. Il va nécessiter quelques préparations. Voyons voir : il nous faudra des terrassiers, énuméra-t-il sur ses doigts, des archers, des gens doués en escalade, des catapultes, des alchimistes, si vous avez ça...

Cette fois, malgré le statut divin de leurs visiteurs, les généraux se mirent à grommeler de façon offusquée. Éleuthère soupira. Il avait été trop vite. Il avait présumé que les échanges diplomatiques étaient terminés. Dioclétien, ou même Anségisel, auraient été tellement plus à l'aise que lui dans ces circonstances.

Ce fut Deuzio qui rattrapa les choses.

— Augusta, messeigneurs. Quelles que soient les motivations du prince Éleuthère, il a raison. Il serait plus prudent de renforcer dès que possible les forces déjà en place, dit-il d'un ton respectueux, mais ferme. Vos navires les plus rapides peuvent emmener vos archers et votre cavalerie légère. En deux mois, peut-être même six semaines, ils pourraient être au pied d'Adezen.

— Si le Roi Sage n'attaque pas durant l'automne, cela voudra dire un hiver entier dans la plaine, sans nourriture et sans bois de chauffage.

— Oh, il attaquera, dit Éleuthère avec plus d'assurance qu'il n'en ressentait.

— Il a raison, intervint une petite voix.

Une fois de plus, l'assemblée se tourna vers Malzenn. La jeune fille, les joues rouges mais le regard farouche, s'avança jusqu'à se retrouver devant la table, aux côtés d'Honoria. Elle désigna les montagnes démesurées qui séparaient le Plaennendeon de l'hémisphère nord.

— Vous n'êtes pas les seuls à avoir des problèmes d'approvisionnement. Les ressources sont limitées dans les montagnes. Les gobelins, les bleisteux et les trolls ont accepté de le servir parce qu'il leur promettait qu'une fois vainqueurs, ils auraient la liberté de se déplacer comme ils l'entendaient et de dévorer tout ce qu'il leur chanterait. Pour l'instant, ils continuent de lui obéir, le ventre vide, mais cela ne durera pas longtemps. (Son doigt se déplaça vers le sud, le long des Monts du Mitan.) En descendant, ils pilleront tout ce qu'ils trouveront sur leur passage. Peu importe que Nirailles et le Deshevron aient passé des accords avec Sa Majes... avec le Dieu Rieur. Les sorcières seraient prêtes à patienter, mais pas le reste de ses armées. Il est probable qu'ils commenceront à se remplir la panse avec les cadavres de vos hommes, ajouta-t-elle avec un regard dur.

Ce qui était *parfait*! songea guillerettement Éleuthère. Enfin. Pour convaincre Honoria. Il se maîtrisa pour éviter d'exprimer une joie déplacée.

— Et vous savez tout cela parce que...? demanda un *legatus* pénible.

— Parce que je faisais partie de son état-major. Parce que j'ai négocié en son nom, répondit-elle en relevant le menton, assumant ses paroles.

À nouveau, les officiers échangèrent des regards incertains. Deuzio se rapprocha de Malzenn, instinctivement. Honoria leva la main pour faire taire les murmures. Elle trancha la question d'une voix sans réplique :

— Je doute que notre bien-aimé dieu Selve eût choisi dame Malzenn pour nous rendre visite si elle présentait un quelconque danger. Je vous en prie, continuez, ma chère, ajouta-t-elle d'un ton plus doux.

Pendant qu'ils discutaient détails, Éleuthère laissa ses pensées vagabonder. Il était ravi que Malzenn les rejoigne. Beaucoup auraient pu le trouver naïf mais, malgré la situation, il ne parvenait pas à se méfier d'elle. Peut-être parce qu'il s'était posé, lui aussi, beaucoup de questions sur ce qu'il faisait depuis le début de cette histoire de statuettes. S'il avait dû décrire leur nouvelle compagne, il aurait choisi les mots « à vif ». Ce qui était souvent le propre des gens qui tentaient d'être honnêtes avec eux-mêmes, qui assumaient leurs choix, aussi difficiles fussent-ils, et essayaient de démêler le faux du vrai et de faire au mieux de leur conscience.

Ah, souvenirs, souvenirs.

Il revint sur terre quand Honoria s'adressa à lui :

— Je ne pense pas que nous ayons le choix. Très bien, nous diviserons les légions en deux groupes. Le premier partira en avant, prêt à rejoindre l'armée en place près d'Adezen dès que possible. Le second prendra son temps pour arriver. Il ne servira sûrement pas à grand-chose, mais les espions de notre ennemi concluront que nous sommes simplement désespérés, que nous comptons sur un délai de sa part. Dressez-moi une liste des ressources requises pour votre plan. Je ferai en sorte que le nécessaire appareille avec nous.

« Je vous offre ma confiance, conclut-elle. En fait, je vous offre celle du Plaennendeon. Ne précipitez pas sa perte.

Éleuthère prit conscience, en rédigeant avec Aynet la liste du matériel et des hommes dont ils auraient besoin, que les choses devenaient soudain terriblement concrètes. Il y avait cinq mois, il discutait encore avec Dioclétien, évoquant l'idée de rassembler tous les monarques du continent pour lutter contre un ennemi légendaire. Il l'avait fait. Bien plus rapidement qu'il n'aurait pu l'espérer. Et à présent...

À présent, ils allaient partir en guerre.

Quand tout serait terminé, il prendrait le temps de revenir prendre quelques vacances à Queirailles, se promit-il. Il sentait qu'il n'allait guère en avoir le temps avant d'embarquer.

Chapitre XI
Mise en place

Il y avait deux mois et demi que Saga était prisonnière du Dieu Rieur.

Comme tous les matins en s'éveillant, sa première pensée fut pour Chilpéric. Puis elle suffoqua et tendit les bras à la recherche d'une bouffée de magie, comme un noyé qui cherche à saisir un peu d'air entre ses doigts crispés. Rien. Les bracelets l'empêchaient toujours d'y accéder, tandis que le sortilège d'Hegarat bloquait ses propres pouvoirs. Elle était doublement impuissante, comme un nourrisson incapable de saisir sa cuillère et à qui, de plus, on aurait ôté sa bouillie.

Il y avait *très* longtemps qu'elle n'avait pas été impuissante. C'était à la fois étouffant et... étonnamment rafraîchissant.

Elle se redressa sur son lit. Comme elle ne présentait de danger pour personne, on l'avait sortie de la cellule pour l'installer dans une chambre. Aucune arme ne traînait dans le palais de Lok-Rouanez : les gobelins et les trolls portaient toujours les leurs sur eux, les sorcières et les bleisteux n'en avaient pas besoin. Tout le monde savait qui elle était. Tout le monde épiait le moindre de ses gestes, suivait le moindre de ses pas. Une jeune sorcière l'avait assommée d'un sort bien placé alors qu'elle tendait la main vers un couteau à beurre. Si on ne s'acharnait pas sur elle, si on ne la martyrisait pas, c'était uniquement parce qu'Hegarat l'avait ordonné ainsi. Il tenait à l'enfant.

Machinalement, elle passa sa main sur son ventre. Sa grossesse n'était pas encore visible. De plus, les bracelets enchantés, en la coupant de l'extérieur, empêchaient tout magicien – et même le Rieur – de percevoir la magie embryonnaire qui se développait en elle. Cependant, elle se trouvait dans une situation que le Roi Sage n'avait pas prévue : un nouveau pouvoir apparaissait en elle, mais un pouvoir qui ne lui appartenait pas. Les règles étaient faussées. Le blocage ne s'appliquait pas sur lui. Outre les habituels changements physiques, ceux qu'elle avait connus des dizaines de fois au cours de ses existences, Saga parvenait à ressentir l'étincelle qui grandissait chaque jour dans son sein.

Ou plutôt, les deux étincelles.

Ce qui lui sauvait deux fois plus la mise.

Elle s'était fait capturer dans un but bien précis : infiltrer les rangs du Roi Sage. Le bébé avait été un atout supplémentaire, une façon de s'assurer qu'il la garderait en vie. Le Dieu Rieur, malgré ses railleries et sa cruauté, était terrifié par la solitude, toujours à la recherche de compagnie, d'égaux, qu'il ne trouverait jamais ou ne parviendrait pas à garder près de lui. Les trois autres dieux étaient un bon exemple du problème. Ils avaient beau se comprendre et savoir que leurs destins étaient liés, leur égoïsme et leur tempérament colérique les empêchaient de se supporter. Aucun n'était assoiffé d'amour, à l'exception d'Hegarat. Malheureusement pour lui, c'était une notion qu'il ne comprendrait jamais.

Aurait-elle dû se sentir coupable d'utiliser ainsi son enfant ? Bien sûr. Mais la situation n'était pas propice à ces interrogations morales. Chilpéric l'avait bien compris. Quand elle lui avait caressé la joue en se rhabillant, il s'était contenté de hocher la tête, un peu tristement, avant de l'embrasser sur le front. Elle avait eu de la chance de tomber sur un prince. Il comprenait les sacrifices requis pour remplir leur devoir.

Elle se leva, s'étira, et effectua cinq ou six fois le tour de sa chambre exiguë. Puis elle traça, sur le mur, la marque quotidienne qui lui permettait de suivre le temps qui s'écoulait. Tous les soirs, on l'enfermait à double tour. Tous les matins, on venait lui ouvrir pour la laisser errer à sa guise dans le palais. Après tout, sans magie, quelle menace pouvait-elle représenter ? C'était une façon subtile de la narguer sur la perte de ses pouvoirs.

La sorcière qui vint la libérer ce jour-là ne lui jeta même pas un regard avant de retourner vaquer à ses tâches. Saga l'Ancienne, Saga la Légendaire n'était plus qu'une traîtresse, un animal de compagnie que le Roi Sage gardait auprès de lui par caprice. Sans dire un mot, elle enfila la lourde cape de laine brune qu'on lui avait donnée, avant de quitter la pièce pour s'aventurer dans la forteresse.

N'étant plus, aux yeux de ses captives, qu'un utérus sur pattes, elle avait eu beaucoup de temps pour explorer les lieux durant cès dernières semaines. Elle en connaissait désormais le moindre recoin, encore mieux que quand elle y avait vécu des siècles plus tôt. Elle avait par conséquent rempli le premier tiers de sa mission : reconnaître les lieux, analyser ses faiblesses et découvrir les ressources exactes d'Hegarat. Même les gobelins ne lui prêtaient plus attention, sauf quand elle faisait mine de s'approcher d'un engin de guerre ou d'une caisse de provisions. Désormais, ils ne s'en inquiétaient même plus : tout le matériel avait été emporté par l'armée qui s'était mise en route la semaine précédente. Le palais était pratiquement vide. Il n'y restait que quelques sorcières parmi les moins puissantes, qui s'occupaient de son entretien, ainsi que les collaboratrices les plus proches du Rieur, qui disposaient de moyens rapides pour rejoindre les troupes en marche. Saga se sentait l'âme d'un spectre tandis qu'elle errait dans les couloirs désertés.

Une seule zone lui était interdite : le quartier-général du dieu, où il organisait sa campagne avec ses officiers. Saga aurait aimé s'en approcher, sans succès. Tant pis. Elle avait pu extrapoler de nombreuses informations à partir de la vie de tous les jours du palais. La taille de ses troupes. La date approximative de son attaque. L'avancement des armées du Deshevron en direction du Quesvron. (Heureusement, les fées semblaient résister de ce côté.) Les alliances qu'il avait établies : avec les trolls, les gobelins, les bleisteux, Nirailles et le Deshevron, pour citer les principales. Sa volonté d'écraser sans attendre le bourgeon d'armée qui se réunissait près d'Adezen. C'était logique. Hegarat ne désirait pas moins que le contrôle total du continent. Il voulait balayer ses ennemis d'un seul coup afin d'éviter de se retrouver face à de multiples poches de résistance, telles des mouches qui l'asticoteraient par la suite.

Aynet, Éleuthère et Saga ne le laisseraient pas faire.

Il était temps de se concentrer sur la deuxième et la troisième partie de sa mission. D'un pas calme, mesuré, Saga s'enfonça dans les profondeurs du palais en direction des souterrains.

•

— Qu'est-ce que tu fiches là ? demanda Pabu.

— Rien, répondit Saga.

Ce qui était vrai. Elle n'avait rien à faire. Elle ne faisait donc rien.

Pabu, qui semblait en être arrivée à la même conclusion, poussa un reniflement méprisant avant de continuer à essorer ses cheveux dans un linge propre. Saga ne s'était pas attendue à la trouver là. C'était ennuyeux.

Les souterrains du palais abritaient des cuisines, des réserves, des entrepôts, des ateliers et des cachots, comme toute bonne forteresse, mais aussi des bains, ce qui était moins courant. Des sources d'eau chaude étaient canalisées pour fournir à ses occupants de quoi se laver et entretenir les lieux. Hegarat aimait son confort. Les bains faisaient la taille des thermes publics d'une cité queiralienne : de quoi accueillir une centaine de personnes en même temps. Il y faisait sombre, c'était vrai, mais les murs étaient recouverts de mosaïques colorées et de lanternes aux verres teintés. L'eau y glougloutait paisiblement, jaillissant de gueules de bleisteux sculptées dans la roche. L'air embaumait l'encens et l'huile parfumée. La température y était suffisamment élevée pour que, même à distance des bassins, Saga commençât déjà à transpirer.

Sa sœur enfila sa robe brodée avant de lui jeter sa serviette mouillée dans les mains.

— Je suppose qu'à défaut d'être utile ou digne de confiance, d'être quoi que ce soit, en fait, tu peux au moins être propre, se moqua-t-elle.

— Tu es toujours décidée à le suivre ? vérifia Saga en ôtant ses vêtements.

— Tu vas me faire le coup de celle qui sait qu'elle va gagner, mais qui se montre miséricordieuse ? s'amusa Pabu. C'était déjà pénible quand tu étais ma mère. Notre mère. Ça l'est toujours. (Elle se tapota pensivement la joue, ses ongles écarlates taquinant sa peau laiteuse.) Ou alors, tu essaies de me convertir à ta cause ? C'est ça, ton plan ?

— Ce ne serait pas un plan très intelligent, répondit Saga d'un ton plat.

Sa sœur rit avec bonne humeur. Elle ressemblait à son maître sur ce point. Elle était prête à reconnaître l'humour d'une situation sans que cela influence l'opinion qu'elle avait des gens présents. Il était difficile de l'atteindre, sentimentalement parlant.

— Vous allez bientôt partir ? Rejoindre le reste de l'armée ? demanda Saga en cherchant un bout de savon, comme si elle était affamée d'informations et de compagnie, alors que sa seule envie était que Pabu s'en aille et la laisse chercher tranquillement.

Cette dernière haussa les sourcils.

— Ça ne vaut même pas la peine que je te réponde.

— Et ensuite ? insista Saga. Il veut que je reste là ? Et mes amis ? Que va-t-il faire d'eux ?

— Ha. On ne se sent pas si sûre que ça, on dirait. Tu verras bien.

Sur ces paroles sèches, Pabu lui souffla un baiser avant de s'éclipser. Avec un mince sourire, Saga se laissa glisser dans l'eau fumante.

Elle en profita une dizaine de minutes, afin d'être certaine que sa sœur ne reviendrait pas. Il ne restait qu'une quarantaine de sorcières au palais. La plupart – celles qui aimaient se laver, du moins – préféraient profiter des bains en fin de journée. Il y avait, en toute objectivité, très peu de chances qu'on vienne la déranger.

Entièrement nue, à l'exception des deux bracelets, elle s'avança dans le bassin pour examiner les fontaines en forme de têtes de bleisteux. Les sorcières ne raffolaient pas de l'eau, magiquement parlant. C'étaient les trolls et les gobelins qui s'occupaient du réseau hydraulique. Qui disait source de cette importance et de cette régularité disait réserve, quelque part dans la montagne. C'était cette réserve que Saga devait trouver.

Elle abandonna les fontaines pour faire le tour des lieux. Sans ses pouvoirs, impossible de détecter les variations de la roche, les faibles éclairs de vie qui indiquaient que de petits animaux profitaient, eux aussi, de la chaleur et de l'humidité de l'endroit. Elle ne pouvait se fier qu'à sa logique. Voyons, il devait y avoir des passages pour remonter le long des canalisations, en cas d'entretien... Elle finit par dénicher une trappe dans un coin de la salle, dissimulé derrière un panneau en bois. L'agrippant par les angles, elle le délogea du mur. Un tunnel, assez grand pour laisser passer un adulte accroupi – ou un gobelin – s'enfonçait dans les ténèbres.

Décrochant une lanterne de son support, elle s'y enfonça sans attendre.

L'endroit était humide mais relativement propre. Le passage était carré, taillé grossièrement dans la roche. Une rigole le longeait, apportant l'eau fumante dans les bains. La vapeur qui s'en dégageait, ainsi que son odeur de soufre, rendait l'atmosphère lourde et étouffante. Avisant la flamme de sa lampe qui crépitait, Saga s'empressa de remonter la galerie, abandonnant la lueur des bains derrière elle.

Au bout de plusieurs minutes, elle déboucha à l'air libre ; du moins, elle déboucha dans une immense caverne au centre de laquelle bouillonnait un lac souterrain aux eaux blanchâtres. De temps à autre, une bulle plus grosse que les autres venait éclater à sa surface, créant un geyser miniature. Levant les yeux, elle aperçut plusieurs ouvertures à travers lesquelles on apercevait le ciel bleu. Des failles naturelles ? Des puits de ventilation ? Peu importait ; ils permettaient à l'air chaud de s'échapper et rendaient l'endroit respirable.

Fouillant les lieux à la recherche de son objectif, elle se demanda si le Rieur la faisait espionner, s'il suivait ses mouvements. Ces deux derniers mois, où qu'elle se soit rendue, il n'était jamais intervenu. Elle espérait que son excès de confiance subsisterait.

Là ! À l'écart du lac principal, une flaque subsistait au fond d'un trou dans le sol. Assez large et profonde pour qu'elle puisse s'y enfoncer jusqu'à la taille, et suffisamment refroidie pour que son eau ait retrouvé toute sa limpidité. Elle s'assit devant en tailleur. La partie facile de sa quête était achevée. La plus difficile, l'incertaine, commençait.

Elle ferma les yeux et se concentra sur les deux vies en son sein.

La pratique de la magie, sous toutes ses formes, n'était qu'une grosse sorte de tricherie. Une manipulation des lois naturelles, une négociation avec l'univers. Les adeptes de la magie absolue, comme

Lucàn, y allaient franc-jeu en *modifiant* simplement ce qui existait. Il fallait un don spécial pour cela. Les shamans, eux, passaient des marchés avec des forces venues d'autres univers. Les élémentalistes étaient des bricoleurs : ils chauffaient, refroidissaient, déplaçaient, allégeaient ou augmentaient la pression. Les sorciers étaient des mathématiciens, des architectes du vivant, qui calculaient soigneusement les influences à exercer pour parvenir à leurs fins. Avec les shamans, ils étaient les plus astucieux pour contourner des problèmes *a priori* impossibles. Saga était une très bonne sorcière. On n'atteignait pas l'âge qu'elle avait sans être un poil retors.

Les bracelets l'empêchaient d'accéder à la magie qui l'entourait et pompaient soigneusement celle qui coulait dans ses veines. Soit. Mais ils ne prévoyaient pas qu'elle puisse contenir une autre source de magie en elle-même, une source indépendante qui ne se mêlait pas à la sienne. Ses deux enfants.

De la même façon, le sortilège d'Hegarat l'empêchait d'utiliser ses pouvoirs. Elle était comme une athlète à qui on aurait coupé les tendons. Comme un nourrisson incapable de saisir une cuillère.

Mais rien n'empêchait qu'on l'*aide*.

Qu'on la soulève, rendant inutile le sol qui s'était dérobé sous ses pieds.

Qu'on porte la cuillère à sa bouche, lui rendant accès à la bouillie éloignée.

Il fallait qu'elle convainque les enfants de travailler pour elle. Ce qui était plutôt délicat. Oh, à près de trois mois, leur magie était suffisamment développée pour que, guidés par ses soins, ils puissent réaliser le sort qu'elle envisageait. C'étaient les instructions qui allaient poser problème. Limitée comme elle l'était, elle ne pouvait pas tendre son esprit vers les leurs, chercher à les atteindre. Elle devait attendre qu'ils en fassent la démarche. Ce qui pouvait prendre du temps. Elle n'en avait pas beaucoup. Le lendemain était le jour convenu pour contacter le groupe d'Osbern.

Elle avait faim ; c'était une bonne chose. Rien n'agite autant les esprits paisibles qu'une sensation d'inconfort injustement méritée. Frissonnante, elle plongea ses pieds dans l'eau tiède qui sembla, par contraste avec l'atmosphère surchauffée, presque fraîche. Deux brusques sensations d'indignation traversèrent sa conscience. Elle sourit. Les Saga étaient généralement dotées d'un caractère bien trempé et d'une curiosité sans bornes. Elle espérait que les deux nouvelles venues – ou nouveaux venus, il était trop tôt pour le dire – ne dépareraient pas la à tradition familiale.

Allez, les petits, songea-t-elle en se demandant si, dans leur embryon de tête, sa voix ressemblait à celles de ses ancêtres, qu'elle avait entendues durant des mois dans la sienne. Ces dernières n'étaient pas réapparues depuis le début de son emprisonnement.

Une trace de réponse lui parvint, l'équivalent d'un point d'interrogation. Elle se concentra sur ce qui les reliait avant tout : le sang. Elle songea à leur père. L'interrogation se mua en curiosité. S'entaillant la paume sur un éclat de roche, elle fit couler quelques gouttes de sang dans la flaque. Elle n'eut même pas à attendre ou à tenter d'expliquer le sort : les esprits jumeaux s'en emparèrent dans son esprit, le décortiquèrent, le mimèrent, et le lancèrent à sa place.

La surface de la mare ondula avant de laisser apparaître Chilpéric.

Saga enregistra rapidement ce qu'elle voyait : son aimé, penché sur ce qui ressemblait à un mécanisme de catapulte ; les Monts du Mitan, au loin ; la silhouette de la cité libre d'Adezen, sur la droite ; des tentes et des soldats sur des lieues et des lieues. Chilpéric, le visage maculé de graisse, se mordillait la lèvre en inspectant un rouage. Elle sourit tandis que les deux étincelles, dans son ventre, lançaient l'équivalent magique de gloussements de joie. Elle retint une réflexion mièvre du style : *mais oui, c'est votre papa.*

L'image disparut. Par chance, ce n'était pas par manque d'intérêt de la part de deux grumeaux, mais par manque d'entraînement. Elle s'installa un peu plus confortablement sur le sol. Elle avait quelques heures devant elle. De quoi tenter, à nouveau, une dizaine de fois l'expérience.

•

La journée était bien entamée quand elle émergea du passage d'entretien, replaça le panneau en bois puis renfila ses vêtements, qu'elle avait cachés dans un recoin des bains. Les choses s'étaient passées mieux que prévu. Par chance, les magies des jumeaux ne faisait pas que s'additionner : elles se multipliaient entre elles, entraient en résonance, dégageaient une puissance qui n'aurait pas dû être possible à ce stade de sa grossesse. C'était la première fois que cela lui arrivait. Elle en était impressionnée, et un peu inquiète.

S'ils survivaient à tout cela, si le Rieur était vaincu, si elle s'en sortait indemne et les enfants aussi, cela signifiait-il deux Saga pour reprendre sa suite ? Ou une Saga, et l'équivalent malheureux d'une Pabu ? Peut-être était-ce la fin de sa lignée. Peut-être aurait-elle rempli son rôle et cesserait-elle de transmettre ses connaissances. Elle s'imagina, avec Chilpéric, en train de vivre une existence plus conventionnelle que ne l'était la sienne.

Ce qui lui demanda un bel effort.

Ce n'était pas la question du moment. Pour l'instant, même si elle avait bien avancé, elle n'avait pas terminé ce qu'elle était venue faire à Lok-Rouanez.

Elle quitta les bains – et tomba nez à nez, dans le couloir, avec une des sorcières qui étaient restées au palais. La femme sursauta en la voyant, amorça une révérence, puis se souvint que Saga n'était plus *Saga*, mais leur ennemie.

— Où étiez-vous ? lança-t-elle d'une voix dure.

Saga haussa les sourcils en regardant l'entrée des bains. L'autre sorcière rougit et, d'un geste sec, lui fit signe de circuler.

Dix minutes de promenade dans le palais plus tard, Saga avait la confirmation que la femme la suivait.

Hegarat se méfiait donc d'elle. Ou, peut-être, sa disparition prolongée dans la caverne au lac lui avait-elle mis la puce à l'oreille. Elle avait bien fait de ne pas s'y rendre plus tôt. Tant pis ; elle devrait réussir le lendemain, coûte que coûte.

En attendant, sa nouvelle ombre ne l'arrangeait pas. Il lui restait une information à obtenir, une information importante : la date, même approximative, où le Rieur rejoindrait son armée pour affronter celle des nations alliées du Plaennendeon. Elle mit de côté son inquiétude concernant la mission d'Aynet et d'Éleuthère – il fallait qu'ils soient également dans les temps, c'était essentiel – pour réfléchir à son prochain coup. À l'origine, elle avait imaginé manipuler Hegarat, le pousser à lui révéler l'information en jouant sur sa cruauté. Il ne serait pas dupe, réalisa-t-elle. Tant pis. Il était temps de laisser tomber les subtilités.

D'un pas vif, elle se dirigea vers la volière, perchée dans les hauteurs du palais. Il lui fut facile d'égarer la sorcière, sans même utiliser de stratagème. Saga connaissait les passages du palais mieux que quiconque. Elle atteignit le bâtiment circulaire, percé d'une multitude de niches, un quart d'heure plus tard. C'était là que se trouvaient les oiseaux utilisés pour échanger des messages avec les nombreuses troupes du Roi Sage. Les rares sorcières à savoir communiquer à distance n'y auraient pas suffi.

L'intérieur sentait la poussière et les fientes. Une centaine d'oiseaux s'y reposait, presque tous des rapaces. Les gens avaient tendance à les trouver fiers, nobles et élégants ; Saga, pour être parfois entrée dans leurs esprits, savait que ce n'étaient que de petites vermines égoïstes qui auraient tout fait pour leur prochain repas.

Elle les inspecta attentivement. Ils ne lui prêtèrent pas attention. Elle finit par repérer l'autour des palombes qui l'intéressait. Il y avait plusieurs semaines qu'elle suivait ses allées et venues. Avec son ventre et ses pattes rayées blanc et noir, il avait l'air de porter une culotte de pyjama trop grand pour lui. Elle s'approcha et, d'un geste sec, le saisit par le cou. Le geste fut trop rapide pour qu'il se mît à crier. Ses voisins ne réagirent pas. Satisfaite, elle le souleva à hauteur de son visage.

Saga n'avait plus ses pouvoirs, certes. Cela ne voulait pas dire qu'elle n'avait plus ses connaissances. Durant leur périple, l'année passée, Aynet lui avait appris quelques astuces, dont certaines spécifiques aux fées. Les sorcières communiquaient avec les animaux en leur transmettant des émotions, des sensations, des obligations ; les fées *parlaient* aux oiseaux.

Son aviaire était succinct, mais il ferait l'affaire. Elle se racla la gorge.

— *Bataille. Sud. Quand ?*

Terrorisé, l'autour battit des ailes en débitant un charabia qui parlait de vents ascendants, de souris imprudentes et de messages délivrés. Saga soupira. Non. L'oiseau ne saurait pas la date exacte, il fallait lui tirer l'information autrement.

— *Voyages. Beaucoup. Sud*, répéta-t-elle. (Le rapace se calma et, inclinant la tête, sembla la comprendre.) *Messages ?* (Il claqua du bec avec enthousiasme.) *Dernier message. Rentré, quand ? Jours, combien ?*

Elle retint un sourire victorieux quand l'animal lui répondit :

— *Trois ! Trois soleils ! Rentré, trois soleils !*

— *Message*, reprit-elle. *Papier ? Tête ?*

Le plus souvent, les messages étaient rédigés afin de pouvoir être lus par les trolls et les gobelins les plus malins. Mais s'il s'agissait d'un ordre important destiné à une sorcière, les oiseaux les délivraient parfois directement, d'esprit à esprit.

— *Tête ! Tête !* piailla l'autour. *Compliqué, compliqué !*

Elle soupira.

— *Dates ? Soleils, lunes ?*

L'oiseau inclina plusieurs fois la tête sur le côté, essayant de retranscrire les idées qu'on lui avait mises dans le crâne et qu'il délivrait souvent sans les comprendre.

— *Demi-lune bleue !* dit-il enfin. *Demi-lune bleue et deux lunes*

320

bleues, ennemis !

Un cycle lunaire bleu durait quarante-quatre jours. Ce qui donnait vingt-deux et quatre-vingt-huit jours – ou plutôt dix-neuf et quatre-vingt-cinq, à présent – mais avant quoi ? « Ennemis » ? L'arrivée de l'armée ramenée par Éleuthère ? Les forces de Queirailles ? Pourquoi deux dates ? À moins que... À moins que, devinant que le Rieur n'attendrait pas, il ne se dépêchât avec les légions les plus rapides.

Brave Éleuthère, songea-t-elle.

— *Bien. Bon autour. Rats gras*, promit-elle. *Autre date ?*

— *Attendre ! Maître, arriver ! Une lune rousse et trois soleils !*

Vingt-six jours. Le Dieu Rieur allait rejoindre son armée d'ici vingt-six jours.

•

Elle ne fut pas surprise quand, ce soir-là, Hegarat la fit convoquer.

— Que fabriques-tu, Saga ? demanda-t-il d'un air curieux. Espères-tu encore pouvoir t'échapper, vraiment ?

Confortablement assis sur son trône, il l'observait avec intérêt. S'il l'avait faite venir dans ses appartements privés, dans le confort de son salon ou même dans celui de sa chambre, elle aurait pu espérer l'entourlouper, renouer un lien qui avait existé entre eux, longtemps auparavant, ou même en créer un nouveau sur la base de l'enfant dont elle devait accoucher. Cependant, la présence de Pabu, à sa gauche, ainsi que d'autres sorcières assises ici et là dans la salle lui prouvait qu'il ne lui faisait absolument plus confiance.

Hegarat n'était pas idiot.

Elle redressa le menton et joua la carte du défi :

— Je m'occupe.

Il sourit.

— Tu sais, je dois reconnaître que j'ai passé plusieurs nuits, après ta capture, à me questionner sur la façon dont tu pourrais me poignarder dans le dos, admit-il en toute sincérité, sans craindre d'exposer ses faiblesses. Mais j'ai eu beau retourner la situation dans tous les sens, encore et encore, je n'ai pas trouvé la façon dont tu pourrais m'atteindre.

— Ce qui prouve que vous êtes soit stupide, soit paranoïaque, répliqua-t-elle.

Le sourire du pseudo-dieu se figea.

— Mesure tes paroles, ma douce.

Saga lui répondit par un signe vulgaire que Rustning aurait applaudi à deux mains. Plusieurs sorcières se redressèrent, comme prêtes à lui donner une bonne correction. D'autres s'agitèrent, mal à l'aise. C'était sans doute la première fois qu'elles voyaient quelqu'un s'opposer à leur maître. Saga espéra que son geste les ferait réfléchir.

Au lieu de s'énerver, Hegarat s'adossa plus confortablement dans son fauteuil en plissant les yeux.

— Nos petits jeux m'amusaient, autrefois. Tu tentais de me faire réagir, en anticipant mes réactions ; j'essayais de prendre un tour d'avance sur toi... Ils commencent à m'ennuyer, désormais, dit-il d'un ton sec.

— Peut-être que vous vieillissez, commenta Saga.

— Je pourrais te faire torturer. Te faire cracher ce que tu sais.

— Vous pensez que je ne suis pas prête à tout sacrifier ?

Il jeta un coup d'œil sur son ventre. Fit la moue. Il hésitait à en finir avec elle, à se débarrasser du problème qu'elle posait. Mais, en même temps, l'idée d'élever un enfant avec ses pouvoirs, ses talents, de récupérer ses années d'expérience et de savoir, l'alléchait. Il faudrait des dizaines de générations à Pabu pour lui devenir aussi utile que l'avait été Saga. Elle le laissa l'étudier. Il y avait peut-être moyen de l'appâter encore davantage... Elle baissa la tête, comme apeurée qu'il découvre son secret.

Il écarquilla les yeux. Saga fit semblant de maîtriser une panique maternelle.

— Deux ? Il y en a deux ? (Il éclata de rire.) Tu entends ça, Pabu ? Tu vas être deux fois tante ! dit-il en s'essuyant les yeux. Ah, Saga. Qui me distrairait si tu n'étais pas là ? Emmenez-la, ordonna-t-il en faisant un signe de main. Dorénavant, toutes ses sorties seront accompagnées. Plus de balades n'importe où. Le réfectoire, les bains, une promenade quotidienne. Aucune interaction avec qui que ce soit, ou quoi que ce soit.

Couillon, songea Saga.

•

Le lendemain matin, ses deux geôlières de la journée refusèrent de la laisser seule tandis qu'elle mangeait dans la salle où se restauraient habituellement les sorcières, puis quand elle se rendit aux bains. Ce n'était pas très important ; pour contacter le groupe d'Osbern, qui poursuivait le Dieu Hurleur, elle n'avait pas besoin d'une mare entière dans laquelle s'immerger. Une simple coupelle suffirait. Elle finit par s'enfermer dans sa chambre, laissant ses gardiennes faire le pied de grue dans le couloir, vida une assiette de ses trois pommes ridées et la remplit avec le contenu d'un vase aux fleurs maigrelettes.

Le soleil était pratiquement au zénith. Ce serait bientôt l'heure.

Elle espérait qu'elle pourrait enfin entrer en contact avec eux. Ils n'avaient pas eu de nouvelles, eux ou le groupe de Rustning et Lucàn, pendant les semaines précédant les incidents d'Haustebourg. Ce n'était pas totalement surprenant, mais c'était inquiétant. Marchosias, le Dieu Hurleur, était un maître shaman. Il était aussi un être colérique, paranoïaque et capricieux. Après des siècles d'enfermement, il devait alterner entre reprendre le contrôle de l'Ordre du Loup et s'offrir du bon temps dans une dimension ou une autre. D'après la rumeur, son palais, que ses laquais avaient scellé après sa disparition, abritait un véritable labyrinthe de portes et de passages vers des mondes plus étranges les uns que les autres. Elle ignorait tout du plan de leurs amis – comme ils ignoraient tout du leur – mais il était probable qu'ils se soient lancés à la recherche d'une façon de le piéger, disons, *autre part*. D'où l'impossibilité de les joindre. Saga était douée, mais ses pouvoirs ne s'étendaient que sur son monde.

Depuis Haustebourg, faute de pouvoir utiliser la magie, elle n'avait pas eu la possibilité de retenter l'expérience. Il était possible qu'ils soient aussi inquiets qu'elle.

Quand le soleil atteignit son apogée, elle attira l'attention des deux étincelles. Il allait être plus difficile d'entrer en contact avec ses amis que d'apercevoir son aimé. Elle se concentra de toutes ses forces sur les souvenirs qu'elle partageait avec eux, sur le sentiment protecteur que lui procurait Osbern, l'affection sincère qu'elle ressentait pour Gaspin, l'amusement que provoquait chez elle Bì Cuï et l'intérêt intellectuel qu'elle portait à Ghaith. Une fois de plus, ses deux enfants manifestèrent une curiosité farouche pour l'objet de ses pensées. Elle guida leur magie naissante vers l'assiette remplie d'eau.

Le visage de Gaspin apparut aussitôt. Il se curait le nez, un pli inquiet sur le front. En la voyant, ses yeux s'écarquillèrent de façon comique. Elle rit de retrouver son visage charmeur, ses boucles blondes angéliques et ses yeux honnêtes qui auraient pu vous vendre deux tonnes de haricots prétendument magiques en un quart d'heure.

Il avait l'air fatigué, nota-t-elle. De gros cernes noirs soulignaient ses paupières.

— Saga ! balbutia-t-il. Saga ! (Un énorme sourire soulagé envahit son visage.) Tu vas bien ? Les autres aussi ?

Elle aurait voulu lui raconter toute l'histoire, lui décrire la situation, ses hypothèses, ses inquiétudes, mais elle n'avait pas le temps. Le sort ne dépendait pas d'elle.

— Je dois faire vite, dit-elle. C'est bien Adezen. Dans vingt-cinq jours. Éleuthère et Aynet devraient être là-bas. C'est toujours d'accord pour nous aider ?

Gaspin prit une expression sérieuse qui lui allait aussi bien qu'un peignoir de soie à une vache. Était-ce un tatouage au henné wingutun qu'il portait sur la joue ? Il devait y avoir une histoire là-dessous – sans doute hilarante – mais il fallait qu'elle se dépêche...

— Toujours. (Il détourna deux secondes le regard, écoutant quelqu'un.) Osbern me fait te dire que vous nous devrez un sacré coup de main. Ce sera prêt de votre côté ?

— Espérons, répondit-elle d'un ton sec.

Il accueillit ses paroles d'un air mi-alarmé, mi-résigné. Elle continua, curieuse :

— Comment ça se passe pour...

Mais, déjà, il avait disparu. Les deux étincelles, lassées, étaient retournées à leurs occupations personnelles de fœtus.

Saga, brusquement abattue, se débarrassa de l'eau par la fenêtre. Elle aurait aimé savoir si Bì Cü et Ghaith allaient bien. Gaspin le lui aurait dit, sinon. N'est-ce pas ?

Elle enfila sa cape avant d'aller frapper sur la porte.

— Quoi ? demanda une de ses gardiennes, d'un air revêche, en lui ouvrant.

— Je veux aller me promener.

Les femmes ne protestèrent pas, bien que leurs expressions indiquassent leur mécontentement. Sa Majesté avait ordonné que Saga soit promenée chaque jour ; on ne défiait pas les ordres de Sa Majesté.

— Allons-y.

— Je veux aller dans les pâturages. Prendre l'air frais.

— Les terrasses feront l'affaire.

— Je suis enceinte et je veux aller me promener dans les pâturages. Sinon, je me mets à vomir, promit Saga.

Elle n'allait pas les laisser gâcher la dernière partie de son plan.

Elle les suivit jusqu'à l'unique accès qui menait hors de la forteresse, un petit escalier qui partait d'une des terrasses les plus basses. Il débouchait sur des prairies maigres semées de cailloux, où paissaient quelques chèvres au poil ébouriffé. Saga, pressant le pas, s'élança vers le circuit qu'elle parcourrait régulièrement depuis deux mois. Elle l'avait tellement emprunté, encore et encore, que ses pieds avaient laissé une trace sur le sol, arrachant l'herbe superficielle, repoussant les graviers.

Si une sorcière distraite, transformée en oiseau, avait baissé les yeux en s'envolant de Lok-Rouanez, elle aurait pu s'étonner de la forme symétrique de la promenade de Saga.

Heureusement, les sorcières n'y connaissaient pas grand-chose en cercles shamaniques.

Chapitre XII
Derniers préparatifs

Ils y étaient.

Aynet étudia le spectacle qui s'étendait sous ses ailes de phénix. Adezen, la cité libre du sud, était pratiquement la jumelle de Gozen. Seules les silhouettes de leurs toits les distinguaient l'une de l'autre. Perchée sur les contreforts des Monts du Mitan, elle veillait sur la plaine qui s'étendait à perte de vue devant elle.

C'était une magnifique journée pour préparer une guerre. L'été tirait vers sa fin. Le soleil resplendissait. Les herbes hautes, d'un jaune presque blanc, s'inclinaient sous le vent léger en bruissant. Brisant leur uniformité, un ruban argenté serpentait entre deux berges pâles : la rivière qui s'écoulait d'Adezen jusqu'à la côte. Étant donné sa largeur, on ne pouvait pas parler d'un fleuve. Entrecoupée de bancs de sable et de touffes de roseaux, elle n'était pas navigable, même en barque. Néanmoins, elle constituait l'unique point d'eau à des dizaines de lieues à la ronde. L'armée qui campait à proximité y puisait avec parcimonie.

Les armées, aurait-elle dû dire.

Les Kéliens étaient arrivés les premiers, sans grande surprise. Avec deux mille hommes, ils s'étaient installés sur le meilleur emplacement, au nord de la rivière, assez proche de la ville pour s'y approvisionner, suffisamment loin pour pouvoir s'étaler, et pour que leurs soldats ne soient pas tentés par de petites escapades nocturnes. Leurs étendards bleus claquaient dans la brise. Leurs tentes étaient soigneusement alignées et leur camp était impeccable. Leurs innombrables chevaux, minces et racés, la fierté de leur royaume, broutaient dans les pâtures alentour. Au moins, ils avaient de quoi manger.

Comparé au leur, le campement de l'armée quesvronnaise semblait plus... détendu. Sans être dispersées au petit bonheur la chance, ses tentes, hétéroclites, étaient regroupées selon les bataillons des seigneurs locaux du royaume. Le rouge de la famille royale y prédominait, mais chaque baron affichait également ses propres couleurs. Leur rassemblement représentait quatre mille hommes. La cavalerie lourde de Rosanbo, dirigée par Buccelin, s'était installée un peu à l'écart. Ses chevaux étaient d'énormes bêtes sans finesse, élevées et dressées pour tout défoncer sur leur passage. Leur rencontre avec les gobelins allait être intéressante.

Le Deshevron était absent, bien entendu. D'après les espions d'Honoria, les troupes de Garmon progressaient vers le sud de l'autre côté des montagnes. Du moins, elles essayaient. Ermesinde, la doyenne des fées, leur menait la vie dure. Aynet savait de quoi ses consœurs étaient capables. Elle claqua cruellement du bec en y songeant.

Deux autres armées s'étaient installées en périphérie du campement kélien. Ils représentaient les deux tiers des légions continentales de l'Empire, soit plus de trois mille cinq cents hommes. D'après ce que savait Aynet, les légionnaires d'Edorailles et d'Adailles avaient monté leurs camps en quelques jours, palissades et fossés y compris. C'était impressionnant, mais aussi problématique pour leur plan. Encore des discussions et des généraux mécontents en perspective, pensa-t-elle avec agacement.

Elle vira sur un courant d'air chaud pour survoler une troupe inconnue, plus petite, qui l'intriguait. Ses guerriers avaient pris leurs quartiers au sud de la rivière, comme pour se tenir à l'écart des autres légions. Ce n'était pas des soldats queiraliens. En fait, la fée n'avait aucune idée d'où ils venaient. Leurs tentes étaient constituées de peaux et de cuir brut. Ils n'avaient pas de montures. Elle descendit pour observer les hommes et les femmes qui piétinaient sur la terre sèche, d'où montait une poussière blanche. Ils étaient vêtus d'armures de cuir durci. Seules leurs armes, dépareillées, étaient en métal. Des barbares ? s'étonna-t-elle. D'où venaient-ils ? Et comment avaient-ils accepté de rejoindre l'alliance contre le Dieu Rieur ?

Amusée, elle trouva la chose positive. Ils n'étaient pas beaucoup, trois ou quatre cents, mais ils étaient là. Si même des crétins bouseux comprenaient l'importance de la situation, peut-être les officiers queiraliens arrêteraient-ils de regarder de haut ces continentaux qui les entraînaient dans une guerre. Malgré le petit tour d'Honoria et du grand-prêtre, Philème, tous les soldats n'avaient pas été témoins de l'apparition de leurs sept dieux. Beaucoup doutaient, plus ou moins ouvertement, de ce qu'ils avaient surnommé « la Croisade des Petits Princes » et qui, d'après eux, ne concernait pas l'Empire.

Ils auraient changé d'avis en voyant, d'ici deux ans, leurs provinces à feu et à sang, songea férocement Aynet. Certains avaient déjà commencé en apprenant l'état de Nirailles et des provinces centrales du Deshevron, maintenant que le Rieur les dirigeait. Le gouverneur et le roi Garmon n'avaient pas passé un bon marché. Les imbéciles comme Octavius Patronus Mel qui suggéraient, quelques semaines auparavant, qu'on pouvait peut-être encore négocier avec le Roi Sage avaient désormais fermé leurs clapets.

Elle se détourna pour retourner vers la colonne en marche de l'avant-garde d'Honoria, qui apparaissait à l'horizon. Dans quelques heures, celle-ci aurait rejoint le gros des troupes. Elle comprenait quelques centaines de cavaliers légers, deux cohortes d'archers et un millier de légionnaires. C'était peu, par rapport aux deux légions qui les suivaient à vitesse de tortue, plusieurs semaines derrière eux. Toutefois, avec de la chance, c'était tout ce dont ils auraient besoin.

Au final, ils auraient réussi à réunir un peu plus de dix mille hommes. Un quart des forces du Plaennendeon. Elle se demanda si, plus tard, on raconterait que tous les hommes du continent s'étaient unis pour repousser le mal qui les menaçait ; si les bardes chanteraient les exploits de cette alliance historique ; si l'aspect logistique de cette bataille – les routes embourbées, les hommes fatigués, l'eau à peine suffisante, les vivres apportés en catastrophe – passerait à la trappe. Sans doute que oui. Et encore faudrait-il qu'ils ressortent vainqueurs de la bataille.

Son esprit se détourna de la situation. Elle avait plus important à faire. S'ils voulaient que leur plan fonctionne, il fallait que chacun de leurs pions soit en place au bon moment. Pour l'instant, il leur en manquait plusieurs, et personne ne se trouvait là où il serait censé être. Il leur restait beaucoup de travail.

Oh, mais quelle jubilation si tout se déroulait comme prévu !

Aynet aimait les guerres. Elle aimait le côté froid, technique, mathématique d'une manœuvre bien effectuée. Elle aimait l'ingéniosité qui suffisait parfois à renverser une situation impossible. Elle aimait l'inhumanité d'une armée qui en massacre une autre. Les sentiments n'ont pas leur place dans une bataille. Le combat n'est qu'une question de survie ; une lutte pour la vie. Elle en appréciait cet aspect.

Elle aimait aussi le vide qui se crée à la fin d'une guerre. L'annihilation d'un des deux camps. Cette période encore frémissante de paix où tout semble possible – avant que les choses et les gens ne redeviennent comme avant, complexes et perpétuellement insatisfaits.

Aynet aimait le mouvement. Elle aimait mettre de l'ordre dans le chaos et du chaos dans l'ordre. Elle aimait l'urgence, qui pousse à l'essentiel, qui rend les tracas de la vie insignifiants et ridicules. C'était le côté irrationnel de la magie qui lui plaisait ; c'était la violence des quêtes qui l'attirait. Elle avait un goût pour le sang, elle le reconnaissait. Elle avait aussi une attirance pour les choses et pour les gens exceptionnels, pour les objets si chargés de magie qu'ils en déchiraient la trame du monde, pour les endroits légendaires d'une beauté à couper le souffle, pour les sortilèges si extraordinaires qu'ils en bouleversaient les convictions les plus intimes de ses spectateurs.

D'aucuns auraient prétendu qu'Aynet, en résumé, détestait s'ennuyer, voulait être divertie. C'était une façon simpliste de voir les choses. Aynet désirait vivre pleinement, comme l'envie lui en prenait. Être sage, raisonnable, s'inquiéter de l'opinion et du bien-être des autres ? Autant être morte. Ce n'était pas une image. Avant son départ du Bois des Fées, quand elle *faisait partie*, quand elle *travaillait avec*, *travaillait pour*, *partageait*, elle n'avait été qu'une carcasse vide. Une carcasse vide qui, tous les matins, se réveillait avec un abîme dans le ventre, se demandant comment elle allait survivre à sa journée, appelant la fin de toute son âme. Puis elle s'était libérée. Elle avait tué, haï, aimé, aidé, ridiculisé et trahi comme bon lui plaisait, changeant d'avis comme on change de chemise.

Et elle n'avait jamais été aussi heureuse.

Pour l'instant, elle voulait régler son compte au Rieur. En partie parce qu'elle aimait Éleuthère de tout son cœur, ainsi que le reste de cette bande d'idiots, en partie pour le pur plaisir d'écraser quelque chose qui s'estimait supérieur à elle. Son sang rugit dans ses veines. La guerre allait commencer. Elle avait l'intention d'en profiter.

•

Quelques heures plus tard, Honoria avait rejoint le quartier général de cette alliance improbable, installé dans une tente circulaire à la limite des campements queiralien et quesvronnais. Ses soldats l'accueillirent avec des hourras. Du côté quesvronnais, des murmures circulaient tandis que les hommes reconnaissaient Éleuthère et Aynet. Cette dernière ignorait ce qui leur avait été officiellement annoncé. Elle espérait que tout le monde savait dans quoi ils s'engageaient – ou s'étaient engagés des années auparavant, en se disant que soldat, en temps de paix, paraissait une carrière des plus pérennes.

C'était un autre problème. Il n'y avait pas eu de guerres, dans le Plaennendeon, depuis des décennies. Leurs seuls soldats à posséder un tant soit peu d'expérience étaient les légionnaires queiraliens qui, été après été, combattaient les barbares dans les montagnes du sud et les gobelins dans les montagnes du nord. C'était peu.

Aux abords de la tente, il fut rapidement clair que beaucoup trop de monde estimait posséder le droit d'y entrer. Après moult débats et quelques noms d'oiseaux, Éleuthère mit tout le monde d'accord en embrasant la tente d'un feu magique, assez impressionnant, et en annonçant que toutes les personnes indignes qui y mettraient le pied périraient dans d'atroces souffrances. Ce n'était que du pipeau, bien entendu. Cependant, son petit tour calma les ardeurs et les ego froissés des candidats. Finalement, le conseil de guerre « réduit » de la Grande Bataille Alliée de la Plaine d'Adezen – le nom était encore en discussion – se constitua de quatorze personnes :

Le prince Éleuthère du Quesvron, le prince Secundus de Keilles et dame Aynet, héros en quête et incarnations de trois dieux queiraliens ;

Honoria Augusta, Titus Nemus et Octavius Patronus, impératrice, *dux bellorum* et représentant du sénat de l'Empire de Queirailles ;

Sertor Agnus, gouverneur de la province d'Edorailles, et son homologue d'Arailles ;

Le prince Primus de Keilles, représentant de son père et chef de ses armées ;

La reine mère Jeanne et le prince Buccelin du Quesvron, respectivement corégente au nom de la reine Flor et chef de ses armées ;

Et, finalement, un trio inattendu constitué de Quintus Gregorius, *tribunus militus*, du prince Dioclétien du Quesvron et d'une femme de sept pieds de haut qui fut présentée aux nouveaux arrivants comme Botilde, reine du clan des Svinfylkingars.

Tandis qu'on installait des chaises autour de la table centrale et que tout le monde profitait du désordre pour échanger les dernières nouvelles, Aynet rejoignit sa famille royale préférée pour se mettre au courant.

La reine Jeanne et Éleuthère se coulaient des regards en douce, encore incertains sur la façon de se réconcilier. Buccelin affichait son air placide habituel. Dioclétien restait aux côtés de la reine Botilde qui avait l'air aussi à son aise qu'un éléphant au milieu d'un troupeau de poneys. (C'était arrivé une fois à Aynet. Elle était juchée sur l'éléphant. Elle savait de quoi elle parlait.)

— Chilpéric est ici ? demanda Éleuthère.

— Avec les ingénieurs, répondit Buccelin. Il nous a mis au courant pour lui et dame Saga. (Son grand sourire s'assombrit.) J'espère qu'elle va bien.

— Moi aussi, murmura Éleuthère. Caius n'est pas venu ?

— Non. Il est resté avec Anségisel et Louise. Même avec son immunité diplomatique, il a préféré se tenir à l'écart. Mais il a terminé votre commande spéciale, ne t'inquiète pas.

Aynet fouilla dans ses souvenirs. Elle avait cru que comprendre que Lobertus, quand il avait épousé Buccelin, était recherché par l'Empire pour une histoire de trahison. Moui. Il avait sans doute bien fait de ne pas venir se fourrer au milieu de toutes ces légions.

La reine Jeanne prit la parole, changeant de sujet :

— Dioclétien, c'est un plaisir de te revoir. Comment as-tu

rencontré... (Elle hésita imperceptiblement, levant les yeux vers Botilde.) Sa Majesté ?

— Nous nous sommes fiancés, répondit imperturbablement ce petit enfoiré.

Pendant que les autres le fixaient, bouches béantes, Aynet se demanda depuis combien de temps le quatrième prince du Quesvron attendait de pouvoir la placer. Éleuthère éclata de rire, se reprit immédiatement, et posa la main sur le bras de Botilde avec un air d'excuse :

— Je ne me moque pas de vous, l'assura-t-il. Je ne vous connais pas, je ne me le permettrais pas. C'est mon idiot de frère qui me fait rire.

— C'est un sentiment que je partage fréquemment, répondit-elle d'un air grave, dans un queiralien à l'accent guttural.

Dioclétien, pourtant de taille moyenne, lui arrivait à peine à l'épaule. La barbare avait les épaules musclées, carrées, d'une guerrière et le port digne d'une reine. Ses épais cheveux d'un châtain tirant sur le roux étaient nattés de façon à la fois élégante et pratique sur sa nuque. Elle ne devait pas être très vieille, jugea Aynet : vingt-quatre, vingt-cinq ans ? Son visage n'avait pas la délicatesse blonde d'une beauté quesvronnaise ou la sévérité élégante d'une *domina* queiralienne, mais sa mâchoire franche, ses pommettes hautes et ses yeux dorés en amande lui donnait l'air d'un puma des montagnes, un dangereux félin prêt à bondir sur sa proie insouciante. Barbare n'était pas synonyme de stupide : Aynet se demanda ce qu'elle cherchait à obtenir en se trouvant ici. Ou était-ce Dioclétien ? L'avait-il épousée par ambition politique, dans l'intention de la manipuler ?

— Félicitations, dit sincèrement Buccelin.

— Oui, ajouta plus sèchement Jeanne. Comment est-ce arrivé ?

— C'est une histoire amusante. (Dioclétien se tourna vers Éleuthère.) Tu te rappelles quand je t'avais confié que nous voulions, Gregorius et moi, agrandir Brenacia vers le sud ?

— Je me souviens surtout que vous aviez l'air de vouloir régler vos comptes avec le sénat. C'est ce type-là, Patronus, qui a une dent contre vous, c'est bien ça ?

— Voilà. Toujours est-il que nous sommes partis en exploration dans les montagnes, que nous avons rencontré le clan de Botilde et que leur chef venait de mourir. Suivant leurs coutumes, Gregorius a cassé la tête de l'un des prétendants au trône et j'ai épousé l'autre. Du coup, je suis une sorte de prince consort et Gregorius leur général en chef. (Il saisit sans gêne aucune la main de Botilde dans la sienne. Elle se laissa faire sans ciller.) Nous nous sommes dit qu'il était de notre devoir de venir protéger le Plaennendeon... en attendant que notre situation gouvernementale soit bien établie.

Aynet avait beau trouver le frère d'Éleuthère exaspérant, elle devait admettre qu'ils avaient la même notion d'« amusant ».

— Alors, vous êtes là pour des raisons politiques ? demanda-t-elle.

— Oui et non, intervint Botilde de sa voix rauque. Il ne rimerait à rien, pour mon clan, de nouer des alliances avec le nord si votre Dieu Rieur venait à les rompre. Notre aide vous est donc sincèrement proposée.

— Cependant, continua son nouveau mari aux yeux froids, les Svinfylkingars ne font, pour l'instant, officiellement pas partie de l'Empire. Si nous combattons sous le statut de nation indépendante...

— ... vous créez un précédent, approuva la reine Jeanne, qui rend difficile leur intégration dans la province de Brenacia.

Éleuthère et Buccelin avaient le regard vaseux des gens qui suivent une conversation par pure politesse.

— Exactement, répondit Dioclétien d'une voix clinique. Nous ouvrons ainsi la porte à toutes sortes de négociation avec l'impératrice Honoria...

— Comme celle d'intégrer Brenacia *dans* le royaume des Svinfylkingars, compléta Botilde avec la même expression impassible.

— Ou la création d'un territoire indépendant, conclut

modestement Dioclétien.

Aynet se retint d'applaudir. Elle devait admettre que leur plan était magistralement orchestré. Tandis que la conversation s'enchaînait sur un autre sujet, elle surprit le léger coup de coude qu'échangèrent les jeunes époux. Un geste complice d'une discrétion absolue. Un très léger sourire flottait sur leurs visages de marbre. Ouais. Ils s'étaient bien trouvés, décida-t-elle. Avec Gregorius, ils allaient former un trio redoutable qui ne tarderait pas à grignoter le sud de l'Empire. Honoria n'avait pas idée de ce qui l'attendait. Ou peut-être que si ?

Elle fut tirée de ses pensées par un raffut à l'extérieur de la tente. À l'intérieur, le brouhaha s'interrompit pour laisser place à la curiosité et la méfiance. Des cris d'alarme retentirent, puis des cris de panique. Pas des cris de douleur, constata-t-elle. Ce qui rendait la possibilité d'une attaque ennemie improbable.

Elle ne fut qu'à moitié surprise quand Marc apparut, écartant les pans de l'entrée de la tente, suivi de près par Rustning.

— C'est ici qu'on bouffe ? demanda le dragon en guise de bonjour.

•

Les sentinelles, de façon compréhensible, avaient tenté d'arrêter les deux inconnus qui étaient apparus, comme par magie, à l'entrée du campement. Quand une force inconnue les avait repoussés, ils avaient donc lancé l'alarme. Sans grand succès.

Il fallut quelques minutes pour éclaircir la situation. Rustning laissa Marc se dépatouiller pour aller étudier de plus près la table à collations. Aynet hésita, puis se rapprocha du groupe qui se refermait sur Marc comme une meute excitée. Ce dernier, grand et impassible, attendit patiemment qu'ils aient fini de vociférer. Ses cheveux trop longs lui bouclaient sur la nuque. Vêtu d'une grande cape noire qui tombait en plis lourds jusqu'au sol, il paraissait encore plus maigre, fatigué et sombre que la dernière fois qu'ils s'étaient rencontrés. L'anneau en cuivre que lui avait donné Éleuthère, un an plus tôt, à leur arrivée dans le Pays de Jade, brillait à son doigt.

Son frère aîné, le prince héritier Primus, parvint à prendre la parole malgré la cohue. Derrière lui, de loin, l'impératrice Honoria observait la scène en silence.

— Qu'est-ce que tu fiches là ? siffla Primus en plissant vilainement les yeux.

— Rien qui te concerne, répondit calmement Marc.

— Ça me concerne si tu viens mettre en danger cette bataille. Tu crois que les caprices de tes petits amis ne suffisent pas ?

Ils se ressemblaient vraiment, songea Aynet en les observant. Primus était plus âgé, avec un visage plus aigu, plus agressif, mais personne n'aurait pu nier qu'ils étaient frères. Ils avaient l'air de viscéralement se détester, même si Marc le cachait bien. Depuis combien de temps ne s'étaient-ils pas vus ? Au moins depuis le départ de Marc, deux ans plus tôt. Près d'eux, Deuzio suivait l'échange d'un air hésitant, comme s'il ne savait quel parti prendre.

Marc, ignorant son frère, se tourna vers l'impératrice qui était, sans discussion possible, la personne la plus importante de la tente.

— Augusta, commença-t-il, je vous prie d'excuser cette intrusion...

— Augusta ! coupa violemment son frère. Le prince Marcus n'a rien à faire ici. Ses compagnons l'ont expliqué eux-mêmes. Il n'a pas à se mêler de la quête de mon fils !

Deuzio rougit. Les officiers queiraliens suivaient l'affaire avec intérêt, attendant de voir qui prendrait le dessus. Au fond de la tente, un sourire rigolard aux lèvres, Rustning maîtrisait et bâillonnait Éleuthère qui, sans cela, aurait déjà rôti Primus sur place.

— Il ne s'agit pas d'une affaire de famille, Primus...

— Non ! Il s'agit de savoir où est ta place ! cracha celui-ci.

Aynet décida qu'elle n'aimait pas Primus. Comme tous les tyrans de pacotille, il n'était qu'un pleutre qui tirait son plaisir de l'humiliation des plus talentueux que lui. Malheureusement, il faisait aussi partie de ces hommes qui parlent le plus fort. Et Marc était quelqu'un de correct. Aynet soupira. La décence était vraiment surestimée.

Elle surveilla Éleuthère qui semblait sur le point de se libérer pour lancer quelque chose d'irrattrapable, du genre « *et si ta place, c'était d'aller copuler avec un poney, trou du cul ?* » ; elle observa Marc qui pâlissait, sans doute poussé à bout par des mois de poursuite, d'affrontement et d'apprentissage de ses nouveaux pouvoirs. À sa grande surprise, ce fut Deuzio qui intervint. Il avait fait son choix, choisi son camp.

— Père. Peut-être serait-il bon d'entendre ce qu'Oncle Marcus tient à dire.

Sa voix ne résonna pas entièrement comme celle d'un adolescent qui s'oppose pour la première fois à son père. Elle ne sonna pas non plus, pas exactement, comme celle d'un héros en quête qui prend les choses en main. Il y avait des accents divins dans cette voix, des traces de Gratia, déesse de la diplomatie, de la sagesse, et patronne des gens qui supportent mal les conneries. Aynet commençait à apprécier la religion queiralienne. Leur système était bien au point, et si pratique !

Primus se figea sur place. Marc se détendit. Honoria, vers qui tous les regards s'étaient tournés, leva gravement la main.

— Votre Altesse, dit-elle en s'adressant à Marc. Il est vrai que votre présence en ces lieux est inattendue et soulève des inquiétudes quant aux raisons qui la provoquent. Nous sommes déjà confrontés à beaucoup d'inconnues. Vos amis ont exigé une grande confiance de notre part en nous demandant de les suivre sans poser de questions. Beaucoup d'entre nous n'ont pas l'habitude de se confronter aux thèmes surnaturels, ajouta-t-elle avec élégance. Les enjeux de la bataille qui nous guette auraient de quoi porter sur les nerfs du guerrier le plus endurci. (Elle fit une pause, prenant une décision.) Je vous invite, si Son Altesse la reine Jeanne est d'accord, à vous joindre à nous ainsi que votre... compagnon. (Rustning, un pilon de poulet dans la main, lui fit un petit coucou.) Vous nous expliquerez la raison de votre venue ici et nous trancherons sur la question.

Marc inclina la tête, bien trop légèrement par rapport à ce qu'exigeait l'étiquette. Personne ne l'ignora. Ce n'était pas le geste d'un vassal à son suzerain. C'était le geste d'un égal à une autre. Aynet imaginait bien Lucàn l'employer, ou même Rustning, mais elle ne s'y serait jamais attendue de la part de Marc. Honoria fronça les sourcils. Rustning rota, outrageusement, avant de se laisser tomber dans un fauteuil au bout de la table et de déclarer :

— On cherche un machin et on pense qu'il se trouve à l'endroit où vous allez vous rendre.

Éleuthère lui balança un coup de coude.

— Maître ! On ne leur a pas encore tout expliqué, chuchota-t-il furieusement. Et d'abord, comment vous avez deviné ?

— Avec mon cerveau. Il faudrait peut-être vous activer, non ? L'armée d'Hegarat ne doit plus être très loin ?

Éleuthère se redressa d'un air sérieux.

— Il a raison. Elle se trouve à trois jours de marche, confirma-t-il à l'assemblée. J'ai été faire du repérage ce matin, avant votre arrivée.

L'état-major de l'armée alliée oublia ces histoires de magiciens, ces querelles de famille et ces dieux qui s'en mêlaient pour passer en mode professionnel.

— Quel endroit ? demanda Titus Nemus en se penchant sur la carte. (Éleuthère le lui montra sur la carte, dans une vallée des Monts du Mitan.) Combien sont-ils ?

— Je dirais trois cents bleisteux, le triple de trolls et beaucoup, beaucoup de gobelins. Entre cinq et huit mille. Les sorcières sont dispersées parmi eux, comme des officiers. Elles doivent être deux ou trois cents. Et il y a plein de créatures variées, environ un millier. Des serpents géants, des griffons, des wyvernes, ce genre de choses. Je ne sais pas si ce sont des sorcières métamorphosées ou des créatures qui ont rejoint le Rieur.

— Ça s'équilibre avec nos forces, observa Sertor Agnus.

— Non, le détrompa Buccelin. Les trolls ont la force de dix hommes et les bleisteux... (Il fit la grimace.) Disons qu'un bleisteux, c'est déjà toute une histoire, alors trois cents...

À ses côtés, la reine Jeanne était livide. Le Quesvron avait l'habitude des créatures magiques, contrairement à l'Empire.

— Ils vont dévorer notre cavalerie en trois coups de dents, confirma Quintus Gregorius qui, selon sa réputation, en avait vu des vertes et des pas mûres à travers tout le continent.

— Mes hommes savent faire face à des trolls, intervint Botilde, la reine des Svinfylkingars. D'après la légende, nous en comptons dans nos ancêtres, et nous avons l'habitude de les affronter dans les cols. (Elle secoua ses épaisses tresses acajou.) Mais un millier d'entre eux... C'est du suicide.

Le silence plana sur le conseil de guerre. Personne n'avait imaginé que la situation jouerait en leur faveur, mais pas qu'elle serait si catastrophique. Octavius Patronus Mel et le gouverneur d'Adailles s'essuyaient nerveusement le front. Honoria se redressa. Haussant les sourcils, elle se tourna vers Éleuthère et Aynet.

— Il serait peut-être temps de nous parler de votre plan, vous ne croyez pas ?

Ils échangèrent tous les deux un regard, hochèrent la tête, puis Éleuthère sortit de sa poche un morceau de parchemin gribouillé d'un dessin.

•

Le plan provoqua un silence ébahi, puis de hauts cris. Surtout de la part – pas de surprise sur ce point – du prince Primus et du consul Patronus.

— Sornettes, pures sornettes !

— Comment pouvez-vous seulement *croire*...

— Qui vous prouve que cet endroit existe ?

Pendant qu'ils agitaient les ailes comme des poulets sans tête, Rustning, une tartine de pâté dans une main, un morceau de fromage dans l'autre, leva les yeux vers Éleuthère :

— C'est pour ça que la politique, ça me gonfle.

— Ne m'en parlez pas.

Aynet laissa leurs opposants pinailler. Ils avaient Honoria dans la poche. L'armée queiralienne se plierait à leur stratégie. Ignorant superbement les deux hommes, elle continua en direction des autres officiers :

— Il faudra que les soldats mettent la main à la pâte pour les travaux de terrassement.

— Ils ont l'habitude, affirma joyeusement Gregorius.

Buccelin, qui étudiait la cité d'Adezen sur la carte en en frottant le menton, commenta :

— Je savais que tu comptais déplacer magiquement des troupes, Élie, mais pas sur cette échelle...

L'impératrice Honoria, malgré son caractère bien trempé, avait l'air perturbée.

— Votre Altesse... Dame Aynet... Vous êtes certains de ce que vous proposez ?

Rustning poussa un bruit gouailleur avant de la rassurer. À sa façon.

— Ne vous inquiétez pas, ô grande Augusta. Personne ne sait vraiment ce qu'il ou ce qu'elle fait dans toute cette histoire. Mais si quelqu'un à une chance de trouver une solution à cette pagaille, ce sont eux.

— Vous êtes vraiment un dragon ? demanda l'impératrice avec curiosité.

— Oh, oui, dit-il en souriant de toutes ses dents soudain pointues.

Honoria se détourna avec prudence.

— Bien. (Une lueur décidée apparut dans son regard.) Général

Nemus, donnez l'ordre aux terrassiers d'attaquer les travaux selon le plan du prince Éleuthère. Les hommes devront se tenir prêts d'ici deux jours, un peu avant le crépuscule. Il va falloir répartir nos troupes sur les deux champs de bataille. Prince Buccelin, si cela vous convient, vous prendrez en charge le front d'Adezen avec votre cavalerie lourde. Je vous confie également la cavalerie légère de l'Empire, nos lanciers d'Adailles, ainsi qu'une cohorte de nos archers. Prince Primus, vous conviendrez que vos cavaliers seront plus à leur place sur la plaine que... dans cet endroit où nous nous rendons ?

— Augusta... (Primus, couleur aubergine, sur le point de protester, se reprit en constatant que le combat était perdu d'avance.) Certainement, Augusta.

— Vous nous accompagnerez avec le reste de vos troupes, bien entendu. (L'impératrice jeta ensuite un regard hésitant vers la reine Botilde.) Votre Majesté...

— Mes hommes vous seront plus utiles là-bas qu'ici, répondit la guerrière de sa voix gutturale. Nous avons l'habitude des montagnes.

— Augusta, intervint le consul Patronus d'une voix désespérée. Nous devrions d'abord réfléchir sur le statut de Brenacia et sur celui du clan des Svinfylkingars...

— Plus tard, dit Honoria en agitant la main. (Dioclétien fit un sourire serein au consul qui lui jeta un regard meurtrier.) Bien, c'est décidé. Gregorius, je suppose que vous irez avec eux ? Et vous, prince Dioclétien ?

— Je ne suis pas un guerrier. Je resterai à Adezen, si vous le voulez bien. Je pourrai aider à superviser la suite des évènements.

— Très bien. Vous assisterez le gouverneur Agnus sur ce point. Votre Altesse, demanda-t-elle poliment à Jeanne, est-ce que cette organisation vous convient ? (La reine mère hocha la tête.) C'est entendu, alors. Je suppose que nos envoyés des dieux et leurs amis nous accompagneront ? demanda-t-elle sans frémir.

Aynet, Éleuthère, Deuzio, Marc et Rustning acquiescèrent. À

côté des officiers en armure, ils ressemblaient à un curieux assortiment d'aventuriers et de clochards. Tu parles d'une belle brochette, pouffa intérieurement Aynet. Il ne faudrait pas qu'ils oublient Malzenn, tiens. Ou Chilpéric. Il allait probablement insister pour venir.

Alors que tout le monde, à quelques exceptions près, se félicitait des choses qui prenaient bonne figure, le *dux bellorum* Titus Nemus se racla la gorge.

— Augusta, je ne vois qu'un problème. Un problème majeur. N'en déplaise à mes collègues représentants des dieux, ce plan est irréalisable sans une dernière personne.

Le sourire réjoui d'Éleuthère s'affaissa. Aynet combattit le mauvais goût qui lui envahissait la bouche. Il avait raison. Si Saga n'était pas parvenue à remplir sa mission, si elle n'avait pas réussi à entrer en contact avec le groupe des bras cassés, alias les trois shamans et la dragonnette qui se promenaient dans le Wingutu, alors tout était perdu.

Bien entendu – parce qu'ils étaient au cœur d'une quête, parce qu'il était du côté des gentils, parce que le destin était obligé de provoquer, à un moment ou à un autre, un coup de théâtre de ce genre – ce fut à ce moment qu'un cercle magique se mit à scintiller au centre de la tente, l'illuminant de vert, et que Gaspin de Fouerat, escroc, shaman, héros malgré lui, apparut au milieu du gratin impérial, royal et martial du Plaennendeon.

Personnellement, Aynet trouva que la répétition – Marc et Rustning deux heures plus tôt, Gaspin à présent – ôtait beaucoup à la réussite de son apparition. Les autres spectateurs, eux, furent convenablement impressionnés. Peut-être à cause de la lumière émeraude qui l'enveloppait encore tandis qu'il regardait autour de lui d'un air perdu.

Son bon visage faussement honnête s'éclaira en apercevant Rustning, se fit épanoui devant Éleuthère et Marc, puis vaguement terrifié face à Aynet. Elle approuva. Gaspin avait toujours eu du bon sens.

Tous les généraux dégainèrent simultanément leurs épées pour les lui pointer sur la gorge. Il leva prudemment les mains.

— Holà, doucement !

— C'est lui, intervint Éleuthère. C'est notre shaman.

— Sérieusement ? se moqua Rustning. C'est toi qu'ils envoient, Boucle d'Or ? Quoi, Osbern était bourré et Ghaith s'est pris le pied dans un chaton ?

L'escroc aux boucles blondes se redressa d'un air indigné.

— Ils m'ont envoyé parce que je suis le plus adapté à la situation ! Et aussi parce qu'ils ont d'autres choses à régler, admit-il après deux secondes de pause.

— Tu sais pourquoi tu es là ? Tu penses en être capable ?

— Oui, pourquoi ? demanda Gaspin d'un air étonné.

À contrecœur, Rustning parut impressionné. Aynet elle-même étudia leur ex-compagnon sous un œil différent. S'il avait autant développé ses talents surnaturels... Soit Osbern était meilleur enseignant que prévu, soit ils avaient tous sous-estimé le potentiel de leur ami.

Les officiers queiraliens, eux, parurent moins convaincus. Titus Nemus observait le nouvel arrivant en fronçant les sourcils.

— Votre visage me dit quelque chose, maître shaman.

Gaspin lui fit un sourire radieux, comme s'il n'était pas recherché sur la moitié du Plaennendeon pour toutes les arnaques possibles et imaginables.

— Vous devez me confondre avec quelqu'un d'autre.

— Hum.

— Tu as vu Saga ? Comment allait-elle ? enchaîna vivement Éleuthère.

— On n'a parlé que quelques secondes, mais elle semblait saine et sauve.

Le reste de leur petite compagnie partagea des sourires rassurés. Honoria ramena l'attention sur le sujet du jour en frappant dans ses mains.

— Et si nous en revenions à notre plan d'attaque ?

•

Sans les centaines de tentes blanches qui se dessinaient dans la nuit et les cris des soldats qui s'interpellaient, Aynet aurait presque pu se croire à un pique-nique familial, songea-t-elle quelques heures plus tard en contemplant les convives rassemblés autour du feu de camp.

Installés à l'écart du campement quesvronnais, devant une tente que Buccelin avait fait monter pour eux, les magiciens officiels de l'armée alliée plaisantaient et s'échangeaient des nouvelles tout en dévorant un mouton qui grillait sur les flammes. Ils avaient retrouvé Chilpéric, qui avait abandonné ses catapultes pour se joindre à eux. Gaspin, mis au courant de la relation du prince bricoleur avec Saga, le regardait d'un drôle d'air. Aynet l'avait toujours soupçonné d'avoir eu un béguin pour Saga, la jeune sorcière du clan Kerdaoubann, avant qu'elle ne devienne Saga, l'enchanteresse millénaire. Bah. Il n'avait plus d'autre choix que de se faire une raison.

D'autres personnes s'étaient incrustées dans leur petit groupe coloré : la reine Jeanne, avide de passer du temps avec ses fils (après tout, elle n'avait pas revu Dioclétien depuis son départ pour l'Empire, des années plus tôt) ; Quintus Gregorius, qui semblait préférer traîner avec eux plutôt qu'avec l'armée queiralienne ; et le beau Sertor Agnus aux yeux verts, qui les avait rejoints par pur divertissement, soupçonnait Aynet. La royale épouse de Dioclétien n'était pas là, sûrement dans son clan, en train de donner des instructions à ses hommes. Tout le monde bavardait joyeusement, malgré le massacre à venir.

— On est passés chez toi, disait Éleuthère à Gaspin. (Les deux hommes étaient assis sur un banc avec Marc.) À Fouerat. Chez ta mère.

Le shaman le regarda avec des yeux comme des billes.

— Pourquoi ?

— On était dans le coin. Et on était curieux. (Marc renifla son assentiment.) Elle est sympathique. Ton frère aussi, ajouta malicieusement Éleuthère.

— Vianney ? balbutia Gaspin. Il est vivant ? C'est vrai ? Il va bien ?

Son visage, pour une fois, rayonnait sincèrement.

— Il avait l'air en forme. J'ai cru comprendre que son aventure, en fait, s'est surtout résumée à passer du bon temps loin de chez vous.

— Ça ne m'étonne qu'à moitié. Quand je rentrerai, je vais le tuer.

Un peu plus loin, allongé sur l'herbe, Rustning enseignait à la petite Malzenn à jouer aux cartes. Ou plutôt à tricher. C'était naturel ; les dragons s'entendaient bien avec les sorcières. Toutes les altesses et toutes les majestés présentes devaient leur donner, à tous les deux, la sensation d'étouffer.

Chilpéric bavardait avec sa mère ; Dioclétien discutait avec son frère Buccelin. Debout près du feu, débarrassés de leurs armures, Agnus et Gregorius renouaient leur amitié de jeunes soldats. Le tableau était charmant. Aynet reluqua les deux soldats sans vergogne mais avec toute la discrétion distinguée dont elle était capable. Oh oui.

— Je sais que c'est la tradition de s'envoyer en l'air avant une bataille, mais *franchement*, dame Aynet ? prononça une voix moqueuse.

Elle se tourna vers Rustning dont les yeux, dans la semi-pénombre, brillaient d'une lueur surnaturelle. Derrière lui, Malzenn discutait avec Deuzio qui venait d'apparaître, l'air gauche. Reposant délicatement l'os qu'elle rongeait, Aynet répondit :

— Je ne vois pas ce qui m'en empêche.

Rustning s'assit en considérant les deux officiers.

— Les Queiraliens, j'ai toujours trouvé ça trop sec. C'est comme pour les manger, il n'y a que la peau sur les os. C'est vrai que vous êtes devenus des dieux ? enchaîna-t-il sans transition. Ça se manifeste comment ? Comme une sorte de magie parasitaire ? Vous en pensez quoi : que c'est une incarnation de la magie queiralienne, une soupape à sa répression, qu'il s'agit d'un sortilège contrôlé par le clergé queiralien, ou bien que ce sont des êtres venus d'ailleurs qui ont sauté sur le chariot en route ?

Si Aynet *tolérait* Rustning, c'était parce que sa conversation était la plus intéressante qu'elle ait rencontrée depuis des décennies.

— C'est trop gros pour un tour du clergé, répondit-elle. Sinon, ça sous-entendrait qu'ils sont chacun aussi puissant que vous ou moi.

— Ça, ça m'étonnerait.

— Exactement. Quant aux deux autres hypothèses... Je ne suis pas certaine qu'ils le sachent eux-mêmes. Ça ne serait pas dans leur intérêt d'expliquer l'existence de leurs dieux.

— Ils sont ravis de faire avec ?

— Voilà. Ils sont apparus, il y a quoi, neuf cents ans ? Avant la colonisation ?

— Je ne sais pas trop, avoua Rustning. J'étais en cavale à l'époque, et ensuite enfermé par Cuì Lù dans mon cul-de-sac. Ça me fascine, avoua-t-il. Ils ont l'air sortis de nulle part.

— Les Anciens Dieux aussi devaient avoir l'air d'être surgis du néant, lui rappela-t-elle. (Curieuse, elle se pencha vers lui.) Est-ce que les magiciens de l'époque connaissaient leur origine ? Est-ce que vous le saviez, avant que Saga ne vienne vous proposer le marché ?

Le dragon se gratta l'aisselle, le regard dans le vide. Cette fois, non seulement ses cheveux étaient coiffés, comme lors de leur rencontre à Fouerat, mais sa barbe était bien taillée. Saga soupçonnait l'influence de Lucàn dans l'affaire. Aynet aurait parié sur Marc.

— Non. Enfin, pas nous. Le Grand Enchantement était déjà en application, si bien que la plupart des dragons se débattaient avec ses conséquences. Amasser de l'or, tenir des princesses en otage, ce genre de trucs. C'était assez difficile comme ça de se retenir de brûler tous les villages du coin. Les dieux des humains, on s'en battait la couenne. (Un sourire torve aux lèvres, il lança sa question suivante. Leurs échanges ressemblaient toujours à des affrontements.) Et sinon... Ça fait quelle impression d'être l'incarnation de Squa, le dieu des tueurs sans âme ?

Vive comme l'éclair, elle arracha la broche qui retenait sa cape puis la lui enfoncer dans le gras du pouce. Il l'intercepta habilement. En quelques secondes, ils se retrouvèrent à mener un petit duel discret à coup d'ongles, de pinçons et d'os de poulet aiguisés. Ils s'arrêtèrent quand Rustning parvint à lui tordre l'auriculaire tandis que, simultanément, elle lui arrachait un bout de peau du dessus de la main. Elle agita ses doigts en pestant pendant que, riant, il portait sa main meurtrie à sa bouche. Il guérirait en quelques heures. C'était l'avantage d'être une créature magique.

— Je n'aimerais pas avoir quelque chose dans ma tête, dit-il plus gentiment.

Elle soupira. Elle n'avait toujours pas digéré l'intrusion de cette... *entité* en elle. Aynet n'avait pas peur de grand-chose, mais l'idée qu'il puisse revenir lui donnait envie de hurler et de massacrer quelqu'un. Déjà, ça ne se faisait pas. Ensuite, le fait qu'elle ait écopé du plus cruel, du plus inhumain et surtout du plus mal torché des dieux queiraliens... Comment osait-il ? s'indignait-elle.

Secouant la tête, elle revint à un sujet plus pressant :

— Qu'est-ce que vous faites ici ? demanda-t-elle. Réellement ? (Elle désigna, un peu plus loin, la brochette de princes qui discutait avec animation.) Pas Marc. Je veux bien admettre qu'il ait quelque chose à récupérer. Mais vous ?

Rustning se suçota la main en silence quelques instants. « Chacun ses ennuis, on ne partage pas avec les autres, » avaient-ils décidé en se séparant en trois groupes à Édena. Aynet approuvait. Ils avaient besoin de se concentrer sur leurs tâches et de garder leurs stratégies confidentielles. Toutefois, là, il se passait quelque chose qui ne touchait pas forcément aux dieux, mais à eux-mêmes. À leur compagnie.

Le dragon reposa sa main et, distraitement, taquina une herbe folle du bout de sa botte.

— C'est Lucàn qui me l'a demandé. Il pense que le gamin file un mauvais coton.

Aynet observa le « gamin » en question. Marc, selon son habitude, se tenait en retrait de la conversation, laissant Éleuthère et Gaspin jouer les marioles. Néanmoins, aucun sourire ne plissait le coin de sa bouche, comme il l'aurait fait auparavant. Elle détailla ses traits tirés et ses vêtements qui pendaient sur son corps, un poil trop grands.

— Qu'est-ce qui lui arrive ?

— Il n'a jamais été très rigolard, pas vrai ? C'est devenu pire depuis que Lucàn réussit à lui enseigner des trucs. Oh, il pose des questions techniques et tout ça. Mais pour le reste... Aucun moyen de savoir ce qui lui passe dans le crâne.

Aynet leva les yeux vers le ciel étoilé. Loin des grandes cités, sans montagnes pour boucher l'horizon, la vue était spectaculaire.

— Peut-être parce qu'il n'est pas un vieux sentimental ronchon.

— Ha-*ha*. Genre, je ne l'ai pas entendu des milliers de fois, rétorqua-t-il. (Il avait raison. Ce n'était pas une des meilleures réparties d'Aynet.) Non. Il se renferme, encore plus qu'avant. Il est au-delà du renfermement. Pour un magicien en plein apprentissage, surtout pour un manipulateur de réalité, ça ne sent pas bon. Ça schlingue carrément.

Aynet sentit ses sens entrer en alerte. Il avait raison. Il existait, pour tout apprenti mage, un moment où la magie, les connaissances engrangées, devenaient *trop*. La plupart du temps, les choses passaient. Parfois, non. On appelait même cette période le Palier d'Espelès, d'après une jeune élémentaliste qui avait explosé en emportant dans sa mort un cinquième du Deshevron actuel.

Et Marc était un magicien absolu.

Elle tapota des doigts sur sa cuisse.

— Éleuthère pourrait lui servir de soupape, suggéra-t-elle.

— C'est ce qu'on s'est dit. Il pourrait même le désamorcer. Mais ça, on se l'est dit *avant*. Avant qu'on ne vous retrouve à Fouerat. Oh, au fait, désolé pour ma crise sur le bateau, ajouta-t-il brusquement. J'ai compris quelques heures après vous avoir débarqués, au sujet de Saga. (Elle agita vaguement la main. Encore des *sentiments*. Il rigola sans se vexer.) Oui, d'accord, j'irai plutôt embêter Éleuthère. Pour en revenir à Marc, ça n'a rien changé. Pire, après avoir quitté sa sœur Léonia, il est devenu encore plus taciturne. Un matin, je me suis réveillé en me rendant compte que je ne l'avais pas entendu parler depuis six jours.

— Ça m'a l'air trop long pour un Palier d'Espelès.

— Ouais. On ne sait pas si on doit se sentir soulagés ou effrayés.

Aynet n'était pas spécialiste de la question – ni même intéressée par le bien-être de ses compagnons – mais Marc ne lui semblait pas du genre à déprimer. Elle tourna et retourna la situation dans son esprit, imaginant ses implications.

— Il cache quelque chose, conclut-elle.

— Non, vraiment ? demanda Rustning d'un ton sarcastique. Je sais. Et ça m'étonnerait que ce soit un béguin caché ou une crise de conscience princière.

Pensifs, le menton dans la main, ils étudièrent l'objet de leur conversation. Aynet eut l'impression que Marc allait tourner ses yeux sombres vers eux, les sentant l'observer...

... quand un cri rauque, à glacer le sang, déchira l'atmosphère.

Après un brusque instant de silence pétrifié, tous les regards se tournèrent vers les montagnes, invisibles dans les ténèbres. Le cri retentit à nouveau, clairement audible malgré la distance. Ce n'était pas un cri, se rendit compte Aynet. C'était *des* cris. Des milliers de clameurs, formant une seule voix, qui promettait à ses ennemis mort, souffrance et une lente digestion dans un estomac affamé. Elle frémit en sentant son corps de couvrir de chair de poule. Ce n'était pas de la peur – plutôt de l'excitation.

— Pour Marc, on peut faire quelque chose pour l'instant ? demanda-t-elle.

— Non, répondit Rustning, philosophe.

Elle regarda autour d'elle. Agnus et Gregorius étaient partis, sans doute pour aller inspecter leurs troupes après cette alerte. C'était bien sa chance. Au moins, ils la libéraient d'un choix délicat : tenter de draguer les deux séduisants officiers queiraliens, ou remettre le couvert avec le dragon qui était, inutile de le nier, une valeur *très* sûre ?

Rustning, devinant ses pensées, roula des yeux.

— Je pourrais dire non, vous savez. (Elle lui fit un sourire coquet en rejetant ses cheveux derrière son épaule. Les narines palpitantes, il fixa sa gorge pâle et ses boucles d'or. Elle savait qu'il avait une faiblesse pour les blondes – ou les blonds, d'ailleurs. Le dragon soupira, s'avouant vaincu sans trop de tristesse.) Si ça se trouve, je viens de vous manipuler, dit-il faiblement.

— Mais oui, c'est ça.

Elle ignora le bras qu'il lui offrait, préférant lui peloter les fesses. Il la guida vers la lisière du campement queiralien. Les cris et les plaisanteries avaient repris, plus bruyants qu'avant le hurlement sinistre de l'armée du Rieur. L'atmosphère était à la fois apeurée et bravache. Les hommes commençaient à craindre pour leur vie. Si tout allait bien, songea-t-elle avec satisfaction, la plupart s'en tireraient. Parce que le plan d'Aynet et d'Éleuthère était magnifique. Parce qu'*ils* étaient magnifiques et que le Roi Sage allait se prendre une rouste.

Rustning finit par écarter le rabat d'une tente luxueuse. Elle y pénétra avec curiosité. D'épais tapis les isolaient du sol herbeux. Une armure – trop luxueuse, trop ornementée – était posée sur un support dans un coin.

Un petit mammifère grassouillet, l'air définitivement *mielleux*, couinait de peur et de rage sous une cloche en verre qui servait habituellement à protéger les fromages.

— J'ai réquisitionné une tente, dit modestement Rustning en tapant de l'ongle sur la cloche, arrachant un cri paniqué à Octavius Patronus Mel, consul de l'Empire queiralien, métamorphosé en lapin de garenne.

— Ça va lui faire une expérience perturbante, commenta Aynet en délaçant sa robe.

— À cause du sort ?

— À cause de ce qu'il va voir cette nuit.

Avec un grand sourire plein de *crocs*, Rustning s'avança vers elle, les pupilles fendues dans ses yeux soudain dorés. C'était un autre trait qu'Aynet appréciait chez lui : il savait qu'il y avait un temps pour la romance, et un temps pour le reste. Elle retroussa ses jupons tandis qu'il tombait à genoux devant elle. Vulgaire, crasseux et provocateur ou pas, il avait des talents qui le rendaient très attachant.

Oui ; exister au jour le jour était la meilleure façon de profiter de la vie. Et personne ne ferait changer Aynet d'opinion sur le sujet.

Chapitre XIII
La bataille d'Adezen

Éleuthère était nerveux.

Après tout, le sort immédiat de dix mille hommes puis celui d'un continent entier dépendaient d'une idée qu'il avait eu un an plus tôt, après les évènements d'Édena, sur la route du retour vers le Plaennendeon. Le côté positif, c'était que Saga et Aynet l'avaient aussitôt approuvée. Le côté négatif, c'était que les choses pouvaient toujours dégénérer, pour peu que le destin décidât que, non, ce n'était pas le moment ou l'endroit de remporter la victoire. Même s'il avait l'assurance que son rôle était de combattre les personnages comme celui du Rieur, Éleuthère n'était pas certain d'être celui qui lui trancherait – métaphoriquement – le cou. Peut-être serait-ce Deuzio. Peut-être serait-ce une vaillante boulangère dans deux siècles. Cependant, statistiquement parlant, il avait ses chances, se rassura-t-il. Si tout se passait comme prévu.

À côté de lui, Gaspin affichait une couleur verdâtre qui trahissait son angoisse. Machinalement, Éleuthère lui tapota le bras.

Ils se trouvaient tous les deux au centre de l'armée, postés sur une structure en bois qui dominait le sol de cinquante pieds. De leur perchoir, la vue s'étendait sur des lieues à la ronde. Il faisait frais ce matin-là. Il avait plu toute la nuit ; une brume paresseuse montait de l'herbe humide que réchauffaient les premiers rayons du soleil. Le vent poussait de gros nuages gris vers le sud, faisant courir leurs ombres sur la plaine. Les couleurs du paysage – grises, bleues, vertes – semblaient ternes, mortes, comme en prévision de la bataille à venir. Éleuthère se demanda quel éclat auraient les premières taches de sang sur le sol.

La moitié de leurs forces était réunie en cercle autour d'eux. L'autre moitié, dirigée par Buccelin, s'était barricadée dans Adezen. La cité était vide de ses citoyens. C'était l'une des premières missions dont s'étaient chargés les émissaires de Keilles et du Quesvron en arrivant sur place, quatre mois plus tôt : faire évacuer le futur champ de bataille.

Éleuthère se pencha vers le sol, maîtrisant son vertige. Voler ne lui faisait ni chaud ni froid, mais il y avait quelque chose de contre nature à se retrouver juché aussi haut sur une structure fabriquée de main d'homme. Si Chilpéric n'avait pas supervisé les travaux, Éleuthère serait peut-être resté en bas.

— Je ne sais pas si ça sera suffisant, dit Gaspin.

— Je peux me transformer et vous soulever, proposa Aynet qui se tenait derrière eux.

— Non, merci. Je vais me débrouiller.

La mère d'Éleuthère l'avait obligé à revêtir une armure frappée du blason du Quesvron. Il s'était débarrassé du casque, des brassards et des jambières aussitôt que possible, n'en gardant que le plastron. Si Hegarat décidait de lui faire sa fête, ce n'était pas quarante livres d'acier qui allaient y changer grand-chose.

Aynet avait abandonné ses robes pour revêtir sa tenue de

voyage en cuir, par-dessus laquelle elle avait passé une tunique blanche, courte, brodée d'un phénix. Les cheveux de la fée étaient attachés sur sa nuque. Elle tenait à la main une longue et fine baguette en métal, piquante comme une aiguille, à la poignée ouvragée. Il n'avait aucune idée d'où elle l'avait sortie. Peut-être l'avait-elle toujours eue sur elle. C'était la première fois qu'il voyait sa marraine, non pas prête à se battre, mais à partir au combat. La différence était importante – et terrifiante.

Gaspin ressemblait au premier voyageur venu. Il avait toujours professé que tenir une épée signifiait s'exposer à en recevoir une autre dans le ventre. Et puis, Éleuthère ne lui avait pas demandé de les rejoindre pour se battre.

— Je crois qu'ils arrivent, dit Aynet.

Il plissa les yeux en direction la chaîne des Monts du Mitan. En effet, la roche semblait bouger, dévaler sa pente en une masse grouillante. Sauf que ce n'était pas un éboulement. Éleuthère distinguait les éclats des coutelas des gobelins, ceux des casques des trolls ; il entendait les hurlements ténus des bleisteux. Leurs ennemis étaient encore à trois lieues de distance. Pourtant, leur présence soudain visible lui fit l'effet d'un lingot de plomb dans l'estomac. Il se demanda si, d'en bas, Titus Nemus et son état-major pouvaient les apercevoir.

L'heure qui suivit fut la plus longue de son existence. Ils en profitèrent pour vérifier une énième fois leurs préparations. Les soldats n'étaient pas seulement rassemblés en cercle autour d'eux, ils étaient rassemblés à l'*intérieur* d'un cercle : un rond parfait, de mille pieds de diamètre, tracé par les ingénieurs d'Honoria, dont le contour avait été creusé par ses terrassiers. Il ne s'agissait pas d'une douve de défense ; le fossé mesurait à peine un bras de profondeur. Non, il s'agissait d'un tracé précis, où le sol en calcaire blanc se détachait nettement sur l'herbe verte. Plusieurs autres lignes slalomaient entre les bataillons, dessinant un schéma que, des mois plus tôt, Éleuthère, Aynet et Saga avaient dessiné avec Osbern, Ghaith et Gaspin. Le dessin d'un gigantesque cercle magique, invisible à moins de se trouver directement au-dessus de lui.

Éleuthère devait admettre que cette partie du plan était une entorse à leur accord de ne pas interférer dans leurs quêtes respectives. Néanmoins, ils n'avaient jamais révélé les détails du plan à leurs amis, ce qui respectait la compartimentation qu'ils s'étaient imposée. Les shamans avaient accepté de leur filer ce coup de main ponctuel sans poser de question. Après tout, une fois le Rieur maîtrisé, rien n'empêcherait les magiciens et la sorcière d'aller, à leur tour, leur prêter main-forte…

Le cercle ne contenait pas seulement des hommes. Des engins de siège y patientaient, dissimulés sous des toiles, ainsi que des chariots de vivres et, soigneusement emballée, la commande de poudre explosive qu'ils avaient passée à Caius Lobertus lors de leur séjour à Rosanbo. Encore un pari qui risquait de leur sauter à la figure, pensa Éleuthère. Chilpéric en assurait le transport et la manipulation. Malzenn lui tenait compagnie, chargée de sa protection.

— Le tracé m'a l'air bon, dit Gaspin dont le front se couvrait de sueur.

— Tu n'as pas eu trop de mal ? À apprendre le sortilège ? demanda Éleuthère.

— Osbern a dit que si je maîtrisais celui-là, je maîtriserais à peu près tout, répondit son ami d'un air hanté. Alors, bien sûr, pendant que Ghaith nous taillait de jolis petits passages vers des dimensions riantes, je me suis retrouvé à négocier avec des démons.

Aynet maugréa quelque chose sur « ce fichu shamanisme » et les « inconscients qui le pratiquaient ». Tout comme elle, Éleuthère devait reconnaître qu'il s'agissait d'une science qui l'effrayait. Il ne comprenait pas comment elle fonctionnait, ni surtout la façon dont on la maîtrisait. Or, d'après les horreurs que leur avaient racontées, quand ils avaient un coup dans le nez, Rustning, Lucàn, Osbern et même Saga, il existait dans d'autres mondes que le leur des créatures bien plus effroyables que les Anciens Dieux.

— Tu es doué pour négocier, lança-t-il à Gaspin, cherchant à se rassurer autant que lui.

— C'est vrai, admit plus joyeusement ce dernier. Tu sais, c'est passionnant, parfois ! Il y a quelque temps, j'ai dû convaincre une espèce d'hydre miniature de nous révéler l'entrée cachée d'un passage. Je n'avais rien sur moi. En fait, j'étais tout nu, mais bon, c'est une autre histoire. Du coup, j'ai réussi à marchander pour que...

— Vous nous raconterez vos exploits plus tard, le coupa Aynet. Ça va commencer.

L'armée du Roi Sage formait à présent une vague noire qui fonçait vers eux en recouvrant la plaine. Les bleisteux bondissaient en tête, certains avec des sorcières sur le dos. Une multitude de gobelins fourmillait derrière eux, si nombreux et si vifs qu'Éleuthère renonça à les compter. Les trolls, plus lourds, fermaient la marche, à des lieues de là, émergeant des pins qui bordaient le pied des montagnes.

Ce n'était pas tout. D'autres créatures les accompagnaient. Il y avait des gorgones, des manticores, des basilics et même de ces petits alfes vicieux qui se cachaient dans les forêts profondes des deux plaines, se repaissant des voyageurs affaiblis. Sur la droite, une troupe de bwcas, pourtant réputés disparus, brandissait des pioches grossières. Des griffons et des cocatrix survolaient l'ensemble. Les vilains, les bannis et les oubliés du Grand Enchantement venaient prendre leur revanche sur les humains qui les repoussaient depuis des siècles. Éleuthère aurait pu se sentir coupable mais, d'une part, il n'en avait pas le temps et, de l'autre, plus jeune, il avait vu ce qu'un griffon en quête de dîner pouvait faire d'un enfant qui passait dans le coin. C'était un souvenir qu'il aurait aimé effacer de sa mémoire à jamais.

— C'est un peu triste, non ? observa doucement Aynet qui s'était rapprochée de lui.

Elle avait raison. Certaines des créatures étaient magnifiques.

Mais aucune n'avait l'intelligence d'un dragon ou la placidité d'une biche. Toutes étaient des êtres carnivores, raffolant de chair humaine. Parfois, pris de pitié, certains héros tentaient de les épargner ou de raisonner avec eux. On ne revoyait jamais les malheureux. Il ne fallait pas chercher loin pour deviner ce que le Dieu Rieur avait promis à ces alliés féroces en échange de leur aide.

Parfait, se dit Éleuthère.

Plus affamés ils seraient, mieux se déroulerait leur plan.

Et en parlant de ce fameux plan, il était temps de le mettre en route.

— Gaspin ?

— On laisse tomber l'idée de massacrer leur avant-garde ou d'en emporter quelques-uns avec nous, je suppose ? demanda Gaspin en observant la masse grouillante qui était proche, si proche d'eux, qu'on distinguait leurs yeux noirs, dorés, blancs et rouges brillants de rage.

— On va les laisser se débrouiller entre eux.

Tandis que Gaspin entamait une incantation entrecoupée de marmonnements et d'insultes envers Osbern, Éleuthère étudia une dernière fois l'armée qui fonçait sur la sienne. Où était Hegarat ? Il avait du mal à l'imaginer en retrait, surveillant le combat de loin. Non, il allait se joindre à ses âmes damnées, plonger ses propres mains dans la chair, dans le sang, dans les tripes, prendre de force ce qu'il estimait lui revenir de droit, faire comprendre à ces misérables humains qui le défiaient qu'il était enfin de retour.

Éleuthère recula d'un pas quand la silhouette gigantesque du dieu, de leur ennemi, apparut devant eux. Elle crût, enfla, devint aussi grande que celles des dieux queiraliens dans le théâtre, deux mois plus tôt. (Et d'ailleurs, où étaient ces enfoirés quand on avait besoin d'eux ? Hein ?) Bientôt, Hegarat, souriant, riant, se dressa au-dessus de la plaine. Il n'avait plus son apparence humaine, mais celle d'une énorme silhouette constituée d'un brouillard brun-rose qui tourbillonnait, voltigeait et craquait comme les nuages d'un orage en furie. En le voyant, ses troupes poussèrent un hurlement inhumain. Il avança d'un pas, faisant résonner le sol. Puis d'un autre.

Éleuthère baissa les yeux. Tout en bas, les soldats tressautaient à chaque avancée du géant qui progressait vers eux. Cependant, ils ne bougeaient pas. Quitter le cercle signifierait la mort. Leurs officiers avaient été bien clairs sur ce point. Rustning avait même monté un petit numéro pour le leur faire comprendre. Pour le moment, le souvenir du dragon en colère leur faisait encore plus peur que la vue du dieu vengeur qui marchait vers eux. Les choses ne dureraient pas. Quelques minutes, peut-être. La moitié d'entre eux n'avait jamais, avant ce jour, vu de créatures magiques de leur vie.

Le bleisteux le plus proche se jeta sur les guerriers du clan Svinfylkingar qui se tenaient à l'avant des troupes, épées dégainées.

Gaspin lâcha un « Oh, ça y est » et frappa dans ses mains.

Les tranchées qui constituaient le cercle magique s'illuminèrent de blanc. L'armée alliée du Plaennendeon disparut sans un souffle, sans un soupir, ne laissant derrière elle que l'herbe qui frémissait encore.

Ainsi que dix milliers de monstres, seuls, déchaînés et affamés.

•

Du haut des remparts d'Adezen, Buccelin observa un clan barbare, la moitié des armées de deux royaumes ainsi qu'une légion entière s'évaporer sous le soleil.

Les idées d'Éleuthère étaient tordues, mais elles étaient bonnes.

D'après les informations de Saga, le Rieur, individuellement, pouvait se déplacer à toute allure s'il le souhaitait : par des reflets, sous forme d'animal ou de façon désincarnée, comme lorsqu'il avait fui d'Édena. Certaines de ses sorcières en étaient elles aussi capables, mais pas le gros de ses troupes.

Le faux dieu avait mis des mois pour les amener jusqu'à

Adezen, tellement sûr que les forces alliées seraient contraintes de l'affronter qu'il leur avait même accordé le choix du champ de bataille. Il devait à présent s'en mordre les doigts.

Devinait-il où Éleuthère s'était rendu ? Au loin, la silhouette du dieu se troubla, comme s'il peinait à la maîtriser. À ses pieds, ses guerriers ressemblaient à une flaque d'huile noire. Buccelin se mordit les lèvres en imaginant leur surprise. La situation était catastrophique, la ville serait bientôt assiégée, l'avenir de plusieurs royaumes ne tenait qu'à un fil... mais c'était tout de même une bonne blague.

Il remonta mentalement ses manches. Ce n'était pas parce qu'Éleuthère, Aynet, Chilpéric et le reste étaient partis s'amuser dans les montagnes, dans le légendaire palais de Lok-Rouanez, le quartier général du Roi Sage en personne, *a priori* pour le moment déserté, qu'il avait le temps de se tourner les pouces. Il pivota vers Sertor Agnus, le gouverneur d'Edorailles, qui, comme lui, étudiait le spectacle de l'armée ennemie décontenancée.

— Combien de temps avant qu'ils ne bifurquent vers nous, à votre avis ?

— Tout dépend de la réaction du Dieu Rieur, répondit le Queiralien sans quitter la plaine des yeux. J'espère que votre frère a raison. Que le Roi Sage abandonnera son armée sur place pour filer vers son palais.

Buccelin l'espérait aussi. Ils s'étaient préparés pour défendre la ville contre des gobelins et des trolls en colère, quelques créatures ailées, à la rigueur des sorcières opiniâtres, mais pas contre une divinité titanesque furieuse de s'être fait rouler. C'était Éleuthère, le spécialiste *ès* magie ; ni Buccelin, ni Dioclétien ou leur mère, réfugiés dans le plus haut bâtiment de la ville. Bien entendu, ils avaient leur petite arme secrète...

Le temps que l'ennemi se décide, il grignota un solide petit-déjeuner composé de tartines, d'œufs et de fromage, apportés par son aide de camp. Inutile de se battre le ventre vide. Autour de lui, ses archers, nerveux, se détendirent et finirent par l'imiter, piochant dans leurs besaces. À deux lieues de là, le Rieur continuait de s'agiter en tempêtant. Littéralement. Des éclairs de rage parsemaient sa silhouette qui se faisait de plus en plus sombre, passant d'un vieux rose à une couleur de sang caillé.

Soudain, il décolla, se métamorphosant en une traînée de fumée qui fila vers les montagnes. En l'occurrence, vers le lac le plus proche, dont la surface lui servirait à regagner instantanément un plan d'eau voisin de Lok-Rouanez. La veille au soir, Éleuthère et Aynet avaient vérifié les cartes des environs d'Adezen : dans cette région sèche, on ne trouvait les premiers étangs qu'au cœur des Monts du Mitan, à plus de vingt lieues de là. La demi-armée qui venait de disparaître disposait d'une demi-heure d'avance sur Hegarat.

Buccelin plissa les yeux : plusieurs oiseaux, pour la plupart des rapaces, s'élançaient derrière le Dieu Rieur. Sûrement ses plus fidèles sorcières, du moins celles capables de le suivre. Il n'avait pas l'air de vouloir les attendre. Mentalement, Buccelin décompta une quarantaine d'entre elles. Ce serait toujours autant moins d'attaquantes.

— L'ennemi change de direction ! cria une vigie en poste au sommet d'une tourelle, équipée d'une longue-vue. Ils marchent vers la cité !

À l'œil nu, Buccelin était incapable de le confirmer. Toutefois, les choses se présentaient plutôt bien. Du moins, comme ils les avaient prévues.

Il tapota du pied tandis que, indubitablement, la marée sombre obliquait vers eux.

— Altesse ? Général ? appela la vigie d'une voix hésitante. Il se passe quelque chose...

— Oui ?

L'homme se racla la gorge.

— On dirait... on dirait que la plupart continue d'avancer vers nous, mais que certains, comment dire, se mangent entre eux ?

Les idées d'Éleuthère étaient *excellentes*.

La jeune sorcière, Malzenn, l'avait confirmé après leur conseil de guerre : l'armée du Rieur n'était pas seulement lente à se déplacer, elle était *affamée*. Alors que l'alliance humaine, elle, acheminait depuis cinq mois vers Adezen toutes ses réserves disponibles, Hegarat avait fait un autre pari : celui de pousser ses créatures sans relâche pour attaquer avant l'hiver, comptant sur les cadavres de ses ennemis pour récompenser les appétits de ses monstres. En fait, il était même probable qu'il ait encouragé leur hargne et leur voracité, afin de les rendre encore plus assoiffées de sang – et de chair. En soit, ce n'était pas une idée ridicule...

Sauf qu'il n'y avait plus d'ennemis en face d'eux.

— C'est en train de fonctionner, murmura Agnus d'un air émerveillé.

— Attendons. La partie n'est pas encore gagnée, répondit Buccelin.

Durant la demi-heure qui suivit, le fait se confirma : enragés, déstabilisés par le flottement puis la disparition de leur suzerain, leurs adversaires se dévoraient entre eux. Les plus petits du lot, les gobelins, passaient un sale quart d'heure. Malheureusement, ils étaient si nombreux que leurs rangs étaient à peine entamés. À mesure qu'ils se rapprochaient, Buccelin pouvait voir que les sorcières restées avec eux faisaient de leur mieux pour contrôler leurs guerriers. Dommage pour elles : les basilics et les manticores n'étaient pas renommés pour leur docilité.

— Est-ce que ce sont des bwcas ? demanda Agnus d'un ton incrédule.

Ça y ressemblait, en tous cas, admit Buccelin en découvrant les espèces de nains trapus et difformes, vêtus de guenilles rouges, qui galopaient sur le flanc gauche de l'armée. Il n'en avait jamais vu que dans des livres. D'après les légendes, omnivores, ils se nourrissaient surtout de mollusques et de champignons souterrains. Pour le moment, ils se gavaient d'alfes des bois qui se vengeaient en leur déchirant les yeux à coups d'ongles.

Les griffons et les cocatrix plongeaient en piqué sur la masse grouillante avant de remonter en tenant leurs proies dans leurs serres. Deux griffons se partagèrent un gobelin, tirant sur ses bras en battant de leurs énormes ailes jusqu'à ce qu'il se déchire en deux. À l'arrière, les trolls gobaient tout ce qui leur tombait sous la main sans ralentir la cadence.

C'était un véritable carnage de dents, de crocs, de griffes, d'épées et de serres qui se précipitait vers les murailles de la ville. Ils piétinèrent sans s'arrêter les tentes du marché extérieur qui étaient restées là. La rivière ne les freina même pas. On entendait désormais le choc de leurs pas, le bruissement de leurs ailes, le tintement de leurs armes, le cri féroce que poussaient les sorcières à leur tête. Malgré lui, Buccelin fit un pas en arrière. Toute sa vie durant, il avait combattu ces créatures et leurs sœurs. Parfois par devoir, parfois par choix. Jamais il n'en avait vu une seule faire preuve de pitié. C'était la première qu'il en voyait autant, plus qu'il n'en avait jamais imaginé.

— Soldats, parés au combat ! hurla-t-il.

À travers la cité, des sous-officiers relayèrent son ordre. Leurs aboiements coururent le long des remparts, au sommet des tourelles, dans les jardins de la haute-ville et dans les ruelles des quartiers populaires, tout en bas, là où les maisons étaient si hautes que le soleil n'atteignait pas les pavés. À l'exception des soldats, Adezen était déserte. Avec ses fenêtres vides, ses devantures clouées de planches et son absence complète de vie, humaine ou animale, elle ressemblait à la ville fantôme d'une quête particulièrement sinistre.

Buccelin baissa les yeux vers l'intérieur de la ville, devant les lourdes portes de l'entrée nord, hautes comme cinq hommes. Derrière elles patientait la cavalerie lourde du Quesvron. C'était le régiment fétiche de Buccelin. Il en connaissait chacun des cavaliers, chacun des chevaux. Il les avait quasiment tous entraînés. Si les portes rompaient, ce seraient eux qui écoperaient de la première vague d'assaut. Froidement, même s'il en déplorait l'éventualité, il calcula tous les dommages, toutes les conséquences qu'un tel fait entraînerait. Il serait avantageux, une fois ses hommes ayant rompu l'attaque, d'attirer l'adversaire dans les rues de la ville, de les abattre à coups de flèches et de piques. La manœuvre ne fonctionnerait que si l'ennemi n'était pas trop nombreux, s'il entrait dans la cité selon un flux régulier. Et puis, il y avait les créatures aériennes à prendre en compte. D'ailleurs...

Les premiers griffons n'étaient plus qu'à cinq cents toises. Quatre cents. Trois cents. Derrière eux, en tête des créatures, un énorme serpent, bien plus grand que les basilics, chargeait les portes. Redressé, il était presque aussi haut que les remparts. Ses yeux dorés flamboyaient. Buccelin pouvait presque s'imaginer que c'était lui qu'ils fixaient, qu'ils transperçaient, qu'ils menaçaient.

Deux choses arrivèrent alors en même temps.

En bas, les premiers rangs adverses s'effondrèrent dans le fossé hérissé de pieux que l'armée quesvronnaise avait recouvert d'herbes fauchées la veille au soir. C'était un grand fossé. Et profond. Ils avaient eu des semaines pour le creuser. Les bleisteux y disparurent avec des glapissements ; même eux ne parviendraient pas à en ressortir. Les gobelins s'y firent avaler par dizaines. Le serpent, hélas trop gros, se contenta de glisser par-dessus. Les autres monstres ralentirent en voyant ce qui se passait.

Plus haut, à hauteur des soldats qui gardaient les remparts, les griffons s'écrasèrent contre le sortilège invisible mis en place deux heures plus tôt : un immense dôme de magie, transparent, qui recouvrait la cité entière.

Abandonnant des plumes derrière eux, les créatures ailées glissèrent pathétiquement jusqu'au sol. Sur les murs, hommes et femmes poussèrent de furieux cris de victoire. Buccelin se tourna vers la terrasse, deux tours plus loin, d'où Philème, le grand-prêtre de l'Empire, et Loëc, le magicien de la cour royale du Quesvron, supervisaient les opérations. Les deux nobles vieillards avaient passé trois jours à se crêper la barbe, à discuter de théorie magique et à devenir les meilleurs amis du monde. Le duo était dépareillé : Philème, grand, pâle, sinistre, était capable, d'un simple regard, de faire pisser de peur un guerrier endurci ; maître Loëc, petit, replet, les joues rouges, avait autant d'autorité qu'une perdrix dodue. Pourtant, à eux deux, en quarante-huit heures, ils étaient parvenus à ficeler un sortilège qui contentait à la fois les prêtres de Queirailles *et* les élémentalistes du Quesvron. Ces derniers n'étaient pas nombreux : quelques fées, dépêchées par Ermesinde, deux ou trois originaux vagabonds et le magicien officiel de Rosanbo. Peut-être que toute cette guerre tirerait la sonnette d'alarme, songea Buccelin. Peut-être que l'influence anti-magie de Queirailles diminuerait enfin dans l'est du Plaennendeon.

Il revint à l'armée ennemie.

Stoppés dans leur élan, distraits par les griffons qui leur étaient tombés sur la tête, leurs attaquants trépignaient sur place et continuaient de s'entredéchirer à belles dents. Le problème du fossé fut rapidement réglé : les rangs arrière poussèrent leur avant-garde jusqu'à ce que le monceau de corps qui emplissait le trou leur permît de passer. En dix minutes, ils reprirent leur avancée, marchant sur les cadavres de leurs compagnons. Une bouffée de puanteur, de corps mal lavés et d'entrailles crevées atteignit les narines du prince guerrier. Avec un grognement de dégoût, il se recula.

Pendant ce temps, le serpent s'était attaqué à la porte, utilisant sa tête comme un bélier. Les siècles avaient rendu les lourds battants de chêne durs comme la pierre. Il serait difficile de les enflammer ou de les réduire en miettes. Malgré tout, ils vibraient sous les coups de boutoir du monstre. Buccelin releva les yeux au moment où une cocatrix plongeait furieusement vers lui, s'écrasant contre le bouclier invisible à moins de dix pieds de son visage. Il fit un autre pas prudent en arrière.

— L'ennemi se sépare ! alerta une sentinelle.

Impatients, les bwcas avaient obliqué vers le sud-ouest, longeant les remparts de la cité, dans le but de gagner la porte suivante. Une partie de l'armée, peut-être un cinquième ou un quart, les suivit. Les sorcières s'efforcèrent de les retenir, puis abandonnèrent, concentrant leurs efforts sur la porte et sur l'enchantement qui bloquaient leurs forces ailées. Buccelin suivit des yeux la masse qui s'éloignait, constituée des bwcas en tête, de gobelins qui profitaient de l'occasion pour s'éloigner de leurs alliés affamés, et de quelques monstres variés. Les trolls, qui ne s'étaient pas aperçus de la manœuvre, essayaient encore de se rapprocher de la porte nord. Buccelin se tourna vers la dizaine de pages qui patientait derrière lui, prêts à filer à travers les rues de la ville.

— Faites passer le message au régiment kélien, porte ouest : deux mille bwcas et gobelins en approche. Environ un quart d'heure. Voici les ordres : ouverture des portes, charge de la cavalerie légère sur leur avant-garde, puis retour dans la cité pour attirer la moitié d'entre eux à l'intérieur. Qu'ils les perdent dans les ruelles et les achèvent avec les archers sur les toits. Et que les magiciens sur place...

— Et les prêtres, compléta aimablement Sertor Agnus.

— ... et les prêtres ne lèvent à aucun prix le bouclier.

— Bien, Altesse, répondit vivement un garçon avant de disparaître.

Un craquement sourd effaça le sourire qui se dessinait prématurément sur les lèvres d'Agnus. Buccelin ne cilla pas. Tant que le dernier gobelin ne serait pas hors d'état de nuire, tant qu'un de ses hommes risquerait encore sa vie, il serait trop tôt pour se réjouir. Le serpent géant avait finalement entamé la porte. Le battant droit se faisait enfoncer, projetant des échardes sur les cavaliers qui patientaient derrière en maîtrisant leurs chevaux piaffants.

— Ouvrez les mâchicoulis ! cria Buccelin. Balancez-leur tout ce que vous avez !

Les remparts d'Adezen avaient été bâtis durant la fin de l'invasion queiralienne. Le message qu'ils voulaient faire passer était clair : « *Nous n'avons rien contre vous, vous êtes les bienvenus pour venir commercer, mais essayez de nous annexer et vous vous en mordrez les doigts ».* Des trappes bien agencées surplombaient directement leurs assaillants. Sur son ordre, ses soldats commencèrent à y verser l'eau bouillante qui frémissait depuis des heures dans de gros chaudrons. D'autres, remplis de poix fondue, attendaient leur tour. D'atroces cris mi-humains, mi-animaux montèrent aussitôt d'en bas.

Une adolescente en tenue de page apparut aux côtés des deux généraux, hors d'haleine. Sur un signe d'Agnus, elle parla :

— Messeigneurs, Maître Loëc me fait dire que si vous permettez qu'on lève le bouclier quelques instants, il pourrait, ce sont ses mots, « cramer la tête du gros lézard ».

Buccelin songea que maître Loëc avait l'air de bien s'amuser, malgré ses soixante-dix ans et ses habituels sermons sur les bienfaits de la dignité. Il hocha la tête. L'adolescente repartit en sens inverse.

— Archers, bandez vos arcs ! Le bouclier va disparaître !

Il dégaina son épée, imité par Agnus. Autour d'eux, un bref miroitement bleu signala la disparition de l'enchantement – et les griffons qui tentaient et tentaient encore de le percer s'abattirent brusquement sur eux.

Les créatures, prises au dépourvu, atterrirent maladroitement sur les remparts, s'écrasant contre le sol ou évitant de justesse les créneaux. Les hommes de Buccelin n'hésitèrent pas : profitant de ces quelques secondes d'avantage, ils en achevèrent une partie à coups de piques tandis que les archers tiraient sur ceux qui volaient encore. Le répit ne dura pas. Buccelin évita prestement le coup de bec de la cocatrix qui venait de se poser près de lui. Le monstre battit violemment des ailes. Sa queue en forme de serpent claqua comme un fouet, décapitant un lancier qui lui tournait le dos, à dix pas de là. Dressée sur ses ergots, elle faisait deux fois la taille de Buccelin, qui resserra sa prise sur son espadon. Agnus, son glaive à la main, entreprit de contourner la bête.

— Les pattes, gronda Buccelin.

La cocatrix, qui lui faisait face, feinta brusquement vers le gouverneur queiralien. Agnus se décala à peine, juste assez pour lui recouvrir la tête de sa cape. Buccelin bondit en avant pour lui trancher les deux pattes. L'oiseau monstrueux s'effondra. Agnus lui trancha proprement la gorge. Ils s'écartèrent tandis qu'elle tressautait, agonisante.

— Derrière vous !

Instinctivement, Buccelin se baissa. Une serre tranchante comme un rasoir lui arracha une spallière et lui lacéra l'épaule. Agnus, avec bon sens, se jeta par terre plutôt que d'essayer de parer l'attaque du griffon. Plus petit qu'une cocatrix, la bête était cependant beaucoup plus musclée et puissante. Sur son poitrail, ses plumes pourpres paraissaient déjà couvertes de sang. Ses muscles noueux faisaient rouler et onduler le pelage blanc de son arrière-train. Elle claqua du bec, ses pattes raclant les pavés du rempart.

Buccelin rugit, attirant son attention. Il en avait déjà affronté quelques-uns. Trois, pour être exact. Il avait écrasé le premier sous un rocher avant même de se faire repérer. Le deuxième, il l'avait empêtré dans un marais pour ensuite lui trancher la tête. Quant au troisième, disons qu'une corde magique lui avait été d'une grande utilité. Buccelin était un héros raisonnable. Courageux, parfois téméraire, mais pas stupide. Les attaques frontales faisaient de jolis sujets de tableaux, mais de piètres stratégies. En cet instant, malheureusement, il n'avait pas le choix.

Il para le premier coup de bec d'un revers d'épée, évita un coup de serres de justesse. De son lourd gantelet en acier, il frappa le monstre sur la tête, le faisant cligner des yeux. Puis le griffon poussa un cri aigu, perçant. Reprenant la précédente tactique de Buccelin, Agnus venait de lui trancher les tendons d'une patte arrière. L'animal pivota en sifflant, le renversant d'un coup de queue léonine. Buccelin ne réfléchit pas et lui sauta sur le dos.

Une partie de son esprit nota que, *hé, ce serait sympathique de pouvoir chevaucher un griffon dans les airs !* Il oublia aussitôt et à tout jamais cette idée tandis que le monstre se débattait sous lui. S'agrippant aux plumes écarlates, il lâcha son encombrante épée pour dégainer une dague de sa botte. C'était pour ça qu'il ne portait jamais de cape, songea-t-il en poignardant plusieurs fois la bête entre les côtes. Ça gênait, et puis ça se salissait trop vite. Le griffon tomba à genou, une écume rose au bec. Puis il s'affaissa. Buccelin roula au sol, se remit sur ses pieds, ramassa son espadon et se redressa. Son dos craqua. Ouch. Il ne rajeunissait pas.

— Merci, dit sobrement Agnus en contemplant sa belle cape bleue en lambeaux.

— On se remerciera à la fin.

Où en étaient-ils ? Buccelin releva les yeux au moment où un nouveau miroitement bleu annonçait la remise en place du bouclier. Ah ! Vérifiant qu'aucune bestiole ne traînait dans les parages immédiats, il se pencha vers l'extérieur des remparts. Le sol n'y était plus qu'un mélange pestilentiel de boue, d'herbes arrachées et de tripes sanglantes. Le serpent géant y gisait, immobile, le côté gauche de la tête complètement carbonisé. Son œil jaune y brillait faiblement, voilé et mi-clos.

Poussé par un instinct de survie, ou par les sorcières qui avaient repris un semblant de contrôle, le gros des troupes ennemies s'était éloigné du mur et des mâchicoulis qui continuaient de cracher eau bouillante et poix fondue. Ce qui voulait dire que leurs assaillants ne se trouvaient plus amassés contre les portes, mais répartis selon un long ruban à environ cent pieds de la muraille, juste derrière le fossé rempli de cadavres.

— *Signal vert !* beugla Buccelin.

Comme personne ne lui répondait, il releva la tête vers le sommet des remparts. Son estomac se serra. Les griffons et les cocatrix avaient fait plus de dégâts que prévu. Ses soldats achevaient les derniers, mais environ la moitié des lanciers et des archers avaient péri. Les survivants se démenaient auprès des mâchicoulis. Buccelin sentit sa mâchoire se crisper en apercevant ce qu'il restait de ses pauvres pages. À l'extérieur du bouclier, d'autres créatures ailées continuaient de tournoyer, attendant leur heure. Pour le moment, sur les tours plus éloignés, les mages tenaient bon, mais ils ne pourraient pas maintenir le sortilège éternellement.

Une chose à la fois. D'abord, il fallait...

— J'y vais, dit Agnus en partageant son cheminement de pensées.

À grandes foulées rapides, le gouverneur d'Edorailles gagna une terrasse surélevée où trônaient un ensemble de vasques en cuivre posées sur des trépieds. De cette position, elles étaient visibles d'une grande partie de la ville, et même des montagnes contre lesquelles la cité s'appuyait, à l'est. Saisissant une des torches préparées pour cette occasion, Agnus enflamma la deuxième en partant de la gauche. Une petite explosion verte retentit, puis une bouffée de fumée émeraude s'éleva vers le ciel, poussée par le vent vers le sud.

Au bout d'une minute, la même fumée s'éleva à l'extérieur des remparts, dans les contreforts des Monts du Mitan, à l'est de la position de Buccelin. L'ennemi, arrivé par la plaine, comme prévu, n'avait pas repéré les soldats qui y patientaient, équipés d'engins de siège. Des engins de siège qui, eux aussi, avaient largement eu le temps de prendre leurs marques et de faire des essais. Quand le premier projectile s'écrasa, libérant un geyser d'huile enflammée, ce fut en plein cœur de l'armée du Rieur. Une dizaine d'autres projectiles le suivirent en moins d'une minute.

Au centre, à l'endroit le plus durement frappé, ce fut la débandade. À droite, les sorcières gardèrent leur sang-froid. Une vingtaine de bleisteux s'élança vers la vallée depuis laquelle on les avait bombardés. Ses hommes auraient-ils le temps de tirer de nouveau ? se demanda Buccelin. Le feu s'était propagé aux cadavres dans le fossé et aux flaques de poix crachées par les mâchicoulis. Les tirs avaient même touché quelques griffons au passage – hélas, trop peu. C'était cela, leur principal souci ; tant qu'ils risquaient de se faire envahir par les airs, aucun répit n'était possible.

— Altesse ! Altesse !

Un messager arrivait. Le garçon jeta un regard horrifié aux corps des autres pages, pâlit, puis se reprit pour faire son rapport :

— Le commandant de la porte sud vous fait dire que tout se déroule au mieux. La cavalerie a subi des pertes, mais la charge a décimé les bwa... (Le page trébucha sur le mot.)... les bwcas et attiré les gobelins à l'intérieur comme prévu. Le commandant a refermé les portes et enfermé cinq cents d'entre eux dans la ville. Les archers sont en train de les abattre sans trop de problèmes. Il demande s'il doit réitérer la manœuvre.

Buccelin jeta un coup d'œil vers la gauche. L'ennemi semblait avoir oublié la porte ouest, se concentrant pour éteindre les débuts d'incendie.

— Qu'il recommence une fois que les rues seront nettoyées, ordonna-t-il. Et qu'il revienne ensuite aux nouvelles.

— Bien, Altesse.

Le garçon détala. Agnus, qui était revenu entre-temps, commenta :

— Au moins, ça se passe bien de ce côté-là.

Buccelin, qui était un tantinet superstitieux dans ce genre de situations – après tout, le destin adorait de genre de revirement –, lui jeta un regard peiné :

— Il faut tout de même qu'on trouve une solution pour les griffons et les cocatrix. Loëc et Philème tiendront sans doute jusqu'à la nuit, mais pas plus.

Ils n'évoquèrent pas le fait que si Éleuthère échouait au palais de Lok-Rouanez, si le Rieur réapparaissait vainqueur d'ici quelques heures, tous leurs efforts auraient été en vain.

Un hurlement en provenance de l'*intérieur* de la cité les fit sursauter. Ils se retournèrent à temps pour voir un bâtiment s'effondrer, bien loin des portes nord et ouest, à un endroit où il n'aurait rien dû se passer. Buccelin poussa un juron.

— De terrassiers ? suggéra Agnus d'une voix tendue.

— Trop rapide. Ils n'auraient pas eu le temps.

Buccelin réfléchit à toute allure. Le Rieur avait amené des catapultes, mais celles-ci se trouvaient encore loin, sur la plaine, laborieusement traînées par des trolls. Ils avaient quelques heures devant eux avant d'être confrontés au problème. Alors quoi... ?

Un autre immeuble, voisin du premier, s'effondra à son tour dans un nuage de poussière. Buccelin crut discerner des branches, ou des racines, qui se tordaient dans les airs, enserraient les colonnes du bâtiment et l'attiraient vers le sol. Il comprit.

— Des sorcières. Elles ont dû entrer quand le bouclier était abaissé, expliqua-t-il à Agnus qui le regardait avec curiosité. Sous forme d'oiseaux, ou peu importe.

— Oh. (Le Queiralien se gratta la tête.) Je n'ai aucune idée des mesures à prendre face à une invasion de sorcières, avoua-t-il.

— C'est assez spécifique, convint Buccelin en ressortant son épée. Ce qui fonctionne le mieux, ça reste les princes et les héros. Je peux vous confier le commandement ?

Un troisième bâtiment s'affaissa, tandis que des hurlements montaient d'un autre quartier, plus opulent, vers l'est. Agnus s'inclina légèrement.

— Je vous en prie. Je crois me souvenir des consignes.

Son ton était empreint d'ironie, ou peut-être de désespoir. La frontière était mince. Buccelin hocha la tête et partit s'occuper d'une tâche qu'il ne pouvait pas déléguer. L'idée lui traversa l'esprit qu'il ne reverrait peut-être jamais le gouverneur queiralien, qu'il appréciait fort. Néanmoins, la même idée l'avait déjà hanté des milliers de fois, concernant des centaines de personnes. Il ne lui prêtait plus attention.

•

Boute-en-Train l'attendait sagement au pied de l'escalier des remparts. Buccelin fut saisi d'un élan d'affection pour la grosse bête. Il était bon de savoir qu'il pouvait, quoi qu'il arrivât, compter sur un dévouement inébranlable et une demi-tonne de muscles caparaçonnés d'acier. Il sauta en selle sans ralentir et lança sa monture vers le centre de la cité.

Dans un fracas de tonnerre, faisant jaillir des étincelles sous ses sabots, le destrier s'attaqua aux ruelles pavées qui s'élargissaient au fur et à mesure qu'elles montaient. Durant la matinée, les nuages avaient continué de s'amonceler au-dessus de la ville, la baignant d'une lumière grise et pâteuse. Buccelin pouvait entendre, au loin, les ordres que se criaient les soldats sur les remparts. Devant lui, des craquements graves, qui résonnaient dans ses os, annonçaient que les sorcières continuaient leur œuvre de destruction.

Il lui fallut dix minutes pour localiser la première. Dans un quartier commerçant, il déboucha sur une placette à demi-ravagée. D'énormes racines avaient arraché les pavés du sol. De gigantesques chênes demeuraient figés dans des postures étranges, entrelacés avec les bâtiments qui bordaient le square. Bien qu'ayant la taille d'arbres centenaires, Buccelin savait qu'ils n'étaient âgés que de quelques minutes.

Il suivit la traînée de verdure le long des rues avant de tomber sur la sorcière en question, en train de se battre contre une dizaine de soldats. Les hommes et les femmes, vêtus de l'uniforme queiralien, tentaient tant bien que mal de la toucher avec leurs lances et leurs glaives, sans résultat. Elle virevoltait parmi eux tel un ruban porté par le vent, ses longs cheveux bruns caressant leurs visages au passage. De temps à autre, une liane jaillissait du sol, immobilisant un légionnaire le temps qu'elle l'achève. Il y avait quelque chose d'hypnotique dans ses mouvements. Buccelin s'ébroua pour se sortir de sa transe, puis la chargea.

Elle pivota en entendant le choc des sabots. Ses yeux couleur pervenche s'écarquillèrent. Boute-en-Train, au grand galop, faisait souvent cet effet. Elle bondit juste à temps pour éviter son poitrail.

Buccelin sauta de sa selle dans les airs, essayant de l'épingler au sol en retombant. Il n'avait pas le temps de faire dans la dentelle. Elle esquiva de nouveau, tel un éclair de vif-argent. Il atterrit souplement, malgré sa lourde armure, et se mit aussitôt en garde.

Ils se jaugèrent quelques secondes en silence.

— Dispersez-vous, ordonna-t-il aux soldats. Trouvez les autres et prévenez-moi.

La jeune femme haussa les sourcils.

— Parce que tu penses que tu vas t'en sortir vivant ? cracha-t-elle.

Il ne fit pas tournoyer son épée en un geste provocant. Buccelin était un prince chevronné, pas un godelureau. À la place, il soutint son regard jusqu'à ce que Boute-en-Train, après une large volte, la charge une deuxième fois dans le dos. Elle s'écarta en sifflant de colère, levant la main en direction de l'étalon. Buccelin se jeta sur elle. On ne touchait pas à son cheval !

Elle parut fondre sous son épée, se transformant en un faucon crécerelle qui fila cent pieds plus loin pour reprendre sa forme initiale. Humaine, elle posa la main sur le sol en murmurant un sortilège. Des rats jaillirent des fissures entre les pavés. Des centaines de rats. Buccelin remonta prestement en selle. C'était la première fois qu'il se trouvait dans cette situation, mais l'idée de rongeurs s'infiltrant dans son armure ne lui plaisait que moyennement. Il poussa Boute-en-Train en direction d'une rue dégagée pour échapper au flot grouillant. Quel contrôle la femme avait-elle sur eux ? Assez tenace, jugea-t-il quand, après trois virages, les rats continuèrent de le suivre.

Il serra les fesses quand apparut soudain, devant lui, un chat. Un gros chat. Un gros chat tigré de plus d'un mètre au garrot. Un *shair*, lui souffla son cerveau. N'ayant jamais quitté le continent, c'était la première fois qu'il en voyait un en chair et en os. Elles trichaient, songea-t-il morosement. D'abord, des cocatrix et des bwcas qui étaient censés être éteints, et à présent des animaux exotiques ! S'il survivait à cette histoire, décida-t-il en faisant virer Boute-en-Train dans une rue perpendiculaire, il se prendrait des vacances.

Le *shair* rugit. Le cliquetis des griffes de rats s'arrêta net. Il entendit la première sorcière protester dans son dos, suivi d'un grondement d'excuses, et il *sut* que le fauve s'était lancé à sa poursuite. Superbe.

Enfin, c'était toujours mieux que les rats.

Boute-en-Train secoua la tête, agacé de devoir fuir. Buccelin lui tapota l'encolure.

— Désolé, vieux. Je cherche une idée.

Il continua en direction des quartiers aisés, les éloignant des remparts. Dioclétien était supposé patienter dans l'hôtel de ville, avec leur mère et le reste des civils restés sur place. Il pourrait peut-être lui donner un coup de main.

Un nouveau bruit lui fit tourner la tête ; un sifflement, cette fois. Un serpent, plus petit que celui de la porte, noir comme la nuit, s'était joint au *shair* et au faucon qui le suivaient. Il remontait les rues comme une anguille tandis que le félin bondissait de toit en toit et que le rapace filait entre les cheminées. Buccelin comprit qu'il était en train de rameuter toutes les sorcières qui s'étaient infiltrées dans la ville. Il n'en fut qu'à moitié surpris. Il existait peu d'agressivité plus puissante que celle que les princes et les sorcières ressentaient instinctivement l'un pour l'autre.

Bon, mais qu'allait-il en faire ?

Il commençait à sérieusement transpirer quand une flèche, fendant les airs, abattit le faucon en plein vol. Sans un cri, l'oiseau tomba comme une pierre. Le serpent et le *shair* s'arrêtèrent net, choqués. Buccelin fit ralentir son cheval pour chercher qui avait tiré. Et voilà que, perché sur un toit, un rayon de soleil illuminant ses cheveux d'or pâle, Dioclétien, vêtu d'une chemise blanche immaculée, encochait tranquillement une nouvelle flèche sur un arc. Buccelin ne put retenir un reniflement amusé. Sa posture était tellement *héroïque.*

Son frère tira de nouveau, crevant un œil du serpent. Puis il dévala vivement le toit en direction de la rue, glissant sur les tuiles lisses, poursuivi par le *shair*. Buccelin eut une grimace de sympathie en le voyant bondir, atterrir maladroitement sur un balcon, se redresser en boitillant puis basculer sans grâce par-dessus la balustrade, avant de s'écraser dans une plate-bande dix pieds plus bas. Sautant à terre, il se précipita pour aider son frère à se relever.

— Ça va ?

— Je crois que je me suis foulé la cheville, répondit Dioclétien.

Malgré son ton calme, des gouttes de sueur lui perlaient sur le front. Son teint était encore plus pâle que d'habitude. L'air résigné, il ramassa l'arc qui s'était brisé dans sa chute. Buccelin lui tapota l'épaule, le faisant trébucher.

— Tu viens d'abattre une sorcière. C'est honorable.

— Je m'étais toujours juré que je ne prendrais pas part à ces pitreries.

— Je pense que personne n'a vraiment le choix, aujourd'hui.

Coupant court aux amabilités, Buccelin se tourna vers leurs deux adversaires restantes. Puis il baissa son épée. Deux adolescents étaient en train de faire sa fête au serpent, tandis qu'une jeune fille aux cheveux blonds comme les blés enfonçait un poignard dans le poitrail du *shair*, jusqu'à la garde, les dents serrées, le regard déterminé. Elle portait une tenue traditionnelle de bergère. Buccelin jeta un coup d'œil accusateur à Dio qui époussetait soigneusement sa chemise.

— Tu as déniché des héros ?

— J'ai suivi les évènements à la lunette. Quand j'ai vu que quelques sorcières s'étaient infiltrées, je me suis dit que tu aurais besoin d'un coup de main. Après, c'était facile de dénicher deux garçons de cuisine jumeaux avec des taches de naissance mystérieuses et une bergère qui s'était cachée dans un coffre pour rester là et se battre, expliqua son frère comme si c'était normal. Et puis, tu me connais, je ne suis pas très doué avec une épée.

Pensifs, les deux frères observèrent les trois jeunes gens venir à bout des sorcières.

— Ce serait intéressant de dénombrer les héros apparus ces derniers temps, dit finalement Buccelin. Pour voir si, statistiquement, leur nombre s'adapte aux évènements provoqués par le retour du Rieur.

— Je vois qu'Éleuthère déteint sur toi, répondit Dioclétien d'un air dégoûté.

Ce fut à ce moment qu'un violent coup, dans leurs dos, les projeta tous les deux en avant. Ils s'écrasèrent contre un mur avec un grognement de douleur et, pour Buccelin, un bruit de casseroles. Quand ils relevèrent la tête, une quatrième sorcière se tenait là, enragée, vengeresse, les yeux étincelants.

— Vous pensez déjà avoir gagné, maudits princes ! Sachez que –

Une lame d'épée jaillit de son ventre, coupant net son discours. Elle bascula sur le côté, révélant, derrière elle, la reine Jeanne en armure, les cheveux décoiffés, l'air mécontent. Elle sortit un mouchoir de son gantelet pour essuyer sa rapière, tout en réprimandant ses fils :

— Qu'est-ce que je vous ai dit sur les bavardages durant les batailles ?

— Oui, mère, répondirent en chœur les deux princes.

— Je crois que c'était la dernière. Dioclétien, vous avez parlé de votre idée à votre frère ?

— Ah, oui. J'ai trouvé une boutique d'apothicaire, expliqua Dio. Dans le cas, de plus en plus probable, où nous survivions jusqu'à la nuit, et si le Rieur ne revient pas régler la question avant cela, il est probable que l'ennemi se retirera pour reprendre des forces tout en commençant à nous tirer dessus à coups d'engins de siège. C'est aussi ton avis ?

— C'est sans doute ce qui va se passer, admit Buccelin. On a prévu de leur tirer nous-mêmes dessus quand ils s'éloigneront un peu. Pourquoi ?

— La seule source d'eau potable à la ronde, c'est la rivière. Elle descend des montagnes au sud d'Adezen, sans y pénétrer, et alimente la nappe phréatique qui fournit tous les puits de la cité avant de continuer vers l'ouest. Si on empoisonnait la rivière en aval de la ville, cela n'aurait aucune conséquence pour nous mais les priverait d'eau. Avec un poison lent, ce serait même très efficace.

Buccelin sentit ses cheveux se hérisser sur sa nuque. Son frère, si civilisé, pouvait être terrifiant.

— Tu es certain qu'il n'y a pas de risques de remontées vers la nappe ?

— D'après les plans hydrographiques que j'ai trouvés dans les archives de l'hôtel de ville, non. On n'a même pas besoin de sortir de la ville. Il suffit de jeter quelques tonneaux dans la rivière depuis les remparts. J'ai même trouvé un produit qui se dégrade en quelques jours à l'air libre et ne polluera pas la plaine en aval, dit-il d'un air satisfait.

C'était une très bonne idée.

— Vas-y, dit Buccelin. Attends ce soir, quand l'ennemi entamera sa retraite.

— Bien, général, répondit sérieusement son frère.

Buccelin embrassa sa mère sur la joue avant de remonter en selle. Son arrière-train protesta quand sa monture reprit en sens inverse la route qu'il venait de parcourir. Il commençait à comprendre l'intérêt de la magie. Les magiciens ne portaient jamais d'armures. En plus, ces enfoirés se soignaient eux-mêmes.

•

Quand le soleil se coucha, Agnus et Buccelin avaient utilisé quatre autres de leurs stratagèmes, brûlé deux signaux colorés supplémentaires et survécu à une nouvelle attaque aérienne. Les magiciens, saisis d'un regain d'énergie, leur avaient assuré qu'ils maintiendraient le bouclier jusqu'au milieu de la nuit. Une nouvelle sortie de la cavalerie légère, à la porte ouest, avait drastiquement fait baisser le nombre de gobelins qui campaient sur ce front. Aucune sorcière ne traînait plus dans les rues. La ville était sécurisée, verrouillée ; ils avaient presque l'impression de pouvoir souffler.

Et le Rieur n'était pas réapparu, ce qui commençait à remplir le cœur de Buccelin d'un espoir timide, ténu.

Cependant, leurs pertes n'étaient pas négligeables, surtout sur les remparts où ne survivaient qu'un tiers des soldats initiaux. Buccelin envoya les survivants se reposer, les remplaçant par des troupes fraîches queiraliennes. Sa cavalerie lourde était toujours intacte. Celle de Keilles conservait deux tiers de ses hommes. À l'intérieur de la ville, une centaine d'hommes avait péri suite aux attaques des sorcières. Sur ses quatre mille guerriers initiaux, il n'en restait à Buccelin que trois mille.

Du côté du Rieur, ils avaient pratiquement réduit les bwcas à néant, sérieusement entamé les rangs des gobelins, et tué quelques sorcières, griffons et cocatrix. Toutefois, ces derniers menaçaient encore les remparts. La plupart des bleisteux et autres créatures terrestres étaient toujours debout. Et les trolls étaient en train d'installer leurs catapultes. Combien en restaient-ils, sur les dix mille initiaux ? Huit mille ? Sept mille ? Était-ce vraiment important, quand on ne pouvait comparer la force d'un bleisteux à celle d'un humain ?

Un alfe, attiré par la lumière des torches sur le rempart, vint s'écraser en grésillant sur le bouclier magique. En bas, les sorcières réunissaient leurs troupes et donnaient l'ordre de battre en retraite jusqu'au lendemain. Certaines des créatures étaient nocturnes, mais toutes venaient d'effectuer un voyage de plusieurs semaines à travers les montagnes. La plupart emportèrent des morceaux de cadavres avec eux pour les grignoter plus tard dans l'obscurité. Quand ils furent suffisamment loin, Buccelin donna l'ordre aux catapultes de la ville de tirer. Une heure plus tard, quand ils furent hors de portée, il rajouta deux centaines d'ennemis morts en plus à sa liste. Malheureusement, les trolls avaient placé leurs engins de siège trop près des murs pour leur tirer dessus. Eux ne visaient pas l'intérieur de la ville, mais la muraille elle-même. Le pilonnage commença.

Buccelin lança sa cavalerie lourde sur eux.

Il parvint presque à la faire rentrer avant que les bleisteux ne fussent revenus à toute allure. Presque. Un tiers de ses hommes, de ses amis, périt ce soir-là. Mais les trolls étaient morts et les catapultes endommagées. L'armée alliée survivrait peut-être à la nuit. Ou aux six prochaines heures. C'était tout ce que Buccelin demandait.

Vers trois heures du matin, comme il ne se passait pas grand-chose, il s'autorisa un somme. Son aide de camp ne le réveilla pas. Agnus non plus. Il allait les tuer, décida-t-il en ouvrant les yeux sur un ciel bleu moutonné de nuages roses. Le soleil venait juste de se lever. Le silence régnait. Il n'aimait pas ça.

Soupirant sous le poids de son armure, il s'approcha des créneaux. Agnus, appuyé contre le muret, ronflait doucement, les bras croisés. L'armée ennemie s'était mise hors de portée, puis avait obliqué vers le sud afin de s'installer à proximité de la rivière, à peu près là où les troupes du Plaennendeon avaient campé deux jours plus tôt. Buccelin saisit une lunette d'observation qui traînait par terre et la braqua vers la tache sombre.

Ce n'était pas un campement à proprement parler. Les créatures s'étaient entassées comme elles l'entendaient, souvent par espèces. Beaucoup ne bougeaient pas, tandis que d'autres s'agitaient au-dessus d'elles. Il crut distinguer un troll en train de vomir et sourit.

Deux heures plus tard, les assiégés, en liesse, étaient à peu près sûrs que la moitié des forces ennemies restantes étaient mortes du poison du prince Dioclétien.

Quatre heures plus tard, les assiégeants commencèrent à entasser leurs cadavres autour des remparts d'Adezen et à y mettre le feu. La puanteur était insupportable.

Les magiciens réactivèrent le bouclier au moment où une sorcière se rendait compte qu'il était abaissé. Une nouvelle fournée de trolls chargea les catapultes réparées. Une dizaine d'autres approcha un énorme bélier de la porte endommagée par le serpent la veille.

Buccelin remonta métaphoriquement ses manches. Intérieurement, il souhaita que la journée soit aussi longue que celle de la veille.

Après tout, une journée courte ne signifierait rien de bon.

Inspirant à fond, il donna ses ordres suivants.

Chapitre XIV
Trahisons

— C'est bon, tu as fait ta petite promenade. Satisfaite ?

— Tout à fait, répondit poliment Saga à la sorcière renfrognée qui l'avait accompagnée dans les pâturages au pied du palais de Lok-Rouanez.

« Pâturages » était un grand mot. À cette hauteur, par ce froid, il ne poussait pas grand-chose dans les environs. Seules quelques chèvres rachitiques à poil long subsistaient en se nourrissant des mousses et des lichens qui se développaient sur le sol rocailleux, entre deux plaques de neige. Le Roi Sage avait, longtemps auparavant, remédié à la situation en installant des serres dans une aile du château. Les pâturages, le seul espace plat des environs, servait alternativement de promenade ou de terrain d'entraînement.

Pour l'instant, à l'exception des deux sorcières, il était entièrement désert, comme depuis une semaine. Saga n'aurait pas dit qu'elle se rongeait les sangs, mais elle était préoccupée. C'était le Jour. Le vingt-sixième jour. Celui où le Rieur était supposé attaquer.

Elle poussa du pied, machinalement, comme si de rien n'était, le dernier petit caillou blanc qui fermerait le cercle qu'elle construisait depuis des mois. Franchement, elle ignorait comment ses sœurs ne s'en étaient pas rendu compte. Depuis certaines terrasses du palais, le cercle magique sautait aux yeux. Mais peut-être fallait-il le chercher pour le voir.

Satisfaite, elle emboîta le pas à sa geôlière. Elle avait survécu. Elle avait localisé le lac souterrain. Elle avait prévenu Gaspin. Elle avait construit le portail shamanique. Sa mission était remplie.

La femme la fit rentrer, au pied des murailles du palais, par la petite porte qui donnait sur l'escalier qui permettait d'accéder aux étages supérieurs. L'entrée n'avait jamais été modifiée. Les plans que Saga avait dessinés de mémoire et remis au roi Gaius de Keilles, puis à la reine Jeanne du Quesvron, seraient exacts.

Tout en grimpant les marches, elle contempla les hautes montagnes derrière lesquelles une lueur dorée annonçait le soleil. Elle s'était levée tôt ce matin-là, agaçant dès l'aurore sa gardienne. Après tout, la journée allait être bien remplie.

Elle venait d'atteindre la terrasse inférieure quand un cri d'alarme retentit. Souriante, elle se tourna vers les pâturages.

À ses pieds, là où, quelques instants plus tôt, ne s'étendait qu'un sol noir ponctué de congères et de quelques taches de verdure, se tenaient à présent six mille soldats, vêtus du bleu de Queirailles, du rouge du Quesvron et de... était-ce des peaux de bêtes ?

•

Éleuthère cligna des yeux. Quand il les rouvrit, ils ne se trouvaient plus dans la plaine d'Edorailles, mais au sein d'un vaste cirque glaciaire à des centaines de lieues plus au nord.

Les montagnes, ici, n'avaient rien à voir avec les Monts du

Mitan. Elles se dressaient, cinq fois plus élevées, noires et acérées, assez haut pour faire oublier l'existence du soleil. En face d'eux, agrippé au flanc de l'une d'entre elles, se trouvait le palais d'Hegarat, le Dieu Rieur, le Roi Sage, leur ennemi. Leur armée avait atterri sur un plateau couvert de neige, assez large pour les accueillir tous, cerné par l'abîme d'un côté et par la base des fortifications du château de l'autre.

Titus Nemus, le *dux bellorum* queiralien, qui en avait visiblement vu d'autres, ne fut pas ébloui. En deux secondes, il prit les choses en main.

— *Légions, en avant !* hurla-t-il. *Reine Botilde, le rempart nord est à vous ! Ingénieurs, droit vers le point faible ! Sonnez l'attaque !*

Les cors jetèrent un barrissement triomphant tandis que l'armée se mettait en marche. Les guerriers Svinfylkingars, menés par Botilde et Gregorius, filèrent sur la droite, vers l'endroit où la muraille, légèrement inclinée, supportait la plus grosse partie du palais. Chilpéric et ses assistants se précipitèrent au-devant des légionnaires, qui marchaient en cadence, en direction de la petite porte qui donnait sur l'escalier d'accès aux terrasses. Comme prévu, celle-ci ne permettait pas de laisser passer plus d'un homme à la fois. Cependant, on pouvait toujours l'agrandir un peu...

Éleuthère arrêta Gaspin qui, machinalement, avait commencé à suivre le mouvement.

— Oh, non. Toi, ta mission, c'est de te planquer et d'attendre que tout soit sécurisé.

— Je pourrais toujours invoquer quelques bestioles...

Derrière l'escroc, Aynet fit la grimace.

— Non, dit Éleuthère. Je te rappelle que tu es notre seul moyen de retour. Si tu meurs...

— On en revient toujours là, soupira Gaspin.

— S'il t'arrive quoi que ce soit, corrigea Éleuthère, un quart des forces du Plaennendeon, ainsi que beaucoup de ses souverains, seront coincés ici.

— Tu crois que je pourrais négocier une immunité pour mes erreurs de jeunesse ?

— C'est vraiment le moment ?

— Non, dit Gaspin d'un ton contrit. Très bien. Et puis, ce n'est pas comme si je raffolais des batailles non plus...

Nemus, qui marchait près d'eux, se tourna vers l'impératrice de Queirailles.

— Augusta, il serait plus prudent que vous l'accompagniez.

L'auguste Honoria lui rit au nez. Il se résigna avec l'air de l'homme qui en a l'habitude. D'un signe, il ordonna à deux légionnaires d'accompagner Gaspin. Les trois hommes partirent se cacher parmi les rochers. Marc et Rustning contemplaient toute la scène en retrait, ayant décidé de ne pas s'en mêler. Malzenn avait accompagné les éclaireurs afin de les guider. Deuzio était en tête des légionnaires, avec son père, le prince Primus. Aynet fit craquer ses phalanges puis tourner sa baguette entre ses doigts.

— Le Rieur ne va pas tarder, alors c'est parti !

Elle s'envola sans attendre, suivie d'Éleuthère sous forme de merle.

Ils avaient calculé que le Dieu Rieur, même en fonçant à toute allure vers le plan d'eau le plus proche d'Adezen, mettrait une demi-heure avant de les rejoindre. Ce n'était pas par hasard qu'ils avaient choisi cette plaine désertique comme champ de bataille. Pour se déplacer par un reflet, il fallait d'abord un reflet ; quand on mesurait la taille d'un titan, il fallait un *grand* reflet. C'était Saga qui avait eu l'idée en se souvenant que son ancien maître, une fois gonflé à pleine puissance, se laisser souvent emporter par la fureur.

Ils avaient donc vingt minutes pour s'emparer d'un palais qui, ils l'espéraient, n'était gardé que par quelques sorcières. C'était faisable, s'ils parvenaient à y entrer. D'où l'attaque sur plusieurs fronts : Botilde et ses hommes, au nord, qui escaladaient déjà la muraille comme des chèvres ; Chilpéric et la poudre magique mise au point par Caius Lobertus, à la petite porte de l'est, afin de faire s'effondrer une partie des remparts ; enfin, Aynet et lui-même, par la voie des airs. Baissant les yeux, il vit que son frère, déjà, avait forcé la porte en métal et faisait installer les tonnelets dans l'escalier souterrain. D'après les plans de Saga, celui-ci s'enfonçait assez profondément pour entraîner, s'il s'effondrait, une bonne partie de la muraille à cet endroit. Suffisamment, en tout cas, pour que des soldats sans entraînement particulier, contrairement aux Svinfylkingars, puissent grimper sur les gravats pour gagner la terrasse inférieure.

Il se concentra sur la terrasse en question. Son travail, avec Aynet, consistait à dégager le terrain devant leurs hommes afin qu'ils puissent rapidement envahir le reste du palais.

Une vingtaine de sorcières s'y trouvait, observant l'envahisseur avec animation. Le Rieur n'avait pas dû laisser d'instructions pour un cas comme celui-là. Finalement, elles se décidèrent à se défendre. Les premières d'entre elles agitaient déjà les bras quand un phénix leur tomba droit dessus.

Enfin, un phénix et un merle. Dans l'agitation, Éleuthère n'était pas certain qu'elles l'eussent repéré.

Contrairement aux sorcières, ils étaient tous les deux prêts. Leurs éclairs et leurs boules de feu fusèrent dans toutes les directions. Il n'était plus temps de finasser. Tandis qu'Éleuthère assommait une adversaire avec un caillou – il détestait toujours autant les épées – une grosse explosion fit trembler le sol sous ses pieds, suivie du grondement titanesque d'un glissement de terrain. Une sonnerie de cor leur annonça que le mur était tombé. D'autres sorcières arrivaient à la rescousse, une par une ou deux par deux. Ils n'eurent aucun mal à les arrêter. Quand, enfin, Honoria, Nemus, Primus et Deuzio posèrent le pied sur la terrasse, à la tête de leurs légions, Éleuthère et Aynet les attendaient tranquillement à côté d'un tas de sorcières hors d'état de nuire.

— Vingt hommes pour les ligoter et les surveiller, ordonna Nemus. Les autres, dispersez-vous.

Dans les couloirs, ils croisèrent quelques gobelins effarés qui ne leur posèrent pas de problème. Les envahisseurs visaient la salle du trône qui donnait, toujours d'après les informations de Saga, sur la salle des archives et celle du trésor. D'après le raisonnement d'Honoria et de Titus Nemus, si le Rieur avait un atout dans sa manche, c'était sans doute là qu'il se trouverait. Sans compter l'effet que ferait la prise du quartier général du dieu sur le reste des sorcières : une fois la salle du trône tombée, les Queiraliens jugeaient que ces dernières accepteraient peut-être de se rendre.

Éleuthère en doutait, mais n'y portait pas d'importance. C'était surtout là-bas qu'ils avaient donné rendez-vous à Saga, si elle en avait les moyens.

Ils finirent par déboucher dans la salle en question, face au trône. Éleuthère laissa les légionnaires prendre position près des accès, fouilla les rangs des sorcières du regard, cherchant la silhouette de leur amie...

Celle-ci apparut comme une fleur par l'une des nombreuses portes latérales, souriant au soldat qui la gardait de façon si charmante que, pris de court, il ne songea même pas à l'arrêter. Au temps pour les légionnaires implacables de Nemus, s'amusa brièvement Éleuthère avant de se précipiter vers elle.

Sans façon, il se jeta dans ses bras. Elle l'y accueillit en riant.

— Désolée du retard, dit-elle. Je cherchais un autre accès vers le lac... (Il l'interrompit en lui collant deux bises sur les joues. Elle rit de nouveau.) J'en déduis que tout se passe comme prévu ?

— Pour le moment, confirma-t-il. (Il l'étudia avec attention, à la recherche de marques de privation ou de tortures. À son grand soulagement, il n'en trouva pas. Au contraire.) Tu as l'air en forme. Tu as même l'air rayonnante, en fait...

— Oh ! s'exclama Aynet dans son dos avant de le repousser d'une bourrade et de serrer Saga dans ses bras. Félicitations !

— Ça a marché ? Tu es enceinte ? bredouilla Éleuthère. C'est, heu... C'est bien Chilpéric le papa, alors ?

Il entrevit, en un éclair, des rejetons de Rustning courir dans tous les sens en échangeant des blagues de mauvais goût. Aynet le frappa sur le crâne.

— Crétin.

Mais alors, du coup...

— Je suis tonton ?

L'approche d'Honoria et de son état-major mit fin à cette discussion familiale.

— Dame Saga, je présume ? lança l'impératrice. Tous nos remerciements pour votre aide. Il nous reste un quart d'heure avant que, potentiellement, le Roi Sage nous rejoigne. Êtes-vous prêts à le contenir ? demanda-t-elle en englobant les trois magiciens du regard.

Le sourire d'Éleuthère s'effaça. Elle avait raison. La partie n'était pas terminée.

Saga sourit poliment à l'impératrice.

— Nous allons nous préparer. Si vous voulez bien nous laisser converser en privé ?

— Je crains que non, répondit sèchement Honoria. Nous devons être certains que vous allez l'arrêter et qu'il ne va pas, à lui seul, récupérer son palais et nous anéantir. Vous savez quoi faire, n'est-ce pas ?

Éleuthère n'aimait pas les façons de leur alliée mais, de ce côté, rien à craindre. Il y avait des mois qu'ils peaufinaient leur opération. Saga était saine et sauve, ils étaient au bon endroit, au bon moment, le Rieur n'allait plus tarder...

Saga soupira.

— Nous avons un problème, annonça-t-elle à la grande horreur d'Élie.

Horreur qui se renforça quand elle ajouta :

— Je ne peux plus faire de magie. Il va falloir improviser.

●

Ses paroles entraînèrent, durant quelques minutes, un tohu-bohu compréhensible au sein des officiers queiraliens. Après tout, les Queiraliens avaient accompli leur part du contrat, et voilà qu'ils risquaient d'avoir déclenché le courroux d'un dieu pour des prunes. Rustning et Marc, qui avaient entre-temps rattrapé le groupe, observaient la scène sans faire de commentaires depuis le seuil de la salle, les bras croisés. Éleuthère se sentit honteux avant de se rappeler que s'ils en étaient arrivés jusqu'à ce point, c'était en grande partie grâce à lui. Il redressa les épaules. Ils allaient trouver une solution.

— Plus de magie du tout ? vérifia-t-il tandis que Nemus reprenait, sévèrement, le contrôle de ses hommes.

— Non.

Aynet fit la grimace.

— Il faut quelqu'un qui maîtrise la magie des miroirs. Enfin, des reflets. Ça ne court pas les rues, je suppose.

Une voix collante s'éleva dans leur dos.

— Augusta ! (Éleuthère se tourna vers le consul Octavius Patronus Mel qui, empêtré dans son armure d'apparat trop brillante, les avait rejoints maintenant que le palais était sûr. Tiens, il l'avait oublié celui-là.) Je m'insurge ! Visiblement, cette bande de… charlatans vous a menée en bateau !

— Il est où, le respect dû aux incarnations des dieux ? marmonna Aynet entre ses dents.

— N'exagérons rien, dit Honoria d'une voix raisonnable. Je suis certain que Son Altesse et ces dames étaient de bonne foi lors de nos négociations. (Oh-oh. Éleuthère n'aimait pas son ton faussement amical. Il fronça les sourcils.) Si dame Saga n'est plus à même de mener leur plan à bien, je suis certaine qu'ils ont une autre carte dans leur manche. N'est-ce pas ?

— Hum…

Le problème, c'était qu'ils n'en avaient pas vraiment.

Ils avaient compté sur Saga pour transporter Hegarat via la

surface du lac vers un endroit de leur choix, loin du palais de Lok-Rouanez où leur armée pourrait alors tranquillement soumettre le reste des sorcières. Ils avaient envisagé – même si Éleuthère avait fait de son mieux pour ne pas y penser – qu'elle puisse mourir, c'était vrai, auquel cas ils ne seraient jamais arrivés jusque là et la question ne se serait pas posée. Ils étaient dans une impasse.

— Il y a peut-être... commença Saga.

Honoria l'interrompit, faisant semblant de ne pas l'avoir entendue.

— Prince Eleuthère, vous nous avez promis de vous charger du Rieur, nous assurant que vous vous occuperiez de son cas.

— C'est exact, mais...

— Votre plan initial n'est plus réalisable, je me trompe ?

— Non, répondit-il, la mâchoire serrée.

— Dites-moi si je me trompe, mais je devine que dame Aynet et vous ne pourriez pas le maîtriser plus de quelques minutes ?

Plutôt quelques secondes, mais Éleuthère se contenta de hocher la tête. Si seulement elle pouvait les laisser *réfléchir*.

— La magie élémentale ne suffirait pas, continua Honoria. Mais la magie absolue ?

Il fallut trois secondes à Éleuthère pour comprendre où elle voulait en venir. En même temps qu'Aynet, Saga et les officiers queiraliens, il se tourna vers Marc qui, de loin, avait suivi leur conversation. Son ami s'était redressé, tendu, alors qu'à côté de lui Rustning bredouillait d'indignation :

— Non mais elle se prend pour qui, la... (S'en suivit une litanie d'insultes.) C'est pas son problème, tout ça ! De quoi elle se mêle ? Ça fait des mois qu'on gère notre barque, et elle croit qu'elle va nous griller l'herbe sous le pied ?

Prudemment, parce qu'il ne voulait pas encore croire ce qu'il refusait de comprendre, Éleuthère demanda :

— Pouvez-vous préciser votre pensée, Augusta ?

Elle plongea froidement son regard dans les siens. Derrière

elle, Nemus affichait un visage de pierre et le prince Primus une étrange expression mi-satisfaite, mi-renfrognée qui le faisait ressembler à une grenouille. Ce fut Patronus Mel qui claironna d'un air victorieux :

— Devant la défaillance de son Altesse Éleuthère du Quesvron et de ses serviteurs à assurer la protection du Plaennendeon, Sa Majesté Impériale Flora Honoria Augusta prend en charge le sort du faux dieu Hegarat, surnommé le Rieur !

Deux rangées de pilums s'abaissèrent autour des trois magiciens. Un silence flotta.

— *« Serviteurs »* ? rugit Aynet.

— Vous voulez utiliser le Rieur, devina Saga. Depuis le départ, vous ne vouliez pas le vaincre, mais voir si vous pouviez en faire une marionnette ou quelque chose dans le genre. C'est pour cette raison que vous avez accepté de vous joindre à la guerre.

Éleuthère était trop abasourdi pour parler. Honoria venait de les trahir. Le comble était que Saga, qui n'avait pas été là durant ces derniers mois, avait compris plus vite que lui. Ou peut-être était-ce parce qu'elle n'avait pas été là, parce qu'on ne lui avait pas menti droit dans les yeux, parce qu'elle n'avait pas été le plus piètre négociateur de tous les temps...

— Le Sénat queiralien et le royaume de Keilles ont jugé qu'il serait immoral de gaspiller l'opportunité qu'il représente, déclara Primus avec une lueur hautaine et réjouie dans les yeux. (À ses côtés, Deuzio, la main sur la poignée de son épée enchantée, regardait son père d'un air dérouté. Éleuthère se sentit un peu mieux en comprenant que leur compagnon n'avait pas été mis au courant.) Il a été décidé que, plutôt que de l'anéantir, il lui serait proposé de collaborer en faveur du progrès et du développement du Plaennendeon...

— *Bande de cons !* hurla Rustning.

Une vingtaine de légionnaires l'avaient entouré, ainsi que Marc, et les poussaient du bout de leurs armes vers le groupe. Ce qui était surtout con, se dit Éleuthère, c'était d'espérer maîtriser un dragon avec des bouts de bois et d'acier.

— ... dans cet objectif, continua Primus, le prince Marcus de Keilles est réquisitionné pour servir d'intermédiaire avec le sieur Hegarat en question.

Ils voulaient que Marc maîtrise le Rieur le temps qu'ils passent un marché avec lui, traduisit Éleuthère. Mais...

— Vous ne saviez même pas que Marc serait là ! protesta-t-il.

— Nous sommes rapides à nous adapter, dit Patronus de sa voix collante.

Avant que tout ne soit terminé, promit une petite voix dans l'esprit d'Éleuthère, il mettrait une mandale à cet empaffé. Et peut-être même à Honoria.

— N'y voyez rien de personnel, dit l'impératrice d'une voix neutre. Il s'agit d'un simple ajustement politique. Je suis certaine que votre mère compren...

— *MA MÈRE VOUS EMMERDE, ESPÈCE DE CONNE !*

Un silence choqué suivit ses paroles. Éleuthère se rendit compte que c'était lui qui venait de parler. Patronus avait pris la teinte d'une belle aubergine. Nemus fronçait les sourcils. Élie inspira profondément. Non, les princes, même magiciens, ne se comportaient pas de cette façon. *Fais le contraire de ce que ferait Rustning*, se rappela-t-il. Rustning qui, hilare, lui adressait un signe encourageant.

Le temps passait, se rappela-t-il. Le Rieur approchait.

— Augusta, dit-il à son tour de sa voix la plus raisonnable. Même si le Rieur accepte de vous écouter, ce dont je doute, la reine *Flor*, au travers de ses corégents, n'acceptera jamais cet « ajustement ».

— Même si je lui propose le Deshevron ? (Devant son étonnement, elle s'expliqua.) Il est hors de question que le roi Garmon continue à régner après sa trahison.

Éleuthère retint un « *Rien à branler, du Deshevron !* » et tenta de la raisonner :

— Vous voulez bousculer un équilibre politique qui dure depuis des siècles ? Tout cela pour mettre dans votre poche une entité maléfique surpuissante qui n'a qu'une envie, réduire le contient à feu et à sang ?

— Vous êtes biaisé par votre endoctrinement magique, prince Éleuthère. Nous ne voulons qu'une seule chose : que le sieur Hegarat reconnaisse qu'il a usurpé son statut de dieu et qu'il nous prête ses forces dans le cas où ses... compatriotes s'intéresseraient de trop près à nous.

— Vous voulez qu'un des Anciens Dieux vous défende contre les autres ? répéta Éleuthère avec incrédulité.

— Laisse tomber, marmonna Rustning. C'est politique, religieux *et* militaire. Tu ne les feras pas changer d'avis.

Honoria, visiblement, avait décidé que la discussion était close. Elle fit un signe en direction de Marc. Celui-ci, sans protester, laissa les soldats le guider jusqu'à elle.

— Prince Marcus de Keilles, vous avez l'ordre, par tous les moyens qui sont en votre possession, de restreindre et de maintenir en vie le Rieur dès qu'il apparaîtra.

— Je ne dépends pas de la hiérarchie queiralienne, répondit Marc.

Le prince Primus poussa un soupir excédé.

— Tu en as l'ordre de ton suzerain et commandant. Ça t'ira comme ça ?

— Père n'est pas là.

Quelque chose arrêta Éleuthère, retint les injures sur ses lèvres et les éclairs sur ses doigts. La situation était catastrophique parce que ce n'était pas une question de force ou de magie, mais de pouvoir et d'influence. Néanmoins, ce n'était pas ce qui le préoccupait le plus en cet instant. Non, ce qui l'inquiétait, c'était le calme mortel de Marc, le vide dans ses yeux noirs, l'intensité dans sa posture. Le Marc qu'il connaissait était réservé, parfois tranché dans ses opinions – plutôt têtu comme un cochon, ah ! – mais il n'était pas... cette absence. Ce rien. Ce vide qui semblait menacer de tout aspirer.

Quelque chose n'allait pas, quelque chose de bien plus dangereux que les chicaneries de quelques humains persuadés d'avoir raison. Fasciné, Éleuthère ne bougea pas. Aynet, Saga et Rustning, qui semblaient ressentir la même chose que lui, restèrent figés à regarder le spectacle qui se déroulait devant.

Primus rougit de colère. Éleuthère s'attendait presque à ce qu'il tape du pied comme un enfant contrarié.

— Je suis son représentant en ces lieux ! cria-t-il. Et je t'ordonne de m'obéir sous peine de trahison !

— Non, dit Marc.

Honoria, sentant que quelque chose clochait, intervint :

— Avez-vous une bonne raison pour cela, prince Marcus ?

— Oui. C'est stupide et vous n'êtes que de petits vers dévorés d'ambition.

Éleuthère ne se sentit pas du tout l'envie de rire, même s'il partageait cet avis. Les yeux de Marc étaient comme deux puits noirs ; sa voix avait la même inflexion caverneuse que celle de Lucàn, il y avait bien longtemps, alors qu'il était furieux après leur échappée du Mont Kerdaoubann. Il aurait pu se dire que Marc était seulement contrarié, que son apprentissage ou la situation lui pesait...

Mais Marc continua de parler.

Et un Marc bavard ? Cela ne présageait rien de bon.

Son ami enchaîna d'une voix qui n'était ni grondante ni emportée, mais froide comme la glace :

— Jour après jour, siècle après siècle, ce sont toujours les mêmes querelles. Vous aviez l'occasion de travailler tous ensemble. D'influencer, peut-être, une situation qui dure depuis des millénaires. De mettre fin, par votre seule volonté, à une menace *et* à une injustice qui règnent sur vos pays, sur vos foyers. Vous avez réuni, en un temps remarquable, des milliers d'hommes et de femmes prêts à mourir pour vous, parce qu'ils croient en votre honneur, en votre sincérité, en votre générosité. *Et maintenant ?* (Petit à petit, sa voix avait enflé, emplissant la salle du trône, faisant tambouriner le cœur des spectateurs.) *Maintenant, vous vous chamaillez pour les mêmes raisons qui ont divisé vos ennemis : le désir d'avoir plus, la peur d'être ignoré, l'indifférence aux autres et l'orgueil mal placé. Vous ne valez pas mieux que ceux qui vous menacent. Non. Je ne me mêlerai pas de cette affaire. Je renie mon allégeance au royaume de Keilles ou à qui que ce soit.*

Primus fit alors quelque chose de très stupide.

Ils auraient encore pu s'en sortir, songea Éleuthère tandis que le prince héritier de Keilles lui saisissait le bras en lui collant son épée sous la gorge. Honoria aurait pu platement s'excuser ; Éleuthère, Rustning et Saga auraient pu cajoler Marc jusqu'à ce qu'il redevienne *Marc*, et non cette créature, fatiguée, agacée, usée, implacable ; doux dieux, ils auraient même pu appeler Lucàn à la rescousse...

Et voilà que Primus prenait Éleuthère en otage pour menacer son frère.

— Oh là là, dit Aynet.

Deuzio tenta de retenir son père, qui le repoussa d'un coup de coude.

Rustning échappa à ses gardes distraits pour aller se planquer derrière Saga.

Les yeux de Marc *flamboyèrent*. Primus ricana.

— On fait moins le malin quand son petit fiancé risque sa vie ?! Tu vas obéir, Marcus. *Tout de suite*. Tu vas faire ton devoir et peut-être que j'oublierais tes paroles. Peut-être.

Primus irait-il vraiment jusqu'à le tuer ? se demanda distraitement Éleuthère. Sans doute que non, même si son épée commençait à lui entailler la chair. Il sentit une goutte de sang glisser le long de son cou. Oh là là, en effet.

Il était ridicule de dire que Marc était en colère. Marc était *hors de lui*. Éleuthère ne pouvait pas lui en vouloir. Il aurait sans doute réagi de la même façon. Avec un « *wooof !* » soudain, une aura de flammes noires entoura son ami. Impressionnant. Elles avaient même l'air de distordre la réalité autour d'elles. Dommage que Marc ne semblât pas s'en rendre compte. Ou les maîtriser. Allaient-ils mourir dans ce palais perdu, avalé par une implosion de magie ? Le Rieur en tirerait une sacrée tête en arrivant.

— Marc... tenta-t-il.

Les doigts du prince Primus lui broyèrent l'avant-bras.

— *Silence.* Puisque ce sale traître ne jure plus que par ses amis magiciens, il a intérêt à coopérer, s'il ne veut pas que je leur fasse subir le sort qu'ils méritent.

C'était faible, comme insulte, mais Éleuthère, cette fois encore, n'eut pas le cœur d'en rire. Parce que Marc venait de faire un pas en avant.

— Oh non, dit Saga, ce qui était bien pire que le « ho là là » d'Aynet.

Primus, aveuglé par ses complexes et par la victoire qu'il croyait remporter, jubila :

— Voilà ! Tu comprends où est ta place, maintenant ? Finis, les aventures et les petits tours de magie. Quant à ton petit giton de magicien de mes deux...

Marc tendit la main en disant :

— C'est mon ami.

Puis il prononça un Mot.

Éleuthère était une quiche en ce qui concernait la modification de la réalité. Lucàn avait essayé de lui faire prononcer quelques Mots, pour voir. Éleuthère n'était même pas parvenu à les *entendre*. Il fallait un certain genre d'esprit pour y réussir, ou un certain concours de circonstances. C'était entièrement par hasard qu'Aynet en avait appris un, il y avait longtemps, et Rustning trois ou quatre.

Celui-là, il l'Entendit et le Comprit.

C'était un Mot très simple, même si Éleuthère aurait été incapable, dans leur petit langage humain si restrictif, d'en donner le sens exact. Quelque chose entre *Disparais, Meurs, Pars et ne reviens jamais*, ou peut-être *Cesse d'exister sur ce plan, dans cette dimension ainsi que dans les autres.* Primus se figea, se durcit comme la pierre, puis tomba en poussière ; ses dernières particules s'effacèrent avant de toucher le sol.

La scène n'avait pris que deux secondes.

— Oh merde, conclut Rustning.

C'était peu de le dire.

Pendant qu'Éleuthère assimilait le fait que Marc venait de tuer son *propre frère*, et pour rien, puisque Éleuthère n'avait jamais été vraiment en danger – oh mes dieux, comment punissait-on les fratricides en Keilles ? et les tueurs de princes ? –, Nemus avait lancé un ordre à ses hommes qui, de nouveau, s'étaient rapprochés. Marc régla le problème en s'envolant. Il ne se métamorphosa pas, ne plana pas ; il se fondit en une colonne de fumée noire qui fila vers l'entrée de la salle du trésor et qui ressemblait beaucoup au moyen de transport préféré des Anciens Dieux, même si les fumées de ces derniers étaient rose, bleue, rouge et blanche. Nemus poussa un juron. Honoria, au grand plaisir distrait d'Éleuthère, était bouche bée. Deuzio, blafard, fixait l'endroit où se tenait son père quelques instants plus tôt.

Marc revint devant eux aussi vite qu'il était parti, tenant à la main... une branche ? C'était une vieille branche, polie par les années. À part cela, ce n'était rien qu'une branche. Pourquoi le Rieur l'avait-il conservée dans ses coffres ?

Marc posa ses yeux noirs sur eux.

— Je repars avec ce que j'étais venu chercher. (Il fixa Rustning, impassible.) Je ne pense pas que je puisse continuer à faire route avec Lucàn et vous.

— Tu m'étonnes, rétorqua le vieux dragon.

Marc, cette fois, dévisagea Éleuthère, qui essaya de lire quelque chose dans son regard, dans son expression de marbre.

— Viens avec moi ? proposa Marc.

Éleuthère eut un rire étranglé. Est-ce que Marc lui proposait en public de tout laisser tomber, leurs amis, leurs royaumes, leurs quêtes, leurs devoirs, pour s'occuper à eux seuls du cas des Anciens Dieux ? L'offre était horriblement tentante.

— Pour quoi faire ? Régler le problème à ta façon ? Peu importe les moyens ?

— Oui, répondit simplement Marc.

Éleuthère secoua la tête.

— Je ne peux pas, dit-il.

Marc sourit légèrement, tristement.

— Je sais.

Après quoi, à nouveau sous forme de fumée noire, il s'envola par l'une des fenêtres percées à trente pieds de hauteur.

•

Éleuthère resta planté comme une statue au milieu du chaos qui s'ensuivit.

Marc avait tué Primus. Marc, excédé par l'hypocrisie des dirigeants du Plaennendeon, par leur bêtise, par le Grand Enchantement, par sa quête peut-être ?... Marc avait lâché prise. Il avait carrément viré du côté obscur.

Dans son dos, Aynet et Saga se mirent à accabler le pauvre Rustning de questions sur l'état de Marc ces derniers mois. Autour d'eux, les légionnaires s'agitaient, indécis. Devant lui, Honoria, Nemus et Patronus conversaient à voix basse, perturbés. L'impératrice finit par se racler la gorge avant de prendre la parole.

— Malgré la trahison du prince Marcus, le plan ne change pas. Nous...

— Si, le plan change. (Tous les regards se tournèrent vers Deuzio qui, pâle comme un linge, se dressait droit comme un i devant les Queiraliens.) Mon père étant décédé, en tant que prince héritier, *je* suis le représentant en ces lieux du royaume indépendant de Keilles. Et je m'oppose à cette décision. (Cachant ses mains tremblantes dans son dos, il continua.) Conformément aux derniers accords signés par mon grand-père, le roi Gaius, par la reine Jeanne, représentante du royaume du Quesvron, et par Honoria Augusta, impératrice de Queirailles, je ferai tout mon possible pour aider le prince Éleuthère, dame Aynet et dame Saga à vaincre le dieu Rieur.

Rustning ponctua cette belle déclaration d'un crachat sur le sol.

— C'est fini, poulette, déclara le dragon à l'intention d'Honoria. Même si tu parvenais à nous mettre hors d'état, ce dont je doute vraiment, tu n'as aucun moyen de maîtriser cette cochonnerie d'Hegarat. Éleuthère ne t'a pas collé de pain dans la tronche parce qu'il est bien élevé. Aynet, je ne sais pas pourquoi, sincèrement, musa-t-il. Mais après ce qui vient de se passer, à ta place, je ne les ennuierais pas plus longtemps.

Éleuthère eut l'impression de sortir d'un long, long rêve. Il cligna des yeux, frémit de tout son être, avant d'inspirer profondément.

— En effet. (Bon. Comment reprenait-on le dessus après s'être fait surprendre par une impératrice retorse ? songea-t-il. Et Marc... Non. Il songerait à Marc plus tard. Il ne pouvait pas se le permettre. Pas maintenant, même si son cœur se brisait en millions de morceaux et qu'il n'avait qu'une envie, se rouler en boule sur le sol et fermer les yeux. Maîtrisant ses mains tremblantes, il se tourna vers son amie.) Saga, avant qu'Honoria Augusta ne t'interrompe si *grossièrement*, tu allais proposer quelque chose, dit-il d'une voix froide.

Les Queiraliens ne mouftèrent pas. Honoria resta silencieuse, le visage de marbre. Nemus sembla se détendre, comme s'il préférait cette situation. Le consul, Patronus Mel, ouvrait et refermait la bouche comme un poulet offusqué, rendu muet par la dague que lui enfonçait discrètement Deuzio dans les reins ; si discrètement, en fait, que personne n'avait rien remarqué, à l'exception d'Éleuthère qui fit un sourire rapide à l'adolescent.

— Oui, dit Saga, qui semblait encore perdue par ce qui venait d'arriver. Ma... Je connais une autre sorcière qui possède les capacités pour me remplacer. Mais il y a deux problèmes. D'abord, elle est partie avec Hegarat. Cependant, la connaissant, elle va le suivre ici quand il rentrera, en empruntant le même chemin que lui, via la surface d'un plan d'eau. (Elle inspira profondément.) Le second problème, c'est qu'il va falloir la convaincre de nous aider.

Éleuthère réfléchit à toute allure.

— Il faut immobiliser ou occuper Hegarat le temps qu'on mette la main sur elle, résuma-t-il. Saga, tu sais où ils vont apparaître et quel est le lac le plus proche. Tu vas te charger d'intercepter cette sorcière après avoir laissé passer le Rieur vers le palais. Tu as besoin de quelqu'un, de quelque chose ?

— Aynet pourrait la maîtriser, si on la prend par surprise.

— Tu peux compter sur moi, dit la fée qui polissait sa baguette sur sa manche.

Très bien, ce qui voulait dire que, pour s'occuper d'Hegarat, il restait...

Lui-même.

Rustning n'allait pas les aider. Il n'était pas là pour ça. Deuzio, Malzenn et Chilpéric, peut-être ? Une sorcière et deux princes, c'était mince pour s'attaquer à un dieu. Plissant les yeux, il se tourna vers Honoria et Nemus :

— Les Queraliens, vous décidez quoi ? Vous faites du boudin ou vous nous aidez ? Ça marche comment, vos dieux ? On peut les invoquer pour nous filer un coup de main ?

Cinq dieux contre un, même sans compter Aynet, c'était plus sympathique.

Son espoir retomba en avisant l'air embarrassé du *dux bellorum* et de l'impératrice.

— Ça ne fonctionne pas comme ça, dit Nemus.

— Malheureusement, la présence d'un représentant du clergé est nécessaire pour canaliser l'essence des dieux, ajouta Honoria.

Éleuthère se retint de renifler. Ha ! Il ne savait toujours pas s'il s'agissait d'un tour de magie des prêtres queiraliens ou si leurs pouvoirs, à la façon de ceux des shamans du Wingutu, leur permettaient d'inviter le Nonemdiat dans leur monde, mais voilà où ça menait, l'absolutisme religieux.

— Vous n'auriez pas pu le dire plus tôt ? Tant pis. (Il oubliait quelqu'un.) Les Svinfylkingars, ils sont où ?

Bien entendu, comme le voulaient les traditions magiques, ce fut à ce moment que Botilde et Gregorius firent leur entrée dans la salle du trône. Derrière eux, couverts de sang, leurs guerriers-chèvres poussaient des cris de victoire en brandissant... Éleuthère fit la grimace en reconnaissant de longs cheveux de femmes. C'était toujours mieux que des oreilles ou des mains, nota tristement une petite voix dans sa tête. Bref. Malheureusement, le Rieur ne ferait qu'une bouchée de ces hommes, aussi féroces fussent-ils.

Il allait falloir ruser.

— Maître Rustning, dit-il en se tournant vers le dragon. Si vous ne comptez pas intervenir, ça vous gênerait de rejoindre Gaspin et de lui tenir compagnie ?

— Je vais repartir. Il faut que je rejoigne Lucàn pour lui raconter les derniers évènements. (Rustning avait le visage fermé.) Et puis, moi aussi, il faut que je m'occupe de mon dieu. Bon courage, les gamins. Amusez-vous bien.

Il tapota l'épaule d'Éleuthère, comme s'il lui confiait la responsabilité de boucler toute cette affaire désastreuse. Le jeune homme repoussa l'envie de le supplier de leur filer un coup de main. Non. Son ancien maître avait raison. Il ne pouvait pas compter perpétuellement sur les autres pour réussir. De plus, si Rustning restait avec eux – s'il lui arrivait quoi que ce soit –, le Songeur aurait le champ libre.

Avec un dernier sourire torve, le dragon s'éclipsa d'un pas pressé.

— Bien. (Éleuthère se redressa.) Honoria Augusta, continua-t-il d'un ton doucereux. J'ai le plaisir de vous annoncer que vous m'avez donné une idée. Je pense que vous commencez à avoir une idée des capacités de mes amis, dont le prince Marc. Avant d'accepter de m'aider, je voudrais que vous réfléchissiez très calmement à ce qui vous attend si vous trahissez de nouveau mon amitié et ma confiance.

Il lui tendit la main. Opportuniste intelligente, Honoria n'hésita qu'une fraction de seconde avant de la prendre dans la sienne.

— Sachez qu'il n'y a pas de rancune de ma part, dit-elle sincèrement.

— Sachez que j'ai envie de vous casser les dents, répondit Éleuthère sur le même ton. Mais on verra plus tard. Ah, reine Boltilde, si vous voulez bien approcher...

Il ouvrait la bouche pour leur présenter son plan – encore un plan, toujours des plans – quand un cor émit un son strident.

La voix terrifiée de la vigie, sur la terrasse, s'entendit clairement dans le palais entier, jusqu'à la salle du trône.

— Il est là. *Il est là !*

Chapitre XV
L'aboutissement d'un plan

— Ça me rappelle des souvenirs, observa Rustning qui trottinait avec Aynet et Saga à travers les pâturages, en tournant le dos au palais.

Devant eux, la silhouette titanesque du Rieur, avançait à grands pas vers l'armée qui avait envahi son domaine. Il contournait les montagnes comme on contourne des fourmilières. Aynet plissa les yeux en l'observant. Il était toujours d'une teinte rosée, mais presque translucide. Sa magie avait des limites, songea-t-elle. Quand on mesure une lieue de haut, il est difficile d'être en même temps tangible.

Son absence de texture n'empêchait pas Hegarat de rugir de rage et de lancer des imprécations qui rebondissaient sur les flancs rocailleux. Aynet pouvait les sentir jusque dans ses os. Sortant de la bouche d'une créature de plusieurs millénaires, elles manquaient cruellement d'imagination.

— Comment osez-vous ?! Je vous maudis sur trente générations ! Après vous avoir tués, je brûlerai vos villes et ravagerai vos royaumes ! Rien ne repoussera, vos femmes pleureront sur leurs ventres stériles et vos hommes sur leurs moignons !

Aynet détourna les yeux, revenant à leur conversation.

— Des souvenirs de quoi ? La guerre, l'horreur et la mort ?

— Je n'ai pas dit que c'était de *bons* souvenirs, convint Rustning. Ah, voilà Boucle-d'Or. Je vais lui demander de me renvoyer à mes affaires.

Ils s'approchèrent des rochers derrière lesquels, ébahis, les deux légionnaires qui escortaient Gaspin fixaient le ciel. Ce dernier faisait de même, l'air résigné. En les voyant arriver, ses yeux s'écarquillèrent.

— Vous décampez ? Quoi, c'est si mauvais que ça ? Où est Élie ?

Ils le mirent rapidement au courant. Tandis qu'il préparait un cercle magique pour expédier Rustning les dieux savaient où, ce dernier fit une courbette à la sorcière et à la fée.

— Mesdames... (Il reluqua Aynet dans sa tenue de combat, puis Saga qui, sereine, tenait ses mains croisées sur son ventre.) Dites, vous pensez qu'après...

— Je suis *enceinte*, Rustning, soupira Saga tandis qu'Aynet donnait un coup de pied dans le tibia de l'incorrigible.

En équilibre sur un pied, il se frotta la jambe en riant.

— Faites confiance à Éleuthère, dit-il de façon inattendue. Après tout, il a parcouru pas mal de chemin ces derniers temps. Et puis, faites attention à vous, d'accord ?

Saga l'embrassa affectueusement sur la joue. Il s'approcha ensuite d'un air canaille d'Aynet et, la prenant par surprise, la renversa dans ses bras pour l'embrasser. Scandalisée, la fée fut certaine d'entendre Gaspin marmonner « Oh, non, je n'avais pas besoin de voir *ça* » tandis que Rustning faisait des choses avec sa langue qui... que...

Quand il la lâcha, une bonne minute plus tard, elle se redressa en se tapotant les cheveux et en lui jetant un regard noir.

— Un autre ? proposa-t-il.

Aynet était tentée, mais ce n'était pas le moment. *Vraiment* pas. Au-dessus de leurs têtes, le Rieur était littéralement en train de les enjamber, heureusement trop concentré sur sa cible pour les apercevoir. Au lieu de rembarrer Rustning, elle posa la main sur sa joue râpeuse et, l'espace de trois secondes, plongea ses yeux dans les siens.

Et voilà, ces saletés de sentiments étaient de retour, songea-t-elle avec agacement en sentant son cœur se serrer. Dégoûtée, elle le poussa vers Gaspin qui attendait :

— Allez, arrêtez de traîner dans nos pattes !

Il leur fit une dernière courbette avant de sauter dans le cercle qui s'illumina d'une brève lueur violette, l'emportant autre part.

— Je fais quoi, moi, maintenant ? demanda Gaspin.

— Tu continues d'attendre, dit Saga. Nous, on a quelqu'un à débusquer.

Sans plus attendre, la sorcière fit demi-tour et repartit vers la forteresse. Aynet l'imite par la voie des airs, délaissant son habituelle forme de phénix au profit de celle d'un faucon, plus discrète.

Derrière elle, arrivé devant les remparts écroulés, le Rieur commençait à rapetisser. Aynet le repoussa de son esprit, cherchant des yeux leur cible. Elle finit par repérer une buse, à la tête d'un blanc éclatant et au corps d'un rouge caractéristique, couleur cerise. Pabu.

Elle n'avait qu'un vague souvenir de leur rencontre sur le mont Kerdaoubann, deux ans plus tôt. Néanmoins, d'après Saga, c'était l'une des rares sorcières de l'armée du Rieur capable d'utiliser la magie des reflets. Sans attendre, Aynet plongea vers elle, aspirant la magie qui l'entourait, grandissant, la frappant de plein fouet dans le dos. Elle évita sa nuque, ne souhaitant pas la tuer sous le choc. Pabu poussa un cri perçant et s'abattit sur l'herbe en contrebas.

Aynet se retransforma au moment où ses serres effleurèrent le sol. Pabu l'y attendait déjà, dents serrées, mains levées, prête à se défendre. Elle n'avait pas le temps de finasser. Brandissant sa baguette – oh, il y avait eu si longtemps ! songea-t-elle avec un ronronnement mental – Aynet lui envoya une décharge électrique en pleine poitrine. Leur future-alliée-qui-ne-le-savait-pas-encore tomba à la renverse.

Saga les rejoignit en trottinant et s'agenouilla près d'elle pour vérifier son pouls. Aynet fit tournoyer sa baguette entre ses doigts en s'approchant d'elles.

— J'aime bien ce genre de diplomatie.

Saga poussa un soupir.

— Allez, il faut qu'on la ramène là-bas.

•

Depuis l'entrée de la salle du trône, Éleuthère avait une très belle vue sur la partie basse du palais et sur le cirque enneigé. Ainsi que sur la silhouette gigantesque, vociférante, couverte d'éclairs crépitant, qui s'avançait vers eux.

Les remparts étaient déserts. Les légionnaires, les terrassiers de Chilpéric et les Svinfylkingars s'étaient retranchés dans les profondeurs de la forteresse. Autant les mettre à l'abri. Ils n'auraient aucune utilité dans l'heure qui allait suivre.

Si Éleuthère survivait à l'heure en question.

Il frémit en sentant l'air se charger de magie brute. C'était une magie lourde, terreuse, biologique. L'incarnation pure de la sorcellerie. Il observa, fasciné, des buissons entiers pousser et mourir, en quelques instants, autour des pieds du Rieur. Leurs branches s'élançaient à l'assaut de ses chevilles puis retombaient en se désagrégeant tandis qu'il avançait d'un autre pas. La terre ne tremblait pas sous ses pieds ; elle tremblait sous sa voix, courroucée, porteuse de mille promesses horribles.

Il n'avait pas aimé qu'on lui pique son château, songea

Éleuthère.

Le jeune homme ne se sentait pas... détaché. Pas vraiment. Il se passait trop de choses pour cela. Il ne se sentait pas terrifié non plus. Ni furieux. Ni résolu. En fait, il se sentait concentré et un peu curieux.

Quelque chose en lui – un instinct refoulé – lui disait qu'il était *obligé* de réussir. Prince, créature maléfique, blablabla. Son côté terre-à-terre soutenait que ce n'était qu'un gros tas de conneries, qu'il avait une forte chance de mourir là, dans les minutes qui allaient suivre. Son côté intellectuel s'énervait de la situation : oui, il voulait réussir, mais en réussissant, ne prouverait-il pas la toute-puissance du Grand Enchantement ? Son côté...

Nemus lui donna un coup de pied dans les côtes. Ah, oui. Retour au Rieur.

Hegarat, qui posait à présent le pied sur le rempart, venait de se rendre compte de l'absence de défenseurs. Il se tut et se mit à rétrécir, à se condenser, retrouvant sa forme opaque et solide. Deux foulées plus loin, il avait désormais apparence humaine, même s'il mesurait encore vingt mètres de haut. Fouillant du regard les décombres de la bataille, il escalada souplement la série de murailles comme on grimpe les marches d'un escalier.

Un silence surnaturel régnait autour du palais. Il n'y avait aucun souffle de vent, aucun oiseau pour crier dans le ciel. Les légionnaires avaient emmené les sorcières, bâillonnées, dans les profondeurs des souterrains.

Le regard d'Hegarat tomba enfin sur la rangée d'humains qui patientaient sur la terrasse principale, à l'entrée de la salle du trône. De la salle de *son* trône.

Ses yeux noirs s'étrécirent. Dans un tourbillon rose, il acheva de reprendre son apparence préférée, celle d'un homme de neuf pieds de haut, large et noble, la barbe brune bien taillée, le regard pétillant de sagesse. En le voyant, en contemplant ses riches vêtements brodés, sa couronne de granit rose, son attitude royale, il était difficile de faire le lien avec la créature de cauchemar qui, cinq minutes plus tôt, jurait leur mort.

Il les dominait tous de trois têtes.

Honoria s'avança devant lui. D'où il se trouvait, Éleuthère ne pouvait pas voir son visage. Néanmoins, il distinguait les épaules tendues de l'impératrice rondouillette. Elle avait peur. Ce n'était pas trop tôt. Peut-être avait-elle peur depuis le début, philosopha-t-il. Si c'était le cas, elle l'avait bien caché jusque là.

— Eh bien, dit simplement Hegarat et, un court instant, Éleuthère fut persuadé qu'il allait tous les exterminer, là, sur place.

À son grand soulagement, il se contenta de regarder d'un air curieux Honoria qui s'inclinait devant lui. Légèrement, comme une souveraine qui en rencontre un autre.

— Roi Sage, répondit-elle succinctement.

Le faux dieu observa le reste des personnes présentes, essayant de saisir la situation. Était-ce un piège ? lut Éleuthère sur son visage. Un bluff effronté de leur part ? Le dieu ne se sentait pas en danger. Pas encore. Six humains lui faisaient face. Parmi eux, deux étaient enchaînés, muselés et agenouillés par terre.

Éleuthère et Malzenn.

Son regard s'arrêta sur le visage d'Éleuthère. L'espace d'un instant, l'air se chargea de furie meurtrière. De part et d'autre des deux prisonniers, Botilde et le général Nemus vacillèrent. Deuzio, placé derrière Honoria, resta impassible. Éleuthère pouvait voir la sueur dégouliner sur sa nuque.

— Le petit prince, commenta Hegarat. Et la chienne qui l'a suivi. Où sont les autres ? La fée ? (Son expression était indéchiffrable.) Saga ?

— Dame Aynet est morte, répondit Honoria. Mes hommes poursuivent dame Saga dans les souterrains du palais. Ils ont pour ordre de ne pas lui faire de mal.

Hegarat dévisagea de nouveau l'impératrice, l'air calculateur.

— Non, je ne vous crois pas, dit-il finalement en levant une main.

— *Attendez !*

Le Dieu Rieur daigna patienter, la main en l'air, haussant les sourcils, tandis que Deuzio s'avançait vers lui, tremblant, le souffle court. Éleuthère aurait juré pouvoir entendre les battements de son cœur.

— Vous savez qui je suis, déclara-t-il droit sous le nez du Rieur.

— L'autre prince. Le petit maigre aux oreilles décollées. (Hegarat baissa le bras d'un air exaspéré.) À combien en est-on, trois, quatre, cinq ? Franchement, à mon époque, les reines ne se comportaient pas comme des poules pondeuses. (Il se mit à rire.) Enfin, j'avais l'habitude de les tuer avec leurs rejetons, histoire qu'ils ne viennent pas m'ennuyer une fois adultes. Je gardais parfois les princesses, ajouta-t-il avec un sourire rayonnant.

Le pire, songea Éleuthère, c'était l'expression bienveillante qu'il conservait tout en prononçant ces horreurs.

— Oui, mais ce n'est plus *votre* époque, répondit Deuzio entre ses dents.

Éleuthère eut un élan d'affection pour le jeune idiot. S'il n'avait pas été attaché comme un saucisson, avec des menottes magiques aux poignets, il l'aurait pris dans ses bras.

Hegarat fronça les sourcils.

— Certes. Mais ce le sera bientôt de nouveau.

— Et avec quelle armée allez-vous régner ? intervint Honoria. La bande de bêtes sauvages péniblement contrôlée par la poignée de fanatiques qui vous suit ?

Hegarat sourit, amusé.

— Contrairement à vous, j'ai tout mon temps.

— Peut-être. Mais vous n'avez qu'une réserve réduite de sorcières. Le Plaennendeon fourmille de héros. Depuis quelques mois, ils se multiplient dans tous les coins. Pour les royaumes de l'est, vous serez une quête comme une autre. Pour l'Empire queiralien, une croisade. Au final, nous finirons par vous exterminer, assura-t-elle.

— Nous avons plus de magie qu'à votre époque, mentit

effrontément Deuzio. Plus de héros. Et nous avons, nous aussi, un panthéon de dieux à notre service.

— Regardez, dit Honoria en se permettant une légère inflexion victorieuse. Vous avez monté votre invasion en huit mois. Malgré cela, nous étions prêts à vous accueillir. Nous avons capturé votre palais avec un vingtième de nos forces. En ce moment même, votre armée s'entredéchire au pied d'Adezen.

— Vous n'en savez rien.

— C'est vrai, convint Honoria en jouant admirablement son rôle. Peut-être êtes-vous en train de gagner. Dans ce cas, qu'auriez-vous à perdre à nous écouter ?

— Mon temps ? suggéra le Rieur.

— Je croyais que vous aviez tout le temps du monde ?

Hegarat sourit. C'était un sourire qui n'avait rien de sympathique, malgré – ou surtout à cause de – son expression amusée.

— Vous avez un marché à me proposer, devina-t-il. Et ces deux-là... (Il désigna Éleuthère et Malzenn.)... sont les cadeaux que vous m'offrez pour m'appâter.

— Oui, admit Honoria.

Leur ennemi poussa un claquement de langue désapprobateur.

— Ce n'est pas bien de trahir ses alliés.

— C'est vrai, dit Honoria. Mais le Quesvron reste le seul à s'entêter dans sa démarche absurde de vous anéantir. L'Empire, le royaume de Keilles et les tribus du sud préfèrent vous offrir une opportunité qui sera avantageuse pour nous tous.

Éleuthère vit passer un éclair de mépris, presque imperceptible, dans les yeux sombres du Rieur. Bien. Il commençait à les croire. Éleuthère et Honoria avaient parié sur le fait que, pour un être à l'ego si démesuré, personne ne serait prêt à se faire passer pour plus stupide qu'il ne l'était. Hegarat méprisait tellement les humains que la trahison de l'impératrice lui semblait naturelle.

— Nous voulons vous proposer de rejoindre nos rangs,

continua Honoria.

Cette fois, Hegarat eut plus de mal à masquer sa surprise. Hop là, songea Éleuthère. Saga leur avait répété, encore et encore, que le point faible du dieu – même bien dissimulé – était la solitude. Certes, son orgueil le rejetait de toutes ses forces, mais... Ce devait être la première fois qu'on lui proposait de faire partie de quelque chose.

— Continuez.

— Le Quesvron va mal réagir à cette... nouvelle orientation. Son roi vient de mourir. Sa fille, la nouvelle reine, n'a que quelques mois. Il ne sera pas difficile de les remplacer. (Honoria haussa les épaules.) Où d'organiser un mariage, si cela simplifie les choses.

Ça, ce n'était pas une idée d'Éleuthère. Il ne fit pas semblant en injuriant l'impératrice. Malheureusement, avec son bâillon, il ne parvint qu'à émettre un borborygme furieux.

L'hypothèse d'Hegarat posant ses pattes sur Flor le couvrit d'une sueur froide.

Le Rieur se tourna vers lui, diverti.

— Quelque chose à dire... beau-frère ?

— VVtffcppnnffé !

Éleuthère avait envie de vomir.

— Seriez-vous prêt à nous écouter ? demanda Honoria.

Hegarat pencha la tête sur le côté.

— Bah, j'ai bien quelques heures à perdre. (Il fit un signe en direction de la salle du trône, au centre de laquelle trônait une table en chêne.) Je vous en prie.

Éleuthère, Malzenn, Deuzio, Boltilde, Nemus et Honoria ne se faisaient aucune illusion : le Rieur pouvait tout aussi bien les écouter que les tuer sur un mouvement d'humeur. Ils le suivirent comme de braves moutons aveugles, jouant à la perfection leur rôle d'inconscients.

•

— Chut! murmura Saga quand Aynet trébucha sur un pavé inégal.

Plus facile à dire qu'à faire. Aynet avait fait beaucoup de choses, dans sa vie, mais faire avancer une sorcière récalcitrante dans un passage secret trop bas pour qu'elles puissent progresser debout ne figurait pas en tête de sa liste d'activités favorites.

Accroupie, elle pinça les fesses de Pabu qui, un chiffon dans la bouche, poussa un grognement furieux. Les mains entravées par les menottes magiques que Saga avait emportées du palais, la sorcière trébuchait dans le noir entre ses deux ravisseuses.

Saga, en tête, s'arrêta à une intersection, l'air hésitant.

— Par là, dit-elle en s'engageant vers la droite.

— Tu es certaine ?

— Non.

Aynet haussa les épaules. Elle n'avait rien de constructif à proposer.

Heureusement, les souvenirs de Saga ne lui avaient pas joué de tour. Les trois femmes finirent par s'accroupir devant un mur percé de fines meurtrières. Aynet y appuya son œil. En contrebas, autour d'une longue table en bois, Hegarat et Honoria discutaient des termes de leur prétendu accord.

— Tu vois Éleuthère ? demanda Saga.

Aynet se tortilla pour regarder vers la droite, puis vers la gauche.

— Il est là, avec Malzenn. Ils sont assis au bout de la table. (Elle réfléchit.) Tu sais, *a posteriori*, ce plan est affreux. Et s'il les avait tués tous les deux sur un coup de tête ?

— Il aime jouer avec ses proies, dit Saga sans la regarder. Et on n'avait pas le choix.

Elles se turent. Saga avait eu raison. L'acoustique, dans le passage, était parfaite pour pouvoir espionner la salle du trône. Les voix montaient, hautes et claires, jusqu'aux oreilles des indiscrets qui s'y trouvaient.

— Tu l'utilisais souvent, cet endroit ? bavarda Aynet tandis que leur prétendue-traîtresse et leur ennemi discutaient de frontières et de vassalité.

— Pas tellement. Hegarat oubliait régulièrement son existence puis, quand il s'en souvenait, il faisait tuer toutes les personnes qui le connaissaient. Sauf moi. Mais seulement parce que j'étais toujours en bas quand il y était aussi.

— Pourquoi l'avoir fait construire, alors ?

— Parce qu'il est paranoïaque ? proposa Saga.

Ça se tenait.

Assise entre elles, Pabu restait immobile, le visage furieux. Aynet dissimula son sourire en la voyant, malgré tout, tendre l'oreille vers ce qui se disait en bas.

— *...extermination des manticores, des griffons et des cocatrix présents dans les provinces habitées du Plaennendeon*, disait cette hypocrite d'Honoria.

— *Bien entendu*, répondit aimablement le Rieur.

— *Sans compter la déportation des gobelins et des trolls dans les montagnes.*

Aynet se tortilla pour s'asseoir plus confortablement.

— Alors, tu l'as dit à Chilpéric ?

Le visage habituellement sévère de son amie s'éclaira. C'était étrange de voir Saga *heureuse*. C'était étrange de voir n'importe lequel d'entre eux heureux.

— Il est ici ? laissa échapper la sorcière. (Pabu lui jeta un regard calculateur, curieux, partagée entre ce qu'elle entendait près d'elle et la conversation en contrebas. Saga se renferma.) On en parlera plus tard.

Avec un soupir d'ennui, Aynet se tut. Puis elle s'occupa en observant leur prisonnière aux cheveux rouges.

Saga ne l'avait pas dit explicitement, mais elle sentait qu'il existait un lien entre elles. Lequel ? Une amitié trahie ? Quelque chose de plus fort ? Ce n'était pas important. Ce qui l'était, c'était que Pabu leur avait craché au visage quand elles lui avaient expliqué qu'elles avaient besoin de son aide. Elle avait ri comme une folle en entendant leur requête. Et, à présent, elles n'avaient que peu de temps pour la convaincre.

Dans la salle du trône, les négociations arrivaient à leur fin. Honoria les avait menées de main de maître tandis que, à sa droite, Deuzio affichait l'air de marbre de l'homme qui n'aime pas la situation où il se trouve mais n'a pas d'autre choix. Étant donné leur stratégie, c'était sans doute ce qu'il ressentait vraiment. Tant mieux. Il était aussi doué pour mentir que son oncle Marc. Ce qui voulait dire très peu.

Au bout de la table, Éleuthère lançait des regards qui, sans ses entraves magiques, auraient certainement tué quelqu'un. Aynet se laissa envahir par une brève bouffée de fierté. Il avait incroyablement grandi, ces deux dernières années. Physiquement – il la dépassait maintenant d'une demi-tête et oubliait régulièrement de raser son duvet blond – mais aussi mentalement. S'il survivait, il ferait un bon magicien solitaire et mystérieux d'ici quelques années. Elle fit la moue. Comme perspectives d'avenir, ils n'avaient pas beaucoup le choix dans leur métier.

— *Reste la question des sorcières*, dit finalement Honoria.

Un silence suivit. Puis la voix posée du Rieur monta à leurs oreilles :

— *Oui ?*

— *Leur présence dans les royaumes et dans l'Empire est incompatible avec notre accord. Si vous voulez gouverner le Quesvron, si vous voulez vous intégrer au fonctionnement actuel du Plaennendeon, si vous voulez compter sur mes légionnaires pour vous aider à... gérer vos collègues au nord et à l'est, vous ne pourrez pas les garder près de vous.*

Hegarat ne protesta pas. Une lueur intriguée brillait dans son regard. L'accord l'intéressait-il vraiment ? Il pourrait lui permettre d'établir une base dans les provinces habitées, d'essayer de conquérir le Plaennendeon d'une façon qu'il n'avait pas envisagée. Mais se séparer de ses sorcières ? L'idée ne devait pas lui plaire. D'un autre côté, par deux fois, malgré leur soutien, il avait échoué. La première, par l'intermédiaire de Saga, elles avaient été la cause de sa perte. La seconde, elles ne s'étaient pas montrées à la hauteur de ses attentes...

Aynet pouvait presque entendre tourner les rouages de son esprit tordu. Et s'il changeait de tactique ? Et s'il s'alliait avec les mages élémentaux des royaumes de l'est ? Leurs soldats ? Leurs héros ? Rien ne l'empêchait de former de nouveaux élèves discrètement. N'était-il pas temps de se débarrasser de ces folles fanatiques, prisonnières de leurs montagnes depuis des siècles, haïes, craintes, rejetées de tous ?

Saga avait eu raison. Il était tellement prévisible.

— *Très bien*, dit-il. *Sauf une.* (À côté d'Aynet, Pabu se redressa, les yeux durs.) *La sorcière Saga. Celles que vos hommes poursuivent en ce moment. Elle est pour moi.*

— *C'était prévu*, dit aimablement Honoria. *Tout comme le prince Éleuthère. Après le meurtre du prince Primus, il sera de toute manière condamné pour complicité de trahison. Très bien. J'aurai besoin de votre aide pour... régler la question de ces femmes. Même si j'ai quelques héros sous la main, votre expertise serait la bienvenue.*

— *Ne vous inquiétez pas, ce sera vite fait,* répondit le Rieur comme s'il parlait de se débarrasser d'un nid de frelons. *Avant de terminer, pour mon palais...*

Aynet et Saga ne quittaient pas des yeux Pabu.

— Allons-y, dit Saga au bout d'une minute.

Elles repartirent en sens inverse. Cette fois, leur prisonnière, toujours attachée, toujours bâillonnée, se laissa faire. Elle ne semblait pas furieuse ni surprise. Seulement pensive. Si Saga avait raison, si Pabu ne pensait, avant tout, qu'à sa survie et à sa gloire, alors elles avaient une chance.

Saga les mena parmi un dédale de passages à travers la

citadelle. Aynet avait depuis longtemps renoncé à essayer de se repérer. La lumière s'assombrit et, régulièrement, elles descendaient des escaliers. Elles devaient s'enfoncer dans les profondeurs de la montagne.

Finalement, elles débouchèrent dans une galerie aux murs de pierre brute, illuminée par des torches. Devant elle, une lourde porte à double battant, couverte de poussière, leur barrait le passage. Elle s'ouvrit sans résister quand Saga la poussa.

Elles débouchèrent dans une gigantesque caverne au centre de laquelle se trouvait un lac, immobile, éclairé par les puits de lumière qui perçaient la voûte. Au bord de l'eau, un légionnaire nerveux se mit au garde-à-vous en les voyant. Aynet lui fit signe.

— Allez-y. Prévenez Honoria Augusta que la sorcière Saga s'est barricadée dans cette grotte. Seule, rappela-t-elle.

Le jeune homme, qui avait à peine plus de vingt ans, détala. Saga referma les portes derrière lui, puis s'approcha de Pabu et lui ôta son bâillon, ainsi que ses menottes. La femme se frotta les poignets. Aynet crispa les doigts sur sa baguette.

— Tu ne me laisses pas vraiment le choix, hein ? prononça la sorcière.

Il n'y avait aucun humour dans sa voix mordante.

— Si, dit Saga. Je te laisse le choix d'être de notre côté. Je te laisse le choix, une fois le Rieur éliminé, de mener les négociations au nom de nos sœurs. Nous ne laisserons pas les choses redevenir ce qu'elles étaient. C'est le moment de changer le monde, conclut-elle.

Pabu poussa un aboiement moqueur.

— Tu penses qu'ils vont te laisser faire ? Que tes petits amis, princes et magiciens, vont se battre pour toi ? Pour nous ? Ce n'est pas comme ça que ça marche.

— Les choses évoluent déjà. (Saga hésita.) Tu sais que je suis enceinte.

— Oui, comme tous les trente ans…

— D'un *prince*, insista Saga. C'est quand, la dernière fois qu'une sorcière et un prince ont eu un enfant ? Jamais, répondit-elle à sa place. Je sais ce qu'a dit Hegarat. Il a prétendu que c'était parce que j'étais une traîtresse. Parce que je n'étais plus une vraie sorcière. (Elle se pencha vers sa consœur.) Ce sont des conneries, et tu le sais. Les choses changent, répéta-t-elle. Peut-être que les traditions magiques s'affaiblissent. Peut-être qu'il faut lutter contre elles. Dans tous les cas, le retour du Roi Sage ne réglera pas la situation.

Pabu hésita, puis prit sa décision :

— Je veux un serment du sang. Je veux que tu jures que tu feras tout pour notre cause.

Ce fut au tour de Saga de paraître incertaine. Aynet n'était pas une spécialiste de la sorcellerie, mais elle devina qu'une telle procédure engageait la vie de ses enfants à venir.

— Très bien, accepta Saga. Dans la limite de ma conscience.

— Ha ! dit Pabu avec un sourire tordu. Tu sais, ça m'a toujours gonflé que tu sois foncièrement honnête. C'est ironique que, finalement, ce soit comme ça que je t'oblige à faire quelque chose.

Sans faire de fioritures, elles s'entaillèrent le poignet et échangèrent quelques gouttes de leur sang. Tandis qu'elles s'essuyaient sur leurs robes, Aynet fut certaine d'entendre Pabu marmonner : « Allez, réglons son compte à ce faux jeton. » La sorcière rousse s'approcha de l'eau.

— Tu veux l'envoyer où ?

— C'est un peu compliqué, dit Saga en la rejoignant.

— Ne me prends pas pour une incapable.

— Non, la *destination* est compliquée. Ce n'est pas… ici.

Pabu haussa un fin sourcil sardonique.

— Dans ce cas, chère sœurette, c'est un shaman qu'il te faudrait.

— Non. Parce que ce n'est pas vraiment autre part.

« Sœurette » ? Oh. Voilà qui éclairait beaucoup de choses. Mais ce n'était pas le moment de se laisser distraire. Pendant que les deux sorcières s'expliquaient, Aynet s'assit sur un rocher, fermant les yeux.

Son cœur battait à toute allure. C'était l'instant final. Elle n'avait pas peur, mais... Une sorte de sourde appréhension la gagnait, une appréhension qu'elle n'avait pas ressentie depuis longtemps.

C'était absurde. Elle avait combattu toutes sortes de monstres et de créatures. Même un kraken, une fois. Elle avait gagné des guerres, éduqué des héros. Elle avait eu un dragon parmi ses amants *et* il n'avait pas été le plus étrange d'entre eux. Elle avait tutoyé, insulté, conseillé des rois et des reines. Ce n'était pas un petit dieu qui allait lui faire peur.

Hé. N'était-elle pas un dieu elle-même, aux dernières nouvelles ?

C'était ces bêtises de sentiments, songea-t-elle. Voilà. Elle s'était attachée à cette bande de crétins. Et quand on s'attache à quelqu'un, on craint pour sa vie.

Il était tellement plus facile d'être égoïste, de tuer quand on voulait tuer et de séduire quand on voulait séduire, sans conséquence, songea-t-elle en soupirant et en faisant tournoyer sa baguette argentée. Bah. Elle les plaquerait une fois que tout serait fini.

Un rugissement victorieux ébranla soudain la montagne. Le légionnaire avait dû délivrer son message.

Il ne fallut qu'une minute pour que la porte explosât sous la magie furieuse du Rieur. Hegarat apparut devant les trois femmes, flottant au-dessus du sol, les yeux étincelants, souriant de toutes ses dents, trop blanches et trop nombreuses. Son regard tomba sur Saga. Il s'illumina d'une possessivité absolue, maladive. Il faisait un sérieux complexe.

— *Enfin*, prononça-t-il et le mot s'étira jusque dans l'âme d'Aynet.

La fée se dressa devant lui. C'était elle qui devait jouer le rôle de la chèvre, attirant son attention le temps que leurs renforts les rejoignent.

Elle espérait qu'ils ne tarderaient pas.

Le Rieur tenta de la repousser d'une pichenette magique. Il ne fallait pas exagérer. Elle tint bon, s'interposant entre lui et sa cible. Saga n'avait plus de magie, se rappela-t-elle. Elle dépendait entièrement d'elle. Elle fut soulagée que Pabu se soit engagée avec son sang. Il y avait eu assez de trahisons ce jour-là.

Hegarat, la dominant de toute sa taille, sourit comme un chat devant une souris. Ses vêtements luxueux flottaient autour de lui. Il brillait d'un halo rose sombre, presque couleur sang, dont les tentacules se tendaient avidement vers elle.

— La fée, ronronna-t-il. Les magiciennes de ton acabit sont peu courantes, fée. J'ai tué plusieurs des tiennes, il y a longtemps, mais aucune de ton talent. Je vais me faire un plaisir... (Il s'interrompit brusquement.) Ils m'ont dit que tu étais morte.

Ce fut au tour d'Aynet de sourire d'un air carnassier.

Éleuthère et Malzenn débouchèrent dans la caverne. Derrière eux suivaient Deuzio et Honoria. Nemus. La reine Botilde et Quintus Gregorius. Chilpéric, une épée à la main, qui s'illumina bêtement en apercevant Saga. Des dizaines de Svinfylkingars et de légionnaires, haches, glaives et lances dressés. Quelques sorcières, qui avaient visiblement retourné leur veste. Et même le consul Patronus Mel, son visage mou et lâche pour une fois résolu.

L'expression qui passa sur le visage du Rieur était terrifiante.

Il hurla. Un hurlement qui dut provoquer plusieurs avalanches. Tous les non-magiciens présents lâchèrent leurs armes pour se boucher les oreilles. Un quart d'entre eux s'effondra, évanouis. Peut-être morts. Les autres, déconcertés, les oreilles en sang, se bousculèrent en essayant de s'organiser ou de s'enfuir. La ligne de tête – Éleuthère, la petite Malzenn, Chilpéric, Honoria, Gregorius, les magiciens, les endurcis, les habitués – tint bon. Éleuthère leva les mains. Des éclairs en jaillirent et vinrent s'enrouler autour des membres du Rieur. Celui-ci poussa un juron avant de se dissoudre en une fumée rose. La bataille s'engagea.

Il ne s'agissait pas d'un combat à mort, mais d'un combat

tactique, ce qu'Hegarat ignorait. Tandis que, enflant, diminuant, changeant de forme et de texture, il repoussait les attaques magiques d'Éleuthère et les guerriers qui, telles des fourmis, s'attaquaient à ses jambes, Aynet se rapprocha de Saga et de Pabu. La sorcière rousse, leur ancienne ennemie, temporairement alliée, fixait l'eau en ruisselant de sueur sous l'effort.

— C'est de la folie, dit-elle entre ses dents serrées.

— Bienvenue dans ma vie, répliqua Saga d'un ton pince-sans-rire.

Aynet les bouscula pour éviter une liane couverte d'épine qui fouettait l'air dans leur direction. Pabu jura en perdant sa concentration. Sur leur gauche, la liane fracassa un rocher de la taille d'un poney. Aynet regarda par-dessus son épaule.

La plupart des guerriers s'étaient repliés ou gisaient morts sur le sol. Éleuthère voltigeait comme un feu-follet, les yeux vides, la magie crépitant, sifflant et rugissant au bout de ses doigts. Aynet l'avait déjà vu dans cet état, quand il avait achevé les bleisteux qui les avaient attaqués, au Deshevron. L'épée magique de Deuzio flamboyait. Honoria et Chilpéric ne s'en sortaient pas trop mal non plus.

Puis Hegarat comprit qu'ils ne cherchaient pas à le tuer, mais à le repousser vers le lac. *Dans* le lac. Il s'éleva dans les airs en cherchant Saga du regard. Aperçut Pabu. Comprit.

— *C'est ici chez moi !* tonna-t-il. *Personne ne me vaincra dans* mon *palais, dans* mon *domaine ! Je vous tuerai s'il le faut, même toi, Saga, même toi, Pabu !*

Des serpents, des araignées, des animaux pâles, informes et oubliés jaillirent de toutes les failles de la roche. Il y en avait des milliers, qui se précipitèrent sur les attaquants, les faisant trébucher, s'infiltrant dans leurs nez, dans leurs bouches, dans leurs yeux. L'atmosphère s'épaissit de mouches. Aynet trancha d'une lame d'air les lianes qui grimpaient fébrilement autour de ses mollets. Elle se dressait toujours entre Saga, Pabu et le dieu. Hegarat s'avançait vers elles, oubliant ses autres adversaires, profitant de la distraction d'Éleuthère qui essayait de délivrer ses compagnons. Aynet brandit sa baguette devant elle.

Le choc des deux magies fut terrible.

Il ne l'attaqua pas avec ses sortilèges, mais avec sa puissance brute, qui s'écrasa contre celle d'Aynet. C'était comme deux rivières qui se précipitaient l'une sur l'autre. Elle tint bon, campée sur ses pieds, puisant dans toutes les réserves qu'elle avait développées, accumulées, travaillées, perfectionnées au cours des siècles. Hegarat était en colère, ne se contrôlait pas. Elle parvint à le retenir...

... l'espace de cinq secondes...

Puis sa magie s'éteignit. Elle n'en avait plus.

Sous la force du flux qui la frappait, elle s'envola et se désintégra au-dessus de la surface du lac.

•

Toute sa vie, Éleuthère regretterait d'avoir levé les yeux à cet instant précis. Ou peut-être pas. Peut-être que, sans sa réaction, ils n'auraient pas vaincu le Dieu Rieur.

Toutefois, il n'aurait pas vu sa marraine mourir.

Il fixa, incrédule, l'explosion argentée qui se reflétait sur l'eau. Le silence qui s'ensuivit était tangible. Magique. Furieux. Plus tard, il aimerait à penser que l'univers s'était indigné, durant quelques secondes, de la destruction de sa fée préférée.

— Non.

Hegarat se mit à rire et quelque chose, en Éleuthère, craqua.

— *NON !*

L'onde de magie qu'il propulsa n'était pas la plus puissante du monde, n'aurait certainement pas suffi à vaincre le dieu – mais elle réussit à le faire trébucher.

En plein milieu du lac.

La magie de Pabu se déchaîna. Et, *oh*, Saga avait eu raison de lui faire confiance.

Les eaux s'élevèrent, entravant le Rieur, l'entraînant en leur sein. Des eaux vivantes, non seulement organiques, mais conscientes, anciennes, qui tiraient leur force des millions d'autres eaux de par le monde. Saga lui avait expliqué un jour que la magie des reflets, la magie de l'ombre et de la lumière, était la quintessence de la sorcellerie. Elle reflétait et s'alimentait de toute la vie qu'elle touchait. C'est-à-dire beaucoup, si on la manipulait correctement.

Debout sur la rive, enveloppée dans un brouillard brun, rouge, vert, ses yeux reflétant des milliards de cieux, de paysages et d'êtres humains en train de contempler leurs images dans un miroir, chez eux, à l'abri, Pabu psalmodiait. Éleuthère savait qu'elle recherchait un reflet, un reflet précis. Un reflet bien caché, mais qu'ils avaient déniché six mois plus tôt, au bout de longues recherches, après Édena, avant de revenir dans le Plaennendeon.

Le Rieur, dans un effort incroyable, se redressa et commença à s'extirper de l'eau.

Saga saisit la main de Pabu. Elle ne suffirait pas. Elle n'avait plus sa magie.

Éleuthère s'arracha aux centaines d'insectes qui grimpaient sur ses jambes. Se forçant à ignorer les cris dans son dos, pas à pas, il rejoignit les deux sorcières sur la berge.

Il se pencha pour repousser Saga et saisir les doigts de Pabu entre les siens. Il n'était pas sorcier, il ne maîtrisait pas les reflets, il ne pouvait rien faire pour l'aider... mais il *savait* où se trouvait le reflet. Saga le lui avait montré.

Quand leurs peaux s'effleurèrent, il y eut un *pop*.

•

Il eut l'impression d'être projeté au cœur d'un cyclone. Autour de lui, des images défilaient en sifflant à la vitesse d'un éclair. Saga maîtrisait *bien mieux* ses sortilèges que Pabu. Il devenait exigeant, songea-t-il tandis qu'un hurlement primal, viscéral franchissait ses lèvres. C'était ça, de travailler avec des gens talentueux.

Aussi brutalement qu'il avait été emporté, il atterrit, debout, sur un sol pierreux et nu.

Saisi d'un haut-le-cœur, il rendit son petit-déjeuner lointain.

Un reniflement méprisant lui fit relever la tête. Sur sa gauche, Pabu rajustait les plis de sa robe. Son visage pâle et ses membres tremblants démentaient son calme apparent.

Éleuthère se tourna de l'autre côté. Sur sa droite, le Rieur, incongrûment petit, ouvrait la bouche d'un air hébété. Pas plus grand qu'Éleuthère, il semblait soudain beaucoup moins menaçant. Mais peut-être était-ce dû à l'absence complète de magie qu'il dégageait. Éleuthère essaya de claquer des doigts. Il ne produisit pas la plus petite étincelle.

Un crépitement et l'inquiétude lui firent jeter un coup d'œil par-dessus son épaule. Derrière eux, le miroir par lequel ils étaient arrivés jetait des éclats impatients, comme avide de les ramener d'où ils venaient.

Il se concentra enfin sur l'inconnu qui leur faisait face, assis à un bureau, stupéfait.

C'était un homme qui semblait avoir une trentaine d'années, brun, glabre, les yeux marron et les traits curieux. Chaussé de sandales et vêtu d'une sorte de bure en toile de jute, il avait l'air aussi inoffensif que possible.

Ils avaient devant eux – s'ils ne s'étaient pas trompés, ce qui aurait été problématique – Sami le Sorcier, l'un des quatre Créateurs, le géniteur du Dieu Rieur. L'une des quatre entités les plus puissantes qui eussent un jour foulé le monde d'Éleuthère.

Ils se trouvaient dans une pièce complètement fermée, sans portes et sans fenêtres, dont les murs étaient recouverts d'étagères remplies de grimoires, d'artefacts et d'ingrédients magiques. Un bureau disparaissait sous une pile de parchemins. Il n'y avait pas de cheminée, pas de tapis, pas de fauteuil, pas de trace du moindre confort. Seulement l'homme, son bureau, son matériel de recherche et le miroir.

Le maître ultime de la sorcellerie cligna des yeux, les regarda l'un après l'autre, ouvrit la bouche, la referma, secoua la tête, puis prononça :

— Je savais bien que le miroir était de trop... Puis-je vous aider ?

Sa voix était polie, avenante, comme celle de quelqu'un qui aimerait mettre ses invités le plus rapidement possible à la porte. Quelque chose se brisa dans la poitrine d'Éleuthère, qui dressa un doigt tremblant sous le nez du sorcier.

— *Vous !*

Sami le Sorcier écarquilla les yeux avec un petit mouvement de recul. Éleuthère s'avança vers lui, enfonçant violemment son doigt dans sa poitrine. Sami fixa l'appendice en question d'un air interloqué.

— *Vous !* répéta Éleuthère, bafouillant à moitié. Vous allez réparer vos conneries, d'accord ?! (Il désigna le Rieur qui, la bouche ouverte, fixait son créateur avec doute, frayeur, émerveillement et rancune. Il ressemblait – et c'était horriblement, horriblement triste, songea Éleuthère – à un enfant qui retrouvait son père après des millénaires d'abandon.) Vous allez régler ce problème, là, qui nous pourrit la vie depuis quatre mille ans !

— Oh... Hegarat ? demanda le Créateur d'un air étonné.

— Je... Je...

La scène aurait été drôle s'il ne s'était pas agi du *Rieur*.

— Qu'est-ce que tu as fait ? le gronda Sami en fronçant les sourcils.

Éleuthère frappa du plat de la main sur la table, les faisant tous sursauter. Il n'y pouvait rien. Il était hors de lui.

— *Vous allez assumer vos erreurs et prendre vos responsabilités !* cria-t-il.

Le visage de l'homme, pour la première fois, se rembrunit.

— Sinon quoi ?

— Je vous réduis à néant, promit Éleuthère.

Et c'était complètement fou, de menacer l'un des *Créateurs* de cette façon. Cependant, en cet instant, Éleuthère était sincère et se sentait capable de le faire. Après tout, ils avaient bien réussi à le retrouver, n'est-ce pas ? À venir jusqu'à lui ? À piéger sa créature, l'incarnation vivante d'une partie de ses pouvoirs ? Oh, oui. Éleuthère le tuerait, de ses propres mains, s'il ne les aidait pas à régler la question.

Il resta silencieux, tremblant de tous ses membres.

Sami réfléchit :

— Vous venez visiblement du monde Phéna-019. Que voulez-vous de moi ?

— Que celui-là arrête de nous pourrir l'existence, siffla Élie entre ses dents.

— Je ne peux pas le modifier, mais je peux le faire disparaître, proposa l'homme.

Éleuthère essaya d'ignorer l'air de trahison absolue qui s'affichait sur le visage du Rieur. Non. Il n'était pas humain. C'était un monstre. Une créature mauvaise qui s'amusait du chaos, de la destruction, de la mort. Il n'aurait pas pitié de lui.

— Ça me convient. Et pour les traditions magiques ? ajouta-t-il après réflexion.

Après tout, on ne savait jamais.

— Les... Ah. L'enchantement. Non, dit fermement Sami. Il était bien mérité.

— C'était il y a *quatre mille ans*.

— Et vous avez survécu, n'est-ce pas ? Cette conversation est terminée, annonça Sami. J'ai du travail. Au revoir.

Éleuthère fit un pas en avant. Non. Ça ne pouvait pas être si rapide. Ils avaient mis des mois à en arriver là, à trouver le Créateur, à traquer le Dieu Rieur, à se battre, à négocier, à planifier, à s'inquiéter. Marc était parti en vrille et Aynet... Aynet...

— Non, atten –

Une force irrésistible attira Éleuthère et Pabu vers le miroir. Sans avoir le temps d'ajouter un mot, ils se firent aspirer.

Chapitre XVI
Après la bataille

C'était terminé, songea Éleuthère assis au pied des remparts de Lok-Rouanez, dans un recoin où personne ne viendrait le chercher.

Devant lui, au-delà des pâturages, le soleil se couchait en illuminant le ciel d'or et les montagnes enneigées d'un rose léger, féérique ; un rose à l'opposé du rose brunâtre qui avait symbolisé le Rieur. Le spectacle était à couper le souffle.

Ils avaient réussi. Onze mois. Presque un an depuis Édena. Cinq mois à chercher le refuge du sorcier Sami, grâce à l'aide de Zuàn Shí, le dieu Pleureur. Puis six mois à mettre leur plan en application. Ils n'avaient pas chômé. Éleuthère se sentait vide, vide, vide.

Le Créateur tiendrait sa parole, n'est-ce pas ? Zuàn Shí, qui l'avait connu, pensait que oui. De toute manière, ils n'avaient pas d'autre solution. Le coup de l'emprisonnement n'aurait pas fonctionné une deuxième fois. Il était temps de se débarrasser d'Hegarat une bonne fois pour toutes. Et puis, quelque part, ce n'était que justice poétique. Aux Créateurs de régler leurs bêtises, après tout.

Sami était plutôt bonne pâte, leur avait dit le Pleureur. Il comprendrait. Il saurait qu'il était temps. L'Autre et Beroth, les parents du Songeur et du Hurleur, seraient plus problématiques. Étant donné la sécheresse avec laquelle Sami avait réglé le problème, Éleuthère n'était pas rassuré à leur sujet.

Dans le palais, derrière lui, Saga était en train de négocier la liberté et la protection des sorcières. Après son retour en compagnie d'Éleuthère, Pabu s'était évaporée. Occupés à soigner les blessés, à écraser les derniers scorpions et les ultimes araignées, personne ne s'en était aperçu. Saga avait haussé les épaules avec fatalisme. Aidée par Malzenn, elle planifiait l'intégration de ses consœurs aux provinces habitées avec Honoria. Elle avait raison de battre le fer tant qu'il était chaud. Honoria ne tarderait pas à chercher de nouvelles idées en faveur de l'Empire. Éleuthère lui avait déclaré que Gaspin ne ramènerait personne à Adezen tant que la question ne serait pas réglée. L'impératrice était pour le moment piégée et n'avait d'autre choix que de respecter ses engagements.

D'après ce qu'il avait entendu, il était question d'obtenir, pour les sorcières survivantes, un territoire indépendant dans la plaine d'Edorailles, entre Gozen et Adezen. Saga, qui avait connu l'endroit avant sa destruction, trois mille cinq cents ans plus tôt, avait fait observer qu'il « *serait agréable d'y voir repousser autre chose que de l'herbe* ». Le terrible *dux bellorum* Nemus, originaire de la région, en avait presque pleuré.

Honoria allait se faire beaucoup d'ennemis si elle ne rendait pas les armes. D'un point de vue économique, l'endroit ne lui servait à rien. Ses adversaires l'accuseraient sûrement d'ouvrir la porte à la fragmentation de l'Empire, surtout si Dioclétien en profitait pour monter son petit royaume avec Botilde, mais... tant pis, ce n'était pas le problème d'Éleuthère.

Il trouvait personnellement que c'était une excellente idée. Un territoire indépendant sorcier serait le parfait reflet du Bois des fées, de l'autre côté des Monts du Mitan...

Un poignard lui traversa brusquement le cœur.

Oh, *Aynet*.

Il y avait des heures qu'il essayait de ne pas y penser. Il avait repoussé le problème en réfléchissant sur ce qu'ils avaient accompli, puis sur ce qu'il leur restait à faire. Il avait songé aux accords qu'il fallait encore conclure, à ses frères et sa mère qui défendaient toujours Adezen. Sur ce sujet, bien que mort d'inquiétude, il avait fermement refusé que leurs troupes retournent leur prêter main-forte. Il avait appris deux choses en ce jour funeste. La première, c'était que tant qu'il avait la main, il fallait l'exploiter. Il avait interdit à Gaspin de ramener qui que ce soit tant qu'Honoria, au nom de l'Empire, n'avait pas signé un accord favorable pour tout le monde. Il savait qu'elle s'inquiétait pour ses hommes. S'il pouvait utiliser ce moyen de pression sur elle, tant mieux. La seconde chose, c'était qu'on ne pouvait pas tout gérer à la fois. Buccelin était un grand garçon qui était né pour ce genre de batailles. Une foule de princes et de héros l'entourait. Il fallait qu'il lui fasse confiance.

Ayant tranché sur ce point, il avait ensuite réfléchi à Marc. Les derniers évènements lui glaçaient le cœur. Marc avait tué son propre frère. Les retombées politiques seraient déjà terribles, quant aux retombées personnelles et magiques... Mais Marc était un problème existant. Un problème encore rattrapable. Où était-il ? Éleuthère le retrouverait bien assez tôt. Ils régleraient la situation. Même s'il était mort d'inquiétude pour son ami.

Alors qu'Aynet... Sa mort était définitive. Absolue. Marc aurait-il pu la sauver ? se demanda-t-il, désespéré, en lançant un caillou dans le précipice sur sa gauche. C'était injuste. Il avait envie de hurler. Ces dernières heures, il s'était dispensé de parler, ne répondant que par monosyllabes, de peur de se mettre à hurler. De douleur. De rage. Ce n'était pas *juste*. Elle lui manquait comme pourrait lui manquer un poumon, un rein, une main. Sa simple évocation lui coupait le souffle, l'asphyxiait.

Il se prit la tête dans les mains. Il se sentait atrocement seul. Il n'y avait même pas de corps. Et Saga... Saga ne pouvait s'empêcher d'être radieuse avec Chilpéric. C'était normal. Il était heureux pour eux. Mais...

— Hey !

Il releva vivement la tête, ravalant les sanglots qui lui labouraient la poitrine, verrouillant son cœur. Gaspin avait déniché sa cachette. Éleuthère avait sous-estimé son ingéniosité – ou son désœuvrement. Il fit un léger signe de tête au shaman tandis qu'il venait s'asseoir près de lui.

Ils contemplèrent le soleil de bronze disparaître derrière une montagne. Gaspin ne dit rien. Éleuthère se sentit coupable de le retenir avec eux. Lui aussi devait s'inquiéter pour ses compagnons, lui aussi avait une quête à terminer... Le magicien se cacha le visage dans les mains. Malgré leur réussite, il ne pouvait s'empêcher de s'en vouloir pour tout ce qu'il aurait pu, peut-être, empêcher, prévoir, anticiper : les soldats morts, les trahisons, les petites querelles politiques. Peut-être que s'ils avaient été plus rapides dans leur voyage, mieux organisés, meilleurs diplomates, peut-être que s'il s'était davantage entraîné, peut-être que s'il avait trouvé un autre plan, alors Saga n'aurait pas perdu ses pouvoirs, alors Aynet n'aurait pas dû la défendre, alors... alors...

— Elle me flanquait les jetons, dit finalement Gaspin d'une voix cassée.

Éleuthère se mit à pleurer, tandis que son ami lui caressait les cheveux et la nuque.

•

Au bout d'un long moment – une demi-heure ? une heure ? deux ? – Éleuthère se calma et s'essuya le nez sur sa manche. Gaspin soupira.

— J'essaie de trouver ce qui me manquera le plus chez elle mais, principalement, elle me flanquait les jetons.

Cette fois, Élie sourit misérablement.

— Je déteste ça. Que certains d'entre nous doivent mourir, dit-il doucement.

Gaspin ne répondit pas. Il n'y avait rien à commenter.

— J'ai été faire un petit tour à Adezen, dit-il à la place. (Éleuthère plissa le front.) Seul ! précisa-t-il. Et discrètement. Ça se passe plutôt bien. Il y a eu quelques incursions dans la ville, mais tes frères ont réglé le problème. Ils devraient tenir sans problème jusqu'à demain matin.

C'était une bonne, une excellente, une merveilleuse nouvelle. Éleuthère sentit un poids s'envoler de ses épaules.

— Merci.

— Je t'en prie.

— Je suis désolé de te retenir ici.

Gaspin haussa les épaules.

— Je n'ai pas trop peur pour Osbern, Ghaith et Bì Cuǐ. Ils savent se débrouiller. Bien mieux que moi, même.

— D'après ce que j'ai vu, tu n'as pas chômé dans ton apprentissage.

L'ex-escroc s'ébouriffa les cheveux d'un air embarrassé.

— Osbern ne m'a pas laissé le choix. (Une expression hantée passa dans son regard. Il s'ébroua, puis demanda d'un ton hésitant :) Alors, qu'est-ce que tu vas faire, maintenant ?

Bonne question. L'affaire du Rieur était clôturée. Éleuthère n'avait plus de raison de traîner dans le coin. L'envie de rentrer à Rosanbo le démangeait. Il voulait régler sa dispute avec sa mère, retrouver ses frères, faire connaissance avec Flor, peut-être même s'investir dans la politique du royaume, histoire de veiller à ce qu'Honoria ne leur fasse pas de nouveau coup en douce, mais...

Sa quête n'était pas encore terminée.

Il restait trois dieux à bannir.

Il restait Marc à retrouver.

Il restait ses amis à aider.

— Besoin d'un coup de main pour le Hurleur ?

Gaspin lui fit un grand sourire. Pour la première fois depuis leurs retrouvailles, Éleuthère nota les cernes autour des yeux sympathiques de son compagnon, les rides au coin de sa bouche, les premiers cheveux blancs sur ses tempes dorées. Il ouvrit les barricades qu'il s'était construites jusque là : il se permit, enfin, de se demander comment s'en sortaient ses amis, ce qu'ils vivaient, s'ils avaient dû faire des sacrifices. Il éprouva des regrets de ne pas avoir été là avec eux. Pas de remords, non : il avait fait ce qu'il avait à faire. Mais les choses allaient changer. Il pouvait désormais les aider.

— On n'est plus très loin, confia Gaspin. Mais on appréciera toute l'aide dont on pourra disposer. (Il fit la grimace.) Enfin, tant que tu ne rentres pas dans le lard d'Osbern. Il est horriblement susceptible quand on critique ses plans. Au départ, ça ne se voit pas. Il arrête seulement de parler. Et puis, tout d'un coup, tu te rends compte que tu ne l'as pas entendu en trois jours. Il faut le *cajoler* pour qu'il daigne rouvrir la bouche.

Éleuthère se mit à rire.

— Comment vont Ghaith et Bì Cuǐ ?

— Plutôt bien. On dirait même que Ghaith a moins la poisse qu'avant. Et Bì Cuǐ est *terrible*. Je la soupçonne d'avoir un sens de l'humour extrêmement bien caché. (Il hésita.) Tu ne préfères pas rejoindre Rustning et Lucàn ? Essayer de retrouver Marc ? Je... j'ai entendu dire ce qui s'était passé.

— Non, dit calmement Éleuthère. Ce n'est pas encore le moment.

— Tu crois vraiment qu'il nous a laissés tomber ? Qu'il travaille pour lui ? Tu crois... tu crois qu'il pourrait retourner sa veste ?

— Je ne sais pas.

Gaspin n'insista pas. Au bout d'un moment, il se releva et

s'étira. Le froid était tombé en même temps que la nuit. Dans la semi-pénombre, leurs respirations formaient de petits nuages de condensation. Le ciel, loin de toute civilisation, était magnifique et étranger. Éleuthère frissonna, regrettant son manteau rouge préféré, abandonné des mois plutôt lors de leur fuite d'Haustebourg.

Ils regagnèrent l'intérieur du palais. Les soldats avaient allumé des feux sur les remparts pour y réchauffer leurs rations. Éleuthère savait que les aides de camp d'Honoria avaient pris possession des cuisines ; néanmoins, trop modestes pour nourrir une armée, elles avaient été réservées à la nourriture des blessés, défenseuses et envahisseurs mêlés.

Les sorcières mangeaient à part, en petits groupes, en jetant des regards noirs aux guerriers. Toutes n'avaient pas été libérées, seulement celles qui les avaient aidés contre Hegarat et quelques autres, qui avaient accepté de rester menottées. Ce n'était pas une solution idéale, mais Éleuthère espérait qu'elle suffirait pour le moment. Visiblement, Pabu avait fait un détour avant de s'éclipser. Il pouvait entendre les murmures qui parcourraient leurs rangs, sur la trahison de Roi Sage et sur Saga, la parjure, qui négociait en leur faveur. Il sourit quand il vit, à mi-distance entre les deux groupes, Deuzio et Malzenn qui mangeaient côte à côte en devisant tranquillement.

— Ça va, vous deux ? demanda-t-il en s'approchant.

Les deux jeunes gens le regardèrent d'un air désespéré.

— Honoria...

— L'impératrice.

— L'impératrice a proposé de nous *marier* ! protesta Malzenn. Pour ratifier l'accord et tout ça ! Elle dit que c'est traditionnel.

— Vous marier ensemble ? vérifia Éleuthère.

Leur tête horrifiée le lui confirma. Il se mit à rire. Encore. Et encore. Jusqu'à en avoir mal au ventre.

— Ce n'est pas *drôle*, dit Deuzio.

Il avait les traits tirés. Il venait de perdre son père, se rappela

Éleuthère.

— Deu – Secundus. Je suis désolé. Et je voulais aussi te dire... merci. C'est un peu prétentieux de ma part, mais je suis fier de toi. Très fier, dit-il d'une voix rauque.

Deuzio le fixa trois secondes puis détourna la tête, les yeux brillants.

— Merci, maître. Je suis navré pour dame Aynet.

Éleuthère resta muet, la gorge serrée. Malzenn tendit un gobelet à Deuzio, qui s'y réfugia pour cacher son trouble. Avec un dernier sourire, Éleuthère les laissa. Il s'éloigna en compagnie de Gaspin vers la salle du trône, où se déroulaient les négociations.

Ils rencontrèrent Saga et Chilpéric sur la terrasse principale, accoudés à la rambarde de pierre. Leur amie souriait en écoutant ce que le prince lui chuchotait à l'oreille, même si tous les deux avaient l'air d'avoir séjourné dans une dimension particulièrement hostile. Chilpéric, sans grande surprise, était maculé d'huile et de suie. Le visage de Saga accusait les dernières heures. Non. Ce n'était pas ça, comprit Éleuthère. C'était l'absence de magie autour d'elle qui la rendait plus petite, plus fragile. Avec la disparition du Rieur, il lui faudrait des années pour trouver comment récupérer sa magie. Peut-être n'y arriverait-elle jamais.

Ça n'avait pas l'air de trop l'accabler, se dit-il en la voyant éclater de rire à la suite d'une boutade de son Âme Sœur. Elle avait l'air plus jeune. Plus insouciante. Le couple formait un tableau improbable, mais charmant. La reine Jeanne allait être *ravie*.

— Oh, vous voilà ! lança Chilpéric en les voyant.

— Comment ça avance ? demanda Éleuthère.

Il avait, l'espace de quelques heures, lâchement abandonné sa place de représentant du Quesvron à son frère. (Qui était plus vieux que lui, après tout.)

— On fait une pause. Honoria est dure en affaires, mais on progresse. Ça l'inquiète de ne pas avoir de nouvelles d'Adezen. Bonne stratégie. Même si j'ai hâte que Mère et Anségisel reprennent les choses en main, avoua Chilpéric.

Éleuthère hocha la tête avant de regarder Saga :

— Tu vas rester ici, dit-il. Tu vas les aider.

C'était plus une affirmation qu'une question.

Elle acquiesça, effleurant inconsciemment son ventre. À sa grande joie, Éleuthère se rendit compte qu'il pouvait *sentir* les deux étincelles qui s'y trouvaient. Son sourire s'affaissa en se demandant si elle en était capable, elle aussi.

— Je sais qu'ils sont là, dit-elle en roulant les yeux, devinant ses pensées. Deux futurs sorciers qui vont être un cauchemar à élever.

— Des garçons ?

— Je pense. Ça change. (Elle plongea ses yeux sombres dans les siens.) Je sais que je devrais aller aider les autres. Mais...

— Saga. Tu es enceinte. Tu as perdu ta magie. Tu as le droit d'être égoïste, répliqua-t-il. Si tu ne te tiens pas tranquille, je te fais enfermer dans les cachots de Rosanbo.

Elle sourit. Un sourire de jeune fille radieuse.

— Et toi ? Qu'est-ce que tu vas faire ? demanda-t-elle en reprenant la question que Gaspin lui avait posé un peu plus tôt.

— Un petit tour au Wingutu.

Elle approuva. Chilpéric demanda, l'air inquiet :

— Tu repasses par Rosanbo avant d'y aller, j'espère ?

Éleuthère balança le pour et le contre ; songea à Flor, son adorable petite sœur, qu'il avait bien l'intention de défendre contre tous les maux de la terre. Il prit sa décision :

— Non. On repartira dès qu'on vous aura déposés à Adezen. Et puis, comme ça, tu pourras te charger du compte-rendu à maman, dit-il d'un ton suave à son frère.

— Je te déteste. Oh, tu me dois cinq pièces pour le cadeau de mariage de Dio et de Boltide. On en a parlé avec Bucky, on leur offre un stock de parchemins haut de gamme niralien. Avec tout le courrier diplomatique qu'ils vont écrire, ça devrait leur servir.

— J'admire ton sens pratique.

— C'est ce légat, là, Gregorius, qui est venu nous souffler l'idée. Je l'aime bien. (Chilpéric se tourna vers Saga.) C'est trop tôt pour vouloir inviter des gens à dîner ?

— Je ne sais pas, avoua-t-elle. Je n'ai jamais joué la maîtresse de maison.

— Il nous faudrait déjà une maison. (Son visage s'éclaira.) Tu sais, ça fait longtemps que j'ai cette idée. Imagine une demeure qui *tourne avec le soleil...*

La sorcière regarda son Âme Sœur d'un air attendri.

— Mais bien sûr, mon amour.

Secouant la tête, Éleuthère pénétra dans sa salle du trône. Bien. Il était temps d'en finir avec toutes ces négociations. De nombreux hommes et femmes attendaient pour rentrer chez eux.

•

Ils réapparurent sur la plaine d'Edorailles le jour suivant, peu avant midi.

Le long des remparts d'Adezen, le siège continuait. Les légionnaires et les Svinfylkingars, reposés après une bonne nuit de sommeil, se mirent immédiatement en route pour prêter main-forte aux défenseurs. Saga, Malzenn et une délégation de sorcières les précédèrent pour prévenir leurs consœurs de la situation.

Éleuthère les regarda s'éloigner. Puis il chercha le coffre dans lequel Aynet avait laissé ses affaires. Il le trouva près des ruines de leur campement, là où elle l'avait enterré avec ceux de ses compagnons. Au centre, soigneusement enveloppé dans une écharpe de soie, se trouvait l'oiseau mécanique qu'il lui avait offert au Pays de Jade. Il le sortit et le rangea contre sa poitrine.

Gaspin l'attendait, tapotant du pied, le regard pensif. Dans sa tête, il était déjà reparti vers ce qui les attendait, devina Éleuthère. Vers le Wingutu, le culte du Loup et la poursuite du Hurleur, ainsi que de son Créateur Beroth, à travers des mondes inconnus.

Eh bien. Ça allait le changer du Plaennendeon, songea-t-il en pénétrant dans le cercle magique tracé dans l'herbe.

•

Quelque part...

Le miroir se referma, laissant Sami et son páng rán dà wù seul à seul.

Le sorcier poussa un soupir douloureux. Franchement. On ne pouvait même plus rester tranquille à faire ses recherches pendant quelques siècles... ou quelques millénaires. Hum. Le temps s'écoulait vite, songea-t-il.

Il se tourna vers Hegarat ; vers son enfant, à défaut de meilleure description.

— Je pensais que ça te passerait, dit-il d'un ton déçu.

À ses yeux, Hegarat n'était ni un homme brun au port royal ni un nuage de fumée rose. Il n'était que magie. De la magie à qui Sami avait donné une conscience.

La magie consciente frappa du pied par terre.

— C'est vous qui m'avez fabriqué comme ça, avant de me laisser là-bas ! Et maintenant, vous allez me tuer ?

Sami se sentit vaguement coupable.

— Si tu t'étais mieux comporté...

— Oh, la ferme ! Allez-y. Je préfère en finir plutôt que d'écouter vos âneries. J'ai torturé des gens, tué des enfants, mangé des vieillards, mais au moins, ils n'auront jamais eu à supporter votre crétinerie consternante, eux !

— Pas la peine d'être si blessant, protesta Sami.

— Vous êtes tellement con, répliqua Hegarat. Ô moi-même, ça du fait bien que ça sorte ! Dépêchez-vous, qu'on en finisse. Ce pleurnicheur de Zuàn Shí avait raison. Ça n'en valait pas la peine. Merci pour la vie de misère, conclut Hegarat d'un ton sarcastique.

Sami se gratta la tête. Il y avait peut-être une autre solution. Il ne pouvait pas modifier la nature même d'Hegarat. Il avait donné sa parole – par surprise, certes, mais un engagement était un engagement – de s'occuper de son cas. Et s'il l'envoyait autre part ? Le problème resterait le même, sauf si...

— Je peux te proposer autre chose.

Hegarat lui lança un regard sombre.

— Quoi ? Redevenir votre larbin ? Hors de question.

— Je peux t'envoyer dans une autre dimension. Un autre monde. (Une lueur qu'il n'aimait pas s'alluma dans les yeux de son golem.) Un monde sans magie, précisa-t-il. Tu n'auras plus de pouvoir. Je m'arrangerai pour te donner l'apparence de l'espèce prédominante locale et... tu n'auras pas d'autre choix que de t'intégrer.

Hegarat resta une minute silencieux, le visage indéchiffrable. Puis il demanda, d'une voix d'un calme absolu :

— Je serais mortel ?

— Oui, dit Sami.

Hegarat inspira profondément et déclara :

— Je préférerais encore me faire découper en un million de morceaux et que chaque morceau soit envoyé dans un univers différent dont l'objectif ultime serait de torturer le morceau en question, pendant l'éternité.

Sami interpréta sa réponse comme un « non ».

— Écoute...

À ce moment, le miroir frémit, ondula et cracha un nouveau visiteur. Créature et Créateur le dévisagèrent avec des yeux ronds.

Franchement, songea Sami, sa retraite devenait un vrai... un vrai... salon de rencontres !

— Bonsoir, dit l'humain.

Il était grand, émacié, le cheveu noir et les yeux comme deux puits de ténèbres. Ses vêtements sombres étaient couverts de poussière. Il tenait une branche morte à la main et, sur l'annulaire de sa main gauche, brillait un anneau en cuivre.

Se reprenant, Hegarat poussa un rugissement furieux et se jeta sur lui.

L'inconnu le repoussa d'un petit mouvement de doigts, l'envoyant voler contre une étagère, qui tangua dangereusement.

— Veuillez m'excuser, dit poliment l'homme en stabilisant le meuble par magie.

Sami ne répondit pas, fasciné. Il y avait longtemps qu'il n'avait pas contemplé de magie absolue, surtout sans utilisation de Mots.

— JE VAIS TE TUER ! hurla Hegarat.

Visiblement, ils se connaissaient.

— Puis-je vous aider ? demanda Sami pour la deuxième fois de la journée – et des quatre derniers millénaires.

L'homme s'inclina légèrement, avant de lui tendre la branche. Elle disait quelque chose à Sami. En fait, elle lui rappelait terriblement celle qu'il avait fait sortir de terre, la première fois qu'il avait exercé la sorcellerie. L'anneau de cuivre aussi lui évoquait un souvenir. Cependant, la véritable branche était toujours en sa possession. En l'occurrence, elle se trouvait sur une des étagères à la droite de l'inconnu. Celui-ci suivit le regard de Sami et l'aperçut.

— Ah. Je me demandais si je pouvais vous emprunter l'originale. Ou alors, continua-t-il d'une voix posée, si vous accepteriez de lever votre partie du Grand Enchantement que vous avez lancé sur le monde Phéna-109. C'est votre décision.

Sami croisa les bras. Il n'était pas contre un service ou deux, mais tous ces visiteurs imprévus commençaient à lui courir le haricot. Et puis c'était sa branche. Sa baguette.

— Non, dit-il fermement. Un exemple, c'est un exemple.

— C'était il y a quatre mille ans.

Ses paroles étaient les mêmes que celles du blondinet dix minutes plus tôt mais, contrairement à lui, l'inconnu semblait résigné d'avance. Il l'examinait d'un air aussi froid que celui du blond avait été enflammé.

— Oui, eh bien, ça va rester encore un moment, répliqua Sami.

— Ce n'est rien pour vous. C'est tout pour nous.

— *Quand on vous ridiculise, vous ripostez, non ? répliqua Sami. C'était la même chose pour nous. Je suis mesquin. Je n'ai toujours pas digéré.*

— *Xiān Nǚ dit que vous êtes le plus raisonnable des trois.*

Sami se passa la main sur le visage. Ces deux visites successives faisaient remonter des souvenirs – des souvenirs complexes, chargés d'émotions qu'il aurait préféré enterrer – qui n'étaient pas les bienvenus. Au fond de la salle, Hegarat suivait l'échange d'un air curieux, presque calculateur.

— *Fichez-moi la paix.*

Il leva la main, mais le miroir refusa de lui obéir et d'aspirer l'étranger.

— *Elle dit aussi que vous êtes lâche, quand il s'agit de faire face aux deux autres.*

Cette fois, le pouvoir jaillit de Sami comme une vague. Les fioles sur ses étagères explosèrent. Les livres s'envolèrent. L'inconnu n'eut que le temps d'agripper la branche, l'originale, avant de se faire avaler par la surface du miroir.

Sami se laissa glisser à terre, les yeux dans le vide.

Hegarat, diverti, lança :

— *Je commence à les apprécier davantage ! Je serais même prêt à leur offrir une bière, ne serait-ce que pour vous avoir humilié deux fois en moins d'un quart d'heure.*

— *Tais-toi, Hegarat, dit Sami d'un ton las.*

— *Non.*

Le sorcier se passa une main sur le visage. C'était toute l'adolescence rebelle de son páng rán dà wù qui recommençait. Il n'était pas certain d'y survivre une seconde fois.

Ici s'achève le deuxième tome
de la Traque des Anciens Dieux

Découvrez en avant-première le prologue de :

La Traque des Anciens Dieux

Tome 3

Les Trois Shamans et le Dragon

H. Lenoir

Suivez l'actualité sur :
https://www.facebook.com/traqueanciensdieux/

Quelque part,
dans une dimension et un système lointains...

Beroth, Seigneur Ténébreux de la Dimension Hdhys, Magicien des Cent Mille Royaumes, Dompteur de la Trois Cent Soixantième Bête, Cinquième Archi-Shaman – mais il travaillait à remonter le classement, merci bien – se tapota la poitrine du poing et poussa un rot qui résonna jusqu'au plafond de la Salle des Plaisirs.

Étant donné qu'on parlait de la Salle des Plaisirs de Nnnnhnn-nn, capable d'accueillir trois mille participants de taille laptoïde, ce n'était pas un mince exploit.

Acceptant le verre que lui tendait un serviteur, il se gratta l'entrejambe. Il s'ennuyait. Profondément. C'était ça, le problème d'être une créature immortelle et quasi toute-puissante, immensément riche et sans velléité de pouvoir : au bout d'un moment, on n'avait plus ni amis, ni ennemis, ni envies particulières.

Il rejeta la tête en arrière.

— Je m'ennuiiiiiiiiiiiiiie.

Comme il avait l'apparence et la voix caverneuse d'un seigneur des ténèbres galactique, son gémissement boudeur résonna plutôt comme la promesse de mille souffrances. Les occupants de la salle arrêtèrent aussitôt leurs activités pour se jeter à ses pieds en tremblant. Il soupira.

Il avait tout vu, tout vécu, tout conquis, tout bu, tout mangé, tout expérimenté. Même des trucs répugnants. Genre, franchement répugnants. Ces cent vingt-neuf dernières années, il s'était occupé en organisant la petite fête où il se trouvait actuellement, mais même les meilleures choses deviennent lassantes au bout de vingt ou trente répétitions.

Il avait prévu de partir sans payer ; cependant, il savait que l'amusement de fuir des moines assassins reptiliens surentraînés ne durerait pas plus de deux ou trois semaines. Et ensuite...

— Ensuite quoi ? prononça-t-il à voix haute.

Peut-être était-ce la crise des quarante millénaires.

Le maître des cérémonies, pensant qu'il s'adressait à lui, s'inclina jusqu'à ce que sa trompe effleure le sol.

— Nous avons des danseuses de Tip-an-kala, Votre Seigneurerie. Ou encore un sanglier heptanien, capturé spécialement pour vous. Je crois qu'il s'agit du dernier de son espèce. Nous pourrions le cuisiner en brochettes.

— Non, merci.

Le majordome cligna soudain de ses huit yeux et porta la main à sa glande télépathique.

— Oh. Il semblerait que quelqu'un soit ici pour vous voir.

Beroth haussa un sourcil. Comment ça, le voir ? En général, les gens avaient plutôt tendance à psalmodier son nom ou à lui déclarer la guerre. D'un geste du menton, il indiqua de faire entrer le visiteur.

Quand celui-ci apparut, Beroth songea qu'il... détonait dans le décor. Parmi cette débauche de marbre, de soie gretchchchienne et de fruits précieux confits, l'inconnu, avec ses vêtements marron rapiécés, semblait presque exotique. Ce dernier repoussa sa capuche. Un humain ! Il y avait longtemps que Beroth n'avait pas vu d'humains. Il se redressa dans son fauteuil, curieux. Enfin, plus curieux qu'il ne l'avait été ces trois dernières décennies.

— Salut, Beri, lança l'humain d'une voix douce, un peu rêveuse.

Un murmure outragé parcourut la salle. Beroth en avait décapité d'un revers de main pour moins que ça. Il plissa les yeux, étudiant le visage de l'homme. (Oui, c'était un homme, les femmes avaient deux seins, se souvint-il.) Une peau brun pâle, deux yeux marron, des poils noirs luisants sur le crâne... Il connaissait ce type.

Oh. Oh ! Il claqua des doigts. Des détails lui revenaient.

— *Le petit monde, là ! Les autres magies. Toi, l'autre et la dragonne chiante. L'enchantement pourri qu'on avait jeté aux rois du coin ! (Il se mit à rire. Il s'était bien amusé sur ce coup-ci.) Et puis, heu, on avait fabriqué des sortes de créatures divines, c'est ça ?*

La période restait floue dans sa mémoire. Il avait beaucoup bu ce millénaire-là.

L'homme – un sorcier, il s'en rappelait, et un bon – hocha la tête.

— *C'est ça. L'Autre, Xiān Nǚ et moi...*

— *Sami ! se souvint Beroth. On s'était bien marrés. Tu deviens quoi ? C'était quand, il y a huit ou neuf siècles, non ?*

— *Quatre mille ans, corrigea Sami. Ça va plutôt bien. J'ai passé deux mille ans à réfléchir sur la cellulose, un sujet absolument passionnant... (Il toussota.) Bref. J'aurais besoin d'un coup de main. On aura tout le temps de discuter pendant, si tu acceptes.*

Le sorcier agita la main. Sur les tables de banquet, la nourriture s'anima brusquement. Tandis que les invités décampaient en hurlant, gigots, tourtes, brälzaks et légumes s'empilèrent les uns sur les autres pour former quatre silhouettes. Beroth gloussa. La sorcellerie avait un côté délicieusement répugnant.

— *Tu te souviens d'eux ? continua Sami.*

L'Archi-Shaman étudia les mannequins dégoulinants de sauce : un homme au visage noble coiffé d'une couronne, un sinistre individu encapuchonné, une bestiole bavant de rage et un dragon à l'air constipé. Oui, il leur disait quelque chose.

— *C'est les quatre gamins qu'on a fabriqués, non ? Ils sont encore en vie ? Je pensais qu'ils se seraient entretués en quelques décennies... (Il se pencha d'un air conspirateur.) Entre nous, ils n'étaient pas des plus fute-futes, hein ?*

— *Tu peux le dire, répondit Sami d'un air résigné puis vaguement embarrassé. Euh... Visiblement, ils ont un peu mis le bazar là-bas. J'ai enquêté et, il y a quelque temps, une bande de magiciens les a enfermés dans des statuettes histoire qu'ils leur fichent la paix.*

Beroth sifflota.

— *Pas mal, pour des humains d'une espérance de vie de, quoi, cinquante ans ?*

— *Il y avait un dragon, un manipulateur de réalité et une sorcière légatrice dans le lot,* admit Sami. *Seul le shaman était mortel, mais ensuite il est devenu un esprit et... enfin bon, je te la fais courte. Nos... enfants ? (Son ton était interrogateur.) Nos enfants se sont échappés de nouveau, des princes et d'autres magiciens sont partis en quête pour les renfermer, blabla, blabla. Sauf que, visiblement, cette fois les héros ont estimé que c'était à nous de régler la question une bonne fois pour toutes. Rapport au fait qu'on était responsables de la situation au départ et ce genre de choses.*

Il se tut.

Beroth resta coi une longue minute.

Puis il éclata d'un rire qui fit trembler le palais sur ses fondations.

— *Tu veux... tu veux... (Entre deux hoquets de rire, il s'essuya les yeux.) Tu veux dire qu'une bande d'humains, un peu magiques, t'a grondé en agitant le doigt ? Et qu'ils veulent qu'on enguirlande à notre tour des créatures incontrôlables pour qu'elles se tiennent tranquilles ?* demanda-t-il d'un air béat.

— *C'est à peu près ça. Je me suis dit qu'ils allaient sans doute passer te voir aussi. J'ai retrouvé un de tes anciens portails et je l'ai bricolé. (Beroth plissa le front. Ses portails étaient censés ne répondre qu'à son sang. Comment Sami avait-il pu... ?) Ce n'est pas tout,* enchaîna l'humain. *Enfin, ça se complique un peu. L'Autre est introuvable, bien entendu, et Xiān Nǔ a l'air de se cacher, mais je me suis dit que je pourrais déjà en parler avec toi. (Le visage du sorcier perdit de sa douceur étonnée pour se faire plus sérieux.) Deux des héros m'ont donc ramené Hegarat, ma créature, et m'ont fait la leçon. Quelques minutes après leur départ, un autre héros est apparu pour, eh bien, me voler quelque chose. Un artefact magique. Je crois que les deux affaires sont en rapport. (Il se gratta le crâne.) Sur le coup, j'avoue que j'ai été pris de court. J'ai bien pensé à les laisser vaquer à leurs petites affaires entre eux, mais...*

Il n'avait pas besoin de continuer. Beroth pouvait parfaitement imaginer ce qu'il avait ressenti : la fureur et l'indignation de se faire traiter comme un valet, la perplexité de se retrouver avec sa création sur les bras et, tout aussi rapidement, la stupeur de voir un autre humain s'inviter à son tour et avoir l'audace de s'emparer d'une de ses possessions. Beroth était honnête : il reconnaissait qu'il en serait probablement resté sur le cul, lui aussi. Personne ne l'avait traité de cette façon depuis qu'il n'était qu'un shaman en culotte courte, en train de ressusciter des pan~gïs dans la nécropole derrière chez ses parents.

— Du coup, où est ton machin... Hegarat ? demanda-t-il avec curiosité.

— Je l'ai laissé à la maison pour parler entre adultes. J'espère qu'il ne va pas faire de bêtises, ajouta Sami d'un air préoccupé.

Beroth hocha la tête. Il pouvait aussi comprendre la lueur de curiosité qu'il lisait dans les yeux de l'humain. Ce troisième héros, que voulait-il faire de l'artefact ? Avait-il trahi ses compagnons ? Était-il en désaccord avec eux ? Allait-il visiter l'Autre, Xiān Nǚ et même Beroth lui-même, ensuite ? Oooooh. Beroth avait lu tous les romans de l'univers ; il avait même été l'objet d'une centaine de légendes à lui tout seul. Néanmoins, il devait admettre qu'il était intrigué. Il n'avait jamais tenu le rôle d'un personnage secondaire dans une aventure. C'était la première fois. Le concept était nouveau et... intrigant.

— Tu crois qu'il a basculé du côté obscur ? chuchota-t-il d'une voix fascinée.

— Il en avait bien l'apparence, répondit Sami sur le même ton. Tu sais, avec cet air tragique et épuisé de ceux qui décident de sacrifier leur âme pour sauver le monde ?

— Ce sont les meilleurs, dit Beroth en claquant des doigts pour qu'on lui apporte du pop-corn. Vas-y, raconte-moi tout dans les détails.

•

Mungu Mji, capitale du Wingutu et de l'Ordre du Loup,
un an et demi plus tôt,
cinq heures après la libération des dieux à Édena

Bakari Jahi, nouveau Cardinal Suprême de l'Ordre du Loup, s'adossa plus confortablement dans son trône. Enfin, dans son fauteuil de fonction qui siégeait au sommet d'une estrade dans la salle de réception du palais de l'Ordre. Son trône, quoi.

La vie était belle.

Elle ne l'avait pas toujours été. Bakari était né dans une famille pauvre en bordure du Wavivu Nyoka, le marais qui séparait le Wingutu du désert, à l'est. Il avait passé les dix premières années de sa vie à pêcher des poissons de vase, jusqu'au jour où il avait invoqué un *dubwana* pour le faire à sa place. En échange, le *dubwana* avait réclamé le droit de manger la moitié de sa pêche. Bakari avait accepté, se croyant malin. Les choses avaient commencé à dégénérer quand le *dubwana* s'était mis à pêcher des crocodiles, des hippopotames, des vaches, puis les enfants du village. L'Ordre du Loup avait fini par débarquer pour régler la situation. Leur supérieur, une fois mis au courant, avait observé Bakari d'un œil spéculatif, avant de le fourrer dans une charrette pour le ramener à la capitale avec lui. Et ainsi avait commencé la carrière religieuse de Bakari.

Vingt ans plus tard, il en avait grimpé tous les échelons. Il était désormais résolu à se la couler douce deux ou trois mois, histoire que les vieux barbons qui avaient râlé contre son élection se calment un peu, puis à entamer quelques petites réformes. Il y avait beaucoup à faire. Bakari n'aimait pas les sacrifices humains dédiés au Dieu Hurleur, par exemple.

En attendant... Les pieds posés sur un pouf en velours, il goba une nouvelle datte fourrée à la pâte d'amande en écartant avec délice les orteils. En attendant, il allait profiter des avantages de son nouveau poste. D'un geste paresseux de la main, il indiqua à Adel, son diacre-vo, d'agiter plus vigoureusement son éventail. Il put *sentir*

Adel rouler sarcastiquement des yeux avant d'obéir. Khalida, debout devant lui, un parchemin à la main, haussa les sourcils. Elle portait, comme lui, la tunique pourpre des shamans de l'Ordre, mais aussi sa cotte en cuir préférée, des bottes, son épée et un gros ceinturon. Personne n'avait été surpris quand Bakari l'avait nommée cheffe de sa garde rapprochée.

Elle ne dit rien, bien entendu – c'était la terrible *Khalida* – mais, après vingt ans d'amitié, il n'en avait pas besoin.

— Oui, dit-il fermement. Je vais me complaire quelques semaines dans un luxe indécent avant de reprendre les choses en main. (Le haussement de sourcils s'accentua.) Je fais ce que je veux. (Les lèvres de la femme s'incurvèrent.) Arrête, ou je te force à m'appeler « Votre Sainteté ».

Elle parla finalement, d'une voix rauque et tranchante comme une lame d'épée :

— J'allais seulement dire que tu l'as bien mérité.

Oh. Même après deux décennies de camaraderie et d'entraide – l'Ordre était un milieu plutôt « compétitif » où les jeunes prêtres, surtout les plus brillants, n'étaient pas assurés de parvenir à l'âge adulte –, elle parvenait encore à le surprendre. Il se détendit.

— Merci.

— Ne t'endors pas sur tes lauriers, rétorqua-t-elle. Les cardinaux ont déjà dressé une liste de nouvelles lois à voter.

Le visage de Bakari resta neutre. Il avait appris depuis longtemps à maîtriser ses expressions. Intérieurement, il ne put s'empêcher de songer que les cardinaux n'étaient que des vieux barbons qui le faisaient chier. À son tour, il haussa les sourcils. Le palais était bourré d'espions. Ironiquement, en tant que dirigeant de leur ordre, il était leur cible préférée.

Laisse-moi deviner : un durcissement des droits des esclaves-vos ?

Khalida secoua imperceptiblement les épaules.

À ton avis ?

Bakari tapota du doigt sur son accoudoir.

Ils ne vont pas apprécier ma proposition de réforme pour transformer leur statut en celui de serviteurs-vos, alors ?

Khalida renifla.

Tu parles.

Bakari se permit un infime soupir. Il n'était pas sorti de ses peines. Mais, après tout, c'était ce qu'il aimait dans la vie. Il se redressa en tendant la main vers le rouleau.

Il était en train de parcourir les inepties que réclamaient ses collègues – peut-être qu'ils pourraient les sacrifier, *eux* – quand un esclave-vo apparut à l'entrée de la salle. Au lieu de rejoindre le trône d'un pas discret, comme l'exigeait le protocole, il courait comme un dératé. Bakari l'observa d'un œil curieux durant les quinze secondes qu'il lui fallut pour traverser la salle immense. Khalida posa la main sur le pommeau de son épée. Adel cessa d'éventer.

— Sain... Sainteté ! bafouilla l'homme en s'arrêtant devant lui.

Il tomba à genoux mais oublia les quatre prosternations réglementaires pour le moment. Bakari en prit bonne note. Il aimait les gens qui avaient le sens des priorités.

— Qu'y a-t-il ?

— C'est le... c'est le... c'est le...

L'homme commença à hyperventiler. Khalida se pencha pour lui tapoter sèchement le dos. Il blêmit encore plus, le visage trempé de sueur. Puis, du doigt, il désigna les fenêtres derrière le trône. Adel se leva pour les ouvrir...

... et Bakari entendit les hurlements.

Lentement, il ôta les pieds de son pouf, les posa sur le sol, ramena les plis de sa toge autour de lui et se leva. Puis il s'avança vers le balcon qui surplombait la ville où vivaient, travaillaient et déambulaient chaque jour les trois cent mille âmes sous sa protection.

Une ville qu'une créature immense, dix fois plus grande que la plus féroce des invocations que Bakari ait jamais vues, était en train de ravager en poussant des hurlements d'extase. Le palais était situé sur une falaise qui surplombait la capitale à plus de trois cents pieds de hauteur. De son balcon, Bakari se trouvait à hauteur du torse de la... chose. Il l'observa. Elle ressemblait à un animal sauvage anthropomorphe en colère, dressée sur ses pattes arrière. Sa fourrure était d'un rouge très sombre, couleur de sang. Ses crocs blancs dégoulinaient de salive. D'un revers de main, elle renversa l'obélisque qui décorait le centre de la place marchande, qui pouvait accueillir plusieurs milliers d'étals. Les gens s'enfuyaient en criant devant elle. Bakari se concentra sur ses yeux : il n'y vit pas le regard d'un animal furieux, mais bien la lueur amusée d'un être intelligent, et même redoutablement intelligent.

La créature se redressa et poussa un rugissement de rire horrible, tonitruant, avant de s'accroupir pour poser ses mains sur le sol carrelé de la place, qui se fendilla sous l'impact. Horrifié, Bakari vit des portails shamaniques s'ouvrir dans la pierre, par dizaines, et d'autres monstres en sortir, plus petits, plus familiers, mais tout aussi dangereux. Ils commencèrent immédiatement à piller, brûler et massacrer la délicieuse dimension à laquelle on venait de leur donner accès. La créature rit de plus belle. Il fallait des pouvoirs extraordinaires pour être capable d'un tel exploit, des pouvoirs qu'on n'avait pas vus au Wingutu depuis...

Et Bakari *comprit*.

— Merde, dit-il.

— Merde, dit Khalida.

— Oh, merde, dit Adel.

L'esclave-vo poussa un gémissement.

Le Dieu Hurleur était de retour chez lui.

*9 7 8 2 9 5 5 4 5 4 5 8 9 *